JOR

Né à Valence en 1971, Jordi Llobregat est un écrivain espagnol. Il est le co-créateur et directeur du festival « Valencia Negra ».

Le Huitième Livre de Vésale (Le Cherche Midi, 2016), son premier roman, a été salué par la critique.

LE HUITIÈME LIVRE DE VÉSALE

JORDI LLOBREGAT

LE HUITIÈME LIVRE DE VÉSALE

Traduit de l'espagnol
par Vanessa Capieu

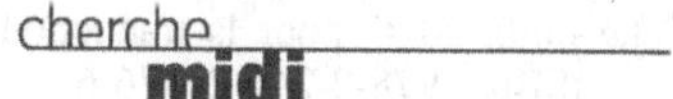

Titre original :
EL SECRETO DE VESALIO

Ouvrage publié en collaboration avec l'agence Ella Sher.

La traductrice a bénéficié d'une résidence octroyée par la Casa del Traductor de Tarazona pour travailler sur ce roman.

Pocket, une marque d'Univers Poche, est un éditeur qui s'engage pour la préservation de son environnement et qui utilise du papier fabriqué à partir de bois provenant de forêts gérées de manière responsable.

Éditeur original : Destino

ISBN : 978-2-266-26976-6

À ma mère

1

1888. Barcelone. Port Vell. À proximité du quai de Lazareto

Le vieil homme, qui fouillait la nuit des yeux pour la troisième fois, grommela un juron entre ses dents. Le silence l'environnait, que seul brisait le clapotis des vagues contre la coque. La pluie, giflée par le vent, s'abattait par rafales sur le rafiot, inondant le taud et les caisses de tabac rangées dessous. À cette heure, quand l'aube commençait à poindre, la brume enveloppait le port, et le quai, les bateaux au mouillage, l'arsenal se résumaient à de simples ébauches ; on devinait à peine la ligne de la côte et caboter si près des môles était très risqué. Pourtant, il l'avait fait des centaines de fois et il le referait encore. Ce n'était pas ce qui l'inquiétait. Ce qui lui donnait l'impression d'avoir un poids sur l'estomac, c'était la certitude que cette nuit quelque chose allait très mal tourner.

La brise se leva et l'eau frémit. Les yeux du vieux, plissés par les rides, parcoururent l'embarcation, de la proue, où somnolait son fils, jusqu'à la voile de coton – solidement fixée au mât – qui se mit à faseyer. Il borda en marin expérimenté et, après avoir constaté avec satisfaction que la toile recommençait à se gonfler, bloqua l'écoute. Il serra les poings et ses doigts recouverts de gants de laine protestèrent comme de vieux cordages. L'humidité le pénétrait jusqu'aux os, malgré les lourds vêtements qu'il portait. Il soupira. De jour en jour, ce travail lui était plus pénible, d'ici peu il ne pourrait plus manier sa barque. D'ailleurs, il avait le pressentiment qu'il ne vivrait pas assez longtemps pour voir la fin du siècle, ni les merveilles que tout le monde annonçait. Mais qui diable pouvait bien en avoir quelque chose à faire, de ces maudites machines ? Quel fou pouvait bien croire que ces bruyants engins seraient plus efficaces que les bras d'un homme travailleur ? Il cracha dans l'eau et vira de bord.

Ils avaient laissé la colline de Montjuïc à bâbord et Barcelone, jusque-là invisible, commença à se profiler dans la brume. Le vieil homme approcha l'embarcation des abords du quai de Lazareto où on l'attendait pour décharger, afin d'éviter d'éventuels regards depuis le château et les bateaux à vapeur qui commençaient à circuler à cette heure.

Le courant les poussait vers les rochers. Alors que, d'un coup de gouvernail, il rectifiait le cap, un mouvement à la surface de l'eau attira son attention. Près de la darse, le brouillard était moins épais et on pouvait distinguer le brise-lames éclaboussé d'écume. À quelques mètres, entre des morceaux de madrier et des restes de gréement, un paquet de grande taille flottait. Aussitôt, la mer le recouvrit et il disparut. Le vieux eut un claquement de langue et attendit. Ce n'était pas la première fois qu'un navire de la marchande perdait une partie de son chargement. Un coup de chance pour ceux qui tombaient dessus.

Le temps passait et le vieil homme commençait à penser que son esprit lui avait joué un mauvais tour. Il allait sortir le bateau du courant lorsqu'un clapotis lui parvint. Le paquet avait ressurgi, quelques brasses plus loin, se balançant sous l'effet de la houle. Le sourire du vieux s'élargit, dévoilant ses dents noircies, et il donna un coup de gouvernail. En arrivant à sa hauteur, il vit qu'il s'agissait d'une caisse en chêne aussi grande qu'un tonneau de vin. Des sceaux appliqués sur le bois il déduisit qu'elle provenait de France. Ses cordes semblaient encore solidement nouées, donc la caisse était toujours étanche, ce qui était primordial : la marchandise à l'intérieur ne serait pas abîmée par l'eau. Les *gabachos*[1] transportaient généralement de la porcelaine, de belles pièces de tissu et des liqueurs. De n'importe laquelle de ces marchandises, il pouvait tirer un bon prix. Sans lâcher la barre, il se tourna vers son fils.

« Eh ! Lève-toi et attrape la gaffe. »

Le garçon ouvrit les yeux sans comprendre, jusqu'à ce qu'il voie la caisse flottant près de lui. Il se redressa alors d'un bond et fouilla sous le banc. Écartant le filet de pêche et quelques bouts, il sortit un long bâton terminé par un crochet. Guidé par son père, il manœuvra la perche jusqu'à réussir à accrocher l'une des cordes qui enserraient la caisse. Le vieux, à l'aide d'une épuisette, l'aidait comme il pouvait. Petit à petit, ils attirèrent le paquet jusqu'au flanc de la barque, s'apprêtant à le charger à bord.

---

1. Terme péjoratif pour désigner les Français. *(N.d.T.)*

« Vas-y, doucement… Dieu du ciel ! »

Une serre anthropomorphique aux longs doigts crochus avait agrippé le bras du vieil homme. Incrédule, il la fixait, paralysé, tandis que la chose l'entraînait vers les eaux sombres. Avant qu'il ait pu réagir, une vague fit tanguer le rafiot et l'apparition fantomatique s'évanouit sous ses yeux comme si elle n'avait jamais existé.

Le jeune garçon se précipita sur le pont et arracha le morceau de tissu qui enveloppait le fanal. La lumière déchira l'obscurité, révélant une créature cramponnée à une extrémité de la caisse. Elle ne se maintenait qu'à grand-peine hors de l'eau. Deux orbites sombres occupaient la place des yeux. Son visage se tordit en une grimace grotesque dans une tentative pour prononcer un mot, mais de sa bouche ne sortit qu'un bredouillis inintelligible suivi d'un gémissement. Il ne faudrait plus longtemps pour que la mer ait raison d'elle.

Après quelques secondes d'hésitation, le vieux ordonna à son fils :

« Tiens la caisse. »

Le garçon ne fit pas un geste. Livide, il n'arrivait pas à détourner les yeux de l'apparition. À cet instant, une vague les éloigna de nouveau.

« Par l'enfer, vas-y !

— Père, vous… vous êtes sûr ? »

La caisse commençait à s'enfoncer.

« *¡Vinga!* »

Le garçon saisit de nouveau la perche et, accrochant l'une des cordes, maintint la caisse contre la barque, tandis que son père, les jambes glissées sous le banc pour se retenir, attrapait des deux mains le bras que lui tendait la créature. Il était froid et visqueux. Le vieux ferma les yeux, prit son inspiration et tira de toutes ses forces.

La créature roula sur le pont et se retrouva sur le dos. Au lieu d'une queue de poisson, comme s'y attendait le vieux, elle avait des jambes. Totalement nu, il était imberbe et sa peau était si blanche qu'elle en paraissait transparente. Sur son abdomen s'étalait une terrible blessure, aux bords noircis. Le garçon pensa aux poissons de la halle, une fois écaillés.

Le vieux s'approcha avec précaution, se pencha et palpa ce corps en y cherchant un signe de vie. Il frissonna en découvrant les autres entailles qui barraient le torse. Il appuya légèrement et sa main plongea dans la chair comme dans du beurre. Une odeur de putréfaction en émana. Le vieux fit un bond en arrière et s'affala entre les caisses de tabac, luttant contre la terreur qui l'envahissait. Son fils se précipita pour lui porter secours et, agrippés l'un à l'autre, ils se limitèrent à observer la silhouette en piteux état, immobile.

« Père, qu'avons-nous ramené dans notre barque ?

— Aussi vrai que Dieu est Christ, je n'en sais fichtrement rien. »

Tout à coup, le corps de la créature s'illumina dans un éclair qui zébra sa peau d'un tracé similaire aux branches d'un arbre. Puis, dans un léger clignotement, la lumière disparut comme elle était venue. Père et fils se signèrent en chœur.

RETOUR

Vingt-quatre jours avant l'inauguration de l'Exposition universelle

2

« C'est tout pour aujourd'hui, messieurs. » Un tohubohu de chaises s'éleva dans le silence de la classe. À sa chaire, le jeune professeur rassemblait ses papiers et les rangeait dans sa serviette tout en observant le défilé des étudiants vers la sortie. Il tentait de conserver une certaine gravité, mais son sourire le trahissait. Il venait d'achever sa deuxième semaine de cours à l'université. Celle-là même où il avait obtenu son diplôme quelques mois plus tôt seulement.

Il s'approcha de l'une des fenêtres de la classe. Dehors, des nuages noirs bouchaient le ciel mais, contrairement à d'autres jours, cette grisaille ambiante ne ternissait pas le bonheur qu'il ressentait. Un long et tortueux chemin l'avait mené jusqu'à ce pupitre et c'était peu dire qu'il l'avait bien mérité. Il parcourut du regard les bâtiments du campus. Il allait pousser un soupir de satisfaction quand une voix l'appela, dans son dos :

« Monsieur le professeur ! »

À la porte, l'attendait un jeune étudiant.

« Oui ?

— Excusez-moi, monsieur le professeur, sir Edward souhaiterait vous voir.

— J'arrive tout de suite. »

Comme cela sonnait bien : monsieur le professeur. Professeur, et membre du Magdalen College, un des établissements les plus prestigieux de l'université d'Oxford. Pour le moment, il n'assurait que le remplacement du docteur Brown, qui souffrait malheureusement d'une crise de goutte, mais ça n'enlevait rien à l'importance de la chose. Il ne tarderait pas à obtenir un poste bien à lui. L'occasion s'était déjà présentée et elle se représenterait encore : il n'avait pas l'intention de la laisser passer. Il rassembla ses affaires et quitta la salle où il consacrerait le semestre à donner des cours de grec. Dans le couloir, il sentit les regards qui le suivaient. Les élèves l'observaient encore avec curiosité.

Dehors, il rajusta sa toge. La pluie, accompagnée d'un vent glacé, tombait sur le campus. Bien qu'ils fussent fin avril, les journées étaient toujours froides. Il prit le chemin de terre d'un pas rapide, conscient du brouhaha qui, provenant des classes, envahissait tout le *college*. L'année scolaire était à son apogée. Il laissa à sa droite la chapelle où la chorale répétait et traversa le portique qui débouchait sur une cour entourée de bâtiments couverts de lierre. Sans hésiter, il emprunta le sentier de gravillon qui scindait le parterre central dans sa diagonale. Il était trempé mais il s'en moquait, il se sentait si bien qu'il avait du mal à se retenir de sauter de joie.

Walter lui ouvrit dès qu'il le vit arriver. Le vieil homme était une véritable institution au sein du *college*. Les étudiants racontaient qu'il occupait ce poste de concierge depuis la fondation de l'université, fait hautement improbable étant donné que l'institution existait depuis quatre cents ans. Pourtant, ce corps ratatiné comme un raisin sec, ce visage couvert d'innombrables rides incitaient à se demander si la rumeur n'était pas fondée. Le vieil homme était connu pour ses micmacs ; il pouvait avoir du tabac, des liqueurs, ou toute autre denrée fine pour un prix raisonnable. Bien entendu, ce genre de transactions était interdit au *college*, alors le commerce de Walter prospérait.

« Monsieur Amat… Oh, veuillez m'excuser. » Son demi-sourire le démasquait. « Monsieur *le professeur…* »

Daniel le salua à son tour d'un signe de tête. Il savait que, même s'il le considérait comme une « saleté d'étranger » – ainsi qu'il l'avait appelé la première fois qu'ils s'étaient rencontrés –, il l'appréciait.

« Monsieur Walter, comment allez-vous ce matin ?

— Pas aussi bien que vous, je suppose. Il fait un froid du diable et tous mes os me font souffrir.

— Je pense qu'une solution iodée vous ferait beaucoup de bien. Je peux aussi vous conseiller un excellent médecin. »

Le vieux prit un air offensé.

« Vous me prenez pour qui ? Ce n'est pas demain la veille que je me mettrai entre les mains d'un de ces charlatans ! »

Daniel sourit.

« Sir Edward m'attend.

— Bien sûr, monsieur le professeur, bien sûr, montez. Ne vous retardez pas à cause d'un vieillard presque infirme qui passera certainement l'arme à gauche sous peu. »

Daniel, cette fois, ne put réprimer un rire.

« Merci, monsieur Walter. Plus tard, j'aurai peut-être besoin d'une de ces bouteilles de votre réserve personnelle.

— Je verrai ce que je peux faire pour vous. » Le vieil homme ébaucha une grimace qui se voulait résignée. « Je ne vous promets rien. »

Puis il lui tourna le dos et s'enfonça en maugréant dans l'ombre de sa loge.

Daniel grimpa l'escalier en pensant aux illustres professeurs qui avaient foulé ces mêmes marches. En un clin d'œil, il arriva au premier étage. La porte du bureau du recteur, au bout d'un petit couloir, était entrouverte. Daniel frappa prudemment. Une voix, de l'intérieur, l'invita à entrer.

L'espace de travail du doyen était austère. Un tapis recouvrait le sol, s'échouant telle une vague contre le grand bureau qui présidait la pièce. Derrière lui, une bibliothèque en noyer couvrait intégralement les murs. Au fond, à gauche, entre deux fauteuils à oreilles, un feu flambait dans une cheminée de style victorien surmontée d'un tableau de la bataille de Bannockburn. Daniel connaissait bien ce bureau. Il y avait passé des heures et des heures, certaines parmi les plus heureuses de son existence. Le recteur avait été son tuteur pendant ses premières années d'université. Avec le temps, cette amitié naissante s'était transformée en une relation proche de celle d'un père et son fils.

« Mon cher Amat, approchez donc. »

À la cinquantaine passée, malgré ses cernes et des cheveux fins qui se faisaient de plus en plus rares, le visage de sir Edward Warren conservait son expression bonhomme. Historien très bien considéré dans les milieux intellectuels les plus sélects, il jouissait également d'un prestige considérable en tant qu'orateur. Expert en langues mortes, la même matière que Daniel enseignait, il avait accédé dix ans plus tôt au poste de *président* ou recteur – comme il préférait se faire appeler – après le décès de son prédécesseur.

« Comment s'est passée cette journée ? » s'enquit-il.

Daniel essayait de mettre de l'ordre dans ses pensées, alors que son esprit s'entêtait à sauter de l'une à l'autre. Il se sentait euphorique et anxieux tout à la fois.

« Euh… parfaitement bien, sir Edward.

— J'en suis ravi. Vous savez que j'ai de grands projets pour vous.

— Merci, monsieur, j'espère être à la hauteur de votre confiance. »

Le recteur écarta ce doute d'un revers de main et s'installa plus confortablement dans son fauteuil.

« Vous êtes à Oxford depuis combien de temps ? Six ans ?

— Presque sept.

— Sept ! Comme le temps passe, mon Dieu ! » Il plissa les yeux. « Je vous vois encore, tout juste arrivé de Barcelone, passant le seuil de cette porte. »

Le visage de Daniel s'assombrit. Le recteur, sans rien remarquer, continuait, plongé dans ses souvenirs.

« Oui… Trempé jusqu'aux os, après avoir essuyé une pluie battante, une valise pour tout bagage. Les premiers mots que vous m'avez adressés étaient incompréhensibles et votre aspect… horrible ! L'espace d'un instant j'ai pensé à appeler la police, vous savez ? » ajouta-t-il, dans un éclat de rire.

Daniel hocha la tête.

« Je me suis toujours demandé ce qui vous avait poussé à venir. Vous avez toujours été très discret sur le sujet.

— Vous savez combien Oxford a la réputation d'être la meilleure université du monde. Je voulais simplement faire mes études ici.

— Oui, oui, évidemment. » Sir Edward se redressa. « Ce qui est sûr, c'est que vous avez fait du chemin, depuis… Vous voici un homme, promis à un brillant avenir.

— Je l'espère, monsieur.

— Mais bien sûr, Amat, renchérit avec enthousiasme le recteur. Vous avez remplacé M. Brown ces deux dernières semaines d'une façon parfaitement convaincante. C'est justement pour cela que je souhaitais vous voir. »

Sir Edward fit une pause avant de poursuivre.

« Vous n'avez plus à faire vos preuves. Vous nous avez donné des raisons plus que justifiées pour que nous soyons pleinement satisfaits. Hier, les membres du département académique et moi-même nous sommes entretenus lors de notre réunion mensuelle. Entre autres résolutions, nous avons décidé à l'unanimité de vous offrir un poste de lettres classiques pour le reste de l'année scolaire. Qu'en dites-vous ? »

Une intense émotion envahit Daniel. Il n'espérait pas une telle proposition si vite. Le sourire de sir Edward s'élargit devant la réaction de son protégé.

« Bien, alors : vous acceptez, ou pas ?

— Mais… mais certainement, monsieur. Bien entendu ! C'est… c'est fantastique ! Je vous suis très reconnaissant, monsieur.

— Balivernes. Cette proposition n'est que le fruit de vos efforts. Le dévouement dont vous avez fait preuve nous a tous impressionnés. J'ai rarement vu quelqu'un d'aussi doué que vous. »

Le recteur se leva, se dirigea vers une desserte, prit une bouteille et remplit généreusement deux verres de brandy.

« Je pense que cette nouvelle réjouira également ma fille, n'est-ce pas ? ajouta-t-il, malicieux. Je me félicite de savoir que vous serez bientôt mon gendre. Ce soir, comme vous le savez, la soirée sera très spéciale puisque nous annoncerons vos fiançailles. J'en suis très heureux. Alexandra est tout ce qu'il me reste, et vous ferez son bonheur, j'en suis certain.

— J'aime votre fille, monsieur. »

Le recteur hocha la tête avec satisfaction, lui tendit un des verres et murmura :

« Je préfère vous prévenir pour éviter que vous ne m'en fassiez le reproche un jour. Alexandra est, tout comme sa mère, une enfant merveilleuse. Belle, avec de grandes aptitudes, élevée pour être une parfaite maîtresse de maison mais… dotée d'un insupportable et imprévisible tempérament gallois. » Il lui fit un clin d'œil. « Après tout, le pays de Galles est une terre de dragons ! »

Ils rirent tous deux. Daniel appréciait sincèrement cet homme qui serait bientôt son beau-père. Celui-ci l'avait accueilli quand il en avait le plus besoin. Sans poser de questions, il lui avait offert son savoir et son amitié. Alors qu'il croyait avoir tout perdu, sir Edward lui avait donné une nouvelle chance. Il lui serait à jamais redevable de tout ce qu'il avait fait pour lui.

« Trinquons, Amat : aux petits-enfants que vous allez me donner ! »

Ils entrechoquèrent leurs verres et Daniel trempa ses lèvres dans le sien par déférence pour le recteur. Puis il se leva, laissant son brandy presque intact sur la table.

« Sir Edward, une affaire m'appelle avant le dîner de ce soir. Avec votre permission, je vais me retirer.

— Je vous en prie. J'ai moi aussi eu vent de certaine petite fête organisée par vos anciens camarades. N'ayez crainte, mes lèvres resteront closes. Simplement, faites en sorte d'arriver à l'heure au dîner ou Alexandra vous étripera. »

Sir Edward rit de bon cœur tout en raccompagnant Daniel jusqu'à la porte.

« Ah ! fit-il soudain. Un instant. J'allais oublier. »

Il retourna à son bureau et fouilla parmi les papiers qui le jonchaient pour brandir finalement, d'un geste triomphal, une enveloppe couleur moutarde.

« Cette missive est arrivée pour vous ce matin.

— Un télégramme ? Pour moi ?

— Oui, de Barcelone. »

Daniel prit l'enveloppe que lui tendait le recteur ; trahi par ses nerfs, il faillit la laisser échapper. Mais le vieil homme ne s'aperçut pas de son trouble et Daniel put ranger le télégramme dans la poche de son manteau.

« Si vous permettez, je le lirai plus tard. J'ai… j'ai encore beaucoup à faire.

— Bien sûr, bien sûr. »

Daniel se força à sourire et s'éloigna aussi rapidement que le lui permirent ses jambes flageolantes.

En arrivant dans son ancienne chambre, il se laissa tomber sur sa chaise. La fin de ses études, l'obtention du poste de remplaçant et ses fiançailles avec Alexandra s'étaient enchaînées si rapidement qu'il n'avait pas eu le temps de déménager. Ses malles attendaient dans un coin. Il devait encore empaqueter ses livres et un peu de linge. Pourtant, à cet instant, il n'en avait que faire. La jubilation qu'il avait ressentie toute la matinée s'était évanouie. L'offre inespérée du recteur et son mariage imminent semblaient appartenir à la vie d'un autre. Il posa les yeux sur la petite enveloppe qui l'attendait sur son bureau.

Comment était-ce possible après tout ce temps ?

Il porta la main à sa nuque avec ce même geste inconscient qu'il répétait depuis sept ans. Ses doigts parcoururent les plis calleux que le feu avait gravés à jamais sur sa peau. Ces arêtes de chair morte lui rappelaient sans cesse son passé. Il faillit éclater d'un rire amer : comme il avait été naïf de croire que tout tomberait dans l'oubli ! Un simple télégramme avait suffi pour que cette illusion vole en éclats.

Il se leva et d'un geste saisit l'enveloppe, la déchira et en tira un papier rose qu'il déplia de ses doigts tremblants. Les lignes dansaient devant ses yeux et il dut faire un effort pour se concentrer dessus.

Sept ans étaient soudain partis en fumée.

Sa main retomba et il s'appuya contre le chambranle de la fenêtre. À ses pieds, le paysage du campus disparaissait sous une pluie grise et continue. Après tant d'années, ils avaient réussi à le retrouver. Il savait bien que cela risquait d'arriver tôt ou tard, mais jamais il n'avait imaginé que ce serait de cette façon. Il se demanda s'il devait ressentir de la douleur, ou de la peine, mais il ne trouva en lui que colère et culpabilité. Il ferma les yeux et appuya le front contre la vitre. Dans une tentative pour retenir le flot d'angoisse, il serra les mâchoires et tout son corps se tendit. Une douleur, cinglante, parcourut sa cicatrice. Il froissa le télégramme et le lança loin de lui. Alors seulement les larmes affleurèrent, coulant comme les gouttes de pluie qui glissaient le long de la vitre.

3

Des ronflements sonores emplissaient la pièce. Le drap cloué à la fenêtre tentait sans succès d'empêcher la lumière de pénétrer dans ce taudis. C'était typiquement la chambre miteuse d'une pension du Raval. Une tanière tout aussi bonne qu'une autre pour avoir un toit sur la tête. Minuscule, mal aérée, pleine de fuites d'eau, elle était louée à des gens de passage. Le locataire actuel l'occupait depuis cinq mois.

« Bon Dieu de bon Dieu. »

D'entre les couvertures émergea une silhouette contrefaite. Promenant autour de lui ses yeux globuleux comme s'il se demandait où il se trouvait, il posa un pied sur le plancher mais retomba en arrière sur son grabat. La tête dans les mains, il jura de nouveau en traînant les syllabes, la bouche pâteuse.

« Du vin d'Alsace, ça ? À d'autres ! »

En continuant à grommeler, l'homme sortit péniblement de son lit. Il déplia sa courte stature et tituba tant bien que mal jusqu'à la table qui tenait lieu de bureau. D'un revers de main, il écarta un tas de vieux journaux et de feuilles griffonnées ; enfin, il lâcha une exclamation triomphale en brandissant une lourde montre en laiton. Il l'ouvrit et, lorsqu'il vit les aiguilles marquer presque midi, son état de confusion s'évanouit d'un coup.

« Non ! C'est pas possible. »

Vêtu uniquement de son caleçon, il se mit à s'activer dans la chambre. Il emplit la cuvette et s'aspergea énergiquement le visage d'une eau glacée en marmonnant des imprécations. Comme la douleur qui lui vrillait la tempe ne cédait pas, il se décida à plonger la tête dans la bassine. Grelottant, il se sécha avec le coin d'une des couvertures. En une minute, il avait passé pantalon, chemise et bottines. Il avala une gorgée de la tasse de café restée sur la table et le regretta immédiatement : il était glacé et avait un goût d'eau croupie. Il se souvint qu'il avait utilisé le même marc quatre fois. Après avoir attrapé sur le cintre son canotier et sa veste à carreaux, il sortit et se mit à descendre l'escalier en finissant d'attacher son nœud papillon.

« Monsieur Fleixa ! »

Un homme au ventre rebondi fit irruption devant lui. Ses yeux noyés dans la graisse le contemplaient avec irritation. Il empestait l'ail, ce qui n'arrangeait pas la gueule de bois de son vis-à-vis.

« Monsieur González ! Justement, je pensais à vous. Comment va votre charmante épouse ?

— Vous me devez trois mois de loyer et le quatrième va finir très bientôt.

— Trois mois ? Vous êtes sûr ? Bien, ne vous inquiétez pas, cher ami. Je suis sur le point de toucher des arriérés de quelques articles et je m'acquitterai immédiatement de cette dette ridicule. Comme vous le savez, nous, les journalistes de renom, sommes soumis à certaines obligations sociales et malheureusement j'ai dû faire face à quelques dépenses imprévues.

— Je les connais, moi, vos obligations sociales. Le mois dernier, vous m'avez servi la même soupe.

— Il doit y avoir une erreur. Votre dame m'a généreusement octroyé un délai.

— Jacinta ? Vous avez parlé quand avec elle ?

— Hier, à midi.

— Mais enfin, hier à midi elle était à la messe… !

— Ah bon ? Alors ce devait être plus tard. Ne faites pas trop attention à ce que je dis. Vous n'imaginez pas à quel point je peux être étourdi. »

Une lueur de compréhension sembla poindre dans les yeux du logeur. Fleixa se dit qu'il avait peut-être été imprudent en mêlant Jacinta à cette histoire et en mentionnant l'accord auquel ils étaient arrivés après leur fougueuse rencontre de la veille. Tout le quartier savait que M. González était dur à la comprenette, mais peut-être qu'il commençait à subodorer que sa femme lui faisait régulièrement porter les cornes. Dans le doute, il valait mieux abréger. Il avisa une trouée à la droite de González et s'y glissa avant que l'autre ait eu le temps de réagir.

« Eh, attendez ! »

Fleixa fit la sourde oreille et continua à descendre l'escalier.

« À la fin du mois je vous paie, c'est promis ! » lui cria-t-il, une fois en bas.

Il sortit de l'immeuble sous les insultes de son logeur.

Il se mit à marcher d'un bon pas en remontant le col de sa veste. Le quartier était en pleine déliquescence : l'entassement était une loi naturelle dans le Raval, depuis que s'y étaient installées des usines quelques années plus tôt et que les étroites rues s'étaient peuplées d'immigrés venus de toute l'Espagne, attirés par l'offre d'emploi croissante. Malgré tout, Fleixa aimait vivre là, car cette accumulation de populations si diverses en faisait un endroit plein de vie. L'eau ruisselait entre les pavés ; les égouts ne parvenaient plus à absorber toute cette pluie qui tombait depuis des jours et la chaussée était devenue un vrai bourbier. Fleixa regardait le sol et le ciel, alternativement.

« À ce train-là, on va finir dans le port. Drôle de fin de printemps ! »

Il croisa le tenancier d'une gargote qui vidait un seau dans la rue et deux charbonniers qui piquaient leurs bêtes en lorgnant ostensiblement en direction d'un groupe de femmes. Le journaliste adressa un salut courtois aux dames, comme à l'ordinaire. Malgré le froid, elles étaient très légèrement vêtues et tentaient de s'abriter sous un porche. L'une d'elles, qui portait accroché à elle un enfant à la tignasse broussailleuse, se détacha du groupe et s'approcha.

« Eh, canaille, Dolors te cherchait hier soir.

— Bonjour, Manuela. Qu'est-ce que tu as fait ? Tu m'as l'air particulièrement en beauté, ce matin. »

La femme, coquette, se passa la main dans les cheveux et lui adressa un sourire qui dévoilait les quelques dents qui lui restaient. Son décolleté grand ouvert exhibait les fruits mûrs de ses seins volumineux qui dansaient contre le visage de l'enfant endormi. Son haleine sentait l'eau-de-vie, l'oignon et le feu de bois.

« Je ne sais pas ce que tu lui trouves, mais quand tu te seras lassé d'elle, viens me voir, chéri. »

Fleixa sourit à son tour.

« Allez, sois gentille, dis-lui que je passerai ce soir. »

Dépitée, elle souffla et dans un grand mouvement de jupes lui tourna le dos pour rejoindre ses comparses.

Fleixa quitta la ruelle et déboucha sur les Ramblas, bondées à cette heure. Des carrioles pleines de fruits et de légumes pour le marché de la Boquería, des voitures de place, le tramway de la place de Catalogne avec sa clochette si identifiable, des nourrices, des marchandes d'allumettes, des vendeuses de fleurs et de journaux s'y disputaient l'espace avec les flâneurs. Sans s'attarder, il traversa le paseo, prit la rue del Pi et en quelques minutes arriva au siège du journal.

Le *Correo de Barcelona* avait été fondé onze ans plus tôt. Depuis, il avait réussi à se faire une place parmi les principaux quotidiens de la ville. Tous les matins, les vendeurs criaient son nom, aux côtés du monarchique *Diario de Barcelona*, de *La Vanguardia* du Parti libéral, ou du tout nouveau *Noticiero Universal*, qui se proclamait indépendant. L'exigeant lecteur barcelonais était avide de nouvelles et les quotidiens constituaient la meilleure façon de se tenir informé. Le siège du *Correo* occupait les quatre étages d'un vétuste immeuble de style gothique, dont l'entrée en pierre lui conférait une image de respectabilité qui faisait l'affaire des propriétaires du journal. Dès que Fleixa franchit le seuil, le concierge le salua du ton méprisant qu'il prenait avec tout le personnel, hormis le directeur.

« Señor Fleixa, vous êtes en retard.

— Serafín, l'information n'a pas d'horaires.

— Gardez ça pour M. Sanchís, je l'ai entendu hurler votre nom d'ici. »

Don Pascual Sanchís était le directeur du *Correo de Barcelona*. Personne ne se souvenait de la dernière fois qu'on l'avait vu sourire. Peut-être le jour où Josep Llanera avait rapporté une sulfureuse incartade amoureuse du conseiller municipal Rusell et que trois tirages complets étaient partis comme des petits pains. Il était grand amateur de havanes et son bureau ressemblait à une succursale du *Times* à cause de la fumée qui y régnait. Un énorme Montecristo pendait sempiternellement à ses lèvres. La poigne avec laquelle il dirigeait son journal était connue de tous et constituait la vraie raison du succès du *Correo de Barcelona*.

Fleixa grimpa l'escalier, inquiet. Ce n'était pas bon signe que Sanchís soit en train de le chercher, qui plus est s'il était furieux. Il le serait encore plus en apprenant que Fleixa n'avait pas encore l'info promise. Mais est-ce que c'était sa faute, à lui, s'il n'arrivait pas à mettre la main sur son informateur ? Trois nuits de suite, il s'était rendu en vain à la taverne de Set Portes, leur lieu de rendez-vous. La dernière, les choses s'étaient un peu compliquées parce que, pour tuer le temps, il avait bu et joué quelques parties. Et il avait perdu. Convaincu que la chance n'allait pas lui tourner le dos deux fois dans la même nuit, il avait pris le tramway et s'était rendu à l'hippodrome où il avait perdu quinze douros supplémentaires... Qui s'étaient ajoutés aux soixante qu'il devait déjà à la Negra, une usurière notoire qui avait très mauvaise presse. C'était la seule personne qui avait consenti à lui faire crédit, et maintenant il était dans un sacré pétrin. Le journal ne lui octroierait plus aucune avance. On lui en avait déjà concédé tant qu'il allait devoir travailler gratuitement jusqu'à la fin de l'année.

Il arriva à l'étage de la rédaction à bout de souffle. À l'entrée, il tomba sur deux jeunes gens de l'imprimerie qui le saluèrent. Il les ignora et se dirigea vers le bureau qu'il partageait. Sur sa table, où s'amoncelaient les papiers et la poussière des dernières semaines, trônaient des pieds imposants dans leurs chaussures. Leur propriétaire se cachait derrière le journal du jour.

« Salut », dit Fleixa en s'affalant sur son siège.

De derrière les pages du journal s'éleva une voix joviale.

« Ça alors, Don Bernat Fleixa en personne ! Quel honneur qu'il daigne faire son apparition à la rédaction.

— C'est bon, Alejandro, lâche-moi, tu veux ? »

Alejandro Vives était le responsable des pages politiques depuis quatre ans. Grand et dégingandé, il était pourvu de petits yeux et d'un nez protubérant dont on avait coutume de dire qu'il arrivait avant lui à l'information. Il était toujours d'excellente humeur, même quand il bavardait avec Fleixa. Au bout du compte, il était le seul à le supporter.

« Encore une nuit difficile ? »

Fleixa évalua le ton sarcastique de son collègue. Imperturbable, Alejandro poursuivait sa lecture.

« Un peu, répondit-il finalement. Il est comment aujourd'hui, Sanchís ? poursuivit-il pour détourner la conversation.

— Je crois bien qu'il te cherchait il y a quelques minutes.

— Très bien, eh bien, qu'il continue. »

Alors qu'il farfouillait dans les tiroirs de son bureau à la recherche de tabac, il jeta un coup d'œil distrait à l'exemplaire que tenait Alejandro. C'était la dernière édition du *Correo*. Soudain, il ouvrit la bouche, stupéfait. Ses yeux s'arrondirent tandis qu'il lisait une colonne, en dernière page.

> Cette fin de semaine, aux premières heures du jour, le corps d'un homme est apparu flottant dans les eaux du port. Deux pêcheurs qui avaient secouru le malheureux l'ont vu, impuissants, exhaler son dernier soupir. Selon les mêmes sources, le décès serait dû à un déplorable accident survenu à proximité du quai de Lazareto. La police n'ayant retenu aucun motif délictueux, la dépouille a été remise à la famille. D'après nos informations, il s'agirait d'un médecin de renommée prestigieuse, dont l'identité n'a pas été divulguée. La messe et l'enterrement sont prévus aujourd'hui même à midi au cimetière de Montjuïc.

La brève était signée Felipe Llopis.

« Mais qu'est-ce qu'ils ont foutu de mon papier ? »

Fleixa quitta la pièce précipitamment et traversa la rédaction jusqu'au bureau du directeur. Il croisa plusieurs collègues qui dissimulèrent à peine une expression goguenarde en le voyant passer. Apparemment, tout le monde savait déjà qu'on avait remplacé sa colonne par cette info de dernière minute. Cela le rendit encore plus furieux. Sans frapper, il poussa violemment la porte en verre qui dans l'élan alla cogner contre le mur. Derrière une table couverte d'épreuves, de télétypes et de parutions de la concurrence, était assis un homme si corpulent que la pièce en paraissait petite. Il leva la tête et, voyant Fleixa, plissa les yeux et fronça les sourcils.

Fleixa, outré, vociféra :

« On peut savoir pourquoi tu as fait sauter ma chronique ?

— C'est vrai que la mort d'une centaine de poulets dans les granges de Sants mérite incontestablement la une », lança une voix doucereuse, dans son dos.

Adossé au mur, un jeune homme vêtu d'un costume impeccablement coupé lui souriait, narquois. Felipe Llopis arborait des cheveux blonds lissés à l'huile et une moustache et un bouc parfaitement entretenus, tels deux triangles superposés sur son visage fin. Ses manières élégantes faisaient battre le cœur de toutes les dactylos de la rédaction, et grâce à son charme il s'était bâti un certain prestige de journaliste habile au sein de la profession. Nul ne savait d'où il tirait ses informations avant tout le monde. Pour cette raison, le *Correo* l'avait engagé moins d'un an plus tôt, au nez et à la barbe de *La Campana*. Fleixa le tenait pour un parfait imbécile.

« Llopis, vous ici ! Je me disais aussi que ça ne sentait pas la rose.

— Ça doit venir de toi et de cette veste immonde, mon cher Fleixa.

— Je t'…

— Fermez-la ! »

L'aboiement de Sanchís fit trembler les vitres du bureau. Toute la rédaction feignait de continuer à travailler mais n'en perdait pas une miette. Le directeur lança à Llopis :

« Felipe, nous poursuivrons plus tard. Fermez la porte derrière vous. »

Le jeune reporter salua Sanchís d'une courbette travaillée et adressa un clin d'œil et un claquement de langue à Fleixa en passant près de lui, lequel se contenta de le fusiller du regard, en serrant les poings si forts que ses ongles s'incrustèrent dans ses paumes. Sanchís fit un geste vers le siège en face de lui.

« Merde, Pascual, je peux savoir pourquoi on m'a sucré mon espace ?

— Assieds-toi et boucle-la. »

Le journaliste s'exécuta de mauvaise grâce, mais en passant outre la seconde injonction.

« Comment se fait-il que le torchon de ce scribouillard soit publié à la place de ma colonne ?

— Pour commencer, c'est ma colonne et non la tienne, tout comme le reste de ce foutu journal. Et ce "scribouillard", comme tu dis, me rapporte des exclusivités. En attendant, toi, tu fais quoi ?

— Je bosse sur ce dont je t'ai parlé. J'y suis presque. Ça va être une vraie bombe. »

Le directeur hocha la tête de droite à gauche et son double menton suivit le même rythme. Il rappelait à Fleixa ces chiens anglais hideux.

« Depuis combien de temps on se connaît ? » fit Sanchís.

Fleixa haussa les épaules.

« Écoute, tu ne me facilites pas les choses : tu viens n'importe quand, tu travailles quand ça te chante, depuis des semaines tu ne nous rapportes que des anecdotes bouche-trou… » Il le regarda presque avec commisération. « Voilà des années qu'on se connaît mais je ne t'avais jamais vu dans cet état. Regarde-toi : ces vêtements, ces yeux rouges. Tu empestes. Tu as recommencé à jouer ? Tu dois combien ? »

Fleixa garda le silence.

« Je vais te le dire clairement. Je pense sérieusement à te remplacer. » Il pointa son havane en direction de la rédaction. « Llopis porte des costumes hors de prix et se donne de grands airs. C'est vrai qu'il est pédant mais il monte au créneau tous les jours. Il va dans les endroits qu'il faut, il furète comme un chien et il me rapporte ce que je veux : de l'info. Exactement ce que tu faisais il n'y a pas si longtemps. Nous sommes un journal, et un journal vit en publiant des infos. Regarde, ici, Barcelone. Dans quelques jours, c'est l'inauguration de l'Exposition universelle. La ville est en train de changer. Le monde est en train de changer et les gens comme Llopis sont au taquet. »

Fleixa déglutit.

« Donne-moi un peu de temps. »

Sanchís hocha de nouveau la tête et les chairs de son visage se remirent à trembler. Puis il inspira bruyamment et croisa ses mains velues sur sa nuque. Il fit une pause si longue, avant de reprendre la parole, que toute la fumée de son havane sembla rester en suspens.

« Je sais que je vais le regretter… Je te donne une semaine. Sept jours, pas un de plus. Ensuite, je prendrai ma décision, c'est clair ? » Il lui indiqua la porte. « Sors d'ici et, pour l'amour du ciel, va prendre un bain. »

Fleixa se leva et alors qu'il passait le seuil l'entendit murmurer :

« Un journal, nom de Dieu, c'est un journal ici ! »

Les machines à écrire et les conversations reprirent leur cadence ordinaire. Fleixa entrevit Llopis entouré de sa cour de jeunes rédacteurs. Se sentant observé, celui-ci lui adressa un signe du menton. En guise de réponse, Fleixa lui présenta son majeur brandi en l'air et lui tourna le dos.

Alors qu'il retournait à sa table, une alarme qui n'avait rien à voir avec Llopis et sa récente conversation se mit à sonner dans sa tête. Il jura en silence. Tout à coup, il avait la sensation que quelque chose, au cours de la dernière heure, lui avait échappé, quelque chose d'important, et il n'arrivait pas à savoir quoi. Il souffla, exaspéré. Sa gueule de bois n'aidait pas.

« Comment ça s'est passé ? s'enquit Alejandro lorsqu'il le vit arriver.

— Ça aurait pu être pire. »

Son collègue continuait à lire le journal en se balançant sur sa chaise. C'est alors que la mémoire revint à Fleixa. Il se jeta sur son bureau et se mit à fouiller fiévreusement dans ses notes.

« Il est quelle heure ?

— Quoi ? Et ta montre ? Ne me dis pas que tu l'as encore mise au clou…

— L'heure, bordel ! Tu vas me la donner, oui ? s'écria Fleixa.

— Presque une heure, pourqu… ? »

Dans un tourbillon de feuilles volantes, Fleixa sortit en courant de la salle de rédaction.

4

Le cimetière de Montjuïc jouissait d'une jolie vue sur la mer. Sauf ce jour-là. Les cloches de l'église de Poble Sec avaient beau avoir sonné midi, le ciel était aussi noir qu'en pleine nuit. Les tombes en marbre, noyées sous la pluie, brillaient sous les éclairs. Saints, anges et vierges pleuraient la furie des cieux et prenaient vie dès que Daniel fixait son regard sur eux. Il se massa l'arête du nez et ferma les yeux. Son long voyage depuis Oxford l'avait exténué.

Il déplaça son poids d'un pied sur l'autre pour trouver une posture plus confortable et les graviers crissèrent comme s'il marchait sur un tapis de cafards. La messe avait été brève et sans ostentation, ce qui aurait sans doute été du goût de son père. On l'avait invité à dire quelques mots mais il avait refusé. Il se rappela cet homme élégant et soigné qui, après la mort de son épouse, était devenu un étranger. La médecine s'était mise à combler le vide laissé par la défunte et dès lors avait régi la vie de la famille. Il lui semblait encore entendre cette voix grave qui se répercutait sur les murs de la maison et réclamait le silence car le grand homme était en train de travailler. Le silence, toujours le silence, qu'il ne brisait que pour leur faire la leçon sur leur travail scolaire ou leur avenir, irrémédiablement scellé par un destin sans appel : devenir des médecins en tous points conformes à lui-même, des médecins meilleurs encore.

Lui n'y était pas arrivé.

Il détourna les yeux vers une autre tombe, quelques mètres plus loin. Involontairement, il frôla de ses doigts les cicatrices de son cou. Il serra les lèvres et se concentra sur la sensation d'apaisement que lui procurait l'eau, même s'il savait que cette pluie torrentielle ne suffirait pas à calmer ses tourments. Il détailla les rares personnes présentes à l'enterrement. Plusieurs parapluies entouraient la fosse, sous lesquels se serraient quatre hommes vêtus de longs manteaux noirs et coiffés de hauts-de-forme. D'anciens collègues de son père. Tous arboraient le même visage indifférent de qui a vu mourir beaucoup de ses semblables.

Un secrétaire municipal aussi était là, représentant les autorités locales. Après tout, son père avait toujours eu des relations haut placées. Les funérailles de l'éminent médecin et professeur, Don Alfred Amat i Roures, n'étaient pas des moindres, même si, avec cet orage, le fonctionnaire ne tarderait pas à trouver une excuse pour s'éclipser au plus vite.

À sa droite, dans un coin plus discret, étaient rassemblés quatre ou cinq étudiants. Ils s'agitaient, mal à l'aise sous les trombes d'eau, serraient les pans de leurs manteaux et cherchaient eux aussi, quoique de façon moins dissimulée, un prétexte pour partir. Daniel crut voir une flasque passer de main en main.

Au total, l'assemblée ne comptait pas plus d'une douzaine de personnes s'il ajoutait les deux employés occupés à passer des cordes de chanvre détrempées sous le cercueil. Une vie de sacrifices, consacrée à la médecine, pour finir sous un monceau de terre entouré d'une poignée d'inconnus. Le cercueil descendit dans un va-et-vient qui n'avait rien de solennel jusqu'à ce qu'un clapotis annonce qu'il avait touché le fond. Entre-temps, le curé – sous un parapluie que tenait un enfant de chœur trempé jusqu'aux os – récitait le psaume de l'Ecclésiaste d'une voix compassée. Les employés récupérèrent leurs cordes en les faisant glisser et leur frottement contre le bois couvrit les dernières paroles du prêtre. Daniel s'inclina, arracha au sol une poignée de terre compacte qu'il lança dans la fosse. L'écho de l'impact sur le chêne verni retentit dans le cimetière tout entier. Il se surprit à s'attendre que son père surgisse de son cercueil pour lui reprocher d'avoir fait tant de bruit. Les pelles se mirent au travail et tout le monde se hâta de prendre congé. Un vent glacé venant de la mer s'était joint à la pluie. Il y avait de meilleurs endroits où passer l'après-midi que ce cimetière de Montjuïc.

D'abord ce furent les rares collègues de son père qui avaient daigné venir qui s'approchèrent de Daniel pour lui présenter leurs condoléances. Visages circonspects, phrases convenues, évocations des mérites du défunt. Quel grand médecin, quel immense défenseur de la science... Et ainsi, une infinité d'éloges répétés que Daniel n'écoutait que d'une oreille. Il hochait la tête et serrait des mains d'un geste automatique, en évitant les regards. Le dernier des professeurs s'approcha ; il marchait avec une canne. Il n'avait pas de parapluie, juste un chapeau enfoncé jusqu'aux yeux.

« J-je vous présente mes c-c-condoléances. Je suis sincèrement dé-désolé du d-deuil qui vous frappe. »

Daniel murmura des remerciements, serra la main et se prépara à recevoir le suivant... Mais l'homme ne partait pas ; il toussota et continua dans un murmure saccadé :

« J-je me présente : Joan Gavet. J'étais, comme q-qui dirait, un a-ami de votre père. »

Daniel hocha poliment la tête.

« J'esp-père que votre retour à Barcelone après tant d-d'années vous aura tout de même apporté q-quelque s-satisfaction.

— Pas vraiment. D'ailleurs, à peine étais-je descendu du train qu'il m'est arrivé une petite mésaventure.

— A-ah b-bon ?

— Peu importe, s'empressa d'ajouter Daniel qui regrettait déjà d'y avoir fait allusion, des voleurs qui m'ont subtilisé ma valise. Elle ne contenait qu'un peu de linge et quelques objets personnels faciles à remplacer.

— A-Allons bon, j'en suis na-navré.

— Ce n'est rien. De toute façon, je ne pense pas rester bien longtemps en ville.

— N-Non ? » Il semblait déçu. « Q-quel dommage, j'aurais beaucoup aimé avoir l'occasion de pa-parler un peu plus longtemps avec vous. Heureux d'avoir f-fait votre c-connaissance. »

Sur ces derniers mots, le singulier médecin s'en alla, recroquevillé sous la pluie.

Le reste du groupe se dispersa comme une bande de corbeaux mis en fuite par un coup de fusil. Daniel s'apprêtait à faire de même quand son attention fut attirée par un jeune homme immobile près de la fosse. Son expression affligée lui sembla si sincère qu'il en eut de la peine pour lui. Quelqu'un appréciait peut-être vraiment son père, après tout. Le jeune homme leva les yeux et croisa le regard de Daniel. Son expression changea, comme s'il regrettait d'en avoir dévoilé plus qu'il ne voulait. Il rentra sa tête dans les épaules et s'éloigna d'un pas vif sur le sentier.

Le murmure des vivants avait disparu et seul restait le crissement des pelles ramassant et déversant la terre. Daniel aspira l'air chargé de l'humidité de la mer pour en emplir ses poumons. Après un dernier regard, il coiffa son gibus, prêt à s'en aller, quand un arôme de jasmin l'enveloppa telle une caresse. De l'autre côté du sentier, au pied d'un cyprès, une silhouette vêtue de noir se découpait sur le ciel lourd de nuages.

Daniel se demanda s'il ne s'agissait pas d'une de ces apparitions qui peuplaient le cimetière. Il s'approcha à pas prudents, comme s'il craignait qu'elle ne s'évanouisse. La femme leva le menton et regarda Daniel sous sa voilette de mousseline. Les lèvres pincées, elle le suivait des yeux, des yeux aussi verts que dans les souvenirs de Daniel. Dans sa main droite gantée, elle tenait un parapluie, et de la gauche elle serrait sur sa robe son manteau d'astrakan. Ses cheveux d'un noir de jais étaient ramassés en un chignon dont une mèche s'était échappée et ondulait au caprice du vent. Daniel s'arrêta à quelques pas d'elle. Ils se regardèrent longuement, prenant la mesure des années passées. Elle parla la première.

« Monsieur Amat. »

Daniel répondit au salut d'une inclinaison de tête. Il fit un effort extraordinaire pour empêcher sa voix de trembler.

« Irene. C'est… c'est très aimable à vous d'être venue.

— J'appréciais votre père. Être présente à ses obsèques était le moins que je puisse faire. »

Daniel la scruta, cherchant en elle la jeune femme qu'il avait connue autrefois. Elle ne semblait pas avoir changé, à l'exception de sa voix : elle sonnait plus grave, maintenant que son accent caribéen avait disparu. Elle tira de sa poche un mouchoir en dentelle qu'elle porta à ses yeux en soulevant légèrement sa voilette. Un geste aussi fugace qu'un clignement d'œil, mais qui dévoila son teint mulâtre.

« Beaucoup de temps a passé… parvint à dire Daniel.

— Trop.

— Comment all… ?

— Je vais on ne peut mieux, merci de vous en soucier. »

Elle jeta un coup d'œil sur sa gauche. À l'entrée du cimetière attendait un homme enveloppé dans une cape de cocher. Une ombre d'inquiétude passa sur son visage, mais elle se ressaisit très vite, seul la trahit un bref tremblement de sa main quand elle rangea son mouchoir.

« Je dois m'en aller. »

Daniel aurait voulu l'empêcher de partir mais il ne savait pas quoi dire. Elle sembla attendre ces derniers mots mais, voyant qu'ils ne venaient pas, elle se mit à remonter le sentier. Alors, dans une impulsion, il franchit la distance qui les séparait et la retint par le coude. Il était si près d'elle qu'il sentait la chaleur de son corps. Les souvenirs se pressèrent dans sa tête et le cimetière alentour sembla disparaître. Il s'aperçut alors qu'elle le regardait avec hostilité derrière sa voilette. Sa question le tira de sa stupeur.

« Puis-je savoir ce que vous faites ?

— J'aurais dû vous contacter… dit-il sans réfléchir.

— Mais vous ne l'avez pas fait, et c'est peut-être mieux ainsi.

— Je voudrais vous revoir, avant mon départ.

— C'est impossible. Plus maintenant. »

Elle se libéra de sa main et reprit sa route. Daniel la suivit du regard tandis qu'elle s'éloignait dans l'allée, escortée par les cyprès sous la pluie.

Une fois seul, Daniel adressa un dernier regard à l'endroit où reposait désormais son père puis se dirigea vers la sortie du cimetière. Cette rencontre avec Irene l'avait affecté. Quel idiot ! Comment n'avait-il pas pensé qu'elle viendrait ? La voir avait réveillé en lui des sentiments qu'il croyait oubliés. Pourquoi lui importait-elle après si longtemps ? À présent, il avait une nouvelle vie, une future épouse, un prestigieux poste de professeur. L'avenir dont beaucoup auraient rêvé. Elle faisait partie du passé. Un passé qui ne reviendrait pas.

Alors qu'il allait franchir le portail, une voix essoufflée le tira de ses pensées.

« Monsieur Amat ?… Satanée pluie. »

Un homme de petite stature, portant une veste à carreaux, un nœud papillon et un canotier dégoulinant l'avait rejoint et tentait de reprendre haleine. Ses lunettes, couvertes de buée, avaient glissé sur son nez, découvrant des yeux globuleux. En essayant d'essuyer l'eau qui dégouttait sur son visage, il ébaucha un sourire qui déplaça sa moustache en une moue comique. Daniel ne se souvenait pas de l'avoir vu à la cérémonie.

« Nous nous connaissons ? »

L'homme lui tendit une main trempée.

« Bernat Fleixa. Voici ma carte. »

Daniel la prit du bout des doigts. En lisant le texte inscrit sur l'envers il haussa les sourcils.

« Vous êtes journaliste ?

— Oui, monsieur, au *Correo de Barcelona.*

— Que puis-je pour vous ?

— Je souhaiterais m'entretenir un moment avec vous, si vous voulez bien. »

Daniel lui rendit sa carte de visite et s'éloigna.

« Je n'ai rien à vous dire. »

Fleixa suivait Daniel qui se dirigeait vers la sortie.

« En fait, il s'agit plutôt de ce que moi j'ai à vous dire. Vous savez que vous êtes tout le portrait de votre père ? En plus jeune, bien entendu.

— Vous le connaissiez ? Oh, mais oui, bien entendu, fit-il, ironique, sans s'arrêter.

— Le docteur Amat et moi avons eu l'occasion de nous rencontrer. D'ailleurs…

— Écoutez, monsieur Fleixa. » Daniel se retourna brusquement. « Si vous aviez vraiment fréquenté mon père, vous sauriez tout le mépris qu'il avait pour les journalistes. Il tenait les journaux pour de vulgaires pamphlets, capables des pires calomnies. Il était d'avis que les gens convenables ne devaient même pas feuilleter un hebdomadaire. Il n'aurait jamais échangé deux mots avec quelqu'un de votre profession.

— Eh bien, non seulement il l'a fait, mais en plus, c'est lui qui est venu me chercher. »

Daniel soupira, les dernières émotions avaient fini de l'épuiser. Ce long voyage, les funérailles, Irene… Il ne voulait que dormir, dormir de longues heures d'affilée puis prendre son train pour retourner à sa véritable vie.

« Accordez-moi une minute, je vous en prie, le supplia Fleixa. Ensuite, si c'est ce que vous souhaitez, je ne vous dérangerai plus. »

Daniel, sans lui répondre, pressa le pas.

« Attendez ! Vous ne comprenez pas. Votre père et moi avions rendez-vous mais il ne s'est jamais présenté. On l'en a empêché. » Le journaliste baissa la voix, en regardant autour de lui. « Monsieur Amat, j'ai toutes les raisons de croire que votre père a été assassiné. »

5

L'Europa, l'un des nombreux cafés situés sous les arcades de la Plaza Real, était devenu un lieu à la mode au cours des dernières années. À cette heure de l'après-midi, seules quelques tables étaient occupées. Dans les volutes de fumée des cigarettes, un groupe de clients débattait des nouveaux droits de douane pour les céréales.

Daniel et le journaliste, qui avaient choisi une table à l'écart, gardaient le silence pendant que le garçon de café les servait. Lorsque enfin il les laissa seul, Daniel, le premier, prit la parole.

« Monsieur Fleixa, tout d'abord, dites-moi pourquoi je devrais vous faire confiance.

— Parce que votre père l'a fait avant vous. Écoutez…

— Non, vous, écoutez-moi. Ne vous y méprenez pas : je suis ici à l'encontre du bon sens le plus élémentaire. Je ne peux pas imaginer que qui que ce soit ait pu souhaiter la mort de mon père. C'est tout bonnement inconcevable. Donc, je vous donne cinq minutes pour vous expliquer. Ensuite, je m'en irai par cette porte et vous n'entendrez plus jamais parler de moi.

— Ça me paraît juste », concéda Fleixa. Il vida d'un trait l'absinthe qu'on lui avait servie et s'éclaircit la gorge. « Il y a près de trois semaines, j'ai reçu au journal un message de votre père qui m'enjoignait de le retrouver de toute urgence à l'église de Sant Miquel del Port. »

Daniel hocha la tête. C'était bien de son père de convoquer ainsi les gens comme s'ils étaient à ses ordres.

« Poursuivez.

— Nous nous sommes rencontrés le lendemain. Pendant tout le temps de notre conversation, il n'a pas cessé de regarder autour de lui et il s'est tu plusieurs fois au milieu d'une phrase. Il parlait vite, comme s'il était pressé de mettre fin à notre entretien. Je crois qu'il ne m'appréciait pas plus que ça et que cette entrevue clandestine n'était pas trop à son goût non plus. Manifestement, il cherchait la discrétion, sinon il m'aurait fixé rendez-vous au journal ou à l'université. Bref, nous étions à peine assis sur un banc de l'église qu'il m'a remis tous ces papiers. »

Fleixa posa sur la table un porte-documents serré par une courroie en cuir.

« Qu'est-ce que c'est ?

— C'est aussi ce que j'ai demandé, répondit le journaliste en défaisant la courroie et en ouvrant le dossier. Votre père m'a raconté qu'il travaillait depuis un certain temps sur les conditions d'hygiène des secteurs les moins favorisés de la ville. Depuis des mois, il collectait des informations et effectuait des dizaines d'analyses dans la Barceloneta. Je ne sais pas si vous connaissez le quartier. Ces dernières années il a subi des changements importants. Différentes entreprises s'y sont récemment installées, dont La Maquinista Terrestre y Marítima et La Catalana de Gas. C'est un quartier très peuplé, où ont échoué toutes ces familles venues de l'Espagne entière pour trouver du travail. Son étude, m'a raconté votre père, cherchait à établir un lien entre les misérables conditions de vie et de travail auxquelles est soumise cette population et les maladies dont elle est affectée. Ces documents sont les conclusions de ses recherches. »

Daniel ne dissimula pas sa surprise : son père n'était pas homme à prendre en charge de sa propre initiative une étude semblable. Il avait suivi les personnes les plus influentes et fortunées de la ville, il était le médecin personnel de certaines d'entre elles, et il se flattait d'une position sociale qui l'amenait à entretenir des relations avec la haute bourgeoisie barcelonaise. Une telle étude et ce qu'elle risquait de mettre en lumière ne pouvaient que lui attirer quelques inimitiés.

« Mon père n'a jamais…

— C'est vrai, le coupa Fleixa, qui avait deviné. Avec ce travail, il ne pouvait pas espérer beaucoup de lauriers, bien au contraire. Pourtant votre père s'y est consacré avec acharnement, d'après ce que j'ai compris en lisant ces documents. » Il fit une pause pour héler le garçon de façon un peu abrupte et lui commander une autre liqueur. « J'ai demandé à votre père ce que j'étais censé faire de tout ça. Je me doutais bien que mon journal ne serait pas franchement enthousiaste à l'idée de se mettre à dos les plus grands entrepreneurs barcelonais, certains étant d'ailleurs des actionnaires du *Correo*. Mais votre père m'a alors expliqué que ce n'était pas tout. Au début de ses investigations, poursuivit le journaliste, il avait relevé, comme il s'y attendait, de nombreuses causes de décès dans la Barceloneta. Essentiellement des accidents du travail, mais aussi des affections dues à l'eau contaminée, la galle, la pneumonie, la tuberculose… et la faim. Chez ces pauvres gens, la mort est quotidienne, comme votre père avait pu le constater tout au long de ces semaines. Au fil du temps, il s'était impliqué de plus en plus : il avait commencé à édicter des normes d'hygiène, à solliciter la ville pour qu'elle prenne des mesures concernant l'eau et les égouts, il s'était occupé personnellement des malades, payant parfois lui-même les médicaments dont ils avaient besoin. En conséquence, il avait gagné la gratitude et la confiance des gens du quartier. »

Fleixa finit son deuxième verre et poursuivit. « Un soir, un vieux menuisier secouru par votre père lui a confié une histoire. Apparemment, des bruits couraient que le Mal s'était emparé de la Barceloneta. Depuis quelques semaines, toujours au coucher du soleil, des jeunes filles qui rentraient du travail ou de commissions disparaissaient de manière inexplicable. Quatre ou cinq jours plus tard, on retrouvait leurs corps dans un état abominable : vidés de leur sang et amputés de certains membres. Mais surtout, ce qui suscitait le plus d'effroi, c'était que les cadavres présentaient d'énormes morsures et que la chair autour des blessures était noircie, comme brûlée. Le vieux, sincèrement terrorisé, d'après votre père, lui avait expliqué que les voisins, devant l'indifférence des autorités, avaient organisé des battues nocturnes pour capturer l'assassin. Mais tous les efforts avaient été inutiles. Les disparitions continuaient. La nuit, les familles enfermaient leurs filles à double tour, priant que le démon ne vienne pas les réclamer. Votre père, bien entendu, n'en avait pas cru un mot et avait attribué l'histoire aux croyances superstitieuses du vieil homme. Il l'avait oubliée jusqu'à ce qu'on vienne le chercher, une semaine plus tard, en pleine nuit. On avait trouvé un cadavre et son aspect était des plus extraordinaire. »

Daniel se pencha vers le journaliste.

« Vous entendez quoi par "extraordinaire" ?

— Votre père n'a pas voulu entrer dans les détails. J'ai insisté parce que j'en avais besoin pour mon reportage et finalement il a accepté de me donner des précisions lors d'un nouveau rendez-vous. Rendez-vous qui n'a jamais eu lieu, malheureusement. »

Fleixa s'interrompit le temps de commander une autre absinthe.

« Toujours est-il que le corps retrouvé était celui d'une fille très jeune. Presque une enfant. Votre père, monsieur Amat, avait du mal à dominer sa fureur en me le racontant. Il avait envoyé quelqu'un prévenir la police et fait porter le corps à la morgue dans l'attente de l'autopsier. Il pensait que l'analyse du corps lui permettrait de trouver une piste qui mènerait à l'arrestation de l'auteur de ces crimes abominables. Mais il n'a jamais pu la réaliser.

— Ah bon ? Pour quelle raison ?

— Avant le lever du jour, le corps de la jeune fille avait disparu.

— Comment est-ce possible ?

— Votre père aussi a eu du mal à le croire. La salle n'a qu'un accès, surveillé la nuit. L'employé de garde ce jour-là a déclaré qu'il n'avait pas bougé de son poste et que personne ne s'était présenté.

— Mais il a pu mentir. J'imagine que les autorités ont pris le relais pour tirer les choses au clair.

— En fait, votre père a été traité avec une certaine condescendance, semble-t-il. On a comme qui dirait émis des doutes sur le fait que le corps ait bien existé. Quant à ses propres collègues de l'université, ils ne l'ont pas particulièrement appuyé non plus. »

Daniel imagina la frustration qui avait dû être celle de son père, quand en d'autres temps un seul mot de lui suffisait pour que tout le monde se plie à ses ordres. Les choses devaient avoir bien changé au cours de ces années où il avait été absent.

« Le docteur Amat m'a alors avoué qu'il commençait à avoir des doutes sur la police.

— La police ? C'est absurde.

— Peut-être. » Fleixa haussa les épaules. « Ses travaux avaient certainement dérangé dans certaines sphères et votre père était convaincu qu'on cherchait à enterrer l'affaire. Mais ça ne l'a pas arrêté. Il a entamé de nouvelles recherches dont voici les résultats. »

Fleixa fit glisser sur la table une simple feuille de papier apparemment identique aux autres. Daniel reconnut l'écriture soignée de son père. Quand il saisit la feuille, elle crissa entre ses doigts. Il prit une grande inspiration, écarta les souvenirs qui l'assaillaient et entreprit de lire. Il s'agissait d'une série de noms agrémentés d'annotations. En regard, figurait une colonne de chiffres.

« Une… liste ?

— Elle lui a pris beaucoup de temps. J'imagine que ça n'a pas été facile d'obtenir ces informations des habitants terrorisés de la Barceloneta. Ce n'est que grâce à sa réputation dans le quartier qu'il a réussi à les avoir.

— Mais qu'est-ce que c'est exactement ?

— À travers différents témoignages, votre père avait obtenu les noms et les âges des jeunes disparues, la date à laquelle étaient apparus leurs corps et des détails sur l'état des cadavres. »

Daniel compta seize lignes et leva les yeux, éberlué.

« Incroyable, n'est-ce pas ? » murmura Fleixa.

Daniel baissa de nouveau les yeux sur la liste. Une malheureuse du nom de Gracia Sanjuán avait été retrouvée sans jambes ; une autre, Adela Reig, les orbites vides ; Sara Fuster, elle, avait un bras en moins. La première victime avait été découverte au mois de janvier, la dernière vingt jours avant l'arrivée de Daniel à Barcelone. La plus jeune était âgée d'à peine quinze ans. Soudain, la feuille pesa plus lourd. D'une main tremblante, Daniel chercha son verre. Il but quelques gorgées d'eau pour tenter de réfréner les nausées qui commençaient à l'assaillir.

« Et les chiffres notés à côté ? demanda-t-il.

— Ce sont des coordonnées.

— Des coordonnées ?

— Oui. Pour localiser les endroits où ont été retrouvés les corps, dans les égouts de la ville pour la plupart, d'autres carrément flottant dans le Port Vell. »

Un silence se fit. Daniel comprenait maintenant pourquoi cet homme avait des soupçons sur une mort soi-disant accidentelle de son père. Il avait beau ne plus boire depuis sept ans, il souhaita ardemment sentir la chaleur de l'alcool courir dans ses veines. Pourtant il se reprit et, saisissant son verre, le vida d'un trait. L'eau avait un goût de sang.

Le journaliste pendant ce temps s'installait plus confortablement dans son fauteuil, avec une certaine satisfaction. Les cinq minutes étaient passées et à l'évidence Daniel n'avait aucune intention de s'en aller.

« Après cette conversation, nous sommes convenus que je ne publierais pas la moindre ligne sur le sujet tant que votre père n'aurait pas réuni des preuves.

— Des preuves ? Quel genre de preuves ? s'étonna Daniel.

— Votre père savait que cette liste n'était pas suffisante. Il pensait pouvoir découvrir l'auteur ou les auteurs de ces crimes épouvantables, puis, avec mon aide, les dénoncer. Mais je n'ai plus eu aucune nouvelle de lui jusqu'à ce que je reçoive lundi dernier une lettre rédigée à la hâte : il avait trouvé ce qu'il cherchait et il était disposé à tout me raconter.

— Qu'est-ce qu'il vous a dit ?

— Malheureusement, j'ai attendu trois nuits de suite à notre lieu de rendez-vous mais votre père n'est jamais venu. »

Daniel ne savait que penser.

« C'était un accident. Voilà ce qu'on m'a dit.

— Et est-ce qu'on vous a autorisé à voir le corps de votre père ?

— Non, reconnut Daniel. D'après eux, l'eau l'avait horriblement endommagé.

— Si, comme le soupçonnait votre père, les autorités faisaient tout pour cacher ces meurtres, elles n'allaient pas agir différemment avec sa mort. » Fleixa regarda par-dessus son épaule et baissa la voix. « Monsieur Amat, dans cette affaire des intérêts bien plus importants que ce que vous imaginez sont en jeu. Beaucoup des jeunes victimes travaillaient dans les usines. Si tout ça est rendu public, les syndicats récemment constitués auront l'occasion idéale pour faire parler d'eux et peut-être même appeler à la grève. Depuis quelque temps l'ambiance ici est surchauffée. Les ouvriers réclament de meilleures conditions de travail et s'organisent. Les patrons ont de leur côté la police et la garde civile, sans compter les "jaunes" qu'ils paient pour casser les mouvements de protestation. On murmure même qu'ils sont prêts à engager des tueurs à gages. La confrontation devient inéluctable. Le gouverneur civil veut l'éviter à tout prix et fait pression sur la mairie, qui est elle-même aux prises avec le chantier de l'Exposition universelle. On ne sait pas si les travaux seront finis à temps pour l'inauguration et une grève serait un désastre, sans parler des répercussions à l'étranger. Vous mesurez les conséquences ?

— Pourquoi me racontez-vous tout ça ? demanda Daniel.

— Je veux l'exclusivité.

— L'exclusivité ?

— C'est l'accord que j'avais passé avec votre père. Écoutez... » Fleixa se pencha vers lui. « Je crois que nous pouvons nous aider mutuellement.

— De quelle façon ?

— Vous avez accès aux affaires de votre père. Il doit bien y avoir quelque part une trace de ce qu'il a trouvé. »

Daniel hésitait. Toute cette histoire était si extravagante... Quelle part de vérité et quelle part d'imposture y avait-il là-dedans ? Était-ce possible que son père ait inventé une conspiration sortie tout droit de son imagination ? Et si oui, dans quel but... ? Soudain, il comprit. Comme il avait été naïf de s'être laissé prendre par ce récit fantaisiste. Il retint un éclat de rire amer. Un moment, il avait oublié la véritable nature de son père. De frustration, il faillit frapper du poing sur la table.

« Je vais vous décevoir, monsieur Fleixa, mais je crains que tout cela ne soit qu'une immense farce. Mon père était une personne peu ordinaire, parfaitement capable de concevoir les affabulations nécessaires dans son propre intérêt. Vous le sauriez si vous l'aviez connu aussi bien que moi-même. C'était un manipulateur et j'ai le regret de vous dire que vous êtes simplement une victime de plus de ses manigances.

— Et dans quel but votre père aurait-il inventé tout ça ?

— Je n'en sais rien et je ne m'en soucie guère, répondit Daniel en se levant.

— Ne partez pas ! » Fleixa se mit debout aussi. « Je sais que cette histoire peut sembler invraisemblable. Moi-même j'ai eu du mal à y croire. Pourtant j'ai pu vérifier les affirmations de votre père. »

Sans répondre, Daniel attrapa son manteau et son chapeau.

« Accompagnez-moi demain soir et je vous prouverai que tout ce que je vous ai raconté est vrai. »

Daniel, déjà près de la porte, s'arrêta. Il leva les yeux au plafond, inspira à fond puis relâcha l'air emmagasiné. Il ne souhaitait qu'une chose : quitter cette maudite ville et rentrer à Oxford. Le décès de son père était l'occasion de tirer un trait sur le passé pour de bon. En Angleterre l'attendaient sa future épouse, son cher *college* et ses cours. Il soupira. Le journaliste semblait très sûr de lui. Peut-être fallait-il lui donner une chance et éclaircir cette histoire une bonne fois pour toutes. Ainsi il rentrerait la conscience tranquille, sûr d'avoir fait tout ce qui était en son pouvoir. Dans le cas contraire, il ne pourrait s'empêcher de se demander s'il y avait quelque chose de vrai dans tout cela et les doutes le poursuivraient toujours.

« Très bien. Je vais repousser mon départ de quelques jours. »

Il lui sembla que le journaliste souriait.

« Parfait ! Vous ne le regretterez pas », affirma celui-ci en lui tendant la main.

Daniel la lui serra.

« Demain soir à onze heures, je vous attends devant le quai de la Fortuna, sur le port. Mettez des vêtements sombres, passe-partout, vous voyez ce que je veux dire. Ah ! Et n'oubliez pas de prendre la mallette de votre père. C'est possible ?

— J'imagine que oui, mais pour quoi faire… ?

— Faites-moi confiance. »

6

Une silhouette déambulait avec aisance entre les rayonnages. Dans ce labyrinthe de ténèbres, la lanterne qu'elle tenait était la seule source de lumière ; la flamme, qui se reflétait dans les récipients en verre rangés sur les étagères, laissait fugitivement deviner les formes grotesques qui flottaient à l'intérieur ; tels les rangs d'une armée silencieuse, des centaines de flacons couvraient les murs, méticuleusement alignés.

Le dernier spécimen avait mieux évolué. Il progressait enfin. Il était temps…

Les pas de l'individu masqué le conduisirent à une salle hexagonale. Couvrant tout autre bruit, un bourdonnement d'abeilles saturait l'air. Le froid et l'humidité étaient ici plus intenses. Il sentit sous ses pieds le frémissement familier de l'eau qui circulait sous le dallage, à plusieurs mètres de profondeur, et comme d'autres fois, il s'imagina sous une cascade. Il contourna le puits grillagé à sa droite. L'eau scintillante projetait au plafond un cercle d'ondes couleur cobalt. Il s'arrêta près d'une colonne recouverte de métal qui s'élevait et se perdait dans les arcs de la voûte. Quand il approcha la lampe, la lumière ricocha sur la surface en cuivre. Il leva la main et la caressa.

À travers ses gants il sentait la chaleur qu'elle dégageait, semblable à la peau d'un être vivant. Une plainte gutturale jaillit de ses lèvres, il y appuya son front et murmura quelques mots indistincts.

Douloureusement, il se détacha de la colonne et se dirigea au centre de la pièce. Il posa la lanterne sur une console et augmenta la flamme au maximum. La lumière se répandit sur le bloc de marbre qui s'étalait sous ses yeux. De la longueur d'une personne adulte, la table avait été sculptée d'une seule pièce cent vingt ans plus tôt. Son plateau lisse semblait plat tant l'ovale creusé était doux. Trois colonnes enroulées sur elles-mêmes et terminées en têtes de dragon soutenaient son poids colossal. La rondeur des courbes s'alliait à la pureté des lignes droites dans une harmonie de l'ensemble. L'artisan avait réussi à donner vie à cette pierre.

La silhouette passa sa main sur la surface polie. Ses doigts suivirent le chemin des fluides corporels de ses victimes jusqu'à l'orifice métallique au centre. Il sentit au bout de ses doigts la force qui émanait de la pierre et savoura cette sensation d'énergie. Soudain, il retira sa main comme s'il avait reçu une décharge électrique. Il recula de quelques centimètres sans cesser d'admirer la table, et lentement, très lentement, il commença à se déshabiller.

Il ôta d'abord ses gants en cuir, en prenant son temps, les déposant l'un à côté de l'autre sur la console. L'ordre était essentiel. L'ordre présidait à chacun de ses actes. Il enleva ensuite sa veste et son gilet, les plia avec soin et les rangea près des gants. Il défit le nœud de sa cravate et déboutonna sa chemise, qui se retrouva également pliée. D'un seul geste, il se débarrassa de son pantalon et de ses sous-vêtements qui trouvèrent leur place auprès du reste.

Son corps nu exhalait un halo de vapeur à cause du froid. Quand il s'approcha de la source de lumière, celle-ci révéla les marques autour de sa taille, tels les nœuds d'un arbre retors.

Il prit appui des deux mains sur la table pour grimper et s'allongea. Au contact de son dos avec la pierre glacée il ferma à demi les yeux et sentit ses pores se contracter. Ses cicatrices se détendirent et la douleur se mit à régresser. Sa respiration se fit plus régulière de seconde en seconde. Il écouta les battements de son cœur ralentir jusqu'à atteindre un rythme imperceptible. Alors, comme tant d'autres fois, tout commença.

Il sentit d'abord la présence de ceux qui par le passé avaient été étendus dans cette même position ; l'esprit des cadavres, subtilisés dans les cimetières, qui cédaient leur repos éternel au progrès de la science. Ils défilèrent l'un après l'autre dans une interminable succession de souvenirs. Il sentit leur force moribonde, les vestiges d'une vitalité perdue qui calmaient sa souffrance. Un gémissement s'échappa de ses lèvres. Son corps se tendit en sentant la présence des corps à venir : cette nouvelle essence vitale se déversa, torrentielle, sur chaque centimètre de sa peau nue. Ceux-ci étaient différents des précédents : leur présence, presque physique, irradiait une énergie telle qu'elle submergeait ses sens. Des femmes jeunes, à peine pubères, qui, allongées sur la froide dalle, étaient encore en vie. Leurs esprits fonctionnaient encore et leurs cœurs battaient, désespérés jusqu'à l'ultime instant, quand leur sang s'écoulait vers le centre de la table et la pierre en marbre absorbait toute leur chaleur. Telle une marée, une sensation lascive grandit en lui et son corps s'arqua dans un orgasme agonisant jusqu'au cri qu'il poussa, qui le laissa inerte et exténué sur la table. Alors, alors seulement, sa douleur fut vraiment apaisée et il put penser à elle. Sa voix, encore haletante, couvrit le bourdonnement d'abeilles.

« Bientôt, très bientôt, nous serons de nouveau ensemble. »

LE CARNET

Dix-huit jours avant l'inauguration de l'Exposition universelle

7

María Lluch faisait moins que ses trente ans. Elle pouvait difficilement se sentir jeune ou aussi exotique que ces femmes venues des colonies d'outre-mer, mais dans les rues du Raval sa poitrine généreuse et ses chairs encore fermes lui avaient permis de manger chaud tous les jours sans trop d'efforts. En tout cas, avant de se mettre à maigrir autant. C'était autre chose de trouver une chambre où s'abriter des froides nuits de cette fin de printemps. Chaque jour, elle devait se battre pour gagner les quelques réals dont elle avait besoin pour survivre. Une existence dure, aussi dure que celle de milliers et de milliers d'âmes à Barcelone, que María supportait stoïquement. Se plaindre ne servait pas à grand-chose.

Cet après-midi-là, elle gisait sur le dos, les yeux fermés. Son visage avait une expression détendue, indifférente à tout ce qui aurait pu perturber son repos. Une ombre s'interposa entre elle et la lumière. Celle d'un homme. Un instant, ses yeux révélèrent une certaine compassion. Il leva alors le bras brusquement et dans sa main brilla une lame effilée. Le couteau fendit l'air et s'enfonça dans la poitrine de María. D'un geste précis, il l'ouvrit jusqu'à l'abdomen, puis il planta de nouveau son couteau par deux fois en partant du centre. Les sillons de chair dessinèrent sur le torse un terrible « y », qui laissait pendre ses seins de chaque côté.

María n'avait pas crié. Personne ne donna l'alarme. Au contraire, autour s'élevèrent des murmures appréciateurs, puis la voix grave de l'homme, l'arme encore à la main, couvrit celle des autres.

« Un peu de silence, messieurs. Comme vous avez pu l'observer, l'incision doit être franche, en forme de T majuscule ou de *i* grec comme ici, afin de faciliter l'ouverture de la cage thoracique. Scie, je vous prie. »

L'assistant lui présenta l'instrument requis tandis que tout l'hémicycle retenait son souffle. Ce jour-là, la leçon d'anatomie était donnée par l'un des plus éminents chirurgiens catalans, le docteur Manel Martorell. Vêtu d'un strict costume sombre que protégeait un simple tablier de cuir, il dispensait l'un de ses cours magistraux dans la salle de dissection de l'ancien Collège royal de chirurgie, siège de la faculté des sciences médicales.

La lumière de l'imposant lustre révélait tous les recoins de la belle salle. De forme ovale et de style néoclassique, elle avait été dessinée par l'architecte Ventura Rodríguez cent ans plus tôt. Sur les côtés s'ouvraient les deux entrées destinées aux élèves et aux professeurs. Quatre rangées de bancs en marbre recouverts de coussins grenat constituaient les gradins qui, pour l'heure, étaient pleins à craquer. En bas, à hauteur du sol, les sièges en bois à hauts dossiers étaient réservés aux professeurs de l'université. Le reste des bancs était occupé par les étudiants de dernière année et tout en haut s'asseyaient ceux qui souhaitaient assister au cours en auditeurs libres. Les autopsies étaient une véritable attraction, à laquelle tout le monde pouvait assister.

Ce jour-là était exceptionnel, car il était peu fréquent que le cadavre étudié soit celui d'une femme. L'odeur d'acide carbolique se mêlait à la fumée des encensoirs placés de part et d'autre des issues et près de la table. Malgré cela, une puanteur douceâtre, comme des relents de fruit pourri, rappelait à l'assistance que la mort se manifeste de façon terriblement olfactive. Sur le banc en pierre du premier rang, plusieurs étudiants chuchotaient entre eux.

« Vous avez vu ? Sa main n'a pas tremblé, au vieux ! » lâcha l'un d'eux.

Des rires sous cape accompagnèrent la boutade. Au milieu du groupe, un jeune garçon brun aux yeux sombres, portant le cheveu lissé et le bouc à la manière des romantiques, était accoudé à la balustrade en bois, indifférent. Les plaisanteries de ses petits camarades ne lui faisaient ni chaud ni froid. S'il n'en était pas l'auteur, elles n'avaient aucun intérêt pour lui.

« Qu'est-ce que tu en penses, Fenollosa ? Tu viens prendre un verre, après ? »

Le jeune homme ne daigna pas répondre, concentré sur les évolutions du professeur autour du corps de la prostituée. La pâleur de la femme semblait se confondre avec le marbre. Malgré la présence de rigoles pour recueillir le sang et les fluides corporels qui s'écoulaient des cadavres, sur le sol recouvert de sciure s'étalaient plusieurs grosses gouttes solidifiées en une cire grenat.

« Très bien. Lequel de vous, messieurs, peut me dire de quoi est morte cette pauvre femme ? »

Un silence lui répondit. Le docteur Martorell eut une moue contrariée.

« Dois-je vous rappeler, messieurs, que vous vous préparez à devenir des chirurgiens. Ni plus ni moins. » Il fit une pause, en les regardant fixement. « Apparemment vous souhaitez faire partie de la grande tradition médicale de cette université. Pour cela, un solide talent est nécessaire, dont peu d'entre vous semblent disposer, peut-être même aucun. Néanmoins, j'espère me tromper pour un ou deux d'entre vous. »

Le jeune homme brun se leva ; quelques murmures dans les gradins l'accompagnèrent.

« Si vous le permettez, monsieur, je crois pouvoir répondre à votre question. » Sa voix laissait transparaître une certaine arrogance. « La simple observation de l'estomac, que vous avez extrait avec tant de dextérité, nous permet de voir que les plis de la membrane muqueuse stomacale sont anormalement lisses, certainement à cause de la masse partiellement ulcéreuse que nous avons découverte. Il y a une forte probabilité, sous réserve de confirmation par l'analyse pathologique, pour qu'il s'agisse d'une tumeur maligne, ce qui, allié à l'hygiène de vie peu recommandable de cette femme, a entraîné sa mort. »

Martorell plongea ses mains rouges de sang dans un bassin que lui présentait un assistant.

« Très bien, monsieur Fenollosa. Votre diagnostic suit mot pour mot le manuel. »

Une salve d'applaudissements et de vivats lancés par le groupe qui entourait le garçon retentit dans la salle.

« Messieurs, messieurs, je vous en prie : un minimum de sérieux, nous ne sommes pas aux arènes ! » les sermonna le médecin.

Lorsque le silence fut revenu, il reprit :

« Quel dommage qu'il faille que la patiente soit morte pour confirmer vos théories, monsieur Fenollosa. »

Un raclement de gorge se fit entendre dans le public.

« Oui ? »

Deux rangées plus haut, un jeune homme imberbe, qui avait le plus grand mal à faire tenir ses lunettes sur son nez, avait levé la main.

« Oui ? Vous avez quelque chose à ajouter ?

— Oui, monsieur. »

Sa voix au timbre aigu semblait nerveuse, comme s'il regrettait déjà cette intervention.

« Très bien, ne nous faites pas attendre plus longtemps, parce qu'à ce rythme nous risquons de tous finir comme la demoiselle ici présente. »

Un éclat de rire général se propagea dans toute la salle tandis que l'étudiant rougissait jusqu'aux oreilles. Fenollosa l'observait d'où il se trouvait. Tout le monde savait que lorsqu'il avait parlé personne n'avait le droit de renchérir. Il cherchait quoi, au juste, cet idiot ?

Le jeune homme se leva et se racla la gorge. Le professeur commençait à s'impatienter.

« Eh bien ?

— Monsieur, je me demandais s'il était possible de risquer un diagnostic sans être obligé d'ouvrir le corps.

— Continuez.

— Il me semble que l'adénopathie sus-claviculaire gauche que présente cette femme est évidente. Une inflammation qui suggère une affection intra-abdominale. On aurait pu soupçonner une scrofule ou une tumeur de la tête ou de la gorge mais alors on trouverait d'autres ganglions au niveau du cou. Elle a certainement souffert de vomissements, de maux d'estomac et d'anémie ferriprive. D'après son aspect, elle a sans doute perdu beaucoup de poids au cours des dernières semaines. »

Le docteur Martorell dévisagea le jeune homme avec un regain d'intérêt. Son exposé faisait preuve de connaissances pratiques assez peu communes chez ses élèves, même parmi ceux de dernière année. Avec un sourire mal dissimulé, il se tourna vers Fenollosa :

« Très bien, il semble que pour une fois quelqu'un ose avoir un point de vue différent du vôtre. Profitons-en. Lequel de vous deux serait en mesure de me décrire la thérapeutique qu'il eût fallu envisager pour cette jeune femme ? »

Fenollosa sentit tous les regards braqués sur lui. Le fils du docteur Fenollosa se devait d'être à la hauteur de son éminent et brillant père. Étudiants et professeurs le savaient, et chacune de ses interventions semblait destinée à en faire la preuve, mais surtout son propre géniteur se chargeait de le lui rappeler continuellement. Comme si c'était nécessaire.

Il se leva lentement, les yeux vrillés sur l'étudiant insolent comme pour le clouer sur place. Derrière lui, on murmurait :

« Flanque-lui une raclée, à ce blanc-bec. »

« Montre-lui de quel bois tu te chauffes. »

Fenollosa fit une pause théâtrale. Il tira sur sa veste, passa l'index sur le bord de son feutre qu'il fit glisser de côté et s'adressant à l'auditoire se mit à déclamer d'une voix sûre.

« Je considère que l'intervention la plus effective dans le cas de cette femme aurait été de pratiquer une gastrectomie partielle en extirpant une petite partie de l'estomac, où se trouvait la tumeur, puis de relier le reste au duodénum. »

Le professeur approuva de la tête, déclenchant les applaudissements du groupe des supporters.

« Mais monsieur… »

La voix suave du jeune inconnu fit taire les ovations.

« Oui ? fit Martorell.

— Mon camarade n'a pas tort, sans doute. Pourtant, peut-être lui a-t-il échappé que la technique qu'il a décrite a été supplantée par le même médecin qui l'avait prônée. Le docteur Billroth a revu sa méthode il y a trois ans.

— Ah ! s'exclama le professeur. Seriez-vous en mesure de nous éclairer ?

— Bien sûr. Billroth propose de suturer l'estomac au jéjunum en refermant le moignon duodénal, ce qui permet des résections plus importantes. Par ailleurs, il faut prendre en compte la découverte par Krönlein, il y a moins d'un an, que l'implantation termino-latérale et antécolique de toute la partie transversale sur le jéjunum améliore les possibilités de guérison.

— Très bien, jeune homme…

— Mais, l'interrompit l'étudiant, tout cela ne répond pas comme il convient à votre question.

— Et peut-on savoir quelle serait, selon vous, la réponse adéquate ? »

Le professeur semblait s'amuser. Il n'y avait plus trace de nervosité dans les paroles de l'étudiant. Toute la salle, attentive, buvait ses explications. Certains des élèves commençaient même à prendre des notes.

« La meilleure façon de procéder aurait été de ne pas intervenir, car les chances de sauver cette femme étaient pour ainsi dire nulles. Le ganglion de Virchow signale la présence de métastases, et étant donné le stade avancé de la maladie, notre obligation aurait été d'éviter à cette pauvre femme une opération inutile et très pénible, et de lui dispenser les soins palliatifs permettant de soulager les souffrances de son corps et de son âme. »

Le docteur Martorell le regarda, l'air approbateur.

« Je vous remercie de cette brillante contribution. » Il se tourna vers Fenollosa dans un geste théâtral. Manifestement, il en tirait un certain plaisir. « Avez-vous autre chose à dire ? Quelque réplique spirituelle peut-être ? »

L'intéressé resta muet, se mordant la lèvre. Autour de lui, on l'encourageait à réfuter les arguments invoqués, mais il savait bien que l'exposé qu'il venait d'entendre n'appelait aucune contestation. Il serra si fort les poings sur la balustrade que ses jointures blanchirent.

« Non, monsieur. Je n'ai rien à ajouter. »

Un murmure de déception flotta dans ses rangs. Le professeur se tourna alors vers l'autre étudiant qui était en train de se rasseoir.

« Pouvons-nous connaître votre nom, jeune homme ? »

Le garçon se releva, confus. L'assurance qui avait été la sienne quelques minutes plus tôt avait disparu.

« Oui, monsieur… Pau… Pau Gilbert.

— Excellent, monsieur Gilbert, je vous félicite. Messieurs, poursuivit-il en s'adressant maintenant à tout l'auditoire, voici à quoi je fais allusion lorsque je vous parle de la façon dont vous pouvez faire les choses : juste bien ou réellement bien. Ne vous en tenez pas uniquement aux manuels de médecine. Les frontières de la science, c'est nous qui les marquons. Faites marcher vos neurones, s'il vous en reste quelques-uns », conclut-il en regardant Fenollosa.

Une fois de plus, l'hémicycle se tint les côtes et ainsi s'acheva le cours.

L'auditoire abandonnait les gradins en commentant la scène qui venait d'avoir lieu. Dans un coin, Fenollosa, entouré de son groupe de fidèles, regardait le jeune étudiant qui l'avait ridiculisé quitter la salle à la hâte, un paquet de livres serré contre sa poitrine.

Pau Gilbert ne cessait de se maudire en marchant à grandes enjambées, les yeux rivés au sol. Il ne voulait pas donner l'occasion à qui que ce soit de l'arrêter et d'entamer la conversation au sujet de son intervention. C'était malin ! Mais où avait-il donc la tête ? Il avait risqué de tout flanquer en l'air pour démontrer… quoi ? Sa brillante intelligence ? Les connaissances qui étaient les siennes, bien supérieures à n'importe lequel de ses imbéciles de camarades, qui dépassaient même tout ce qu'on pouvait lui enseigner dans cette maudite faculté ? Il souffla en hochant la tête. Certainement l'humilité ne comptait pas parmi ses vertus, il le savait, mais ce Fenollosa était si mesquin et suffisant. Chacune de ses pédantes interventions l'irritait, sans parler de cette manie de rappeler continuellement à tous de qui il était le fils. Ses amis acclamaient ses interventions comme ils le faisaient devant Wagner au théâtre du Liceo. Les fils à papa issus de familles bourgeoises fortunées pouvaient se permettre de prendre la vie avec insouciance. En revanche, sa situation personnelle était loin d'être aussi aisée. Il était là pour obtenir son diplôme de chirurgien et rien n'était plus important, absolument rien. Il réussirait mais pour cela il devait éviter de commettre des erreurs puériles et ne plus attirer l'attention de la sorte. Pas s'il voulait atteindre son objectif et en sortir indemne. Il pressa le pas, cherchant à se soustraire à la vue des autres le plus vite possible.

Fenollosa interrompit d'un geste brusque ses amis.

« Quelqu'un sait qui est ce Gilbert ?

— J'ai entendu dire qu'il est arrivé en cours d'année, commença un étudiant longiligne, il viendrait d'une université étrangère.

— Apparemment c'est un drôle de type, qui ne fréquente pas trop les autres, ajouta un second.

— On dit que ses connaissances pratiques sont impressionnantes.

— Tu parles, c'est un morveux…

— Oui, un morveux qui a montré au professeur Segura comment refermer une plaie.

— Le professeur Segura ne sait même pas fermer les cuisses de sa femme. »

Le groupe éclata en rires gras, sauf Fenollosa qui suivit des yeux Pau Gilbert jusqu'à ce qu'il ait disparu au bout du couloir.

8

Le brouillard qui montait du port avait gommé le quai de la Fortuna et grignotait pavé après pavé le Paseo de Colón, en déroulant sa langue grise dans les rues adjacentes. Daniel souffla en frottant ses mains l'une contre l'autre. Il tapa des pieds contre le plancher de la voiture pour se réchauffer et consulta sa montre pour la troisième fois. Cinq minutes plus tôt, le conducteur avait demandé s'il devait attendre encore. Daniel commençait à regretter d'avoir accepté ce rendez-vous avec le journaliste, quand un bruit de pas lui parvint. Quelques secondes plus tard, les ombres délivrèrent le corps malingre de Bernat Fleixa.

« Bonsoir, monsieur Amat. »

Le journaliste s'assit à côté de Daniel et le regarda, l'air approbateur. Ce dernier portait un simple manteau de laine grise qui lui arrivait en dessous des genoux par-dessus une chemise et un pantalon de couleur sombre. Des bottillons confortables complétaient cet accoutrement. Il avait aussi pris avec lui la trousse de son père, comme le lui avait demandé le journaliste. Fleixa était vêtu de la même extravagante façon que d'habitude. Après qu'il eut murmuré une adresse au cocher, dans un grincement de roues, ils démarrèrent en silence. Ils laissèrent derrière eux le paseo et ses immeubles majestueux, pour déboucher sur la Plaza del Palacio. La voiture tourna en direction de la mer par une rue proche de la gare : l'Estación de Francia était étrangement silencieuse. En arrivant rue Ginebra, la voiture s'arrêta.

« Que se passe-t-il ?

— Je regrette, messieurs, je ne vais pas plus loin. »

Daniel allait protester mais Fleixa le retint en posant une main sur son bras et l'invita à descendre.

Ils avançaient dans la nuit noire tandis que derrière eux le fiacre faisait demi-tour.

« Pourquoi m'avez-vous empêché d'insister ?

— Ça n'aurait servi à rien. Les voitures ne pénètrent pas dans la Barceloneta à ces heures de la nuit. Il faudra marcher un peu mais ce n'est pas loin et une balade ne nous fera pas de mal. »

Devant eux se dressaient des blocs d'immeubles rectangulaires, telle une forteresse défensive face à la mer. Une odeur de sel et d'humidité imprégnait l'air. Cette partie de la ville n'était pas éclairée comme le paseo ou les Ramblas, et seuls quelques becs de gaz projetaient de vagues cercles jaunâtres sur le sol. Les édifices, hétéroclites, étaient si collés les uns aux autres que les rues ne devaient être guère plus éclairées en pleine journée, pensa Daniel. Par endroits, elles attendaient encore d'être pavées et une terre boueuse avait envahi les trottoirs comme s'ils se trouvaient déjà sur la plage proche.

« Nous allons où ? demanda Daniel.

— Nous avons un rendez-vous, répondit Fleixa sans s'arrêter.

— Ne jouez pas les mystérieux avec moi. Qui allons-nous voir ?

— Une connaissance de votre père. Qui l'a beaucoup aidé dans son travail. C'est, disons, le maire officieux de cette partie de la ville, ajouta-t-il devant l'expression dubitative de Daniel.

— Vous le connaissez ?

— Pas exactement. D'ailleurs, je ne sais pas s'il va accepter de nous recevoir. Espérons que votre lien de parenté sera suffisant.

— Et sinon ? »

Juste à ce moment, deux hommes surgirent de la nuit et s'approchèrent.

« Je crois que nous aurons bientôt la réponse à votre question. »

Le plus grand et corpulent, très brun de peau, avait le nez cassé. Ses yeux brillaient, goguenards, pendant qu'il les dévisageait tour à tour. Daniel avala sa salive en remarquant qu'il tenait un rat mort par la queue. Son acolyte, plus petit et trapu, tournait autour d'eux lentement. À son expression absente, Daniel déduisit qu'il devait être atteint de quelque retard mental. L'homme, se sentant observé, lui décocha un sourire aux dents pourries. Dans sa main gauche il tenait négligemment une barre de fer. Tous deux empestaient comme s'ils venaient de sortir des égouts et Daniel en conclut que c'était sans doute le cas.

« Vous êtes qui ? » demanda l'homme au rat.

Fleixa répondit d'une voix calme.

« Nous cherchons Vidal. Il nous attend. »

L'homme fit mine de réfléchir. Il commença à bouger et le rat, dans sa main, se balança.

« Je connais pas de Vidal. Tu connais quelqu'un qui s'appelle comme ça, toi, le Manchot ? »

Son acolyte hocha la tête de droite à gauche, les yeux toujours fixés sur Daniel. Sa main s'ouvrait et se refermait sur la barre de fer, comme pour la soupeser.

« Vous voyez, on le connaît pas. » Il haussa les épaules, théâtral. « Maintenant c'est notre tour, pas vrai, le Manchot ? Alors voilà : qui vous êtes et qu'est-ce qui vous amène par ici ? » Il fit des gestes avec les mains pour désigner ce qui l'entourait.

Daniel pensa que le rat allait voler dans les airs d'une minute à l'autre. Avant que le journaliste rouvre la bouche, il se lança :

« Je ne crois pas que ce soit de votre ressort. »

En une enjambée, l'homme s'était retrouvé devant Daniel et approchait de son visage sa face grêlée par la vérole.

« Ah non ? Vous êtes entrés sur notre territoire et il va falloir payer. Mais dites, ces frusques… Vous êtes des poulets ? Oui, vous puez le poulet… Qu'est-ce que t'en dis, le Manchot ? »

L'autre homme lâcha un grognement et montra les incisives comme un fauve. Daniel ne put s'empêcher de faire un pas en arrière.

« Mon copain, il aime pas les poulets. Ils l'ont arrêté quand il était môme et ils lui ont fait leur traitement de faveur. Ils l'ont laissé un peu amoché, comme qui dirait…

— Vous avez tort de nous faire perdre notre temps. On ne fait pas attendre Vidal », l'interrompit Fleixa.

Sa tête arrivait à peine au menton du gros dur mais il ne semblait pas avoir peur, comme s'il savait qu'ils ne risquaient rien. Daniel n'en était pas si sûr. Il se prépara à un pugilat dont ils avaient peu de chance de sortir indemnes.

Fleixa murmura soudain quelques mots à l'oreille de l'homme. Celui-ci se redressa et scruta Daniel des pieds à la tête. Ses yeux s'arrêtèrent sur la trousse et son expression goguenarde disparut. Il leva la main qui tenait toujours le rat et fit un signe dans son dos.

« Troisième à droite. La maison avec le rideau vert. Le Manchot, laisse passer », ordonna-t-il.

Quelques pas plus loin, Daniel se risqua à tourner la tête. Les deux hommes se dirigeaient vers un feu qui brûlait derrière un mur. Le plus grand ramassa une branche par terre et embrocha le rat dessus. Daniel ne tenait pas à en savoir plus.

« Qu'est-ce que vous lui avez dit ? demanda-t-il dans un souffle au journaliste.

— Que vous étiez médecin et que Vidal vous attendait.

— Mais je ne suis pas médecin !

— Ça, il ne le sait pas.

— Et ça a suffi ?

— La présence d'un médecin par ici est un luxe. Ils ont vraiment besoin qu'on s'occupe d'eux, vous ne croyez pas ? En tout cas, apparemment, ça a marché.

— Voilà pourquoi vous m'avez demandé de prendre la trousse de mon père !

— Tout le monde sait reconnaître une trousse de docteur.

— Mais, et s'ils l'avaient ouverte ? Elle est vide ! »

Fleixa, pour toute réponse, haussa les épaules.

Dès qu'ils arrivèrent à la maison qu'on leur avait indiquée, plusieurs individus sortirent des porches alentour et les encerclèrent ; à leur aspect, ce devait être des pêcheurs. Daniel sentit des mains calleuses parcourir son corps sans ménagement. Prenant plaisir à son malaise, l'homme qui le fouillait se planta à quelques centimètres de son visage et sourit. Un relent de sueur, de poisson et d'alcool envahit les fosses nasales de Daniel. Une fois satisfaits, ils ouvrirent le rideau qui faisait office de porte et d'un geste leur indiquèrent qu'ils pouvaient entrer.

« Laissez-moi parler », décréta Fleixa.

Ils arrivèrent dans un salon bas de plafond éclairé par une demi-douzaine de lampes à gaz. Une table, un fauteuil et trois chaises bancales constituaient le mobilier. Le feu qui brûlait dans l'âtre en pierre rendait l'atmosphère suffocante.

Une porte s'ouvrit et un homme dont la taille ne dépassait pas un mètre avança vers eux à pas menus.

Manel Vidal semblait apprécier la chaleur. Il portait un long et épais manteau beige adapté à sa taille par de grossiers ourlets. Un foulard mauve lui protégeait le cou et disparaissait dans les plis de son double menton. Entre ses lèvres, si fines qu'elles étaient presque inexistantes, il tenait un cigare. Il en tira une bouffée et en expirant la fumée ses joues se gonflèrent comme celles d'un enfant. Des lunettes aux verres bleutés cachaient ses yeux.

« Asseyez-vous, messieurs. » Sa voix avait un son étrange, étouffé, comme s'il parlait sous l'eau.

Vidal hissa son corps nain sur le fauteuil que lui avait approché l'un de ses hommes. Daniel remarqua que le siège était suffisamment haut pour que ses interlocuteurs soient toujours plus bas que lui. Une vieille femme, emmitouflée dans un châle noir, déposa sur la table une bouteille de vin coupé d'eau et des verres, deux miches de pain et des morceaux de fromage à l'aspect rance. Puis elle quitta la pièce aussi silencieusement qu'elle était venue. Personne ne fit un geste pour se servir.

Vidal croisa ses mains minuscules et attendit.

« Monsieur Vidal, je suis…

— Bernat Fleixa, reporter au *Correo de Barcelona*. Ne vous donnez pas cette peine, je vous connais. On m'a lu vos articles. Intéressants. Même brillants par moments, quoique un brin prétentieux dans le style. Un peu insolent, sans doute, chose pardonnable puisque vous ne cherchez que la controverse. Vous devriez être plus vigilant sur votre tendance à un emploi excessif des adjectifs, qui rend l'ensemble parfois un peu indigeste à mon goût. »

Fleixa ouvrit la bouche, sans savoir s'il devait se sentir flatté ou vexé par ces paroles.

« Eh bien, pour tout d…

— Et votre ami est… ? l'interrompit de nouveau leur hôte en tirant sur son cigare.

— Je m'appelle Daniel, Daniel Amat. »

Vidal se redressa sur son siège. Sa voix avait pris une intonation soupçonneuse.

« Seriez-vous un parent du docteur Amat ?

— Je suis son fils.

— Il n'a jamais mentionné avoir un fils. »

Daniel fit une grimace. Jusqu'à quel point son père avait-il effacé tout souvenir de son existence ? Sa honte était-elle à ce point forte ? Il s'agita, mal à l'aise : cette maudite chaleur commençait à l'incommoder. Que faisait-il ici au lieu de prendre le premier train pour Paris ? Il fut lui-même surpris de s'entendre se justifier :

« Je suis parti vivre à l'étranger il y a longtemps. Mon père et moi avons été séparés ces dernières années. Je viens d'arriver à Barcelone pour ses obsèques. »

Vidal garda le silence tandis qu'un filet de fumée s'échappait de ses lèvres.

« Un père et un fils ne devraient jamais se brouiller. Que s'est-il passé ?

— C'est une longue histoire. »

Un silence. Même Fleixa le regardait à présent avec curiosité.

« Il y a eu un… accident. Plusieurs personnes sont mortes. Mon père m'en a tenu responsable. »

Vidal eut un claquement de langue et pencha bizarrement la tête.

« Ah ! Vous portez un lourd fardeau. C'est étrange comme ce sont souvent les personnes que nous aimons le plus qui nous font le plus de mal. Mais on n'a qu'un père et vous devriez vous estimer heureux, monsieur Amat : vous au moins vous avez eu la chance de le connaître, et même de le détester. Mon père, un fruste pêcheur, m'a renié à ma naissance et nous a abandonnés ma mère et moi. Je n'ai jamais rien su de lui, mais je ne lui en tiens pas rigueur… ne le faites pas non plus. » Il se carra dans son fauteuil. « Perdre un être cher deux fois n'est pas fréquent. Mes condoléances pour cette double perte. Le docteur était un homme bien. »

Daniel acquiesça sans savoir que dire.

« Voici le motif de notre présence, reprit Fleixa. Nous avons des doutes sur le fait que sa mort ait été un simple accident. Peut-être pouvez-vous nous aider. »

Vidal tira une nouvelle bouffée de son cigare avant de répondre.

« Évidemment que ce n'était pas un accident. »

Daniel posa les deux mains à plat sur la table.

« Donc… insista Fleixa.

— Le docteur a payé le prix de son audace. Le *Gos Negre* est venu le chercher. »

D'un geste brusque, il cracha dans sa main et balança sa paume ouverte devant son visage, en murmurant des mots en romani. Les hommes grognèrent dans leur barbe.

« Le *Gos Negre* ? répétèrent en chœur Daniel et Fleixa.

— Il ne faut pas prononcer son nom à haute voix. N'importe qui ici, à la Barceloneta, pourrait vous en parler, si les bouches n'étaient pas scellées par la peur. Il s'agit d'une ancienne malédiction. Le *Gos Negre* est un esprit damné, mi-chien, mi-spectre. On dit que c'est Lucifer lui-même qui l'a nommé gardien des portes de l'enfer. Tous les cent onze ans, son maître le libère. Les nuits sans lune, il surgit des fonds marins pour rassasier son âme noire. Sa seule présence est messagère de mort. Rien ne l'arrête. Rien n'apaise sa faim. Ce monstre aux yeux flamboyants et à l'énorme gueule qui brûle d'un feu inextinguible part en quête d'âmes pour s'alimenter.

— Vous êtes en train de me dire que mon père a été assassiné par… par un chien démoniaque ? »

Daniel, furieux, se leva, faisant voler sa chaise.

Des bras musclés le saisirent par-derrière et le terrassèrent. Étourdi, presque à plat ventre sur la table, il avait quelques secondes plus tard le fil d'un couteau contre sa gorge. Il se raidit, prêt à sentir la lame s'enfoncer dans sa chair, mais rien ne vint. Sur un geste de Vidal, Daniel fut relâché avec la même silencieuse détermination avec laquelle il avait été maîtrisé. Fleixa, le front baigné de grosses gouttes de sueur, avait assisté à la scène bouche bée. Daniel se rassit tout en cherchant à reprendre son souffle.

« Mes hommes sont très jaloux de ma sécurité, monsieur Amat, expliqua Vidal dans un demi-sourire. Veuillez excuser leur fougue. »

Daniel se racla la gorge en massant son épaule endolorie.

« Non, monsieur Vidal, c'est moi qui vous demande de m'excuser. J'ai oublié que je n'étais qu'un simple invité en votre demeure. »

Le nain accepta les excuses d'une inclinaison de tête.

« Comprenez mon émoi, poursuivit Daniel, mon père est mort et j'ai besoin de connaître la vérité. »

La pièce devint silencieuse ; on n'entendait plus que le crépitement du bois dans l'âtre. Avec une lenteur étudiée, Vidal porta ses mains à son visage et ôta ses lunettes, révélant deux pupilles translucides d'un blanc laiteux. Le maître des lieux, le chef si redouté du jeu illégal, de la contrebande et de la prostitution dans ce coin de la ville, l'homme capable de déclencher ou d'apaiser l'insurrection de la Barceloneta selon son bon vouloir, était aveugle.

« La vérité a différents visages, dit-il. Et il faut prendre garde à ce que l'on souhaite. Amenez-le », ordonna-t-il dans la foulée.

Un gamin de sept ou huit ans fit alors son apparition dans la pièce, tiré par un homme qui le tenait par le bras. L'enfant portait, serrée par un lien à la taille, une chemise en laine qui lui arrivait aux genoux, largement retroussée sur ses bras chétifs. Une casquette retenait difficilement sa tignasse crasseuse, probablement un vrai nid à poux. Daniel remarqua avec surprise que, contrastant avec ses hardes, il était chaussé de bottines d'excellente facture. L'homme, d'une bourrade, fit tomber sa casquette au sol. L'enfant se baissa pour la ramasser, en jetant un regard noir à son cerbère, mais il la garda à la main. Ses yeux méfiants dévisageaient les occupants de la pièce, passant de l'un à l'autre. Il haussa les sourcils en voyant Daniel mais reprit immédiatement l'air maussade qu'il avait quand il était entré.

« Voici Guillem, un petit malin qui vit du côté des quais. » Vidal fit claquer sa langue. « Il connaît les égouts comme sa poche et votre père l'avait pris comme guide. Guillem est la dernière personne à l'avoir vu en vie.

— Tu sais qui était mon père ? » l'interrogea Daniel.

L'enfant le regarda, les lèvres pincées. L'homme de Vidal lui donna une taloche pour l'encourager à parler.

« Oui », lâcha-t-il enfin, à contrecœur.

Daniel sourit pour tenter de gagner sa confiance.

« Tu as été à son service ? »

Le petit acquiesça.

« Au début je voulais pas. Je pensais qu'il voulait… la même chose que les autres.

— Les autres ?

— D'autres hommes pareils que le docteur. Bien habillés, avec de l'argent. Pour deux réals ils vous demandent de les accompagner dans leur voiture pour aller faire un tour. Des fois, ils donnent aussi un beignet. »

Daniel frémit.

« Mais lui non, lui, il voulait juste que je lui serve de guide. Et il m'a acheté ces chaussures. » Guillem les montra, tout fier.

« Et tu l'as emmené où ?

— C'est les tunnels qui l'intéressaient. On y est allés trois ou quatre fois.

— Et tu l'as vu quand pour la dernière fois ? » s'enquit Fleixa.

L'enfant compta un instant sur ses doigts sales.

« Ça fait huit jours. Il était très nerveux et il parlait pas beaucoup. On y est allés comme les autres fois, mais ce coup-là il voulait continuer plus loin. Moi je lui ai dit que c'était pas possible, que c'était dangereux là-bas. Qu'il faut pas y aller. Personne y va. Mais il a pas voulu m'écouter et il est jamais revenu. »

Daniel voulut poser une autre question mais, sur un signe de tête de Vidal, le gamin fut rudement entraîné hors de la pièce.

« Votre père a voulu nous aider, monsieur Amat. Vous avez pu voir où nous vivons. Il est resté longtemps à soigner nos malades et, durant les dernières semaines, il avait même un assistant qui l'accompagnait. Il nous a aussi fourni des médicaments et il a aidé à venir au monde un ou deux malheureux de plus. Il est devenu notre bienfaiteur, et même un ami. Quand nous lui avons parlé de la malédiction, il n'a pas voulu nous croire, jusqu'à ce qu'il voie le corps de la petite fille. Et même alors, il n'a pas voulu accepter l'évidence : que le *Gos Negre* réclame ce qui lui appartient quand et comme il le veut. Votre père a voulu trouver une autre explication coûte que coûte. Nous avons essayé de le faire renoncer, mais il a continué à poser des questions et il l'a payé en y laissant sa vie… Et peut-être même son âme. »

La dernière phrase flotta un instant dans l'air.

« Vous pensez sérieusement que tous ces crimes sont l'œuvre d'une espèce de démon ? » fit Fleixa.

Daniel perçut dans les paroles de son comparse un mélange d'incrédulité et de crainte. Vidal tourna ses pupilles translucides vers le journaliste.

« Monsieur Fleixa, peu importe ce que je crois. Dans ce quartier, Dieu nous a abandonnés il y a bien longtemps, il n'y a donc rien d'étonnant à ce que la Bête se trouve parmi nous et croque une victime quand lui en vient l'envie. Regardez autour de vous, elle est ici chez elle. »

Puis il braqua sur Daniel son regard vide.

« J'appréciais votre père, voyez-vous, jeune homme, et c'est pourquoi je vous mets en garde comme je l'avais fait avec lui. » Il fit une pause, le temps d'expulser la fumée de son cigare. « Arrêtez de chercher ce qui se trouve hors de votre portée. Ce que jamais vous n'arriverez à comprendre. Retournez à votre vie et effacez de votre mémoire ce quartier maudit. »

9

Dehors, la lune semblait flotter au milieu des nuages. En silence, ils prirent le chemin du retour, dans les rues désertes. Après la suffocante chaleur, l'air marin qui leur cinglait le visage était aussi coupant que du verre. Transis, ils s'emmitouflèrent dans leurs manteaux et enfoncèrent leurs chapeaux sur leurs yeux.

Finalement, tout se résumait à une superstition absurde, se disait Daniel. Son père s'était certainement laissé tourner la tête par ces histoires fantastiques et son état sénile avait fait le reste : il avait perdu la raison et s'était embarqué dans la poursuite d'un assassin qui n'existait que dans son imagination. Son obsession avait provoqué l'accident qui avait causé sa mort – comme le soutenait la police – ou simplement, à force de s'aventurer dans ces quartiers misérables, il avait fait une mauvaise rencontre. Là s'arrêtait l'histoire. Il ne lui restait plus qu'à rentrer en Angleterre. Il avait fait tout son possible et pouvait avoir la conscience tranquille. Pourtant, une sensation d'échec persistait. Il regarda Fleixa et s'aperçut que le journaliste, le nez au sol, semblait tout aussi déçu que lui.

Ils traversèrent la rue San Juan en direction de la Plaza de la Fuente, avec l'intention d'arriver au paseo

San Carlos et d'y prendre un fiacre. En passant devant l'église Sant Miquel, ils entendirent derrière eux un bruit qui venait d'une pile de cageots de poisson vides.

« Qui va là ? »

Une ombre se faufila le long du mur de l'édifice et s'évanouit.

« C'est ce maudit gamin de Vidal, dit Fleixa, sans dissimuler son soulagement.

— Il veut sans doute quelques pièces. »

Guillem réapparut à l'angle suivant, à moitié caché derrière des cagettes. Il regardait Daniel fixement de ses grands yeux. Celui-ci lui fit signe d'approcher, mais l'enfant continuait à le scruter avec gravité, en gardant ses distances.

« Tu n'as pas peur seul dans la rue à cette heure ? lui lança Daniel.

— Non, répondit l'enfant, puis il continua, après un temps de réflexion : La magie du docteur me protège.

— De quelle magie parles-tu ? »

Le gamin fronça les sourcils.

« Vous êtes vraiment le fils du docteur ?

— Oui, je t'en donne ma parole. »

Daniel ouvrit la main et lui montra un réal. Guillem bondit de sa cachette, attrapa la pièce et s'enfuit s'abriter de nouveau derrière ses cagettes.

« Si vous voulez, je vous montre, dit-il. Lui aussi, il peut venir », ajouta-t-il en désignant Fleixa.

Il se mit à descendre la rue, sans attendre de réponse. Daniel haussa les épaules comme pour dire « Pourquoi pas ? » et ils lui emboîtèrent le pas. Au bout d'un moment, ils abandonnèrent ces ruelles et débouchèrent sur une large avenue, qui longeait la mer. Le gamin les avait conduits jusqu'au vieux quai du port. Les becs de gaz éclairaient le Paseo Nacional, mais insuffisamment pour que la lumière atteigne les grands navires marchands, les paquebots et les dizaines de barques de pêche qui, cachées dans la nuit, attendaient le lever du soleil en se balançant au rythme de la houle.

Sans hésiter, Guillem traversa le paseo désert et, arrivé à l'extrémité du quai, sauta. Alarmés, Daniel et Fleixa coururent jusque-là, s'attendant à entendre la chute d'un corps dans l'eau. Mais lorsqu'ils se penchèrent, ils découvrirent un escalier en pierre qui descendait jusqu'à la mer.

« Vous y allez ? demanda Fleixa, circonspect.

— Je crois que nous n'avons pas vraiment le choix, si ? »

L'enfant, qui avait déjà parcouru la moitié du trajet, avait presque disparu dans la nuit. Les marches, couvertes de mousse, étaient étroites et irrégulières. Garder son équilibre n'était pas facile. L'odeur de salpêtre s'accentuait à mesure qu'ils descendaient. Daniel pensa que tel que c'était parti, ils allaient finir à l'eau à coup sûr. En atteignant la dernière marche, ils s'arrêtèrent, estomaqués : Guillem avait disparu.

« Mais où il est passé, ce diable de gamin ? » s'exclama Fleixa.

Un sifflement les fit sursauter. Invisible d'en haut, un trou de la taille d'un homme s'ouvrait dans le mur ; un mince ruisseau en sortait. Avec une moue d'impatience, le petit garçon les attendait, assis au bord. Après s'être assuré qu'ils l'avaient repéré, il se leva, déplaça quelques bouts de bois et récupéra un quinquet en fer-blanc tout cabossé, caché entre des briques disjointes. La lumière illumina la paroi du tunnel. Sur le mur, quelqu'un avait gravé un mot à l'aide d'un objet pointu : *Vivitur.*

« C'est ça, la magie ? voulut savoir Daniel.

— Le docteur l'a fait pour moi, affirma, très sérieux, Guillem.

— Et est-ce qu'il y en a d'autres des mots… magiques, comme celui-là ?

— Oui.

— Tu veux bien nous les montrer ? »

L'enfant pinça les lèvres, indécis, puis acquiesça de nouveau et s'enfonça dans l'obscurité.

« Ça doit être une blague, fit Fleixa, exaspéré.

— Vous pouvez rester, si vous voulez. »

Daniel grimpa dans le conduit et suivit l'ombre de l'enfant qui ondulait sur les murs à la lumière du quinquet. La faible hauteur de la galerie les obligeait à avancer pliés en deux. Ils changèrent plusieurs fois de direction, en suivant différents tunnels. Le grondement de l'eau les accompagnait ; des rats de belle taille fuyaient devant eux en poussant des cris stridents. La puanteur était tout juste supplantée par la fumée de la lampe à huile. Au bout de quelques minutes, Daniel était désorienté. Sans leur petit guide, il serait bien en peine de retrouver la sortie. Il remisa son inquiétude et rajusta son manteau en essayant, sans succès, de se défendre de l'humidité qui collait à ses vêtements, pendant que le journaliste grommelait derrière lui. À un moment donné, ils tombèrent sur une bifurcation. L'enfant s'arrêta et éclaira un pilier. Sur la pierre, on pouvait lire : *Ingenio.* Sans hésiter, il prit cette direction et quelques mètres plus loin le tunnel s'élargit et déboucha sur une salle de plusieurs mètres de hauteur ; au fond commençait un autre tunnel et la galerie continuait. Fleixa, qui avait trébuché en entrant, souffla d'agacement. Daniel soupira, soulagé de pouvoir se redresser, et sourit en entendant les imprécations du journaliste.

« Pour l'amour du ciel ! Quelle infection ! Mais qu'est-ce qu'on fabrique ici ?

— Nous suivons les marques laissées par mon père.

— Malédiction. Et est-ce qu'elles ont un sens ?

— Je pense que c'est une sorte de message. Je ne sais pas encore ce qu'il veut dire, donc il faut aller jusqu'au bout. » Et il ajouta, sombre : « Ne vous inquiétez pas, il ne reste que trois mots à trouver.

— Et comment vous le savez ?

— Chut ! Ne parlez pas si fort, les interrompit Guillem. On est sur le territoire des "collecteurs".

— Ben voyons ! » fit le journaliste, sarcastique.

Guillem le regarda comme on regarde un imbécile.

« Et qui sont ces "collecteurs" ? demanda Daniel.

— Juste des racontars. Vous avez dû vous rendre compte que ça court les rues, ici. »

Sous le regard inquisiteur de Daniel, le journaliste céda de mauvaise grâce.

« On raconte que des gens se terrent comme des rats depuis des dizaines d'années dans les sous-sols de Barcelone. Des mendiants, des exilés et des malfrats en cavale qui préfèrent se cacher dans les égouts de la ville qu'affronter la justice. Au fil du temps, leur nombre aurait grandi et certains affirment qu'ils ont même créé une communauté avec ses propres lois. Ils survivraient en ramassant tout ce qu'ils trouvent d'un tant soit peu de valeur dans les égouts, d'où leur nom. D'après les rumeurs, ils ne sortiraient de leurs tunnels que la nuit, pour enlever un imprudent… qu'on ne revoit plus jamais. On dit qu'ils font commerce de la graisse qu'ils extraient des cadavres. Pour moi, ce sont des histoires de vieilles femmes, juste bonnes à faire peur aux gosses. Vous pouvez imaginer qu'un être survive dans un endroit pareil ? » ajouta le journaliste.

Guillem fronça les sourcils.

« Je suis pas un menteur.

— Comment se fait-il que tu connaisses si bien les tunnels ? lui demanda Daniel.

— Avant, je vivais dans la rue avec mon petit frère. Un hiver, il a neigé, il faisait très froid et on n'avait rien à manger. On est descendus dans les tunnels et ils nous ont pris avec eux. Ils connaissent très bien les égouts, ils peuvent se déplacer dedans sans lumière, mieux que les rats. Les souterrains traversent tout Barcelone et ils peuvent aller d'un bout à l'autre de la ville sans qu'on les voie ou qu'on les entende. Nous, les enfants, on était les seuls à sortir et on devait leur trouver à manger. La plupart restent là-dessous pendant des années sans jamais remonter et deviennent dingos. À force, ils supportent plus la lumière du soleil. Quand mon frère est mort de la fièvre, je suis parti. » L'enfant s'interrompit et, attentif, leva le nez dans la pénombre. « Il va pleuvoir. Il faut se dépêcher. »

Il sauta de la pierre où il était assis et s'engouffra dans la galerie.

« Qu'est-ce qu'il a voulu dire ? » s'interrogea Fleixa.

La réponse de l'enfant résonna sur les parois du souterrain.

« Quand il pleut, les tunnels sont inondés. »

Daniel et Fleixa se regardèrent, inquiets.

« On ne devrait pas faire demi-tour ? »

Mais Guillem ne répondit pas. La salle, privée de la lumière du quinquet, était plongée dans l'obscurité.

« Je crois que nous n'avons pas le choix, Fleixa. C'est lui qui a la seule lanterne. »

Ils prirent la galerie à la suite de l'enfant. Le tunnel descendait sur une centaine de mètres puis bifurquait à droite. Fleixa crut entendre des coups de tonnerre, signe que l'orage était là ; il répétait qu'il fallait faire demi-tour. Pourtant ils continuèrent. C'est ainsi qu'ils trouvèrent à l'intersection suivante deux autres mots gravés à grands traits irréguliers : *caetera* et *mortis*. En pénétrant dans un nouveau tunnel, un ronflement les enveloppa. Daniel posa la main sur la paroi et sentit une légère vibration. Il voulut demander d'où provenait ce bruit mais il était si assourdissant qu'il était impossible d'échanger le moindre mot. Un instant plus tard, ils empruntèrent une nouvelle galerie et le vrombissement s'amenuisa jusqu'à disparaître.

Un peu plus loin, Guillem s'arrêta et éclaira avec sa lampe un nouveau mot écrit sur le mur : *Erunt*.

« C'est le dernier, annonça Daniel en s'approchant de l'inscription.

— Comment savez-vous qu'il n'y en a pas d'autres ?

— Parce que ces mots forment une phrase : *Vivitur ingenio, caetera mortis erunt*.

— Et… qu'est-ce que ça veut dire ?

— "Ce n'est que par son génie que l'homme peut vivre éternellement[1]", traduisit Daniel.

1. Cette traduction du latin est le reflet du texte original, il faut donc en attribuer la licence à l'auteur. *(N.d.T.)*

— Je veux bien être pendu si j'y comprends quelque chose. »

Daniel ne disait rien. Il s'approcha du mur, songeur.

« Qu'est-ce qu'il y a, plus loin ? demanda-t-il à Guillem.

— D'autres tunnels. »

Il contempla les grossiers caractères que son père avait tracés sur une brique. Il tentait de se les expliquer. Ces mots lui étaient adressés mais il ne parvenait pas à en deviner la signification. Dans quel but son père avait-il voulu le faire venir jusqu'ici ? Il n'était pas homme à faire les choses sans raison. Ses doigts glissèrent sur la pierre tandis qu'il réfléchissait. Soudain, la brique bougea dans un nuage de sable.

« Approche la lanterne », ordonna-t-il à Guillem, soudain excité.

À cet endroit, le ciment était d'une couleur différente et s'effritait facilement. À l'aide d'un crayon prêté par Fleixa, il racla les joints rapidement jusqu'à desceller la brique et la retira. Puis, arrachant la lampe à l'enfant, il éclaira le trou béant dans le mur. Au fond, il crut distinguer un objet. Il se débarrassa de sa veste et, après avoir retroussé sa manche, introduisit son bras dans le trou. C'était trop juste. Il étendit le bras le plus possible et du bout des doigts frôla quelque chose de rugueux. À grand-peine, il le saisit et l'attira à lui. Quand il ressortit son bras, la lampe éclaira un petit paquet.

« Le docteur avait dit que vous le trouveriez », déclara l'enfant.

Ils prirent le chemin du retour. Guillem ne disait plus rien, il se contentait de regarder en l'air et de leur faire signe de se dépêcher. Après un temps qui leur sembla une éternité, ils débouchèrent enfin sur la première galerie dont ils sortirent par le même conduit d'évacuation. Ils remontèrent les marches et une fois en haut respirèrent avidement l'air frais du port. Jamais Fleixa n'avait été aussi content de voir le ciel couvert de Barcelone. Quelques gouttes commencèrent à s'écraser sur le sol et se multiplièrent en quelques secondes. Ils coururent se réfugier sous un porche. Ce n'est qu'une fois à l'abri qu'ils s'aperçurent que Guillem, aussi furtif qu'un chat, avait disparu dans les ruelles.

10

Quelques cafés plus tard, les yeux de Daniel et de Fleixa étaient toujours fixés sur l'objet qui gisait sur la table, parfaitement incongru sur ce marbre rutilant. Le paquet, rectangulaire et aplati comme un étui à cigarettes, était enveloppé dans un morceau de toile encore plein de terre. Avec cet orage qui balayait la ville, ils avaient dû se réfugier dans un café près de l'université. Ils étaient là depuis un moment, à tenter de se réchauffer après le froid glacial des tunnels. Daniel regarda le journaliste qui, pour tromper son impatience, tambourinait contre la table. Enfin, il prit une grande inspiration, rajusta ses lunettes et entreprit d'ouvrir le legs paternel.

Ce n'était pas une tâche aisée. L'atmosphère des égouts avait soudé entre elles les différentes couches de tissu et la toile, un vieux bandage, avait durci jusqu'à devenir un amas cartonné. Quand il le déballa, une odeur de moisi s'en échappa.

« Quelle puanteur », murmura Fleixa en avalant une gorgée d'absinthe.

Après quelques minutes de travail, à supporter la nervosité du journaliste, Daniel défit la dernière couche de bandage. Il retira ses mains, dévoilant un ravissant coffret à bijoux en argent. Daniel déglutit. Ses doigts tâtonnèrent sur le fermoir mais finirent par le faire glisser. Quand il s'ouvrit, un soupir sembla s'échapper du coffret en même temps que les relents d'un parfum ancien. Plusieurs compartiments vides entouraient une ballerine en nacre figée dans une arabesque.

« C'est pas vrai, gémit Fleixa, ne me dites pas qu'on s'est farci cette balade cauchemardesque pour ça ! »

Daniel n'écoutait pas les jérémiades du journaliste. La stupeur se peignit sur son visage, effet d'un souvenir ancien qui revient à la mémoire sans qu'on l'attende. Ses yeux brillèrent d'émotion. Il prit entre ses doigts la petite danseuse et la fit pivoter sur elle-même de trois tours à gauche. La mélodie de la boîte à musique s'éleva et la figurine se mit à tourner sur elle-même. Fleixa eut un haussement de sourcils devant le sourire indéfinissable de son compagnon.

Lorsque la musique s'arrêta, la ballerine s'immobilisa. Daniel la prit de nouveau entre ses doigts, mais cette fois il ne lui fit faire qu'un tour à droite, puis deux à gauche. Au lieu de la musique, un claquement se fit entendre et le double fond du coffret sauta, révélant un compartiment secret.

« Ma mère adorait ce coffret », déclara Daniel pour toute explication.

Il retira délicatement le double-fond et le déposa sur la table. Dessous, coincé dans la doublure en velours, se trouvait un petit carnet à la couverture noire, qu'il sortit. Après avoir échangé un regard avec le journaliste, Daniel défit le lien de cuir qui le tenait fermé et l'ouvrit. Le papier était d'excellente qualité et malgré quelques taches d'humidité les pages étaient intactes, couvertes d'une écriture soignée. Au dos du carnet, ils découvrirent un nom : docteur Frederic Homs.

« On dirait un simple calepin de notes personnelles, conclut Fleixa, quelque peu déçu.

— J'ai déjà vu des carnets de ce genre, confirma Daniel. Mon père en utilisait un comme celui-ci pour prendre des notes sur ses recherches. On peut aussi les utiliser comme journal intime. Je ne vois vraiment pas pourquoi mon père a conservé de cette façon rocambolesque celui d'un autre médecin. Voyons si le contenu nous en dit plus. »

Ils se mirent à lire.

Notes sur l'évolution de la patiente Luisa Homs, mon épouse.

Le 19 décembre 1885

Note II-a : Symptômes de la patiente au premier examen : pas de fièvre ; selles abondantes blanchâtres et granuleuses. Prise de pouls toutes les deux heures, révélant chaque fois une faiblesse caractérisée.

L'analyse de la pression sanguine fait état d'une hypotension manifeste attribuable à la perte de liquides. Mise en place du traitement correspondant.

« Sa propre femme ! » Fleixa interrompit la lecture. « Et elle a l'air très malade.

— Elle avait le choléra. »

Fleixa le regarda, surpris. Daniel, sans lever les yeux du carnet, expliqua.

« Tous les matins, lorsque nous étions enfants, mon père nous mettait à l'épreuve, mon frère et moi, en nous exposant une série de symptômes. Nous n'avions le droit de prendre notre petit déjeuner que si nous avions identifié la maladie et su trouver le traitement adapté. Si nous nous en montrions incapables, ou si nous nous trompions, ce jour-là nous partions à l'école l'estomac vide. Une méthode très efficace, je vous le garantis. »

Le 22 décembre 1885

Note VI-b : L'année dernière, la patiente a séjourné quelque temps chez des parents à Valence (jusqu'en septembre). Entre les mois de juin et juillet, la région a connu une épidémie très virulente de choléra, semble-t-il jugulée grâce aux efforts du docteur Jaime Ferrán. En cette occasion le premier vaccin permettant d'immuniser les être humains contre une maladie bactérienne a été utilisé. Il s'agit d'une grande avancée scientifique. Malheureusement certains collègues ont émis des réserves. En ce qui nous concerne, la patiente a été infectée tardivement par le bacille.

On observe des symptômes de déshydratation et de crampes musculaires. La patiente souffre également d'apathie avec des épisodes de perte de lucidité. Poursuivre le traitement.

Ne pas oublier de consulter le docteur Ferrán.

Les pages suivantes relataient les efforts désespérés de Frederic Homs pour trouver un remède au mal dont souffrait sa femme. Certaines de ses notes incluaient la formule chimique des expérimentations complexes qu'il menait. Plus on avançait dans la lecture, plus il devenait évident que le traitement ne donnait pas les résultats escomptés et que le médecin recommençait inlassablement, avec une grande persévérance, mais de moins en moins de chance de réussir. Peu à peu, ses mots devenaient moins formels et empreints d'un désespoir qui montrait combien ses échecs répétés l'ébranlaient.

Le 10 janvier 1886

Note XVII-d : Ma chère, chère Luisa, je viens solliciter ton pardon. Depuis ton entrée à l'hôpital, la douleur et l'angoisse m'ont tenu dans le plus terrible des chaos. Ces dernières semaines ont été les plus longues de toute ma vie. La seule éventualité que l'infortune puisse nous séparer me fait perdre la raison. Je te jure que je ne faiblirai pas dans ma quête acharnée d'un remède. Aie confiance en moi, mon amour.

Le 13 janvier 1886

Note XXII-a : J'ai une bonne nouvelle, notre cher Amat m'apporte son aide. Alors que tous renoncent et se contentent de me transmettre leurs condoléances ou de m'éviter, notre ami travaille avec la même ardeur que moi. Mes espoirs sont ranimés.

Le 16 janvier 1886

Note XXXV-e : Luisa chérie, je suis maintenant installé à la bibliothèque pour mieux travailler. Parfois, je me dis que ma place est à tes côtés, au lieu de perdre des heures et des heures avec mes livres et mes expériences. Mais je le fais pour ton bien, tu le sais, et je trouverai le remède à ton mal, dussé-je y laisser mon âme. Sois forte.

Les notes s'étaient transformées en lettres à sa femme. Homs passait de l'état d'esprit le plus abattu à chaque nouveau problème à l'euphorie la plus débordante lorsqu'il obtenait le moindre résultat positif.

Le 21 janvier 1886

Note LX-b : Aujourd'hui j'ai fait une grande découverte. Si ma tête épuisée ne m'abuse pas, j'ai trouvé quelque chose qui va bien au-delà de nos plus grands rêves. J'ose à peine y croire et je ne veux pas non plus te donner de fausses joies.

Le 23 janvier 1886

Note LXIV-c : Plus j'avance dans mes recherches, plus je suis convaincu que le *Liber Octavus* de Vésale est la seule chance qu'il nous reste.

Le 29 janvier 1886

Note LXVII-f : Ma chérie, aujourd'hui a été une journée terrible. J'ai eu des mots avec notre cher ami. Quand j'ai partagé avec lui ma découverte il était aussi enthousiaste que moi. Non seulement nous pouvons trouver une solution à ton mal, mon amour, mais si nos prédictions sont justes, il s'agirait de la plus grande découverte scientifique de cette fin de siècle. Pourtant le soir nous avons eu une violente dispute. Amat refuse de continuer. Il a eu de terribles paroles, il a parlé de Dieu, il a dit que nous étions en train de contrevenir à l'ordre sacré des choses. Je reconnais maintenant que j'ai perdu un instant la tête et que je l'ai gravement insulté. J'ai peut-être détruit notre amitié, mais qu'importe, je vois bien maintenant que ma mission est solitaire et que, s'il y a une chance, je ne dois pas hésiter à prendre le chemin qu'il faudra, fût-il celui du diable lui-même.

Daniel et Fleixa cherchèrent dans les annotations qui suivaient une révélation de la découverte dont parlait

Homs, qui avait engendré cette controverse entre lui et le père de Daniel, mais les écrits du médecin n'en dévoilaient à aucun moment la nature, comme s'il voulait la garder secrète, y compris pour lui-même. Ils constatèrent que les jours suivants Homs avait essuyé différents échecs et que ses notes commençaient à être décousues.

Le 3 ou 4 février 1886

Note ? Aujourd'hui j'ai oublié de manger et je ne me souviens plus quand j'ai dormi pour la dernière fois. Je ne sais plus bien quelle est la date. Le jour et la nuit se confondent en un même cycle. Je me suis coupé profondément à cause d'alambics qui ont explosé parce que je les ai oubliés sur la flamme. J'ai des soucis avec les cadavres qu'on me fournit ; on me retient les composants chimiques dont j'ai besoin pour mes expériences. Mais le plus terrible, c'est que je suis convaincu que tout ça n'est pas le fruit du hasard : Amat fait tout pour saboter mes recherches. Oui, tu as bien lu ma chérie, notre ami intime, qu'il soit maudit ! s'oppose à ce que je trouve la solution à ton mal. Peux-tu imaginer plus grande infamie ? Il a parlé au comité de direction de l'hôpital et il est en train de tous les retourner contre moi. Le recteur, préoccupé par mon état, m'a rendu visite. Comme si je ne savais pas que leur motivation est de m'espionner et de voir où en sont mes progrès et mes découvertes. Tout ce qu'ils veulent, c'est s'emparer de mon travail, mais ils n'y parviendront pas, je ne les laisserai pas triompher dans leurs intentions. J'aime mieux en finir avec eux. Et même, si Dieu désapprouve ce que je fais, comme le dit Amat, j'en finirai avec Dieu si c'est nécessaire.

a	b	c	d	e	f	g	h	i	l	m	n
‡ 7 ω	ɔ ∧ ı	∪ >	◇ <	И + +o	Ϛ g	ƒ ♀	P ∂	ς f ς	τ ∞	⊥ θ	Γ 6
o	p	q	r	s	t	v	x	y	z	|	
L Le 4	⊢ ∇	⊣ Δ	ε ⫞	Ƶ ϒ	z x	o ʃ a	D d	g Z	ц ϖ		

« Qu'est-ce que c'est que ce tableau ? demanda Fleixa.

— Aucune idée. Certainement une table d'équivalences pour ses expériences. »

Il feuilleta plusieurs pages blanches puis apparurent les dernières notes du médecin.

Date inconnue

Note ? Ma chérie, je suis exténué et mon front est bouillant. J'ai de temps à autre des hallucinations où je crois te voir près de moi, le regard inquiet à cause de mon état lamentable. Même si je sais bien que c'est impossible puisque tu es dans le coma depuis plusieurs jours, cette vision de toi me tient compagnie ici, au laboratoire, et c'est une consolation que de me croire auprès de toi.

Date inconnue

Note ? J'ai maigri, beaucoup sans doute car je peux voir mes côtes et mes mains décharnées sont comme des serres. Je sais que mon apparence, plus proche de celle d'un pauvre mendiant que d'un médecin, incommode mes collègues, mais cela m'est égal. Ils peuvent bien aller brûler en enfer ! Pardonne-moi mon langage, ma chérie, mais mon anxiété trouble mon esprit et met dans ma bouche des paroles terribles. J'ai les nerfs à vif de ne pas réussir à élucider le secret définitif de ma merveilleuse découverte. Je sais que j'y suis presque. Je peux le sentir. Il est là, tout prêt. J'ai suivi toutes les étapes, comme le décrit le livre, chacune des instructions, l'une après l'autre, pourtant, il y a quelque chose que je ne dois pas faire comme il faut !

Date inconnue

Note ? J'ai dormi à peine quelques heures ces quatre derniers jours et il faudrait sans doute que je me repose un peu, mais je ne peux pas m'arrêter. Pas maintenant, pas si près du but.

Le journal se terminait sur ces mots.

« C'est tout ? Il n'y a rien d'autre ? »

Daniel tourna encore quelques pages, vides, et secoua la tête.

« Pour quel motif votre père a-t-il bien pu garder ce carnet ?

— Pour être franc, je n'en ai pas la moindre idée.

— Peut-être que ça a un rapport avec l'enquête qu'il faisait ? » aventura le journaliste.

Daniel referma le carnet avec un soupir.

« Bon, poursuivit Bernat avec un nouvel enthousiasme, l'étape suivante est de retrouver le docteur Frederic Homs et de lui parler. Qu'est-ce que vous en dites ?

— Je suis désolé, monsieur Fleixa, mais je n'ai pas l'intention de continuer.

— Pardon ? »

Daniel évita de croiser le regard stupéfait du journaliste. Il avait pris sa décision, pour le meilleur ou pour le pire.

« Les recherches de mon père démontrent qu'il existe bien un lien entre lui et ces terribles meurtres de jeunes filles, et prouvent aussi, par conséquent, que sa mort n'était pas un banal accident. Je vous remercie de votre aide, néanmoins j'irai porter plainte dès demain à la police.

— Vous avez perdu la tête ? Qu'est-ce qui vous fait penser qu'on vous écoutera plus que votre père ?

— Je comprends votre irritation, mais ce sont aux autorités de résoudre cette affaire. Capturer cet assassin et l'amener devant la justice dépassent de beaucoup nos compétences.

— Mais…

— Je suis désolé, monsieur Fleixa, l'interrompit Daniel en se levant et en tendant la main au journaliste qui la lui serra, abasourdi. Ici s'achève notre aventure. Jeudi, je prendrai le train de Paris et je rentrerai en Angleterre. Ce fut un plaisir de vous rencontrer. Merci encore pour votre aide. »

11

Pau se hâtait vers l'hôpital. Les examens de fin d'année approchaient. Tout le monde était sur les nerfs. Les professeurs se montraient beaucoup plus sévères et sous n'importe quel prétexte donnaient du travail supplémentaire aux étudiants. Avec tous ces cours et ces travaux pratiques, il ne lui restait presque plus de temps pour étudier et moins encore pour s'occuper d'affaires comme celle-ci. Pourtant, tout ça n'était pas une excuse valable, il le savait bien.

Il parcourut le couloir, sans un regard pour les portraits des éminents médecins du Collège, et se retrouva dans la rue. Il salua en vitesse un camarade et entra dans l'hôpital, traversa la cour plantée d'orangers et grimpa quatre à quatre l'escalier en pierre, sans prendre garde aux regards réprobateurs des deux sœurs clarisses qui descendaient à ce moment-là. Tout en marchant, il sentait l'espoir naître en lui. Les résultats devaient déjà être probants. Pourtant, son optimisme se changea vite en préoccupation. Si les choses n'avaient pas tourné comme il l'espérait, il aurait un gros problème. Près du pavillon des femmes, il prit un corridor qui menait à une cour à portique. Il s'arrêta sous les arcades et s'assura que personne ne l'avait suivi. À cette heure de la journée, l'hôpital n'était pas très fréquenté et il était plus facile de passer inaperçu, mais il se méfiait tout de même.

Il traversa la cour tête baissée, en prenant soin de rester là où il était le plus à l'abri des regards indiscrets, jusqu'à ce qu'il se retrouve de nouveau sous le portique de l'autre côté. Il ne vit donc pas qu'on l'épiait depuis une fenêtre du deuxième étage. Se croyant en sécurité, il s'arrêta devant un portail à l'angle de deux murs. Il sortit un trousseau de clés de sa poche et ouvrit, puis referma soigneusement derrière lui. Dos contre la porte, Pau prit un instant pour expulser l'air emmagasiné dans ses poumons. Puis il traversa un petit couloir jusqu'à un vestibule où il reconnut l'odeur familière d'antiseptique. La lumière de l'après-midi entrait par une grande fenêtre qui donnait sur la rue. Aux murs étaient appuyés les cadres rouillés de plusieurs sommiers et une dizaine de paniers en osier emplis de draps à laver. Au fond, cachée dans la pénombre, se dessinait une porte. Dans un coin, sur une petite table, on avait laissé un plateau couvert et des draps propres. Il saisit l'ensemble précautionneusement et, après avoir frappé doucement à la porte, entra.

Trois quarts d'heure plus tard, Pau ressortit de la chambre. Il jeta un amas de linge sale dans un panier et remit le plateau vide là où il l'avait trouvé. Il s'engagea dans le couloir après s'être assuré qu'il était désert, retraversa en sens inverse la cour et ses portiques et se dirigea vers le Collège par le jardin de l'hôpital, où il croisa plusieurs malades qui faisaient leur promenade du soir pour profiter de quelques rayons de soleil. En montant les marches du perron, il se permit un sourire. « Ça a marché ! » se répétait-il dans un mélange d'émotion et de soulagement.

12

« Votre père est mort à cause d'un malheureux accident. Rien d'autre. »

L'inspecteur Sánchez, satisfait d'avoir mis les choses au point, se vautra un peu plus dans son fauteuil, qui avait toutes les peines du monde à contenir son corps volumineux. Puis, dans un subreptice mouvement de bouche, il cracha un bout de peau translucide dans le bassinet posé à ses pieds. Ses mains, potelées comme celles d'un bébé, traçaient des formes dans l'air pendant qu'il parlait, quand elles ne fouillaient pas dans un cornet en papier rempli de lupins. Son nez empâté et ses yeux porcins étaient noyés dans son large visage gras. Face à l'absence de réponse, l'inspecteur tenta un sourire qui, au lieu d'adoucir ses traits, chamboula sa physionomie par manque d'habitude. Daniel ignora le ton condescendant du policier :

« Le contenu de ces papiers témoigne d'un enchaînement d'événements qui remettent en question, à tout le moins, la cause de sa mort.

— Voilà une affirmation peut-être un peu rapide. Vous permettez ? »

Daniel tendit à l'inspecteur le porte-documents qui contenait tous les papiers de son père, mais pas le carnet du docteur Homs. Il avait décidé de ne pas le lui remettre, ignorant quel rôle il pouvait bien jouer dans l'histoire.

« Et vous dites que votre père a eu ces informations en menant ses propres recherches de son côté.

— Oui, comme je viens de vous l'expliquer.

— Ces notes sont très intéressantes, mais elles ne changent rien. Bien au contraire, elles confirmeraient plutôt nos hypothèses.

— Que voulez-vous dire ?

— C'est pourtant clair. Cette liste a été établie dans un état d'anxiété manifeste. Ce ne sont que les élucubrations d'un homme obsessionnel, décréta-t-il. Votre père était à l'évidence au bord de la crise nerveuse. Quelques semaines avant ce fatal accident M. Amat s'est présenté ici, vous le saviez ? Il m'a montré ces mêmes documents. Il prétendait, comme vous-même aujourd'hui, qu'il y avait un rapport entre ces morts. Mais il n'en a apporté aucune preuve. Tout simplement parce que ce lien n'existe pas. Il n'y a aucun mystérieux meurtrier qui court la ville en assassinant à tort et à travers, Dieu nous en garde. Ça n'a aucun sens !

— Mais…

— Ne le prenez pas mal. » L'inspecteur leva les mains dans un geste conciliant. « J'imagine que le fait que vous n'ayez plus de contacts avec votre père depuis… combien ? six ? sept ans… ? Apprendre sa mort par un télégramme… Je comprends que ce puisse être un vrai choc. Après tout, c'était votre père. »

Malgré la fraîche température du bureau, une vague de chaleur inonda le visage de Daniel. Il tenta de retrouver son calme et de garder en tête la raison de sa venue. Manifestement, sa présence gênait l'inspecteur sans qu'il sache pourquoi. Il sentait bien que l'homme voulait se débarrasser de lui, qu'il faisait tout pour qu'il s'en aille, mais Daniel n'avait pas l'intention de se laisser faire si facilement.

« Vous êtes en train de me dire que ces cadavres n'existent pas ?

— Oh non ! Bien sûr qu'ils existent. »

La réponse laissa Daniel sans voix. L'inspecteur lança d'une pichenette un nouveau lupin dans sa bouche. Il allait continuer quand on frappa à la porte. C'était un de ses hommes, venu lui faire signer un rapport. L'inspecteur prit son temps, ignorant l'impatience de Daniel. Après le départ de son subalterne, il poursuivit :

« Dans cette ville, nous avons continuellement des affaires de ce genre, monsieur Amat. Nous frôlons les cinq cent mille habitants. Les altercations sont très fréquentes avec parfois, malheureusement, des morts violentes à la clé. Vous pouvez faire toutes les listes que vous voudrez. Les femmes dont les noms figurent dans les papiers de votre père étaient certainement de celles dont le mode de subsistance n'est pas précisément le plus exemplaire. Alors, allez savoir : une raclée de leur mac, un client un peu trop fougueux, une bagarre pour une place sur le trottoir… Les ragots font le reste. »

Daniel s'efforça de ne pas penser à la petite marchande d'allumette de quinze ans ou à la vendeuse à l'étalage de vingt qui étaient sur la liste. Malgré lui, son dos s'était raidi et la douleur sillonnait les cicatrices de son cou.

« Comment expliquez-vous l'état dans lequel on les a retrouvées ?

— Monsieur Amat, l'eau et la vermine peuvent faire des ravages sur un corps. Vous devriez voir de quoi sont capables des rats affamés aux prises avec un bon morceau de viande. »

Son rire résonna entre les quatre murs du bureau. Quand il se rendit compte que Daniel n'esquissait même pas un sourire, il se tut et avec un soupir farfouilla dans le cornet de lupins.

« Barcelone est une ville bourrée d'assassins, de prostituées et d'anarchistes. J'ai suffisamment de sujets de préoccupation, comme ces rumeurs comme quoi des ouvriers essaieraient de constituer une espèce d'association : l'Union générale des travailleurs, ils l'appellent, vous vous rendez compte ? Mais ne vous inquiétez pas, nous sommes là, nous, gardiens de l'ordre civil, pour faire barrage au chaos, à l'anarchie et à la rapine. Et pour vous protéger. Nous connaissons notre travail.

— Je ne crois pas, non, répondit Daniel, se laissant aller à la colère. Je considère plutôt que vous n'avez rien fait pour tirer au clair ce qu'il se passe. Vous vous êtes empressés d'étouffer les meurtres de ces jeunes femmes en les mettant, de façon plus que discutable, sur le compte de leur condition sociale et vous avez décrété que la mort de mon père était accidentelle parce que n'importe quelle autre éventualité plus proche de la réalité vous compliquerait la tâche.

— Monsieur Amat… ! » Le policier fronça ses lèvres épaisses en une moue de mécontentement. « Vous devriez être plus prudent dans vos affirmations et vous montrer plus reconnaissant. Sans l'influence de certaines personnes, nous aurions eu bien du mal à sauvegarder la réputation de votre père. »

Daniel n'en croyait pas ses oreilles : à quoi, au juste, son interlocuteur voulait-il faire allusion ?

L'inspecteur s'extirpa de son fauteuil, qui émit un craquement de soulagement, et se dirigea vers la porte.

« Je vous ai reçu par déférence, en raison du deuil qui vous frappe. Mais mon temps est trop précieux pour que je le perde en suppositions extravagantes. Enfin, je ne vous en tiens pas rigueur. La mort de votre père a sans doute ébranlé vos nerfs. Pour vous prouver ma bonne volonté, je vais garder ces papiers. » Il arracha des mains de Daniel le porte-documents. « Je vous donne ma parole que nous enquêterons dessus. »

Il fit une pause pour recracher une peau de lupin qu'il regarda voler, gluante de salive ; elle heurta le bord du bassinet et tomba à côté. Agacé, l'inspecteur leva les yeux sur Daniel.

« Monsieur Amat, à quoi bon perdre votre temps à Barcelone ? Le mieux que vous puissiez faire est de rentrer chez vous. »

Après avoir pris congé de l'inspecteur, Daniel rentra en fiacre à la résidence universitaire. Du fait de l'Exposition universelle, tous les hôtels de la ville affichaient complet et le recteur de l'université, refusant qu'il se loge dans une vétuste pension, lui avait offert d'occuper la chambre de son père le temps de son séjour en ville.

En voiture, il se laissa porter par les cahots en repensant à sa conversation avec l'inspecteur. Toute cette histoire n'était-elle qu'un délire de son père alimenté par les superstitions populaires ? Avait-il vraiment mis fin à ses jours, comme l'avait laissé entendre l'inspecteur ? Daniel ne croyait pas son père capable d'une telle chose : son orgueil ne lui aurait pas permis de commettre un acte qu'il considérait propre aux lâches. Mais bien du temps avait passé et il ignorait jusqu'à quel point il pouvait avoir changé. Plus il recevait des témoignages sur son père, plus il avait la sensation que l'homme dont on lui parlait était un inconnu.

Enfin ils arrivèrent devant l'édifice universitaire qui jouxtait la faculté des sciences médicales. Daniel paya le cocher et entra. Il salua le concierge, réfugié dans sa loge exiguë, et se dirigea vers sa chambre, heureux à l'idée de pouvoir se reposer un peu. Depuis son arrivée à Barcelone, il n'avait pas beaucoup dormi, la fatigue et les émotions l'empêchaient d'avoir les idées claires. Il essaierait de récupérer et le lendemain il prendrait une décision.

Il était déjà tard et il ne croisa personne dans le couloir qui menait aux chambres. Arrivé devant la sienne, il allait introduire sa clé dans la serrure quand sa main s'arrêta à mi-chemin : la porte était entrouverte ; pourtant il se rappelait bien l'avoir fermée avant de partir. Il entra et étouffa une exclamation. Les tiroirs de la commode étaient par terre, retournés. Ses chemises et ses costumes gisaient éparpillés sur le tapis. On avait vidé ses valises et lacéré les doublures. Même le matelas avait été tailladé de haut en bas ; sa bourre pendait comme les tripes d'un cadavre éventré.

Les yeux de Daniel se portèrent sur la table et il s'aperçut que le coffret à bijoux avait disparu. Il fouilla toute la pièce en vain, ils l'avaient pris. Daniel palpa sa poche et fut soulagé de sentir le poids du carnet. À la dernière minute, il avait décidé de l'emporter avant de partir voir l'inspecteur. Quelque chose lui disait que ses visiteurs, quelle que fût leur identité, étaient à la recherche de ce carnet. Fleixa avait raison : il était sûrement important, même s'ils ignoraient en quoi.

13

Fleixa goûtait la chaleur du corps de Dolors sous les draps. Le dernier morceau de charbon, dans le poêle en fonte, avait fini de se consumer depuis un bon moment et la chambre était glacée. La lumière des réverbères filtrait à travers les rideaux. Il faisait encore nuit mais il n'arrivait plus à dormir. Après son entretien avec Vidal, leur épopée dans les égouts et la lecture du carnet du docteur Homs, son esprit était en ébullition. Il ne cessait de se demander si le docteur Amat avait essayé de l'embobiner. Ou tout cela était-il le fruit d'un esprit malade ? Quelque chose lui disait que non. Il avait misé beaucoup sur cette histoire, et si elle se révélait fausse, sa crédibilité de reporter risquait encore d'en prendre un coup. Et Llopis ne raterait pas cette occasion pour lui voler sa place au journal.

Il ferma les yeux et se remit à penser à cette affaire de meurtres. À l'évidence, Daniel Amat n'était pas ce dont il avait l'air. L'entretien avec Vidal avait laissé quelques points d'interrogation en suspens : que s'était-il passé sept ans plus tôt ? Pourquoi Daniel avait-il fui Barcelone pour l'Angleterre en coupant les ponts avec son père ? Quel secret cachait-il ? Fleixa aimait les questions sans réponse et son instinct lui disait que derrière tout cela il y avait une autre bonne histoire à découvrir. Il fit claquer sa langue, frustré, en se souvenant que malgré son insistance Daniel avait décidé d'aller parler à la police. Ce qui mettait un point final à l'affaire. Il pouvait toujours écrire un entrefilet sur les crimes, il aurait peut-être même droit à une colonne, mais ce ne serait rien d'autre que des conjectures. Il allait avoir besoin d'une meilleure excuse pour justifier au journal tout ce temps perdu. Un problème de plus à ajouter à ceux qu'il avait déjà.

Depuis des jours, des rumeurs couraient dans le Raval. On le cherchait. Il avait perdu une grosse somme aux courses de Can Tunis et le délai de son emprunt était dépassé depuis des semaines. La Negra avait la réputation d'être implacable avec les clients qui n'honoraient pas leur part du contrat, mais il n'avait pas l'argent pour rembourser. Comme si ce n'était pas suffisant, son logeur attendait aussi de toucher les mois qu'il devait ; apparemment Fleixa ne pouvait plus compter sur l'appui de sa femme. Il avait été obligé de trouver asile chez Dolors qui, se débarrassant d'un client presque de force, avait accepté de l'accueillir quelques nuits. Il se tourna sur le côté et contempla le visage de la femme allongée près de lui. Bien qu'elle eût dépassé ses trente ans, Dolors, quand elle dormait, avait l'air d'une enfant.

Ils se connaissaient depuis trois ans. Lui venait de publier un article sur le vol de la recette de l'entreprise Barcelona Tramways. Plusieurs employés étaient impliqués, le directeur et un conseiller municipal. Le scandale avait été immense et toute la ville s'était fait l'écho de son papier. Des semaines plus tard, un soir, alors qu'il venait de quitter le journal, un groupe de gaillards masqués lui était tombé dessus. Ils étaient en train de lui administrer une correction monumentale quand avait surgi Dolors, faisant un tel scandale qu'elle les avait mis en fuite. Il était presque évanoui quand elle l'avait ramené chez elle, avec une sale entaille à l'estomac. Il frémit en s'en souvenant et examina ses mains à contre-jour pour s'assurer qu'elles ne tremblaient pas. Dolors avait soigné ses blessures et elle était restée à son chevet quand le lendemain son corps avait commencé à frétiller comme une anguille. Elle lui avait fait boire des litres d'un remède maison à base de plantes, avait changé ses bandages et lui avait posé des serviettes fraîches jusqu'à ce que la fièvre tombe. Pendant une semaine il avait eu besoin de soins. Quand il lui avait demandé pourquoi elle l'avait fait, elle avait haussé les épaules et souri. Depuis, ils se revoyaient assez régulièrement et passaient de temps en temps une nuit entière ensemble, quand elle ne travaillait pas. Au fil du temps, cela lui avait paru un arrangement idéal. Après tout, Dolors était ce qu'elle était et lui ne voulait pas de fil à la patte. Un léger bruit le tira de ses pensées. Les yeux de la prostituée l'observaient, somnolents. Sa bouche s'ouvrit dans un demi-bâillement.

« Tu n'arrives pas à dormir ?

— Non, répondit Fleixa, je réfléchissais. »

Il la vit bouger sous les couvertures. Dans la pénombre, il devina ses lèvres qui s'incurvaient en un sourire et les boucles couleur safran éparpillées sur l'oreiller. Il sursauta au contact de sa main. Elle posa sa tête sur son épaule.

« Ça ne doit pas être bon de réfléchir autant. Tu y penseras demain. Approche, on gèle. »

Fleixa obéit.

14

Daniel se réveilla tôt. Il avait mal dormi, une fois de plus. Après son entrevue de la veille avec l'inspecteur et la fouille de sa chambre, il avait maintenant plus de questions que de réponses. Il était évident que la police n'avait pas l'intention de faire quoi que ce soit quant à la mort de son père et qu'il était également inutile de porter plainte pour le vol du coffret. En s'habillant, il décida d'aller parler au doyen.

Construit quatre siècles plus tôt dans le but de regrouper les différents centres médicaux de la ville, l'hôpital de la Santa Creu était logé dans un splendide édifice gothique. Au fil du temps, les multiples réformes en avaient fait un méli-mélo de couloirs, de salles et d'escaliers. Sa proximité avec le vieux Collège royal de chirurgie s'était révélée une excellente idée puisqu'elle avait facilité pendant plus de cent ans la formation des étudiants en médecine de Barcelone. De ce fait, la ville pouvait s'enorgueillir de compter un grand nombre d'excellents praticiens.

Un interne portant une caisse de bandages lui indiqua que le docteur Suñé se trouvait dans l'aile des malades convalescents. Daniel le remercia, traversa la cour à portique et monta à l'étage supérieur.

Le docteur Luis Suñé y Molist était accroupi devant un enfant. Les cheveux plaqués en arrière de façon à dissimuler un début de tonsure propre à son âge, il arborait une moustache cirée, comme un trait parallèle au sourire qui s'affichait sur ses lèvres. L'enfant portait la même blouse grise que les autres patients de l'hôpital. Les larmes avaient laissé deux sillons crasseux sur ses joues. Le médecin, la main posée sur son épaule, lui parlait. En s'approchant, Daniel put entendre ses derniers mots.

« Sœur Inés t'accompagnera. Tout ce dont tu as besoin, c'est de bien manger, beaucoup de soleil et des promenades quotidiennes. Dans quelques jours, tu pourras rentrer à la maison. »

Daniel découvrit avec consternation l'impressionnant bandage qui couvrait la jambe du petit. Il n'avait plus de pied gauche. L'enfant, les yeux encore mouillés, sourit au médecin. Soutenu par sa béquille, il s'éloigna en boitillant dans le couloir, accompagné d'une sœur clarisse. Le docteur Suñé le suivit du regard, puis soupira et se mit debout péniblement en prenant appui des deux mains sur ses genoux. C'est alors seulement qu'il s'aperçut de la présence de Daniel.

« Monsieur Amat. » Son expression initiale de surprise devint grave. « Ce matin, on m'a informé de l'effraction dont vous avez été victime hier soir. Veuillez accepter mes excuses, je ne sais pas comment cela a pu se produire. Il ne nous était jamais rien arrivé de tel. On m'a dit qu'on vous a immédiatement installé dans une autre chambre. Êtes-vous à votre aise ?

— Oui, merci beaucoup. D'ailleurs, j'aimerais pouvoir profiter de votre hospitalité quelques jours encore. Il semble que mon père ait laissé un certain nombre d'affaires à résoudre.

— Mais je vous en prie. Vous êtes le bienvenu ici tout le temps qu'il vous sera nécessaire.

— J'aurais aussi souhaité m'entretenir avec vous. »

Le docteur Suñé le regarda avec curiosité. Il appela une sœur clarisse et lui demanda de faire nettoyer certaines chambres.

« Je dispose de peu de temps, en vérité, dit-il, s'adressant à Daniel, mais si vous le souhaitez, nous pouvons parler pendant que je continue ma visite. »

Les deux hommes empruntèrent le corridor. Fréquemment, quelqu'un arrêtait le docteur pour lui poser une question ou pour l'informer de quelque chose. Le médecin, toujours posé, donnait des instructions précises et résolvait avec sang-froid les problèmes qu'on lui soumettait.

« Ici nous serons plus tranquilles, dit-il en arrivant dans un coin moins fréquenté. Je vous écoute.

— Comme vous le savez, commença Daniel, mon père et moi sommes restés séparés longtemps. À mon retour à Barcelone, j'ai découvert certaines choses à son sujet… comment vous dire… comme si je n'avais jamais rien su de lui.

— J'avais beaucoup d'estime pour lui, expliqua Suñé. Il a été mon professeur. Tout le monde admirait son immense talent comme médecin et comme chercheur. Mais depuis ce terrible drame il y a sept ans, votre père n'a plus jamais été le même. »

Daniel l'encouragea à poursuivre.

« Votre père aussi est parti, peu après vous. Il a passé un certain temps à l'étranger, entre Vienne et Berlin, je crois. Il n'en parlait pas beaucoup. Deux ans plus tard, il est revenu. Au début, il avait l'air de s'être remis, je dirais même qu'il avait comme rajeuni. Il a repris ses cours et ses recherches, il a même rouvert une consultation. Tout s'est bien passé pendant un temps, jusqu'à ce qu'il entreprenne cette étude sur l'hygiénisme. Ce n'était d'abord pour lui qu'un passe-temps, mais à la fin il s'y consacrait corps et âme, ce qui l'a épuisé physiquement et mentalement. Nous avons tenté de le prévenir mais sans succès. Quelque temps après, il s'est effondré. Les personnes qui comme moi ont cherché à l'aider ont été vertement repoussées. Vous savez comment il était. »

Oui, Daniel savait. Son père pouvait se montrer parfaitement désagréable quand il le voulait. « Le temps a passé et il semblait se remettre, mais il a commencé à prendre des habitudes étranges, comme de s'absenter plusieurs jours de suite sans prévenir, se promener dans la résidence en pleine nuit, ou réaliser de périlleuses expériences chimiques dans sa chambre. Il s'est intéressé à des questions de plus en plus singulières. Il semblait avoir perdu contact avec la réalité. Ses collègues et amis se sont mis à lui tourner le dos. Il a eu plusieurs crises nerveuses, à tel point que je me suis vu obligé de lui prescrire du laudanum pour qu'il puisse trouver le sommeil. Mais même alors, il avait des cauchemars récurrents au cours desquels il criait votre nom et celui de votre frère. »

Daniel acquiesça, tête basse.

« Mon frère est mort dans l'incendie.

— Oui, je sais. Votre père était tourmenté par le souvenir de cette nuit. » Suñé prit une profonde inspiration, comme s'il lui en coûtait de prononcer ces mots. « Il revivait constamment cet accident. Ces histoires fantastiques d'assassinats ont achevé de lui faire perdre tout sens commun en le poussant à chercher un démon qui… eh bien, qui se trouvait au fond de lui, en définitive. Non, sa mort n'est pas due à une accumulation de hasards malheureux. » Il posa sa main sur l'épaule de Daniel. « Je suis désolé mais je suis convaincu que votre père s'est donné la mort.

— C'est impossible. Mon père…

— C'était un brillant médecin et un excellent homme, l'interrompit le docteur Suñé. Ce qui a pu vous séparer fait partie du passé. En ce qui me concerne, sa mort fut un accident. Honorons sa mémoire et souvenons-nous de lui comme il le mérite. »

Est-ce que c'était vrai ? Son père avait-il perdu la raison ? Mais alors… pourquoi lui avait-il laissé le carnet de Homs ? Était-ce un autre signe de sa folie ? Les questions se bousculaient dans la tête de Daniel.

Ils laissèrent derrière eux l'aile des convalescents et entrèrent dans un autre service. Là, on percevait plus d'agitation. Plusieurs médecins et leurs assistants discutaient dans les couloirs tandis que des clarisses, dans leur costume blanc immaculé, se déplaçaient par deux d'un endroit à l'autre. Ils croisèrent un groupe d'étudiants, guidé par un professeur, qui était apparu à l'angle d'un couloir. Parmi eux, Daniel aperçut le jeune homme qu'il avait vu se recueillir devant la tombe de son père.

« Qui est cet étudiant ? voulut-il savoir.

— Qui donc ?

— Le dernier, celui qui porte sa serviette sous le bras.

— Ah ! Pau Gilbert. Un brillant étudiant mais assez peu populaire parmi ses camarades. Il fut le dernier assistant de votre père. »

Daniel suivit le jeune homme du regard jusqu'à ce que le groupe disparaisse. Puis il accompagna Suñé jusqu'à une salle tout en longueur. Une dizaine d'arcs en ogive, soutenant le plafond en bois, séparaient des fenêtres qui s'ouvraient, à chaque travée, laissant entrer la lumière du soleil. Cinquante lits à sommier en fer se serraient de part et d'autre du couloir central qui permettait aux médecins de se déplacer de malade en malade. Parfois, un rideau blanc était tiré entre les patients, leur offrant une certaine intimité.

« Voici la salle de Santa María, où se trouvent les hommes, expliqua le médecin. Les femmes sont dans celle de Sant Josep. Votre père a passé de nombreuses heures ici. »

Daniel remarqua que les lits étaient tous occupés et que même des paillasses avaient été installées au sol. Le médecin avait suivi son regard.

« Nous sommes débordés, reconnut-il. La situation est problématique. Pire qu'il y a trois ans, pendant l'épidémie de choléra. Grâce à Dieu, d'ici peu nous déménagerons dans le nouvel hôpital, qui ouvrira ses portes au pied de la Montaña Pelada et j'espère que… » Il s'interrompit pour lui désigner quelqu'un. « Tenez, voici le docteur Gavet, l'un de nos meilleurs médecins. »

Daniel reconnut l'homme bègue qui s'était approché de lui, au cimetière, pour lui présenter ses condoléances. Il était assis au chevet d'un homme à la tête bandée. Le malade, agité, faisait de grands gestes pendant que le médecin essayait de le calmer. À la lueur de la lampe, l'espace d'un instant, le visage de ce dernier sembla familier à Daniel sans qu'il sût pourquoi.

« Le docteur Gavet fait un excellent travail ici, reprit Suñé, l'interrompant dans ses pensées. Dès l'aube, il est à pied d'œuvre et ne part que bien après la tombée de la nuit. De nombreux malades lui doivent la vie, littéralement. Cet homme dont il s'occupe est l'un des trois ouvriers qu'on nous a amenés hier après un accident sur le chantier de l'exposition. Ce matin, ses deux camarades sont décédés des suites de leurs blessures. »

Daniel vit Gavet réconforter l'homme qui se tordait de douleur, puis appeler une religieuse pour l'aider à lui administrer un calmant. Enfin, levant les yeux, le médecin reconnut le doyen et, après quelques mots au malade, il s'approcha d'eux. Il semblait hors de lui.

« Bon s-sang, Suñé, c-ce n'est plus po-possible. Ces ho-hommes travaillent tr-trop d'heures de suite. C'est in-nacceptable. C'est le troi-troisième accident cette semaine sur le ch-chantier de la centrale é-électrique.

— Calmez-vous, nous ne pouvons pas faire grand-chose d'autre que notre travail, vous le savez bien. Vous connaissez monsieur Amat ?

— Nous nous sommes rencontrés au cimetière… » commença Daniel.

Gavet eut un léger signe d'assentiment de la tête et sans le laisser finir s'éloigna en maugréant.

« Je vous prie d'excuser la véhémence du docteur Gavet, c'est un homme très engagé, et je dois admettre qu'il est loin d'avoir tort. Ces dernières semaines nous avons accueilli un grand nombre de blessés provenant du chantier de l'exposition, expliqua Suñé. La plupart des entrepreneurs passent outre les mesures de sécurité les plus élémentaires, sous prétexte que c'est une perte de temps. Ils ne manquent pas de main-d'œuvre et ils sont pressés par l'urgence de l'inauguration qui est imminente. Enfin, conclut-il, avec un geste las, comme vous voyez, monsieur Amat, je suis bien occupé. Il me faut retourner vaquer à mes occupations. J'espère vous avoir été de quelque utilité.

— Certainement, monsieur. Je vous remercie du temps que vous m'avez consacré. Mais j'ai, si vous le permettez, une dernière question.

— Je vous écoute. De quoi s'agit-il ?

— Que pouvez-vous me dire à propos du docteur Frederic Homs ? »

Suñé leva les yeux, sourcils froncés.

« Pourquoi vous intéressez-vous à Homs ?

— J'ai trouvé des livres qui lui appartiennent dans les affaires de mon père, improvisa Daniel. Apparemment, ils entretenaient une relation amicale.

— C'est vrai, pendant des années ils ont été liés par une forte amitié. Puis il y a eu un problème entre eux. » Devant l'expression interrogative de Daniel, Suñé poursuivit. « Voyez-vous, Homs était titulaire de la chaire de chimie. C'était un anatomiste reconnu, et ses séances de dissection étaient très populaires parmi les étudiants. Il s'est occupé de la bibliothèque pendant un an et y a réalisé un travail remarquable. Sa réputation était grandissante, puis sa femme est tombée malade. Je ne connais pas les détails de l'histoire, mais c'est à cette époque que votre père et lui ont commencé à s'éloigner.

— Vous savez où je pourrais le trouver ?

— Que cherchez-vous exactement, monsieur Amat ?

— Je voudrais simplement, après tout ce temps sans nouvelles de mon père, pouvoir converser avec quelqu'un qui a eu des contacts avec lui ces dernières années.

— Malheureusement, il est peu probable que vous puissiez le faire.

— Pour quelle raison ? »

Suñé le regarda, l'air ennuyé.

« C'est un peu délicat, voyez-vous. Dès qu'il a su la gravité du mal qui frappait sa femme, Homs a quitté ses cours et ses obligations ici, à l'hôpital. Il a consacré tous ses efforts, nuit et jour, à tenter de trouver un remède.

— Et que s'est-il passé ?

— Il a échoué. Sa femme est morte. »

Daniel se surprit à avoir de la peine pour Homs. À la lecture des notes de son carnet, il était facile de percevoir la dévotion que le médecin avait pour sa femme. L'impuissance et la souffrance face à sa perte avaient dû être terribles.

« Et Homs se trouve toujours à la faculté ?

— Non. » Suñé hochait la tête. « Homs s'est consumé dans cette lutte inégale contre la mort. Il n'a pas pu surmonter la disparition de sa femme et a perdu la raison. Au point qu'une nuit, plusieurs médecins de l'hôpital, dont votre père, ont dû l'empêcher de réaliser une autopsie sur un enfant.

— Qu'y avait-il de si extraordinaire ?

— L'enfant était vivant. »

Daniel en resta sans voix.

« Depuis un an et demi, le docteur Homs est un patient de plus à la clinique de Nueva Belén. »

15

Carmeta marchait aussi vite que le lui permettaient ses jambes. Dans la rue déserte, le claquement de ses chaussures sur le pavé rappelait celui du bâton du veilleur de nuit. Comme il était tard ! Avec ses treize ans, elle était apprentie couturière chez la famille Pons, qui habitait un hôtel particulier spacieux en plein Paseo de Gracia. À la dernière minute, Doña Herminia lui avait demandé de finir les retouches de la robe de bal de sa fille aînée, Leonor. D'habitude, c'était madame Adela qui se chargeait de ce genre de tâche minutieuse, mais une grippe la clouait au lit depuis trois jours. La difficulté de la mission et son manque d'expérience lui avaient coûté plusieurs heures supplémentaires de travail et quelques sueurs froides, mais par chance elle avait réussi à terminer la robe pour la satisfaction de sa patronne.

Quand elle déboucha sur la place de Catalogne, il était déjà plus de neuf heures. Un marchand ambulant l'informa qu'elle avait raté le dernier tramway ; elle n'avait plus d'autre choix que de rentrer à pied. Elle pesta un peu en pensant à la trotte qui lui restait avant de profiter de la bonne chaleur du poêle à charbon, chez elle. Ce n'était pas la première fois qu'elle faisait ce long chemin à pied. Certaines semaines, elle préférait économiser les vingt centimes que coûtait le billet et profiter de l'animation de la rue. Elle adorait en particulier la promenade sur les Ramblas, où elle croisait ces dames élégantes et ces messieurs respectables qui se rendaient en voitures découvertes au Liceo ou au Teatro Principal. Elle ne ratait rien non plus du marché trépidant de la Boquería, avec ses boutiques bondées et ses cafés bruyants, pleins de lumière. Elle s'imprégnait des odeurs, des couleurs et du mouvement incessant des gens. Elle n'était pas souvent sortie de son quartier et ne travaillait chez les Pons que depuis peu ; Barcelone était, à ses yeux, un monde fascinant à découvrir.

Cette fois, pourtant, elle n'avait guère envie de flâner. La nuit était tombée et la pluie menaçait. Les commerces et les kiosques avaient baissé le rideau et seuls quelques rares cafés étaient encore éclairés. Elle serra son châle sur ses épaules. Il faisait vraiment un froid glacial. Elle ne pouvait pas se permettre d'être malade, même un seul jour. Il fallait qu'elle travaille. Les vingt réals par semaine qu'elle rapportait étaient un vrai soutien pour ses parents, qui trimaient des heures durant sur les métiers à tisser de Sants.

Elle passa devant la maison Figueras, la fabrique de biscuits. Elle aimait la gravure qui ornait l'angle. Elle ne comprenait pas grand-chose à ce qu'on appelait le modernisme, mais elle avait entendu sa patronne en parler : elle disait que ce style paraissait s'imposer dans la ville et qu'il suscitait autant d'admiration que de moquerie. Elle, ces discussions la dépassaient un peu. Elle aurait juste voulu avoir l'allure et le regard de cette semeuse.

Elle quitta le trottoir et traversa la Rambla Sant Josep. La terre de la promenade et la toile des stores des magasins commencèrent à se moucheter de gouttelettes, prélude du déluge qu'annonçait le ciel. Évitant les premières flaques, elle s'engagea dans les ruelles du Born. À son passage, les veilleurs de nuit allumaient les becs de gaz qui éclairaient la rue de leur lueur jaunâtre. Carmeta avait dû apprendre à se défendre par elle-même dès son plus jeune âge, et c'est pourquoi elle restait vigilante. Barcelone était une ville de prodiges, mais elle savait aussi se montrer sous son jour le plus cruel avec les imprudents, surtout maintenant que le *Gos Negre* errait dans les rues. Elle se força à sourire pour tromper la peur que lui inspirait cette histoire.

Cette malédiction était le sujet de conversation favori dans les cuisines. D'après les différentes versions, parfois contradictoires, le *Gos Negre* sortait les nuits les plus noires, en prenant la forme d'un énorme molosse au pelage brun. D'autres affirmaient qu'il était d'un noir de jais. Les yeux de la bête luisaient comme des tisons ardents et sa gueule crachait le feu des enfers. Un garçon d'écurie racontait que la pierre gardait la marque de son empreinte. On disait qu'il avait tué au moins une dizaine de filles et qu'il s'était acharné sur leurs corps d'une façon abominable. Elle ne croyait pas ces racontars ; pour elle, c'était surtout des inventions des garçons pour serrer de près les bonnes pas trop farouches.

Elle déboucha sur le Paseo Don Carlos, désert. El Toril n'était plus qu'une forme grise à sa gauche, à peine distinguait-on les arènes. C'est alors que la pluie se mit à tomber dru. Surprise par sa violence, elle fut tentée de se mettre à l'abri le temps de l'averse, mais la perspective d'une bonne soupe chaude fut plus forte. Elle était fatiguée, sa robe trempée lui collait au corps et elle grelottait. Si elle attendait là, elle allait prendre froid, c'était sûr. D'ailleurs, elle n'était plus très loin. Elle tenta alors de se couvrir du mieux qu'elle put et s'engagea entre les étroits immeubles.

Dans les rues de son quartier la proximité de la mer se faisait sentir. L'odeur du salpêtre flottait dans l'air et la brume était si dense qu'on ne voyait pas à plus d'un mètre. Deux hommes qui poussaient une charrette passèrent près d'elle sans la voir et disparurent au coin de la rue. Quand elle entra dans la rue dite de la Concordia la flamme du lampadaire qui l'éclairait s'éteignit. Il y avait toujours des pannes de gaz dans ce coin du quartier et, s'il faisait froid ou s'il pleuvait, le veilleur de nuit ne risquait pas de repasser. En chœur, les autres lampadaires s'éteignirent à leur tour. Elle continuait d'avancer sans y prêter attention : les coupures étaient aussi courantes par ici que les scandales au Liceo.

Elle s'arrêta pour rajuster sa chaussure et dressa l'oreille en croyant surprendre un bruit de pas, dans son dos. Jusqu'ici, seul son propre souffle saccadé l'accompagnait, mais là, elle aurait juré avoir entendu un glissement de pas feutrés. Elle resta immobile, à attendre, mais il n'y avait plus que le bruit des vagues sur la plage et le sifflement que le vent arrachait aux volets des maisons. Elle se remit à marcher, l'estomac un peu noué. Dans ces rues vides et sombres, les histoires sur le *Gos Negre* ne semblaient plus si ridicules. En traversant devant une taverne au rideau baissé elle entendit de nouveau les pas, accompagnés maintenant d'une respiration oppressée. Cette fois, il n'y avait plus de doute. Elle se tassa dans ses vêtements et se hâta autant que possible, tous les sens en alerte à chaque coin de rue qu'elle passait. Des images d'un énorme molosse lancé à ses trousses envahissaient sa tête. C'est alors qu'un hurlement animal fendit l'air. Sans demander son reste, Carmeta prit ses jambes à son cou. Elle cavala sur plusieurs rues jusqu'aux portes d'une épicerie, fermée. Son souffle haletant, en sortant de sa bouche, s'élevait en une vaporeuse buée blanche. Elle avait perdu son châle dans sa course et son chignon s'était défait, laissant ses cheveux épars sur ses épaules. Elle n'entendait plus aucun bruit derrière elle. Au moins, elle semblait avoir réussi à semer ce qui la poursuivait, quoi que ce fût. Tout à coup, une ombre se jeta sur elle.

Elle roula au sol et, se protégeant le visage de ses bras, se mit à appeler à l'aide en donnant des coups de pied désordonnés. Très vite, pourtant, elle se rendit compte que rien ne l'agressait et cessa de crier. Elle ouvrit les yeux. Autour d'elle, un tas de cartons vides étaient éparpillés et plus bas, dans la rue, un chat effrayé détalait.

Elle aurait voulu rire mais elle était trop frigorifiée. Elles s'amuseraient bien, demain, Elvira et Àngels, les bonnes de la maison, quand elle leur raconterait la frousse qu'elle avait eue, convaincue qu'elle était que le *Gos Negre* l'attaquait ! Quelle idiote ! Une fois remise de sa frayeur, elle s'engouffra dans la rue suivante. Il y faisait noir comme dans un four mais elle s'en moquait, c'était sa rue et elle n'avait pas besoin de lumière pour trouver la porte de son immeuble. Elle pensa que sa mère allait se fâcher parce qu'elle avait perdu son châle. Bah, elle trouverait bien une excuse.

Le sourire aux lèvres, elle tira de sa poche une longue clé. Elle eut un soupir d'aise. Elle sentait déjà le fumet de la soupe qui mijotait sur le feu et il lui sembla même entendre deux de ses frères qui se chamaillaient. Elle introduisit la clé dans la serrure et mit un pied dans l'entrée à peine éclairée par une bougie. Elle se demandait si Josep, le plus jeune, son préféré, serait encore réveillé.

Elle n'eut même pas le temps de crier. Une ombre la saisit par sa robe et l'attira avec une force extraordinaire. Elle tenta de s'accrocher à la poignée de la porte mais celle-ci lui fila entre les doigts. Un coup au visage l'étourdit, puis elle sentit une piqûre et une sensation de chaleur se répandit dans tout son corps. Sans forces, elle s'écroula à deux pas de la courette. Elle distingua la fenêtre éclairée de chez eux, là-haut, et derrière la silhouette de sa mère qui se découpait. Il lui sembla qu'elle regardait dehors. On l'attendait. Elle voulut appeler à l'aide mais elle n'arrivait pas à ouvrir la bouche. C'est à peine si elle pouvait penser. Son agresseur se mit à la traîner sur le sol et ses pieds tracèrent des sillons dans la boue. Ses paupières se fermaient mais elle put encore voir qu'on l'emmenait loin de chez elle. Ses joues se mouillèrent mais elle ne le sentait déjà plus.

LA CLINIQUE
DE NUEVA BELÉN

Quinze jours avant l'inauguration
de l'Exposition universelle

16

Daniel sortit de l'ancienne demeure du marquis de Cintadilla, où se trouvait à présent le bureau du télégraphe. Il n'avait pas été facile de rédiger le câble qui expliquait qu'il tarderait encore quelques jours à rentrer à Oxford. Pendant une heure il avait cherché une excuse convaincante, puis il s'était décidé à envoyer le télégramme sans trop entrer dans les détails. Près des grandes portes de l'édifice, il mit son chapeau et traversa d'un pas décidé la place Urquinaona pour prendre un des fiacres qui attendaient en face. Ils descendirent la Ronda San Pedro, croisant des landaus, des berlines et le tramway bondé qui faisait le tour de la ville. Au milieu des véhicules allait et venait la masse de gens qui emplissait les rues. Barcelone était une véritable fourmilière constamment en mouvement, dont la population se dirigeait vers les usines, les marchés ou les cafés sélects, selon le rang social qui était le sien. Daniel n'y prêtait pas attention, il ne pensait qu'à la visite qu'il s'apprêtait à faire.

La voiture remonta le Paseo de Gracia et, après avoir passé les rails de la ligne de Tarragone, emprunta la rue Mallorca, où les immeubles commençaient à s'espacer et les terrains vagues alternaient avec les édifices flambant neufs. Quelques minutes plus tard, ils arrivaient à destination. Daniel descendit de voiture devant un élégant hôtel particulier aux murs blancs et au toit en ardoise. La croissance de la ville avait permis aux Barcelonais fortunés de faire construire leurs demeures loin du centre-ville insalubre. Une tendance esthétique s'imposait parmi la bourgeoisie influente : des architectes de renom se mettaient à construire des maisons comme on n'en avait jamais vu auparavant. Malgré tout, le mari d'Irene était d'avis que ledit modernisme n'avait pas grand avenir et il avait fait construire sa maison sur des critères qui s'éloignaient autant que possible de cette mode vouée à disparaître. Daniel sonna ; une jeune domestique, teint olivâtre et yeux saillants, lui ouvrit. Du haut de sa taille encore enfantine, elle le scruta des pieds à la tête avant de lui demander, avec un pittoresque zézaiement :

« Bonjour, vous désirez ?

— Bonjour, répondit Daniel en ôtant son chapeau et en lui tendant sa carte. Je souhaiterais parler à Madame. Mon nom est Daniel Amat. »

Une fois entré dans la maison, Daniel ne put qu'admirer le luxe qui l'environnait. Le vestibule était plus vaste et plus chargé que d'ordinaire, même pour une famille dans cette position. De longs rideaux de style colonial encadraient les immenses fenêtres. Les murs étaient couverts de tableaux, et des vases et des sculptures d'inspiration classique garnissaient un somptueux mobilier Louis XVI. Une seule de ces pièces coûtait un an de salaire à Oxford. Daniel avait obtenu l'adresse de la maison par le docteur Suñé, qui l'avait aussi informé de l'union d'Irene, sept ans plus tôt, avec un brillant industriel de Barcelone. Le temps avait passé pour tout le monde, et Irene, en toute logique, s'était mariée. Lui-même n'avait-il pas construit une nouvelle vie et ne se trouvait-il pas également engagé ailleurs ? Pourquoi, alors, cette nouvelle l'avait-elle tant affecté ? Il n'avait pas fini de faire le tour de la grande salle quand la bonne réapparut.

« Madame vous fait dire de l'excuser, monsieur. Elle est indisposée et ne souhaite recevoir personne. »

Daniel apprécia la façon dont la jeune fille lui présentait l'excuse sans détour, bien consciente que sa patronne ne souhaitait que se débarrasser de lui.

« Remettez-lui ceci et faites-lui savoir que je ne bougerai pas d'ici tant qu'elle ne m'aura pas reçu. »

La jeune fille, troublée par son ton ferme, prit l'écrin qu'il lui tendait et obéit. Quelques instants plus tard, elle revint et le guida en silence jusqu'à un charmant salon de lecture. Lorsqu'il entra, une nourrice accompagnée d'une petite fille disparut derrière une porte. Avant qu'il pût s'y attarder, une image détourna son attention. Assise dans un fauteuil à bascule, Irene tenait l'écrin ouvert sur son cœur et ses doigts effleuraient le camée qui y était couché. Son regard, tourné vers la fenêtre, semblait perdu. Les derniers feux du soleil traversaient la vitre et caressaient sa peau en se retirant peu à peu, comme s'il cherchait à l'emmener avec lui. Daniel toussota. Irene se tourna vers lui et l'instant s'évapora avec la dernière lueur. Cette fois, elle portait une robe verte, cintrée, avec un col montant et des manches longues jusqu'aux poignets. Sur sa poitrine pendait une médaille de Saint-Georges. Daniel décela, autour de ses yeux et aux commissures de ses lèvres, les marques du temps qu'il n'avait pas perçues lors de leur précédente rencontre. Et elle, que voyait-elle, chez lui ? Dans le mouvement qu'elle fit pour se lever, une des manches de la robe remonta un peu, dévoilant une trace violette autour de son poignet. Elle se hâta de rabattre sa manche et le bleu disparut.

« Votre toupet est pour le moins surprenant. »

Irene ponctua ses mots d'un regard glacial. Rien d'étonnant à cela, pensa Daniel, elle avait les meilleures raisons du monde pour le détester. Mais il n'en fut pas moins gêné pour autant.

« Je vous prie d'accepter mes excuses. Je quitte bientôt la ville et je devais vous voir.

— Vous auriez pu vous épargner cette peine.

— Je voulais vous le remettre en personne. Je sais l'importance qu'il avait pour vous. »

Irene eut un imperceptible hochement de tête pour réponse. La mémoire de Daniel le ramena au jour où elle lui avait offert cet oiseau gravé sur une agathe. Sept ans plus tôt, une vie entière. « Il est à toi, lui avait-elle dit en souriant pour empêcher ses lèvres de trembler. C'est un tocororo, un oiseau de chez nous. Tu savais que si on les met en cage, ils finissent par mourir de tristesse ? » Tels avaient été les derniers mots qu'ils avaient échangés avant que se produise l'accident qui les avait séparés pour toujours. La voix d'Irene le ramena au présent.

« Merci. » Ses mains refermèrent l'écrin et son visage se couvrit d'un voile de froideur. « Que voulez-vous en échange ? Peut-être… mon pardon ? »

Daniel s'éclaircit la voix avant de répondre.

« Non, je n'ai pas l'espoir que vous puissiez me pardonner.

— Tu es parti. » Elle haussa la voix. « Tu es parti, et c'est tout. Qu'est-ce que tu espérais ?

— Je ne sais pas. Rien. En réalité, je ne pensais pas te revoir un jour.

— Pas la moindre nouvelle durant toutes ces années… »

Ses doigts blanchirent en se crispant sur l'écrin.

« J'ai cru que c'était le mieux pour toi.

— Le mieux pour moi ? »

Son rire se brisa.

La conversation les avait rapprochés, sans qu'ils s'en rendent compte. Daniel sentit l'arôme de jasmin qui émanait de sa peau et son cœur qui battait la chamade contre sa poitrine. Où était-ce le sien propre ? Le visage d'Irene était un masque de fureur. Daniel voulut en détacher ses yeux mais, pris par sa beauté, en fut incapable. Malgré lui, il fit un autre pas et tendit la main. Irene frissonna à son contact, s'écarta d'un geste brusque et lui tourna le dos. Le rouge était monté à ses joues.

« Pourquoi es-tu venu ? »

Daniel savait que sa réponse allait envenimer la situation.

« Je voulais te poser des questions sur mon père. »

Irene se retourna vers lui sans cacher une expression de surprise. Daniel continua. Même s'il devait lui en coûter le peu qui existait encore entre eux, il fallait qu'il sache.

« Quand j'ai reçu ton télégramme qui me prévenait de son décès…

— Je ne t'ai envoyé aucun télégramme. Comment aurais-je pu ? Je ne savais pas où te trouver. »

Daniel était perplexe. Si ce n'était elle, alors qui le lui avait envoyé ? Il était signé de son nom à elle. Quelqu'un qui était au courant de la relation qui les avait unis autrefois s'était fait passer pour elle. Mais comment cet inconnu avait-il fait pour le retrouver ? Et pourquoi ? Pourquoi voulait-il le voir revenir à Barcelone ?

« Que voulais-tu savoir à propos de ton père ? reprit Irene.

— On m'a dit à l'hôpital que tu l'as souvent vu cette dernière année.

— C'est vrai. Quand il est rentré de son voyage en Europe, j'ai pensé qu'il était de mon devoir de lui rendre visite. Ton père a toujours été très aimable avec moi… Mais quelle importance cela peut-il avoir… ?

— Je cherche à en savoir plus sur les circonstances de sa mort. » Daniel décida de dire la vérité. « Ce n'était pas un accident, je crois qu'il a été assassiné. »

Irene porta la main à sa bouche. Mais, l'espace d'une seconde, ses yeux ne purent occulter une étrange expression, comme si la nouvelle ne la surprenait pas vraiment.

« Au cours de ces visites, poursuivit Daniel, mon père t'a-t-il raconté quoi que ce soit qui sorte de l'ordinaire ?

— Pas particulièrement. Les dernières semaines, il semblait plus préoccupé que d'habitude. J'ai mis ça sur le compte du travail. Quand il était plongé dans une de ses études tu sais comme moi qu'il était capable d'en oublier de manger. Quand nous nous voyions… très vite, il redevenait le même. Pourtant… » Elle plissa le front. « … cinq jours avant sa disparition un incident s'est produit : en allant le voir un après-midi, je l'ai trouvé étendu par terre dans sa chambre. Ses vêtements étaient trempés. J'ai demandé de l'aide et un jeune homme est arrivé, qui m'a dit être son assistant.

— Un garçon assez mince, aux traits fins ?

— Oui, c'est ça. Tous les deux nous l'avons porté à son lit. Au bout de quelques minutes, il a commencé à bredouiller et à s'agiter, on aurait dit qu'il rêvait tout haut, mais ce qu'il disait n'avait aucun sens.

— Que disait-il ?

— Je n'ai pu comprendre que quelques mots. C'était en rapport avec des recherches que Dieu réprouvait et un chien démoniaque. Au bout de quelques heures, il s'est réveillé et a demandé à boire. Il était plus calme et a voulu me rasséréner, il a attribué ce qui était arrivé à un excès de travail. Quand son assistant a quitté la pièce une minute, il m'a attrapée par le bras et m'a glissé à l'oreille d'oublier tout ce que j'avais pu entendre. Puis il a murmuré ton nom et a plongé dans un profond sommeil. Je suis partie pour le laisser se reposer. C'est la dernière fois que je l'ai vu. »

Daniel se demandait quelle explication donner à tout cela quand les portes du salon s'ouvrirent dans un fracas qui fit trembler les murs et un homme entra dans la pièce. Irene s'avança, empressée, et le prit par le bras.

« Bonjour, chéri. Tu connais monsieur Amat, je crois.

— Cher ami, quelle surprise de vous revoir ici ! »

Daniel, stupéfait, l'entendit à peine. Bertomeu Adell, fils unique d'une riche famille de l'Emporda, avait beaucoup changé en sept ans. Ses cheveux avaient laissé place à une calvitie précoce et son teint était devenu cireux. À l'époque, il ne portait pas encore la moustache, en revanche son expression suffisante était la même que celle qu'il arborait au temps où Daniel et lui se fréquentaient. Tout en lui reflétait l'opulence : sa jaquette sur mesure, la chaîne en or qui pendait du gilet, ses bottines lustrées de marque italienne et la canne d'ivoire qu'il brandissait tel un fleuret. Ses yeux, inquisiteurs, balayaient la pièce. Adell faisait partie du même petit groupe qui se rendait aux soirées et aux premières théâtrales, quand les sœurs Giné étaient arrivées à Barcelone. C'est ainsi qu'il avait rencontré Irene et Ángela. Daniel lui-même les lui avait présentées. Adell avait toujours aspiré à courtiser la cadette des sœurs et finalement il avait atteint son but.

Daniel tendit le bras pour lui serrer la main mais son ancien camarade l'ignora pour attraper sa femme par la taille et l'attirer à lui. Irene, à son contact, sembla rapetisser.

« Vous m'avez l'air en forme.

— Euh, oui, merci, parvint à dire Daniel en s'inclinant brièvement. Je suis heureux de vous voir mais je ne voudrais pas vous importuner plus longtemps. Je m'en allais justement.

— Oh, mais non, se récria l'industriel en lâchant Irene et en attrapant Daniel par le coude. Vous ne pouvez en aucun cas vous en aller maintenant. C'est une joie inespérée de vous voir chez moi. »

Daniel ne trouva aucun prétexte pour s'en aller et dut donc se résoudre à se laisser conduire à un des fauteuils. Adell jeta négligemment sa canne de côté et prit place sur un autre siège en face de lui.

« Irene, sers-nous deux cognacs. »

Elle saisit sur un guéridon près d'elle une clochette en argent.

« Je vais appeler Juana.

— Non. » Le ton sec de la voix d'Adell contrastait avec son sourire. « Je t'ai dit de nous servir, toi. » Il leva les yeux au ciel et, s'adressant à Daniel : « Vous êtes marié ? »

Daniel fit non de la tête.

« Vous en avez de la chance. Les femmes ne sont sur terre que pour vous causer du souci, mon ami ; il faut toujours supporter leurs changements d'humeur, leurs caprices… Elles restent des gamines, faibles de caractère et d'esprit, et incapables de survivre sans la protection d'un homme. Que deviendraient-elles sans nous, je vous le demande ? »

Irene évita le regard de Daniel et s'approcha d'une desserte en verre dépoli garnie de différentes bouteilles et de verres. Dans le tintement cristallin qui s'ensuivit, Daniel perçut le tremblement de ses mains.

« Et fais en sorte de ne rien renverser, chérie.

— Je préférerais… commença Daniel.

— Vous souhaitez autre chose ? Mais oui, bien sûr, du whisky ! Un verre de notre meilleur whisky pour notre cher Daniel, Irene, ordonna-t-il. C'est ce que vous buvez dans vos îles, n'est-ce pas ? Aucun problème. J'en ai fait venir quelques caisses d'une distillerie écossaise toute nouvelle. Glindich, ou Glenfiddich… Peu importe, je ne pense pas que vous en ayez entendu parler et son nom est impossible à prononcer. Je pense à investir dans cette société mais je ne suis pas encore décidé.

— Je préfère ne rien prendre, merci. Je ne bois pas d'alcool. »

Adell regarda Daniel, bouche bée.

« Vous ne buvez pas d'alcool ? »

Sa poitrine fut secouée des tremblements causés par son hilarité, en même temps que sa main frappait rythmiquement l'accoudoir de son fauteuil au point de presque l'arracher, sous les yeux ébahis de Daniel. Peu à peu, Adell retrouva son calme. Il tira un mouchoir de sa poche et essuya ses yeux humides. Après un soupir, il saisit le verre qu'Irene avait posé sur la table basse et en avala une gorgée.

« Laisse-nous seuls. »

Irene, sans un mot, traversa la pièce en direction de la porte. Quand elle passa derrière son mari, Daniel lut dans ses yeux une imploration qu'il ne comprit pas.

« Comme le temps a passé, n'est-ce pas ?

— C'est vrai.

— Que faites-vous dans la vie ?

— Je suis enseignant, j'ai eu mon diplôme à Oxford.

— Bien, tout le monde ne peut pas être médecin. » Il se cala dans son fauteuil et fit tourner un peu son cognac dans son verre avant de poursuivre. « Pour ma part, j'ai fait des études de médecine parce que mes parents y tenaient. Pour eux, un diplôme de chirurgien était l'assurance d'un certain prestige et je n'ai pas voulu les décevoir. Au début, cela m'était indifférent, et pourtant, un peu plus tard et à ma grande surprise, j'y ai pris un grand intérêt… Ah ! » Ses paupières se fermèrent à demi. « Tenir entre ses mains la vie d'autrui a quelque chose de grisant. Sans savoir comment, je suis devenu un excellent étudiant et j'ai cessé d'être l'hurluberlu que vous avez certainement en mémoire. J'ai bien changé, mon ami.

— Donc vous avez fait médecine ?

— Oh non. J'aurais certainement été un fabuleux spécialiste, sans nul doute. Mais malheureusement, à la mort de mon géniteur, j'ai dû prendre la tête de l'entreprise familiale. J'ai abandonné en dernière année.

— Quel dommage.

— N'en croyez rien. En fait, ce fut une vraie chance. » Il planta ses yeux dans ceux de Daniel. « Dites-moi franchement : à quoi devons-nous cette visite ?

— Je voulais remercier votre épouse des attentions qu'elle a eues envers mon père.

— Oui, bien sûr. Je vois. Ma femme adore se consacrer à des œuvres caritatives. Elle est très… généreuse de son temps. Trop, à mon avis. La place d'une femme devrait être à la maison, à s'occuper de son mari et de ses enfants. » Il avala une nouvelle gorgée de cognac. « Un accident terrible, que celui de votre père : se noyer ainsi dans les eaux du port, mon Dieu ! J'ai eu vent de quelques commentaires pernicieux… comment le dire en douceur ? Apparemment votre père ne traversait pas un de ses meilleurs moments. C'est bien malheureux qu'il ait pu décider d'y remédier d'une façon si tragique.

— Pardon ? »

Daniel se dressa sur son siège.

« Ce ne sont que des rumeurs. Des commérages. Vous savez ce que cette ville a de provincial. »

Daniel sentit la tension dans ses cicatrices à mesure que croissait son indignation. Comment cet individu avait-il réussi à épouser Irene ? Il se souvenait d'elle comme d'une femme à la mentalité audacieuse, indépendante. Elle avait repoussé bon nombre de prétendants avant qu'ils tombent amoureux l'un de l'autre, et jamais il ne l'aurait imaginée avec un homme tel que lui. Bien des choses s'étaient passées, pendant son absence, qui dépassaient son entendement, mais, pensa-t-il avec amertume, qui était-il pour en juger ? Les yeux d'Adell le fixaient, amusés.

« Alors, comment trouvez-vous Barcelone depuis votre retour ?

— Changée.

— Ce n'est rien comparé à ce qu'ils sont en train de faire en Angleterre. Ça, oui, c'est prendre le taureau par les cornes. Ici, nous tolérons un gouvernement faible. Les politiques perdent leur temps à s'invectiver alors que le pays aurait besoin d'être dirigé d'une main de fer. Que peut-on espérer d'un libéral tel que Sagasta ? Vous avez entendu parler des troubles qui se produisent tous les quatre matins ? Les ouvriers sont devenus paresseux et fourbes. Il ne nous manquait plus que ces fichus syndicats ! Il n'y a pas moyen d'avancer. Des ingrats, tous autant qu'ils sont : nous leur donnons du pain, un toit et… comment nous le rendent-ils, hein, ces fumistes, dites-moi ? »

Daniel doutait que sa réponse fût à son gré et se contenta donc de hausser les épaules. Adell continua sur le même ton, haussant la voix.

« Grâce à Dieu il nous reste encore un mince espoir, à nous, patrons. Nous mettons en jeu notre capital et notre honneur pour maintenir en marche ce satané pays. Cette ville ne serait rien sans des gens tels que nous.

— Je suppose que tout le monde contribue au progrès à son échelle. »

Adell ignora son commentaire et se leva.

« Daniel, il faut que vous le voyiez de vos propres yeux. Je serais honoré de vous faire visiter le chantier dont je m'occupe actuellement pour l'Exposition.

— Je crains que cela ne me soit…

— Balivernes, je suis sûr que vous trouverez le temps à un moment ou à un autre. Vous verrez, vous serez surpris.

— Eh bien, je…

— Je compte sur vous, conclut-il. À présent, j'ai malheureusement de nombreuses affaires qui m'attendent. Je suis un homme très, très occupé. »

Se voyant congédié de cette manière abrupte, Daniel se leva à son tour et serra la main que lui tendait Adell. Puis il quitta la pièce, soulagé de voir terminée cette visite et feignant un calme qu'il était loin de ressentir. La bonne l'attendait pour le raccompagner jusqu'à la porte. Irene ne refit pas son apparition. Dans le vestibule, il croisa un autre visiteur, qui entrait, lui.

« Monsieur Gavet, vous, ici ? »

Le médecin parut gêné et le salua du bout des lèvres.

« Bon-bonjour, monsieur Amat.

— Vos services auraient-ils été requis ? s'inquiéta Daniel.

— Oh non, non, non. Il s'a-s'agit d'une vi-visite de routine. Je suis le mé-médecin de la fa-famille. Ex-xcusez-moi. Je suis d-déjà en retard. »

Daniel s'écarta pour le laisser passer. Puis il franchit lui-même le seuil de la porte et sortit. L'air frais allégea l'accablement qu'il ressentait. Il avait pensé que voir Irene lui ferait du bien. Qu'il pourrait tirer au clair certaines choses et qu'il obtiendrait en quelque sorte… quoi ? Que cherchait-il au juste ? Lui-même l'ignorait. Au lieu de cela, à présent, c'était l'impression de l'abandonner de nouveau à son sort qui le torturait. Cette visite avait été une erreur. Il s'apprêtait à appeler un fiacre lorsqu'il entendit des pas précipités derrière lui. Il se retourna si vivement qu'il se heurta presque à la domestique d'Irene. La jeune fille, haletante, lui remit un papier plié en deux puis, après un signe de la tête, s'éclipsa aussi vite qu'elle était apparue. Daniel fit encore quelques mètres avant d'ouvrir et de lire le court message.

Si tu as encore quelque estime pour moi, oublie tout et rentre en Angleterre.

Il abandonna l'idée de prendre une voiture et se mit à remonter la rue. Soudain, il avait besoin de marcher. Depuis son arrivée à Barcelone, tout le monde semblait très pressé qu'il reparte. Même Irene, maintenant. Pourtant, plus ils s'escrimaient à vouloir le convaincre de rentrer en Angleterre, plus il ressentait le besoin de rester. Cette affaire était loin de s'éclaircir. Il commençait à être convaincu que son père avait bien été assassiné et il fut surpris de réaliser qu'il n'aurait pas de répit tant qu'il n'aurait pas trouvé le coupable.

17

Fleixa marchait allègrement vers les bureaux du journal. La veille, il avait parlé avec Sanchís et avait réussi à arracher au directeur quelques jours de plus. Apparemment, Llopis était un peu tombé en disgrâce, sa dernière chronique était du réchauffé qui avait hérissé le poil de la moustache du vieux directeur. Mais sa propre situation n'était pas beaucoup plus reluisante.

Le lendemain, il avait rendez-vous avec Amat pour visiter la clinique de Nueva Belén. Le jeune homme avait décidé de repousser son départ et semblait disposé, au moins pendant quelques jours, à creuser le mystère qui se cachait derrière toute cette affaire. Amat lui faisait penser à lui-même au même âge. Il sourit : Dolors se ficherait de lui si elle l'entendait, en le taxant de sentimental, à juste titre. Leur rencontre avec Vidal lui revint en mémoire et ce souvenir effaça son sourire. Il était intrigué par cette histoire d'accident et l'éloignement du jeune Amat d'avec son père pendant toutes ces années. Incontestablement, il était terrible de perdre un être cher dans un incendie, mais son instinct lui disait qu'il y avait autre chose. Amat avait subtilement évité ses questions mais lui n'avait pas l'intention d'en rester là ; il était journaliste après tout. Il lui restait quelques heures avant que la journée se termine et il avait bien l'intention d'en faire bon usage.

Il passa l'entrée du siège du *Correo de Barcelona* et, après l'échange habituel d'amabilités avec Serafín, au lieu de monter à la rédaction, il descendit l'escalier qui menait au sous-sol de l'immeuble. Les deux volées de marches le conduisirent à un couloir mal aéré, qu'il emprunta sans hésiter, tournant le dos aux salles occupées par les rotatives du journal, et s'arrêta devant une porte bordeaux. Au centre, une petite plaque en métal annonçait : *Archives*. Au-dessous, quelqu'un avait ajouté à la main : *Ne pas déranger*.

Les archives étaient un lieu mythique du *Correo*, envié par bon nombre de leurs concurrents. Dans cette partie des entrailles de l'immeuble était méticuleusement conservé l'ensemble des journaux, périodiques, hebdomadaires, revues et en général tout ce qui avait été publié à Barcelone et dans le reste du pays au cours des cinquante dernières années. On gardait aussi les articles non parus, les comptes rendus internes et la documentation utilisée au journal. De plus, on y trouvait aussi une bibliothèque spécialisée avec plusieurs milliers de volumes. Tous la considéraient comme une moderne « bibliothèque d'Alexandrie » de l'histoire de la ville. Et on y envoyait les petits nouveaux le premier jour pour leur faire passer un sale quart d'heure avec le responsable de la documentation : Enric Curumillas. Fleixa frappa et tourna la poignée. La porte s'ouvrit en raclant le sol et une bouffée d'air chaud lui souhaita la bienvenue. Même une momie desséchée n'aurait pas été à son aise dans cette atmosphère, se dit-il.

« Qui va là ? dit une voix.

— C'est moi, Bernat Fleixa.

— Suivez la lumière. »

Fleixa obéit et s'engagea dans un défilé sombre d'armoires jusqu'à une table qu'éclairait une lampe à huile. Là, retranché derrière des piles de dossiers et de boîtes d'archives, était assis un petit homme sec, chauve comme une boule de billard. Le menton orné d'un bouc pointé vers lui, il le regardait avec un mécontentement manifeste derrière ses lunettes de lecture. Ses avant-bras étaient protégés par des manchettes de lustrine noire et ses mains, aussi veineuses que le delta de l'Èbre, recouvraient un livre ouvert dans lequel il était en train d'enregistrer les nouveaux documents. Entre les fines lignes violettes de ses lèvres pendait un mégot éteint. Il adorait fumer, mais il ne le faisait jamais à l'intérieur des archives.

« Qu'est-ce que vous voulez ? J'ai du travail.

— Je vois qu'on est toujours aussi bien reçu, ici, Curumillas, rétorqua Fleixa en tirant un paquet de sa veste et en le jetant sur la table. Je vous ai apporté un peu de tabac frais, du bon. »

Le vieux grommela entre ses dents mais il tendit le bras et le tabac disparut dans l'une de ses poches, puis il regarda de nouveau sans amabilité Fleixa. Le halo de la lampe projetait des ombres qui semblaient accompagner chacun de ses gestes.

« D'accord, qu'est-ce que vous voulez ?

— J'ai besoin de tout ce qui a été publié sur l'incendie qui a eu lieu chez les Amat. Ça s'est passé il y a à peu près... sept ans, en mai ou juin 1881.

— Le 20 mai. »

Fleixa le regarda, surpris.

« N'allez pas imaginer Dieu sait quoi, lui lança dédaigneusement Curumillas. C'est juste qu'on m'a déjà fait cette demande récemment.

— Ah oui, qui donc ?

— Vous connaissez aussi bien que moi le règlement du journal qui m'oblige à garder la confidentialité des consultations aux archives. Un peu de tabac ne vous donne pas tous les droits.

— Vous savez quoi, Curumillas ? L'autre jour, la providence m'a mené jusqu'à la taverne du Turc… »

L'archiviste ne put réprimer un sursaut et plissa les yeux, méfiant. Fleixa, comme s'il ne s'en était pas aperçu, poursuivit.

« Ces fumeries sont terrifiantes. Tous ces corps allongés sur des litières crasseuses près de leurs petits braseros. La brume narcotique qui envahit tout… N'est-ce pas Ovide qui a dit : "Son visage apaisé orné de coquelicots apporta la nuit et dans son sillage des rêves obscurs" ? »

Il fit durer sa pause, savourant son plaisir à la vue du visage blême de l'archiviste.

« C'est sans doute la fumée et l'obscurité de l'endroit qui m'ont joué un mauvais tour parce que vous n'imaginez pas qui j'ai cru voir là-bas, enroulé comme un serpent autour d'une de ces pipes…

— Fleixa, vous êtes un foutu salopard.

— Je ne peux pas le nier, ma propre mère l'a toujours dit. Maintenant, si vous ne voulez pas que j'aille colporter ma petite histoire, dites-moi : qui s'est renseigné sur cette affaire ? »

Le vieux se tourna vers son bureau.

« Laissez-moi voir… »

Il ouvrit un tiroir et en tira un registre. Il l'ouvrit à l'endroit marqué par un signet en toile verte et feuilleta quelques pages rapidement. Fleixa observait les colonnes où étaient soigneusement inscrits la date, le type de demande et le nom du demandeur. Curumillas suivait de son doigt taché d'encre chaque ligne et s'arrêta sur un nom.

« Oui, le voilà, c'était il y a quelques jours… »

Le journaliste tendit le cou pour lire le nom mais le vieux le devança.

« Felipe Llopis. »

Fleixa sursauta et maudit ce blanc-bec qui semblait avoir toujours un pas d'avance sur lui.

« Je me souviens de ce jeunot. » L'archiviste leva les yeux de son livre avec une moue réprobatrice. « Il est arrivé avec ses airs de grand reporter. À peine entré, il s'est mis à éternuer sur mes papiers en se plaignant de la poussière et de la saleté… vous vous rendez compte ? »

Sans attendre la réponse de Fleixa, il continua.

« Il m'a chargé, comme si j'étais un vulgaire commis ! de lui trouver “sans délai” tout ce qui concernait cet incendie. Puis il a filé, sans un merci, raide comme un balai, comme si ça sentait le fumier ici.

— Et vous l'avez trouvée ?

— Pardon ?

— Est-ce que vous avez trouvé la doc.

— Vous me prenez pour qui ? »

Fleixa se remit à sourire : il adorait le vieil homme. Malgré sa réputation de vieux grincheux et ses douteux passe-temps, Enric Curumillas était la chronique vivante du siècle dernier barcelonais. Qu'il ait décidé de passer ses journées au fond de ce trou à rats ne regardait que lui. Au bout du compte, comme il disait, il était heureux au milieu de ses livres et de ses papiers. Ça lui faisait presque mal au cœur de le mener en bateau.

« Écoutez, Llopis et moi nous travaillons ensemble sur un sujet et nous avons besoin de ces archives. Mais il n'est pas au *Correo* depuis longtemps et il ne sait pas bien comment marchent les choses, d'ailleurs il a même oublié de me dire qu'il était passé. Je lui transmettrai vos remarques et je suis certain qu'il voudra venir s'excuser. De toute façon, maintenant que je suis là, montrez-moi donc ce que vous avez trouvé. Si ça ne vous dérange pas trop. »

L'archiviste le scruta derrière ses lunettes couvertes de poussière. Finalement, il s'extirpa de son fauteuil avec un soupir, attrapa la lampe sur la table et lui fit un geste.

« Venez. »

Le vieux marchait tout voûté, suivi de près par Fleixa. De part et d'autre, des dizaines de hauts rayonnages constituaient de véritables couloirs. Sur le bois noirci de vernis et de poussière de chaque étagère pendait une plaque avec un entrelacs compliqué de lettres et de chiffres, selon un code que seul connaissait Curumillas.

« Les couloirs sont classés par année, mois et jour. La documentation est rangée par dates dans des boîtes et des classeurs, selon qu'il s'agit de livres, périodiques, revues, magazines, tracts ou tout autre type de publication. »

Le vieux, tout fier du système d'organisation de ces énormes archives, expliquait toujours en détail leur fonctionnement à chacun de ses visiteurs, même si celui-ci travaillait depuis des années au *Correo* et le connaissait à la perfection.

Ils se faufilèrent dans l'un des couloirs. L'endroit était si exigu qu'ils durent se glisser de profil. Curumillas se déplaçait rapidement malgré sa démarche branlante et le journaliste dut presser le pas pour ne pas se laisser distancer.

« C'est ici. »

Fleixa regarda autour de lui en cherchant à deviner comment l'autre savait où il se trouvait. Le vieux, étranger à son désarroi, lui passa la lampe et fit glisser un escabeau jusqu'à eux. Il grimpa dessus laborieusement et fouilla sur le rayonnage le plus haut pendant que le journaliste attendait en bas.

« Attrapez ça. »

Une boîte en carton atterrit dans les bras de Fleixa. Elle était plutôt légère.

« C'est tout ce que vous avez ? »

Le vieux descendit de l'escabeau. Son ton dissimulait à peine son impatience.

« 20 mai 1881. Incendie à la demeure familiale des Amat. Voici tout ce qui a été publié sur le sujet : papiers sortis dans la presse, rapports de la police municipale et des pompiers, et même avis de décès des victimes. Le dossier est moins épais que d'habitude parce que manifestement on a tout fait pour que l'info passe à la trappe. Vous savez comment sont les choses : dès que l'affaire est un peu louche, ils usent de leur argent et de leurs influences et tout le monde se tait. »

Sur ces mots, Curumillas ramassa sa lampe sur l'étagère.

« Vous pouvez consulter tout ça près de mon bureau. » Après qu'ils furent ressortis de l'oppressant couloir, l'archiviste lui désigna une table et disparut. Fleixa prit une chaise, augmenta la flamme de la lampe à gaz et ouvrit la boîte.

À l'intérieur, il trouva une demi-douzaine de dossiers, qu'il étala sur la table. Il en choisit un au hasard. Il contenait plusieurs coupures de presse du journal pour lequel il travaillait. La nouvelle était parue dans les pages régionales.

UN TERRIBLE INCENDIE DÉTRUIT LA DEMEURE DES AMAT.

Barcelone, 20 mai 1881

La nuit dernière, le malheur a frappé notre ville, écrivant une page noire de son histoire. Un incendie épouvantable, d'origine encore inconnue, s'est déclaré au domicile de la famille Amat, détruisant totalement leur demeure. Le sinistre, qui a coûté la vie à deux personnes, a aussi fait plusieurs blessés graves.

Don Alec Amat Muria, fils de l'illustre docteur Don Alfred Amat i Roures, et Mlle Ángela Giné Roser, qui, par une tragique coïncidence, se trouvait là en visite, ont péri dans les flammes, sans doute asphyxiés par l'épaisse fumée. Don Daniel Amat Muria, frère du défunt et fiancé de la jeune femme, a également été blessé dans cette catastrophe. Souffrant de plusieurs brûlures et d'un début d'asphyxie, il a été transporté à l'hôpital de la Santa Creu. À l'heure où nous écrivons ces lignes, aucune précision ne nous a été transmise sur son état, si ce n'est qu'il est grave.

Don Romualdo Gualta, employé de bureau qui passait à ce moment-là devant la maison, a déclaré que la chaleur était telle qu'« on aurait dit qu'on avait allumé un four en pleine rue ».

La maison a brûlé jusque tard dans la matinée, sans que les pompiers puissent sauver grand-chose, malgré leurs héroïques et infatigables efforts.

Ajoutons la triste circonstance que Mlle Ángela Giné et le jeune Daniel Amat devaient s'unir très prochainement. La société barcelonaise tout entière est fortement ébranlée par ce drame, qui sonne donc aussi le glas des rêves de deux jeunes gens dans la fleur de l'âge. Nous sommes tous de tout cœur avec les familles touchées par cette immense tragédie.

Le style était familier à Fleixa, bien qu'il ne parvînt pas à identifier le rédacteur de ces lignes. Il chercherait plus tard. Il laissa de côté l'exemplaire du *Correo* et ouvrit une autre chemise. Plus volumineuse, elle contenait des articles d'autres périodiques qui se faisaient l'écho de l'incident.

Le *Diario de Barcelona* mettait l'accent sur le rôle que jouait dans la société catalane le docteur Amat et se lamentait qu'il soit ainsi frappé par la fatalité. *La Dinastía*, conservant sa ligne éditoriale revendicative, en profitait pour exiger du gouvernement civil des améliorations dans les services anti-incendie. À l'article était jointe une illustration représentant plusieurs pompiers dans leur lutte contre les flammes, que l'artiste avait dessinées immenses. Le dessin montrait aussi deux silhouettes, censées figurer le docteur Amat enlaçant le jeune Daniel ou son autre fils, Alec, au sol. La légende disait : « On n'a rien pu faire. Des pompiers impuissants. » Enfin, *La Ilustración Española y Americana* reprenait la nouvelle de façon plus synthétique dans la rubrique faits divers, en regrettant le malheur qui frappait le docteur Amat et en rappelant que son épouse était décédée également dans un accident des années plus tôt. D'autres journaux publiaient de brefs entrefilets qui n'apportaient pas plus de précisions. Fleixa écarta les coupures de presse et attrapa une nouvelle chemise. Elle renfermait les rapports de la police et des pompiers. Il les lut attentivement, même s'ils ne donnaient aucun éclaircissement sur l'origine de la catastrophe et coïncidaient sur la thèse de l'imprudence malheureuse comme cause probable.

Au bout d'une heure, il referma la dernière chemise. Il était déçu. Il avait espéré trouver quelque indice sur ce qui tourmentait Amat, mais il était toujours autant dans le brouillard. Peut-être qu'il se faisait des idées et que le jeune homme ne souffrait que de la tragédie d'avoir perdu son frère et sa promise. Frustré, il se résolut à s'en aller. Il commençait à ranger tous les dossiers quand quelque chose attira son attention : coincé au fond de la boîte, à moitié fripé, il y avait un bout de papier. Il l'attrapa et le lissa sur la table. C'étaient les notes du reporter chargé de couvrir cette affaire au journal. Apparemment, le papier avait glissé de la chemise du *Correo*. En définitive, rien de bien intéressant, pensa-t-il en le parcourant rapidement. Pourtant, les dernières lignes éveillèrent comme des fourmis au creux de son estomac. Le reporter avait énuméré les causes possibles de l'incendie et les avait biffées, l'une après l'autre. Seul restait, à la fin, suivi d'un grand point d'interrogation, le mot « prémédité ». À cet instant il reconnut l'écriture et sut qui était l'auteur de la chronique. Qu'est-ce qui l'avait poussé à établir cette liste ? Pourquoi mettait-il en doute la thèse de l'accident ? Son humeur s'améliora. Ça, c'était quelque chose, après tout, pensa-t-il en fourrant le bout de papier dans la poche de sa veste. Il saisit une autre boîte sur une des étagères proches, échangea le contenu de l'une et de l'autre, puis la remit à sa place. Il n'allait pas faciliter la tâche à Llopis. En passant près du poste de travail de Curumillas, toujours absent, il laissa la boîte à ranger et se dirigea vers la sortie. À mi-chemin il se rappela brusquement quelque chose et revint sur ses pas. Le registre était toujours là où l'avait laissé le vieil archiviste. Il l'ouvrit à la dernière page ; tout en haut apparaissaient son nom, la date et la documentation sollicitée. Il avait d'abord pensé l'effacer mais, s'apercevant que les pages n'étaient pas numérotées, il arracha la feuille proprement et la glissa dans sa poche. Tout était en ordre. Il s'apprêtait à partir quand une voix l'interpella.

« Vous partez déjà, monsieur Fleixa ? »

Curumillas était apparu au détour d'un rayon, les bras chargés de magazines.

« Euh, oui, finalement ces papiers ne peuvent pas nous apporter grand-chose. Je vous ai tout laissé sur votre table pour que vous puissiez le ranger. Merci beaucoup.

— Fleixa…

— Oui ? » fit-il, la main déjà sur la poignée de la porte.

L'archiviste lui tapota le bras de sa main osseuse et retourna en traînant la patte à sa table.

« Quand vous aurez entubé ce Llopis, je veux que vous reveniez tout me raconter dans les moindres détails. »

Fleixa éclata d'un rire sonore et s'en alla. Dans le couloir, il entendit le vieux qui s'était mis à fredonner.

18

Le groupe en blouses blanches parcourait silencieusement le couloir de l'hôpital de la Santa Creu. Il était habituel de faire les visites aux malades à la première heure. En dernière année, aucun élève ne pouvait se permettre de louper les cours pratiques. Les étudiants devaient affiner leurs connaissances avant d'obtenir leur diplôme de chirurgien.

« Mais enfin, jeune homme, s'exclama le docteur Segura, reprenant un de ses élèves avec impatience, jamais on ne doit prescrire de la pommade de calendula pour ce type d'eczéma. Vous dormiez ou quoi le jour où vous avez eu ce cours ? »

L'étudiant laissa échapper une sorte de gémissement, comme si son dîner de la veille lui était soudain resté sur l'estomac, ce qui provoqua quelques rires moqueurs.

« La réaction que nous venons d'observer sur les plaies de cette pauvre femme n'a rien de drôle, messieurs. Si vous deviez en passer par là, je pense que vous vous tordriez de douleur.

— Bah, ce n'est qu'une boniche. »

Pau regarda le jeune prétentieux responsable de cette réflexion que le professeur n'avait pas entendue.

Les étudiants en médecine venaient généralement de familles fortunées et, pour certains, avoir affaire à des ouvriers, des domestiques ou des prostituées du Raval était bien en dessous de la haute estime qu'ils avaient d'eux-mêmes. Leur plus grande aspiration était de s'installer et de se faire une clientèle issue d'un milieu aisé. Pau voyait le métier d'une autre façon : ses capacités étaient un don, une façon de servir les autres, sans faire de différences. Face à la maladie ou à la mort, tous étaient égaux. C'est ce que lui avait enseigné son père et c'était une des raisons de sa passion pour ses études.

« Bien, l'un de vous serait-il capable de cesser de se regarder le nombril et de me dire quel aurait dû être le traitement approprié ? »

Pau s'avança, ignorant les regards de ses camarades.

« Étant donné la pathologie de la malade, une leucémie avec des pics de fièvre intermittents, à mon avis il faudrait lui administrer une liqueur de Fowler, à base d'arsenic. Il y a trois ans, à Breslau, le docteur Heinrich Lissauer a obtenu des résultats excellents.

— Effectivement, jeune homme, c'est très bien, approuva le médecin. Et comment prépare-t-on ce tonique miraculeux ? Finissez d'instruire vos camarades ici présents, je vous prie. »

Pau douta un instant, non parce qu'il ignorait la réponse mais parce qu'il se faisait de nouveau remarquer et qu'il s'était promis d'arrêter. Mais devant l'évident agacement du professeur il dut s'exécuter.

« On prend un drachme et dix-huit grains d'acide arsénieux bien pulvérisé, et on y ajoute à parts égales du subcarbonate de potasse pur… ; on peut aussi utiliser du sel de tartare mais je préfère la première solution. On met le tout dans un matras avec quatre cent cinquante millilitres d'eau distillée. On mélange et on fait bouillir jusqu'à complète dissolution. On tare un flacon et on verse le liquide résultant. Puis on ajoute de nouveau de l'eau en prenant garde que le tout fasse exactement quatre cent cinquante millilitres. Hermétiquement fermé, le mélange peut se conserver plusieurs jours. Il faut en faire un usage prudent parce que, même s'il est efficace, il reste tout de même un poison redoutable.

— Dieu soit loué, enfin quelqu'un qui écoute mes cours ! » Le professeur adressa un regard appréciateur à Pau, qui rougit, puis il fit volte-face et désigna le premier étudiant. « Vous, jeune homme, vous vous chargerez de préparer cette solution et de l'administrer à la patiente la semaine prochaine. Et je ne veux pas la moindre erreur, c'est entendu ? Poursuivons la visite, messieurs. »

Les étudiants se regroupèrent, prêts à le suivre, quand Fenollosa s'avança, stoppant le médecin dans son élan.

« Excusez-moi, monsieur… »

Pau soupira, s'attendant à un sarcasme ou à un laïus pédant qui n'ajouterait rien à son intervention, comme son camarade n'avait pas arrêté de le faire ces dernières semaines.

« Oui, Fenollosa ?

— Je parle au nom de tous, monsieur. Avant de continuer, nous aimerions beaucoup pouvoir voir l'autre patient.

— Je ne comprends pas. De quoi parlez-vous ? Quel autre patient ? Tous les malades sont ici, dans ces salles, comme vous le savez.

— Pas tous, monsieur. »

Le regard de Fenollosa croisa celui de Pau. Une petite flamme amusée dansait dans ses yeux.

« Cessez ce petit jeu et expliquez-vous », l'exhorta le docteur Segura, agacé.

Pau sentit la peur l'envahir.

« Une rumeur court, expliqua Fenollosa, selon laquelle il y aurait un malade qui reçoit des soins, dans l'hôpital, à l'écart de tous. Suit-il un traitement expérimental ? Souffre-t-il d'une maladie rare ? Doit-on attribuer cette discrétion à la présence de quelqu'un dont on souhaite préserver l'identité ? Ce mystère, comme c'est logique, a excité notre imagination. Nous aimerions avoir l'opportunité de le voir et de proposer un diagnostic. »

Un chœur d'approbations suivit ses paroles. Pau avait les mains qui tremblaient. Le professeur cachait à peine sa perplexité.

« C'est impossible. C'est moi qui dirige les admissions de cet hôpital. »

Pau intervint, tentant de dissimuler son agitation.

« Il est tard, monsieur. Nous ferions mieux de continuer la visite telle qu'elle est programmée.

— Attendez, Gilbert, attendez. Si un patient a été admis ici sans mon consentement, c'est une chose qui doit être immédiatement tirée au clair. Montrez-nous le chemin, Fenollosa, je vous prie. »

Le groupe reprit sa marche, guidé cette fois par l'étudiant. Pau ne savait que faire. Aux expressions de ses camarades, il pressentit que tout cela était préparé. Il lui était impossible de deviner comment ils l'avaient découvert, malgré les précautions qu'il avait prises. Il regarda la mine réjouie de Fenollosa alors qu'il racontait une anecdote qui fit rire le groupe. Un instant, la rage prit le dessus, mais rapidement il réussit à se concentrer sur le plus important : comment sortir indemne de ce qui allait s'abattre sur lui.

Après avoir traversé le bâtiment par le même chemin que Pau avait l'habitude d'emprunter, ils pénétrèrent dans la salle où étaient remisés les paniers de linge destinés à la buanderie de l'hôpital et Fenollosa s'arrêta.

« C'est ici. » Il désigna la porte d'un air triomphant.

Pau tenta de leur barrer le passage mais un camarade se planta devant lui pendant que deux autres lui tenaient les bras. Le docteur Segura, sans s'apercevoir de ce qui se passait dans son dos, ouvrit la porte et entra sans plus attendre.

La chambre n'était pas très spacieuse mais avait l'avantage d'être très claire grâce à la grande fenêtre entrouverte qui donnait sur la rue. Un air propre et parfumé flottait dans la pièce, embaumée par de nombreuses plantes aromatiques plantées dans des matras de laboratoire ou dans des pots subtilisés au jardin de l'hôpital. Dans le lit, adossée à plusieurs oreillers et emmitouflée dans des couvertures qu'elle serrait contre elle de ses mains menues, une petite fille essayait de se cacher. Ses cheveux châtains grossièrement coupés pendaient derrière ses oreilles. Elle était d'une grande pâleur et regardait ses visiteurs comme un petit animal traqué. En voyant sa maigreur, son front baigné de sueur et le mouchoir qui masquait sa bouche, le médecin recula, repoussant Fenollosa et les autres étudiants vers la porte.

« Sortez ! Dehors, tout le monde, dépêchez-vous ! »

À nouveau dans le couloir, ils tombèrent nez à nez avec une sœur clarisse qui tenait un plateau et les dévisageait. Le professeur referma la porte, le visage décomposé. Voyant la religieuse, il se précipita vers elle.

« Vous ! Expliquez-moi un peu ce que fait cette fillette dans cette chambre. »

La religieuse, devant le ton courroucé du docteur, se fit toute petite, effrayée.

« Je… je ne suis au courant de rien. Je ne m'occupe que de laisser des draps propres, de la nourriture et de l'eau deux fois par jour.

— Qui vous en a donné l'ordre ? » La femme haussa les épaules.

« Un docteur, mais je ne connais pas son nom. »

Le teint écarlate du professeur annonçait un nouvel accès de fureur. La religieuse détourna les yeux, honteuse, cherchant à comprendre ce qu'elle avait fait de mal, quand son expression changea brusquement.

« Lui. C'est ce docteur… »

Tous les yeux se tournèrent vers Pau. Le professeur le regarda, incrédule.

« Vous, monsieur Gilbert ? C'est vous le responsable de tout ça ? »

Il n'y avait pas d'échappatoire possible. Du coin de l'œil, il devina la jubilation de Fenollosa entouré de sa cour. Il n'aurait pas pu mieux espérer.

« Oui, monsieur, c'est moi. »

Le docteur Segura était si contrarié que lorsqu'il posa la question suivante on eût dit qu'il mordait les mots plus qu'il ne les prononçait.

« Vous pouvez m'expliquer comment il est possible qu'une tuberculeuse se trouve ainsi cachée dans mon hôpital ? »

Un cri d'effroi s'éleva parmi les étudiants. Pau sentit sa gorge se serrer. Le visage livide de Fenollosa fut tout de même une petite satisfaction. Il ne savait pas comment il l'avait découverte mais manifestement il ignorait de quelle maladie souffrait la petite.

« Espèce d'imbécile ! Tu nous as tous mis en danger… tu devrais être renvoyé pour ça ! » lui cria le jeune homme en brandissant le poing vers lui. Plusieurs autres étudiants renchérirent.

Pau lui rendit son regard sans se troubler. Puis il se tourna vers le médecin.

« Elle s'appelle Elena.

— Peu m'importe son nom, monsieur Gilbert. » La déception manifeste du professeur lui fit plus mal que les expressions furibondes de ses camarades. « Depuis combien de temps cette enfant est-elle là ?

— Une semaine.

— Une semaine ? Dieu du ciel ! Mais à quoi pensiez-vous donc ? La tuberculose est une maladie extrêmement contagieuse et mortelle, même un enfant le sait. Elle a pu contaminer tout l'hôpital !

— Elle a été abandonnée jeudi dernier dans la nuit sur l'escalier de l'entrée principale pendant ma garde. Elle toussait et grelottait de fièvre. Qu'est-ce que je pouvais faire ? La laisser dehors ? J'ai pris toutes les précautions nécessaires. Cette partie du bâtiment est quasiment toujours vide. À part moi, personne n'est entré dans cette chambre et je me suis occupé moi-même de changer les draps, lui donner à manger et lui faire prendre ses médicaments.

— Quel traitement avez-vous appliqué ? »

L'intérêt professionnel du médecin lui laissait quelque répit et lui permettait de s'expliquer, même si cela risquait d'être un nouveau problème. Pau déglutit.

« Je lui ai donné un baume contre la toux et je lui ai fait suivre un régime diététique adéquat. Avec du repos et une chambre propre et fréquemment aérée, son état s'est énormément amélioré.

— Et c'est tout ? Pas de saignées quotidiennes, aucun purgatif ?

— Non, monsieur. Leur efficacité a été remise en question.

— Vous allez me dire qu'avec un simple lénitif et une alimentation saine vous avez réussi à enrayer la maladie ? »

Pau tenta d'éviter son regard inquisiteur mais il n'avait pas d'autre choix que de tout raconter.

« J'ai… j'ai d'abord effectué une ponction dans la cavité pleurale et j'ai introduit du nitrogène. » Devant l'expression alarmée du médecin, il hâta son explication. « Certaines études réalisées par Toussaint démontrent l'évolution favorable de lésions tuberculeuses quand il se produit un pneumothorax spontané, et Forlanini l'a également appliqué avec succès sur plusieurs patients bien plus gravement atteints. Le collapsus pulmonaire favorise le processus de cicatrisation.

— Vous avez pratiqué tout seul une collapsothérapie ? Jésus, Marie, Joseph ! »

Devant le silence de Pau, le docteur hocha la tête à plusieurs reprises.

« Non seulement vous prenez sur vous d'introduire dans cet hôpital une jeune personne atteinte d'une des maladies les plus dangereuses qui soient, mais en plus vous expérimentez sur elle des méthodes ô combien aléatoires. Monsieur Gilbert, votre conduite a été des plus irresponsable.

— Mais mon traitement a fonctionné, protesta Pau. Elena ne tousse plus et son expectoration est claire. Les accès de fièvre ont cessé. Les pansements de l'intervention ne présentent aucun signe d'infection, la malade respire mieux et a de l'appétit.

— Gilbert, vous êtes un des étudiants les plus brillants auxquels j'ai eu affaire, mais votre intelligence vous perdra. Peut-être cela a-t-il fonctionné cette fois, mais les normes sont là pour être respectées. Dès demain nous enverrons cette petite au pavillon des tuberculeux. »

Le docteur fit volte-face et reprit le couloir en sens inverse. Pau le rattrapa.

« Non, je vous en prie. Ce serait l'envoyer à la mort. Entourée de malades contagieux, son état s'aggraverait de nouveau. Elle est en train de guérir, elle n'a besoin que de quelques jours encore, en quarantaine.

— Vous trouvez préférable de mettre en danger tout l'hôpital ?

— Je sais que j'ai mal agi, mais elle n'a pas à payer le prix de mes erreurs, je vous en supplie, permettez qu'elle reste. Elle ne représente plus aucun danger. »

Le professeur refusa encore d'un hochement de tête péremptoire et continua son chemin, suivi de son groupe d'étudiants. Ceux-ci s'écartèrent de Pau en passant, comme s'il était porteur du même mal que sa petite protégée.

Des heures plus tard, Pau sortit dans la rue. Il marchait d'un pas rapide, ses livres et ses notes de cours sous le bras. Par chance, le comité de direction de l'université, qui s'était réuni en urgence, avait décidé de sanctionner sa conduite avec une amende de vingt douros et en doublant ses heures de garde à l'hôpital. Désormais, la moindre nouvelle infraction entraînerait son expulsion immédiate. Il se sentait soulagé et, même s'il se demandait comment il allait pouvoir payer l'amende, s'inquiétait surtout de sa petite malade. Si elle se retrouvait au pavillon des tuberculeux, ce serait sa faute, à lui et à personne d'autre. Tout cela ne serait pas arrivé s'il ne s'était pas laissé entraîner par sa vanité et si Fenollosa n'avait pas voulu se venger de s'être senti ridicule en cours d'anatomie. La fillette avait besoin de son aide et il savait qu'il avait fait ce qu'il fallait, son père l'aurait approuvé. Le traitement, malgré toutes les réticences du docteur Segura, fonctionnait. Il ne pouvait pas l'abandonner maintenant. Il irait parler au professeur dès le lendemain pour le convaincre de la garder à l'hôpital. Il s'occuperait d'elle nuit et jour si c'était nécessaire.

Plongé dans ses pensées, il ne vit pas l'homme qui avait tourné au coin de la rue. Le choc le fit trébucher et ses livres et ses feuilles lui échappèrent des mains. Une voix irritée lui cria de faire attention. Il se retourna pour s'excuser mais l'homme avait disparu dans la foule. Quand il se rendit compte de l'état déplorable du trottoir, il pria pour qu'aucun de ses livres ne soit abîmé. Il ne manquait plus que ça.

« Alors, on ne regarde pas devant soi ? »

Fenollosa et ses acolytes faisaient cercle autour de lui.

« Tu te crois malin, hein ? mais tu ne l'es pas tant que ça… » lui susurra-t-il en se penchant et en ramassant un des volumes au sol.

Il se releva et, distraitement, lâcha le livre à ses pieds. Comme par mégarde, il marcha dessus, sourit à Pau et s'en alla, suivi de ses compères. Pau entendit leurs rires se perdre tandis qu'ils s'éloignaient. Ravalant son exaspération, il s'accroupit et ramassa le manuel. La couverture, déchirée, pendait lamentablement. Comment allait-il expliquer ça au bibliothécaire ? En l'examinant plus attentivement, il aperçut un papier qui dépassait. Sans doute une page déchirée, se lamenta-t-il. Mais en tirant il découvrit un prospectus qui annonçait un imminent Congrès international de spiritisme. Il étouffa une exclamation de stupeur.

Je sais qui tu es. Je t'attends demain, au coucher du soleil, devant le couvent des dominicaines.

Il relut les mots maladroitement griffonnés. Un frisson parcourut son épine dorsale, alors qu'il regardait de droite et de gauche, autour de lui. Soudain, les gens qui passaient devenaient une menace. L'angoisse qu'il gardait sous contrôle jour après jour se libéra, torrentielle. Il ramassa à la hâte le reste des livres et courut jusqu'à chez lui, en essayant de maîtriser les tremblements croissants qui l'envahissaient.

19

Il y avait du mystère en Daniel Amat. Les paroles de Vidal ne cessaient de résonner dans la tête de Fleixa, sans parler du papier découvert aux archives. Ce n'était rien qu'un indice, mais d'une importance certaine. Quelque chose clochait dans le rôle joué par le jeune homme lors de l'incendie. Et Fleixa avait bien l'intention de découvrir quoi.

Il pressa le pas. La nuit était tombée sur la ville et seuls quelques rares becs de gaz éclairaient les trottoirs mouillés. Il rajusta son canotier et rabattit sur lui les pans de sa veste. Au moins, il ne pleuvait pas, se félicita-t-il.

À cet instant précis, son visage explosa de douleur.

Son corps vola dans les airs et retomba sur des paniers remplis de crottin qui répandirent leur contenu sur le trottoir. Une paire de bras le souleva et l'envoya de nouveau valser, de l'autre côté. Son dos alla cogner contre le rideau baissé d'une taverne, qui trembla dans un froissement métallique.

Un homme immense avait surgi de sous un porche. Taillé comme un roc, aussi large que la rue, il portait malgré le froid un maillot de corps qui semblait près de craquer sous sa musculature impressionnante. Ses yeux bridés étincelaient, amusés, sous sa casquette.

S'il s'agissait d'une tentative de vol, Fleixa n'avait pas l'intention de résister. Dans un autre cas de figure, il espérait au moins que le gaillard s'en tiendrait là.

« Fleixa, Fleixa, Fleixa. »

La voix de fausset le fit sursauter. Il l'avait reconnue. Une silhouette inhabituellement grande se matérialisa au bout de la rue.

La femme s'approcha de Fleixa de sa démarche féline, enveloppée dans une fourrure recouvrant une longue robe grenat qui, lorsqu'elle marchait, émettait un froufrou soyeux. Une frange d'un blond platine se balançait au-dessus de ses yeux lourdement fardés. Entre ses lèvres carmin pendait négligemment une cigarette. La Negra serait passée pour une grande dame dans n'importe quel salon de la haute société, n'eussent été sa réputation et son entrejambe.

« Armando, comment va ? » réussit à articuler Fleixa.

Un claquement de doigts retentit. Le gros dur saisit de sa large patte les testicules du journaliste et serra. Fleixa poussa un gémissement quand la douleur éclata, serpentant de l'aine jusqu'à la nuque.

« Tu sais parfaitement que je ne m'appelle pas comme ça, mon chou.

— Oui, bien sûr. Excuse-moi, souffla Fleixa d'une voix hachée. Que… Qu'est-ce que tu fais par ici ?

— Je suis venu exprès pour toi, chéri. »

Une de ses mains aux faux ongles écarlates se posa délicatement sur l'énorme épaule du gorille.

« Pedrito, ne serre pas trop. Il ne faudrait pas que notre cher reporter soit trop esquinté avant l'heure. Pas avant qu'il ait payé ses dettes. Ce garçon, expliqua-t-elle à Fleixa, travaillait au cirque des frères Maravilla, avant. Sa spécialité, c'était de plier des poutres en acier. Un poids plume comme toi ne lui résisterait pas deux secondes, alors je te conseille de rester bien tranquille. »

Fleixa acquiesça. Même s'il l'avait voulu, il n'aurait pas pu faire un geste. Le sourire de la Negra n'avait rien d'amical, pourtant il apprécia de sentir la pression entre ses cuisses se relâcher un peu, suffisamment pour qu'il puisse respirer.

« Je ne suis pas contente du tout, mon chou. Apparemment tu as eu un petit oubli.

— Je te paierai, je te le jure. J'ai juste besoin d'un peu plus de temps. »

Son rire creux résonna dans la ruelle.

« Ah, tu as de l'humour, toi ! Du temps, tu dis ?

— Le vent est en train de tourner pour moi. Je suis sur une belle affaire, qui va me rapporter un paquet.

— Écoute, Fleixa, reprit-elle, en plantant dans sa joue son ongle acéré, j'ai toujours eu un faible pour toi, va savoir pourquoi. C'est peut-être ces yeux de chien battu… » Elle poussa un soupir. « Mais dans mon commerce, on n'est rien sans le respect. C'est simple : quand on vient me demander, je prête. Mais si on ne me paie pas, rien ne va plus. Et si on ne me paie pas et qu'il n'y a pas de conséquence, c'est encore pire. Parce que les gens parlent, tu vois. La nouvelle se répand aussi vite que la grippe et adieu mon petit commerce. Je ne peux pas me le permettre, même pour ces yeux qui me rendent toute chose, mon chou. Je suis désolée mais il faut que tu apprennes le sens du mot respect. »

Le poing surgi de nulle part atterrit droit dans l'œil gauche de Fleixa. Avant que les lumières colorées s'estompent, un coup de genou le saisit à l'estomac et il s'affaissa, la bouche grande ouverte comme un poisson tombé hors de son bocal.

« Joli petit couple ! » Même à terre, il ne put retenir son commentaire. « Vous vous savonnez le dos mutuellement, sous la douche ? »

Il n'eut que le temps de se protéger la tête des deux bras avant que la grêle de coups s'abatte sur lui. Un pied alla s'imprimer sous sa mâchoire. Sa tête, projetée violemment en arrière, frappa le rideau métallique. Un goût de sang envahit sa bouche. Avant de perdre connaissance, il eut le temps d'entendre la voix de velours de la Negra à son oreille.

« Dis à ta pute de te prêter le fric. Je ne veux plus un jour de retard. Si tu ne passes pas à la caisse, on se reverra, mon chou. »

20

Aux premières heures du jour, Daniel et Fleixa prirent un compartiment dans le train de Sarrià. Le journaliste arborait un pansement au front et un vilain cocard fermait son œil gauche. Quand Daniel posa des questions, Fleixa se montra évasif ; il choisit donc de lui raconter son entrevue avec le doyen. Ils échangèrent aussi quelques points de vue sur le carnet de Homs, sans arriver à aucune conclusion. De toute évidence, le père de Daniel l'avait conservé dans l'espoir qu'on le retrouve, même s'ils ne savaient pas encore pourquoi. Ils espéraient que Homs accepterait de leur parler. Peut-être saurait-il leur expliquer le rapport entre le carnet et les meurtres.

Petit à petit, la conversation retomba et Fleixa finit par s'endormir. Pendant qu'il ronflait comme un sonneur, le train dépassa la station de la rue Provenza, aux portes de la ville, laissant derrière lui les rues de Barcelone. À mesure qu'ils s'éloignaient de la ville, les usines défilaient de plus en plus, surmontées de fines cheminées qui crachaient des colonnes de fumée. Construites sur d'anciens champs cultivés, elles étaient le symbole des temps qui changeaient. Du wagon, Daniel observait les groupes d'ouvriers qui se rendaient à pied à leur travail, les hommes avec leur typique chemise nouée et leurs espadrilles, les femmes dans leur robe de lainage gris et leur tablier, un foulard sur la tête. Daniel fut frappé par leurs visages graves et le peu de mots qu'ils échangeaient. La plupart portaient un baluchon de sardines marinées et de haricots, leur maigre pitance pour traverser une dure journée de douze heures. Tout ce dont il se souvenait de son enfance était en train de changer à toute vitesse.

À leur arrivée à Sant Gervasi, ils renoncèrent à attendre la voiture de la clinique et prirent un fiacre. Au bout de vingt minutes, l'attelage s'arrêta devant l'entrée de la propriété.

La clinique avait été construite vingt et un ans auparavant sur une colline du versant méridional du Tibidabo. Par temps clair, on pouvait contempler tout Barcelone aux pieds de la Méditerranée.

Ils payèrent le cocher et entreprirent de remonter le sentier qui serpentait à travers un potager jusqu'au bâtiment.

« Vous savez, Amat, fit remarquer Fleixa tout en regardant où il mettait les pieds pour préserver ses bottines de la boue, vous ne m'avez toujours pas dit ce qui vous a convaincu de rester pour mener l'enquête. »

Daniel réfléchit un instant avant de répondre.

« Je commence à être persuadé que la mort de mon père n'est pas due à un accident. Trop de gens souhaitent me voir repartir. Je veux découvrir la vérité. Je m'en voudrais trop de ne pas essayer. Et pour la culpabilité, je m'y connais. » Puis, coupant court aux questions de Fleixa, il pressa le pas. « Allons, dépêchons-nous. »

Ils allaient à travers le jardin qui occupait une bonne partie des cinq hectares de la clinique. Un coin était consacré aux légumes secs et légumes verts, dans un autre, un peu plus grand, poussaient des citronniers et des pommiers, plantés de telle façon qu'ils entouraient la propriété et permettaient la surveillance continue des malades de la clinique sans qu'ils se sentent en prison.

« Vous pensez qu'on voudra bien nous recevoir ? s'enquit Fleixa.

— Le directeur était un ami proche de mon père.

— Alors je me conduirai en parfait homme du monde, ne vous en faites pas.

— C'est là que vous m'inquiétez. »

Fleixa allait protester quand il surprit le demi-sourire d'Amat ; il eut un ricanement sourd qu'un élancement dans la mâchoire changea en gémissement.

Ils sonnèrent et une religieuse de Saint-Vincent-de-Paul leur ouvrit. Elle eut un air alarmé devant le visage contusionné du journaliste et Daniel s'empressa de la rassurer.

« Bonjour, ma sœur. Nous venons voir monsieur le directeur. »

La religieuse acquiesça et se retira, les laissant seuls dans une jolie cour entourée d'arcades où trônait une chapelle. Quelques minutes plus tard, une voix tonitruante s'éleva derrière eux.

« J'espère que vous avez de bonnes raisons pour venir me déranger. »

Près d'une porte entrouverte, un homme en blouse blanche, les poings sur les hanches, les observait. Bien qu'il eût dépassé la cinquantaine, Antoni Giné conservait un corps robuste. Sa tête semblait avoir été taillée dans le marbre et placée après coup sur ses larges épaules. Son regard allait de l'un à l'autre, et Fleixa se sentit évalué et automatiquement classifié. L'homme gardait une belle masse de cheveux aux ondulations comme tracées au pinceau et il portait fièrement une barbe avec de larges et longues rouflaquettes qui descendaient jusqu'au menton.

« Merci de nous recevoir, monsieur Giné », le salua Daniel.

En reconnaissant le fils Amat, le visage du médecin devint cramoisi et ses mains se crispèrent. Il fit deux pas, prêt à lui sauter dessus. Daniel, tendu, resta immobile. Fleixa les observa sans comprendre ce qu'il se passait jusqu'à ce qu'il réalise : cet homme était le père d'Irene et Ángela Giné.

« Quand l'infirmière m'a dit votre nom j'ai pensé qu'elle faisait erreur. Je vous croyais mort, monsieur, et il l'eût mieux valu pour vous, jeta-t-il du bout des lèvres. Je vous donne deux secondes pour faire demi-tour et repartir, faute de quoi je donnerai l'ordre qu'on vous mette dehors.

— Jamais je n'aurais osé venir sans une bonne raison, monsieur, répondit Daniel. J'ai besoin de votre aide. C'est au sujet de la mort de mon père. »

L'hésitation se peignit sur le visage du directeur. Finalement il se décida. Quand il reprit la parole, il semblait rajeuni.

« La mort de votre père fut un vrai choc. Une grande amitié nous unissait et par respect pour sa mémoire, je vous écouterai. »

Daniel expulsa l'air qu'il retenait. Avant leur arrivée à la clinique, il n'était pas du tout sûr que l'homme le laisserait prononcer ne serait-ce qu'un mot.

« Il n'est pas mort par accident. »

Le médecin leur adressa un regard suspicieux, semblable à celui qu'il réservait à ses propres patients.

« Je comprends vos réserves, insista Daniel, mais nous avons des preuves qu'il a été assassiné.

— Assassiné ? Doux Jésus ! Et en quoi puis-je vous être utile ?

— Apparemment, un de vos cinglés, avant de perdre la boule… » commença Fleixa.

Giné fronça les sourcils.

« Pardon ? Vous dites ?

— Ce que mon ami veut dire, intervint Daniel, c'est qu'un de vos patients peut peut-être nous aider à éclaircir les circonstances de sa mort. Nous aimerions nous entretenir avec lui.

— Certaines des personnes internées ici souffrent de graves troubles et ne peuvent recevoir de visites. De qui s'agit-il ?

— Du docteur Homs.

— Impossible.

— Il faut vraiment que nous lui parlions, docteur », insista Daniel.

Le directeur prit une profonde inspiration.

« Ne vous méprenez pas, messieurs. C'est impossible, non que je veuille vous le refuser mais parce que monsieur Homs a quitté le centre il y a neuf mois. »

Daniel et Fleixa se regardèrent, décontenancés.

« Suivez-moi dans mon bureau. Nous y serons mieux pour parler. »

Il franchit la porte et pénétra dans la clinique, suivi de Daniel et Fleixa.

« Pourquoi ce nom ? » s'enquit le journaliste pour tenter de briser le silence pénible qui s'était installé.

Le docteur Giné le regarda sans comprendre.

« Nueva Belén… pointa Fleixa.

— Ah, bien sûr, le nom de notre clinique : “Nouvelle Bethléem”, en honneur de la clinique londonienne de Bethlem. Une véritable référence.

— Vous avez beaucoup de patients ?

— Monsieur…

— Fleixa.

— Monsieur Fleixa, vous vous intéressez aux phrénopathies ?

— Phréno… quoi ?

— Ce sont les maladies mentales », expliqua Daniel.

Giné le regarda du coin de l’œil.

« Je vois que vous n’avez rien oublié des enseignements de votre père. »

Daniel ne releva pas et le médecin reprit ses explications d’un ton plus conciliant.

« Nous sommes des pionniers en la matière, dans le pays. Nous nous consacrons depuis plus de trente ans à l’étude de ces maladies, expliqua-t-il en dissimulant mal sa fierté. Jusqu’à il y a à peine trois ans, nous publiions même notre propre revue scientifique.

— Mais comment étudie-t-on les maladies mentales ? insista Fleixa.

— Voyez-vous, un aliéné n’est en fait qu’un malade. Il a fallu un changement substantiel dans la société au cours de ces dernières décennies pour que cette idée fasse son chemin et commence à être acceptée. Malheureusement, nous nous heurtons encore à l’incompréhension de bien des gens. »

Giné parut oublier la présence du journaliste et se mit à parler comme s’il se trouvait à sa chaire à l’université.

« Galien résume bien les travaux qui ont précédé sur la folie. Il a soutenu avec ardeur une doctrine basée sur les principes de l'*humorisme*, selon laquelle la mélancolie proviendrait d'une humeur qui se forme dans le foie ; la démence, d'un manque d'esprits animaux ; l'imbécillité, de leur affaiblissement, et la manie, d'un état de perversion de ceux-ci. Ces idées, en vérité, contrastaient avec les connaissances sur l'anatomie et la physiologie du système nerveux que cet homme possédait. Par chance, des points de vue plus pragmatiques sont apparus ensuite, qui nous ont conduits à l'étude du cerveau. »

Fleixa étouffa un bâillement, ce qui lui valut un regard réprobateur de Daniel. Le directeur poursuivit son exposé, sans se soucier du journaliste.

« Malgré tout, il a fallu du temps pour que les malades soient traités comme ils le méritent, c'est-à-dire comme des personnes nécessitant une attention médicale. En ce sens, Nueva Belén a acquis un prestige considérable. Nous avons établi un régime de liberté et d'expansion compatible avec leur état de phrénopathie, une vigilance ininterrompue, des conditions d'hygiène scrupuleuses, et surtout nous mettons en place une cure personnalisée en fonction de la situation individuelle de chaque patient. »

Ils prirent un couloir et pénétrèrent dans une autre aile. À droite et à gauche, des portes se succédaient. Dès qu'ils eurent franchi le seuil, un chœur de cris et de lamentations les accueillit. Daniel et Fleixa se regardèrent avec inquiétude mais le docteur, sans se troubler, avança.

Le journaliste s'arrêta devant l'une des portes métalliques et jeta un coup d'œil par le vasistas aménagé à hauteur des yeux. Au centre d'une pièce exiguë, assis sur une paillasse, un homme chauve se débattait et poussait des hurlements qui n'avaient plus rien d'humain. Ses mains, prises dans des sortes de moufles matelassées au niveau des poignets, étaient attachées par des anneaux à une ceinture en cuir fixée au mur.

Le directeur s'avisa de la curiosité de Fleixa.

« Cet homme, qui a totalement perdu ses facultés intellectuelles, est toujours dominé par une extrême agitation. Pour empêcher ses impulsions agressives, nous le maîtrisons une grande partie du temps grâce à cet ingénieux appareil. Ainsi, il ne peut pas se faire de mal, sans être totalement immobilisé non plus comme ce serait le cas avec une camisole de force.

— Mais… c'est horrible.

— Imaginez l'autre solution. »

Sur ces mots, il fit demi-tour et poursuivit son chemin, Daniel et Fleixa sur ses talons.

« Actuellement, nous avons presque cent patients à demeure. L'aile droite est occupée par les hommes et la gauche par les femmes. Les malades sont divisés en trois groupes : les calmes, les agités et ceux que nous venons de voir, les dangereux. Nous avons ici des malades de haute condition sociale ; certains disposent de domestique pour quatorze douros en plus du prix de la pension qui, si elle est de première catégorie, s'élève à trente-six douros. Nous disposons aussi de deuxième et troisième catégories, pour une somme plus modique bien entendu. »

Enfin, ils arrivèrent à son bureau. C'était une pièce agréable avec deux larges fenêtres qui s'ouvraient sur le jardin. L'endroit avait à peine changé depuis la dernière fois que Daniel était venu. Les mêmes bibliothèques blanches avec, derrière les vitrines, les mêmes manuels médicaux, le stéréoscope du docteur et sa collection de crânes humains de tailles diverses. Aux murs étaient affichés diplômes et titres académiques. Le bureau, débordant de livres et de dossiers, était celui d'un homme occupé.

En détaillant la pièce, les yeux de Daniel tombèrent sur un portrait sépia posé sur le bureau. Il retint un frémissement. Même si la photo avait été plus ancienne, il les aurait reconnues sans l'ombre d'un doute. Ángela et Irene posaient auprès de leur père assis sur une chaise. Elles souriaient à un avenir qui s'annonçait radieux. Une belle image familiale. En lisant la date apposée près de la signature du photographe, il pâlit : une semaine avant l'incendie.

Giné les invita à s'asseoir en face de lui. Son visage s'assombrit lorsqu'il suivit le regard de Daniel.

« Je ne croyais vraiment pas vous revoir, Amat.

— Il n'y a pas grand-chose que je puisse répondre à ça, monsieur. » Daniel hésita l'espace d'une seconde. « J'ai rendu visite à votre fille. »

L'homme hocha amèrement la tête.

« Ce fut une dure épreuve pour elle que de vous perdre, sa sœur et vous, en même temps. » Voyant Daniel désarçonné, il poursuivit. « J'étais au courant de votre relation, bien sûr. Avec votre disparition, Irene n'a eu d'autre choix que d'accepter la proposition de mariage de Bertomeu Adell. La pauvre enfant. »

Le directeur le dévisagea quelques secondes, puis sur ses lèvres se dessina une moue incrédule.

« Vous n'êtes pas au courant, n'est-ce pas ? »

Devant le geste d'ignorance de Daniel, il se carra dans son fauteuil et laissa son regard errer par la fenêtre.

« Nous n'avons pratiquement pas reparlé depuis... ce que vous savez. Ce n'est pas à moi de vous présenter la situation. Si vous voulez savoir quelque chose, il faudra que vous parliez avec elle. »

Daniel voulut insister, mais, devant l'impassibilité du médecin, il retint les questions qui lui brûlaient les lèvres. Il déglutit et tenta de se concentrer sur l'affaire qui les avait conduits jusque-là. Il lui résuma les faits en quelques mots.

« Mon père pensait avoir découvert le meurtrier de ces pauvres femmes, ce qui a causé sa mort, acheva-t-il. Il m'a fait parvenir ce carnet rédigé de la main du docteur Homs. Je suis convaincu qu'il a un rapport avec cette histoire et c'est pourquoi nous désirions lui parler.

— Je vois, répondit Giné, en croisant les doigts sous son menton. Vous comprendrez que les circonstances dans lesquelles monsieur Homs a été interné ici sont confidentielles. Je peux vous dire néanmoins que son état évoluait de façon positive. De ce fait, personne ne s'attendait aux événements qui se sont produits plus tard. À présent, je comprends qu'ils ont sans doute un lien avec la mort de votre père. »

Le directeur ferma les yeux et commença son récit.

« Homs souffrait de troubles nerveux depuis le décès de son épouse. Si nous n'espérions pas un complet rétablissement, nous avions néanmoins réussi à stabiliser son état. Il avait perdu tout espoir et dans ces conditions une guérison est presque impossible. Alors que nous étions sur le point d'abandonner, tout a changé. Il a commencé à nouer des liens d'amitié avec l'un de nos malades, un patient qui, apparemment, possédait également des connaissances médicales.

Les mois qui ont suivi, Homs a paru ragaillardi et pour la première fois nous avons entrevu la possibilité qu'il parvienne à surmonter ses maux et à guérir totalement. Devant ces surprenants progrès, nous leur avons même permis de disposer d'un petit laboratoire. Cela était devenu pour nous un sujet d'études et nous étions très enthousiastes.

— Les choses ont mal tourné, pas vrai ? lui demanda Fleixa.

— Oui, soupira-t-il. Un matin, nous avons trouvé l'un de nos veilleurs de nuit inconscient. On l'avait frappé avec une barre de fer. Au bout d'une heure, alors que nous vérifiions que les patients étaient bien dans leurs chambres, nous avons découvert dans le laboratoire l'ami du docteur Homs : il était mort, tué à coups de couteau, et à peu près méconnaissable tant son visage et ses mains avaient été lacérés. Sans doute des blessures de défense. Nous n'avons pu l'identifier que grâce à ses vêtements et à ses papiers.

— Mais pourquoi Homs aurait-il fait ça ? s'exclamèrent, presque en chœur, Daniel et Fleixa.

— C'est un mystère. Nous avons encore beaucoup à apprendre de l'esprit humain. » Sa voix, étouffée, baissa d'une octave et Daniel se rendit compte que l'épisode l'avait profondément meurtri. « Ce malheur s'est produit il y a neuf mois et je n'en sais toujours pas les raisons. Vous comprendrez que c'est pour moi un gros échec professionnel.

— Il va sans dire que vous n'avez rien à vous reprocher », lui assura Daniel.

Le directeur le remercia d'un triste sourire.

« Donc, le rétablissement du docteur Homs était une ruse ? demanda Fleixa.

— Apparemment. Il nous a tous dupés. Même votre père, Daniel. Justement la veille des faits, il était venu lui rendre visite, comme il le faisait fréquemment. Ce jour-là nous avons parlé des excellents progrès de Homs et nous nous en sommes félicités. Mais c'était faux. » Il secoua la tête tristement. « La clinique a informé les autorités du drame mais celles-ci étaient plus préoccupées par les émeutes des ouvriers de La Maquinista que par la fuite d'un de nos patients. Cela dit, le docteur Homs est toujours dans la nature et il est dangereux, très dangereux. Je ne serais pas étonné qu'il recommence à tuer… »

Il n'était pas nécessaire qu'il continue. S'ils ne se trompaient pas dans leurs calculs, c'était juste quelques mois après la fuite de Homs que le premier cadavre de la Barceloneta était apparu. Tout indiquait que le docteur Homs était très certainement l'assassin que poursuivait le père de Daniel.

« Il y a autre chose. Un détail qui rend encore plus inexplicable l'acte de Homs. »

Ils le pressèrent de poursuivre.

« Les dernières semaines avant sa fuite, Homs se plaignait de fortes douleurs au côté droit. Lors d'un contrôle médical, une tumeur au foie lui a été diagnostiquée. La maladie était déjà à un stade très avancée. Il ne lui reste pas plus d'un an à vivre. »

Avant qu'il puisse ajouter quoi que ce soit, une religieuse entra à la hâte.

« Docteur, nous avons besoin de vous. Le malade Ferrer vient d'avoir une nouvelle crise.

— J'arrive tout de suite, dit-il en se levant. Je suis désolé de vous quitter si abruptement, Amat. J'espère que vous trouverez Homs et que vous pourrez prouver qu'il est bien responsable de la mort de votre père. Excusez-moi. Je vous envoie une de mes assistantes pour qu'elle vous raccompagne. »

Prêt à sortir, il se retourna vers Daniel.

« J'ai eu du mal à accepter la mort de ma fille. Longtemps je vous ai tenu pour responsable. Mais en réalité, ce fut un funeste accident, une fatalité malheureuse. Je me demande encore ce que faisait Ángela chez vous cette nuit-là. » Il planta ses yeux dans les siens. « Vous êtes encore jeune, trop pour porter plus longtemps cette culpabilité sur vos épaules. Parlez avec Irene. »

Puis il quitta précipitamment la pièce derrière l'infirmière, les laissant seuls. Fleixa se leva d'un bond, contourna le bureau du directeur et se mit à le fouiller.

« Mais qu'est-ce que vous faites ?

— Je ne le sens pas, ce toubib. Il faut trouver des pistes. Aidez-moi.

— Ça ne va pas, la tête ?

— Drôle de question pour un endroit comme ici, vous ne trouvez pas ? répondit Fleixa avec un sourire, sans cesser de fourrager dans les papiers. Vous voulez, oui ou non, résoudre le meurtre de votre père ? Occupez-vous du classeur derrière moi », ajouta-t-il en désignant le mur derrière lui.

Daniel hésita un instant. Finalement il s'approcha du meuble, pourvu de trois tiroirs. Il tenta d'ouvrir le premier, sans succès. Comme il tirait plus fort, le tiroir s'ouvrit d'un coup, dans un claquement sonore, et tomba au sol avec fracas. Une dizaine de dossiers de patients étaient éparpillés sur le tapis.

Les deux hommes guettèrent la porte, s'attendant à voir surgir tout le personnel de la clinique attiré par le remue-ménage. Mais personne ne vint.

« Aidez-moi, vite », lança Fleixa.

À toute vitesse, ils remirent les dossiers à leur place. Soudain, les yeux de Daniel tombèrent sur un nom. Un instant, il crut avoir la berlue. Il relut trois fois l'étiquette collée sur le dossier : Bertomeu Adell.

Oubliant sa hâte, il l'ouvrit.

Adell avait été interné à la clinique un an plus tôt pour différents symptômes d'agitation et des accès de violence. D'après le rapport succinct, la famille s'était vue contrainte à son internement après qu'il eut presque tué un domestique parce qu'il n'avait pas apprécié la façon dont celui-ci lui avait servi son déjeuner. L'argent et l'influence de son géniteur avaient empêché que l'affaire s'ébruite et que l'intéressé finisse en prison, mais la famille avait dû le faire interner. Or, le père était décédé le mois suivant et quelques jours plus tard Bertomeu avait quitté l'établissement, malgré une note du médecin qui déconseillait sa sortie.

Fleixa l'interrompit.

« Qu'est-ce que vous faites ?

— Rien.

— Eh bien, pendant que vous vous amusez, moi, je l'ai trouvé. » Il brandit quelques feuilles d'un geste triomphal. « Bon, allons-y. Ils ne vont pas tarder. »

Daniel rangea le dossier d'Adell et aida le journaliste à remettre le tiroir en place. Ils s'assurèrent que tout était en ordre et se décidèrent à quitter la pièce. En sortant, ils se retrouvèrent nez à nez avec une religieuse d'un certain âge, qui venait les chercher.

« On m'a demandé de vous raccompagner. Suivez-moi, je vous prie. »

Le cœur battant encore la chamade, ils la suivirent dans le dédale des couloirs. Une fois dehors, Daniel se retourna et, retenant la porte, s'adressa à leur accompagnatrice.

« Veuillez, je vous prie, dire au directeur que nous le remercions beaucoup pour son aide. Et que… pour le reste, j'essaierai de faire quelque chose. Il comprendra. »

Rapidement, ils retraversèrent le jardin et prirent une voiture jusqu'à la gare de Sant Gervasi.

21

Une fois installés dans leur compartiment, ils purent commencer à se détendre. Ils avaient eu de la chance : ils étaient arrivés à temps pour attraper le premier train du soir pour Barcelone. Quelques pièces au contrôleur leur donnèrent droit à un compartiment vide dont ils fermèrent les rideaux afin de ne pas être dérangés.

À l'abri des regards indiscrets, Fleixa sortit le dossier qu'il avait dérobé.

« Vous êtes encore plus fou que ce que je pensais, vous savez ? »

Le journaliste ignora le commentaire, plongé dans l'épaisse liasse de papiers classés par dates. Ils écartèrent les premières pages, des formulaires administratifs, et arrivèrent au descriptif de l'admission du docteur Homs et aux traitements prescrits.

> Frederic Homs, 45 ans, médecin de profession, veuf, sans enfants. Depuis trois semaines (selon le témoignage de ses accompagnateurs), le malade semble avoir perdu l'esprit. Dans un premier temps, on observe un fort délire accompagné d'accès d'agressivité. Nombreuses hallucinations auditives et visuelles. Il peine à reconnaître ses amis et les membres de sa famille. Insomnies récurrentes.

La mise en place de soins s'avère urgente afin d'éviter une démence totale.

Après les premiers examens cliniques, prescription de bains chauds le matin avec jet d'eau froide sur la tête, suivis de frictions énergiques. L'après-midi, deux séances de douche écossaise, en alternant, comme il se doit, eau froide et eau chaude, puis électrothérapie. En complément, application d'une liqueur de Fowler sur les lésions d'eczéma apparues sur la peau du patient. Et en premier lieu, afin d'améliorer son état nerveux, deux mesures d'hydrate de chloral.

Une fois établi le traitement initial, Homs avait eu droit à un suivi exhaustif d'après ce qui se dégageait des notes suivantes :

Un mois et deux jours après l'admission du patient, aucune amélioration visible.

Prescription d'une intensification de la thérapie accompagnée de l'application d'un moxa dans la région de la nuque pour dévier l'humeur viciée. S'assurer pour cela que la peau est bien sèche et que la mèche est en coton ou en étoupe. Pour compléter, et devant les hallucinations répétées de monsieur Homs concernant sa femme, à laquelle il continue d'écrire, en réclamant qu'on lui fasse parvenir ses lettres sans reconnaître que celle-ci est décédée, nous recommandons une application de stramoine et d'opium.

Les documents qui suivaient étaient de brefs rapports de l'évolution de Homs.

Après deux semaines, on observe de légers changements non significatifs. Le moxa suppure abondamment mais les symptômes ne faiblissent pas. On applique un nouveau moxa qui s'excite vivement une fois l'escarre décollée. Intensification des séances d'électrothérapie.

Le traitement continuait ainsi sur plusieurs semaines ; les notes témoignaient d'une période d'améliorations et de rechutes fréquentes. L'état de Homs semblait évoluer favorablement, mais avec des résultats encore insuffisants. Au sein même de la clinique, on commençait à accepter l'idée que la complète guérison du docteur paraissait improbable.

C'est alors qu'il s'était lié d'amitié avec cet autre malade.

Cela avait marqué un véritable tournant, ainsi que les notes le révélaient. Pendant les semaines suivantes, Homs avait fait de réels progrès, à tel point qu'on envisageait à présent sa sortie. Dans la dernière partie de son compte rendu, Giné avait ajouté une note succincte qui datait de deux jours avant l'assassinat de l'ami de Homs.

Alfons Martí, homme de vingt-six ans avec de clairs symptômes post-traumatiques, admis le 15 février 1884, patient du docteur Don Alfred Amat i Roures. Après une période d'isolement, il s'est révélé un excellent camarade pour le docteur Homs. Il sera nécessaire de suivre l'interaction entre ces deux patients qui semble d'une valeur thérapeutique spectaculaire.

« Mon père ? » Daniel relut de nouveau la note. « Mon père était le médecin de l'homme qui a fini par être la victime du docteur Homs ?

— Un sacré hasard, pas vrai ? »

Daniel réfléchit quelques secondes avant de hocher la tête.

« Mon père recevait fréquemment des patients dont les maux physiques cachaient souvent des affections mentales. D'ailleurs, lui-même insistait sur l'importance de connaître la *psyché* du malade pour comprendre sa souffrance. Il pensait que bien des maladies étaient le produit d'un déséquilibre mental. Certains le traitaient d'illuminé ; mais son ami Giné partageait ses opinions. Et mon père n'hésitait pas à lui envoyer certains de ses patients. » Une ombre passa sur son visage. « Quelle terrible coïncidence. Je comprends maintenant cette obsession de mon père. Quand Homs a assassiné cet homme et s'est échappé de la clinique, il s'est senti doublement responsable, en tant qu'ami du meurtrier mais aussi en tant que médecin de la victime. Arrêter Homs est devenu une affaire personnelle. »

Ils se turent le reste du chemin, chacun plongé dans ses pensées. La nuit tombait lorsque le train s'arrêta place de Catalogne.

22

Pau passa la grille en fer forgé de la rue del Carmen. Il aurait difficilement pu se sentir plus fatigué. Il ne se rappelait pas quand il avait pu s'octroyer une vraie nuit de sommeil pour la dernière fois. Ses yeux le brûlaient et un bourdonnement désagréable lui vrillait la tête ; de toute sa vie, jamais il n'avait travaillé autant d'heures d'affilée.

Aux journées à l'hôpital, encore rallongées par la sanction imposée pour son infraction au règlement, il fallait ajouter les heures de cours et de travail personnel. Sa seule consolation était de savoir Elena toujours chez eux. Le dernier examen clinique avait confirmé qu'elle ne présentait plus aucun risque de contagion, et décision avait été prise de garder la convalescente à l'hôpital jusqu'à sa guérison complète. Malgré sa fureur, le médecin avait admis que le traitement appliqué s'était révélé efficace, sans pour autant réduire les mesures disciplinaires. Pau était soulagé que tout se soit bien terminé, mais il avait maintenant d'autres motifs de préoccupation.

Il tira le message de sa poche et le relut pour la énième fois. Un frisson le parcourut : quelqu'un avait découvert son secret. Il avait eu beau prendre toutes les précautions, cela n'avait servi à rien. De qui pouvait-il s'agir ? Comment s'y était-il pris ? Il n'y avait qu'un moyen de le savoir. Il rangea le papier et s'achemina vers le lieu de rendez-vous.

D'emblée, il ne le reconnut pas ; son apparence générale clamait haut et fort que sa situation n'était pas des plus brillante. L'homme attendait dans l'ombre de la rue Elisabets, devant le couvent des dominicaines. Il n'avait pas plus de quarante ans mais en paraissait dix de plus. Il jetait autour de lui des regards méfiants et tapait des pieds pour tenter de se réchauffer. Ses vêtements bien coupés étaient sales et usés et il nageait dans le manteau qu'il portait comme si son corps avait perdu plusieurs tailles. En s'approchant, Pau remarqua ses yeux, deux orbites rougies enfoncées dans un visage famélique. Il humait l'air, tel un rat qui s'attend à des problèmes.

« Bonsoir, *monsieur* Gilbert, zézaya-t-il, en s'inclinant maladroitement avec un sourire faux. C'est sous ce nom qu'on vous connaît maintenant, n'est-ce pas ?

— Albert… »

L'homme feignit de se vexer.

« Après tout ce temps, c'est tout ce que vous trouvez à dire ? Albert ? Pas de “Comment allez-vous”, “Quel plaisir de vous voir”, ou “Comment vous a traité cette chienne de vie ces dernières années” ? »

Pau ne répondit rien. Il vérifia du coin de l'œil que personne de l'université n'arrivait, susceptible de les voir et de se demander quel genre de relations il pouvait entretenir avec cet individu.

« Ne vous inquiétez pas, à cette heure cet endroit est désert, même les sœurs du couvent restent à l'abri du froid ; mais si vous préférez, nous pouvons aller ailleurs. »

Pau eut un geste d'indifférence mais l'homme se glissa sous le porche le plus proche, en l'attirant vers lui. Il empestait le vin et la sueur rance.

« Contrairement à vous, moi, je me suis intéressé à votre personne, chuchota-t-il. Et je vois que tout se passe bien pour vous, très bien même, fit-il en le détaillant du regard. Oui, monsieur, vous avez tout du parfait gentleman.

— Que voulez-vous ?

— Droit au but, hein ? Très bien, c'est comme vous voudrez. Voyez-vous, monsieur Gilbert, continua-t-il en articulant exagérément les derniers mots, moqueur, je pense que votre père aurait été très déçu de votre comportement. »

Du revers du bras, Pau le repoussa. Malgré lui, sa voix tremblait de rage.

« Je t'interdis de prononcer le nom de mon père. »

L'homme eut un rictus perfide. Il gratta une joue qui n'avait pas vu le rasoir depuis longtemps et cracha au sol.

« C'est vrai… il est mort, le pauvre, n'est-ce pas ? Un accident de la circulation, je crois. Ces routes sont si mauvaises… »

Pau serra les mâchoires si fort qu'un goût de sang lui emplit la bouche.

« Lâche ce que tu as à dire une bonne fois pour toutes.

— Vous savez, monsieur Gilbert, j'étais venu dans les meilleures dispositions du monde mais vous vous conduisez envers moi avec le même manque de considération que votre géniteur.

— Il a encore été trop bon avec toi.

— Je ne méritais pas ce que vous m'avez fait !

— C'était presque une enfant, misérable.

— Une traînée ! Voilà ce que c'était ! Elle m'a embobiné et après elle est allée raconter des salades.

— Tu l'as violée et tu l'as engrossée. Elle est morte en couches et l'enfant n'a pas survécu. Tu n'as donc aucun remords ? »

L'homme leva les yeux au ciel, puis posa un doigt sur ses lèvres et baissa la voix.

« Vous ne devriez pas me traiter si durement, ce n'est pas dans votre intérêt.

— Que veux-tu dire ? »

Pau avait beaucoup de mal à dominer la répulsion que lui inspirait cet individu.

Des années plus tôt, Albert était entré au service de sa famille. Au début, il faisait son travail comme n'importe quel domestique, jusqu'à ce qu'il jette son dévolu sur Francisca, une jeune servante. Tout le monde savait qu'il l'avait harcelée durant des semaines et qu'il avait été repoussé inlassablement. Finalement, un soir, on retrouva la pauvre fille dans la cave à charbon, mal en point, les vêtements déchirés. Terrorisée, elle refusa catégoriquement de porter plainte contre lui, ce qui évita à Albert la prison, mais le père de Pau le fit jeter dehors sur-le-champ et s'arrangea pour qu'il ne puisse retrouver un emploi nulle part. Plus tard, on découvrit que Francisca attendait un enfant.

« Vous devez vous demander comment je vous ai découvert, ricana-t-il. Je vais satisfaire votre curiosité. Il y a une semaine, par le plus grand des hasards, je me trouvais dans cette même rue. Il tombait des trombes d'eau et je me suis abrité dans un passage, juste en face de l'hôpital. J'attendais que la pluie se calme, lorsqu'un étudiant est sorti du bâtiment. Il marchait droit vers moi, à grandes enjambées. Il n'a pas fait attention à moi, mais moi, si. Son visage m'était familier. Mais où aurais-je pu connaître un jeune homme de bonne famille comme celui-ci ? La question me turlupinait, alors je suis revenu à plusieurs reprises et je vous ai surveillé pendant des journées entières. Il fallait que j'éclaircisse ce mystère. Une nuit, alors que j'allais renoncer, ça m'est venu, comme une révélation. Au début, j'ai pensé que le vin était en train de me jouer un mauvais tour. C'est que vous êtes drôlement changé ! Imaginez un peu ma joie quand j'ai découvert votre identité malgré votre nouvelle coupe de cheveux et votre costume. Vous êtes toujours seul et vous ne sortez de l'hôpital qu'à la nuit tombée, c'est très intelligent de votre part. De cette façon, il est plus facile de passer inaperçu, pas vrai ? »

Pau ne répondit rien.

« Vous pensez bien que j'ai remercié le ciel de ma bonne fortune. Je suis dans une mauvaise passe, en ce moment. C'est temporaire mais j'ai besoin d'argent. Et les amis sont là pour ça, non ? Vous, vous m'aidez, et moi, je vous aide. Je ne veux pas me mêler de vos affaires, je me fiche de savoir les raisons de cette mascarade, mais j'ai la langue bien pendue, voyez-vous. Donc, si vous me donnez un coup de main pour sortir de ce mauvais pas, moi, je n'irai pas colporter notre petit secret. »

Pau prit une grande inspiration.

« Nous parlons de combien, exactement ?

— Rien qui puisse se refuser à un vieil ami.

— Combien ?

— Cent cinquante pesetas. »

Pau retint une exclamation. C'était plus que ce que lui coûtait une année entière d'université.

« Je n'ai pas une telle somme. »

Avec un grognement sourd, Albert le plaqua contre le porche. Pau poussa un cri, stoppé net par le coup de poing qu'il reçut dans l'estomac. L'ancien valet l'attrapa par les revers de sa veste et pesa de tout son poids contre son corps.

« Si vous pensiez vous en sortir parce que vous êtes qui vous êtes, vous vous fourrez le doigt dans l'œil. Vous allez payer. Vous me le devez pour ce que votre père m'a fait et pour tout ce que j'ai dû encaisser depuis. Vous m'entendez ? Si vous ne voulez pas que votre petit jeu soit découvert, je veux mon fric à la fin de la semaine. Ou alors, si vous préférez (son visage s'éclaira, concupiscent), on peut aussi s'arranger d'une autre manière. »

Pau tenta de résister, mais la force de l'homme l'empêchait de faire le moindre mouvement. Il sentit la salive imprégnée d'eau-de-vie couler sur sa joue pendant que la main de l'homme remontait vers son entrejambe. Dans un effort surhumain, il parvint à libérer son bras et envoya un coup de coude que l'ancien valet reçut au visage et qui le fit chanceler.

La gifle d'Albert le cueillit de plein fouet. Il entendit un craquement quand sa tête alla frapper contre le mur. Une sensation cotonneuse envahit son corps et il s'effondra. L'homme ébaucha un sourire torve en essuyant d'un revers de manche le sang qui coulait de sa lèvre.

« Ça, vous allez me le payer. »

Il brandit le poing, prêt à frapper de nouveau, quand soudain la rue s'emplit de claquements de sabots sur le pavé : une voiture arrivait. L'ancien valet tourna la tête, lâcha un juron et se pencha sur Pau.

« Jeudi à huit heures. À l'église San Justo. Ne me faites pas attendre. »

Pau entendit à peine ses mots et ses pas qui s'éloignaient. Il y eut un brouhaha près de lui, des voix et des cris. Des bras robustes le saisirent et le mirent debout.

« Ça va ? Vous êtes blessé ? »

Pau avait la vue brouillée mais cette voix ne lui était pas inconnue. Peu à peu, ses yeux retrouvèrent leurs fonctions et il put identifier, non sans surprise, le visage de son sauveur.

Le feu maintenait la chambre à une température agréable ; pourtant Pau sentait encore au fond de ses os le froid de la rue. La tasse de café chaud qu'il tenait entre ses mains ne réussissait pas à calmer ses tremblements. À sa gauche était assis Daniel Amat. Ce regard attentif derrière ses lunettes, ces yeux gris pleins d'énergie si pareils à ceux de son père... Il toussota pour cacher son trouble.

« Vous l'avez échappé belle. »

Pau acquiesça et avala une gorgée du breuvage noirâtre de sa tasse.

L'homme qui accompagnait Amat laissa de côté les documents qu'il tenait.

« C'est un scandale. Une tentative de vol aux portes mêmes de l'hôpital. Mais le type était leste et a réussi à m'échapper. »

Devant ce commentaire du journaliste, les lèvres de Daniel ébauchèrent un sourire. Pau respira, soulagé. Les deux hommes pensaient qu'Albert l'avait agressé pour le détrousser. Voilà qui facilitait les choses.

Sans prêter attention à l'expression narquoise de son comparse, Fleixa tendit la main à Pau.

« Bernat Fleixa. Vous avez peut-être déjà entendu mon nom, je suis journaliste au *Correo de Barcelona.* »

Pau lui serra la main, en hochant la tête de gauche à droite.

« Je regrette, mais non, monsieur Fleixa. »

Il tenta de prendre l'air désolé, ce qui ne suffit pas à adoucir la déception du reporter.

Le journaliste cacha son dépit en s'appuyant au bureau avec une indifférence feinte. Daniel, égayé, se tourna vers Pau, une lueur de curiosité dans les yeux.

« Que s'est-il passé exactement ?

— Je sortais de l'hôpital quand cet individu a surgi de nulle part pour me dévaliser. J'étais épuisé après plusieurs heures de garde et je n'ai pas pu l'affronter, sinon je m'en serais débarrassé sans aucun mal. C'est juste qu'il m'a pris par surprise, c'est tout.

— Est-il parvenu à son but ?

— Pardon ?

— S'il vous a volé quelque objet de valeur, il faut porter plainte.

— Non, non », s'empressa de dire Pau.

Un silence se fit. Pau en profita pour reposer sa tasse et se lever. Il avait la tête qui tournait et il se sentait encore faible, mais plus tôt il partirait moins il aurait à répondre aux questions.

« Je vous suis très reconnaissant, messieurs. J'ai une dette envers vous. Mais je me sens déjà mieux. Je dois rentrer, il est tard et demain m'attend une nouvelle grosse journée à l'hôpital. »

Sur ces mots, il salua d'un signe de tête et s'en alla. Quand il eut fermé la porte, Fleixa regarda Daniel, sourcils froncés.

« Drôle de garçon, vous ne trouvez pas ? »

Dans la rue, devant la résidence d'étudiants, Albert Malavell s'abritait sous une porte cochère de la pluie qui s'était remise à tomber sur la ville. Ses yeux observaient les fenêtres éclairées du bâtiment. Il ignorait quelle était la sienne, mais ce n'était pas grave. Il lui suffisait de l'imaginer. Il caressa le couteau dans sa poche en sentant sous sa langue l'exquise brûlure de sa lèvre ouverte.

23

Le landau, quittant l'atmosphère animée des Ramblas, descendait à bonne vitesse vers le port. En bas de l'avenue, les chevaux durent contourner l'échafaudage du monument à Christophe Colomb.

La voix du cocher s'éleva.

« Je parie ma paye d'un an que ce machin se cassera la figure avant l'inauguration de cette fichue colonne. »

Daniel ne prit pas la peine de répondre et se cantonna à admirer la complexe structure en fer conçue par l'architecte Juan Torras. L'échafaudage, de plus de soixante mètres de haut, était la construction la plus haute jamais édifiée à Barcelone. Quatre piliers de cornières en fer étaient réunis par trois passerelles praticables, en un parfait carré. À son sommet, ce squelette gigantesque était couronné d'un tapis de traverses. Plusieurs tirants métalliques fixés au sol permettaient à la structure de résister aux coups de vent. Au milieu, se dressait la colonne sur laquelle était campée la statue, haute de sept mètres, de l'illustre marin. Tout l'ensemble était retenu par des cordes, tel Gulliver lors d'un de ses fameux voyages.

Ils avaient mis six ans à ériger ce monument pour l'Exposition et pendant tout ce temps l'ingénieux système imaginé pour monter les lourdes pièces en fonte avait beaucoup fait parler de lui. Les rumeurs pronostiquant un désastre étaient si nombreuses que le maire de la ville lui-même était allé voir l'architecte dans son atelier pour lui demander de lui garantir que cet échafaudage incroyable n'allait pas s'effondrer sur les têtes de ses concitoyens. Torras répondit en se plaçant en personne sous le pont roulant le jour où les six tonnes de la statue du navigateur furent hissées. Les mauvais augures s'étaient révélés infondés et le prestige de l'architecte avait grimpé en flèche.

Tournant le dos au chantier, ils prirent le Paseo de Colón fraîchement pavé. Sur leur gauche se dressait le nouvel Hotel Internacional, construit lui aussi pour l'Exposition en un temps record.

Dans cette partie de la ville, l'activité était frénétique. Les voiliers et les navires marchands se disputaient les lieux avec les barques de pêche. Les paquebots déchargeaient passagers et marchandises. Les pêcheurs vidaient leurs barques de la prise de la nuit pendant que les acheteurs se pressaient à la halle.

L'odeur saumâtre de la mer les poursuivit un temps, bientôt remplacée par celle de la suie, en provenance de l'Estación de Francia. Devant cette gare au toit à deux versants et sa façade à verrières cintrées, c'était un va-et-vient incessant de voyageurs, de portefaix chargés de malles et de bagages, de cochers qui tentaient d'ameuter le client en criant à tue-tête, et de charrettes qui déchargeaient des marchandises en vitesse avant le départ du prochain train pour Madrid.

Ils continuèrent, longèrent la voie ferrée et le parc de la Citadelle jusqu'à la rue Villena, d'où ils pénétrèrent dans l'enceinte par une porte latérale. Les gardes à l'entrée reconnurent la voiture et les saluèrent. Le véhicule entra dans un petit bois planté d'orangers jusqu'à des remises où étaient stockées des poutres et des briques et s'arrêta. Le cocher, sans prendre la peine de descendre de son siège, indiqua à Daniel le chemin entre deux constructions bardées d'échafaudages.

« C'est un bâtiment en brique rouge. Vous ne pouvez pas le rater. »

Daniel respira à pleins poumons en avançant sur le sentier à peine marqué ; la promenade était agréable malgré la fraîcheur de la matinée. Là, entre le jardin et la mer, l'air ne gardait plus trace de la fumée des usines qui s'enroulait et stagnait au-dessus de la ville. Un instant, il oublia l'appréhension qui le tenaillait.

Il quitta l'ombre des bâtiments et ressortit de l'autre côté. Il s'arrêta alors, saisi : sous ses yeux se dressaient les édifices de l'Exposition universelle.

Il reconnut les différents pavillons parce qu'il les avait vus sur un prospectus qu'on lui avait donné dans la rue quelques jours plus tôt. Tel un immense éventail, le palais de l'Industrie et du Commerce se déployait majestueusement à sa gauche. Avec ses soixante-dix mille mètres carrés, il devait héberger les dernières avancées technologiques de cette fin de siècle et montrer au monde l'incroyable génie de l'Homme. En face, un luxuriant jardin avec une cascade et plusieurs rangées d'arbres avait pris la place de l'ancienne citadelle. Daniel aperçut l'édifice abritant le salon de conférences près du musée Martorell ; c'était là que l'inauguration aurait lieu, en présence de la reine régente, du roi, et de toutes les autorités du pays et de Catalogne. Plus loin, il reconnut le palais des Beaux-Arts, œuvre de l'architecte August Font, et juste à côté le pavillon des colonies espagnoles. En arrière-plan, au-dessus des cimes des arbres, on devinait les détails de la serre d'Amargòs et les créneaux du Château des trois dragons, le café-restaurant moderniste de Lluís Domènech. En face aurait dû se trouver le pavillon de Léon XIII, œuvre d'Enric Sagnier, destiné en principe aux expositions pontificales, mais qui n'avait finalement pas été construit faute de temps. Derrière le jardin, rempli des pavillons les plus divers, comme celui du marquis de Campo, celui de tabac des Philippines, ou l'American Soda Water, s'étendait une avenue où pouvaient passer aisément jusqu'à six voitures à cheval et qui menait à l'imposant Arc de triomphe, porte principale de l'exposition.

« Qui aurait cru que l'absurde idée de Serrano deviendrait réalité, n'est-ce pas ? » dit une voix dans son dos.

Bertomeu Adell marchait vers lui une tabatière à la main. Après avoir prisé une ou deux pincées de tabac, il se massa l'arc du nez et une moue satisfaite s'afficha sur son visage.

« Tout le monde s'est mis à fumer ces fichues cigarettes depuis presque dix ans mais pour moi rien ne vaut une bonne prise. Quel dommage qu'il devienne de plus en plus difficile d'obtenir un tabac qui ait un minimum de qualité », regretta-t-il, avec un claquement de langue dépité.

Il se plaça à côté de Daniel et contempla avec lui le paysage de pavillons et de jardins, en maître des lieux.

« Je me réjouis que vous ayez accepté mon invitation, Amat. »

Sans plus de commentaires, il l'invita à le suivre. Ils traversèrent les jardins, laissant derrière eux le salon de conférences et arrivèrent enfin devant un édifice en brique rouge.

Bien que de dimensions moins importantes que le reste, le bâtiment s'élevait fièrement sur le ciel de Barcelone. Sa façade, sur quatre niveaux, combinait la céramique vernissée et la brique apparente. De grandes baies cintrées allégeaient la masse rougeâtre. Une svelte cheminée hexagonale, d'où émanait une fumée blanche, émergeait du centre comme un appendice.

Daniel se demanda quelle pouvait être la fonction d'un tel lieu.

« En souvenir de nos années d'amitié (Adell s'arrêta devant la porte principale), je vais vous faire, cher ami, une confidence : j'ai engagé dans ce projet une bonne part de mon patrimoine. Si quelque chose ne se passait pas comme prévu, disons que… ce serait un grave contretemps. Mais vous, Amat… » Il fit un geste vers lui. « … vous allez me garantir que cela n'arrivera pas.

— Que voulez-vous dire ? »

Avec un sourire énigmatique pour toute réponse, Adell entra dans le bâtiment.

À l'intérieur, un immense hall accueillait les visiteurs. Le sol était en linoléum et les murs recouverts jusqu'à mi-hauteur de panneaux en bois. Les motifs végétaux qui les ornaient étaient encore inachevés. Une forte odeur de peinture flottait dans l'air.

L'industriel avança sans un regard pour ses employés jusqu'à une double porte en verre, qu'il ouvrit et franchit. Daniel le suivit, décidé à avoir des explications sur ce qu'il avait sous-entendu, quand une soudaine sensation de vertige le fit reculer d'un pas.

Adell le regarda en souriant, satisfait de l'effet produit. Il était accoudé à un balcon en fer forgé suspendu dans le vide, à une vingtaine de mètres au-dessus du sol. Un bourdonnement assourdissant saturait l'air.

Remis de sa surprise, Daniel admira l'extraordinaire panorama qui s'offrait à lui de cette hauteur. L'intérieur du bâtiment, à l'image d'une cathédrale, était un gigantesque volume divisé en deux nefs parallèles séparées par des colonnes. Des dizaines de tuyaux couvraient le sol comme si un calmar métallique cherchait à envahir l'endroit de ses tentacules. Dans la première nef, sur une plateforme, Daniel compta jusqu'à six volumineuses machines à vapeur. On eût dit des éléphants d'acier échoués contre les murs. Juste en dessous, une équipe d'ouvriers, leurs torses nus trempés de sueur, s'occupait des trois fours avec une remarquable dextérité. De grandes langues de feu, insatiables, léchaient les trappes ouvertes, dans l'attente de la prochaine pelletée de charbon. Même à cette distance la fournaise se faisait sentir.

Cinq autres engins, dont Daniel ignorait le fonctionnement, occupaient la nef contiguë. À cause de leur taille, encore supérieure aux machines à vapeur, ils remplissaient presque tout l'espace. Les ouvriers, prenant notes et mesures, se déplaçaient de l'un à l'autre par différentes échelles et passerelles. Daniel remarqua que le bourdonnement qui emplissait le bâtiment provenait de là.

« Vous avez devant vous la première centrale électrique de Barcelone, annonça Adell. Ces cinq machines que vous voyez sont des dynamos de courant continu que la compagnie Schuckert & Co nous a envoyées d'Angleterre. Elles fournissent presque trois mille kilowatts. Ainsi nous alimentons en lumière électrique les Ramblas, le Paseo de Colón et la place Sant Jaume, en plus de l'enceinte de l'exposition. Et cela n'est que le début, nous disposons de plusieurs dizaines d'investisseurs, qui seront bientôt des centaines. »

Daniel était impressionné : ce bâtiment et ses installations devaient coûter une petite fortune. Mettre sur pied un projet de cette envergure avait dû représenter des efforts titanesques. Il soupçonnait cependant que Adell ne l'avait pas fait venir simplement pour lui faire visiter son usine. Qu'avait-il en tête ? Que voulait-il insinuer quand il disait que Daniel allait lui assurer la réussite de son entreprise ?

Un employé fit irruption par la porte, salua Daniel d'un signe de tête et s'adressa à son patron.

« Excusez-moi, monsieur, je dois vous parler d'urgence. »

Adell soupira et prit un air impatient.

« Je vous présente monsieur Casavella, mon contremaître. Il a toujours un problème qui a besoin d'être résolu urgemment. Si vous voulez bien m'excuser. »

Ils s'éloignèrent de Daniel, mais pas suffisamment pour qu'il ne puisse pas surprendre quelques bribes de leur conversation entre le bourdonnement des générateurs. Une inquiétude tangible filtrait dans la voix du contremaître.

« … trois fois cette semaine…

— … à toi de le régler.

— Oui, monsieur… je sais, monsieur… mais mardi… capacité maximale… pression… Non, non, on ne peut pas… je l'ignore, monsieur… des écarts trop grands…

— Ne dis pas de bêtises…

— … exploser. »

Une sonnerie stridente annonçant les changements d'équipe noya leurs voix ; Daniel put néanmoins voir que Adell s'énervait et mettait fin à la discussion d'un geste brusque, en congédiant son second. Celui-ci n'insista pas, acquiesça à plusieurs reprises et s'en alla. En passant près de Daniel, il le salua en portant la main à sa casquette.

Adell s'appuya à la rambarde en fer, comme s'il avait oublié la présence de son hôte. Une minute plus tard, il sembla revenir à lui.

« Mon cher ami, j'ai ouï dire que vous meniez certaines enquêtes. »

Daniel resta muet. Adell s'approcha et sa voix se fit plus suave.

« Laissez tomber.

— Pardon ?

— Si c'est une question d'argent, cela peut s'arranger.

— Je ne suis pas sûr de comprendre. »

Adell souffla avec impatience.

« Voyez-vous, l'eau étant fondamentale pour les chaudières à vapeur, nous avons installé un système complexe qui traverse les sous-sols de ce bâtiment et l'achemine jusqu'aux cuves que vous avez vues près des machines. L'excédent rejoint le réseau des eaux usées. Certains des corps auxquels vous vous intéressez tant ont été retrouvés à la sortie de nos canalisations. Un hasard sans la moindre importance, mais le fait est qu'en remuant cette histoire avec ce reporter de vos amis vous attirez l'attention sur moi… Vous saisissez à présent ? »

Si Adell disait vrai, cela expliquait pourquoi personne n'avait été surpris en train de jeter un corps à l'eau, réalisa Daniel. L'inquiétude de l'industriel ne le surprenait pas. Non seulement il pouvait se voir directement impliqué dans les meurtres, aussi absurde que cela puisse paraître, mais en plus, si la chose était rendue publique, elle engendrerait un grand scandale et sa réputation en serait très probablement entachée. Les souscriptions des investisseurs qui entretenaient la centrale et dont dépendait l'avenir de l'électricité à Barcelone risquaient d'être remises en question.

« Je crois, oui », répondit-il.

Adell ébaucha un sourire complice qui s'éteignit quand Daniel poursuivit.

« Et même, il pourrait se trouver des gens pour vous accuser vous de ces crimes.

— Ne soyez pas ridicule, Amat, je vous en prie. Je vous croyais plus intelligent que ça. Et d'abord, de quels crimes parlez-vous ? Des accidents, de malheureux accidents, voilà tout. Je n'ai rien à voir là-dedans mais je reconnais que cette publicité me porterait préjudice. Vous savez que l'inauguration de l'Exposition est dans deux semaines ? L'heure est délicate, nous en sommes à peaufiner la partie la plus importante de notre système électrique. Nous devons encore faire quelques ajustements de tension et régler un certain nombre de questions qu'il ne vous incombe ni de savoir ni de comprendre…

— Vous étiez au courant des investigations que menait mon père ? le coupa Daniel.

— Bien sûr, répondit l'industriel, à contrecœur. Votre père et moi avons eu quelques mots à ce sujet mais il n'a pas voulu entendre raison. Je suis persuadé que vous et moi, au nom de notre amitié passée, nous arriverons à nous entendre. Il est prévu dans les prochaines années d'étendre le réseau électrique à toute la ville ; un investissement énorme, vous vous rendez compte ? L'électricité, c'est l'avenir. On ne peut pas stopper le progrès, Amat.

— Parmi ces jeunes filles dont on a retrouvé les corps, certaines n'étaient encore que des fillettes. »

Adell agita la main comme quelqu'un qui veut se débarrasser d'un moustique.

« Et que voulez-vous que cela me fasse ? Que Dieu les garde. Leur mort ne fait que leur épargner plus de souffrances. À dire vrai, si ce n'était à cause de ces fichus journaux comme celui de votre ami Bernat Fleixa, pour moi, ça ne ferait pas beaucoup plus de différence que si on retrouvait le cadavre d'un chien crevé. Mais en l'occurrence une mauvaise presse pourrait porter préjudice au grand projet de ma vie et je n'ai pas l'intention de laisser faire.

— Et pourquoi devrais-je suivre vos… conseils ?

— Je vous comprends parfaitement, mon ami, répondit Adell, imperturbable. Votre père décède de façon accidentelle et soudaine, des individus sans scrupule vous tournent la tête en vous racontant je ne sais quelles sornettes sur des crimes, des complots et de fantastiques machinations. Vous vous demandez s'il n'y aurait pas du vrai là-dedans. Après tant d'années à l'étranger, vous ne savez que penser. Peut-être aurais-je réagi pareil moi-même. Pourtant tout n'est qu'affabulation. Rien de ce qu'on vous a dit n'est vrai. Simplement votre aveuglement ne vous permet pas de vous rendre compte que vous vous êtes lancé dans une quête qui n'a pas de sens et que vos efforts ne vont rien vous rapporter. »

Daniel allait répondre mais Adell le fit taire d'un geste.

« J'ai peine à vous voir ainsi. D'une certaine façon je me sens contraint de vous aider du fait de ce qui nous a unis dans le passé, et aussi pour Irene.

— Elle n'a rien à voir là-dedans.

— Je sais très bien à quel point vous l'estimiez. » Une ombre passa sur le visage de l'industriel. « Prendre la décision de vous en aller fut certainement très difficile. Parfois certains gagnent ce que d'autres perdent, n'est-ce pas ? Vraiment, j'ai une dette envers vous en ce sens. » Il tira un paquet de sa poche. « Dans cette enveloppe vous trouverez des billets de première classe pour l'Angleterre ainsi qu'une petite somme pour vos frais. Considérez cela comme une compensation.

— Non, merci.

— Oh, je n'espérais pas que vous accepteriez immédiatement, reprit-il. Je maintiendrai mon offre pendant trois jours. Avant la fin de ce délai, j'espère que vous l'accepterez et effacerez de votre mémoire cette mésaventure. Dans le cas contraire… » Il fit une pause, et toute trace de sympathie disparut. « … je trouverai d'autres moyens pour que vous obtempériez, cher ami. »

Comme s'il en avait été convenu ainsi, le cocher se matérialisa près d'eux. Mais Adell n'avait pas encore fini.

« Encore une chose : si vous revoyez Irene, vous le regretterez.

— Encore une menace ?

— Bien sûr, mais pas comme vous le croyez. Dans ce cas, Amat, vous n'avez rien à craindre de ma part.

— À quoi faites-vous allusion, alors ? lui jeta Daniel, ne contrôlant qu'à grand-peine la colère qui bouillait en lui.

— Si j'apprends qu'une autre rencontre a eu lieu dans mon dos, j'agirai en conséquence en faisant valoir mes droits comme mari. Et il en coûtera cher à mon épouse de m'avoir désobéi à nouveau. J'espère que je me suis fait comprendre. » Il s'attacha à bien articuler les mots qui suivirent, un à un. « Irene m'appartient à présent et je disposerai d'elle absolument comme il me plaira. Suis-je dans le vrai si je dis que je pense que vous n'oublierez pas mes paroles ? Cette histoire nous a menés à une situation ô combien ironique, n'est-ce pas ? Le bien-être de mon épouse et de mon foyer dépend de vous. »

Puis, sans attendre, il quitta la passerelle comme si Daniel n'existait plus à ses yeux.

24

L'enfant ramassa une pierre près de lui. Il la soupesa et la trouva à son goût, ni trop lourde ni trop légère. Il vérifia que le bord était suffisamment tranchant et sourit pour lui-même avant de la ranger dans sa poche avec les cinq autres.

Toujours au sol, à plat ventre, il regarda à droite et à gauche, bondit comme un ressort et s'élança vers une pile de vieilles traverses en bois, près d'une butte de terre : la cachette qu'il avait choisie. Il esquiva quelques buissons, sauta et roula sur lui-même en soulevant un nuage de poussière. Il s'égratigna les genoux au passage, mais il n'y prit pas garde. Ces blessures, c'est avec fierté qu'il les montrerait ensuite.

Apparemment, son déplacement n'avait pas attiré l'attention. Précautionneusement, il releva la tête et lorgna par-dessus le parapet. Une position parfaite. De là, il les avait tous à l'œil.

À sa gauche, derrière un wagonnet, se cachait Xavi Sento. Il pouvait voir sa casquette et ses grands yeux, brillants comme des feux follets dans sa petite tête. Un peu plus loin, près de la remise à charbon, Rase-Mottes déplaçait ses grosses fesses en faisant plus de bruit qu'il aurait dû. Il fut tenté de le rappeler à l'ordre mais se retint et tourna la tête à droite. Entre les hautes herbes se cachait Sesé, il le savait même s'il ne pouvait pas le voir. Tous étaient à leur poste et savaient quoi faire. Le plan se déroulait à la perfection. Rien d'étonnant ; après tout, c'était son plan.

Tout avait commencé trois jours plus tôt, quand ceux du village de Sants les avaient défiés. D'un commun accord, ils avaient décidé que le conflit devait se régler en terrain neutre et avaient choisi les voies près de la gare de Villanueva, à deux pas de là où on déchargeait le charbon, à l'entrée du port. Ils ne manqueraient pas de munitions et il y avait une infinité de cachettes possibles. Le garde, à cette heure de la journée, restait collé à son poêle dans sa guérite et rien ne l'en ferait sortir.

Le sifflement d'une pierre dans l'air l'interrompit dans ses pensées. Quelques secondes plus tard, une autre fit le son d'une cloche en atterrissant sur la tôle du wagon où venait de se réfugier Rase-Mottes. Il poussa un soupir résigné. Son ami rondouillard était très efficace dans le corps à corps mais pour ce qui était des tactiques de guérilla il passait moins inaperçu qu'un bataillon complet de soldats. Au moins, sa maladresse avait révélé la position d'un de leurs adversaires. Il fit un geste pour que personne ne riposte au feu ennemi.

Il tendit l'oreille et entendit des cailloux rouler quelques mètres devant. Entre les wagons se déplaçaient des ombres. Ils étaient proches, tout proches. Peu à peu, ils les attiraient vers la sortie des égouts, près de la mer. L'endroit qu'ils avaient choisi pour leur piège.

Il se redressa de nouveau et partit comme une flèche, comme s'il était poursuivi par un détachement de rebelles mambis. Sesé se leva à son passage et tous deux traversèrent en courant d'air les voies ferrées. Trois ou quatre pierres les frôlèrent sans les toucher. Les cris et les quolibets qu'ils entendirent derrière eux confirmèrent qu'ils étaient poursuivis. Ils n'étaient plus très loin, ils pouvaient déjà entendre les vagues qui se brisaient contre les rochers. Là, cachés, attendaient Nen, Fran et Vélez, les poches bourrées de munitions. Rase-Mottes et Sento arriveraient par-derrière, refermant le piège. Qu'est-ce qu'ils allaient prendre !

Il arriva enfin au terre-plein qui descendait jusqu'à la mer. Il se laissa glisser sur la pente pierreuse comme sur un toboggan, et ses pieds butèrent sur quelque chose de mou. Il regarda vers le haut, s'attendant à voir débouler ses poursuivants, quand un clapotis sonore près de lui attira son attention. Il tourna la tête, surpris que Sesé fasse tant de vacarme.

Pataugeant dans l'eau, le visage décomposé, son ami tremblait comme une feuille en montrant ses pieds.

Il suivit des yeux ce qu'il désignait.

Au début il ne comprit pas ce que c'était, jusqu'à ce que le mouvement d'une vague fasse remonter le corps.

Entre ses jambes, à moitié immergée, une fille flottait. Elle était entièrement nue et sa peau était si blanche qu'elle semblait transparente. Elle avait les yeux fermés comme si elle était endormie ; mais la puanteur lui disait qu'elle ne dormait pas. Un instant il se rappela le jour où il était allé voir son père à l'abattoir de Sants.

Une nouvelle vague déplaça la tête de la fille et le cou se tordit d'une façon improbable, montrant l'os entre les muscles noircis. La chair avait disparu comme si elle avait été arrachée à coups de crocs.

L'enfant sentit une chaleur humide lui inonder l'entrejambe quelques secondes avant de se mettre à hurler.

25

La morgue se trouvait dans les sous-sols de la police municipale. On y accédait par une ruelle à l'abri des curieux. Plusieurs soupiraux grillagés s'ouvraient à ras du sol, et l'odeur acide de désinfectant et de fruit pourri qui en sortait trahissait la nature du lieu.

Fleixa se présenta seul et frappa à la porte. Le gardien était un vieux bonhomme, déjà à la retraite. Le journaliste lui glissa quelques réals dans la poche et l'homme promit de disparaître tout le temps nécessaire. Fleixa fit un signe et Daniel et Pau Gilbert sortirent de l'ombre ; tous les trois entrèrent dans le bâtiment. À peine eurent-ils posé le pied sur les premières marches de l'escalier en pierre qu'ils comprirent que les odeurs perçues dehors n'étaient qu'un pâle reflet de ce qui les attendait à l'intérieur.

Tandis qu'il descendait derrière ses camarades, Daniel observait le jeune Gilbert, qui avançait prudemment devant lui, et il se remémora les dernières heures depuis que Fleixa avait annoncé la découverte d'une nouvelle victime.

C'était une chance unique de pouvoir se rendre compte par eux-mêmes de l'état extraordinaire des corps tels qu'on les retrouvait ; peut-être cela leur permettrait-il de découvrir un indice qui les aiderait à savoir dans quelle direction continuer leurs investigations. Mais il y avait un problème. Ils avaient besoin de quelqu'un avec suffisamment de connaissances médicales pour examiner le corps, et ils ne connaissaient qu'une personne qui puisse les aider : l'ancien assistant de son père, Pau Gilbert.

Quand ils le lui proposèrent, le jeune homme refusa catégoriquement. Il semblait scandalisé. Malgré leur insistance, il resta sur ses positions et ce n'est que lorsque Fleixa lui rappela la dette qu'il avait envers eux depuis son agression avortée qu'il accepta finalement, à contrecœur.

Dans le fiacre qui les avait conduits jusque-là, Gilbert s'était montré taciturne et n'avait pas ouvert la bouche. Et maintenant, dans l'escalier, le jeune étudiant semblait regretter d'avoir accepté de les accompagner.

Le dépositoire était une pièce tout en pierre, longue et étroite. Trois lampes à gaz pendaient d'un câble suspendu au plafond sur toute la longueur de la salle, qui permettait de les déplacer en cas de besoin. Pour l'heure, seule l'une d'elles était allumée, laissant la plus grande partie de la pièce dans le noir. Rangées contre le mur, six tables en bois ordinaire se succédaient, séparées les unes des autres par des paravents. Quatre d'entre elles étaient occupées.

« Le vieux m'a dit que le nôtre devrait être là », dit le journaliste en indiquant la table la plus éloignée.

Ils s'approchèrent. Le corps, recouvert d'une toile de jute, semblait les attendre.

Fleixa toussota et s'appuya contre le mur à une distance prudente. L'odeur de la chair décomposée imprégnait les lieux. Il sentit ses tripes se tordre et regretta d'avoir dîné.

Pau tira sur une corde de chanvre et rapprocha une des lampes ; il l'alluma et le cercle de lumière les baigna tous les trois.

« Vous êtes sûrs que nous ne risquons rien ?

— Contentez-vous de ne pas le toucher. Il ne faut pas laisser de preuves de notre passage. Dites-nous juste ce que vous en pensez », répondit Daniel.

Fleixa confirma ses mots en faisant un geste vague, de loin.

Pau quitta sa veste et prit un tablier en cuir accroché à un porte-manteau tout proche. Déterminer les causes de la mort sans ouvrir le corps était compliqué. Feignant une confiance qu'il était loin de ressentir, il choisit dans une armoire deux plateaux métalliques, un scalpel, des ciseaux, plusieurs pinces, un couteau à autopsie et un chondrotome.

Même s'il n'allait pas ouvrir le cadavre, il voulait avoir tout à portée de main. Il leva les yeux et regarda les deux hommes.

« Prêts ? »

Ils acquiescèrent. Pau prit une grande inspiration et souleva la toile.

Tous trois étouffèrent une exclamation. Fleixa se signa en lâchant à voix basse une ribambelle d'imprécations et Daniel fit un pas en arrière, blanc comme un linge. Pau fut le premier à se remettre.

« Cette longue cicatrice fraîche sur sa poitrine nous révèle que l'autopsie a déjà été réalisée. Vous ne m'aviez pas dit que personne ne l'avait encore vu ?

— Le gardien m'a assuré que personne n'avait touché au corps. Il est tel qu'on l'a retrouvé, dit Fleixa en évitant de regarder du côté de la table.

— Monsieur Gilbert, nous n'avons pas de réponses, seulement des questions. C'est bien pour cette raison que nous avons sollicité votre aide », ajouta Daniel, sans détacher les yeux du cadavre. Il se demandait si la mort de son père avait été aussi horrible. « Je suis désolé de vous avoir attiré jusqu'ici. Si vous souhaitez vous en aller, nous le comprendrons parfaitement.

— Donnez-moi une minute. » Pau déglutit péniblement. « Jamais je n'avais vu un corps dans un tel état.

— Vous n'êtes pas obligé, si vous ne vous en sentez pas capable…

— Je vous ai dit que je le ferai. »

À peine avait-il prononcé ces mots que Pau se maudit. Que faisait-il donc là ? Il avait déjà suffisamment de problèmes, sans en plus y ajouter sa participation à une autopsie clairement illégale. Il aurait dû refuser, même si le journaliste avait fait valoir sa dette contractée lors de son agression pour lui soutirer son aide. À ce moment-là, il avait craint qu'ils aillent raconter sa mésaventure au recteur, et comme attirer l'attention sur lui aurait pu le mettre en danger, il avait accepté. Maintenant il se demandait s'il n'avait pas commis une erreur.

Résigné, il porta de nouveau son attention sur le cadavre. Il ressentait un mélange d'excitation et d'incertitude. À première vue, il était évident que cette jeune fille était passée par une expérience atroce. Il maîtrisa ses sens et laissa de côté ses peurs, comme le lui avait appris son père. La personne détentrice de ce corps avait disparu pour laisser place à un être sans nom ni visage, une devinette anatomique, un mystère à déchiffrer. D'un geste ample, il finit de découvrir entièrement le cadavre.

Pendant ce temps, Fleixa restait muet et évitait de regarder. Quand le médecin avait parlé d'« état extraordinaire », jamais il n'aurait imaginé une telle chose. La puanteur qui émanait du cadavre était bien pire encore que n'importe quelle odeur qui régnait dans cette maudite pièce. Il rassembla toute sa force de volonté pour se retenir de vomir et éviter de se retrouver dans une situation ridicule. Il ne réussit pas, en revanche, à réprimer une moue incrédule lorsqu'il s'aperçut de la fascination avec laquelle l'étudiant regardait le cadavre.

« Décrivez à haute voix vos remarques, voulez-vous ? » murmura Daniel.

Pau hocha la tête. Il prit une inspiration et commença son examen.

« Il s'agit d'un individu de sexe féminin de quatorze à seize ans, d'environ un mètre soixante et à peu près quarante-cinq kilos, totalement nu. La couleur des cheveux est difficile à déterminer car le corps a été entièrement rasé, cheveux et pubis compris. On n'observe aucune *livor mortis* ; au contraire, la peau, excepté sur les bords noircis des plaies, est d'une tonalité extrêmement blanche, comme si tout le sang avait été retiré du corps.

— Exactement comme ce que mon père décrit pour les autres victimes de Homs. »

Pau leva les yeux en entendant ce commentaire. Il y avait donc d'autres cadavres comme celui-ci ? Homs ? Qui était cet Homs ? Plus tard, ils allaient devoir lui fournir quelques explications.

« Vous dites qu'on l'a retrouvée flottant dans l'eau ?

— C'est cela.

— Hier après-midi ? »

Un nouvel acquiescement répondit à sa question.

« Le corps est froid au toucher, la *rigor mortis* sur un corps immergé apparaît généralement au bout de deux à quatre jours, puis disparaît. Je dirais qu'elle est morte depuis plus d'une semaine ; le cadavre n'est pas gonflé, ce qui indique qu'elle a passé peu de temps dans l'eau. C'est étrange, mais ce qui l'est plus encore, c'est l'extraordinaire inconsistance des chairs : on dirait de la gélatine. Regardez surtout les extrémités. Les os et les cartilages montrent une décalcification inexplicable. »

Daniel l'incita à poursuivre d'un geste. Fleixa, un peu remis de son ébranlement initial, prenait des notes dans son calepin.

« On observe deux plaies ouvertes aux bords carbonisés, l'une sur la partie interne de la cuisse droite et l'autre plus grande à la base du cou. Les muscles trapèze et scalène moyen et antérieur sont apparents, tous trois avec de grandes déchirures. Une partie de la clavicule est cassée, au moins en trois endroits. La forme de la plaie fait penser à une morsure animale. Le morceau de chair arraché est si grand que cette bête doit être d'une taille phénoménale. »

Il contourna de nouveau la table sans cesser de parler pour examiner les pieds.

« On constate aussi la présence de graves brûlures sur les doigts de pied, au point que certaines phalanges sont totalement carbonisées… Tiens, c'est étrange… Regardez, il y a plusieurs figures de Lichtenberg…

— Lich… quoi ? intervint Fleixa, toujours à bonne distance.

— Les figures de Lichtenberg, ou fleurs de foudre, sont ces dessins en forme de fougères sur ses bras et ses jambes. Ils apparaissent sous la peau lorsque des vaisseaux capillaires se sont rompus. »

Pau étudia attentivement la longue incision recousue qui divisait le torse en deux jusqu'à l'abdomen, puis examina la tête de la jeune fille. L'enflure au niveau des joues attira son attention. D'une main experte, il inspecta les yeux clos. Il se retourna pour augmenter un peu la flamme de la lampe, prit les ciseaux sur le plateau et, avant que ses compagnons n'aient le temps de s'y opposer, incisa une paupière.

« Eh, mais qu'est-ce que vous faites ?

— Attendez, vous allez trouver ça intéressant. »

Il attrapa une pince et tira sur la paupière jusqu'à extraire un fin fil de suture qui longeait le bord de l'œil. Puis il appuya de sa main sur le front du cadavre, tira un peu plus sur la paupière et introduisit son instrument à l'intérieur de la cavité. Des sons gélatineux accompagnèrent ses mouvements. Quand il retira sa pince, un morceau de gaze sanguinolent pendait au bout.

« On lui a extrait les globes oculaires », dit Pau avec un sourire de satisfaction.

Fleixa s'éloigna d'un bond et, plié en deux, vomit tripes et boyaux dans la grille d'évacuation.

« Il est même possible, continua le jeune étudiant, indifférent à la réaction du journaliste, qu'elle ait été consciente au moment de l'opération. Vous voyez, ici, près du coin de l'œil ? Cette minuscule incision ? Elle ne peut être due qu'à un bistouri. Il est possible que la fille ait bougé.

— Vous en êtes certain ?

— Pas totalement. En tout cas, je peux vous dire que c'est un travail magnifique.

— Magnifique ? Vous pouvez qualifier cette boucherie de magnifique ? s'insurgea Fleixa, en s'essuyant la bouche.

— Regardez la suture. » Il montra du doigt les infimes points sombres qui fermaient l'autre paupière. « Si je n'avais pas su où chercher, je ne l'aurais pas trouvée. On a extrait ses organes puis on a cautérisé pour qu'elle ne se vide pas de son sang. Cela demande une grande habileté et des connaissances très pointues. Je dirais que c'est l'œuvre d'un chirurgien, et pas des moindres. » Il déposa ses pinces sur le plateau et croisa les bras. « Bien, je crois que c'est suffisant. Vous pouvez m'expliquer ce qu'il se passe ? »

Avant d'avoir eu une réponse, le gardien fit irruption dans la pièce, affolé.

« Vite ! L'inspecteur en personne arrive, avec plusieurs policiers. Il faut partir tout de suite. »

En deux temps trois mouvements, Daniel aida Pau à recouvrir le cadavre et à ranger les instruments tandis que Fleixa éteignait la lampe, puis ils se dépêchèrent de sortir de la pièce. Au pied de l'escalier, un bruit de voix leur parvint ; un faisceau de lumière en provenance de l'étage supérieur grandissait. Impossible de monter par là.

Ils retournèrent dans le couloir. Le sous-sol faisait un coude sur la gauche et après quelques mètres finissait sur une robuste porte en chêne. Fleixa essaya de l'ouvrir, en vain. On entendait maintenant très distinctement les voix qui se rapprochaient.

Pau, par gestes, désigna une volumineuse cuve contre le mur. Ils se tapirent derrière en priant pour que l'obscurité du couloir les aide à passer inaperçus.

Les lampes absorbaient les ombres au fur et à mesure que les hommes descendaient les marches. Petit à petit, la lumière avançait vers eux. Daniel, consterné, vit le bout de ses chaussures entrer dans le cercle lumineux.

L'inspecteur Sánchez apparut en compagnie de trois agents. S'il décidait de tourner la tête à ce moment-là, il les découvrirait. Pourtant, le groupe continua son chemin et entra dans le dépositoire, les laissant de nouveau dans le noir.

Ils quittèrent leur refuge et se hâtèrent de grimper l'escalier. Le vieux gardien leur ouvrit la porte et referma en vitesse derrière eux. Le froid du dehors fut un réconfort après la terrible et pestilentielle scène de la morgue.

Dans le fiacre, en route pour la résidence, Daniel s'adressa à Pau.

« Vous avez raison. Vous avez droit à une explication. »

Fleixa leva les yeux au ciel en hochant la tête, l'air réprobateur. Daniel l'ignora et poursuivit.

« Je dois vous avertir que si nous vous racontons toute l'histoire, vous serez tout aussi impliqué que nous le sommes nous-mêmes.

— Sans blague. Plus que je ne le suis déjà ? »

26

« C'est difficile à croire. »

À cette heure de la soirée, le café Zurich était bondé. Malgré tout, Fleixa avait pu obtenir qu'on les place dans un coin tranquille. Entourés de fumée et des voix des autres consommateurs en pleine discussion, ils bénéficiaient de l'intimité suffisante pour parler en toute discrétion.

Fleixa, adossé à son siège, ouvrait et refermait distraitement sa montre qu'il avait tirée de son gousset, pendant que Daniel résumait à Pau ce qui était arrivé les jours précédents et lui expliquait le contenu du carnet du docteur Homs, ouvert devant eux. Les yeux du jeune étudiant passaient alternativement des pages aux visages de ses interlocuteurs.

« Vous voulez dire que vous pensez que ce docteur Homs est responsable d'autres meurtres, semblables à celui que nous venons de voir ?

— En effet.

— Mais comment est-ce possible qu'on n'en ait pas entendu parler ?

— La peur réduit les gens au silence. Sauf peut-être les familles, tout le monde se moque bien de la mort de ces filles.

— Ce sont les victimes idéales », ajouta Fleixa, en suivant des yeux le balancement de sa montre au bout de sa chaîne.

Le journaliste n'appréciait pas du tout de voir Gilbert impliqué dans cette histoire. Son instinct ne le trompait jamais et il lui disait que quelque chose ne tournait pas rond chez ce garçon. Ses manières délicates, cette voix douce et timide avaient disparu dès qu'il s'était trouvé devant le cadavre. Il s'était même enthousiasmé, à un moment. Il était clair qu'il y prenait du plaisir. Ça ne pouvait pas être normal. Dieu du ciel, lui, il sentait encore le goût de la bile au seul souvenir de l'odeur. Non, ce type ne lui disait rien qui vaille, mais il ne pouvait pas y faire grand-chose ; Amat avait décidé de le faire participer et il était bien obligé de l'accepter. Ce qui ne l'empêcherait pas de le surveiller de près.

« Vous nous l'avez confirmé, poursuivit Daniel, bien loin des réflexions que se faisait Fleixa, seul un excellent médecin peut avoir cousu les paupières de la sorte. Et Homs en est un.

— Mais qu'est-ce qui pourrait le pousser à commettre des crimes aussi abominables ?

— Nous ne savons pas encore, reconnut Daniel. D'après les notes du carnet et ce qui est arrivé lors de ses dernières semaines à la clinique, nous supposons que Homs, convaincu que sa femme est toujours en vie, est à la recherche d'un traitement pour la guérir.

— Et quel rapport a tout cela avec la mort de votre père ?

— Mon père et lui étaient amis. Apparemment il l'a appuyé dans ses premières recherches puis, quand il a découvert qu'il était en train de perdre la raison, il a aidé à son internement à la clinique de Nueva Belén. Des mois après la fuite de Homs, les premiers corps ont été retrouvés. Mon père a cru reconnaître la main de son ancien collègue, ce qui a confirmé ce qu'il redoutait : Homs était devenu un assassin. Mon père se sentait responsable. Il a tenté de le stopper mais il est mort sans y être parvenu.

— Pourquoi n'allez-vous pas trouver les autorités ?

— Ils font tout pour étouffer l'affaire, répondit Fleixa, qui avait rangé sa montre et avalé la dernière gorgée de sa troisième absinthe. Ils craignent que si la nouvelle de ces meurtres ne se propage en ville, elle mette le feu aux poudres.

— Vous, vous travaillez dans un journal, vous pourriez rendre tout cela public.

— J'aimerais bien, mais j'ai besoin de plus que ce que nous avons. Pour le moment, nous n'avons pas l'ombre d'une preuve.

— Pourtant, des mesures pourraient être prises.

— Vous ne comprenez pas. Je ne vais pas me contenter d'une simple colonne dans le journal, c'est la une que je veux. »

Pau se redressa, incrédule.

« Votre… votre carrière est plus importante pour vous que d'éviter une nouvelle mort ? C'est obscène.

— Obscène ? Écoute, petit…

— Du calme, intervint Daniel. Maintenant, nous disposons d'un corps. Nous allons pouvoir prouver que ces morts ne sont pas de simples accidents.

— Non, on ne va pas pouvoir », le contredit Fleixa, tête basse. Ses compagnons le regardèrent, interrogateurs. « Avant de partir, le gardien m'a avoué que l'inspecteur et ses hommes venaient chercher le corps.

Leur arrivée n'était pas un concours de circonstance. À cette heure, il doit déjà être enterré dans la fosse commune.

— Alors nous n'avons rien. »

Un silence morose plana au-dessus de la table.

« Nom d'un chien !

— Peut-être que tout n'est pas encore perdu, fit remarquer Daniel.

— Que voulez-vous dire ?

— Eh bien, vous vous souvenez, Fleixa, dans quel état j'ai retrouvé ma chambre il y a quelques jours ? J'ai eu le temps d'y penser. À l'université on a mis cela sur le compte d'une mauvaise blague des étudiants, mais ça n'a aucun sens. Je suis convaincu que la personne qui a fouillé mes affaires savait ce qu'elle faisait. Et Homs connaît parfaitement la résidence puisqu'il a enseigné un certain temps.

— Homs ? Mais pourquoi s'exposerait-il de la sorte ?

— Tout juste ! Là est la question. Quel peut être son but ? Incontestablement, il a pris un grand risque, on peut donc en déduire qu'il cherchait quelque chose de réellement important. Et je crois savoir quoi. » Il tapota du doigt les pages ouvertes devant lui. « Il voulait récupérer son carnet.

— Et pourquoi voudrait-il d'un vieux carnet ?

— Je l'ignore. » Le sourire de Daniel s'effaça. « Je lis et je relis ces pages depuis des jours, en pure perte, je dois le reconnaître. Peut-être qu'il s'agit de quelque chose qui ne se voit pas d'emblée, je veux dire quelque chose que seul Homs peut identifier. Dans ce cas, nous aurons beau faire, jamais nous ne pourrons le découvrir.

— Vous permettez ? »

Pau tendit la main vers le carnet posé sur la table. Il l'ouvrit à la première page et commença à lire. Au bout de quelques minutes durant lesquelles il avait senti l'attente muette des deux autres, il leva les yeux, hochant la tête, navré.

« Non. Je ne vois rien de particulier. »

Il allait rendre le carnet à Daniel quand sa main resta suspendue dans l'air.

« Attendez. »

Il feuilleta les pages à rebours pour retrouver ce qu'il cherchait.

« C'est bizarre, dit-il.

— Qu'est-ce qui est bizarre ?

— Homs est un médecin au prestige reconnu, c'est donc étrange qu'il fasse une erreur aussi grossière.

— De quoi parlez-vous ? Vous voulez bien être plus précis ? réclama Daniel.

— Regardez, le 23 janvier, Homs écrit : “Le *Liber Octavus* de Vésale est la seule chance qu'il nous reste.”

— Qu'est-ce que cela a de spécial ?

— Ce *Liber Octavus*, ou Livre huitième, si vous préférez, n'existe pas.

— Vésale ? C'est qui ce zigue ? bredouilla Fleixa, quelque peu éméché.

— N'importe quel étudiant de première année pourrait répondre à cette question, répondit Pau. André Vésale est un éminent anatomiste du XVIe siècle qui a remis en question Galien. À l'époque ce n'était pas rien, il faut savoir que pendant plus d'un millénaire le Grec Galien avait été la référence suprême en médecine.

— Sans blague ! » ironisa Fleixa.

Pau passa outre le ton sarcastique du journaliste.

« Les études anatomiques de Galien étaient principalement basées sur la dissection d'animaux, et de ce fait il fit beaucoup d'erreurs. Vésale, qui au début l'admirait, comme tous les médecins de l'époque, a entrepris, ce qui était révolutionnaire, d'observer directement l'anatomie humaine.

— Ce qui veut dire… ?

— Pendant son séjour à Paris, il a procédé à des centaines de dissections d'hommes, de femmes et d'enfants, à une époque où acquérir un corps pour l'étudier était, dans la majorité des cas, très difficile. On a connaissance de ses tractations avec des récupérateurs de cadavres. » Devant l'expression de ses compagnons, il s'expliqua. « Les récupérateurs dérobaient dans les cimetières les dépouilles de défunts récemment enterrés contre quelques pièces. Plus tard, de retour en Italie, il bénéficia d'une dispense pour avoir accès aux corps des criminels exécutés, ceux-là mêmes qui se retrouvaient dans les hôpitaux et les facultés de médecine.

— Dites donc, il avait l'air d'un sacré boute-en-train, votre type… » murmura Fleixa en entamant son quatrième verre.

Pau souffla, exaspéré.

« Ne faites pas attention, l'encouragea Daniel. Poursuivez, je vous prie. Peut-être trouverons-nous un élément qui expliquerait pourquoi Homs le mentionne dans son carnet.

— Très bien, consentit Pau, qui réfléchit quelques instants avant de continuer. Son indéniable génie, qui d'après certains en faisait quelqu'un d'assez imbu de lui-même… »

Un toussotement l'interrompit. Le journaliste souriait, narquois, derrière son verre. Pau, les joues empourprées, tenta de l'ignorer.

« Comme je le disais, la confiance qu'il avait dans ses connaissances le conduisit à critiquer les médecins de l'époque, en les accusant d'avoir négligé l'étude de l'anatomie. Il considérait que toute science était impossible tant que la vérité sur la nature serait recherchée dans les Saintes Écritures et non dans la réalité elle-même. À l'époque, tout ce qui contrevenait à Dieu était non seulement faux mais l'œuvre du démon et par conséquent devait être interdit et combattu. Dans cet état de faits, Vésale proclama que les œuvres de Galien avaient été érigées comme l'équivalent scientifique de la Bible, rompit avec tout cela et ouvrit la voie à une nouvelle méthode pour l'étude de l'anatomie. Vous pouvez imaginer le résultat : un véritable bouleversement des bases de la médecine. Bien qu'elle ait suscité aussi l'admiration, la publication de son œuvre engendra un fort rejet parmi les médecins de toute l'Europe. Son propre maître, Jacques Dubois, le répudia. Il se fit tant d'ennemis en Italie qu'il se vit obligé d'abandonner sa chaire à Padoue et d'émigrer en Espagne, où il entra à la cour de Charles Quint comme l'un des médecins du roi.

— Comment se fait-il que vous sachiez tant de choses sur lui ?

— Son influence dans la médecine moderne est immense, surtout en ce qui concerne l'anatomie, une de mes matières préférées. L'année dernière, j'ai fait un exposé sur son travail. Il y a quelques semaines, quand j'ai commencé à aider votre père, il m'a chargé de lui préparer un topo sur tout ce que je pouvais trouver sur

Vésale. Une mission dont je ne voyais pas bien l'intérêt mais je n'ai pas pensé à lui poser de questions.

— Mais bien sûr, Gilbert ! s'exclama Daniel, soudain excité. Mon père a sollicité votre collaboration parce qu'il était au courant de vos connaissances sur Vésale, et que ses investigations, d'une manière ou d'une autre, l'avaient mené jusqu'à lui. C'est certainement cela. Ce qui signifie que ces annotations ont une réelle importance.

— Excusez-moi, mais en quoi un livre qui n'existe pas d'une personne morte il y a trois cents ans peut-il jouer un rôle décisif ? lança Fleixa, désabusé.

— Il ne s'agit pas d'un livre comme vous l'entendez ; en l'occurrence, il s'agit d'un des livres du chef-d'œuvre de Vésale.

— Ah, tout va bien, alors… gloussa le journaliste, sardonique.

— Euh… je peux continuer ?

— Oui, allez-y », l'encouragea Daniel.

Pau prit une grande inspiration avant de poursuivre. « Vésale a publié, à seulement vingt-huit ans, l'œuvre de sa vie : *De Humani Corporis Fabrica*, la *Fabrique du corps humain*, qui est considéré comme le premier traité moderne d'anatomie. Il est constitué de sept chapitres, appelés "livres", chacun décrivant une partie différente du corps humain. C'est à cette sorte de "livre" que fait allusion Homs. Mais Vésale en a écrit sept, pas huit.

— C'est peut-être une erreur de sa part, suggéra Fleixa.

— C'est probable.

— Mais non ! s'exclama Daniel. Vous ne comprenez pas ? Homs veut absolument récupérer ce carnet parce qu'il sait qu'il y mentionne ce huitième livre.

— Je ne sais pas si j'ai été assez clair, dit Pau, Vésale n'a jamais écrit de huitième livre. Pour une fois, je suis d'accord avec M. Fleixa : il s'agit d'une simple bévue due à l'état de confusion dans lequel se trouvait le docteur Homs.

— Je confirme ce "pour une fois", glissa Fleixa.

— Non, je n'y crois pas un instant, insista Daniel, les yeux brillants. Alors qu'il cherchait un traitement pour sa femme, Homs a consulté le manuscrit de Vésale et a découvert je ne sais comment qu'il existait un chapitre inconnu de tous qui complète les sept autres. C'est celle-là, la grande découverte qu'il mentionne dans son carnet et qu'il a au début partagée avec mon père.

— D'après ce même journal, votre père a refusé de continuer à l'aider parce que ce qu'ils faisaient contrevenait à Dieu. » Pau réfléchissait tout haut. « Vésale fut persécuté sans répit par l'Église et contesté par une bonne partie des médecins de son époque. Serait-il possible qu'il ait fait une découverte prodigieuse mais que, considéré comme hérétique, il se soit vu forcé de ne pas la rendre publique et décide de la mettre en lieu sûr ?

— C'est cela ! Et Homs l'a retrouvée trois cents ans plus tard. Mais sa femme est morte tout de même, Homs a perdu la raison et a dû être interné. Et mon père a caché son journal, effaçant ainsi la seule trace de l'existence de ce livre.

— D'accord, admettons que le *Liber Octavus* existe vraiment… quel lien aurait-il avec les meurtres ?

— Je ne peux pas répondre à cette question, Gilbert, mais je suis sûr que si nous réussissons à trouver ce livre, il nous mènera à Homs.

— Bon, on commence par où ? lança Fleixa.

— Le plus logique serait de nous procurer un exemplaire de la *Fabrica*.

— Jusqu'à il y a quelques années c'était un des livres les plus consultés. Il sera facile de le trouver à la bibliothèque, fit Pau.

— Parfait. Vous, en tant qu'étudiant, vous y avez accès. Souhaitez-vous continuer à nous apporter votre aide ? »

Pau médita sa réponse. L'emballement de Daniel était contagieux. Il sut qu'il allait regretter cette décision mais il se dit qu'après tout, emprunter un vieux livre n'était pas une mission qui pût lui attirer des ennuis.

« Je peux passer à la bibliothèque demain après les cours. »

La reconnaissance qu'il lut dans les yeux de Daniel lui fit monter le rouge aux joues.

« Je vous propose de nous retrouver dans ma chambre sur les coups de huit heures. Il faut retrouver ce *Liber Octavus* de Vésale. Je suis convaincu qu'il peut être la clé qui permettra d'empêcher un nouveau crime. »

LE VRAI ET LE FAUX

Douze jours avant l'inauguration de l'Exposition universelle

27

Bertomeu Adell descendit de voiture sur la place de Sant Jaume. Il commença par distribuer un ou deux soufflets, pour se débarrasser de l'attroupement de gamins venus quémander quelques sous. Puis il mit son chapeau et empoigna sa canne, un rictus de satisfaction sur les lèvres.

L'hôtel de ville, qui était aussi le siège du Conseil des Cent, se dressait face à l'édifice de la Députation dans ce qui était le centre du pouvoir politique et social de la ville depuis deux mille ans. Sur sa façade néoclassique, surplombant l'entrée, quatre immenses colonnes ioniques soutenaient un fronton à l'emblème de la ville.

À la mi-journée, la place était grouillante de monde : majordomes, huissiers et quelques messieurs accompagnés de leur secrétaire, coudoyaient cireurs de chaussures, mendiants, servantes et commis envoyés en course. Adell, tel un grand vapeur, fendit d'un pas résolu cette marée humaine et arriva sans encombre sous la grande arche de la porte principale où il fut salué par les deux gardes municipaux.

On l'avait convoqué à une réunion. Il attendait cet appel depuis très longtemps, trop longtemps pesta-t-il en son for intérieur, maniant sa canne comme un bâton de commandement. Mais il se radoucit instantanément : son heure était venue, enfin on reconnaissait ses mérites dans cette capitale de province. Son unique aspiration avait été de s'enrichir, mais tout le monde n'avait-il pas ce même objectif ? L'important était que ses affaires avaient contribué au progrès de Barcelone.

Il aspirait à faire partie du cercle sélect des notables de la ville. Son but était d'accéder à un siège aux Cortes, ainsi qu'on pouvait l'espérer d'un Adell i Busquets. Son père, comme avant lui son grand-père et son arrière-grand-père, avait été un illustre citoyen et avait occupé son siège de député en son temps. Leur nom suscitait toujours le respect quand il était prononcé. À présent, c'était son tour. On cesserait de l'appeler « l'Évaporé », comme le faisaient dans son dos certains persifleurs, qui n'oubliaient pas la nature de l'entreprise familiale autrefois : les chaudières à vapeur. Désormais, il faudrait compter avec lui pour les projets futurs ; il serait invité aux réunions et réceptions de la fine fleur barcelonaise.

Il pensa à sa femme et son optimisme se fissura : bien entendu, Irene ne se réjouirait pas avec lui. Au lieu de se conduire comme il convenait, cette diablesse de femme s'évertuait à le faire enrager. Elle ne savait pas rester à sa place, elle n'avait jamais su. Dès le début de leur mariage, elle s'était montrée rebelle et, pire encore, elle avait la prétention de vouloir penser par elle-même ! Elle lisait : une occupation peu convenable pour son sexe. Que se croyait-elle ? Elle aurait dû montrer moins d'arrogance et plus de reconnaissance pour sa bonne fortune. Après tout, n'était-ce pas sa générosité à lui qui lui avait évité de se retrouver dans une position plus que délicate ? Pour couronner le tout, ces dernières semaines, avec le retour d'Amat en ville, elle était devenue taciturne, et ses caprices de petite fille gâtée s'étaient faits plus fréquents. Deux nuits plus tôt, elle lui avait même refusé son lit, le renvoyant à sa chambre. Il fallait qu'elle apprenne où était sa place. Et il allait le lui faire comprendre très bientôt.

Un secrétaire l'attendait dans la cour. Il suivit l'homme dans l'escalier en marbre en essayant de ne plus penser à sa femme. Aujourd'hui, c'était le grand jour et personne, pas même Irene, n'allait le lui gâcher. Les claquements de sa canne résonnaient sous la voûte. Ils traversèrent plusieurs salles où des fonctionnaires et des huissiers allaient et venaient, affairés ; l'effervescence régnait.

Le bureau du maire était beaucoup plus grand que ce qu'il avait imaginé. Six grandes fenêtres de style gothique bordaient la pièce, offrant une vue splendide sur la place. Un léger nuage, dû à la fumée des cigares, flottait dans l'air. Debout autour d'une table ovale couverte de plans et de documents, des messieurs conversaient. Au départ du secrétaire, ils s'interrompirent.

Francesc Rius i Taulet, proche de la soixantaine, jouissait de son quatrième mandat comme maire de la ville. Il portait avec superbe une barbe imposante, ses longs favoris qui rejoignaient sa moustache descendaient bas sur les pans de sa veste mais laissaient à découvert son menton inquisiteur. De sa corpulence généreuse et de ses manières délicates était née la rumeur qu'il avait des problèmes de santé, même si sa vitalité était l'une des clés de la prochaine célébration de l'Exposition et, en conséquence, de la transformation de la ville.

Près du maire se trouvait le fameux architecte Elies Rogent. Responsable technique de l'Exposition, c'était le seul des hommes présents que Adell connaissait en personne. Il avait dû traiter avec lui de questions relatives à la construction de la centrale. Ils avaient de fortes divergences d'opinions ; il se souvenait d'un récent désaccord à propos de la qualité des matériaux employés qui l'avait laissé furibond plusieurs jours.

Debout à côté de canapés en cuir s'entretenaient le juriste Manuel Durán i Bas, grand défenseur des régimes foraux, et Claudio López Bru, marquis de Comillas, généreux bienfaiteur de la ville, ce qui ne cadrait pas très bien avec l'idée que Adell se faisait d'un homme de sa position.

Il en manquait quatre pour compléter ce qu'on nommait à Barcelone le Comité des Huit, organisateurs garants de l'Exposition. Adell se sentit désappointé ; il espérait être reçu par la commission au grand complet, comme l'exigeait la solennité du moment. Mais il résolut de ne pas y attacher trop d'importance : après tout, ce n'était qu'une première réunion. Il y aurait toujours un temps, plus tard, pour les cérémonies.

« Monsieur Adell, entrez, s'il vous plaît », lui dit le maire pour l'accueillir.

On lui désigna un siège. À côté, sur une petite table, un service avec liqueurs, petits-fours et café avait été disposé. Une fois tout le monde installé, Francesc Rius alla droit au but.

« Je suppose que vous savez pourquoi nous vous avons fait venir. »

Adell avait pensé un moment montrer certaines réserves, histoire d'avoir le plaisir de se faire un peu prier. Il caressa cette éventualité quelques secondes avant de répondre du ton hautain qu'il supposait être celui dont usaient ces hommes.

« Certainement, messieurs. »

Il prit appui des deux mains sur les accoudoirs de son fauteuil et se carra dans son siège. Bientôt le Comité des Huit deviendrait celui des Neuf.

Un silence tendu s'empara du petit groupe qui lui faisait face. C'était maintenant que l'avalanche de compliments allait pleuvoir, Adell en était sûr. Il entendit quelques toussotements et Rogent soupirer dédaigneusement. Il se promit de l'ignorer lui et le glaçon qu'il avait pour épouse lorsqu'il lancerait les invitations pour la fastueuse réception qu'il avait bien l'intention de donner dès l'annonce officielle de son accession au cercle des notables de la ville.

Le maire se pencha vers lui, l'air grave.

« Je crains qu'il n'y ait un malentendu sur le motif de cette convocation. »

Adell cligna des yeux plusieurs fois. Ce n'était pas ce à quoi il s'attendait. Il regarda les visages fermés des hommes qui l'entouraient et se rendit compte soudain que l'ambiance n'était pas détendue, bien au contraire. Il s'aperçut aussi que personne ne lui avait proposé de boire quelque chose ni offert un cigare. Il s'éclaircit la gorge, mal à l'aise. Tout d'un coup, la température avait monté dans la pièce.

« Excusez-moi mais je ne comprends pas…

– Nous sommes ici pour déterminer purement et simplement votre degré d'incompétence, très cher », lui asséna l'architecte, visiblement courroucé.

Les joues de l'industriel prirent un ton grenat. Que signifiait tout cela ?

« Rogent, calmez-vous, inutile de perdre votre sang-froid, intervint le maire.

— C'est ce qu'il me semble aussi, renchérit Adell, indigné. Est-ce que quelqu'un peut m'expliquer ?

— Avec plaisir, intervint Manuel Durán, nous parlons des dysfonctionnements électriques qui s'enchaînent depuis des mois. Les coupures sur le Paseo de Colón et dans l'enceinte même de l'exposition sont continuelles, nous avons reçu une infinité de plaintes à ce propos. Et le plus préoccupant, c'est qu'il reste à peine deux semaines avant l'inauguration. Il serait catastrophique, alors que l'attention du monde entier sera fixée sur notre ville, qu'une panne stupide vienne perturber les manifestations prévues.

— Vous attendiez quoi pour nous en informer ? » attaqua Claudio López à son tour.

Le marquis regardait Adell avec une aversion non dissimulée.

Adell était sans voix. Était-ce vraiment la véritable raison de sa présence ici ? Ces fichues pannes ? Sa langue, devenue carton, restait collée à son palais.

« Messieurs, ce sont de simples ajustements techniques des générateurs, et non… »

Il s'interrompit, le regard du maire s'était durci.

« La question que nous sommes en train de débattre ici est de savoir si vous êtes apte à résoudre ces déficiences ou pas, dit-il d'un ton sec. Je serais bien tenté de résilier séance tenante le contrat que la municipalité a signé avec vous. »

Adell fit presque un bond sur son siège. Le montant des dépenses engagées avait largement dépassé ce qui avait été prévu. Les obligations contractées avec les investisseurs étaient très importantes. Mais le problème majeur concernait surtout les sommes qu'il avait détournées pour les faire fructifier. Il n'avait pas eu de chance. Le marché du sucre, du fait des troubles à Cuba, était devenu très instable, et l'argent s'était volatilisé dans quelques opérations malencontreuses. Même en réunissant tout son patrimoine, jamais il ne pourrait faire face aux dettes cumulées. La centrale électrique était sa dernière possibilité de redresser la situation. Si ses accords avec la municipalité étaient annulés, le détournement de fonds serait découvert. Et sa ruine assurée.

« Messieurs, messieurs, pas de panique. » Une sueur froide baigna son front. « Je vous donne ma parole d'honneur que ces problèmes seront réglés dans une semaine tout au plus. »

Ses mots reçurent un accueil glacial.

« Monsieur Adell, la centrale électrique devra être à son plein rendement dans trois jours. Dans le cas contraire, vous pourrez oublier notre contrat et soyez sûr que toute nouvelle entreprise dans cette ville vous sera devenue impossible.

— Trois jours ?

— Pas un de plus. Et arrangez-vous pour que je n'aie pas à regretter de vous avoir fait confiance. »

L'industriel acquiesça en tentant vainement de sourire. Tout semblait avoir été dit. Il fit mine de se lever mais un geste du maire le cloua dans son fauteuil.

« Autre chose encore.

— Une affaire délicate, ajouta le marquis.

— Je vous écoute », fit Adell.

De quoi s'agissait-il encore ?

« Cela semble difficile à croire, commença Manuel Durán, mais on nous a informés que depuis quelques mois des cadavres ont été découverts dans le réseau des collecteurs de la centrale électrique. »

Adell retint de justesse une grossièreté.

« Expliquez-vous », l'exhorta le maire.

Les quatre hommes, inquisiteurs, l'observaient. Adell ignorait quelles informations précises ils détenaient. Il devina qu'ils n'en savaient qu'une partie et que, même s'il ne pouvait pas mentir, il était inutile de dire toute la vérité. Il tenta de se calmer et d'afficher toute l'assurance possible.

« C'est vrai, messieurs. De loin en loin, nous avons repêché le corps d'une malheureuse, confirma-t-il. C'est regrettable, mais je ne vois pas où est le problème.

— Miséricorde ! Vous ne voyez pas où est le problème ? Mais pourquoi ne pas en avoir fait part aux autorités ?

— Je ne l'ai pas cru nécessaire.

— De combien de corps sommes-nous en train de parler, exactement ?

— Une douzaine, peut-être plus.

— Sainte Vierge !

— Il m'est venu aux oreilles que ces corps retrouvés ont tous certaines particularités… intervint Durán.

— Le passage par les égouts doit être plutôt mouvementé, répondit Adell, sans compter les rats et les poissons du port.

— Quelle horreur !

— Dans la Barceloneta, la rumeur parle d'une malédiction qui serait à l'origine de ces morts, reprit l'avocat, qui semblait le mieux informé de tous. Certaines ouvrières de La Maquinista Terrestre y Marítima, de la

Nou Vulcà et de l'Escuder refusent de venir travailler dans les équipes de nuit. »

Adell réfléchissait pendant que les commentaires allaient bon train. Manifestement, l'inspecteur Sánchez n'avait pas pu s'empêcher de parler malgré les juteux pots-de-vin qu'il touchait pour tenir sa langue. Il allait falloir rappeler à ce maudit bavard à qui il devait fidélité. Comme si les problèmes de la centrale ne suffisaient pas, il apprenait maintenant qu'ils étaient aussi au courant pour les cadavres. Lorsque le premier corps avait fait surface, il avait estimé que personne ne s'en inquiéterait. Il s'était trompé. Il devrait être plus prudent à l'avenir.

« Des commérages, messieurs, de simples commérages. Les victimes étaient des femmes aux mœurs dissolues dont la mort n'est due qu'aux excès d'une vie de débauche. Notre ville, monsieur le maire, est très sûre, grâce aux efforts que vous avez déployés ; malgré tout, il reste encore des gens pour agir au mépris de la loi et du bon ordre. Je n'ai pas jugé bon de vous faire part de ces incidents pour ne pas vous ennuyer avec des soucis supplémentaires et achever au plus vite la mise en marche de la centrale électrique, comme vous-mêmes l'exigez.

— Vous avez mesuré les conséquences, si la presse a vent de cette histoire ? » le rembarra Rogent.

Le ton employé agaça prodigieusement Adell. Il haïssait cet homme qui se croyait supérieur à lui. Bien entendu qu'il les avait mesurées. Il ne faisait même que ça.

« Certaine presse n'attend que de pouvoir diffamer l'Exposition, poursuivit l'architecte. Une affaire de cette ampleur pourrait déclencher une véritable panique dans toute la ville.

— Et tout cela à quelques jours de l'arrivée de la reine pour l'inauguration. Une suspension pourrait même être envisagée.

— Ce serait terrible !

— Et il n'y a pas que cela, messieurs. Nous attendons la venue d'exposants et de visiteurs du monde entier. Que penseraient-ils ?

— Vous pouvez vous l'imaginer. Ce serait donner l'impression de ne pas être en mesure de garantir la sécurité de nos propres concitoyens. Les annulations se mettraient à pleuvoir.

— Avec l'exposition prévue prochainement à Paris, personne ne voudrait se déplacer à Barcelone.

— Messieurs, messieurs… »

Adell cherchait à les tranquilliser sans succès.

« Il est indispensable de mettre fin à ces "découvertes funestes" et que la discrétion soit maintenue, décréta l'avocat.

— Adell… » Rius tendait vers lui un doigt accusateur. « … Il est de votre responsabilité qu'il ne soit pas fait une seule fois mention de tout cela dans la presse. Mettez-vous à la disposition de la police et communiquez-nous immédiatement toute nouveauté. J'espère que vous l'avez bien compris. Plus que jamais, ce sont votre position et votre fortune qui sont en jeu. Si l'Exposition universelle de Barcelone est un échec à cause de votre incompétence, je m'assurerai en personne que vous en payiez le prix. »

Adell sortit de l'hôtel de ville le teint aussi gris que le ciel couvert. Il monta dans sa voiture et s'affaissa sur le siège en cuir.

Tout avait commencé avec les inopportunes investigations du médecin. À partir de là, les problèmes s'étaient multipliés. Avec la mort du vieux, les choses avaient semblé vouloir s'arranger, mais juste au moment le plus délicat, Daniel était revenu à Barcelone sept ans après avoir disparu et avait repris à son compte l'enquête de son père, en compagnie de ce fichu journaliste. Un hasard ? Il aurait juré que non.

Il avait été bien trop indulgent jusque-là. Voilà qui devait finir. Il ne pouvait pas tolérer plus d'erreurs. Et moins encore mettre en péril son véritable projet, celui qu'il menait en grand secret. Nul n'était capable d'imaginer seulement sa prodigieuse découverte. Pas même ces idiots arrogants du Comité. Quand il la rendrait publique, ils se prosterneraient tous à ses pieds ; toute la ville louerait son génie et beaucoup le supplieraient de leur accorder une part de sa réussite. Daniel Amat le gênait dans la réalisation de ses projets, mais cela ne durerait pas. Il n'allait pas tarder à payer pour l'humiliation qu'il venait de lui faire subir.

28

Pau repoussa les *Observationes anatomicae* de Fallope et soupira. Voilà qui ne donnait pas les résultats qu'il avait espérés. Il avait cherché dans tout le rayon d'anatomie et n'avait pas trouvé un seul exemplaire du manuscrit de Vésale.

Au fil du temps, la bibliothèque originelle, sise dans un simple salon de l'ancien Collège de chirurgie, s'était développée jusqu'à occuper un bâtiment entier près de l'université. Tel un théâtre anatomique cyclopéen de plan octogonal, les hauts rayonnages en chêne massif formaient des cercles concentriques autour d'une grande salle d'études pourvue de nombreuses tables, d'où partait un couloir qui desservait les différentes sections. À hauteur du troisième anneau de rayonnages s'élevait un étage en corbeille auquel on accédait par un escalier en colimaçon. En haut, plusieurs larges ouvertures creusées dans les murs de pierre laissaient entrer la lumière naturelle qui éclairait la voûte en abside ornée du blason de la ville.

L'idée d'avoir à sa portée l'ensemble des connaissances médicales sur plusieurs siècles fascinait Pau. Le silence qu'on respirait là ne l'oppressait pas, contrairement à d'autres étudiants. Il s'y sentait à l'aise.

Il appréciait la forte odeur du bois, du papier et de la pierre. Il se sentait chez lui dans cette bibliothèque, peut-être parce qu'il n'avait pas d'autre endroit qu'il pût qualifier ainsi. En outre, elle présentait un avantage supplémentaire : Fenollosa et ses acolytes y mettaient rarement les pieds, et s'ils le faisaient, il pouvait les éviter facilement.

Il entendit sonner au loin les cloches de Santa María del Pi. Il se faisait tard, les étudiants qui occupaient les tables quelques heures plus tôt étaient partis ; la lumière du soleil jaunissait à peine les fenêtres et les lampes à gaz ne suffisaient plus à éclairer les étagères. Il n'allait pas devoir tarder à partir puisqu'ils avaient convenu de se retrouver tous les trois chez Amat.

Il détestait l'idée de rentrer bredouille. Il imaginait déjà l'expression goguenarde du journaliste. Comment était-ce possible qu'il n'y eût aucun exemplaire ? Il allait devoir consulter M. Ferrán. Il avait voulu se débrouiller seul par discrétion mais là, il n'allait pas pouvoir faire autrement que de lui demander son aide.

Il ramassa ses affaires et se dirigea vers le bureau du bibliothécaire.

Un bruit de voix étouffées lui parvint du fond du couloir. Au bout de quelques mètres, la conversation devint plus distincte. Deux hommes discutaient avec véhémence dans la section chimie, le rayon contigu à celui où se trouvait Pau. Caché par le pan de mur de livres, il avançait à pas de velours. Il ne voulait pas se manifester au milieu d'une conversation privée. Mais il sursauta et s'arrêta en reconnaissant l'une des voix.

« Père, je ne suis plus un gamin.

— Ça, c'est encore à voir. Je viens en visite et j'apprends qu'on fait des gorges chaudes de mon fils, mon propre fils, qui a trouvé le moyen de se faire ridiculiser par un autre étudiant lors d'un débat public.

— Ce n'était qu'un stupide cours d'anatomie. »

La voix de l'homme devint plus sèche encore.

« Je t'interdis de parler avec ce mépris de tes cours de médecine. »

Le jeune homme resta muet.

« Quatre générations de chirurgiens dans la famille, quatre. Et nous avons tous fait croître le prestige de notre nom. Moi-même, j'ai été un élève émérite de ma promotion. Et toi, que fais-tu ? Tu es un Fenollosa, sacrebleu !

— Père, vous exagérez.

— J'exagère ? Tu crois que j'ignore dans quels tripots de douteuse moralité tu joues l'argent que je t'alloue, nuit après nuit ? Ou que tu fais régulièrement ton apparition en cours dans un état d'ébriété avancé ? Tu trouves que c'est la conduite qu'on est en droit d'attendre d'un homme digne de ce nom ?

— Après tout, je ne fais rien d'autre que suivre votre exemple, cher père, se défendit le garçon, sarcastique. Vos escapades dans les lupanars ne sont un secret pour personne dans cette université. »

La gifle résonna dans la grande salle. Elle n'avait pas été forte, mais Pau, toujours caché, vit le visage de son camarade passer au grenat. Il sembla prêt à rendre le coup à son père, mais se contint de justesse. L'homme, sans se rendre compte de rien, tira sur les pans de sa veste et sur ses manches, ramassa ses gants et sa canne et se dirigea vers la sortie, non sans avoir mis fin à la discussion avec cette dernière sentence.

« À partir d'aujourd'hui, je te coupe les vivres. Les examens de fin d'année auront lieu dans un peu plus d'une quinzaine. Tâche de t'appliquer. »

Ses pas se perdirent dans le couloir. Fenollosa laissa tomber ses livres par terre et balança son poing contre l'étagère la plus proche ; il luttait contre les larmes.

Pau se dit qu'il valait mieux se retirer dans la salle précédente et attendre que l'autre s'en aille. Mais en se retournant, il bouscula un chariot rempli de volumes en attente d'être rangés dont plusieurs tombèrent bruyamment au sol.

« Qui est là ? »

Pau voulut s'éclipser mais il était trop tard.

« Gilbert ! Qu'est-ce que tu fous là ? »

Pau ne sut que répondre.

« C'est ton habitude d'écouter les conversations privées ?

— Non, ce n'est pas ce que tu crois. »

Mais Fenollosa, honteux de découvrir qu'il avait été surpris dans cette humiliante posture, n'avait pas l'intention de passer l'éponge. Furieux, il s'élança vers lui à grandes enjambées pendant que Pau reculait.

« Il faut toujours que tu sois dans mes pattes, hein, monsieur Je-sais-tout-et-je-fourre-mon-nez-partout ? »

Il le poussa violemment. Pau, plus petit et beaucoup moins lourd, n'avait aucun moyen de résister. Il se cogna contre un rayonnage et ses lunettes roulèrent au sol. Fenollosa se jeta sur lui ; il crachait littéralement ses mots.

« Pour la gamine, tu t'en es bien sorti, mais tu crois que je ne sais pas que tu caches autre chose encore ? J'ai bien l'intention de découvrir quoi et de faire en sorte que tu sois viré de la fac à coups de pompes, mais avant je vais me faire le plaisir de…

— Messieurs ! »

M. Ferrán avait surgi au bout du couloir. Son expression de stupeur se changea en irritation quand il vit les livres éparpillés par terre.

« Peut-on savoir ce que vous faites ? »

Fenollosa lâcha Pau de mauvaise grâce. Tandis que le bibliothécaire parcourait les quelques mètres qui les séparaient, Pau ramassa ses lunettes et remit vite de l'ordre dans ses vêtements.

« Ce n'est pas digne de jeunes hommes bien élevés de se comporter comme de vulgaires fripouilles », leur reprocha le vieil homme. Il fit une pause, comme s'il les mettait au défi de le contredire. Son regard se posa sur Fenollosa : « Allez. Fichez le camp. »

Le garçon ouvrit la bouche pour répliquer.

« Vous m'avez entendu ? Ouste », insista M. Ferrán.

Le visage crispé, Fenollosa prit ses affaires et tourna les talons. En passant près de Pau, il lui lança un regard noir. Quelques secondes plus tard, une porte claqua violemment, ce qui entraîna une moue contrariée chez M. Ferrán. Dès que l'écho de la furieuse sortie de l'étudiant se fut atténué, l'homme se tourna vers Pau et son expression sévère s'adoucit.

« Tout va bien, monsieur Gilbert ? Je ne voudrais pas perdre mon plus fidèle visiteur.

— Ça va, merci, monsieur.

— J'ai eu l'impression que ce jeune homme était en train de vous agresser. Voulez-vous que je vous accompagne pour déposer une plainte ?

— Oh non, monsieur, merci. Mon camarade était un peu mécontent à propos d'une controverse sur... sur un traitement pharmaceutique. Il ne s'agit que d'un terrible malentendu. Mais rien de grave. »

L'homme hésita.

« Je devrais informer moi-même le doyen de cet incident mais je vais respecter votre décision.

— Je vous remercie, monsieur.

— Il serait peut-être judicieux que vous preniez quelques leçons de ce nouveau sport anglais, si populaire dans les universités, là-bas, on appelle cela *boxing*, je crois, lui recommanda-t-il, l'air malicieux.

— Merci, je vais y penser. »

Pau se rappela brusquement pourquoi il voulait voir le bibliothécaire.

« Attendez, monsieur Ferrán, je vous cherchais justement.

— Ah oui ? » Une lueur amusée dansait dans les yeux du vieil homme. « Je dois vous prévenir que je n'ai pas la moindre notion de ce *boxing*, je ne possède qu'un traité technique qui vient d'arriver de Madrid… Je peux vous le prêter si vous le souhaitez.

— Non, il ne s'agit pas de cela. Je suis à la recherche d'un ouvrage, je pensais que j'arriverais à le trouver seul mais je n'y suis pas parvenu.

— Voilà qui entre mieux dans mes attributions. Suivez-moi dans mon bureau, nous regarderons dans les fiches bibliographiques où se trouve ce livre qui vous intéresse tant. »

Le bureau se trouvait dans l'un des coins de cette labyrinthique bibliothèque. C'était une pièce relativement peu spacieuse, d'une propreté exemplaire. Le bibliothécaire poussa une pile de livres pour faire de la place sur la table et rangea quelques papiers avant de se laisser tomber dans un fauteuil, près de la cheminée où brûlait un bon feu.

« Dites-moi : quel est le livre que vous cherchez ?

— *De Humani Corporis Fabrica,* d'André Vésale. »

Les yeux du bibliothécaire s'allumèrent.

« Un splendide traité d'anatomie. Normalement, nous disposons de plusieurs exemplaires en consultation mais lors des derniers travaux de rénovation, il y a cinq mois, un certain nombre s'est perdu de la façon la plus lamentable. Figurez-vous qu'ils ont été volés directement dans les caisses, au cours du déménagement. Vous vous rendez compte ? »

L'homme soupira, se leva et s'approcha d'un grand fichier. Ses mains pianotèrent sur les tiroirs à poignées dorées. Enfin, ayant manifestement trouvé celui qu'il cherchait, il le sortit du tiroir et le posa sur la table.

Le bibliothécaire feuilleta rapidement la liasse de fiches, du bout de l'index et du pouce, et en choisit une, qu'il examina par-dessus ses lunettes. Pau attendait, plein d'espoir. Mais le visage du vieil homme n'annonçait rien de bon.

« On dirait qu'on vous a devancé. Les derniers exemplaires ont été prêtés à un enseignant et à deux étudiants. » Il haussa les sourcils. « Tiens, c'est étrange. Le dernier, c'est votre camarade, celui avec lequel vous avez des rapports si amicaux, qui l'a emprunté.

— Fenollosa ?

— Lui-même. Il l'a pris ce matin. »

Juste le jour où il cherchait le manuscrit de Vésale. Simple coïncidence ou fallait-il y voir autre chose ? Impossible de le savoir mais le résultat était le même : il allait rentrer bredouille. Sa déception devait être très manifeste car quand il leva la tête il rencontra le sourire espiègle du bibliothécaire.

« J'ai peut-être une solution.

— Il me faut ce livre, précisément, monsieur Ferrán. Un autre traité d'anatomie ne me servira à rien. »

Le vieux hocha la tête de gauche à droite.

« Ce n'était pas ce que j'allais vous proposer, jeune homme. Je voulais dire qu'avec un peu de chance ce ne sont pas les seuls exemplaires que nous possédons. » Il plissa les yeux comme pour fouiller dans sa mémoire. « Dans la partie la plus ancienne de la bibliothèque, au deuxième étage, il existe une salle oubliée de tous. Je l'appelle le grenier. Une collection un peu particulière s'y trouve.

— Je croyais bien connaître cette bibliothèque mais je vois que non.

— Ce n'est pas étonnant, personne ne veut entendre parler de cette pièce.

— Et pourquoi cela ?

— Il y a quelques années un professeur en activité a pris la charge de cette bibliothèque, ce qui est plutôt inhabituel, la coutume voulant que ce soient des enseignants retraités qui s'en occupent.

— Vous-même, vous avez été professeur ?

— Bien sûr… mais nous ne sommes pas là pour nous attarder sur mon ennuyeuse biographie. » Il reprit le fil de son histoire : « Comme je vous le disais, cet homme a organisé un coin de la bibliothèque pour son usage personnel, où il a accumulé pêle-mêle une bonne quantité d'ouvrages.

— Mais qu'est-ce qui l'a conduit à créer cet espace personnel ?

— C'était un chercheur prestigieux, à l'avenir très prometteur. Malheureusement peu de temps après sa femme est tombée malade. »

Pau sentit son cœur faire un bond dans sa poitrine.

« À partir de là, continua le bibliothécaire, sans remarquer son émotion, le pauvre homme s'est consacré corps et âme à la recherche d'un traitement pour elle. Le bruit a même couru qu'il s'était construit un laboratoire secret. Mais j'en doute, personnellement. En revanche, il est incontestable que ses investigations l'ont amené à accumuler de plus en plus de volumes et qu'il a même acquis de nombreux traités sur des disciplines parfois controversées qu'il conservait dans cette salle.

— Vous parlez de quel genre de livres ?

— Ésotérisme, sciences occultes, des sottises de ce genre. » Il témoigna de sa gêne d'un claquement de langue. « Une perte de temps, si vous voulez mon avis, mais dans cette situation dramatique, allez savoir ce que nous aurions fait nous-mêmes. Je me souviens de l'avoir vu passer des journées entières ici, à la bibliothèque. Tout cela pour rien. Sa femme est morte et lui a fini par perdre la raison. Lors de la dernière rénovation, sa collection privée a été totalement oubliée. »

Le vieil homme observait les flammes qui jouaient dans l'âtre et hocha la tête.

« Une triste histoire, oui, bien triste. Si j'ai bonne mémoire, en médecine il était surtout focalisé sur les traités d'anatomie. Par conséquent… » Il leva les yeux sur Pau. « … il se pourrait bien que vous y trouviez le vôtre.

— Vous ne sauriez pas le nom de ce médecin, par hasard, monsieur Ferrán ? »

Pau maîtrisait à grand-peine son excitation. Le vieux bibliothécaire ferma les yeux et quand il les rouvrit murmura :

« Il s'appelait Homs. Docteur Frederic Homs. »

29

« Moi, je vous le dis : dans cette maison, c'est le diable qui habite. »

Le cocher accompagna ses paroles d'un claquement de fouet et le cheval accéléra le pas ; le tilbury, qui venait de quitter la place Antonio López, prit de la vitesse sur le Paseo Isabel II. L'homme parlait avec le fort accent des gens originaires de la région de l'Èbre.

« On dit qu'elle est abandonnée depuis sept ans. Mais moi, je vous le dis tout net : elle est dans cet état depuis au moins vingt ou trente ans. Des choses terribles s'y sont passées. Et je ne vous raconte pas des potins de bistrot, hein ? Cette maison, elle est maudite, monsieur. »

Daniel, sous la capote du cabriolet à deux roues, n'écoutait que d'une oreille le monologue de l'homme. Il était surtout attaché à garder le contrôle de ses nerfs. Le cocher, pensant qu'il avait réussi à impressionner son client, continua de plus belle.

« Toute la famille est morte dans l'incendie, vous savez ? Pas un seul n'a survécu. Comme il n'y avait pas d'héritiers, la municipalité l'a mise aux enchères. Mais qui pourrait bien avoir envie d'acheter cette maison, vous pouvez me dire ? Personne qui ait un peu de jugeote, en tout cas. Ils feraient mieux de la détruire. C'est encore la meilleure chose à faire, avec cette baraque, si vous voulez mon avis. »

Daniel soupira. La décision n'avait pas été facile. Il n'avait cessé de repousser ce moment depuis son arrivée à Barcelone. Cet après-midi-là, il avait un peu de temps avant son rendez-vous avec Fleixa et le jeune Gilbert. C'était l'occasion ou jamais.

En voyant le chemin qu'ils empruntaient, il s'éclaircit la gorge pour dire :

« Cocher, prenez plutôt par Santa María. »

L'homme acquiesça, tira sur les rênes, et le fouet claqua de nouveau au-dessus des oreilles du cheval. Daniel voulait faire la route qu'il parcourait chaque jour avec son père et son frère. Au fur et à mesure qu'il reconnaissait les rues, des souvenirs de sa vie antérieure lui revenaient. Ils traversèrent le Paseo del Born, à cette heure, peu fréquenté, pour rejoindre la rue Montcada. Le brouhaha de la ville s'éteignit ; seul l'écho des sabots du cheval sur le pavé brisait désormais le silence. Le cocher, devant le mutisme de son client, avait fini par se taire lui aussi.

Après avoir emprunté une enfilade de ruelles, ils se retrouvèrent devant un mur haut de plusieurs mètres qui s'élevait sur tout le pâté de maisons. Ils longèrent ce mur qui en d'autres temps avait été blanchi à la chaux et hérissé de tessons. Désormais, telle la peau d'un lépreux, il présentait des dizaines de fragments écaillés ; par endroits le ciment avait disparu et les briques, à nu, affleuraient.

Quand ils débouchèrent sur une coquette place arborée, Daniel ordonna au cocher :

« Arrêtez-vous là.

— Vous êtes sûr, monsieur ? »

La tension dans la voix de l'homme n'échappa pas à Daniel. Il lui glissa quelques pièces.

« Ne vous inquiétez pas. Et restez là, je reviens dans un instant. »

Il descendit de voiture, mit son chapeau et se dirigea vers la maison, un des rares hôtels particuliers qui disposaient de terrain dans le quartier de la Ribera. Son père n'avait jamais voulu déménager pour un quartier plus chic. Il disait que c'était une dépense inutile.

Il remua les doigts pour stopper le tremblement de ses mains tandis qu'il s'approchait de l'imposante grille en fer forgé. La serrure était cassée et quelqu'un avait attaché les deux battants avec une grosse chaîne. Il agrippa les barreaux et poussa ; la grille bougea de quelques centimètres en grinçant. Malgré tout, l'espace qui s'ouvrait était suffisant pour se glisser à l'intérieur sans trop de difficultés.

Daniel jeta un coup d'œil autour de lui. La rue était déserte et au coin, près du tilbury, le cocher se roulait une cigarette, emmitouflé dans sa cape. Daniel se glissa sous la chaîne et entra.

En relevant la tête, il étouffa une exclamation.

Pendant ces années d'abandon, les plantes avaient poussé à leur gré, prenant entièrement possession des lieux. L'ancien jardin soigneusement entretenu était devenu un embrouillamini aux tons verts et ocre. Aux pieds de Daniel naissait un sentier dont les dalles étaient partiellement envahies par la terre et les mauvaises herbes. Il fit quelques pas, et un frémissement parcourut des fourrés proches sous l'effet d'une fuite précipitée.

Quelques mètres plus loin, il tomba sur un immense tilleul. Daniel se souvenait d'y avoir grimpé des dizaines de fois ; à présent, il gisait, moribond, les feuilles et le tronc tout desséchés. Personne ne s'était occupé de l'élaguer et une branche de la largeur d'un homme adulte avait cédé sous son propre poids. Derrière, il trouva le bassin, de forme ovale. Lorsque la chaleur était intense en été, son frère Alec et lui y trempaient leurs pieds, ce qui mettait hors de lui leur précepteur. L'eau y était si claire que les carpes semblaient en suspens dans l'air, mais maintenant il était vide et une couche de poussière tapissait le fond lézardé. Les herbes folles couraient entre les fissures du ciment.

Daniel n'était pas revenu depuis l'incendie. Lorsqu'il était sorti de l'hôpital des semaines plus tard, après la dispute avec son père, il avait pris le premier train pour Calais, puis le bateau jusqu'en Angleterre. Et il aurait fui jusqu'au bout de la terre si sir Edward ne l'avait pas accueilli. Il y avait plus de sept ans de cela. La désolation du jardin que sa mère avait soigné avec tant d'amour et que son père avait entretenu ensuite en sa mémoire lui fit comprendre que la maison pourrait être dans un état pire encore. Il soupira, résigné ; cette fois il était impossible de faire machine arrière.

À mesure qu'il avançait, les bruits de la ville s'atténuaient, dévorés par la quiétude de la végétation, et il finit par ne plus entendre que le crissement de ses pas sur le gravier. La brise qui courait quelques minutes plus tôt avait disparu, et les feuilles et les branches étaient aussi immobiles que si elles avaient été en pierre.

Il passa près d'un pavillon à moitié en ruine. Là, son frère Alec, qui avait un certain talent de comédien, donnait chaque fin d'été une représentation pour la famille, où il amusait tout le monde avec ses traits d'esprit et ses imitations. Daniel se contentait de l'aider, jouant les accessoiristes ou l'acteur secondaire. Même leur père quittait son bureau et prenait part à l'allégresse générale. Il ferma les yeux pour écarter ces souvenirs. Quand il les rouvrit, la maison se dressait devant lui, comme si elle l'attendait.

Dans un premier temps, elle lui fit penser à un immense navire échoué au milieu d'un océan d'herbes sèches. Des années plus tôt on la tenait pour une splendeur. Elle conservait encore ses trois étages et l'ample terrasse au premier. La tourelle néo-mudéjar dominait tel un vieux phare. Beaucoup des azulejos colorés qui décoraient la façade avaient disparu ; ceux qui restaient avaient perdu de leur éclat sous des couches de crasse. Les volets des fenêtres étaient pour la plupart cassés ou pendaient lamentablement.

Daniel posa le pied sur la première marche du perron. Il ignora l'angoisse qui l'avait saisi et atteignit la porte d'entrée, à l'ombre du porche au fronton duquel était miraculeusement encore accroché le blason de la famille. Il lut la devise que son père leur avait si souvent rappelée à haute voix : *Vivitur ingenio, caetera mortis erunt*.

Un battement d'ailes apeuré l'accueillit lorsqu'il pénétra dans le vaste vestibule. Le soleil de fin d'après-midi passait par les trous de la toiture et la poussière que son entrée avait soulevée dansait dans la lumière.

Les ravages étaient pires encore que ce à quoi il s'attendait. La majorité des poutres s'étaient effondrées et l'escalier qui avait vu passer ce que la ville comptait de plus distingué n'était maintenant qu'un amas de décombres. L'élégant papier peint s'était volatilisé. Un voile gris de moisissure recouvrait tout de sa patine. La pluie était entrée par le toit déchiré et une boue sèche avait tracé des dessins sur le carrelage.

Le cœur serré, Daniel avança dans la maison. Partout, on pouvait voir les conséquences de l'incendie. Les plafonds et les colonnes, laqués de riches vernis, ressemblaient aux ossements d'un cadavre calciné. Les rideaux de satin bleu étaient devenus des guenilles que l'air agitait à son gré. Quelques lampes pendaient encore du plafond, déformées par le feu. Le mobilier qui n'avait pas disparu dans l'incendie gisait en morceaux à l'endroit même où il avait brillé de toute sa splendeur. Malgré le temps passé, Daniel eut l'impression qu'une odeur de brûlé flottait encore.

Il parcourut différentes pièces, suivi de la lumière moribonde du soir qui filtrait à travers les volets délabrés. Ses pas le conduisirent à la cuisine. Là, il ne restait que les vestiges d'une table, deux chaises et quelques ustensiles noircis, indéfinissables. Il s'arrêta près d'une porte devenue une planche carbonisée. L'entrée du laboratoire de son père.

Il hésita un instant avant d'ouvrir. Derrière, des marches en pierre disparaissaient au bout de quelques mètres, dévorées par les ténèbres. La peur le poussait à partir et à retourner à la sécurité de l'oubli, mais le besoin de le voir de ses propres yeux fut plus fort. Les souvenirs de cette nuit-là étaient diffus, au contraire de ses cauchemars, plus nets. Jamais il n'avait réussi à savoir ce qu'il s'était réellement passé. C'est pourquoi il était là. Il fallait qu'il découvre si, comme il le redoutait, il était un assassin.

Il s'agenouilla et tira de son manteau deux bougies de suif et quelques allumettes. Après une ou deux tentatives maladroites il parvint à en allumer une. La flamme créa un halo de lumière autour de lui. Il prit une profonde inspiration, passa la porte et s'engouffra dans le trou noir.

La rampe en bois avait disparu ; il prit appui contre le mur de sa main libre et tressaillit au contact de la pierre chaude. Il descendit une marche, puis une autre, conscient du fait qu'à sa gauche il y avait un vide d'une dizaine de mètres. L'odeur du suif qui fondait se mêla à la puanteur qui montait du fond.

Après quelques pas, il s'immobilisa brusquement, ayant cru entendre un murmure sourd. C'était impossible. Son imagination lui jouait des tours. Mais un nouveau bruit lui parvint et tout à coup un courant d'air le frappa au visage, soufflant sa bougie.

L'obscurité fondit sur lui comme s'il avait plongé dans un puits. Il perdit le contact avec le mur et tâtonna autour de lui dans une vaine tentative pour le retrouver. Il fit un grand effort sur lui-même pour contrôler la panique qui menaçait de l'assaillir et parvint à se retourner. En haut, un carré de lumière ténue marquait l'emplacement de la porte. Il se trouvait beaucoup plus bas que ce qu'il croyait. À tâtons, il chercha du pied la marche supérieure, trébucha et tomba dans le vide.

Il étouffa un cri de frayeur, s'attendant à une longue chute, mais au contraire il fut surpris par la douleur qui explosa dans son genou gauche ; l'instant d'après, l'impact contre le mur lui coupa le souffle. Il s'était effondré quelques mètres plus bas sur ce même escalier qui tournait en colimaçon, collé au mur.

La peur le poussa à se relever en agrippant sa jambe blessée et à remonter en boitillant vers la lumière.

Il repassa la porte, le visage décomposé. Il n'arrivait pas à respirer et son genou lui faisait horriblement mal. Il regarda autour de lui, désorienté. La maison semblait avoir pris vie et rétréci à son passage comme si elle voulait le retenir.

Il se mit à errer désespérément d'une pièce à l'autre, trébuchant et tombant plusieurs fois. Sans savoir comment, il trouva enfin le vestibule et put sortir sur le perron. Il descendit tant bien que mal les marches, mais à la dernière son genou lâcha et il s'effondra sur les dalles du sentier. Il se retourna et aspira avidement l'air froid du jardin. La vue du ciel lui semblait merveilleuse.

Alors il fut pris d'un haut-le-cœur. Il n'eut que le temps de se pencher de côté avant de vider son estomac.

Quand il eut fini, tremblant, il s'appuya sur les marches. Les larmes lui brouillaient la vue. Son père n'avait jamais voulu revenir dans cette maison et il avait eu bien raison. Il dégrafa le col de sa chemise. Les battements de son cœur se calmèrent peu à peu et sa respiration redevint plus posée. Alors il porta la main à sa nuque et parcourut du bout des doigts les boursouflures difformes, le souvenir indélébile qu'il était un assassin.

Ce n'est qu'en sentant sous lui le siège du tilbury que Daniel respira, soulagé.

« Partons », dit-il.

Le cocher écarquilla les yeux devant l'état des vêtements de son passager mais lorsqu'il vit l'expression de son visage il choisit de se taire. Il éteignit sa cigarette contre la semelle de sa botte et la rangea dans un repli de sa pèlerine. Sur son claquement de langue, le tilbury s'ébranla.

Daniel se retourna. Des nuages s'amoncelaient au-dessus de la propriété, à moitié cachée dans la pénombre. À mesure qu'ils s'éloignaient elle sembla disparaître, comme si elle n'avait jamais existé.

30

Le grenier, comme l'appelait M. Ferrán, était en réalité une pièce mansardée où il fallait marcher en baissant la tête pour ne pas se cogner. À l'odeur qui y régnait, on eût dit qu'on y avait laissé un cadavre. Pau avait du mal à croire que c'était là que Homs avait cherché un remède pour sa femme.

Il alluma la vieille lampe sur la table. Des housses décolorées recouvraient les meubles. Pau les retira et découvrit une bibliothèque vide qui semblait presque tenir le mur, un vieux squelette anatomique incomplet, trois volumineuses malles de voyage, d'excellente facture, dont les étiquettes révélaient qu'elles avaient contenu le matériel de laboratoire du médecin, et plusieurs douzaines de caisses et de boîtes de rangement en carton jauni qui renfermaient des milliers de livres.

Il se sentit flancher. Combien de temps lui faudrait-il pour inspecter tous les cartons ? Dans l'éventualité bien improbable que le manuscrit de Vésale y soit, il lui faudrait plusieurs jours pour le trouver. Peut-être valait-il mieux attendre le retour d'un exemplaire de la bibliothèque, ou même le demander directement à l'un des étudiants qui l'avaient emprunté.

Il fut un moment séduit par l'idée avant d'imaginer le sourire condescendant de Fleixa. Il s'approcha de la montagne de cartons, choisit le plus proche et le porta jusqu'à la table ; puis il tira une chaise et s'assit devant, prêt à y passer un bout de temps.

Deux heures étaient passées quand il replaça par-dessus les autres le septième carton qu'il venait d'inspecter et se laissa tomber sur sa chaise. Un moment plus tôt, il s'était félicité de la chance qui était la sienne : tomber sur la bibliothèque du docteur Homs en personne, rien que cela ! Il s'était imaginé avec plaisir l'expression d'Amat et de Fleixa quand il leur ferait part de sa découverte. Mais à présent il devait bien reconnaître que le bibliothécaire avait raison ; cette collection n'avait aucun sens.

Il avait vu tant de livres qu'il en avait perdu le compte et il comprenait de moins en moins dans quel but le médecin avait accumulé toutes ces lectures. Dans chaque carton, des œuvres prestigieuses, d'une valeur scientifique reconnue, côtoyaient des livres qui n'étaient qu'un tissu de mensonges, superstitions et approximations. Parmi les inestimables *Libri naturales* d'Aristote, le *Handbuch der pathologischen Anatomie* de Carl von Rokitansky ou les *Leçons de pathologie expérimentale* de Claude Bernard se trouvaient des pamphlets ésotériques, des manuels de spiritisme et des guides sur les principes de l'alchimie : une sélection absolument inouïe, incompréhensible chez quelqu'un d'aussi cultivé que Homs. Et pour couronner le tout, aucune trace du manuscrit de Vésale.

Il tira le carton suivant jusqu'à la table. En fouillant à l'intérieur, il en tira un volume à la couverture sombre : *Le Livre des Esprits* d'Allan Kardec sur « l'immortalité de l'âme, la nature des esprits et leurs rapports avec les hommes, les lois morales, la vie présente, la vie future et l'avenir de l'humanité ».

Il secoua la tête : tout cela était une perte de temps. Il ferait mieux de travailler ses examens qui approchaient… Dans un mouvement d'humeur, il attrapa le traité spirite et le lança contre la pile de cartons qui, sous ses yeux stupéfaits, s'effondra contre la bibliothèque dans un nuage de poussière, répandant sur le sol des dizaines de livres.

Parfait, maintenant il allait devoir passer encore une heure à ranger ce désastre ! Il sc mordit les lèvres pour ne pas se lamenter de sa bêtise et décida de tout remettre en ordre et de s'en aller. Tant pis, il devrait supporter les sarcasmes du journaliste, mais ce serait toujours mieux que de rester plus longtemps dans cet endroit.

Il s'approcha de la bibliothèque au pied de laquelle gisaient plusieurs volumes et s'arrêta, perplexe. Sur un côté du mur, une lézarde était bien visible.

Il ne manquait plus que ça, se dit-il.

Il approcha sa lanterne et inspecta les dommages. Il était dans de beaux draps ! Il passa le doigt sur la fissure. Comment la chute de quelques livres avait-elle bien pu provoquer de tels dégâts ? Soudain, il eut une intuition. Il chercha autour de lui une des housses qui protégeaient les meubles et débarrassa la bibliothèque de la poussière et des toiles d'araignées. Une fine ligne apparut alors tout autour, comme si le mur avait été découpé au bistouri.

Tremblant d'excitation, il posa ses deux mains sur le meuble et poussa, sans résultat. Pau ne voulait pas croire qu'il s'était laissé emporter par son imagination. Il recommença en appuyant plus fort, de tout le poids de son corps. Cette fois, dans un craquement, la bibliothèque s'enfonça dans le mur de quelques centimètres. Le cœur battant la chamade, il poussa de nouveau ; la bibliothèque s'effaça, laissant place à un rectangle sombre de la taille d'une petite porte.

Pau ramassa sa lanterne et, les mains tremblantes, se pencha par l'ouverture. Il pouvait entendre sa propre respiration, précipitée. Il entra et l'odeur de renfermé lui fit froncer le nez. C'était une pièce simple, assez petite. Contre l'un des murs se trouvaient une table de laboratoire des plus ordinaire, une armoire et un tabouret. Un grabat et un poêle en fonte occupaient l'espace restant. Il avait découvert le laboratoire secret du docteur Homs.

Après sa brouille avec le docteur Amat et les premières suspicions émises par l'université sur son instabilité émotionnelle, Homs avait dû aménager cette chambre secrète pour continuer ses recherches sans être dérangé. Ainsi, il pouvait disparaître sans que personne ne puisse savoir où le trouver ni contrôler ses allées et venues.

Fasciné, Pau caressa le bord de la table. Le bois était maculé de taches, souvenirs d'expérimentations anciennes. C'était là que Homs avait passé d'innombrables nuits blanches, à tenter de sauver sa femme. Pau pouvait presque sentir dans l'air son combat désespéré, qui avait fini par le rendre fou. Il frissonna, l'atmosphère semblait encore imprégnée de la souffrance et des obsessions du médecin.

Le halo de la lanterne éclaira brièvement le mur et quelque chose attira son attention. Il leva la lampe au-dessus de sa tête et la surprise lui fit presque perdre l'équilibre. Une phrase, répétée des milliers de fois, couvrait les quatre murs, du sol au plafond. Il la lut à haute voix : *Vivitur ingenio, caetera mortis erunt.* Du bout des doigts, il effleura les lettres. Homs s'était servi du charbon du poêle ; l'écriture était presque illisible par endroits. Qu'est-ce que cela voulait dire ? Y avait-il un lien avec cette histoire de meurtres ? Ou était-ce simplement le produit d'un esprit dérangé ? Pau posa sa lampe sur la table, tira un cahier de son sac et recopia la phrase. Il y réfléchirait plus tard.

Il se rappela pourquoi il était là et se dirigea vers l'armoire, le seul endroit qui pouvait abriter un livre. Les portes vitrées, couvertes de poussière, étaient quasiment opaques. Réfrénant sa nervosité, il ouvrit. Sur la première étagère, il trouva plusieurs traités de médecine et quelques essais sur le choléra. L'un d'eux attira son attention. *De Dignotione ex Insomnis Libellis.* « Du diagnostic par les rêves », traduisit-il mentalement. Une œuvre connue de Galien de Pergame. Pourquoi le médecin possédait-il ce traité ? Il s'apprêtait à l'examiner quand ses yeux se posèrent sur un autre volume négligemment abandonné sur l'étagère inférieure.

C'était le seul dont le titre ne figurait pas sur la tranche. Il pouvait aisément passer pour un simple registre.

Les mains tremblantes, Pau le sortit de l'armoire, le posa sur la table et l'ouvrit.

Les feuilles crissèrent au contact de ses doigts. La lumière de la lanterne éclaira les fantastiques gravures de corps écorchés, d'organes et de squelettes, entremêlés de longs paragraphes en latin et en grec. Ses yeux fascinés ne pouvaient se détacher de leur beauté crue. Il chercha la page de titre et lut les caractères latins : *De Humani Corporis Fabrica* d'Andreas Vesalius.

À cet instant, un craquement lui fit tourner la tête.

31

Irene, réfugiée derrière le rideau, le front posé contre la vitre de la berline, prenait plaisir à sentir l'air vif ébouriffer ses cheveux sous son chapeau et colorer ses joues. Le parfum de terre mouillée et de fleurs de la Rambla lui emplissait la poitrine. Elle avait l'impression de n'avoir plus respiré depuis des semaines.

Pour l'occasion, elle avait choisi une robe d'après-midi couleur ivoire, et une pèlerine de velours couvrait ses épaules. Son corset la serrait, mais c'était toujours mieux que le polisson que portaient encore certaines femmes.

Elle cachait sa nervosité pour ne pas inquiéter la petite Encarnita. Elle s'exposait aux foudres de son mari, ce qui lui faisait une peur atroce. Ces dernières années, Adell avait parfaitement su lui inculquer ce sentiment. Elle avait pris d'infinies précautions et elle savait qu'elle pouvait compter sur la discrétion de sa bonne, même si elle était bien consciente que son mari finirait par apprendre tôt ou tard à qui elle avait rendu visite. Mais de toute façon elle ne pouvait faire autrement.

Sa rencontre imprévue avec Daniel au cimetière et la venue de celui-ci chez elle l'avaient bien plus ébranlée qu'elle ne voulait bien l'admettre. Ces dernières années, au prix de beaucoup d'efforts et de sacrifices, elle avait réussi à se résigner et à accepter son sort, à se montrer docile et indifférente afin de protéger ce qu'il y avait de plus important dans sa vie. Alors qu'elle s'était enfin convaincue que son mariage avec Bertomeu Adell avait été un moindre mal nécessaire, tous les mensonges et demi-vérités sur lesquels elle avait construit sa vie avaient été bousculés quand elle avait revu Daniel.

Il avait changé, il n'était plus le jeune homme un peu superficiel mais intelligent avec lequel elle aimait tant converser ; ce n'était plus non plus le garçon qui évitait de la regarder dans les yeux lorsqu'elle riait, ni le rêveur qui espérait changer le monde avec ses écrits. Son regard était devenu plus pondéré, assagi par les années. Derrière cette façade, elle devinait le découragement, comme s'il n'espérait plus rien de la vie. Souffrait-il encore de ce qui était arrivé ? Ressentait-il la même culpabilité ? Il l'avait abandonnée. Longtemps, elle l'avait haï pour cela. Pourtant, au fil du temps, sa colère s'était apaisée et transformée en une tristesse qui avait fini par se diluer avec les souvenirs.

À mi-chemin de la Rambla Sant Josep, le luxueux landau s'engagea dans une petite rue et les immeubles semblèrent se refermer sur son passage.

Fleixa traversa la rédaction et se dirigea droit sur son collègue Alejandro Vives, qui se balançait justement sur sa chaise, les bras croisés derrière la tête, en regardant avec un air satisfait les feuilles imprimées posées devant lui.

« Salut, l'ami, voici le meilleur papier qui ait jamais été écrit depuis ce jour où Sarah Bernhardt a joué *Adriana Lecouvreur* au Teatro Lírico.

— Félicitations. J'ai besoin de te parler, tu as une minute ?

— Sûr ! Je t'écoute.

— C'est au sujet de cela. »

Fleixa déplia la coupure de presse sur l'incendie chez les Amat, qu'il avait dérobée aux archives. Vives plissa les yeux et son sourire s'évapora.

« Je me souviens de ce papier, c'est moi qui l'ai écrit. Une véritable tragédie. Toi, tu ne bossais pas encore ici.

— J'ai trouvé aussi des notes écrites de ta main qui m'ont donné l'impression que tu avais des doutes sur les causes de l'accident… »

Vives arrêta de se balancer et reposa les pieds au sol pour saisir l'article.

« Ah oui ?

— Oui, tu envisageais même un acte prémédité », exagéra-t-il.

Son collègue le regarda, soudain sérieux.

« C'était il y a longtemps, tout ça, je ne me rappelle plus.

— Ce serait gentil de faire un effort de mémoire. »

Vives eut une grimace de dépit. Toute sa bonne humeur avait disparu et il semblait même mal à l'aise, crut voir Fleixa.

« Pourquoi elle t'intéresse autant, cette histoire ? Le passé, c'est du passé. Tu n'as pas assez à faire avec ce qui se passe en ce moment à Barcelone ? »

Fleixa le regarda avec impatience.

« D'accord, d'accord, accepta Vives, résigné. Mais ce que je vais te dire ne sort pas d'ici, c'est clair ?

— Compte sur moi », répondit Fleixa en posant une fesse sur la table de son collègue.

En voyant l'air grave qu'il avait pris, sa curiosité augmenta encore.

« Ce jour-là il était très tard mais j'étais encore au journal à corriger les dernières épreuves de l'édition du lendemain. J'allais partir quand on a appris qu'il y avait le feu dans un hôtel particulier du Born. Martínez nous avait envoyé un gamin pour nous mettre au parfum, tu sais bien. »

Fleixa hocha la tête. Francesc Martínez était de la police municipale et le journal lui graissait la patte pour qu'il fasse remonter l'info lorsque quelque chose de potentiellement intéressant pour eux arrivait. On se doutait bien qu'il devait travailler avec plusieurs périodiques en même temps, mais depuis dix ans ça ne gênait personne.

« Continue.

— Quand je suis arrivé, j'ai été horrifié par la taille de l'incendie. Les flammes qui enveloppaient la maison éclairaient la petite place où elle se trouve comme en plein jour. C'était la panique, ça criait de partout, au milieu de la fumée et des clochettes des voitures de pompiers et des ambulances ; une foule était agglutinée pour voir le spectacle, et la police faisait son possible pour disperser les badauds pendant que les pompiers se battaient pour éviter que le feu se propage aux maisons voisines, même si les bouches d'incendie ne marchaient pas bien et qu'une pompe à vapeur était tombée en panne. Cette nuit-là, tous les malheurs et contretemps qui pouvaient arriver sont arrivés. »

Vives se remémorait toujours, les yeux dans le vague.

« J'ai pu parler avec le chef des pompiers. Ils avaient renoncé à sauver la maison. Ils ne pouvaient rien faire. Ils n'avaient jamais vu un incendie pareil : d'après lui, ça brûlait comme si quelqu'un avait tout arrosé de poix.

— Qu'est-ce que tu as fait ?

— J'ai cherché à parler aux domestiques. Certains étaient blessés, mais ce qui m'a frappé, c'était leur terreur, à tous. C'est peut-être idiot mais j'ai eu le sentiment alors que leur peur n'avait rien à voir avec l'incendie. J'ai tenté de recueillir des témoignages sur ce qu'il s'était passé, mais la seule chose que j'ai réussi à savoir, c'est que le feu ne s'était pas déclaré dans la cuisine, comme le chef des pompiers me l'avait dit d'ailleurs. À ce moment, j'ai entendu un des valets chuchoter à l'une des bonnes que quand ils avaient réussi à le sortir des flammes, le jeune Daniel n'arrêtait pas de crier qu'il les avait tués. Forcément intéressé, je lui ai demandé de quoi il parlait, mais à ce moment-là le majordome de la maison s'est interposé et l'a fait taire. C'était fini, pas moyen d'obtenir plus.

— Si c'est vrai, Daniel Amat aurait donc avoué le meurtre de sa fiancée et de son frère.

— Je te dis juste ce que j'ai entendu.

— Mais il n'y a pas que ça, pas vrai ? »

Vives se mordit la lèvre, comme s'il rechignait à continuer.

« Non, il n'y a pas que ça. Tu vois, après les événements de cette nuit-là, quelque chose me chiffonnait. Ce n'était pas un simple incendie et les paroles des domestiques me trottaient dans la tête. J'ai décidé d'en savoir plus sur les Amat et les Giné. Pendant des semaines j'ai remué ciel et terre, j'ai parlé avec des gens qui connaissaient les familles, et même j'ai soudoyé deux ou trois valets pour essayer de tirer au clair ce qui était arrivé cette nuit-là. Et voilà ce que j'ai pu apprendre : fin 1880, Daniel Amat et son frère Alec, alors des jeunes hommes de bonne famille ordinaires qui assistaient à une pièce de théâtre au Liceo, avaient rencontré à l'entracte les sœurs Giné et leurs parents. Le docteur Amat et Giné avaient semble-t-il été des amis intimes dans leur jeunesse. Puis Don Antoni Giné était parti à Cuba, où il avait exercé la médecine pendant presque vingt ans, mais du fait des problèmes outremer il avait décidé de rentrer. Il avait fondé la clinique de Nueva Belén avec le succès que l'on sait et, décidé à s'installer définitivement à Barcelone, avait fait l'acquisition d'une magnifique propriété à Collserola. Cette rencontre, pourtant, n'avait rien de fortuite, elle avait été orchestrée par Amat et son ami.

— Je ne vois pas où tout ça va nous mener…

— Patience, mon ami, patience. Laisse-moi te raconter la suite. Comme je le disais, les sœurs Giné étaient de ravissantes jeunes femmes qui avaient une insatiable curiosité pour la métropole qu'elles ne connaissaient qu'à travers les revues et les livres, on parlait beaucoup de leurs manières charmantes et de leur excellente éducation. Pour le reste, les deux sœurs ne se ressemblaient en rien. Surtout parce que, évidemment, elles n'étaient pas vraiment sœurs. »

Un sourire se peignit sur le visage de Vives un bref instant.

« Irene, comme tu as pu t'en douter, n'est pas la fille naturelle des Giné. Pendant le soulèvement de Cuba en 1868, Don Antoni, qui exerçait alors en tant que médecin du régiment de cavalerie, l'avait trouvée près du corps de sa mère dans un petit village près de Sancti Spíritus. Le hameau avait été rasé lors d'une incursion des insurgés. Comme elle était métisse, les gens du village l'avaient abandonnée à son sort et les Giné, qui n'avaient pas eu d'autre enfant, l'avaient adoptée et élevée comme la sœur cadette d'Ángela. Les jeunes filles n'avaient jamais quitté Cuba auparavant, ne connaissaient personne à Barcelone, et ce fut le plus naturellement du monde que Daniel et Alec Amat devinrent leurs cavaliers en différentes occasions et les introduisirent dans leur cercle de connaissances. Rien que de très banal : bals, soirées au théâtre, promenades en voiture dans l'Ensanche, ce genre de chose. Elles firent vraiment sensation. La beauté laiteuse de l'une et la splendeur exotique de l'autre les faisaient remarquer où qu'elles aillent. Leur présence devint habituelle et elles commencèrent à apparaître régulièrement dans les chroniques mondaines. Les deux familles voyaient d'un très bon œil cette amitié, à tel point que, au bout de quelques mois, le docteur Amat et Don Antoni Giné s'accordèrent sur les fiançailles de leurs aînés respectifs, c'est-à-dire d'Ángela et de Daniel, sauf qu'ils oublièrent de demander leur avis aux jeunes intéressés.

— Tout cela est passionnant mais quel est le rapport avec l'incendie ?

— Ángela était une jeune femme très jolie et pleine de vie, continua Vives, passant outre l'impatience de son interlocuteur. Daniel Amat avait de l'affection pour elle, mais il ne l'aimait pas. Elle, en revanche, lui vouait un amour enfantin, ce qui aurait certainement été flatteur pour le jeune homme en d'autres circonstances, mais Daniel était amoureux de la sœur, Irene, et apparemment il était payé de retour. Pour compliquer encore les choses, les mauvaises langues disaient que son frère Alec portait, lui, un intérêt spécial à Ángela, mais je n'y crois pas trop. Tu suis toujours ? »

Fleixa confirma d'un hochement de tête.

« Irene n'avait aucune dot ni aucun droit sur l'héritage Giné. Don Antoni la considérait comme sa fille et la traitait en conséquence, mais ça s'arrêtait là. Doña Francisca, la mère adoptive, n'aurait pas permis autre chose. En fin de compte, Ángela était la seule héritière légitime. Daniel Amat se moquait bien de tout cela : les deux jeunes gens décidèrent de révéler leurs sentiments à leur famille respective afin de rompre l'engagement pris par leurs pères et d'obtenir l'autorisation de se marier. En cas d'échec, Daniel était prêt à arrêter ses études, quitter le domicile familial et s'enfuir avec elle.

— Mais quelque chose l'en a empêché.

— Un malheur a brisé net ces projets. Tu t'en souviendras sans doute, cela a fait pas mal de foin, à l'époque : les Giné ont été victimes d'un vol avec violence au retour d'une soirée de bienfaisance. Leur cocher a résisté et il y a eu un échange de coups de feu. Don Antoni ne souffrit que d'une légère blessure au bras, mais Doña Francisca, elle, fut gravement touchée. C'est le docteur Amat en personne qui la soigna, même s'il n'y avait plus grand-chose à faire. Sur son lit de mort, la mère réclama sa fille Ángela et Daniel et devant témoins leur fit jurer d'accomplir sa dernière volonté : se marier et avoir les enfants qui assureraient la descendance familiale. Ángela, en larmes, accepta au nom de tous les deux. Et la mère expira peu après. La tragédie eut lieu cette même nuit. Irene rompit avec Daniel ; elle ne pouvait supporter la promesse que sa demi-sœur avait faite à sa mère adoptive. Daniel Amat fut aperçu ce soir-là dans plusieurs tavernes en ville et deux domestiques le virent rentrer tard dans la nuit. Il était ivre et, au lieu d'aller directement dans sa chambre, il se rendit au laboratoire de son père installé au sous-sol. Les mêmes valets m'ont confirmé que Alec et Ángela Giné étaient arrivés un peu plus tôt, certainement parce qu'ils cherchaient Daniel. Sans pouvoir préciser l'heure, une servante occupée à éteindre les braises dans la cuisine a entendu des éclats de voix qui provenaient du sous-sol. Alarmée, elle a d'abord pensé à réveiller le maître de maison, mais comme les bruits ont cessé elle a pensé que la dispute était terminée et a préféré ne pas s'en mêler. Quelques minutes plus tard, la maison était en flammes. »

Il fit une pause le temps d'allumer une cigarette.

« C'est tout ce que j'ai pu apprendre. Le reste, tu le sais déjà. Sanchís m'a obligé à laisser tomber l'affaire et on n'en a plus rien su. Tu peux me reprocher de m'être dégonflé mais j'ai une famille à nourrir, moi. Daniel Amat a disparu dès sa sortie de l'hôpital. Alec Amat et Ángela Giné furent enterrés et oubliés. Personne ne souhaitait remuer cette histoire, jusqu'à ce que tu viennes y fourrer ton grand nez.

— Et tu penses que Daniel Amat a provoqué l'incendie ? »

Son collègue haussa les épaules.

« Merci, Alejandro. Tu m'as bien aidé.

— Parfait, maintenant, fais-moi plaisir : tu oublies tout. »

Fleixa descendit dans la rue, plongé dans ses pensées, et se dirigea vers la résidence universitaire où il avait rendez-vous avec Amat et le jeune étudiant. Il n'arrivait pas à se sortir de la tête l'histoire que lui avait racontée Vives. Maintenant, il comprenait mieux le caractère tourmenté du jeune homme, forcé d'épouser une femme qu'il n'aimait pas et d'oublier l'amour de sa vie, le tout se terminant en cette horrible tragédie, pour laquelle Amat culpabilisait certainement. Mais où était la vérité ? Qu'était-il arrivé au sous-sol de la maison ? Si l'incendie avait été provoqué, comme l'avait insinué Vives, dans quel but ? Beaucoup de questions restaient sans réponse, mais une seule commençait à le tourmenter : Daniel Amat était-il un assassin ?

Plongé dans ses pensées, il n'entendit la berline noire qui arrivait que lorsqu'elle s'arrêta près de lui dans un crissement de freins. Il lança un regard furieux au cocher, prêt à lui dire sa façon de penser, quand celui-ci le devança.

« Monsieur Fleixa ? Bernat Fleixa ?

— Possible », répondit celui-ci, prudent, en se demandant si la Negra pouvait être propriétaire d'une voiture aussi luxueuse.

La portière s'ouvrit et une jeune fille en costume de servante descendit.

« Montez, vite. »

Il obéit malgré ses réticences. En s'asseyant, il découvrit sur le siège d'en face une femme à l'exotique beauté. À ses vêtements, Fleixa comprit que c'était une grande dame. Sa peau mate se fondait dans la pénombre et ses yeux brillaient, amusés de voir son trouble. Elle tenait dans ses mains un éventail fermé. Sentant le journaliste la détailler, elle pinça les lèvres en une moue ironique puis écarta une mèche sombre de son front et lui rendit un regard encore plus perçant. Fleixa toussota nerveusement. Il se souvint qu'il devait se découvrir et posa maladroitement son canotier à côté de lui.

« Je vais être en retard, on m'attend, dit-il, et immédiatement il se sentit ridicule.

— Bonjour, monsieur Fleixa. N'ayez crainte, je n'ai nulle intention de vous faire perdre votre temps. »

Sa voix était douce, marquée d'un léger accent caribéen.

« Nous n'avons pas le plaisir de nous connaître. Je me présente : Irene Adell.

— Adell ? Adell, l'industriel ? Est-ce que vous êtes sa femme ?

— En effet. »

Et également l'amour impossible de Daniel Amat et la femme qu'il a abandonnée après avoir provoqué la mort de sa sœur Ángela, pensa le journaliste.

Irene écarta le rideau de ses doigts fins et jeta un coup d'œil dehors.

« Soyez tranquille. Personne ne saura rien de notre rencontre, en tout cas pas par moi, je vous le garantis. Je sais être discret, dit Fleixa devant l'expression inquiète de la femme. Même si je suis persuadé que vous savez parfaitement quel est mon métier et que donc la discrétion n'est pas vraiment dans mes habitudes. »

La femme parut soupeser ses paroles. Fleixa espérait que sa réponse n'allait pas mettre fin à leur entrevue. Il était très curieux de savoir ce qu'elle lui voulait.

« Je vous entends, dit enfin Irene. Et j'espère, une fois que nous aurons parlé, que vous aurez compris la nécessité d'un minimum de réserve. »

Fleixa acquiesça involontairement.

« Je voulais vous demander votre aide.

— Si c'est en mon pouvoir…

— Je voudrais que vous convainquiez Daniel Amat d'abandonner. »

Le journaliste se redressa, surpris.

« Excusez-moi, mais vous avez une longueur d'avance sur moi. Comment savez-vous que je connais M. Amat ?

— Il y a peu, il est venu nous rendre visite pour une affaire personnelle et dans sa conversation avec mon mari votre nom a été cité. »

Fleixa se trémoussa nerveusement sur son siège, plus attentif aux paroles de son interlocutrice.

« Votre enquête, je le crains, pourrait avoir de fâcheuses conséquences. »

Le journaliste éclata de rire.

« C'est à peine croyable : Bertomeu Adell qui envoie sa femme pour empêcher que les journaux lui fassent mauvaise presse ! »

Le visage d'Irene s'assombrit.

« Excusez-moi, je vois que je me suis trompé.

— Oui, je m'inquiète juste du bien-être de M. Amat ; il s'agit d'un… d'un vieil ami. Je ne voudrais pas apprendre qu'il a des ennuis, voilà tout.

— Je partage vos préoccupations, mais pourquoi ne lui parlez-vous pas vous-même ?

— Je crains de ne pas avoir été assez convaincante.

— Ah, je vois. Pourtant je ne crois pas que je puisse…

— Ne vous sous-estimez pas. Daniel parle de vous de très élogieuse façon. Par ailleurs, je n'ai que faire de votre enquête. Je désire simplement que M. Amat cesse d'y être mêlé. Et je suis prête à payer pour cela. »

D'une bourse brodée de fils d'argent, elle tira une enveloppe qu'elle déposa dans ses mains. Fleixa l'entrouvrit en craignant de faire évaporer le doux arôme qui s'en échappait. Il retint un sifflement appréciateur. Il y avait là de quoi régler sa dette auprès de la Negra et il lui resterait encore une somme rondelette. Avant de pouvoir le regretter, il glissa l'enveloppe à l'intérieur de sa veste.

« Ce n'est qu'un premier versement, poursuivit Irene. Vous en recevrez autant lorsque vous aurez rempli votre mission.

— Madame, votre offre est généreuse, très généreuse. Je ferai ce qui est en mon pouvoir, mentit-il. Pourtant, je ne peux pas vous garantir que j'arriverai à dissuader Amat. »

Devant le regard inquisiteur qui le fouillait, Fleixa se racla la gorge.

« Je ferai tout mon possible, expliqua-t-il, mais je ne veux pas vous donner de faux espoirs. Malgré tout ce que je pourrais dire, ce jeune homme est bien décidé à découvrir la vérité sur la mort de son père.

— Je comprends », murmura Irene.

Fleixa se surprit à regretter de ne rien pouvoir offrir de mieux à cette femme. Avant qu'il pût exprimer des paroles capables de soulager ses inquiétudes, elle releva la tête avec un air de défi.

« Je suis en mesure de vous faire une offre qui pourrait stimuler vos efforts. »

Le journaliste l'encouragea d'un geste à poursuivre. Que pourrait-elle lui proposer à part de l'argent ?

« Vous savez certainement que mon mari est l'un des industriels qui participent à l'Exposition universelle. » Elle attendit sa confirmation pour continuer. « Donc vous savez aussi qu'il a été chargé de la construction de la centrale qui fournit en électricité toute l'enceinte du parc de la Citadelle ainsi que les rues adjacentes.

— Oui, je l'ai entendu dire.

— Eh bien, Bertomeu est en train d'escroquer les investisseurs. »

Le journaliste fit un bond sur la banquette.

« C'est une accusation très grave, madame. Vous êtes sûre… ?

— J'ai en ma possession certains documents qui prouvent le détournement de fonds vers différentes compagnies qui lui appartiennent et la perte consécutive de cet argent placé dans des investissements risqués. Des documents qui seront à vous si vous parvenez à faire ce que je vous ai demandé. »

Fleixa tenta de dissimuler son excitation. Ça, c'était une vraie bombe. La une assurée. Il ne put faire autrement qu'admirer la hardiesse de Mme Adell car, si l'affaire était rendue publique, elle conduirait à la ruine et au déshonneur aussi bien son époux qu'elle-même. La sécurité d'Amat lui était à ce point importante ?

« Vous mesurez les conséquences de dénoncer… votre propre mari ?

— Tout à fait. Si Daniel Amat abandonne son enquête sur ces crimes et repart en Angleterre, vous aurez vos preuves, en plus du reste de l'argent. »

Irene tapota contre la vitre du bout de son éventail et la portière s'ouvrit. La servante, qui attendait dans la rue, s'effaça pour laisser descendre Fleixa. Quand il se retourna, le journaliste croisa le regard d'Irene : un océan dans lequel il se serait noyé bien volontiers.

« Faites-le pour moi, je vous en conjure. »

Fleixa pencha la tête et salua en touchant le bord de son chapeau. Il s'écarta alors que le cocher fouettait les chevaux et regarda la berline s'éloigner. Puis il huma de nouveau l'essence de jasmin qui flottait encore dans l'air et envia Amat de tout son cœur.

32

Pau rangea dans son sac le livre de Vésale avec celui de Galien et sortit du laboratoire de Homs. La lanterne à la main, il retraversa le grenier et se retrouva dans la bibliothèque. Il fut surpris de voir qu'elle était quasiment plongée dans le noir, hormis l'éclat bleuté de la lune qui entrait par les fenêtres. Il regarda sa montre. Il ne s'était pas rendu compte à quel point il était tard.

« Monsieur Ferrán ? »

Il pensait que le vieux bibliothécaire, s'il avait éteint les lumières, l'aurait prévenu avant de fermer les portes. Pourquoi ne répondait-il pas ? Il était sûr d'avoir entendu des pas.

Il scruta les ombres qui se dressaient devant lui. Le calme du lieu, qu'il appréciait à d'autres moments, commençait à le rendre nerveux. Il se surprit à souhaiter voir apparaître dans une allée le vieux bibliothécaire, sans doute contrarié par l'heure tardive.

Soudain, il réalisa que les pas pouvaient être ceux de quelqu'un d'autre. Il se rappela les mots de Fenollosa et le regard haineux qu'il lui avait lancé avant de partir. Il avait très bien pu attendre pour se retrouver seul avec lui et régler ses comptes. Il était difficile de trouver le chemin pour arriver à cet endroit de la bibliothèque mais la lumière de sa lanterne risquait de trahir sa présence.

Il retourna dans le grenier et la posa sur la table. Il referma l'issue secrète en replaçant la bibliothèque devant, recouvrit les meubles et les cartons avec les housses en prenant soin de bien cacher l'entrée du laboratoire de Homs. Il ne voulait pas que Fenollosa puisse le découvrir, surtout maintenant qu'il savait que celui-ci avait emprunté le livre même qu'ils cherchaient. Il mit son sac en bandoulière et sortit en se glissant dans l'allée la plus proche.

À présent l'absence de lumière était son alliée. Il connaissait la bibliothèque bien mieux que son camarade. S'il croyait qu'il allait pouvoir lui tendre un piège ici, il se trompait lourdement.

Il changea d'allée et se cacha derrière un rayon de lourds manuels de pharmacologie. Après avoir écarté précautionneusement plusieurs volumes, il avait un bon point de vue grâce au halo de la lampe qu'il avait laissée.

Il attendit quelques minutes mais rien ne vint de nouveau rompre le silence de la bibliothèque. Dehors, des nuages qui passaient devant la lune rendaient l'obscurité encore plus impénétrable. Dans le grenier, la flamme de la lampe vacillait : l'huile allait manquer.

Pau, le corps tout contracté de froid, commença à se sentir ridicule. Il se rappela les explications de M. Ferrán. Avec les changements de température, le bois des étagères bougeait, ce qui emplissait le bâtiment de craquements comme s'il était vivant. Ces bruits de pas qu'il avait entendus n'étaient sûrement que le fruit de son imagination.

Décidé à quitter sa cachette, il allait se redresser quand une ombre envahit le cercle de lumière et disparut à l'intérieur du grenier. Ce fut si soudain qu'il resta planté là quelques secondes avant de réaliser qu'il devait en profiter pour fuir. Fenollosa ne tarderait pas à découvrir le traquenard.

Il quitta la deuxième allée et comme prévu atteignit la balustrade. D'où il se trouvait, il pouvait à peine distinguer les formes labyrinthiques de la bibliothèque, en contrebas. Il suivit la rambarde en fer forgée jusqu'à l'un des escaliers en colimaçon. Oubliant toutes ses précautions, il le dévala quatre à quatre et une fois en bas se coula entre les rayonnages. Après avoir traversé plusieurs salles, il atteignit enfin l'allée centrale. Il respira, soulagé. Le bureau du bibliothécaire était juste en face.

Il entra sans frapper, surpris de voir toutes les lumières éteintes. Seul le feu de cheminée éclairait la pièce. Dans la pénombre, il distingua une silhouette assise. M. Ferrán était adossé à son fauteuil, un livre ouvert sur sa poitrine. Pau l'appela mais, ne recevant aucune réponse, en conclut qu'il s'était endormi. Il allait devoir le réveiller.

En arrivant près de lui, Pau étouffa un cri d'horreur.

Le vieux bibliothécaire le regardait, les yeux grands ouverts. Sur sa chemise s'étalait une grande tache qui s'élargissait sur sa poitrine. Ses doigts étaient encore crispés sur son livre, aux pages constellées de gouttes de sang. Une imperceptible ligne rouge sillonnait son cou d'une oreille à l'autre. La lame l'avait presque décapité.

Un bruit tira Pau de sa stupeur. Il jeta un dernier regard à M. Ferrán et s'enfuit du bureau.

De nouveau parmi les livres, il scruta les allées sombres et les rayonnages silencieux et prit soudain conscience de sa vulnérabilité. Nul doute que l'assassin était le mystérieux visiteur du grenier et qu'il pouvait être là, tout près, à l'attendre.

Maîtrisant difficilement sa panique, il serra son sac dans ses bras et s'enfonça dans la sécurité relative de l'obscurité.

Alors qu'il avançait, il n'avait qu'une question en tête : qui avait pu commettre cet horrible crime ? Certainement pas Fenollosa. Il le croyait capable de bien des choses mais pas d'assassiner de sang-froid M. Ferrán. Alors, qui ? Et surtout : pourquoi ?

Il quitta la salle consacrée à la biologie et emprunta un couloir latéral. Dans cette partie de la bibliothèque, les allées étaient organisées de telle sorte qu'il était facile de se perdre. Après avoir parcouru quelques mètres encore dans le noir, le dos contre un mur de livres, il se laissa glisser au sol. Son sac pesait sacrément lourd avec les manuscrits.

Il paraissait être en lieu sûr. L'assassin, qui que ce fût, ne l'avait pas suivi. Malheureusement, il s'était pas mal éloigné de la sortie. Il ne pouvait pas revenir sur ses pas par l'allée centrale, c'était trop risqué. Même si c'était plus long, il devrait faire un détour pour rejoindre le hall d'entrée. Il se reposerait quelques instants puis il se remettrait en route dans cette direction.

C'est alors qu'il sentit une présence dans l'allée contiguë. Il crut d'abord que la peur lui faisait imaginer des choses, puis il entendit le glissement de pas feutrés. Une ombre se faufilait entre les colonnes de livres. Il tenta de ne faire aucun bruit et se recroquevilla, les bras serrés autour des jambes, en retenant son souffle. Son cœur battait si fort qu'il craignait qu'il ne le trahisse.

Quelques secondes plus tard, l'ombre disparut aussi silencieusement qu'elle était apparue. Pau s'autorisa à expirer l'air qu'il retenait dans ses poumons et sentit la tension se relâcher dans ses épaules. Il se redressa lentement.

Soudain, des livres sautèrent près de lui. Une main gantée, traversant le rayonnage, cherchait à lui saisir le bras. Pau poussa un cri et tomba au sol. La main se retira. Par le trou, entre les livres, Pau vit une silhouette encapuchonnée qui semblait se confondre avec les ténèbres de l'allée. Immobile, elle respirait calmement, tandis que le reflet de la lune glissait sur la lame effilée du scalpel qu'elle tenait à la main.

« Qui… qui êtes-vous ? »

Le silence lui répondit.

Pau se leva, jeta son sac sur son dos et fila sans un regard en arrière. Il sentait la présence de l'encapuchonné qui le suivait dans l'allée adjacente avec la patience du prédateur.

Il réalisa soudain avec angoisse que la file de rayonnages qui les séparait allait s'interrompre quelques mètres plus loin. Il fallait absolument qu'il arrive avant son poursuivant ou il tomberait entre ses griffes. Il courut encore plus vite, mais l'autre lui collait après comme son ombre.

Il arriva au bout de sa rangée hors d'haleine, au moment même où l'individu faisait irruption lui aussi. Pau fit mine de prendre le couloir de droite puis, se retournant par surprise, se jeta sur son poursuivant.

Ils s'affalèrent ensemble contre l'un des piliers en fer forgé. L'encapuchonné laissa échapper un cri sourd au moment où son dos encaissa le choc et ils roulèrent au sol. Pau ne lui donna pas le temps de reprendre ses esprits ; il se releva et se mit à courir. Il sentit un élancement dans le mollet, qui le fit chanceler, et une douleur aiguë dans le bras. Il manqua tomber mais réussit à garder son équilibre et à filer par l'allée contiguë.

Alors qu'il plongeait dans l'obscurité, le cri d'impuissance et de rage que lança l'assassin lui fit froid dans le dos.

Il courait sans savoir où il allait. Il prit différentes allées et changea de direction tant de fois qu'il se perdit. Derrière chaque rangée de livres il croyait voir le mystérieux encapuchonné. La peur lui donnait des ailes mais bientôt la fatigue le força à s'arrêter. Malgré ses craintes, rien ne vint altérer le calme de la bibliothèque, hormis les pulsations du sang dans ses oreilles.

Il examina sa blessure. Heureusement, c'était une entaille superficielle qui ne l'empêchait pas de bouger. Il noua un mouchoir pour stopper l'hémorragie et réfléchit à ce qu'il pouvait faire. Il inspira et expira à fond, plusieurs fois ; il ne pouvait pas s'arrêter maintenant. Sa seule chance de rester en vie était de trouver la sortie au plus vitc.

Après avoir suivi encore quelques couloirs de livres il arriva dans une zone dégagée, entourée de piliers et d'armoires vitrées. Au-dessus de sa tête confluaient les arcs de la coupole principale de l'édifice. Il entrevit les silhouettes d'une cinquantaine de tables et de chaises séparées par des cloisonnettes : c'était la salle d'études.

Il perçut un craquement à sa gauche et se glissa rapidement sous l'une des robustes tables. Serrant son sac contre sa poitrine, il retint sa respiration en faisant mentalement une prière. Derrière les vitres, les nuages occultèrent de nouveau la lune et un voile noir tomba, enveloppant tout.

L'encapuchonné entra quelques secondes plus tard à pas furtifs, comme s'il marchait sur un tapis et non sur un sol en marbre. Il s'arrêta un instant et sembla flairer l'air. Puis il se mit à avancer lentement entre les tables vides, pour s'arrêter finalement à quelques centimètres de l'endroit où se cachait Pau. Celui-ci se mit à trembler en entendant sur sa tête le frottement des doigts gantés qui caressaient le bois ciré.

Alors, comme par enchantement, l'inconnu disparut.

Pau tarda un moment à sortir de sa cachette. Tout son corps était secoué de tremblements. Il tenait à peine debout mais se força à continuer.

Il quitta la salle d'études et avança à pas de loup dans les allées silencieuses. Chaque fois qu'il arrivait au bout d'un rayonnage et devait passer à découvert, il s'arrêtait un instant et tendait l'oreille. Peu à peu, il reprit de l'assurance. Il n'était plus très loin de la sortie. Il allait y arriver.

C'est alors qu'il remarqua la clarté insolite qui envahissait le couloir.

En tournant à l'angle d'une allée, une vague de chaleur le frappa au visage. Le rayon de physiologie humaine était en feu. Les flammes dévoraient tout. Elles s'étaient attaquées aux rideaux et rampaient sur le bois des tables et des rayonnages, dévorant les livres dans une nuée d'étincelles et de particules de papier incandescentes. L'enfer s'était emparé de la bibliothèque.

La rage envahit Pau. C'était pour le débusquer que l'encapuchonné avait mis le feu. Bientôt il aurait tout envahi et plus personne ne pourrait le maîtriser. Pau aimait cet endroit, et si on ne faisait rien, il allait être réduit en cendres. Il fallait sortir d'ici et aller chercher de l'aide. Mais pour cela, il devait traverser ce brasier. Pau se couvrit le nez et la bouche de son mouchoir et avança vers les flammes.

Il parvint à atteindre le hall d'entrée à grand-peine. Ses yeux pleuraient, irrités par la chaleur et la fumée. À l'aveuglette, il traversa la salle et buta sur la porte. Ses mains tremblaient de façon incontrôlable alors qu'il cherchait la poignée. Une vague de soulagement l'envahit quand il la sentit sous sa main. Il la tourna, sans résultat. Il tira dessus désespérément. La porte ne bougeait pas.

C'est alors qu'il sentit sa présence. L'encapuchonné surgit d'entre les flammes. Il se dressait devant les salles de la bibliothèque, interdisant à Pau toute échappatoire. Il regarda calmement autour de lui avant de fixer de nouveau sa proie. Sans prononcer un mot, il tendit la main.

Sa demande resta en suspens dans l'air, accompagnée du crépitement du feu, derrière. Pau sut immédiatement ce qu'il voulait. Mais il se doutait aussi que, même s'il acceptait de lui donner le livre, il ne sortirait pas de là vivant.

« Non… »

L'autre bougea si rapidement qu'il le vit à peine arriver. Le premier coup l'atteignit en plein visage et le fit chanceler en arrière. Le deuxième le rejeta contre une table. La douleur dans les côtes fut si vive qu'il en lâcha presque son sac.

L'encapuchonné le saisit à la gorge d'une main et le plaqua contre la table. Pau ne pouvait plus faire un geste. Le gant avait l'odeur du sang. Il tenta de résister, mais il n'avait plus aucune force. Le scalpel dessina dans l'air un arc de cercle argenté vers sa poitrine. Instinctivement, il interposa son sac entre lui et la lame. Elle pénétra profondément dans le cuir et le manuscrit de Vésale tomba par terre dans un froissement de feuilles. Avec un grognement de satisfaction, l'encapuchonné se détourna de sa victime pour ramasser le livre.

Pau tenta de profiter de l'occasion pour s'enfuir, mais au bout de deux pas sa vue se brouilla. Il tomba à genoux, presque évanoui.

Après avoir glissé le codex dans les replis de sa cape, l'encapuchonné se tourna de nouveau vers Pau. Ses épaules tressaillirent et de sous sa capuche surgit un son similaire au gazouillis d'un oiseau. Il fit un pas. Il allait finir ce qu'il avait commencé.

Soudain, un coup s'abattit sur la porte qui vibra sur ses gonds. Deux autres suivirent et un craquement du bois annonça que la porte était sur le point de céder. De l'autre côté, on criait. Une cloche se mit à sonner.

L'encapuchonné regarda la porte, puis Pau. Il hésita une seconde, sembla sourire, puis salua d'une courbette, fit volte-face et disparut.

C'est à ce moment que la porte s'ouvrit dans un grand fracas ; Daniel et Fleixa apparurent, suivis du concierge et de quelques étudiants de la résidence.

« Gilbert ! » s'écria Daniel. À la vue des flammes, il fit un pas en arrière, blême. « Oh, mon Dieu !

— Sortons d'ici », cria Fleixa pendant qu'à deux ils saisissaient Pau.

Le concierge donnait des ordres précis aux étudiants pour qu'ils apportent des seaux d'eau et qu'ils donnent l'alerte.

« Homs… » gémit Pau. Sa gorge était en feu.

« Qu'est-ce que vous dites ?

— Homs ! Il était là. Dans la bibliothèque. L'incendie, c'est lui. Il vient de s'enfuir. Et il a emporté le manuscrit ! »

33

Daniel et Fleixa se précipitèrent dehors juste à temps pour voir un landau tiré par deux chevaux s'éloigner à vive allure vers les Ramblas. Ils essayèrent de lui courir après, en vain.

« Nom d'un chien… C'était Homs ? Vous êtes sûr ? »

Un coup de tonnerre couvrit la réponse de Daniel. Une pluie battante tombait. Au loin, on entendait les cloches des pompiers qui arrivaient. Ils avaient décidé de rentrer à la résidence lorsque des cris, accompagnés d'une cavalcade de sabots sur les pavés, emplirent la rue.

Un cabriolet creva le rideau de pluie. Dans un crissement de freins, ses deux roues dérapèrent et s'arrêtèrent entre Daniel et Fleixa. En lieu et place du conducteur était assis Pau, le visage rouge d'excitation, un fouet dans une main et les rênes dans l'autre.

« Montez !

— Mais qu'est-ce que vous faites ? balbutia Daniel.

— Montez, je vous dis ! »

Au bout de la rue surgit un groupe d'hommes armés de cravaches, dont l'attitude n'augurait rien de bon.

« Vous avez volé cette voiture ?

— Je l'ai empruntée.

— Vous êtes dingue ? protesta Fleixa.

— Si vous préférez, vous pouvez toujours rester ici pour vous expliquer avec eux. »

Le journaliste jeta un coup d'œil à la bande de gaillards qui approchait et, grommelant entre ses dents, grimpa à l'arrière. Daniel dissimula un sourire en s'asseyant à côté de Pau.

« Accrochez-vous. Je ne m'arrêterai pour ramasser personne. »

Décrivant un grand arc de cercle dans l'air avec son fouet, il cingla le cheval qui redémarra. Très vite, ils furent au galop et semèrent leurs poursuivants. La légère voiture bringuebalait d'un côté et de l'autre comme si à chaque instant elle allait verser.

Au bout de la rue, ils repérèrent devant les portes de l'église de Belén le landau qui filait par la Rambla de los Capuchinos, droit sur le port. Eux-mêmes atteignirent les Ramblas quelques secondes plus tard.

Éclairées de cette toute nouvelle lumière électrique, elles étaient presque désertes, et les rares passants qui restaient couraient s'abriter sous les auvents des cafés. Au passage des deux voitures lancées dans cette course vertigineuse s'élevèrent quelques protestations et un cri de frayeur féminin. La pluie et le vent les fouettaient rageusement. Les arbres et les réverbères n'avaient plus que des contours flous comme ils passaient en un éclair près d'eux. Fleixa déglutit : à cette vitesse n'importe quel choc serait mortel.

« Comment avez-vous su où j'étais ? cria Pau pour se faire entendre, sans lâcher les rênes.

— Comme vous n'arriviez pas à notre rendez-vous, nous avons décidé d'aller voir à la bibliothèque si vous

vous y trouviez encore. En arrivant, nous avons vu la fumée…

— Regardez ! » les coupa Fleixa.

Au niveau du Teatro Principal, un groupe de travailleurs essayait de déplacer une carriole accidentée au milieu de la rue. La guimbarde, tirée par des mules, avait perdu une roue et une vingtaine de sacs de sable étaient en travers de la chaussée. Homs serait bien obligé de s'arrêter. Une excitation croissante les envahit tous trois. Ils allaient l'avoir.

Les hommes, les voyant arriver, agitèrent les bras en l'air pour leur faire signe de s'arrêter.

Au lieu de retenir ses chevaux, Homs accéléra sa course et fonça droit sur eux. En voyant l'énorme véhicule qui leur arrivait dessus, les hommes lâchèrent les brancards et partirent en courant. Sans plus personne pour la retenir, la carriole bascula en arrière et le reste de son chargement se déversa sur la chaussée.

Pau se mit à freiner. Du cabriolet, ils regardaient, fascinés, la course suicidaire de Homs, qui allait droit à la catastrophe.

Mais, quand l'impact semblait imminent, la voiture dévia soudainement pour tenter de se faufiler entre la guimbarde et la façade du théâtre.

La portière de la cabine et un phare du landau s'écrasèrent contre le mur dans un effroyable crissement métallique. Les roues griffèrent le mur, faisant jaillir des étincelles. Un instant, on aurait pu croire que la voiture allait rester coincer ; pourtant la vitesse à laquelle elle était lancée fut suffisante pour déplacer la carriole accidentée. Dans un violent balancement de la cabine, le landau força le passage et continua sa descente effrénée.

« On l'a perdu », dit, presque avec soulagement, Fleixa.

Pour toute réponse, Pau cravacha le cheval, ce qui augmenta la vitesse du cabriolet.

« Eh, vous n'allez pas… ? »

La question du journaliste se mua en cri quand Pau tira fort sur les rênes et qu'ils dévièrent vers la promenade centrale. Les roues évitèrent l'amas de sacs, esquivant de quelques millimètres un platane mais pas le rebord du trottoir. Le choc les projeta en l'air et les fit retomber de l'autre côté. Les suspensions protestèrent bruyamment et l'essieu de la voiture vibra comme la queue d'un lézard mais tint le coup. Le cabriolet et ses occupants, sonnés, atterrirent au beau milieu de la promenade des Ramblas après un vol plané.

« Vous êtes complètement fêlé, bon à enfermer… » ne cessait de répéter le journaliste, terré au fond de ce qu'il restait de la cabine. Les branches des arbres avaient percé la toile de la capote et les lambeaux flottaient au vent tels des drapeaux.

Daniel, agrippé à une poignée, dévisageait, sidéré, le jeune étudiant.

« Mais où avez-vous appris à conduire comme ça, bon sang ?

— Qui vous dit que j'avais déjà conduit ? »

À ces mots, un gémissement s'éleva derrière eux. Pau l'ignora et d'un coup de rênes poussa de nouveau le cheval. La voiture de Homs dévalait la rue parallèle ; il avait pris de l'avance mais ils étaient de nouveau en train de le rattraper.

En débouchant sur la Rambla de Santa Mónica, les deux véhicules se trouvaient à une demi-longueur de distance, courant presque en parallèle, séparés uniquement par les arbres de la promenade. Le cheval du cabriolet était à sa vitesse limite et dérapait sur la boue qui commençait à couvrir le sol. Malgré cela, Pau l'éperonna pendant que Daniel criait pour l'encourager.

Subitement se dressèrent devant eux des urinoirs publics. Pau tira sur les rênes et réussit de justesse à ne pas renverser la voiture. Le landau en profita pour gagner quelques mètres d'avance.

« Il nous échappe, cria Fleixa.

— Je sais, j'ai vu.

— Coupez-lui la route !

— Qu'est-ce que vous croyez que j'essaie de faire, là ? »

Daniel allait s'interposer quand il eut le souffle coupé. Près de lui, ses deux comparses eurent la même réaction.

Arbres et maisons avaient disparu. Les Ramblas étaient derrière eux. Ils abordaient l'intersection avec le Paseo de Colón et juste devant eux se dressait l'ombre d'un géant. Daniel reconnut l'immense échafaudage du monument à Christophe Colomb, sur lequel ils étaient lancés à folle vitesse.

À ce moment, le landau de Homs quitta la rue et se précipita sur eux. Les deux cabines entrèrent en collision dans un fracas de bois et de fer. Unis comme s'ils ne faisaient plus qu'un seul et même véhicule, ils parcoururent en trombe les derniers mètres de la promenade. Le combat était inégal : la voiture de Homs, beaucoup plus lourde, les poussait vers l'échafaudage sans qu'ils puissent rien faire pour l'éviter.

Au moment où les deux véhicules allaient inexorablement s'écraser contre le monument, le landau de Homs se décrocha. Il esquiva de quelques centimètres le premier tirant de l'échafaudage et disparut dans l'ombre de la caserne Atarazanas.

Le cabriolet, hors de contrôle, continua sa course. Daniel et Fleixa tentèrent de tirer sur le levier de frein. Les patins de fer frottèrent sur les roues, ce qui les fit ralentir, puis, dans un claquement qui ébranla toute la voiture, se brisèrent et volèrent en éclats.

Comme ils allaient s'écraser contre le premier pylône, le cheval, dans un soudain crochet, l'évita de justesse. Daniel faillit crier de soulagement. C'est alors que l'essieu des roues, aux limites de sa résistance, cassa, les lançant irrémédiablement vers la gigantesque structure de métal.

Le choc contre l'échafaudage fut d'une extrême violence. La roue droite de la voiture s'éleva d'un mètre au-dessus du sol, faisant pencher le cabriolet qui continua, en équilibre, dans sa lancée. Fleixa fut éjecté. Daniel essaya bien de retenir le journaliste mais il reçut un coup à la tête et s'effondra sans connaissance. Pau s'agrippa au siège, essayant toujours de reprendre le contrôle du véhicule.

À leur passage, les tirants et cordages qui maintenaient les poutres au sol sautèrent. Ils virent passer au-dessus de leurs têtes des éclats de bois. On entendit un gémissement métallique provenant de l'échafaudage. Le cabriolet, devenu un amas de cuir, de bois et de métal, était toujours tiré par l'animal fou de panique, puis les brancards cassèrent. Alors la voiture, désormais sans le soutien du cheval qui dévalait l'avenue à grand galop, se renversa et se mit à glisser dans une gerbe de boue et d'eau. Au bout du quai dépourvu de parapet, elle bascula dans le vide. Un bref instant elle sembla presque flotter en l'air puis elle plongea dans les eaux sombres du port.

Dans l'eau glacée, Daniel revint à lui. Les restes de la cabine s'enfonçaient près de lui. Malgré l'obscurité, il distingua Fleixa qui, penché au bord du quai, lui faisait de grands signes. À sa gauche, à quelques mètres, Pau flottait, inerte. Daniel nagea jusqu'à lui et le retourna. Une méchante estafilade barrait le front du jeune homme. Daniel passa un bras sous ses aisselles et nagea avec lui jusqu'à l'escalier de pierre, où les attendait déjà Fleixa.

À deux, ils le sortirent de l'eau et l'étendirent près d'un réverbère. Pau, pâle comme la mort, semblait encore plus jeune sans ses lunettes. Il était inconscient et ne respirait plus. Daniel se mit à lui retirer ses vêtements mouillés. D'un coup sec, il fit sauter les premiers boutons de sa chemise. Alors il s'arrêta, bouche bée. À côté de lui, Fleixa lâcha un juron et fit deux pas en arrière.

Une bande de toile comprimait le torse de Gilbert. Dessous se devinait une poitrine féminine.

La surprise les avait figés sur place mais Daniel se reprit vite : les explications seraient pour plus tard, pour l'instant, l'urgence était de ramener ce corps à la vie.

« Vite, ordonna-t-il au journaliste. Tenez-lui les jambes. » Il ôta sa veste et la plaça sous les épaules de Gilbert, de sorte que sa tête soit maintenue en arrière. Il s'agenouilla, attrapa ses poignets et les croisa sous ses côtes, puis, prenant une inspiration, il se pencha vers l'avant et pesa de tout son poids sur sa cage thoracique. Enfin il ramena ses bras vers l'arrière.

Les coups de sifflet des veilleurs de nuit emplissaient les rues et dans les maisons voisines des lumières commençaient à s'allumer. Les premiers curieux n'allaient pas tarder à rappliquer.

Daniel répéta la manœuvre plusieurs fois de suite, mais la jeune femme ne semblait pas réagir.

« Allez, revenez, revenez, bon sang ! »

De frustration, il lui asséna un coup de poing. Gilbert eut un sursaut soudain et ouvrit grande la bouche pour chercher désespérément de l'air. Amat et Fleixa la basculèrent de côté et elle toussa et vomit une bonne quantité d'eau. Les deux hommes poussèrent un soupir de soulagement. Doucement, ils aidèrent la jeune femme à se redresser et Daniel la couvrit de sa veste sans réaliser qu'elle était aussi mouillée que le reste de leurs vêtements.

« Ça va ? »

Pau hocha la tête en tremblant.

« Parfait, alors vous allez pouvoir nous expliquer qui vous êtes, au juste. »

34

Pau, enveloppée dans une couverture en laine, grelottait. Elle avait la tête baissée et ses cheveux encore mouillés pendaient devant son visage. Entre ses mains, elle tenait une tasse de café bien chaud.

Daniel, circonspect, gardait les yeux sur les flammes de la cheminée pendant que Fleixa claudiquait dans la pièce, sa montre à gousset à la main, en marmonnant.

« Dites, vous voulez bien vous asseoir ? »

Avec un grognement, Fleixa attrapa une chaise et s'assit à une distance prudente de Pau, comme s'il avait peur d'attraper une maladie contagieuse.

Après leurs mésaventures sur les Ramblas, ils étaient rentrés à la résidence universitaire. Contre toute attente, aucun veilleur de nuit ou policier municipal ne les avait arrêtés. C'était difficile à croire, mais ils n'avaient eu à déplorer que de légères contusions. Fleixa boitait à cause d'une entorse bénigne de la cheville ; dans quelques jours il n'y paraîtrait plus.

Daniel regarda l'étudiant, ou plutôt l'étudiante. Quel idiot il avait été ! Il avait toujours trouvé ce garçon un peu étrange, avec ce corps si mince, ces gestes délicats et son regard fuyant derrière ses lunettes. Il se doutait bien qu'il cachait quelque chose, mais jamais il n'aurait pu imaginer la nature de son secret.

« Vous nous devez une explication. »

Pau leva les yeux et expira dans un soupir l'air qu'elle retenait depuis un moment.

« C'est… compliqué.

— Ah, vraiment ?

— Fleixa, laissez-la parler.

— C'est une longue histoire.

— Nous avons le temps. Commencez par le début. »

Après une seconde d'hésitation, Pau se lança.

« Je suis née au sein d'une famille aisée. Ma mère est morte en couches et je n'ai eu ni frère ni sœur. Après la mort de sa femme, mon père n'a pas cherché à se remarier et je suis donc restée sa fille unique. C'était un bon médecin et il gagnait bien sa vie. Alors que j'allais avoir quatorze ans, on lui a proposé un poste à l'université de Glasgow. Au début, il l'a refusé à cause de moi. Mais j'ai fait tout mon possible pour le convaincre du contraire, parce que malgré ma jeunesse j'avais compris combien cette proposition était une vraie chance pour lui.

— Glasgow possède l'une des meilleures universités du monde, confirma Daniel. Votre père devait vraiment être un excellent médecin.

— Oui, il l'était, affirma Pau fièrement. Finalement nous avons déménagé en Écosse, dans un village du nom de Beith, à une heure de Glasgow. Mon père donnait des cours le matin et l'après-midi il recevait des malades, la plupart du temps gratuitement, dans un dispensaire aménagé à la maison.

— Mais quel est le rapport avec… avec tout ça ? s'exclama Fleixa.

— Laissez-la raconter comme elle le veut, le rembarra Daniel. Asseyez-vous et faites-nous le plaisir de ne plus couper personne. »

Pau le remercia de son intervention d'un geste avant de poursuivre.

« Une nuit, alors que je m'apprêtais à me coucher, mon père a frappé à ma porte. Jamais je ne lui avais vu un air si grave. Il avait besoin de moi : on l'avait appelé pour une urgence et son assistant était malade. J'avais déjà eu l'occasion de lui prêter mon aide, pour des soins anodins. Je me suis habillée et je suis descendue le rejoindre au dispensaire. »

La jeune femme se rapprocha du feu de cheminée.

« Il y avait eu un accident à la mine de Lochwinnoch, un village à une demi-heure de route. Des chaudières avaient explosé, causant plusieurs morts et des blessés graves. Comme vous pouvez imaginer, ce que j'ai vu là ne ressemblait à rien de ce à quoi j'étais habituée jusque-là. La pièce qui faisait office de salle d'attente était bondée. Une odeur indescriptible flottait. Nous sommes entrés dans le cabinet. Allongé sur la table d'opération, un garçon attendait ; il avait à peu près mon âge. En entendant la porte s'ouvrir, il a tourné la tête et nous a regardés, l'air terrifié. J'ai vu une immense tache qui s'élargissait sur le drap qui le couvrait. Mon père a rassuré le garçon de quelques mots et il a écarté le drap. Il ne restait plus que des lambeaux de ses vêtements qui avaient brûlé sur lui. Son torse était écorché vif, comme si on l'avait fait bouillir. Une de ses jambes était bizarrement tordue. J'ai pensé qu'il devait atrocement souffrir. Je me souviens que mon père m'a regardée du coin de l'œil pour s'assurer que je pourrais tenir le coup. Tout de suite, je me suis lavé les mains dans une bassine d'eau chaude, comme il me l'avait appris, et j'ai commencé à préparer en vitesse les instruments. Il n'était pas le seul blessé. Nous avons travaillé jusqu'au petit matin, j'ai perdu le compte des heures. Malgré les efforts de mon père, ce garçon est mort quelques jours après, mais beaucoup d'autres ont été sauvés grâce à lui. C'est là que tout a commencé. Cette nuit-là, j'ai découvert ma vocation : devenir médecin, voilà ce que je souhaitais plus que tout au monde.

— Votre père vous a appris son métier ?

— En effet. Après avoir beaucoup insisté, j'ai obtenu qu'il accepte que je l'accompagne dans ses visites comme son assistant. Je suppose qu'il espérait que la dureté du métier me découragerait. Au lieu de cela, je lui ai prouvé qu'il ne s'agissait pas d'un caprice passager et il a fini par céder.

— Mais votre condition de femme ne vous autorisait pas à l'assister.

— Nous avons eu recours à cet artifice. J'ai toujours été très mince, il ne m'a donc pas été difficile de cacher mes… attributs féminins. J'ai coupé mes cheveux et j'ai mis un pantalon et une chemise. Je parlais le strict minimum et quand je le faisais je prenais une voix plus grave et j'employais un vocabulaire plus conforme à mon nouveau rôle. Nous avons fait courir le bruit que j'étais rentrée à Barcelone pour me marier et que mon frère jumeau était venu pour seconder mon père. Les serviteurs de la maison étaient dans la confidence mais ont gardé le secret. »

Pau fixait le fond de sa tasse.

« Trois années sont passées ainsi, les plus heureuses de ma vie. » Ses yeux brillèrent, pleins de nostalgie.

« Plus j'apprenais, plus je voulais en savoir et plus mon père exigeait de moi. Je me suis découvert un talent inné pour la médecine et surtout une passion qui m'a amenée à dévorer les livres et à travailler aux côtés de mon père autant qu'il m'était possible. Au lieu d'apprendre à coudre ou à jouer du piano, moi, j'appliquais des onguents et je recousais des plaies. Mon père n'était plus si jeune ; ses constants voyages à Glasgow et son travail au cabinet devenaient fatigants pour lui. Peu à peu, j'ai commencé à prendre sa place et à assurer seule certaines consultations. Dans la région, les gens s'étaient habitués à ma présence et il n'était pas rare qu'on m'appelle docteur. Je faisais la fierté de mon père. »

À ces mots, ses lèvres tremblèrent et elle s'accorda une pause avant de continuer.

« Une nuit, nous reçûmes un appel de Saltcoats, un hameau proche. Une femme enceinte d'une ferme voisine était en travail. Depuis deux jours, un orage s'abattait sur la région, il tombait des trombes d'eau et les chemins étaient impraticables. Comme si c'était le jour le plus radieux de l'été, mon père a préparé sa trousse et est parti dans la voiture de l'homme qui était venu le chercher. Cette fois, il avait refusé que je l'accompagne, je sortais d'une grippe et j'étais encore un peu fiévreuse. Inutile qu'on soit deux à se mouiller, m'a-t-il dit, puis il m'a embrassée et il est parti. C'est au retour, après l'accouchement, que le conducteur a perdu le contrôle de son véhicule. La voiture s'est retournée et l'une des roues a écrasé mon père. »

Elle s'interrompit pour avaler une gorgée de café. Il était froid mais elle ne sembla pas le remarquer.

« Une fois mon père mort, Glasgow est devenu pour moi un endroit inhospitalier. Je suis partie à Londres et j'ai intégré l'école d'infirmières de Mme Nightingale au St Thomas' Hospital, mais j'ai vu tout de suite que ça ne me convenait pas. » Son expression devint déterminée. « Ce que je voulais, c'était être chirurgien. J'avais passé des années à faire des tâches qu'un jeune médecin rêverait d'avoir l'occasion de faire. Mon père, quand il m'enseignait, ne voyait en moi qu'un futur médecin ; mais la société me rejetait sans même chercher à évaluer mes compétences, du seul fait que j'étais une femme. »

Daniel ne put que reconnaître que, vu sous cet angle, c'était injuste.

« J'y ai réfléchi pendant des semaines. J'étais dans une situation relativement aisée financièrement car mon père m'avait laissé quelques rentes. J'ai décidé que personne ne m'empêcherait d'être médecin si tel était mon souhait. Et s'il fallait pour cela que je devienne un homme, je pouvais le faire. Est-ce que le stratagème n'avait pas fonctionné toutes ces années ? Mais en Angleterre, c'était trop risqué. C'est là que j'ai décidé de rentrer à Barcelone sous ma nouvelle identité ; ici, personne ne me reconnaîtrait et j'obtiendrais mon diplôme de chirurgien. J'ai réussi à acheter, au prix fort, de faux certificats de l'université d'Édimbourg qui attestaient de mes connaissances et j'ai pris le premier train à Portsmouth. J'ai embarqué vers l'Espagne et je me suis présentée ici avec mes faux documents. C'est ainsi que je suis entrée directement en dernière année à la faculté des sciences médicales. »

Quand elle eut fini, un bref silence l'accueillit.

« Et quel est votre vrai nom ? s'enquit Daniel.

— Pau Gilbert est mon véritable nom. Je n'ai pas eu besoin d'en changer.

— Y a-t-il un lien quelconque entre ceci et l'agression que vous avez subie il y a quelques jours ?

— Oui, reconnut Pau. Cet homme a servi chez nous pendant un court moment. Il m'a reconnue dans la rue et il menace de révéler mon identité si je ne lui remets pas une certaine somme en échange de son silence.

— Le scélérat ! Et que pensez-vous faire ? Nous pouvons vous aider…

— C'est une affaire qui me regarde. »

Son attitude résolue accrut l'admiration que Daniel commençait à ressentir pour la jeune femme. Devant sa réserve, il changea de sujet.

« Donc vous avez vraiment été l'assistante de mon père ?

— Votre père a été très bon avec moi. Un jour, j'ai eu un moment d'inadvertance et il a découvert qui j'étais réellement. À ma grande surprise, au lieu de me dénoncer au comité de direction de l'université, il a décrété que mon talent comme médecin dépassait largement mes limites en tant que femme, et il a accepté de garder pour lui mon secret si je l'aidais sans poser de questions. Je crois, monsieur Amat, qu'à sa manière votre père se sentait traité aussi injustement que moi. »

Une fois de plus, Daniel fut étonné d'entendre parler de son père en ces termes. En d'autres temps, celui-ci aurait fait un scandale en découvrant la vérité sur la jeune femme. Mais là, au contraire, non seulement il s'était montré compréhensif mais il l'avait même encouragée dans son subterfuge. Il regretta de ne pas avoir connu cet homme si différent de celui dont il se souvenait. Peut-être auraient-ils pu se réconcilier.

« Bon, et maintenant on fait quoi ? » demanda Fleixa.

Daniel échangea un regard avec le journaliste.

« Que proposez-vous ?

— Tout ça n'est pas très régulier…

— Pour ma part, il m'est bien égal que Pau soit une femme ou un homme. Et vous ?

— Eh bien…

— Je crois que nous avons eu assez d'aventures pour aujourd'hui, l'interrompit Daniel. Il faut nous reposer. Après ce qui est arrivé, je propose d'éviter qu'on nous voie ensemble demain. Mercredi après-midi, nous nous mettrons au travail avec le livre.

— Tous les trois ? s'exclama Fleixa, éberlué.

— Évidemment. Enfin, si Gilbert accepte de nous aider.

— Mais, mais enfin… c'est une femme !

— Elle a risqué sa vie en essayant de récupérer le manuscrit et ses connaissances médicales ne font pas l'ombre d'un doute. Si mon père a considéré qu'elle était suffisamment compétente, allons-nous en décider autrement ? »

Fleixa rouspéta entre ses dents mais n'émit pas d'autre objection.

« Alors vous n'allez pas me dénoncer ? demanda Pau, pleine d'espoir.

— Je vous donne ma parole que M. Fleixa et moi-même saurons garder votre secret. N'est-ce pas, Fleixa ? »

Le journaliste, mal à l'aise, se dandina sur sa chaise et finit par acquiescer. Satisfait, Daniel se tourna vers la jeune femme.

« Nous avons besoin de vos connaissances et de votre courage. Qu'en dites-vous ? Êtes-vous prête à nous aider ?

— Je suis aussi impatiente que vous de coincer cet assassin.

— Fantastique, s'exclama Daniel. Nous devons nous organiser. Mais avant il faut régler un autre problème. Vous ne pouvez plus rester à la résidence, Pau.

— Pardon ?

— Homs sait qui vous êtes et où vous trouver. Il peut de nouveau essayer de vous tuer.

— Je n'ai pas d'autre endroit où m'installer, protesta-t-elle. Et je ne veux pas non plus abandonner mes études, les examens de fin d'année commencent bientôt.

— Il y va de votre vie. Et ce ne sera que pour un temps.

— Mais où voulez-vous que j'aille ? »

Fleixa leva la main et sourit pour la première fois.

« Je crois que j'ai une idée. »

LE *GOS NEGRE*

Onze jours avant l'inauguration de l'Exposition universelle

35

Dolors marchait, radieuse, au bras de Fleixa. Le journaliste l'avait invitée ce matin à prendre un chocolat et des *churros* à La Mallorquina, juste en face du Liceo. Un événement, vu leurs relations sommaires, alors quand ensuite il lui avait proposé une promenade jusqu'à la place de Catalogne pour profiter des timides rayons du soleil, elle s'était sentie comme une reine.

Elle ne s'inquiéta pas des regards des passants qu'ils croisaient ni que Fleixa soit plus pensif qu'à son habitude. Elle avait mis sa plus belle robe, cadeau d'un ancien client. Indifférent au froid matinal, son décolleté provocant attirait les regards de quelques messieurs et le courroux de plus d'une épouse. Elle adorait déambuler comme l'une de ces dames si élégantes. Un moment, elle se laissa aller à croire que la providence n'avait finalement pas été si ingrate avec elle et elle sourit, en se serrant contre le journaliste.

Fleixa, pendant ce temps, pensait à cette affaire de meurtres, devenue si complexe. Moins de vingt-quatre heures plus tôt, il était sur ces mêmes Ramblas, aux trousses du docteur Homs. La douleur dans sa jambe et les élancements de ses blessures au bras lui rappelaient à quel point ils l'avaient échappé belle.

Et ce jeune Gilbert ? Ou plutôt, cette jeune Gilbert. Une femme ! Il fallait le voir pour le croire ! Dès le début, ils ne s'étaient pas franchement entendus, maintenant il savait pourquoi. Daniel avait insisté pour garder secrète son identité et il était bien forcé de tenir parole pour le moment.

D'un autre côté, Sanchís continuait à le harceler pour qu'il lui rende quelque chose de publiable ; n'importe quoi, avait-il vociféré. Llopis épiait tous ses faits et gestes et Fleixa savait qu'il avait enquêté lui-même dans la Barceloneta quelques jours plus tôt. Ce garçon avait du flair, il fallait bien le reconnaître, même si c'était un parfait imbécile.

Enfin, il y avait Irene Adell. Son argent était tombé à pic et la scandaleuse implication d'un important industriel de la ville dans un détournement de fonds en rapport avec le chantier de l'Exposition universelle ferait un papier fantastique, mais convaincre Amat d'abandonner lui semblait loin d'être facile. Comme elle l'avait elle-même fait comprendre, son enquête sur les crimes ne dérangeait pas Irene Adell, ce qu'elle voulait, c'était juste que Amat quitte la ville. S'il arrivait à se débarrasser de lui, Fleixa pourrait continuer tout seul. Il aurait quatre colonnes d'assurées en une et il deviendrait le journaliste le plus célèbre de Barcelone, peut-être même d'Espagne.

Il sursauta. La main audacieuse de Dolors l'avait tiré de ses réflexions.

« Tiens-toi tranquille », la gronda-t-il. Mais les caresses avaient produit leur effet et le clin d'œil aguicheur qu'elle lui lança le fit abdiquer. « Et si on rentrait ? »

Elle s'écarta, avec une moue de petite fille boudeuse.

« Oh non, pas encore. Promenons-nous encore un peu. »

Elle se retourna et entreprit de remonter la promenade, en roulant des hanches. Fleixa suivit des yeux sa démarche suggestive et retint un sourire : tous les promeneurs se retournaient sur elle. Le journaliste ne put s'empêcher de rire quand Dolors, d'une révérence exagérée, salua un couple qui, horrifié, fit comme s'il n'avait rien vu en s'écartant d'elle comme d'une pestiférée. Fleixa, toujours hilare, la saisit par le bras et l'attira vers lui.

« Tu veux qu'ils appellent la police ?

— Il fallait bien que je les salue, je suis une femme bien élevée et ce monsieur me connaît très bien, je te le garantis ; plus d'une fois il s'est réchauffé les pieds sous mes couvertures. »

Fleixa fronça les sourcils ; il n'appréciait guère d'entendre parler des autres clients de Dolors. Pour changer de sujet, il aborda ce qui avait motivé son invitation.

« Il faut que je te demande un service, Dolors.

— Ah, d'accord, je comprends mieux, s'exclama-t-elle en lâchant sa main.

— Tu comprends ?

— Tant d'amabilité de ta part, ce n'était pas normal. »

La déception dans sa voix n'échappa pas à Fleixa. Il fut surpris de se rendre compte qu'il regrettait de devoir parler de cette histoire au lieu de profiter de leur rendez-vous. Mais il n'avait pas le choix, alors il prit son inspiration et alla droit au but.

« J'ai besoin que tu héberges quelqu'un chez toi deux jours, peut-être trois.

— Chez moi ? Et qu'est-ce que tu crois que c'est, chez moi ? L'Internacional ?

— Elle a des problèmes, soupira-t-il. Elle est poursuivie et elle a besoin de se cacher quelque temps. »

Dolors s'arrêta à un stand de fleurs et se mit à observer un bouquet de marguerites avec une attention exagérée.

« Une femme ?

— Ce n'est pas ce que tu crois.

— De toute façon, ce n'est pas mon problème, pas vrai ? » répondit-elle, en évitant de croiser son regard.

Fleixa leva brièvement les yeux au ciel avant de s'expliquer.

« C'est une jeune femme qui est en danger. Celui qui a commis les crimes sur lesquels j'enquête sait où la trouver. Elle a besoin d'un coup de main, Dolors. »

La femme réfléchit quelques instants.

« Si cette fille peut aider à stopper cette malédiction, je ferai ce qu'il faudra. Certaines de ces gamines massacrées par le *Gos Negre* étaient des amies à moi.

— Ce n'est pas une malédiction. Je t'ai dit cent fois que les chiens démoniaques, ça n'existe pas. Ce ne sont que des ragots de domestiques.

— Si tu le dis… La petite peut prendre la chambre de Manuela. Elle est repartie dans son village voir ses parents et elle ne rentrera pas avant plusieurs jours. J'essayerai de la rendre à peu près présentable.

— Merci, ma belle, tu me sauves.

— Pas la peine de faire le joli cœur, je te dirai combien tu me dois.

— Pas de problème, mais si tu veux bien, mets-le sur mon compte. »

Sa main qui caressait la tige d'un gardénia s'arrêta net et elle se retourna vers le journaliste.

« C'est combien, cette fois-ci ? »

Fleixa n'avait aucune envie de répondre, mais voyant son expression inquiète il se résigna à lui déballer la vérité au lieu de ses excuses toutes prêtes. Si elle découvrait qu'il lui mentait, elle serait furieuse et ce serait pire.

« Pas grand-chose.

— Combien ?

— Pas tout à fait cent douros.

— Cent ? ! »

Plusieurs passants se retournèrent. Fleixa l'attrapa par le bras et la força à avancer, malgré les protestations du vendeur du kiosque qui pensait sa vente assurée.

« Chut… Inutile de mettre tout Barcelone au courant.

— Mais je n'ai pas tant, Bernat.

— Je ne te demande rien, ma biche. Je vais me débrouiller.

— Tu le dois à qui ?

— À la Negra.

— La Negra ? Je comprends pourquoi tu passes tant de nuits avec moi. Ça, c'est sûr, tu y es jusqu'au cou. Il faut que tu te caches, ou mieux, que tu quittes Barcelone.

— Je ne peux pas partir maintenant. Ne t'inquiète pas, je sais ce que je fais. »

Le regard dubitatif de Dolors lui révéla le peu de crédit qu'elle accordait à ses paroles. Il allait ajouter quelque chose quand un remue-ménage attira leur attention.

Leurs pas les avaient conduits place de Catalogne, où une foule s'amassait autour des vendeurs de journaux. Fleixa voulut faire demi-tour mais Dolors le tira par le bras.

« Regarde, Bernat, c'est bizarre, tout ce monde.

— Ne fais pas ta curieuse, viens, on reprend les Ramblas.

— Allez, ne sois pas rabat-joie. »

Dolors, ignorant ses protestations, se dirigea vers le tohu-bohu et Fleixa fut bien obligé de la suivre. Indifférente à ses protestations, la femme se faufila entre les gens, jouant du corps et des coudes, distribuant excuses et sourires jusqu'à se retrouver en première ligne d'un des attroupements. Fleixa la rejoignit, non sans avoir essuyé quelques insultes au passage. Il avait enfoncé son canotier sur son crâne pour tenter de cacher son visage ; il ne tenait pas à être reconnu.

Le journaliste sentait une indignation croissante chez les gens qui l'entouraient. Certains paraissaient même effrayés. Il ne parvenait pas à entendre vraiment de quoi il s'agissait mais d'après les quelques mots qu'il put capter de-ci de-là on se demandait pourquoi les autorités ne faisaient rien. Il s'inquiéta : c'était certainement une allusion à l'incident de la nuit précédente.

Alors il remarqua le gamin qui criait à tue-tête le nom du *Correo de Barcelona*. Il boitait bas à cause d'une jambe plus courte que l'autre et s'appuyait sur un chariot où ne restaient plus que quelques exemplaires du journal qu'il vendait. Les clients en achetaient plusieurs à la fois ; Sanchís se serait frotté les mains.

Soudain, son cœur fit un bond dans sa poitrine en entendant le gros titre que le môme braillait à pleins poumons. Il oublia toute précaution et bouscula les quelques personnes qui étaient devant lui pour s'approcher du jeune vendeur.

« Donne-moi ton journal.

— Désolé, le monsieur vient de prendre le dernier. »

Près de l'enfant, un homme en chapeau haut de forme et canne à pommeau, dont la bedaine menaçait de faire sauter les boutons de son pardessus, regardait d'un air manifestement réprobateur le journaliste. Il tenait encore ses quelques pièces.

Fleixa arracha le journal des mains du petit vendeur et lui lança les cinq centimes qu'il coûtait. Il fit la sourde oreille aux protestations véhémentes du client frustré et s'éloigna à grandes enjambées, suivi d'une Dolors intriguée.

Ils trouvèrent un banc libre et s'assirent. Fleixa feuilleta les pages si brusquement qu'il manqua les arracher jusqu'à trouver celle qu'il cherchait. Il lut l'article et chaque paragraphe lui fit l'effet d'un coup à l'estomac.

LA BARCELONETA EN PROIE
À DE TERRIBLES ÉVÉNEMENTS

Mais que font les autorités ? Nous venons de découvrir que dans notre chère ville se déroulent des faits absolument dramatiques et que personne ne fait rien pour les empêcher. Ces derniers mois, aux alentours du chantier de l'Exposition universelle, ont été découverts plusieurs cadavres affreusement mutilés. Les autorités ont bien tenté de garder secrètes ces macabres découvertes, en vain : déjà la rumeur s'est répandue en ville comme une traînée de poudre.

On ne connaît pas encore le ou les auteurs de ces crimes abominables dont nous dévoilons en exclusivité aujourd'hui l'existence à nos lecteurs. Nous avons cependant connaissance d'un élément qui concerne non pas le criminel mais les victimes et permet d'offrir peut-être quelques lumières, même ténues, sur l'affaire : les corps présentent d'effroyables blessures qui donnent à penser qu'ils ont été attaqués par un animal sauvage pourvu de crocs énormes. Certains vont même jusqu'à attribuer ces faits à une bête maléfique qu'on nomme *Gos Negre*.

Profitant d'une représentation du groupe Danses et Traditions dans les salons de la mairie, le rédacteur de ces lignes a eu l'honneur de pouvoir interroger Son Excellence monsieur le maire et recueillir son opinion sur cette série de crimes atroces. M. Rius, qui s'est montré d'abord réticent à répondre à nos questions, nous a finalement accordé un entretien et a affirmé qu'il ne fallait surtout pas céder à la panique. D'après lui, ces meurtres ne peuvent pas être attribués à un moraliste décidé à éradiquer le vice de nos rues en exterminant les femmes qui en ont fait leur *modus vivendi* puisque le corps d'un homme a également été retrouvé, ni à un Proudhon-boucher qui tenterait par des moyens extrêmes d'attirer l'attention publique sur les misères sociales. Il s'agirait plutôt d'un fou, dont l'habileté, comme tous les déments, est à la mesure de ses obsessions, possédé qu'il est par la rage de faire couler le sang. Monsieur le maire assure que la police saura vite mettre la main sur ce meurtrier et ne doute pas que l'auteur de ces crimes abominables, se voyant empêché par la vigilance policière de perpétrer son prochain forfait, retournera contre lui l'arme dont il aura tant de fois fouillé les entrailles de ses victimes. La municipalité ne prévoit d'offrir aucune récompense pour sa capture afin de ne pas inciter, comme cela s'est déjà malheureusement produit, de perfides individus à pousser un malheureux à commettre un méfait pour ensuite le dénoncer et profiter de la récompense. De toute façon, a-t-il insisté, grâce à l'efficacité de la police de la ville, l'assassin sera bien vite hors d'état de nuire. Lorsque nous avons évoqué l'existence possible d'une malédiction liée au *Gos Negre*, monsieur le maire a rejeté cette croyance qu'il a qualifiée de « superstition » et invité les citoyens à faire confiance aux autorités.

Cependant, la panique ne pourrait être plus grande dans la Barceloneta. La fréquentation des tavernes et des commerces a très nettement baissé et, dans le quartier et même au-delà, plus aucune femme n'ose s'aventurer seule dans les rues après la tombée de la nuit. La présence, confirmée par plusieurs témoins, d'un monstrueux chien noir qui errerait dans les rues met en cause les dénégations de monsieur le maire.

Qui est ce mystérieux assassin ? Pourquoi a-t-on tant de mal à l'arrêter ? Ces crimes sont-ils dus, comme l'affirment certains habitants de la Barceloneta, au *Gos Negre* ? Sommes-nous face à l'action de quelque pouvoir diabolique ?

L'article était signé Felipe Llopis.

Fleixa ferma les yeux et serra les poings jusqu'à en avoir mal aux jointures. Sans même prendre congé de Dolors, il se mit à marcher en direction des Ramblas. En passant près d'une poubelle, il froissa le journal et y lança rageusement la boule de papier.

36

Le coup de poing sur le bureau fit voler les papiers qui le jonchaient. Bertomeu Adell jura à haute voix. Comment osaient-ils ? Il relut l'article dont déjà tout le monde se faisait l'écho.

Le *Correo de Barcelona* avait été le premier à en parler, et même à offrir des détails sur les corps retrouvés, puis dans leurs éditions les autres journaux avaient suivi le mouvement. Les titres étaient du même acabit : « Meurtres sur les lieux de l'Exposition : l'œuvre du *Gos Negre* ? » ; « L'Exposition entachée par d'horribles crimes » ; « Que font les autorités ? » ; « Une malédiction met en péril l'Exposition ».

La ville était sens dessus dessous. Dans les cafés, on ne parlait plus d'autre chose. Apparemment, les presses avaient du mal à suivre le rythme et tous les journaux y allaient de leur édition spéciale. Certains commençaient même à citer le nom d'Adell. Il avait reçu plusieurs messages du maire lui réclamant des explications. Il risquait d'être reconvoqué à la mairie très vite.

Il flanqua un nouveau coup sur la table. Mais que s'était il passé, nom de Dieu ? Qui était donc ce Llopis et comment était-il si bien informé ?

À la centrale, les ouvriers travaillaient comme à l'ordinaire, même si les détails les plus sanglants des meurtres circulaient aussi vite que l'aurait fait une flasque d'eau-de-vie. Au cours des dernières heures, ils avaient entendu le déferlement des imprécations furibondes de leur patron enfermé dans son bureau. Puis, après un bruit de verre brisé, dans le bourdonnement des alternateurs en marche, le silence était revenu. Et personne n'osait le rompre.

« Casavella ! »

Le contremaître, suant à grosses gouttes, surgit derrière l'une des machines à vapeur et traversa le hall jusqu'au bureau du patron. Son ombre se découpait contre le verre dépoli de la porte alors qu'il hésitait à entrer. La voix rugit de nouveau de l'intérieur.

« Tu te décides, oui ? »

Passant le seuil, Casavella ne put cacher sa surprise en voyant l'état cataclysmique du bureau : on aurait dit que la tempête qui avait frappé Barcelone toute une semaine avait décidé de passer par là aussi. Le service à café gisait en mille morceaux près du poêle en fer forgé, une montagne de papiers recouvrait le sol, près d'une boîte à priser au couvercle arraché dont le tabac s'était mélangé au café et au lait renversé, et au-dessus se balançait encore une lampe bizarrement tordue.

Sur sa chaise, les yeux fixés sur une dizaine de quotidiens étalés devant lui, Adell avait le visage si cramoisi qu'il rappela à Casavella l'une des chaudières dont il avait la charge. Les veines de son cou semblaient prêtes à exploser et il respirait difficilement. Instinctivement, l'employé recula d'un pas, écrasant des débris au passage. À ce bruit, Adell leva les yeux.

« Tu vas où, là ? Entre une bonne fois pour toutes et ferme cette foutue porte. »

L'employé déglutit et fit ce qu'on lui disait. Il resta dans un coin, debout, à attendre les consignes de son patron. À l'évidence, Adell faisait de gros efforts pour se maîtriser, même s'il parut cracher plus qu'il ne les prononçait les mots qu'il lui adressa.

« Je rentre chez moi. Fais atteler ma voiture. »

Casavella écarquilla les yeux devant la manche de M. Adell pleine de sang. Il allait lui demander s'il devait appeler un médecin quand l'industriel, se sentant observé, lui adressa un regard féroce.

« Qu'est-ce que tu regardes ?

— Rien, monsieur Adell.

— Fais venir quelqu'un pour ranger ce bazar. À mon retour, je veux que tout soit en ordre, c'est clair ?

— Oui, monsieur.

— Alors on peut savoir ce que tu fais encore planté là ? Tu es demeuré ou quoi ?

— Non, monsieur. Pardon, monsieur. »

Dès que le contremaître fut parti, Adell attrapa l'un des journaux et sortit de son bureau. D'un pas énergique, il traversa la longue salle des générateurs en direction de la rue. Les ouvriers évitèrent de le regarder.

Dehors, devant l'entrée, l'attendait déjà le landau. Avant de monter dedans, il passa ses doigts sur les profondes éraflures qui défiguraient la portière. Malgré la couche de résine récemment posée, on les voyait encore. Une applique en argent en forme de cheval pendait, décapitée. Une fois assis, Adell s'adressa au cocher.

« Ramón, il faudra me changer cette portière, et vite.

— Oui, monsieur.

— Que je n'aie pas à vous le répéter. Maintenant, à la maison. »

Quelques minutes plus tard, l'attelage s'arrêtait dans la cour intérieure de sa demeure. L'industriel descendit de voiture et, dédaignant le serviteur qui le recevait, prit le chemin de sa bibliothèque.

Un homme l'y attendait en regardant par la fenêtre. Ses allées et venues trahissaient sa nervosité. Adell entra et, sans lui adresser un mot, alla droit à la desserte des liqueurs pour se servir un verre de cognac. Après l'avoir vidé d'un trait il se resservit et s'installa dans un fauteuil. D'un geste, il fit signe à son invité de s'asseoir. L'homme obéit.

« Monsieur Adell, j'ai eu votre message et me voici, mais je veux que vous sachiez qu'il me semble imprudent de nous rencontrer chez vous. Un de vos domestiques pourrait me reconnaître et parler. Nos contacts devraient rester discrets, suggéra l'inspecteur Sánchez en tirant un sachet de sa poche et en plongeant ses doigts grassouillets dedans.

— N'imaginez même pas manger votre cochonnerie chez moi. »

Le policier, décontenancé par le ton de l'industriel, ne répondit rien. Avec une moue de déconvenue, il fourra le sachet de lupins dans sa poche.

Adell joignit les mains sous ses lèvres. Ses yeux lançaient des éclairs.

« Vous avez lu les journaux ?

— Euh… oui.

— On ne dirait pas. »

Il lui jeta au visage le *Correo*, que Sánchez attrapa au vol, stupéfait.

« Alors, quoi, lui lança Adell, je ne vous paie pas assez cher pour que vous empêchiez ce genre de chose ? »

L'inspecteur jeta un coup d'œil sur la page en hochant la tête de gauche à droite.

« Ce ne sont que des ragots. Je suis sûr que ce reporter n'est au courant de rien. Il rapporte ce qu'il a entendu, c'est tout ; il n'a eu accès à aucun corps. Nous avons fait disparaître le dernier sur-le-champ. Personne n'a pu le voir », assura-t-il. Il mentait : il savait très bien que quelqu'un s'était rendu à la morgue et avait inspecté le cadavre, mais il ne savait pas qui et il n'avait aucune intention d'en parler à l'industriel.

« Vous avez la moindre idée des conséquences de tout cela ?

— Je peux l'imaginer. La nuit dernière, le maire m'a fait appeler à une heure tardive pour m'ordonner de mettre fin au plus vite à tous ces crimes. Jusqu'ici j'ai pu noyer le poisson, mais je ne sais pas combien de temps encore je pourrai le faire.

— Le temps qu'il faudra, nom de Dieu ! Comment est-il possible que ce journal ait connaissance d'autant de détails sur l'état des corps ?

— Ils ont peut-être réussi à faire parler un de mes hommes. Je ne peux pas répondre de tous. Je mènerai mon enquête et le coupable sera puni, vous pouvez me croire. Ce journaliste du *Correo* a certainement écrit son article à partir des rumeurs qui circulent, monsieur Adell. Dans la Barceloneta, voilà des semaines qu'on parle du *Gos Negre*, des filles continuent de disparaître et les gens ont peur. Contre ça, je ne peux rien. »

L'industriel se pencha vers Sánchez. Bien qu'il eût une tête de plus que lui, l'inspecteur se sentit intimidé.

« Eh bien, vous devriez. »

Adell prit une grande inspiration avant de se laisser retomber contre le dossier de son fauteuil. Il avala une gorgée et continua.

« Daniel Amat est toujours à Barcelone, et comme si ça ne suffisait pas, un journaliste de ce même journal lui prête main-forte. Dernièrement, un étudiant de la faculté de médecine s'est joint à eux. Ils fourrent leur nez dans des affaires qui ne les regardent pas. Est-ce que je ne vous ai pas dit de faire arrêter les enquêtes ?

— J'ai clairement signifié à Amat que sa présence ici n'avait aucun sens et que s'entêter à rester ne pouvait que lui attirer des ennuis.

— Eh bien, faites-en plus ! Soyez plus persuasif ! »

Sánchez haussa les épaules.

« Inspecteur… » Adell se retenait d'hurler à grand-peine. « Au cas où vous ne l'auriez pas encore compris, si cette enquête continue, je ne serai pas le seul à avoir des problèmes. Avec mes contacts, je peux faire en sorte que vous soyez muté dans la caserne la plus minable au fin fond de Santiago de Cuba. Est-ce que je me fais comprendre ? »

Sánchez s'agita nerveusement. Il commençait à se demander si les pots-de-vin qu'il recevait valaient la peine d'être traité de la sorte.

« Tout à fait. Je m'en occupe. J'ai quelques idées en la matière.

— Ne me décevez pas, Sánchez. Je ne vous le conseille pas. »

L'industriel fit tinter une clochette et une servante apparut pour raccompagner l'inspecteur.

Une fois seul, Adell tenta de se calmer. Il se mit à inspirer et expirer lentement et à fond, comme on le lui avait appris à la clinique. Dans cet état, il se savait capable de commettre n'importe quelle folie. Il devait retrouver son calme et réfléchir. Réfléchir, oui, c'était ce qu'il devait faire.

Le plafond craqua au-dessus de sa tête.

Il bondit de son fauteuil, traversa le vestibule presque en courant et grimpa quatre à quatre l'escalier, juste à temps pour voir la porte de son bureau se refermer.

« Espèce de garce ! lâcha-t-il entre ses dents, cette fois, tu vas me le payer. »

Il ouvrit la porte à la volée ; dans la poussée, Irene, qui se trouvait juste derrière, fut renversée. Sa jupe se releva et Adell admira les longues jambes d'ébène que ses jupons ne parvenaient pas à couvrir. Il sentit un frisson de lubricité le traverser comme il parcourait des yeux le corps de la mulâtresse, s'arrêtant sur son décolleté où affleurait, mis en valeur par sa respiration haletante, le renflement de ses seins. Elle, se rendant compte de son émoi, se redressa et lui lança un regard plein de mépris. Adell eut honte et l'excitation laissa place à la colère.

« Qu'est-ce que tu fais dans mon bureau ? Est-ce que je ne t'avais pas interdit d'entrer ?

— La petite avait oublié un ruban.

— Cette gamine est comme toi, trop gâtée. Je vais devoir m'occuper sérieusement de son éducation. » Il sourit, conscient de l'effet que produiraient les paroles qui allaient suivre. « La discipline du couvent lui sera très bénéfique.

— Non ! Jamais, tu m'entends ? »

Irene s'était jetée sur lui mais il la repoussa violemment.

« Salope de métisse. N'importe quelle putain du Raval ferait une meilleure épouse que toi. »

La première gifle projeta Irene en arrière, contre le secrétaire. Adell referma la porte derrière lui. Puis, lentement, il retira la ceinture de son pantalon. Les yeux d'Irene se dilatèrent de terreur mais elle resta muette, tentant de contrôler le tremblement qui menaçait de s'étendre à tout son corps.

« Est-ce que tu n'as pas tout ce que tu veux, ici ? murmura Adell. Est-ce que je ne t'ai pas offert plus que n'importe quel autre t'aurait donné dans ta situation ? Et voilà comment tu me payes, en me manquant de respect sous mon propre toit. Mais ça va changer. Je me charge de te le faire rentrer dans ta jolie petite tête. »

Après le premier coup de ceinture, Adell sentit la tension à son entrejambe reprendre de la vigueur. Avec un plaisir jubilatoire, il leva de nouveau le bras. Bientôt, il se sentirait mieux. Oh oui, beaucoup mieux.

37

Fleixa aurait adoré casser la figure de ce m'as-tu-vu mais il se maîtrisa et passa à côté de lui en ignorant son stupide petit air satisfait. Llopis pensait avoir remporté une bataille mais il allait lui montrer que gagner la guerre était encore autre chose. Devant le bureau il frappa, et une voix l'invita à entrer. La chaleur du poêle et l'éternel nuage de fumée le reçurent dans une atmosphère de sauna.

« Fleixa, que nous vaut l'honneur ?

— Bonjour, Sanchís », répondit-il en fermant la porte derrière lui et en prenant place sur l'une des chaises sans attendre d'y être invité par son patron.

Le vieux directeur le regarda par-dessus ses lunettes.

« Allons bon, il fait encore jour et tes frusques n'empestent pas. C'est un miracle ?

— Je suis un homme neuf.

— Tu m'en diras tant. »

Sanchís laissa de côté ce qu'il lisait. Il adossa son corps massif à sa chaise et croisa les bras. Son expression sceptique eut le don d'agacer Fleixa.

« Je t'écoute.

— J'ai lu le papier de Llopis que tu as publié.

— Et ?

— J'étais en train de travailler sur cette affaire et tu le savais.

— Je ne savais que ce que tu m'en as dit.

— Ce sujet m'appartient. » Fleixa marqua un temps d'arrêt pour essayer de dominer sa colère. « Ce môme est tout juste bon pour les chiens écrasés, point. Il n'a pas la carrure. Je veux que tu me donnes l'exclusivité. »

Les sourcils du directeur s'arquèrent au point de dessiner un *v* sur son front.

« Tu veux m'expliquer comment diriger mon journal ? »

Le ton menaçant n'échappa pas à Fleixa mais il ne se laissa pas intimider.

« Comment as-tu pu publier un torchon pareil ? Le *Gos Negre* ? Un pouvoir démoniaque ? Depuis quand le *Correo* publie des cancans de bonnes femmes ? »

Le visage enflammé du directeur lui confirma qu'il avait mis dans le mille.

« Nous avons tout vendu en deux heures de temps. Les autres quotidiens de Barcelone se sont dépêchés de reprendre l'info juste après, mais nous avons été les premiers à la sortir. Les rotatives tournent en continu depuis des heures, c'est du jamais vu ! Dans cette ville quelqu'un meurt tous les jours mais les gens adorent les crimes crapuleux, les détails sordides les attirent comme la merde pour les mouches. »

Fleixa ne put se contenir plus longtemps.

« Bon sang de bois, Sanchís ! Il y a derrière cette histoire bien plus que les idioties dont se gargarise Llopis.

— Bien plus ? Sans blague ? Où est ce grand papier que tu n'arrêtes pas de me promettre mais qui ne vient jamais, alors, hein ? Où est-il ? Du neuf, Fleixa, du fort, du palpitant. Là-dehors, c'est ça qu'on attend, et plus c'est croustillant, mieux c'est. » Il baissa la voix. « Tu ne peux pas dire que je ne t'avais pas prévenu.

— De quoi tu parles ? »

Le directeur se leva, contourna la table et ouvrit la porte.

« Llopis, vous pouvez venir ? »

Le jeune homme semblait attendre cet appel. D'un pas volontairement indolent, il entra. Le directeur frappa du bout du doigt la poitrine de Fleixa.

« Tant que je n'aurai pas sur mon bureau un papier à la hauteur, nous n'avons rien de plus à nous dire. En attendant, Llopis sera le nouveau responsable de la rubrique faits divers. Et tu devras te plier à ses instructions.

— Tu peux répéter ? fit Fleixa, éberlué.

— C'est très clair : tu fais ce que je te dis et tu me prouves qu'il y a encore un véritable reporter qui sommeille en toi derrière cette tête de mule, ou tu peux commencer à te chercher un autre boulot. »

Le sourire de Llopis s'élargit, d'une oreille à l'autre. Fleixa pouvait sentir son ego enfler comme l'immense globe captif installé devant le Cercle du Liceo pour l'inauguration de l'Exposition. Il se leva et se planta devant Sanchís. Les mots lui échappèrent avant qu'il puisse se demander s'il allait le regretter.

« Va te faire foutre. »

Il sortit du bureau, sourd aux vociférations du directeur, en tentant de dissimuler ses mains qui tremblaient de plus en plus. Il circula entre les tables de la rédaction sans rien voir, conscient des regards de ses collègues sur lui. Il ne savait pas comment il en était arrivé là. Et pire encore, il ne savait fichtrement pas ce qu'il allait bien pouvoir faire maintenant.

38

Pau s'arrêta sur le palier. Elle portait un lourd sac qu'elle avait eu toutes les peines du monde à monter dans l'escalier exigu. De la poche de sa veste, elle tira le bout de papier et relut l'adresse que lui avait donnée le journaliste. Elle n'avait pas compris l'expression finaude du propriétaire de la pension quand elle avait demandé Dolors, ni le clin d'œil complice qu'il lui avait fait en lui indiquant sa porte.

Elle espérait que c'était une bonne idée. Elle n'était pas vraiment enchantée de quitter sa chambre à la résidence, mais Amat avait beaucoup insisté et même Fleixa était d'avis que c'était le mieux à faire. Elle avait été surprise de voir que tous les deux étaient si inquiets pour sa sécurité mais à la vérité, après l'épisode de la bibliothèque, elle-même redoutait de tomber de nouveau sur le docteur Homs.

Elle poussa un soupir. Au lieu de se régler, les problèmes semblaient vouloir s'accumuler. Le lendemain, c'était la date limite pour acheter le silence de Malavell. Elle ne savait pas où trouver la somme qu'il réclamait ; elle avait à peine de quoi subvenir à ses besoins et couvrir les dépenses liées à ses études, mais si elle ne payait pas, elle serait découverte et expulsée de l'université. Elle ne pouvait pas s'y résoudre et elle ne voulait pas non plus impliquer Amat et Fleixa là-dedans, pourtant elle ne savait toujours pas comment régler ce problème.

Elle toqua deux fois avec le heurtoir en fer et attendit.

Presque tout de suite, la porte s'ouvrit et une femme imposante apparut sur le seuil. Elle portait une perruque noire sur ses cheveux roux et une robe de chambre mal fermée qui en montrait beaucoup plus que ce que Pau avait envie de voir. Dans sa main, elle tenait encore des quartiers de la mandarine qu'elle mangeait, dont le jus coulait le long de ses doigts.

« Quel beau gars ! Il est un peu tôt, mais pour toi je veux bien faire une exception. Entre donc, entre. »

Elle disparut à l'intérieur avant que Pau ait pu ouvrir la bouche. Celle-ci resta sur le seuil jusqu'à ce qu'on l'invite de nouveau à entrer. Doutant toujours, elle attrapa son sac et traversa l'étroit couloir jusqu'à la pièce où l'attendait la femme.

Un lit recouvert d'un énorme dessus-de-lit et d'une dizaine de coussins colorés occupait presque toute la chambre. Contre un mur, une coiffeuse toute simple, surmontée d'un miroir piqué de taches, était envahie de flacons, de brosses et d'épingles à cheveux. Une chaise, enfouie sous les robes jetées à la va-vite, complétait le mobilier. L'air de la pièce sentait la mandarine.

« Laisse ce sac par ici... Tu arrives directement de voyage ou quoi ? Non, laisse-moi deviner. » Son visage s'illumina. « Tu quittes la ville, mais avant tu veux passer un bon moment. Attends-moi, je me mets à l'aise et je suis à toi. »

Elle disparut dans la pièce d'à côté et Pau entendit de l'eau couler dans une cuvette et sa voix qui chantonnait un air d'opérette. Quelques minutes plus tard elle réapparut, vêtue d'une courte combinaison en coton. Ses formes tendaient le tissu qui faisait sur elle comme une seconde peau. Avec une lenteur étudiée, elle s'adossa langoureusement à l'encadrement de la porte. Une fragrance de rose accompagnait chacun de ses mouvements. Pau ne trouvait pas quoi dire.

La femme avança vers elle, plantureuse. Pau fit deux pas en arrière et, quand ses talons heurtèrent le bord du lit, perdit l'équilibre. Les ressorts geignirent alors qu'elle s'enfonçait dans le matelas. Elle essaya de se redresser mais la prostituée était déjà à cheval sur elle, l'air coquin. Elle lui avait enlevé ses lunettes, qu'elle avait posées près du lit, et lui caressait le visage. Puis, faisant glisser la bretelle de sa combinaison, elle saisit la main droite de Pau et la guida jusqu'à sa poitrine.

« Non, attendez !

— Oh, mais on est timide !... C'est pas grave, laisse faire Dolors, va. »

Elle se mit à dégrafer sa chemise. Pau voulait l'arrêter mais le poids de la femme sur elle l'empêchait de bouger.

« Écoutez-moi ! Je vous dis que vous faites erreur. »

La femme interrompit ses caresses, surprise.

« Erreur ? Qu'est-ce que tu veux dire ?

— Je crois que je me suis trompée de maison.

— Qui t'a donné mon adresse, mon lapin ?

— M. Fleixa. »

La femme eut l'air totalement désarçonné. Puis elle éclata de rire. Elle s'écarta de Pau et descendit du lit.

Son sein nu tressautait pendant qu'elle s'esclaffait tout en cherchant vainement à remonter sa bretelle.

Pau se redressa et sortit du lit en vitesse. Elle allait faire la peau à ce fichu journaliste. Elle commençait à se dire qu'il avait fait exprès de l'envoyer ici, pour se moquer d'elle. Cette canaille devait être en train de se tenir les côtes comme le faisait cette femme.

« C'est toi la fille qui a besoin d'aide ? lui demanda Dolors, quand elle eut repris son sérieux, en la détaillant des pieds à la tête. Mais tu as tout d'un petit jeune homme comme il faut. »

Pau récupéra ses lunettes et sa veste et tira son sac jusqu'à la porte.

« Je crois qu'il y a eu une méprise, une terrible méprise, madame. Excusez-moi, je vais vous laisser. »

La femme s'interposa entre Pau et la porte. D'un geste ferme, elle lui fit poser son bagage au sol.

« Oublie ça, ma belle, il n'en est pas question. »

Elle débarrassa la chaise de ses robes et l'obligea à s'asseoir.

« Tu veux quelque chose de chaud ? Ça nous fera du bien à toutes les deux. »

Sans attendre de réponse, elle tira du tiroir de la coiffeuse deux tasses et les posa sur le meuble près de Pau. Elle sortit par la porte du fond et à son retour elle portait un cardigan sur sa combinaison et avait à la main une théière en porcelaine d'où dépassait un brin de camomille. Elle servit l'infusion sur la table improvisée.

« Je n'ai pas de sucre, mais j'ai ça. »

D'un autre tiroir, elle tira une petite bouteille dont elle versa une rasade généreuse dans chaque tasse.

« Jamais je n'aurais pu imaginer que tu étais une femme. Et moi qui pensais que c'était mon jour de chance en trouvant à ma porte un beau gosse dans ton style. Tu es sûr que tu n'es pas un de ces invertis ?

— Non ! Non. »

Le contenu de la tasse, bien chaud, sentait très bon. Pau en avala une gorgée et l'eau-de-vie descendit dans sa gorge comme une langue de feu, ce qui lui déclencha une quinte de toux.

« Bois lentement », lui conseilla Dolors.

Pau hocha la tête en essayant de sourire poliment. Elle devait bien reconnaître, au-delà de la première impression, que la liqueur lui faisait du bien.

« Alors vous êtes... ?

— Une putain, oui, ma fille, tu peux le dire franchement, je n'ai aucune honte à dire ce que je suis. Le prêtre m'a baptisée à ma naissance María de los Dolores Algarrada Lucena, mais j'aime autant que tu m'appelles Dolors tout court. »

La femme sourit devant l'expression timide de la jeune fille. Quelle innocence ! Elle s'installa sur le lit, sortit un porte-cigarettes en métal et en tira une cigarette, qu'elle alluma avec un briquet à mèche. Une odeur de tabac et de menthe envahit la pièce.

« Donc tu es la fille qui a besoin de se cacher quelques jours. Excuse-moi pour tout à l'heure mais Fleixa, ce gredin, ne m'a pas prévenue que tu serais déguisée. C'est quoi ton petit nom ?

— Gilbert. Pau Gilbert.

— Enchantée, alors. Apparemment, on va passer quelques jours ensemble. »

Pau faillit faire non de la tête mais elle se reprit : elle ne savait pas où aller si elle ne rentrait pas à la résidence et elle devait bien reconnaître que son hôtesse était accueillante.

« Je ne veux pas vous déranger.

— Pas du tout. Et un peu de compagnie me fera du bien.

— Est-ce que nous devrons dormir dans le même lit ? »

De nouveau, Dolors se gondola. Son rire était joyeux et contagieux et Pau ne put réfréner un sourire. Cette femme commençait à lui être sympathique.

« Non, ma chère, non. Il y a une petite chambre à côté. Normalement, c'est une collègue à moi qui l'occupe mais elle est retournée chez elle. Par contre, tu devras partager le reste avec moi. Comme tu vois, c'est très simple ici. Basilio, mon logeur, ne sait rien de ta présence, alors il faudra que tu sois discrète pour entrer et sortir.

— N'ayez crainte, madame. Je vous remercie beaucoup de votre amabilité. »

Le sérieux de la jeune fille amusait Dolors.

« Tu sais quoi ? Je sais évaluer les gens. Dans mon métier, c'est essentiel. Et même si tu es plutôt bizarre et que tu t'habilles en homme, quelque chose me dit que tu es une chic fille et qu'on devrait bien s'entendre, toi et moi. »

Pau se sentit plus tranquille. C'était agréable autant qu'inhabituel d'être traitée pour ce qu'elle était sans avoir besoin de se cacher. Voilà longtemps que personne ne s'était adressé à elle comme à une femme.

« Qu'est-ce que tu as dans ce sac si lourd ? s'intéressa Dolors. On jurerait que tu es prête à partir vivre dans un autre pays.

— Eh bien, quelques vêtements et des livres.

— Des livres ?

— Oui, de médecine. Je suis… étudiante.

— Sans blague, je ne savais pas qu'une femme pouvait être médecin ! Mais alors… » Elle se rapprocha de Pau, intéressée. « … tu dois t'y connaître en onguents et tout ça, non ?

— Eh bien… oui, un peu.

— Alors tu vas peut-être pouvoir m'aider.

— Oui, bien sûr, si je peux.

— C'est que depuis quelques jours j'ai comme des croûtes à un endroit… mal placé, si tu vois ce que je veux dire. Ça me gêne beaucoup, parce que ça démange et c'est tout rouge.

— Eh bien, si vous voulez…

— Dis-moi "tu", petite, je pourrais être ta grande sœur.

— Pardon. Si tu veux, je peux t'examiner et te proposer un remède.

— Ce serait épatant ! »

Dolors éteignit sa cigarette dans une tasse et se leva du lit, suivie de tout un chœur de grincements.

« Viens, je vais te montrer ta chambre. » Elle s'arrêta au milieu du couloir et se tourna vers Pau. « Tu sais, je suis cancanière par goût et fouineuse par dévotion, donc si je me mêle de ce qui ne me regarde pas, tu peux m'envoyer sur les roses, d'accord ? Bien, alors, dis-moi un peu : si tu n'es pas un inverti, pourquoi tu te balades habillée en homme, hein ? Parce qu'il faut dire ce qui est, tu m'as bien eue… Alors tu me racontes ? Si on doit devenir copines, autant que tu me déballes ton histoire tout de suite.

— C'est que c'est une longue histoire.

— Peu importe, ma belle, j'ai plus de temps libre dans mon agenda qu'un ministre. »

39

Fleixa repoussa son assiette. L'odeur de cette tambouille promettait une visite quasi immédiate aux waters. Il préféra se resservir un verre d'eau-de-vie. Il était déjà un peu soûl et, même si cet anis avait été distillé dans un taudis miteux du Raval, ça valait toujours mieux que l'intoxication alimentaire assurée. Et puis il avait déjà bu pire.

La taverne, au fin fond du quartier, empestait le tabac, le chou bouilli et la sueur rance. Une chaleur moite alourdissait encore l'atmosphère. Les habitués étaient assis le plus loin possible les uns des autres et seules une ou deux lampes, allumées au minimum, baignaient d'une lumière blafarde les rares chuchoteurs.

Il avait passé la matinée à éviter les cafés et les clubs fréquentés par les journalistes de tous les journaux de la ville. Il était sûr qu'ils étaient déjà tous au courant et il n'avait aucune envie de devoir supporter leurs sarcasmes. Il avait encore du mal à croire qu'il avait perdu son poste au journal. Lui, l'un des meilleurs journalistes de Barcelone, se retrouver à la rue ! Peut-être qu'en allant s'excuser auprès de Sanchís il pouvait encore rattraper le coup ? Il devinait que même cette humiliation ne serait pas suffisante. Llopis avait gagné, telle était la vérité. Il se prit la tête entre les mains. Au moins, se dit-il, les choses ne pouvaient pas aller plus mal.

« Tu n'as pas l'air d'avoir la forme, mon chou. »

Levant les yeux, Fleixa entrevit deux silhouettes qui l'entouraient. La Negra souriait, sans aucune gaieté dans le regard. Il oublia la question qu'il avait en tête quand, sur un geste de son usurier, le gros dur aux biceps énormes qui l'accompagnait saisit Fleixa par le col de son manteau et le souleva comme un sac de plumes.

Ils traversèrent la salle de la taverne et débarquèrent dans la cuisine dans l'indifférence générale. Au fond, ils trouvèrent une porte qui ressemblait en tout point à celle de la réserve pouilleuse, à côté. Elle donnait sur une impasse sombre, à l'arrière, qui servait à la fois d'entrepôt et de dépotoir.

Le contraste des températures déclencha chez Fleixa une quinte de toux.

Il en profita pour tenter de leur fausser compagnie mais, avant d'avoir fait deux pas, il se sentit projeté contre un tas de caisses qui contenaient le linge à laver d'un hôtel proche. Sa jambe blessée le lâcha et il s'affaissa au milieu de draps sales.

Une paire de bras le releva de nouveau et il se retrouva miraculeusement debout dos au mur. L'alcool lui faisait encore tenir la peur à distance, comme s'il n'avait rien à craindre.

« Negra, pas la peine d'en arriver là. J'ai l'argent. Si tu mets la main dans la poche de ma veste… »

Fleixa s'interrompit quand il entendit sa voix éteinte.

« Désolée, je n'ai rien à voir là-dedans. »

Sans comprendre le sens de ses mots, il vit la Negra s'effacer et une ombre plus grande entrer à sa place dans son champ de vision. En reconnaissant le nouveau venu, Fleixa se redressa un peu. Il sut que ses problèmes avaient pris un tour plus sérieux encore sans savoir vraiment lequel.

« La Negra est un vrai sentimental, mais il sait ce qu'il fait, vous ne croyez pas ? »

L'inspecteur Sánchez finit de sortir de l'ombre et la lumière éclaira sa mine satisfaite. Ses doigts fouillèrent dans sa poche et il porta un lupin à sa bouche. Après quelques efforts de mâchoire, il cracha la petite peau dans la rigole d'eau sale qui courait aux pieds de Fleixa.

« Voyez-vous, le hasard veut que la demoiselle ici présente me doive une faveur, une grande faveur. Et pour être quitte, c'est moi maintenant qui reprends votre dette, vous comprenez ?

— Pas vraiment… comme vous avez dû l'entendre, j'ai l'argent. Donc, il n'y a plus de dette.

— J'ai une mauvaise nouvelle pour vous : les intérêts viennent de grimper.

— Je suis toujours dans le noir complet. Comme vous voyez, j'ai un peu bu.

— Bien, je vais vous éclairer alors. Commençons par ce que je sais. Parce qu'en l'occurrence j'en sais pas mal, voyez-vous, monsieur le journaliste. Je sais qu'avec ce fouille-merde de Daniel Amat vous enquêtez depuis un moment sur les morts du *Gos Negre* ; je sais aussi qu'un jeune étudiant vous a rejoints et, par hasard, j'ai également appris que vous venez de perdre votre boulot au journal. Vous voyez, je suis bien informé. »

L'inspecteur recracha une autre peau de lupin.

« Qu'est-ce que vous voulez ? murmura Fleixa.

— Une simple transaction.

— C'est tout ?

— J'ai besoin que vous fassiez quelque chose pour moi, monsieur le journaliste.

— Vous aussi vous voulez obliger Amat à arrêter ses recherches ?

— Oh non, non. Pas du tout. Au contraire, je veux que vous l'y encouragiez. Et que vous l'aidiez autant que vous le pourrez.

— Je ne comprends pas.

— Vous n'avez pas à comprendre. Faites ce que je vous dis et de temps en temps vous et moi nous nous retrouverons pour prendre quelques verres ensemble, comme de vieux amis. Nous discuterons et vous me raconterez tout, sans omettre le moindre détail. En échange, nous pourrons revoir les intérêts de votre dette. Bien sûr, notre petit accord restera entre nous.

— Vous voulez que je joue les indics ?

— À ce stade, vous n'allez pas faire des manières, si ? Vous et moi nous savons bien que par le passé vous n'aviez pas tant de scrupules.

— Et si je refuse ? »

Sur un geste du flic, le gorille de la Negra immobilisa Fleixa et lui maintint le bras droit en l'air. Le journaliste n'essaya pas de résister.

Sánchez s'avança d'un air contrit comme s'il agissait malgré lui. Il tira de la poche de son manteau un objet métallique, que Fleixa reconnut : c'était un coupe-cigare à double guillotine. L'inspecteur, attrapant la main de Fleixa, glissa son majeur dedans. Les yeux de Sánchez s'illuminèrent d'un plaisir malsain alors qu'il appuyait doucement sur la tenaille. La lame, telle une cisaille, traça une ligne rouge autour de la phalange, en même temps qu'une douleur aiguë montait dans la main de Fleixa. Son ivresse s'évapora d'un coup et une sueur froide inonda sa chemise.

« Si vous collaborez, votre dette sera effacée, mais si vous refusez... » Le flic s'interrompit pour gober un nouveau lupin. « Vous n'écrirez plus un seul de vos foutus articles jusqu'à la fin de vos jours. Je me rembourserai sur vos doigts, l'un après l'autre, puis je m'en prendrai à la pute que vous avez pour petite amie ; je trouverai bien quoi faire avec. »

Tout en parlant il jouait avec son coupe-cigare, le passant autour de chacun des doigts de Fleixa, qui le regardait, incrédule. Derrière lui, la Negra leva les yeux au ciel pour signifier sa désapprobation mais ne fit pas un geste.

« C'est bon, c'est bon. J'ai compris.

— Vous savez quoi ? Je n'en suis pas si sûr. Je crains que vous n'ayez besoin d'une démonstration pour être définitivement convaincu. »

Extérieur à la scène comme s'il n'était pas protagoniste mais simple spectateur, Fleixa vit le coupe-cigare se refermer autour de son petit doigt. Une douleur vive remonta comme un coup de fouet le long de son bras jusqu'à ce que, dans un claquement, la guillotine vienne à bout de la résistance de l'os. Le doigt tomba et roula dans le caniveau où l'eau l'emporta. Le sang jaillit de la blessure et se mit à couler le long de sa main et sur la manche de sa veste. Prises d'une soudaine faiblesse, les jambes du journaliste se dérobèrent et il s'affaissa au sol comme une poupée de chiffon. Dans le choc, sa montre s'échappa de son gousset et glissa parmi les ordures de la rue.

« Là, je suis certain que vous n'oublierez pas notre accord, déclara l'inspecteur en s'essuyant les mains à son mouchoir. Voyez l'aspect positif de la chose. Je vous ai rendu service. Maintenant, vous pourrez toujours aller mendier en vous faisant passer pour un de ces infirmes qui nous arrivent de Cuba… Peut-être que ça vous réussira mieux que d'écrire des conneries dans un journal. »

Quand il se retourna, sa chaussure buta sur la montre.

« Tiens, qu'est-ce que nous avons là ? »

Il la ramassa sans que Fleixa puisse l'en empêcher. Après avoir passé sa manche dessus, il ouvrit le couvercle et lâcha une exclamation.

« Il a même la photo de sa pute ! » s'esclaffa-t-il en montrant l'intérieur de la montre aux deux autres. La Negra resta imperturbable.

L'inspecteur se pencha sur Fleixa et, la tenant par le bout de sa chaînette, balança la montre devant ses yeux.

« Je devrais peut-être la garder en gage de notre toute récente association. »

Fleixa voulut protester, mais un haut-le-cœur le plia en deux.

« Mais c'est dégoûtant ! On ne vous a pas appris à vous tenir ? » s'écria le policier en reculant pour éviter de salir ses chaussures. Il se retourna et s'adressa à la Negra, qui attendait, taciturne, les bras croisés.

« Bien, je crois que c'est bon. Occupez-vous de lui, qu'il ne se vide pas de son sang. »

Fleixa était toujours au sol, roulé en boule, et regardait d'un œil vitreux l'homme de la Negra lui enrouler un chiffon autour de la main. L'inspecteur eut un claquement de langue.

« Tenez, pour que vous voyiez que je ne suis pas un mauvais bougre. »

La montre vola et tomba sur le giron de Fleixa.

En mâchonnant un nouveau lupin, Sánchez se dirigea au bout de l'impasse et disparut au coin de la rue.

Fleixa serra de toutes ses forces la montre contre son cœur et ferma les yeux. Il ne voulait plus qu'une chose : perdre conscience pour de bon.

40

Daniel laissa la brise maritime lui caresser le visage. Le ciel peu à peu se couvrait de nuages gris. Les mouettes virevoltaient dans l'air et leurs cris perçants annonçaient l'approche d'un nouvel orage.

Ses pas l'avaient mené au quai de Poniente, l'un de ses endroits préférés lorsqu'il était enfant. Il aimait s'y réfugier pour échapper au tombeau qu'était devenu leur foyer après la mort de sa mère. De ce banc, il contemplait le soir les grands bateaux à vapeur qui partaient vers de lointains ports en Amérique et en Europe et il imaginait de fantastiques aventures loin de cette vie de deuil perpétuel. Quand le soleil disparaissait à l'horizon, son frère Alec venait le chercher pour le ramener à la maison.

Il s'adossa à son banc. Trois gamins essayaient de pêcher quelque chose avec une ligne sans canne et riaient de la maladresse de l'un d'eux. Quelques couples, profitant du répit que leur laissait la pluie, se promenaient bras dessus bras dessous, et un groupe de marins qui venaient sans doute de débarquer d'un vapeur commentaient les charmes de deux jeunes filles qui, rouges de confusion, s'enfuyaient en riant.

Il posa son chapeau à côté de lui et tira de la poche de son pardessus une enveloppe froissée qu'il avait reçue l'après-midi même en exprès. Il en sortit une feuille aux tons pastel. Il avait déjà lu la lettre. Deux fois.

Alexandra, sa promise, lui faisait savoir que son père ne pouvait pas justifier plus longtemps son absence auprès du département académique sans mettre en péril son poste de recteur et son renom. Il existait des pressions pour qu'un certain Hallager, fils d'un lord, soit nommé à sa place. Elle lui exprimait l'abattement de sir Edward qui le considérait comme un fils et ne s'expliquait pas pourquoi il prenait le risque de tout perdre.

Dans les mots d'Alexandra filtrait son incompréhension devant ce séjour prolongé à Barcelone. Même si elle prenait congé avec des mots affectueux, Daniel sentit qu'ils étaient aussi pleins de doutes et d'incertitudes. Fidèle à son caractère, à la fin de sa missive, Alexandra exigeait de lui qu'il prenne une décision. S'il rentrait immédiatement, tout s'arrangerait, dans le cas contraire, elle considérerait leurs fiançailles comme rompues.

Il replia la lettre. Au loin, le ciel rejoignait la mer.

Il pouvait prendre cette même nuit le train pour Paris, puis changer en direction de Calais où il embarquerait pour l'Angleterre. Rien ne l'empêchait de rassembler ses affaires et de s'en aller. Personne ne le lui reprocherait. En se refusant à quitter Barcelone, il était en train de mettre en danger tout ce qui lui importait : son poste d'enseignant au *college*, la confiance et l'amitié de son tuteur, et l'amour de sa fiancée.

Au fond, il était convaincu que malgré tous ses efforts il ne réussirait pas à racheter ses fautes.

Alexandra avait raison. Son père était mort et rien ne pourrait changer cela. Il était un simple professeur et il en avait déjà assez fait. Il avait même mis en péril sa vie et celle d'autrui. Ce n'était pas de sa responsabilité. Tout le monde lui demandait de partir. Pourquoi ne pas les écouter ?

Lui vint alors un nom en tête.

C'était une erreur de l'avoir revue. Il était fiancé à une femme admirable et Irene était mariée. Leurs vies avaient pris des chemins différents, les sentiments qu'ils avaient partagés sept ans plus tôt avaient été ensevelis sous un tas de cendres et de fantômes. Il devait rentrer en Angleterre et reprendre sa vie. Enterrer son passé dans le plus profond des oublis, où il ne pourrait plus lui faire de mal.

Et pourtant…

Il se leva et s'approcha de l'eau. Là, en bas, les vagues frappaient rageusement les pierres, comme si elles étaient conscientes de ses pensées. Il regarda la lettre qu'il tenait toujours à la main. Ses yeux se mouillèrent. Il expulsa l'air emprisonné dans ses poumons et rangea de nouveau l'enveloppe dans la poche de son manteau.

… il ne pouvait pas.

41

L'encapuchonné n'arrivait plus à respirer. Il était étouffé par la colère qui, telle une sève épaisse, coulait dans ses veines et ses artères et s'amassait dans sa tête. Les battements résonnaient sous son crâne encore et encore, comme la trotteuse d'une gigantesque horloge. Comment osaient-ils ?

Ivre de rage, il titubait, s'agrippant aux meubles pour ne pas tomber. Il traversa la salle sans un regard pour la colonne qui vibrait silencieusement. Poursuivi par le bourdonnement qui emplissait l'air, il contourna les étagères remplies de flacons en verre. Ses pas le menèrent au four d'où émergeaient de grandes flammes et derrière lequel une longue table en chêne était recouverte d'instruments de laboratoire.

D'un revers de main, il balaya les alambics, les ampoules à décanter, les burettes et les boîtes d'échantillons qui se fracassèrent au sol dans une cascade de verre brisé. Les solutions chimiques, libérées de leurs récipients, coulèrent jusqu'à la grille d'évacuation.

Il laissa tomber l'exemplaire de *De Humani Corporis Fabrica* sur la surface dégagée. La couverture de vieux cuir étincela sous les reflets chatoyants du feu.

Les flammes donnaient vie à la gravure, qui sembla frissonner.

Il ouvrit le manuscrit. La certitude de son erreur lui dévorait les entrailles. Il se mit à feuilleter le livre avidement. Entre de longs passages en latin étaient intercalées des gravures originales qui représentaient différentes parties du corps humain. Les illustrations, qui parfois occupaient la page tout entière, présentaient avec un inquiétant souci de détail des corps écorchés, des membres disséqués, des squelettes humains dans des postures invraisemblables. N'importe quel collectionneur européen aurait déboursé une fortune pour posséder ce manuscrit, mais cela lui était bien égal, lui, il cherchait seulement, page après page, de plus en plus exaspéré. Il examina les marges, les espaces entre les passages, les détails des dessins, jusqu'à la fin. Puis il referma violemment le livre, et le bruit sourd résonna dans la pièce voûtée.

Plongeant la tête dans ses bras, il laissa échapper un sanglot qui se mua en cri. Il attrapa le précieux traité et le lança de toutes ses forces. Le manuscrit alla s'écraser dans le four où les inestimables gravures se recroquevillèrent au contact des flammes.

Il baissa sa capuche et, en appui sur la table, tenta de reprendre haleine. Ses cheveux cachaient son visage baigné de sueur et un filet de salive pendait de ses lèvres. Dans le geste qu'il fit pour s'essuyer, un élancement traversa son bras et il s'aperçut qu'une tache écarlate s'étalait sur la manche de sa chemise.

Il se souvint qu'en s'enfuyant, à la bibliothèque, il s'était coupé avec les éclats de verre de la fenêtre par laquelle il était passé. Tout en courant, il s'était fabriqué un garrot avec un mouchoir mais celui-ci ne servait plus à rien et l'hémorragie avait repris.

D'une armoire à double battant, il tira une mallette. Il s'assit sur une banquette et déchira la manche de sa chemise jusqu'au coude. Il souleva délicatement le tissu qui collait à la plaie et dévoila une profonde coupure d'où s'échappait un filet de sang. Il remarqua, fasciné, qu'il en avait fallu de très peu pour que la veine céphalique soit touchée ; il pouvait même voir une partie du muscle fléchisseur cubital. Il eut un vertige. Il devait faire vite, il avait perdu beaucoup de sang. C'était presque incroyable qu'il ne se soit pas évanoui.

Il sortit de la mallette un flacon en verre, de la gaze, des aiguilles et du fil de soie imprégné d'acide phénique, qu'il posa précautionneusement dans un plateau en argent près de lui. Il ouvrit le flacon et en vida le contenu sur sa blessure. La teinture d'iode bouillonna et une cuisante brûlure irradia sa peau. Il s'empêcha de retirer son bras tandis que la bouteille finissait de se vider. Désinfectant et grumeaux de sang inondèrent le sol à ses pieds. Il laissa passer quelques secondes et nettoya la coupure jusqu'à ce qu'elle se remette à saigner. Alors, satisfait, il prépara la suture.

La douleur était sa pénitence. Il méritait de souffrir. Elle lui avait fait confiance et il n'avait pas su en être digne, alors qu'il était tout près de réussir, il avait échoué à cause de sa stupidité. Il glissa le morceau de bois entre ses dents.

L'aiguille courbe rencontra un peu de résistance. Il ferma les yeux et accentua la pression jusqu'à ce qu'elle traverse la chair. La douleur vrilla son bras. Il pensa à la façon dont il avait été abusé, la façon dont ce garçon lui avait volé ce qui lui appartenait de droit. Il tira avec force le fil en s'aidant de sa bouche, et les bords de la coupure se rapprochèrent. Il exhala l'air retenu dans ses poumons. C'était sa faute. Il s'était laissé déstabiliser un instant par les doutes. Une erreur qu'il ne commettrait plus.

Il enfonça de nouveau l'aiguille. De grosses gouttes de sueur coulaient sur son front et l'effort faisait trembler sa mâchoire. Il retrouverait ce garçon et, là, il n'hésiterait pas. Il se montrerait digne d'elle, cette fois.

Il tira sur l'aiguille et mordit violemment le bois pour ne pas laisser échapper le moindre son.

LIBER OCTAVUS

Dix jours avant l'inauguration de l'Exposition universelle

42

Fleixa n'arrivait pas à dormir. Après que le gorille de la Negra l'eut transporté à demi inconscient jusqu'à la porte de Dolors, il ne se souvenait que des cris alarmés de la prostituée vite transformés en insultes, malgré ses maladroites tentatives pour la retenir. La Negra reçut l'avalanche sans ciller et, avant de partir, conseilla même à Dolors de désinfecter la blessure.

Pau, qui fut appelée à la rescousse, ne posa aucune question. Elle sutura la plaie après l'avoir nettoyée à l'eau et à l'iode et fit un bandage propre, puis recommanda à Fleixa de prendre du laudanum avant de se coucher. Quand ils furent seuls, Dolors le mit au lit et lui apporta un bouillon chaud qu'il ne put finir. Il plongea dans un sommeil agité.

Il se réveilla tard dans la nuit et trouva Dolors près de lui, pelotonnée sur le couvre-lit parce qu'elle avait voulu lui laisser toutes les couvertures. Quand il se redressa, il fut pris d'un léger vertige. Il la couvrit et reposa la tête sur l'oreiller.

Il tendit le bras et regarda sa main bandée. Il frissonna en réalisant combien elle ressemblait au moignon que lui avait promis Sánchez. Maintenant, ses dettes n'étaient plus son problème principal, il n'avait aucune envie de perdre le reste de ses doigts. Une bile amère lui monta aux lèvres ; il ne souhaitait pas non plus trahir Amat, mais est-ce qu'il avait vraiment le choix ? Il ne voyait pas ce qu'il pouvait faire d'autre. Pour quelques jours, il était à l'abri, ensuite l'inspecteur commencerait à lui réclamer des comptes. Même si ça ne lui plaisait pas, il ferait ce que le flic lui demandait. Puis, quand tout serait fini, il quitterait la ville. Il avait encore la somme qu'Irene Adell lui avait donnée, une petite fortune. Elle lui permettrait de vivre un certain temps n'importe où.

Près de lui, Dolors bougea et les couvertures glissèrent un peu, découvrant une épaule et la naissance de ses seins. Fleixa, de sa main valide, les ramena sur elle. Elle murmura dans son sommeil et se serra contre lui, cherchant instinctivement la chaleur de son corps. Le contact de sa peau tiède éveilla une douce sensation chez le journaliste. Comment faisait-elle pour sentir si bon ? Il écarta d'une main légère les mèches de cheveux pour mieux voir son visage. Ainsi, détendue, sans maquillage, elle était de nouveau cette gamine née dans une bourgade du val d'Aran et venue à Barcelone pour y trouver une vie meilleure. Il parcourut son visage marqué de rides et de taches de rousseur auxquelles il trouvait tant de charme. L'expression un peu espiègle qu'elle gardait même dans son sommeil lui fit esquisser un sourire. Il était toujours surpris par son caractère, comme si elle n'attendait que le meilleur de la vie. Elle s'arrangeait pour voir toujours le bon côté des choses.

Ni engagement ni liens. N'importe qui envierait sa situation. Pourtant, dernièrement, quand il se trouvait loin d'elle, savoir qu'elle pouvait être avec un autre homme le contrariait de plus en plus. Au cours des dernières semaines, leurs rencontres s'étaient faites plus fréquentes, et pas uniquement parce qu'il avait besoin de fuir ses créanciers. Une ou deux fois, même, il s'était surpris à regretter sa présence dans la solitude de sa pension sordide.

Dolors s'agita sous son bras et ouvrit des yeux embués de sommeil.

« Tu ne dors pas ?

— Chut, murmura-t-il.

— Qu'est-ce qu'il se passe ? Tu as mal ? Ça saigne de nouveau ?

— Non. » Il sourit de son inquiétude. « Je réfléchissais, juste.

— À cette heure ? Tu es vraiment cinglé…

— Sûrement, oui. D'ailleurs, j'ai une idée qui m'est venue…

— Moi aussi.

— Attention, je suis encore faible.

— Tu m'as l'air en pleine forme. »

Plus tard, Dolors se rallongea avec un soupir près du journaliste. Sans un mot, ils profitaient de la chaleur de leurs corps nus. Fleixa récupérait. Il était plus mal en point que ce qu'il laissait voir, mais il ne voulait pas inquiéter Dolors plus encore. Quand il eut repris des forces, il osa parler de ce qu'il avait en tête depuis un moment.

« Ça te dirait de partir quelque temps ?

— Partir ? Où ça ?

— Je ne sais pas, partir. Quitter Barcelone. Pour un temps. Tous les deux.

— Tu es sûr que ça va ?

— Oui, oui, ça va. »

Le journaliste garda les yeux fixés au plafond et Dolors se serra de nouveau contre lui pendant qu'il lui caressait un sein.

« Franchement, Bernat, tu es bizarre en ce moment. »

Il pencha la tête et huma le parfum de ses cheveux, puis il attrapa son menton et planta son regard dans le sien pour y chercher des réponses. Dolors lui sourit, un peu perplexe. Fleixa fut surpris de découvrir ce qu'il ressentait et de se rendre compte qu'en fait, c'était très simple. Est-ce que ce serait la même chose pour elle ? Il n'y avait qu'une façon de le savoir.

« Est-ce que tu veux m'épouser ? »

Dolors se dressa d'un bond dans son lit, sans prendre la peine de cacher sa nudité. Elle ouvrit et ferma la bouche plusieurs fois, en fixant le journaliste avec des yeux ronds, tandis que Fleixa, évitant de croiser son regard, continuait :

« J'ai eu un coup de chance, qui m'a rapporté une belle somme. Je peux m'occuper de toi, de nous. On pourrait partir en voyage… Tu as toujours dit que tu aimerais voir Madrid. Eh bien, on n'a qu'à le faire. Ou alors on va à Rome, ou à Paris, peu importe. Dès demain. Toi et moi. Enfin, si tu veux, bien sûr. »

Il était hors d'haleine après avoir tant parlé. Il posa les yeux sur Dolors, toujours muette. Fleixa n'aurait su dire si son visage exprimait de la joie ou de l'épouvante. Elle le regardait, paralysée, les yeux brillants. Ses lèvres s'entrouvrirent alors en un sourire en même temps qu'elle portait les mains à sa bouche. Elle était sur le point d'éclater de rire, se rendit-il compte, soudain honteux. Les doutes l'assaillirent alors qu'une certaine panique commençait à s'emparer de lui.

Qu'est-ce qu'il lui avait pris de lui faire cette absurde demande en mariage ? Elle devait penser qu'il avait perdu la boule. Bon Dieu, mais puisqu'il la payait pour qu'elle couche avec lui ! Quel crétin. Voilà ce qu'il était. Un sinistre crétin.

Quelques coups à la porte de la chambre les interrompirent. Pau apparut, la main en écran devant les yeux.

« Excusez-moi. J'ai un besoin pressant. »

43

Comme si ce n'était pas déjà assez dur de devoir se cacher chez une prostituée, il fallait en plus qu'elle tombe sur Fleixa en tenue d'Adam dans la chambre d'à côté. Elle sentait encore ses joues brûlantes malgré le froid de la rue. Elle marchait vite pour se réchauffer et faire passer sa honte. Le journaliste ne paraissait pas enchanté non plus, surtout devant l'hilarité de Dolors. Il avait sauté du lit sans écouter les prières de la prostituée et, après s'être habillé en quatrième vitesse, était parti en claquant la porte.

Pau en avait profité pour se préparer et s'en aller aussi. Elle se sentait un peu coupable de s'éclipser ainsi, en catimini, surtout parce qu'ils lui avaient demandé de ne sortir de chez Dolors sous aucun prétexte. Mais elle ne pouvait pas ne pas aller à ce rendez-vous.

Elle avait eu beaucoup de mal à réunir cette somme. Elle avait dû mettre au mont-de-piété un vieux microscope qu'elle avait hérité de son père ; elle avait versé quelques larmes mais elle n'avait pas eu le choix. Ses réserves fondaient dramatiquement et elle avait à peine de quoi finir le mois. Sa situation financière, déjà difficile, s'était encore compliquée avec cette histoire de chantage.

Aux abords de la rue Hércules, après avoir passé la mairie, elle se dirigea vers l'église San Justo, où lui avait donné rendez-vous Albert. Au moins, c'était loin de l'hôpital et elle courait moins de risque d'être surprise par quelqu'un.

Elle s'arrêta sous l'arc du portail et dut attendre un instant que ses yeux s'habituent à l'obscurité des lieux. Puis elle avança entre les rangées de bancs vides en prenant garde de ne pas mettre le pied dans les flaques laissées par les gouttières du vieux toit. Ses pas résonnaient sur le sol en pierre. Les quelques cierges allumés n'étaient pas suffisants pour éclairer la nef ; le plafond et les parties latérales restaient plongés dans les ténèbres. Un courant d'air semblait traverser les murs et rendait l'église bien peu accueillante. Pas étonnant qu'elle fût déserte.

Pau arriva au transept sans voir personne. Elle jeta même un œil dans les chapelles. Pas trace de Malavell. Elle faisait volte-face, prête à s'en aller, quand l'ancien valet se matérialisa, derrière un pilier où il était caché.

« Bonjour, *monsieur* Gilbert. J'espère que je ne vous ai pas effrayée. C'est un plaisir de vous revoir, la salua-t-il, radieux. Asseyons-nous. Il ne faudrait pas qu'un paroissien entre et trouve notre comportement étrange, n'est-ce pas ? »

Pau acquiesça de la tête, plus ils passeraient inaperçus mieux ce serait, qu'ils n'aillent pas attirer l'attention d'un curieux capable de la reconnaître ensuite à l'hôpital.

Ils prirent place sur un banc de la chapelle dédiée à saint Félix. Pau se tenait à prudente distance et faisait montre de la plus grande froideur. Sans autre préambule, elle fouilla dans sa veste et en tira un portefeuille en cuir, qu'elle fit glisser sur le banc en direction de Malavell. Celui-ci l'attrapa entre ses doigts osseux et l'ouvrit avec une avidité non dissimulée.

« Ce n'est pas que je ne vous fais pas confiance, mais par les temps qui courent… »

À la vue de son contenu, il esquissa une grimace qui se voulait un sourire, dévoilant ses dents gâtées. Pau n'avait qu'une hâte, s'en aller, mais elle devait d'abord mettre les choses au clair.

« Tu as eu ton argent. Je ne veux plus te revoir, et encore moins du côté de l'hôpital ou de la résidence.

— Mais bien sûr, mademoiselle. Je suis un homme de parole. »

Sans plus attendre, Pau se leva pour s'en aller, mais c'est alors que la main décharnée de l'homme la saisit par le bras et la poussa violemment contre l'un des piliers en pierre. Avant qu'elle ait pu réagir, il se jeta sur elle. Dans sa main brillait un couteau.

« Eh, pas si vite, ma jolie !

— Lâche-moi !

— Vous vous fourrez le doigt dans l'œil si vous pensez que je vais me contenter de votre argent après ce que m'a fait subir votre père. Nous avons été interrompus, l'autre jour… Où en étions-nous ?

— Vous êtes fou ? Nous sommes dans une église !

— Vous savez quoi ? Je connais bien le prêtre, ici. Figurez-vous qu'il a un certain penchant pour le rosé. Et j'ai fait un petit don pour qu'il aille boire quelques verres à notre santé. Personne ne viendra nous déranger. Nous sommes seuls, ma jolie.

— Non ! »

Ils bataillaient mais il était évident que Pau ne faisait pas le poids face à l'ancien serviteur. L'homme l'immobilisa et appuya le fil de sa lame contre la gorge de la jeune femme. Pau, sentant le métal froid, cessa de bouger. L'homme se pressa contre elle, l'enveloppant dans des relents de sueur aigre.

« Je vais me payer, jusqu'au bout », lui susurra-t-il, lubrique, en parcourant son corps de ses mains.

Avec l'énergie du désespoir, Pau se débattit. La douleur vive qu'elle sentit quand le couteau entama sa chair ne l'arrêta pas. Mue par la rage et la peur, elle frappait à coups de poing et de pied, parvenant à le faire reculer quand soudain, levant le genou, elle atteignit dans un heureux hasard son agresseur pile à l'entrejambe. L'homme, le souffle coupé, la regarda avec une expression de surprise. Le couteau lui échappa des mains. Il fit un pas en arrière et tomba, plié en deux. Pau en profita pour traverser la nef comme une flèche, poursuivie par les cris étouffés de l'ancien valet. Elle passa le portail de l'église et s'enfuit sans se retourner.

Malgré la douleur sourde qu'il gardait à l'entrejambe, Albert Malavell marchait dans la rue, ravi. Le poids du portefeuille dans sa poche lui rappelait que son plan avait parfaitement fonctionné. Maintenant, il allait pouvoir s'acheter un nouveau manteau et prendre un repas décent, mais il commencerait d'abord par une bouteille de liqueur pour fêter ça, puis peut-être qu'il s'offrirait un peu de bon temps avec une putain. Avec cette somme, il avait de quoi voir venir.

Il se demandait s'il n'aurait pas dû exiger plus, cette fille avait tout dans la vie, grâce à son père, qui, comme tous ces charlatans pleins aux as, lui avait certainement laissé une bonne rente.

Tournant et retournant l'idée dans sa tête, il s'immobilisa, surpris de sa propre perspicacité. Il n'y avait aucune raison que les choses s'arrêtent là ; au contraire, ce n'était que le début. Il laisserait passer quelques jours, pour qu'elle prenne confiance, qu'elle profite de sa sécurité retrouvée puis, quand elle s'y attendrait le moins, il retournerait la chercher avec de nouvelles exigences et menaces. Il allait se faire un sacré paquet de fric. Et puis, il avait encore en travers de la gorge son petit numéro à l'église. Ça aussi, elle allait le lui payer.

Il reprit sa marche tout ragaillardi, se frottant les mains à l'idée de l'avenir rose qui l'attendait, quand il entendit des pas derrière lui. Rapide, il attrapa le couteau qu'il cachait sous sa veste.

« Du calme, mon brave, je n'ai pas l'intention de vous dérober un seul de ces réals durement gagnés. »

Cette voix d'une extrême éducation provenait d'un jeune homme brun, très élégant, qui le regardait, l'air satisfait, en portant un mouchoir à son nez.

« Quelle puanteur ! Vous empestez, mon cher.

— On vous a demandé votre avis ?

— Vous m'excuserez, je ne suis pas habitué à frayer avec des gens de votre classe.

— Mais vous êtes qui, vous ?

— Oh, juste un ami. »

Malavell le regarda des pieds à la tête.

« Je ne vois pas comment on serait amis. »

Le jeune homme hocha la tête, sans se départir de son sourire.

« Certes, vous avez raison. Pourtant, nous avons quelque chose en commun.

— Ah oui ? » fit Albert avec impatience, en tripotant son couteau. La conversation commençait à le lasser. « Quoi, si on peut savoir ?

— Nous partageons le même intérêt pour ce jeune homme avec lequel vous venez de faire affaire, répondit l'inconnu en désignant du bout de sa canne la rue par où était partie Pau. Moi aussi, je suis son ami et je m'inquiète beaucoup de son bien-être. Vous me permettez de vous offrir un ou deux verres ? J'ai une proposition à vous faire. »

Il agita devant ses yeux une petite bourse, qui tinta. Albert sortit la main de sa poche et, acquiesçant avec un sourire carnassier, suivit Fenollosa. C'était son jour de chance.

44

« L'exploitation de l'électricité dans un usage thé-thérapeutique semble offrir des po-possibilités très prometteuses, me-messieurs. »

Le professeur Gavet boitillait de long en large sur l'estrade, scandant ses paroles de sa canne. De temps en temps, il s'arrêtait pour contempler par-dessus ses lunettes les gradins remplis d'étudiants et s'assurer qu'ils étaient bien toujours là. Malgré son bégaiement, un motif de plaisanteries parmi les étudiants, on lui laissait faire cours pour ses connaissances et parce que, curieusement, son défaut d'élocution s'atténuait dès qu'il entrait dans l'amphithéâtre.

Pau était arrivée tôt. Assise tout au fond, elle tentait de passer inaperçue. Le groupe de Fenollosa se pressait au premier rang, comme d'habitude, mais lui n'était pas là. Son absence était pour elle un petit soulagement. Depuis leur dernière confrontation, elle ne l'avait pas recroisé, et c'était tant mieux.

Elle avait été ébranlée par sa rencontre avec Malavell et ne voulait pas se faire remarquer. Après quelques jours sans aller en cours, elle avait décidé d'y retourner contre l'avis de ses deux camarades d'aventure. Pourtant, la journée risquait de ne pas être très fructueuse car elle avait du mal à se concentrer sur la leçon.

Amat et Fleixa, fidèles à leur promesse, ne l'avaient pas dénoncée. À l'université, une fois le choc passé, la mort de M. Ferrán était déjà de l'histoire ancienne et n'alimentait plus les conversations. On avait retrouvé son corps carbonisé et personne n'avait donc su que le vieil homme avait été égorgé, puisqu'on n'avait pas cherché d'autres causes que l'incendie à sa mort. Officiellement, tout était dû à un malheureux accident. Personne ne semblait se demander ce que Pau faisait enfermée dans la bibliothèque. Aucun soupçon ne semblait peser sur elle. Malgré tout, elle se sentait responsable de ce qui était arrivé, et la mort du sympathique vieillard lui restait sur la conscience.

Elle se surprit à souhaiter qu'arrive l'après-midi pour retrouver Amat et Fleixa. Après s'être installée chez Dolors, elle avait examiné le manuscrit de Galien qu'elle avait pris dans la bibliothèque secrète de Homs en même temps que celui de Vésale, et ce qu'elle avait découvert l'avait stupéfiée.

Un étudiant au visage anguleux, qui faisait partie de la bande de Fenollosa, leva la main, ramenant l'attention de Pau au cours.

« Oui, monsieur Martí ? V-Vous avez une question ?

— D'après ce que j'ai entendu, au début du siècle des expériences ont été menées dans le but de réanimer des cadavres. Serait-ce une des éventualités futures que vous envisagez ? »

Des murmures parcoururent l'assistance. Gavet eut un petit rire comme pour lui-même sans cesser d'arpenter l'estrade.

« Co-comme d'habitude, mon cher Martí, c'est vous qui a-apportez une touche d'humour avec vos interventions. » Les yeux du professeur brillaient, amusés. « Mais contrairement à d'autres fois, où vos b-blagues n'ont aucune autre utilité que p-purement humoristique, cette fois, vous abordez un p-point intéressant. »

Il posa sa canne et s'appuya contre la table.

« Luigi Galvani, un nom que vous devriez co-connaître, messieurs, même si je doute que vos esprits pa-parviennent à le retenir, a découvert par hasard à la fin du XVIIIe siècle ce que lui-même a a-appelé la bioélectrogenèse, qui a donné lieu à toute une théorie scientifique… Sau-sauriez-vous nous dire, monsieur Martí, le nom de cette thé-théorie ? »

Devant le hochement de tête perplexe et un peu honteux de l'étudiant, le professeur Gavet sourit avec indulgence depuis sa chaire.

« Je v-vais vous aider. C'est le galvanisme, du nom de s-son découvreur, expliqua-t-il, théorie selon laquelle le cerveau des animaux pro-produit de l'électricité et que cette é-électricité, transmise par les nerfs, s'accumule dans les muscles pour, à un mo-moment donné, être renvoyée et déclencher le mouvement d'un membre. Galvani a établi les fon-fondements de la stimulation cardiaque électrique dans son trai-traité *De viribus electricitatis in motu musculari commentarius*. Cette théorie était encore très considérée bien après le début de notre si-siècle. Son propre neveu, Giovanni Aldini, a réalisé de nombreuses études dans l'espoir de cor-corriger la paralysie de certains ma-malades ou même de faire re-revivre les cadavres.

— Donc, monsieur Gavet, croyez-vous que, dans certaines conditions, on pourrait utiliser l'électricité comme moyen de rendre la vie ? » demanda un autre étudiant de la bande, en faisant un clin d'œil à ses comparses.

Quelques rires se firent entendre dans l'amphithéâtre.

« Ce que vous suggérez, me-messieurs, n'a aucun sens. Vous me sur-surprenez, je vous croyais suffisamment adultes pour ne pas croire à ces sor-sornettes. »

L'étudiant rougit.

« Sachez que les expériences de Giovanni Aldini connurent un é-échec total. Le seul résultat notable qu'il obtint dans ses tentatives publiques où il appliquait des dé-décharges électriques à des cadavres de condamnés à mort fut quelques é-évanouissements dans le public. L'utilisation thé-thérapeutique de l'électricité, la matière qui nous occupe et qui n'a rien à v-voir avec ces bêtises, est très ancienne. Nous avons des p-preuves de son application en Égypte, en Grèce et même en Chine. Scribonius Largus, médecin romain, dé-décrit dans ses *Compositiones* comment soigner l'arthrite goutteuse avec des poissons torpilles. Le mé-médecin grec Dioscoride propose leur utilisation pour le traitement du prolapsus anal et même Avicenne signale leur efficacité contre la migraine et l'épilepsie. Je peux vous donner des di-dizaines d'autres exemples.

— Mais, vous, qu'en pensez-vous ? insista l'étudiant. Croyez-vous que nous serons capables un jour de ressusciter les morts ?

— M-mon cher, je ne me per-permettrais pas d'émettre des hypothèses sur les li-limites de la science mé-médicale. J'imagine que tout est p-possible, mais soyez sûr, ch-cher ami, que pour le moment vous aurez quelques dif-difficultés à ressusciter le cadavre d'une grenouille de laboratoire. »

L'explosion de rires qui suivit détendit l'atmosphère et le professeur poursuivit, le sourire aux lèvres.

« V-Voici environ dix-huit ans, le docteur Steiner a réanimé une patiente qui sou-souffrait de syncope après une anesthésie au chloroforme. C'est ce qui se ra-rapproche le plus de la résurrection d'un mort que la médecine est pa-parvenue à faire avec succès. » Il s'interrompit en regardant sa montre. « Me-messieurs, malgré l'intérêt certain de la discussion, je crois que c'est su-suffisant pour aujourd'hui. Revoyez pour la pro-prochaine fois les bases de l'électro-anesthésie d'après Ramón Araya. Nous nous retrouvons après-demain. Bon a-après-midi à tous. »

Les étudiants quittèrent la salle au milieu de commentaires animés. Alors qu'elle était déjà à la porte, Pau entendit le professeur Gavet l'appeler.

« M-monsieur Gilbert, vous avez un instant ? »

Quand ils furent seuls, le professeur leva les yeux des documents qu'il parcourait et lui fit signe d'approcher.

« J'ai remarqué votre a-absence à plusieurs cours cette semaine. Et vous n'occupez plus votre chambre à la résidence d'après ce qu-qu'on m'a dit. » Il la regarda par-dessus ses binocles. « Étant l'un de vos en-enseignants ce trimestre, je me fais du sou-souci pour vous. J'espère que vos défdéfections ne sont pas dues à des motifs graves.

— Non, monsieur le professeur.

— Les examens de f-fin d'année sont pour bientôt. Votre conduite n'est pas très ap-appropriée. Est-ce que je me fais comprendre ? » Le visage de Gavet montrait une sincère préoccupation. « Vous allez devoir me d-donner une vraie explication que je puisse transmettre au comité de direction. Vous vous êtes déjà fait re-remarquer et certains professeurs ne voient pas d'un b-bon œil votre prop-propension à enfreindre les règles. Si je dois in-intervenir en votre faveur, je veux être sûr de prendre la bonne dé-décision. »

Pau fut reconnaissante en son for intérieur de son aimable intérêt. De tous les enseignants de l'université, Gavet était le plus attentif, toujours prêt à aider les élèves. Elle répugnait à lui mentir et chercha une excuse proche de la vérité.

« Vous étiez au courant que je suivais le docteur Amat dans son travail, en tant qu'assistant, n'est-ce pas ? »

Devant la confirmation du professeur, Pau continua.

« Je sais qu'un étudiant n'a pas le droit d'exercer mais, après sa mort, j'ai poursuivi la tâche qu'il avait entreprise dans la Barceloneta.

— Je vois. Bien qu-que vous continuiez à contrevenir aux r-règles, je reconnais que la cause est t-très louable, et certainement une c-circonstance atténuante, mais cela n'explique pas votre a-absence de la résidence.

— Eh bien, certaines fois j'ai eu plus de travail que prévu et j'ai dû rester passer la nuit là-bas.

— P-pardon ? Mais n'est-ce pas dan-dangereux ? Vous devez y être environné de br-brigands et autres p-personnes de nature violente.

— Oh non, monsieur. Une prostituée me laisse loger chez elle. » Pau comprit sa bourde au visage stupéfait du professeur. « Non, ne vous méprenez pas. Dolors est une femme charmante.

— B-bonté divine !

— Nos relations sont strictement professionnelles. »

Le professeur le regardait, suffoqué, et son bégaiement s'accentua.

« M-m-monsieur Gilbert, je re-re-refuse d'en savoir plus ! Je couvrirai vos a-absence devant le r-reste des professeurs mais à p-partir d'aujourd'hui je veux vous v-voir à tous les cours, c'est compris ? Et je v-vous en conjure, m-mettez fin à cette re-relation au plus vite ! »

Pau se hâta d'acquiescer, avec toute la conviction possible. Elle pouvait aisément imaginer les conclusions auxquelles était arrivé l'enseignant scandalisé.

Comment lui expliquer, sans révéler sa véritable identité, qu'elle s'était réfugiée chez une prostituée parce qu'un assassin était à ses trousses ? Sans parler de toute l'affaire autour du manuscrit de Vésale. Il n'en croirait pas un mot.

Elle le remercia et quitta l'amphithéâtre avant de commettre d'autres impairs.

45

La pluie inondait la rue. Le vent en provenance de la colline de Montjuïc se coulait dans les coins et la lumière pâlissait avec le coucher du soleil. Les rues du quartier semblaient moins fréquentées que d'ordinaire, seuls quelques audacieux cherchaient refuge dans les bistrots et les gargotes.

Dolors, au contraire, sentait ses joues enflammées. Elle avançait sur le trottoir d'un pas rapide, dans une de ses plus belles robes à pois, enveloppée dans un châle. Elle ne parvenait ni à effacer son sourire de ses lèvres ni à maîtriser ses pensées, qui filaient comme des anguilles. Dans sa tête revenaient sans cesse les paroles de Fleixa.

Est-ce qu'il était sérieux ? Oui, bien sûr que oui. Jamais elle ne l'avait vu si confus, ensuite. Avant qu'elle ait pu répondre quoi que ce soit, le journaliste avait balbutié, penaud, quelques mots d'excuse. C'est là que la fille avait fait irruption dans la chambre et les avait trouvés nus, ce qui avait empiré les choses : elle n'avait pas pu éviter d'éclater de rire devant le burlesque de la scène et lui, croyant qu'elle se moquait de sa demande en mariage, l'avait mal pris et était parti furieux. Quand elle s'était rendu compte du quiproquo, il était déjà trop tard.

Être l'épouse de quelqu'un. Elle n'arrivait pas à y croire. D'autre hommes lui avaient juré un amour éternel et promis de la mener à l'autel, mais elle avait toujours refusé ces demandes, consciente qu'après l'enthousiasme initial viendrait le temps des remords et des problèmes. Avec le journaliste, les choses n'étaient pas différentes. Ou si ? Un frisson nerveux lui traversa le corps.

Dès leur première rencontre, elle avait ressenti une affection particulière pour cet homme petit et malingre, si imbu de lui-même qu'il en était parfois insupportable. Mais il la traitait toujours avec respect, comme si elle était une femme convenable. Sa proposition avait déchaîné un tourbillon de sentiments en elle. Est-ce que c'était de l'amour ? Elle n'en savait rien. Peut-être que la vie lui offrait une chance. Une occasion de quitter son existence de misère comme elle se promettait de le faire tous les jours. Cette seule idée la fit trembler des pieds à la tête.

Elle croisa deux marins qui la regardèrent effrontément. Le plus jeune dit quelque chose qui fit rire l'autre. Ils venaient sans doute d'arriver au port sur un de ces courriers vapeur qui tous les deux mois couvraient la ligne entre Barcelone, Porto Rico et La Havane. Ils avaient touché leur paye et elle leur brûlait déjà la poche. Du travail facile. Elle avait à portée de main une bonne poignée de réals sans trop se fatiguer. Pourtant, elle ne s'arrêta pas.

Elle tourna au coin de la Presó Vella, cette prison qu'on appelait aussi Amalia parce qu'elle occupait une partie de la rue du nom de cette reine. D'un porche voisin sortit une jeune femme. Elle ramassait ses cheveux en un chignon pour les cacher sous un chapeau de feutre. Elle portait une robe ample sous un châle de laine rouge qui couvrait mal ses épaules. Derrière elle apparut un garçon qui ne semblait pas avoir plus de seize ans. Certainement un apprenti dans une usine, vu sa chemise et ses espadrilles. Ses yeux croisèrent ceux de Dolors et il rougit. Sans demander son reste, il déguerpit.

« Reviens me voir quand tu veux, mon mignon », lui lança la femme, en rangeant une pièce dans une petite bourse qu'elle gardait entre ses seins.

Dolors la salua. Sa jeune collègue eut un hochement de tête en réponse. Dans le quartier on la connaissait comme la Mercedes, même si ce n'était sans doute pas son vrai nom. Beaucoup en changeaient et tentaient d'oublier le premier. Elle ne devait pas avoir plus de vingt ans. Elle avait de beaux yeux en amande, mais sans éclat et discordants, de même que juraient ses cheveux teints avec les mèches crêpées châtains, sa couleur d'origine, qui tombaient sur son front. Ici, dans le Raval, rien n'était plus éphémère que la beauté.

« Il fait un froid de tous les diables, se plaignit-elle. La dernière chose qu'on ait envie aujourd'hui, c'est de baisser ses culottes, et encore moins pour un gamin qui n'a pas un sou vaillant. »

Dolors hocha la tête. Très souvent le client avait tout juste de quoi payer le service. Dans ce cas, les porches et les passages à l'abri des regards devenaient une bonne alternative à la chambre louée. Avec un peu de chance et si l'endroit était suffisamment sombre, le frottement de leurs cuisses suffisait. Entre la nervosité et l'alcool, beaucoup ne se rendaient compte de rien et en cinq secondes, c'était plié.

La jeune femme finit d'arranger sa robe et leva les yeux.

« Tu as l'air différente.

— Différente ?

— Oui, comme plus gaie que d'habitude. »

Dolors ne sut pas quoi répondre mais Mercedes continua.

« Tu reviens sûrement d'avoir vu ce monsieur si élégant qui te faisait demander par son cocher, hier, dit-elle en fronçant les lèvres dans une grimace.

— Qui me cherchait moi ? Qui ça ?

— Allez, ne fais pas l'innocente. Je ne vais pas te le piquer. D'après les vêtements et les manières de son valet, c'était au moins le patron de La Maquinista. Du fric en veux-tu en voilà, sûr et certain. Il avait l'air très intéressé.

— Je ne sais pas de qui tu me parles, Mercedes.

— Comme tu voudras, lui répondit-elle, un peu vexée. Si tu ne veux pas me raconter, ça te regarde. J'ai envie de quelque chose de chaud, tu m'accompagnes ?

— Non, je crois que je vais rentrer. »

Mercedes la regarda, surprise.

« Rentrer ? À cette heure ? Je ne sais pas quelle mouche t'a piquée mais tu es vraiment bizarre aujourd'hui. »

Dolors observa, pensive, la jeune prostituée s'éloigner en direction de la taverne. Elle l'avait dit sans réfléchir, mais c'était vrai : elle n'avait pas envie de travailler. Peut-être qu'elle avait pris froid, elle aussi. Ou alors c'était cette maudite proposition de Fleixa qui continuait à lui tourner dans la tête. Elle soupira, exaspérée. Il fallait qu'elle lui parle.

46

« On n'aurait pas pu se retrouver dans un endroit moins bruyant ? »

Daniel et Pau regardaient Fleixa, irrités. Tous trois étaient assis autour d'une table avec une excellente vue sur la scène. Les voix éraillées des *cantaores* étaient accompagnées des accents des guitares, des coups de talons et des claquements de mains rythmés. Le bruit et la fumée faisaient de ce *café cantante* un lieu assez invivable, mais cela ne semblait pas gêner beaucoup la clientèle, pour l'essentiel plus attentive à la boule de la roulette ou aux paris du trente et quarante.

« C'est vous qui avez demandé qu'on se retrouve dans un endroit discret. » Le journaliste sourit distraitement à l'une des danseuses de flamenco. « Quoi de mieux pour passer inaperçu que le Café del Puerto ? »

Daniel désigna sa main bandée.

« Que vous est-il arrivé ?

— Ah ! Un regrettable accident, rien qui doive vous inquiéter. »

Malgré le ton désinvolte du journaliste, Daniel perçut très bien le léger tremblement de sa voix. Depuis leur arrivée dans l'établissement, Fleixa avait un drôle de comportement. Malgré sa cordialité, son regard fuyait ses deux interlocuteurs, surtout Pau, qui gardait le silence dans un coin mais avait rougi. Au vu du niveau de la bouteille, le journaliste devait boire depuis un moment. Daniel en déduisit que l'accident avait quelque chose à voir avec son état. Il allait insister pour obtenir des explications quand un serveur apparut, contournant les tables de jeu animées.

« Vous prenez quoi ? » demanda Fleixa en montrant son verre d'eau-de-vie.

Les deux autres refusèrent d'un signe de tête.

« Allez, ne soyez pas rabat-joie. Si vous ne buvez rien, ça va paraître louche », insista-t-il, en leur adressant un clin d'œil exagéré.

Ils acceptèrent un verre de vin. Quand ils furent servis, Pau raconta par le menu ce qu'il s'était passé avant que les deux hommes arrivent à la bibliothèque et la tire des griffes du docteur Homs. Elle leur expliqua le mal qu'elle avait eu à trouver un exemplaire du livre de Vésale, sa rencontre avec le bibliothécaire, et les heures passées dans la bibliothèque ésotérique ; elle leur détailla également sa découverte du laboratoire secret et la phrase qui couvrait les murs.

« Est-ce que ce n'est pas la même phrase que votre père avait écrite pour nous indiquer le chemin dans les égouts ? demanda Fleixa.

— Si. » Daniel en rappela le sens. « "Ce n'est que par son génie que l'homme peut vivre éternellement."

— Et pourquoi Homs l'aurait-il copiée de façon si obsessionnelle et aurait-elle été reprise par votre père ensuite ? Ça ne peut pas être une coïncidence.

— Je suis d'accord avec vous mais j'en ignore la raison, peut-être le saurons-nous quand nous aurons trouvé ce mystérieux *Liber Octavus*. Continuez, Pau, je vous prie. »

La jeune femme finit de leur raconter sa découverte du corps égorgé du bibliothécaire, la poursuite à travers les rayons labyrinthiques et sa confrontation finale avec l'encapuchonné.

« Tout le monde considère que cet incendie dans la bibliothèque est dû à un accident. Personne ne soupçonne ce qu'il s'est réellement passé.

— Bon sang ! Nous sommes revenus au point de départ.

— Et nous n'avons toujours pas d'exemplaire du livre de Vésale. Malheureusement, Homs a repris celui que vous aviez trouvé. »

Pau sourit pour la première fois.

« Je veux vous montrer quelque chose », dit-elle, et elle tira de son sac un paquet enveloppé dans de la serge. Elle le posa sur la table avec soin et, écartant la toile, dévoila un gros volume relié dans un cuir foncé.

« Voici l'autre livre que j'ai trouvé dans le laboratoire secret de Homs, en plus de celui de Vésale. Il a pour titre, comme c'est écrit sur la couverture, *De Dignotione ex Insomnis Libellis* : c'est un traité de Galien sur le diagnostic par les rêves. »

Devant l'incompréhension manifeste de ses interlocuteurs, Pau ouvrit le livre. La stupéfaction se peignit sur le visage des deux hommes.

La première page était une gravure qui sembla prendre vie sous l'éclairage de l'établissement. Elle représentait avec un souci du détail extraordinaire un cours de médecine légiste donné dans un théâtre anatomique bondé. En titre, dans une volute maniérée, on pouvait lire : *Andreae Vesalii Bruxellensis, scholae medicorum Patauinae professoris, de Humani Corporis Fabrica Libri Septem.*

L'espace d'un instant, le fond sonore de la taverne sembla s'estomper autour d'eux.

« Je ne comprends pas bien… commença Fleixa.

— C'est une preuve de l'intelligence et du sens de l'humour du docteur Homs. Qui irait chercher l'œuvre majeure de Vésale derrière la couverture d'un traité de Galien, son adversaire intellectuel, en quelque sorte ?

— Alors Homs n'a pas récupéré le manuscrit ?

— Apparemment, il y en avait deux, répondit Pau, les yeux brillants d'émotion.

— Alors, là, je suis paumé.

— Vous voyez, j'y ai repensé et je suis arrivée à la conclusion suivante : quand le docteur Homs a su qu'il allait être interné, il a caché ce manuscrit sous la reliure d'un autre traité ; puis il a placé un deuxième exemplaire de la *Fabrica* comme leurre au milieu d'un tas de livres sans la moindre valeur.

— Pourquoi se serait-il donné tant de mal ?

— Pour berner ceux qui convoiteraient sa découverte.

— Mais pourquoi cacher cet exemplaire, précisément ? C'est une œuvre connue, dont il existe des centaines de copies, non ?

— Exact, c'est aussi ce que j'ai pensé. Et je ne vois qu'une réponse possible : ce manuscrit n'est pas une reproduction. Il s'agit d'un original. Ce qui signifie qu'il est vieux de plus de trois cents ans. »

À ces mots, ils contemplèrent le livre qui reposait sur la table avec un respect nouveau.

« C'est étrange que Homs soit tombé dans son propre piège et ait emporté le mauvais.

— Question de chance. Les deux livres sont très semblables de taille et de forme, il n'était pas facile de faire la distinction au milieu de la fumée et des flammes. Quand vous êtes arrivés, Homs a été obligé de s'enfuir et n'a pas eu le temps de vérifier.

— Tout ce bazar pour un vieux bouquin, souffla Fleixa d'un air blasé en attrapant le manuscrit et en le feuilletant négligemment. Il y a même des fautes : regardez cette page, elle est mal numérotée. »

Pau se hâta de retirer le livre des mains du journaliste et le déposa précautionneusement sur la table.

« Ce “vieux” livre, avec ses presque sept cents pages, monsieur Fleixa, constitue l'un des traités scientifiques les plus influents de tous les temps. Si ça ne vous paraît pas suffisant, rappelez-vous que j'ai failli perdre la vie pour l'obtenir. Alors essayez d'être plus soigneux.

— Calmez-vous, Pau. Fleixa ne voulait pas être incorrect. »

La jeune femme, lèvres pincées, semblait furieuse ; le journaliste répondit d'une moue moqueuse.

« Continuez, je vous prie, l'encouragea Daniel. Voyons pourquoi Homs attache tant d'importance à ce livre précisément.

— Bien, poursuivit la jeune femme, qui restait contrariée, la mauvaise nouvelle, c'est que je n'ai rien trouvé de différent par rapport aux autres. Et naturellement je n'y ai pas trouvé non plus d'allusion au *Liber Octavus*.

— Regardons ça ensemble, peut-être que nous y verrons quelque chose qui vous a échappé.

— D'accord, concéda Pau, plaçant le manuscrit entre eux trois. Vous devez savoir, avant tout, que l'un des aspects les plus remarquables de ce livre est ses gravures. Il y a plus de quatre-vingts illustrations sur l'ensemble du manuscrit, dont dix-sept occupent une pleine page. Plusieurs artistes sont intervenus, mais le principal et le plus connu fut Jan Van Calcar, un disciple de Titien. On sait aussi que certains dessins furent réalisés par Vésale lui-même.

— Pourquoi sont-ils si importants ?

— Vésale était un fervent défenseur de l'union de l'anatomie et des beaux-arts ; ainsi, ces planches étaient destinées aussi bien aux médecins qu'aux artistes. Leur qualité est telle que même aujourd'hui personne ne l'a encore surpassée, par contre la majorité de ces gravures ont été plagiées à de nombreuses reprises. En même temps, elles sont une grande source d'information, car elles sont pleines de symbolisme. Regardez la première page. Comme vous voyez, Vésale lui-même y est représenté. » Pau désigna du doigt, au centre du dessin, un homme au grand front et au nez large, avec des cheveux et une barbe abondants. Il semblait les regarder droit dans les yeux, comme s'il les mettait au défi de découvrir ses secrets. « Vous avez là un premier jour de dissection. À cette époque, à cause de la putréfaction, on commençait l'autopsie par les viscères, comme en témoigne cette scène. Ici (Pau déplaça son doigt sur la gravure), il se sert d'un écarteur pour tenir ouvert le ventre du cadavre. En fait, le dessin est provocateur. Vésale réfute l'attitude traditionnelle du maître qui enseigne *ex cathedra* la dissection et relègue les barbiers sous la table alors qu'il s'apprête à disséquer lui-même le corps.

— Les barbiers ? répéta Fleixa, dissimulant à peine son envie de rire.

— Les barbiers furent les premiers chirurgiens, expliqua Pau. À cette époque, c'étaient eux qui étaient chargés de manipuler les cadavres, les médecins ne s'abaissaient pas à quelque chose qu'ils considéraient indigne de leur position. Vésale fut l'un des premiers à rompre cette règle, et c'est ainsi qu'il a perfectionné ses connaissances du corps humain. En publiant la *Fabrica* il a voulu démontrer les erreurs anatomiques commises par Galien, qui par exemple faisait partir du foie la circulation du sang. Avec cette scène (Pau désigna la gravure), Vésale veut faire comprendre que l'on ne connaîtra l'homme que par l'homme lui-même. »

Quand elle tourna la page, celle-ci crissa comme si elle se plaignait du temps passé sans qu'on l'ait consultée.

« Le vélin donne à penser qu'il s'agit bien d'un original. C'était un papier très cher à l'époque mais qu'on utilisait communément pour confectionner un ouvrage de ce type. Comme je vous l'ai expliqué, le manuscrit se compose de sept parties ou *Liber*. Le *Liber Primus* traite des os et des articulations. Le *Secundus* aborde les muscles et contient les illustrations les plus connues ; le *Tertius* s'occupe du cœur et des vaisseaux sanguins ; le *Cuartus* est consacré au système nerveux ; le *Quintus* aux organes de l'abdomen, et le *Sextus* à ceux de la région du thorax. Enfin, le *Septimus* décrit le cerveau. Ce traité était révolutionnaire à l'époque, il marque les débuts de l'anatomie moderne. »

La planche qu'ils avaient sous les yeux représentait un écorché qui souriait, debout, dans une pose macabre tandis que ses muscles pendaient. Fleixa ne put se retenir.

« C'est horrible ! »

Pau sourit.

« C'est une des grandes vertus de ces gravures. Vésale a choisi des postures théâtrales, d'une grande efficacité pour la description des organes. Contrairement à d'autres exemplaires que j'ai pu avoir entre les mains, ces illustrations ont l'air plus… comment dirais-je ?… plus vivantes. » Elle soupira, admirative.

« Voici comment fonctionnent les planches : en face de chaque muscle, tendon ou os apparaît un symbole, normalement une lettre ou un chiffre, référence qu'il faut ensuite chercher dans le texte en regard, où est indiquée sa nomenclature et sont décrits son usage et sa fonction anatomique. »

La lumière des lampes à huile semblait doter de vie les gravures. Les figures écorchées se tordaient en un cri muet de douleur. Fleixa eut un frisson, sans savoir s'il était dû à ces visions ou parce qu'il se rappelait soudain qu'il devrait rapporter tout cela à l'inspecteur.

« Il y a quelque chose, là, sur la première page… » commença Daniel.

Il rapprocha le manuscrit de la lampe la plus proche. À l'endroit que leur désignait Daniel, l'ombre d'un texte apparaissait en transparence. Sous les yeux attentifs de ses deux camarades, il décolla délicatement la feuille qui le cachait par adhérence. Sur la partie inférieure de la page de garde, il y avait un texte minuscule.

« Qu'est-ce que c'est que ça ?

— On dirait une dédicace.

— C'est étrange ! L'usage à l'époque était au contraire de les placer bien en vue. Cela n'a aucun sens de la cacher », fit remarquer Pau.

Tous trois rapprochèrent leurs têtes au-dessus du manuscrit pour mieux voir. Quelques lignes, dans une calligraphie précieuse, occupaient un quart de la page et se terminaient en un paraphe élégant du scientifique.

« C'est du latin.

— Vous avez raison, Amat. Vésale utilise les langues de la médecine de son époque : le latin vulgaire, le grec, l'arabe et l'hébreu. »

Daniel traduisit.

« C'est une dédicace personnelle au roi Philippe II dans laquelle il lui souhaite santé et prospérité en lui offrant le plus inestimable de ses connaissances. C'est signé de sa propre main, en avril 1565.

— Mais c'est impossible ! s'exclama Pau.

— Comment ça ?

— La *Fabrica* n'a été publiée que deux fois du vivant de Vésale. La première édition date de 1542 et la deuxième, révisée par lui-même treize ans plus tard, de 1555. Vésale a offert un exemplaire de la première à Charles Quint, il se trouve actuellement à l'université de Louvain. Celui-ci, par contre, est dédié au roi Philippe II, dix ans plus tard. Mais c'est impossible puisque Vésale est mort juste un an avant cette date !

— Ça pourrait être une erreur.

— Peut-être, ou alors… » Pau, la gorge serrée par l'émotion, leva la tête pour regarder les deux autres, les yeux brillants. « Vous vous rendez compte de ce que cela signifie ? »

Ils secouèrent la tête, perplexes.

« Ce manuscrit pourrait être une troisième édition réalisée par Vésale en personne, quand tout le monde le croyait mort. Une édition dont il n'existe aucune référence. Si j'ai raison, nous avons devant nous une œuvre unique, d'une immense valeur.

— Combien on nous en donnerait ? s'enquit mollement Fleixa, les yeux fixés sur la scène où guitaristes et chanteurs entamaient un nouveau morceau. Quelques dizaines de douros ?

— Un peu plus peut-être, que diriez-vous de centaines de milliers ? »

Fleixa avala son eau-de-vie de travers et se mit à tousser, en se retenant au bord de la table pour ne pas tomber de sa chaise.

« Vous pouvez répéter ? fit Daniel, interloqué.

— Mon évaluation est certainement erronée. » Ses mains tremblaient tandis qu'elle caressait les pages avec révérence. « Il n'existe pas d'autre exemplaire au monde. Sa valeur pourrait atteindre plusieurs millions.

— Eh ben, c'est pas croyable qu'un tas de vieux papiers puisse valoir autant de fric ! »

Pau lança un nouveau regard réprobateur à Fleixa qui gloussa. Daniel, sans leur prêter attention, observait le manuscrit, l'air préoccupé. Que cachaient ces pages poussiéreuses qui avaient causé tant de morts ?

La représentation s'acheva et les artistes firent une pause. Fleixa en profita pour éructer et trinquer à la santé du grand anatomiste avec un nouveau verre de liqueur.

« J'ai réuni quelques informations sur Vésale, continua Pau, en s'écartant avec dégoût du journaliste. J'ai pensé que nous y trouverions peut-être un indice qui nous permettrait d'avancer.

— Excellente idée, la félicita Daniel, et vous avez découvert quelque chose d'intéressant ?

— Eh bien, je pense qu'il faut se concentrer sur la dernière partie de sa vie. » Elle feuilleta son carnet. « Durant ses dernières années en Espagne, il a abandonné la pratique médicale et s'est consacré à la recherche, même s'il a continué à être le médecin personnel du roi. Certains de ses confrères ne lui pardonnaient pas d'avoir, lui, un étranger, une telle ascendance sur le monarque, ni l'audace dont il faisait preuve en attaquant le vénéré Galien. Quand il s'éloigna de la cour, les rumeurs malintentionnées redoublèrent.

— Quel genre de rumeurs ?

— Apparemment, Vésale continuait à réaliser de nombreuses autopsies sur des cadavres, ce qui, à cette époque et encore plus en Espagne, était mal vu par l'Église et même par certains médecins. On finit par le dénoncer pour pratiques nécromanciennes.

— Passionnant, fit Fleixa en bâillant ostensiblement. Et en quoi ça peut nous aider ? »

Pau ignora le journaliste et poursuivit ses explications.

« En 1564, un tribunal de l'Inquisition jugea et condamna Vésale à la peine capitale, mais Philippe II, qui l'avait en grande estime, commua sa peine en pèlerinage à Jérusalem. Les motifs pour lesquels il fut condamné sont imprécis. Personne n'est d'accord. Les sources les plus fiables affirment que, lors de l'autopsie d'un jeune noble, un homme de grand prestige à la cour, on découvrit que son cœur battait encore lorsqu'il lui ouvrit la poitrine, comme en attestent plusieurs témoins. Si l'histoire est vraie, cela suppose une erreur inexplicable. Vésale avait assisté d'innombrables malades et travaillé pendant des décennies sur des centaines de cadavres.

— Que s'est-il passé ensuite ?

— Il voyagea en Terre sainte et accomplit sa pénitence. Alors qu'il s'apprêtait à rentrer, il refusa l'aide royale qui l'incitait à prendre un voilier vénitien et s'embarqua sur un rafiot de pèlerins. Il y eut un naufrage non loin de l'île grecque de Zante où, semble-t-il, il échoua. Vésale ne s'est pas noyé, mais déjà âgé et probablement blessé, il est tombé malade et n'a pas survécu. D'autres auteurs soutiennent au contraire que sa mort n'est pas certaine. Il y en a même pour affirmer qu'il a vécu en Grèce pendant encore douze ans.

— C'est sûr, le vieux André avait tout d'un miraculé, ricana Fleixa.

— Loin de ses ennemis qui le croyaient mort, peut-être a-t-il pu mener à bien une troisième édition de son œuvre. Il a peut-être même écrit le *Liber Octavus*.

— C'est une possibilité, reconnut Pau.

— Oui, mais on le trouve où, ce *Liber* je sais pas quoi ? Il va falloir aller jusqu'en Grèce ?

— Homs voulait récupérer ce manuscrit pour une raison bien précise, réfléchit Daniel. Peut-être que dans ces pages se cache une clé ou une indication qui nous dira comment faire ? »

Pau, abattue, secoua la tête. Elle l'avait déjà examiné sans rien découvrir, pas même une preuve de l'existence du mystérieux livre secret.

C'est alors que des voix s'élevèrent à l'une des tables de jeu. On y braillait des accusations de tricherie. Les esprits s'étaient échauffés et en quelques instants une bagarre éclata. Soudain, c'était le chaos dans l'établissement. L'échauffourée se propageait comme le souffle d'un incendie, et injures et coups se mirent à pleuvoir.

« Nous ferions mieux de partir », suggéra Daniel.

Ils se levaient lorsque l'un des serveurs, qui tentait de ramener le calme, reçut un coup et tomba sur Fleixa. Le journalise se cogna contre la table, renversant bouteilles et verres, qui se répandirent. Poussant un cri, Pau se jeta sur le manuscrit, mais trop tard : l'alcool avait atteint le livre ouvert. La jeune femme allait reprocher à Fleixa ce désastre, quand les mots moururent sur ses lèvres, la stupeur la laissant muette, ainsi que ses camarades. Le vin avait imprégné la moitié d'une gravure. Sur la tache pourpre, trois symboles étincelaient telles de petites étoiles. Daniel, soudain excité, attrapa un verre encore intact et versa son contenu sur le reste de la page.

« Mais qu'est-ce que vous faites ? s'écria Pau, affolée.

— Regardez ! »

Tous trois contemplaient, bouche bée, la constellation de cercles brillants qui illuminaient le dessin.

47

La tête de Dolors était en ébullition comme une machine à vapeur dont les chaudières auraient été poussées à fond. Elle avait décidé de se rendre au journal de Fleixa. Si elle ne le trouvait pas là-bas, le journaliste lui avait parlé d'un collègue en qui il avait confiance, un certain Vives ; lui saurait sans doute où elle pourrait le trouver. Elle devait éclaircir ce malentendu.

En tournant au coin de la rue, elle s'arrêta, étonnée de voir arriver un luxueux landau. Ce genre de véhicules s'aventurait rarement dans le Raval. Dolors admira sa ligne distinguée, l'éclat du bois sombre et de ses ferrures : elle se dit que ces chevaux en argent étaient les plus jolis qu'elle avait jamais vus.

À sa grande surprise, la voiture s'arrêta à sa hauteur et le conducteur, emmitouflé dans un long manteau de bonne laine épaisse, se pencha vers elle depuis son siège. L'odeur forte de l'homme lui rappela, sans qu'elle sache pourquoi, le jour où elle était allée rendre visite à l'une de ses camarades malade, à l'hôpital de la Santa Creu.

« Eh, toi, approche. »

Le ton sec du cocher claqua comme le fouet qu'il tenait à la main. Le premier réflexe de Dolors fut de l'envoyer promener, mais par habitude elle obéit.

« C'est toi qu'on appelle Dolors ? »

Elle recula et dévisagea l'homme, méfiante.

« Peut-être bien que oui, peut-être bien que non.

— Je vois. Je viens de parler à une de tes amies qui m'a dit que je te trouverai ici. Ça m'a coûté un chocolat chaud. »

Elle haussa les épaules. Cette idiote de Mercedes, toujours la langue bien pendue.

« N'aie pas peur. Je ne te veux aucun mal. » La voix du cocher se fit plus aimable. « Je te cherche depuis des jours.

— Moi ? Pourquoi ?

— Mon patron a entendu parler de toi. Il m'a chargé de te trouver et de te convaincre de venir lui rendre visite. »

Dolors prit son temps pour répondre. C'était lui, le client dont avait parlé sa collègue. Personne ne se donnait autant de peine pour une putain, enfin si, peut-être pour une de ce quartier neuf, plein de cabarets et de théâtres, qu'on appelait Paralelo, mais pour une du Raval… C'était vraiment bizarre.

« J'ai fini pour aujourd'hui. Dis à ton maître que ce sera pour une autre fois. »

Elle lui tourna le dos, décidée.

« Attends ! »

Le cocher fouilla dans son manteau et lui lança une bourse en cuir. Dolors, qui l'attrapa au vol, lâcha un juron en la soupesant. Un chapelet de douros en argent s'écoula dans ses mains. Éblouie par l'éclat des pièces, elle eut du mal à en détacher les yeux pour regarder l'homme quand il se remit à parler.

« Si tu acceptes, mon patron t'en donnera plus encore. C'est un homme très riche et généreux. »

C'était déjà une vraie fortune. Même en travaillant l'année entière elle ne gagnerait jamais autant. Et il était prêt à lui donner plus ? Indécise, elle regarda de nouveau le landau. Combien pouvait valoir une calèche comme celle-ci ? Elle était splendide, même avec ces éraflures sur la portière. Il devait avoir de l'oseille à ne plus savoir qu'en faire.

« C'est qui, ton patron ?

— Un monsieur très important qui souhaite la plus grande discrétion, comme c'est naturel. »

Voyant qu'elle hésitait, il insista.

« Il a ses petits caprices et il est prêt à payer ce qu'il faut pour les satisfaire. Tu vas vraiment laisser passer une occasion pareille ? »

Dolors regarda de nouveau le tas de pièces. Ce pouvait être son dernier client ; ensuite elle ne vendrait plus jamais son corps. Avoir des scrupules à ce stade avait quelque chose de stupide, et pour une fois que la fortune lui souriait, elle n'allait pas lui tourner le dos. Cet argent leur serait bienvenu pour commencer leur nouvelle vie. Fleixa n'avait pas besoin de le savoir.

« D'accord, céda-t-elle.

— Parfait ! » Le cocher sauta à terre et lui ouvrit la portière. « Sauf que…

— Quoi, maintenant ?

— Tu vois… » Il prit un air de circonstances. « Comme je te l'ai dit, mon patron est un peu spécial et il ne peut pas supporter les robes à pois.

— Allons donc ! Tu plaisantes, non ?

— On peut passer par chez toi et tu te changes en vitesse. N'importe quoi d'autre ira très bien.

— Tu veux que je change de robe ? Ton patron est cinglé, c'est ça ?

— Mon maître est un gentleman mais il a ses bizarreries. Ça ne te prendra que quelques minutes, et vu ce que tu vas gagner, ça vaut bien le dérangement, non ? »

Dolors fut tentée de refuser mais le poids de la bourse au creux de sa main faisait taire toute réticence. Après tout, il avait raison, une robe ou une autre, quelle importance, elle finirait toujours par l'enlever. Le cocher attendait sa réponse avec une anxiété mal dissimulée, en frottant frénétiquement l'une contre l'autre ses mains gantées. Dolors poussa un soupir :

« D'accord, on va faire plaisir à ton patron, mais ça va lui coûter deux douros de plus.

— Tu es maligne ! Je suis sûre que tu sauras faire en sorte qu'il te couvre de réals. »

Avec un sourire aimable, il lui tendit la main pour l'aider à monter.

« C'est ton jour de chance. »

Dolors poussa un sifflement admiratif en découvrant l'intérieur somptueux de la voiture. La porte se referma sur elle. Après qu'elle lui eut indiqué l'adresse, la voiture redémarra dans une brusque secousse. Elle souleva le rideau, et se mit à jouer distraitement avec la bourse qu'elle avait toujours à la main. Elle essayait de chasser ses inquiétudes en se répétant que cette fois serait la dernière. Ensuite, sa vie allait changer. Elle irait trouver Fleixa et elle accepterait sa demande en mariage.

48

Ils commandèrent encore du vin et changèrent de table pour une autre plus à l'écart. Les voix et la musique ne furent plus qu'un fond sonore tandis que grandissait leur excitation à tous trois.

Ils humidifièrent la gravure suivante, puis une autre encore. Sur ces planches aussi des cercles brillants apparurent autour des symboles qui identifiaient les différentes parties du corps.

« Vésale était un homme d'une grande intelligence, révéla Pau, admirative. Il a employé de la pâte de bicarbonate. Avec l'acidité du vin, une réaction chimique se produit et le symbole choisi, qui jusque-là était invisible, se met à ressortir dans un halo brillant. C'est d'une simplicité extraordinaire.

— Oui, mais tous ces symboles, qu'est-ce qu'ils veulent dire ? Pourquoi certains sont mis en valeur et d'autres non ? interrogea Fleixa.

— Peut-être qu'ensemble ils constituent un message, suggéra Daniel, devant le silence de ses camarades.

— On les rassemble et c'est tout ?

— Ça ne peut pas être aussi simple, objecta Pau. Il doit y avoir un agencement particulier. »

Leurs regards se portèrent sur la dernière gravure imbibée de vin, qui montrait un état de dissection avancé. L'écorché, les yeux sur un paysage au loin, tournait le dos au lecteur, ne lui présentant que les muscles profonds. Autour de lui étincelaient les petits cercles qui entouraient les symboles choisis par Vésale trois cents ans plus tôt.

« Peut-être qu'il faudrait comparer avec un autre livre ? proposa Fleixa.

— C'est une bonne idée mais ce serait trop compliqué, répondit Daniel. Je crois plutôt que la solution doit être dans le manuscrit même. Peut-être qu'il existe un rapport avec le reste de…

— Vous avez raison ! s'écria Pau, qui tourna vers eux l'illustration pour la leur montrer. Les gravures et le texte en regard n'ont pas de sens l'un sans l'autre, c'est la base essentielle de l'œuvre. Comme je vous l'ai expliqué, les symboles notés près de chaque os ou muscle correspondent, sur la page d'en face, à leur nomenclature et leur fonction anatomique.

— Et ils suivent un ordre précis dans le texte, acheva Daniel. C'est cela ! Il faut transcrire les symboles en suivant l'ordre des descriptions attachées aux gravures. On ne perd rien à essayer. »

Ils se mirent au travail. Daniel et Fleixa révisaient page après page le manuscrit pour retrouver tous les symboles qui étaient ressortis avec l'encre invisible pendant que Pau les notait. Très vite, ils constatèrent qu'il y avait des marques sur seize des dix-sept planches qui occupaient une page entière, et sur aucune des gravures mineures. Au bout d'une heure, la jeune femme leva les yeux de ses notes, avec une moue de déception. Elle avait rempli plusieurs pages de son carnet de symboles, sans leur trouver aucun sens.

Ł>z7oLюrȤoȤ∇ωt7ʌƐωȤζ+ϙaω‡◊7o6

>L6Łυʃ⊥ʃ+rzLχ7rς⊥∇LƐz76χю>LθŁ

zƐ7Ȥ>+6◊+rz+∇7Ɛω∞ωρo⊥76ʃ◊7◊ɡL

76◊Ɛ+Ȥaю Ȥ7∞ʃLz+<ςϙLΔo+Ȥʃρ7ζt∞+ϙ7<L

P7ȤzωΔoʃ+6zaθ76LȤƐ+∇LȤ7ª6ωϙƐ7r

Ɛ+Ȥ∇Ļ6ζ7ʌʃ∞ʃ◊7◊…

« Je ne comprends pas, dit-elle, les yeux sur les lignes qu'elle avait écrites. Pourtant votre proposition semblait la bonne, Amat. »

L'incertitude les gagna tous les trois.

« Ce Vésale s'est bien fichu de nous ! » s'exclama Fleixa.

Soudain, Daniel se mit à rire.

« Mais bien sûr ! Comment n'y ai-je pas pensé plus tôt ! »

Les deux autres le regardèrent, inquiets, comme s'il avait perdu la tête.

« Vous, Gilbert, vous nous avez raconté que Vésale s'était fait beaucoup d'ennemis. Il ne pouvait pas se permettre que ce soit si facile. Quelle meilleure façon de l'éviter que de crypter le texte, en utilisant un code ? » Devant leur expression déroutée, Daniel poursuivit son explication. « Regardez, les symboles sont principalement des chiffres et des lettres appartenant à l'alphabet latin et grec. Jusqu'ici je ne m'en étais pas rendu compte, mais j'avais déjà vu auparavant un ensemble de symboles identiques. »

Il tira de l'intérieur de sa veste le carnet du docteur Homs et le feuilleta. Enfin il l'ouvrit sur la table et leur montra le tableau de symboles dessiné sur la dernière page.

« Nous sommes partis du principe que ce n'étaient que des notes d'équivalences utilisées par Homs, sans y attacher vraiment d'importance, mais nous nous étions fourvoyés. Je parierais n'importe quoi qu'il s'agit en fait d'une table de déchiffrage permettant de retranscrire le message codé de Vésale.

— Ce qui expliquerait pourquoi il est si important pour Homs de récupérer son carnet ! compléta, tout excité, le journaliste.

— Voyons si vous avez raison », dit résolument Pau.

Avec une nouvelle énergie, après s'être réparti les pages pour gagner du temps, ils se mirent au travail, en consultant la table de symboles du carnet de Homs ; Fleixa en oublia même de boire. Peu à peu, le galimatias incompréhensible commença à prendre forme sur le papier et après une longue heure d'efforts ils parvinrent à déchiffrer le reste du texte. Cela faisait quatre pages écrites en latin. Daniel, devant l'attente fiévreuse de ses camarades, commença à traduire à haute voix.

> Ce que tu tiens dans tes mains est le Livre Huitième, qui renferme une découverte aussi importante que transcendante pour l'humanité. Moi, André Vésale, je dis que si tu es arrivé jusqu'ici, une grande responsabilité repose entre tes mains…

Ils se regardèrent les uns les autres, contenant à peine leur émotion.

« Le manuscrit ne dit pas où trouver le *Liber Octavus*... il le recèle ! s'exclama Pau.

— Continuez, Daniel », le pressa Fleixa.

Daniel poursuivit sa lecture.

> ... Ma vie durant, j'ai consacré tous mes efforts à lutter contre la maladie et sa conséquence ultime, la mort. La médecine est la Science par excellence, dont l'approfondissement et les progrès n'ont cessé d'être mon objectif et la quête qui a donné sens à mon existence. Je vais ici décrire le Procédé auquel je suis parvenu après des années de labeur. Dans cette procédure, qu'il faut suivre avec une précision extrême, chaque étape est aussi décisive que le chemin emprunté, de même qu'est nécessaire l'humilité dans la recherche qui aboutit à la connaissance suprême.
>
> Il convient, en premier lieu, de se munir du meilleur acier et de verre de qualité supérieure, avec, pour condition essentielle, qu'il soit préparé par l'artisan le plus habile qui, alliant les deux matériaux, fabriquera un grand réceptacle.

À partir de là, Vésale donnait jusqu'au dernier paragraphe une liste exhaustive de matériaux et les instructions complexes et détaillées pour la construction d'un engin.

> En vérité, il s'agit là du zénith de mon savoir, le point ultime de la structure la plus parfaite de toutes les créatures, foyer et support de l'âme immortelle, une demeure nommée microcosme par les Anciens, non sans raison.

Ainsi se terminait le texte. L'incrédulité les laissa muets quelques instants.

« Vésale décrit le processus de construction d'une… machine ! dit Daniel enfin.

— Une machine capable de canaliser une source d'énergie avec une force équivalente à celle d'un éclair, ajouta Pau. Vous vous rendez compte ? Il propose un système pour manipuler l'électricité presque un siècle avant qu'on ne lui donne ce nom. C'est une prouesse scientifique, pour son époque.

— C'est bien joli tout ça, mais à quoi il sert, ce machin ? » rétorqua Fleixa.

Les deux autres eurent une moue d'impuissance.

« Bon Dieu ! éclata le journaliste. C'est tout, alors ? Peut-être qu'il manque un bout du texte. »

Daniel secoua la tête. Il avait relu deux fois les notes. Il n'y avait rien d'autre.

« Voyons ça sous un autre angle, réfléchit-il. Pourquoi Homs recherche-t-il tant ce manuscrit ?

— C'est évident. Il veut le *Liber Octavus*.

— Non. Il connaît déjà son contenu, et même je pense qu'il sait quelle est l'utilité de la machine de Vésale. D'ailleurs, il le donne à entendre dans ses notes.

— Donc ?

— Pendant tout ce temps, Homs a cherché à récupérer aussi bien son carnet que le manuscrit, parce qu'il ne voulait surtout pas que nous puissions le trouver, même si j'en ignore le motif, reprit Daniel.

— Bien. Supposons que vous ayez raison et que Homs soit en train de faire usage de cette machine, continua Pau. D'où tire-t-il l'énergie ?

— Il doit se fournir auprès d'un paratonnerre.

— Il y a plein d'endroits qui disposent de paratonnerres dans cette ville, mais il faudrait alors qu'il attende à chaque fois l'arrivée d'un orage.

— Homs n'a aucunement besoin d'attendre un orage, dit Daniel en tapant brusquement du poing sur la table. Depuis des semaines il a sous la main toute l'énergie dont il a besoin.

— De quoi parlez-vous ?

— De la centrale électrique de l'exposition !

— Mais d'après les instructions de Vésale, la machine a besoin d'une énergie monumentale.

— Lorsqu'il m'a fait visiter la centrale, Adell m'a montré des générateurs capables de fournir en électricité toute l'enceinte de l'exposition et même les places et les rues adjacentes.

— C'est peut-être suffisant.

— Plus que suffisant ! Quand je me trouvais là, le contremaître nous a interrompus pour informer Adell d'incidents d'origine inconnue qui mettaient en danger la stabilité de tout le système. L'homme semblait assez effrayé. Il est possible que Homs provoque ces problèmes en intervenant sur le flux électrique… »

Daniel se tut soudain et son visage s'illumina.

« J'y suis ! » s'écria-t-il.

Ses camarades le regardèrent, perplexes.

« La voilà, la raison pour laquelle Homs voulait éviter que nous mettions la main sur le manuscrit. Il ne voulait pas que nous découvrions où il se cache !

— Que voulez-vous dire, Amat ?

— Homs a besoin d'un endroit sûr où disposer de ses victimes. Grâce au *Liber Octavus*, nous savons maintenant que cet endroit doit être près de la centrale qui lui fournit l'électricité. Vous saisissez ? Mon père est arrivé à la même conclusion, voilà pourquoi la dernière fois qu'on l'a vu vivant il entrait dans les égouts. Homs se cache sous l'Exposition universelle ! »

MENSONGES ET TRAHISONS

Neuf jours avant l'inauguration de l'Exposition universelle

49

Personne n'osait toucher le corps. La marée l'avait rapporté pendant la nuit et des pêcheurs l'avaient découvert au point du jour en rentrant au port. L'un des plus jeunes s'était même demandé si ce n'était pas une sirène échouée sur la grève. La mer l'avait couverte de coquillages et de galets, sculptant des formes marines sur sa peau. Quelques algues s'enroulaient autour de ses yeux clos et ses lèvres esquissaient un sourire. Elle semblait endormie sur le sable boueux de la plage de la Barceloneta.

Des curieux étaient sortis de chez eux et se pressaient en chuchotant, dans la crainte absurde d'être entendus par l'auteur de ce nouveau meurtre. Tous se demandaient ce qu'ils avaient bien pu faire pour que le *Gos Negre* s'en prenne ainsi à eux.

Le crissement du gravier sous les sabots et les hennissements des chevaux annoncèrent l'arrivée de deux voitures. La silhouette ventripotente de l'inspecteur Sánchez émergea de la première, qui sembla plier sous son poids tandis qu'il mettait pied à terre. Il observa le ciel couvert de nuages venus de la mer et la menace de pluie le fit grimacer. Sa tête lui faisait mal à cause de ses beuveries de la veille, et il avait très peu envie de voir le cadavre d'une malheureuse.

Derrière lui apparut un petit homme au teint délicat, enveloppé dans un manteau trop grand de deux tailles, qui portait une mallette. Il ajusta ses lunettes et regarda avec indifférence autour de lui ; puis il descendit aussi et attendit les instructions de l'inspecteur.

De l'autre véhicule, un long chariot découvert, descendirent une demi-douzaine d'agents qui s'occupèrent de faire évacuer les lieux. Entre bousculades, insultes et regards noirs, les badauds reculèrent de quelques mètres.

L'inspecteur s'avança lourdement jusqu'au corps, suivi de son accompagnateur. Il retira la couverture dont les pêcheurs l'avaient recouverte et un silence se fit. Les pieds et les mains étaient noirs comme du charbon et il lui manquait plusieurs doigts. Son sein droit avait disparu ; ne restait qu'un trou béant ourlé de chair brûlée. Un des agents s'éloigna en titubant et régurgita son petit déjeuner dans les vagues.

Sánchez regarda le cadavre d'un air pensif et du bout du pied poussa l'une des jambes boursouflées, qui bougea à peine. L'homme à la mallette s'agenouilla près du corps, s'apprêtant à sortir ses instruments.

« Ne vous dérangez pas, toubib, même notre petit lieutenant pourrait vous dire qu'elle est morte, ce qui s'appelle morte. »

Ses mots déclenchèrent de brefs rires chez ses hommes. La matinée s'annonçait fraîche et personne ne semblait de très bonne humeur. Le médecin haussa les épaules et se mit à l'écart pour remplir le certificat de décès, tandis que deux agents enveloppaient le corps dans une couverture et le déposaient sur une civière.

Sánchez entendit le lieutenant Azcona approcher. Le policier était un jeune homme ambitieux et plein de bonne volonté, trop à son goût. De cette nouvelle fournée de flics bien préparés, tels que Barcelone en avait besoin, disait-on. Une sacrée connerie ! Avec un soupir, il se résolut à l'écouter.

« Je la connais, inspecteur. Elle s'appelait Dolors. Elle officiait dans le Raval.

— Fantastique, lieutenant, comme ça, nous n'aurons pas à l'identifier.

— J'ai trouvé ça entre ses mains. C'est peut-être important. »

L'inspecteur haussa les sourcils en voyant dans la paume de son subalterne un petit objet doré.

« Qu'est-ce que c'est ?

— Elle est pliée mais on dirait bien une épingle à cravate. Avec deux initiales : D et A.

— Bien, dit Sánchez en la lui arrachant des mains. Laissez, je m'en occupe. »

Le jeune policier hocha la tête respectueusement.

« Nous procédons comme d'habitude avec le corps ?

— Non. Cette fois, emmenez-le directement là-haut, c'est clair ? Vous n'envoyez plus aucun corps avec ces caractéristiques à la morgue. »

L'agent ne cacha pas sa surprise. Ce n'était pas la procédure habituelle : selon le règlement, les corps en attente d'identification devaient être conservés au dépôt pendant trois jours avant d'être enterrés dans une fosse commune.

« Très bien, monsieur, mais…

— Mais quoi, lieutenant ?

— Peut-être qu'un membre de la famille voudra réclamer le corps. »

C'était un petit malin, ce lieutenant. Oui, vraiment un petit malin.

« Vous pouvez me dire qui va réclamer une pute, franchement ? aboya Sánchez. Bon sang, Azcona, contentez-vous d'exécuter mes ordres. Et soyez discret. »

Quelques mètres plus loin, appuyé contre une cabine de bain, indifférent au sable qui collait à son pantalon, Fleixa était secoué de spasmes nerveux. Il écrivait frénétiquement dans son calepin, tournant les pages à toute vitesse, sans s'arrêter, parfaitement conscient que s'il le faisait, s'il s'arrêtait, il cesserait de respirer.

Sa main blessée s'était remise à saigner. Quelquefois, le papier se déchirait ou se froissait sous sa pression convulsive, mais il n'y prenait pas garde ; il passait à la page suivante et continuait à écrire, un mot après l'autre, des mots mêlés à ses tentatives infructueuses pour retrouver son souffle.

Morte. Dolors était morte.

Il se le répétait encore et encore, comme si à force de le dire, ça finirait par être faux.

Il voulait croire qu'ils s'étaient trompés, que c'était une autre femme dont ils sortaient le corps de la plage, mais quand il avait reçu le message de Vidal, il avait su que ce ne pouvait être qu'elle.

Si seulement il n'avait pas fichu le camp de cette façon idiote, vexé comme un collégien frustré…

Il arracha une nouvelle page et laissa le vent l'emporter.

Une immense douleur le prit soudain au ventre. Quelque chose en lui frémit, contracta son estomac et monta jusqu'à sa poitrine. Ça grandissait en lui et ça allait finir par le faire exploser. Il voulait crier, mais il n'y arrivait pas. Il n'arrivait qu'à écrire. Il continua à tracer des mots dans son calepin jusqu'à ce que la douleur atteigne le bout de ses doigts, à vif. Il leva la main en l'air. Son tremblement était incontrôlable. Malgré tout, il tenta d'achever son article. Son écriture devint illisible, son sang salit le papier qui se déchira comme s'il était le reflet même de son âme. Dans un craquement, son crayon se cassa en deux. Alors Fleixa laissa tomber son calepin dans le sable et pleura.

50

Daniel avançait sur le chemin en terre, où une averse récente avait laissé de nombreux îlots de boue dans une eau trouble. Aussi près de Collserola, le ciel perdait par moments sa couleur en se couvrant d'un gris cendre.

Il arriva à la grille, flanquée de deux tours tapissées de lierre, et tira la sonnette. La demeure du marquis de Llupià i Alfarràs ressemblait plus à un château arabe qu'à une résidence nobiliaire. Le bâtiment était un solide bloc hexagonal d'où émergeait une tourelle crénelée. Les arcs en fer à cheval des fenêtres et les deux énormes palmiers achevaient de donner l'illusion qu'on était dans le Rif.

Il avait passé la matinée avec Gilbert à travailler sur les textes du *Liber Octavus*. Fleixa n'était pas venu. De toute façon, ç'avait été une perte de temps. Ils n'arrivaient pas à percer le mystère de l'insolite machine de Vésale et restaient toujours dans le noir complet quant à son utilité. Avant de partir déjeuner, il avait reçu un message. Le marquis sollicitait sa visite ce même après-midi. La note ne donnait aucune explication sur le motif de l'invitation, mais, intrigué, il avait décidé de s'y rendre.

Un bruit de pas lui parvint et un valet apparut pour ouvrir la grille. Daniel lui tendit sa carte mais l'homme la dédaigna. Sans lui adresser la parole, il le fit entrer d'un geste. Il était attendu.

Après avoir traversé plusieurs pièces au mobilier de style oriental, ils arrivèrent enfin dans un vaste salon. Au centre, confortablement installé sur un divan, un vieillard le dévisageait avec curiosité.

« Entrez, entrez, monsieur Amat. » D'un geste, il lui indiqua un fauteuil en face de lui. « Excusez-moi si je ne me lève pas, mais je suis incapable de me libérer de ce siège béni dans les heures qui suivent le repas. »

Daniel s'assit. Le marquis était un homme grand qui, même une couverture sur les genoux, ne perdait pas son aura de distinction. Il portait une simple robe de chambre et au milieu de son visage maigre se dressait un nez grec. Ses yeux bleu clair étincelaient, à la fois amusés et curieux, sous des binocles qui soulignaient ses épais sourcils.

« Bien, bien. » Sa voix résonnait, caverneuse. « C'est un plaisir de vous rencontrer en personne, monsieur Amat. Je me présente : Juan Antonio Desvalls, propriétaire de cette demeure et du glorieux titre de marquis que j'ai hérités d'une très vieille famille. Une particularité en voie d'extinction, au vu de la pléiade de bourgeois parvenus qui envahit Barcelone depuis quelques dizaines d'années. Ce sont eux, à présent, la nouvelle aristocratie. »

Il fit une pause pour tousser dans son mouchoir.

« Voulez-vous boire quelque chose ? »

Daniel déclina l'invitation d'un geste. Le vieil homme faisait tourner le liquide doré dans le verre qu'il tenait.

« À cette heure de la journée, je ne tolère qu'un verre du meilleur bourbon. Un caprice que je m'autorise, au risque de mettre ma fille dans tous ses états.

— Je comprends.

— Non, je ne crois pas. Mais vous finirez par le faire, j'en suis convaincu. Vous êtes encore jeune.

— Je vous prie de m'excuser. Dans votre message, vous exprimiez le désir de me parler d'une affaire personnelle. Je crains de ne pas deviner de quoi il peut s'agir, car comme vous l'avez dit, nous ne nous connaissions pas jusqu'à il y a un instant.

— Vous avez tout à fait raison. En réalité, ce n'est pas moi qui souhaite vous voir.

— Je ne vous suis pas.

— Si vous voulez bien m'approcher ma canne, nous allons faire un petit tour dehors. »

Daniel lui tendit le bâton en marbre, à pommeau droit, qui était posé près de son siège. Le vieillard s'appuya à son bras et ils sortirent ensemble de la maison. Tournant le dos à une grille flanquée de deux lions qui s'ouvrait sur un élégant jardin de buis, ils empruntèrent un chemin qui contournait un grand parterre de fleurs.

« Qu'en pensez-vous ?

— Splendide. »

La voix du marquis était solide tandis qu'il regardait droit devant lui et guidait Daniel.

« C'est mon arrière-grand-père Joan Antoni Desvalls i d'Ardena, sixième marquis de Llupià, qui a commencé la construction de cette propriété il y a presque un siècle. Il avait engagé pour la bâtisse un architecte italien, Bagutti, et pour le jardin un Français, Debalet ou quelque chose comme ça. Je n'ai jamais porté les Français dans mon cœur. Pendant toutes ces années, ma famille s'est employée à agrandir l'ensemble et à aménager des parterres, des canaux, des ronds-points… Nous avons planté des dizaines d'arbres, prolongé les jardins et même installé une cascade. »

Le vieillard continuait à avancer clopin-clopant avec Daniel, qui se demandait où il voulait en venir avec son discours.

« La *finca* Desvalls a reçu des rois et des princes. À présent, Fernanda et ses frères s'obstinent à vouloir organiser des soirées caritatives et des représentations théâtrales à l'air libre. Nous finirons par brader cette merveille, vous verrez. »

Ils arrivèrent à un belvédère. De part et d'autre de la terrasse se dressaient deux kiosques qui protégeaient chacun une statue.

« Ariane et Thésée. » Le marquis les désigna du bout de son bâton. « Une charmante histoire… vous la connaissez ?

— Ce qu'il me reste de mes souvenirs d'écolier. Ariane a aidé Thésée à trouver son chemin dans le labyrinthe. Il a tué le Minotaure et ils se sont enfuis ensemble.

— C'est à peu près ça. Pour tout vous dire, Ariane m'a toujours paru quelque peu écervelée. C'est peut-être pour cela qu'elle me plaisait. »

Son rire l'obligea à tousser dans son mouchoir. Quelques secondes plus tard, il avait repris son souffle et voulut s'appuyer à la balustrade du belvédère.

En contrebas s'étendait un tortueux labyrinthe de hautes haies. Daniel admira l'harmonie de ce dédale végétal qui faisait des circonvolutions sur lui-même, comme pour séduire l'imprudent prêt à s'y aventurer. La lumière de l'après-midi troublait l'obscurité des couloirs qui se perdaient à gauche et à droite, sans destination apparente. Au centre, Daniel crut voir une statue entourée d'arches de lierre.

« Le fameux labyrinthe du parc, expliqua le vieux marquis, devinant les pensées de Daniel. Presque un kilomètre de cyprès égalisés à une hauteur de quatre mètres. Vous n'imaginez pas les scènes dont ont été témoins ces couloirs.

— Tout cela est très intéressant, monsieur Desvalls, répondit Daniel, mais vous ne m'avez pas fait venir jusqu'ici uniquement pour me faire visiter votre propriété, n'est-ce pas ? »

Le vieillard le scruta, songeur. Au-dessus de leurs têtes, les nuages s'amoncelaient dans le ciel.

« Monsieur Amat, suivez-moi, je vous prie. »

Ils descendirent l'escalier du belvédère et pénétrèrent dans le labyrinthe. Leurs pas crissaient sur la terre humide tandis que les murs de végétation se refermaient sur eux. L'air était chargé d'électricité et d'essence de jasmin.

« Il y a une dernière chose que j'aimerais vous raconter, dit le vieil homme. Le véritable secret de ce parc n'est pas sa beauté, ni ses plantes exotiques, ni même sa situation exceptionnelle. La clé de ce petit paradis se trouve dans son harmonie. C'est un équilibre délicat. Toute intrusion, aussi bien intentionnée soit-elle, ne sert seulement parfois qu'à faire faner le jardin. Réfléchissez-y. »

Ils arrivèrent au centre du labyrinthe dominé par une belle statue d'Éros. Deux ombres se dessinèrent. Irene, accompagnée d'une jeune fille aux traits agréables, apparut derrière le piédestal de la statue. La jeune fille, après une pression de la main, la quitta ; le marquis et elle les laissèrent seuls.

« Nous nous asseyons ? »

Daniel, toujours sous l'effet de la surprise, se laissa guider par Irene jusqu'à un banc en pierre. Vêtue d'une robe sombre sous un manteau cintré, le visage caché par une voilette, elle gardait une distance prudente. Daniel ne put attendre qu'elle engage la conversation.

« Je ne pensais pas te revoir.

— Et c'était ce qui aurait dû se passer, mais il fallait que je te prévienne et je n'ai pas trouvé de meilleure façon.

— Que veux-tu dire ?

— Tu es en danger.

— Comment sais-tu… ?

— Il y a quelques jours j'ai surpris une conversation entre mon mari et l'inspecteur Sánchez. Cet homme rend de fréquentes visites à Bertomeu ; ils sont très proches. Ils ont parlé de toi et de ton ami le journaliste. Bertomeu était absolument furieux. Il a ordonné à l'inspecteur de prendre des mesures, quelles qu'elles soient, a-t-il ajouté.

— Je vois.

— Non. Je ne crois pas que tu évalues à sa juste mesure la situation dans laquelle tu te trouves.

— Pour quelle raison est-il si décidé à stopper nos investigations ?

— Il y a beaucoup d'argent en jeu. Et le scandale n'arrangerait pas ses affaires.

— C'est le motif qu'il a avancé lorsque nous nous sommes rencontrés, mais je ne suis pas sûr que ce soit toute la vérité. Peut-être que ton mari est inquiet de ce que je pourrais découvrir sur la mort de mon père et de ces pauvres filles.

— Bertomeu a beaucoup d'influence et il est capable de tout. Tu m'écoutes ? Je prends des risques en venant te trouver ici.

— Voilà pourquoi tu m'as fait venir si loin de Barcelone ! Tu as peur.

— Bien sûr que j'ai peur ! s'exclama-t-elle.

— Comment peux-tu être avec un homme tel que lui ?

— Comme c'est facile pour toi ! explosa-t-elle. Tu es parti, tu te souviens ? Tu m'as abandonnée. Il est le seul à m'avoir acceptée. »

D'un geste, elle empêcha Daniel de parler.

« Tout ça n'a plus d'importance à présent, continua-t-elle, plus calme. Tu dois partir et ne jamais revenir à Barcelone. Ce n'est pas uniquement Bertomeu, Daniel. Cet assassin… il pourrait aussi te tuer comme il a tué ton père. »

Daniel secoua la tête.

« Je ne peux pas, Irene. Pas cette fois. J'ai fui une fois, déjà, et j'ai tout perdu alors. Les cauchemars m'accompagnent depuis. Il y a quelque temps, j'ai cru que j'avais retrouvé une vie mais c'était faux. Je ne peux pas partir à nouveau, tu comprends ? »

Elle le regarda derrière sa voilette et, après un moment d'hésitation, tira un étui en cuir de son sac et le lui remit.

« Je redoutais cette réponse. J'ai trouvé ces documents dans le bureau de Bertomeu. Ils viennent de la clinique de Nueva Belén. Il n'est pas censé les avoir en sa possession et il a pris beaucoup de précautions pour les cacher. Peut-être qu'ils t'aideront. »

Daniel, intrigué, saisit l'étui. Alors qu'il s'apprêtait à l'ouvrir, les mains gantées de la femme se posèrent sur les siennes.

« Il est encore temps de renoncer. »

Daniel la repoussa doucement et sortit les papiers.

Il ne s'agissait que de quelques feuilles volantes. En jetant un coup d'œil à la première, il découvrit que c'était un rapport médical. Le langage lui était familier car son père lui en avait fait lire de similaires à de nombreuses reprises, dans une vaine tentative de l'intéresser au monde de la médecine. Celui qu'il tenait décrivait l'autopsie de l'ami de Homs à la clinique. Pourquoi Adell conservait-il ce papier ? Le document détaillait les lésions qui avaient provoqué la mort du pauvre homme. Elles lui rappelèrent, en plus grossières, les blessures qu'ils avaient vues sur le cadavre de la Barceloneta. Il ne faisait aucun doute que Homs était fou. Quelle personne saine d'esprit pouvait faire de telles choses à un autre être humain ?

Il continua à lire la description de l'état du corps et des organes au fur et à mesure qu'ils étaient examinés. Le médecin légiste avait été exhaustif et méthodique. Dans la dernière partie étaient même répertoriées les maladies que l'homme avait eues de son vivant. Rien n'éclairait Daniel sur ce qui avait poussé Adell à dérober ce rapport. Son contenu n'avait pas le moindre intérêt.

Il s'apprêtait à abandonner sa lecture quand un paragraphe retint son attention. Il lui serait passé inaperçu s'il ne s'était pas souvenu à ce moment-là d'un commentaire du docteur Giné. Il le relut attentivement : « … le sujet présente un carcinome hépatocellulaire avancé. »

Un frisson lui parcourut l'échine.

« Est-ce que ça a de l'intérêt ? »

Daniel acquiesça, sonné.

« Je dois partir », entendit-il Irene dire.

Elle se leva et Daniel l'imita. Ils restèrent debout, se faisant face, à quelques centimètres l'un de l'autre. Les feuilles autour d'eux s'agitaient sur les branches car la brise s'était levée. Un coup de tonnerre déchira le ciel et les premières gouttes commencèrent à éclabousser la terre, mais eux, immobiles, ne semblaient pas s'en rendre compte.

« Pourquoi a-t-il fallu que tu reviennes ? » murmura Irene.

Daniel ne sut que répondre. Sa main s'avança dans l'intention de soulever la voilette qui couvrait son visage. Soudain, il avait besoin de l'embrasser. Elle voulut se détourner, trop tard. Le voile de mousseline tomba au sol et Daniel resta figé sur place.

L'œil gauche d'Irene était presque fermé par le gonflement des chairs et un hématome violet s'étalait sur la pommette et une partie de la joue. Daniel parcourut de ses doigts tremblants les blessures, tandis que le rouge montait au visage d'Irene. Elle s'écarta, et les larmes affleuraient à ses yeux lorsqu'elle remit en place sa voilette. Daniel parvenait à peine à contrôler la rage qui grandissait en lui. Irene prit ses mains dans les siennes.

« Il n'y a rien à faire.

— Quitte-le. Je te protégerai de lui. »

Elle esquissa un sourire triste et lui caressa la joue.

« Non. Tu ne peux pas comprendre.

— Attends… »

Ses mots se perdirent dans l'air tandis qu'Irene s'éloignait en courant sous la pluie.

51

L'hôtel particulier d'Adell avait tout d'une pièce montée illuminée de l'intérieur. Ses grandes fenêtres laissaient passer les feux d'une centaine de candélabres. Dans la cour, près des luxueuses voitures, des chauffeurs et des majordomes, emmitouflés dans leurs capes, attendaient leurs patrons en partageant un cigare et, s'ils en avaient la chance, un punch bien chaud soustrait aux cuisines. De là leur parvenait le brouhaha de la réception donnée par l'industriel, qui battait son plein.

Même si ce n'était plus vraiment dans les mœurs parce que presque tous le faisaient au Liceo, Adell organisait chaque année un bal masqué chez lui, en s'arrangeant pour réunir les principales personnalités de la ville.

Cette année-là, chez les femmes, c'étaient les costumes de villageoise, d'Indienne de l'Hindoustan ou de princesse hongroise qui dominaient ; les messieurs, moins imaginatifs que leurs épouses, étaient habillés en seigneurs napolitains, en étudiants sévillans ou en sénateurs vénitiens. Entouré d'immenses miroirs, l'orchestre, un ensemble de soixante-dix musiciens, avait attaqué les premières mesures d'une polka, ce qui déclencha un cri d'enthousiasme chez les invitées les plus jeunes.

« Bertomeu, mon cher, cette fois tu ne peux pas refuser. »

L'industriel, en doge vénitien, se retourna, contrarié d'être dérangé en pleine conversation, mais, à la vue des courbes généreuses qu'elle exhibait dans son costume de paysanne, il sourit à la jeune femme qui l'interrogeait du regard.

« Tu sais bien que je ne danse pas, ma chère Julia ! Tu devras t'amuser seule.

— Tu es d'un ennuyeux ! »

La jeune femme lui adressa une moue boudeuse, qu'elle troqua pour une révérence, l'œil fripon. Son décolleté en montra plus que ce que préconisait la décence. Adell sentit un agréable élancement à l'aine et pensa que d'ici quelques heures ils auraient droit à leur propre petite fête, tous les deux. Elle, amusée de l'effet produit, disparut dans la foule costumée qui tournoyait sur la musique.

Adell retourna à sa conversation, satisfait des regards envieux des hommes qui l'entouraient. Un ou deux se permirent un coup d'œil discret à la jeune femme, alors que celle-ci marquait devant eux le pas sautillant sur le tempo rapide de l'orchestre. Un regard d'Adell suffit à les rappeler à l'ordre.

« Votre cavalière est une jeune femme… splendide.

— Oui, réellement admirable, on peut le dire.

— Ah oui ? Je ne m'en étais pas rendu compte… » fit Adell en dissimulant son sourire en coin derrière son verre de brandy.

Un chœur de rires salua le trait d'esprit.

« Votre épouse devait être bien indisposée pour manquer un événement tel que celui-ci. »

Un silence s'abattit sur l'assistance, suivi de quelques toussotements. Adell retira le havane de sa bouche et regarda des pieds à la tête le jeune homme qui avait eu ce propos malencontreux. Il ne connaissait même pas son nom.

« Mon épouse, monsieur, ne supporte pas bien les bains de foule, répondit-il, glacial. C'est pourquoi ma chère nièce m'accompagne, afin que je n'aie pas à me présenter seul en société. »

S'apercevant de l'indiscrétion commise, l'homme devint cramoisi. Les choses auraient pu en rester là, mais Adell se délectait à le voir dans ses petits souliers. Après une pause étudiée, son sourire se fit plus incisif et il ajouta.

« Vous conviendrez avec moi que la santé de ma femme ne vous regarde en rien, n'est-ce pas ? Ou vous êtes médecin, peut-être ?

— Euh… Oui, monsieur. Non, monsieur.

— Oui, vous êtes médecin et non, vous n'êtes pas d'accord avec moi ?

— Non, non… Je voulais dire…

— Je vois. Bien, maintenant que vous avez exposé votre avis, votre présence a cessé de nous être nécessaire, ce soir. Je suis sûr que vous avez d'autres engagements à honorer, alors je ne vous retiens pas. Bonsoir, monsieur. »

Il lui tourna le dos, reportant son attention sur ses autres interlocuteurs qui, imitant leur hôte, ne firent aucun cas de l'expression suppliante de l'infortuné. Le jeune homme posa son verre et se dirigea tout contrit vers la sortie, escorté par un majordome qui s'était présenté sur un geste d'Adell.

Comme si rien ne s'était passé, le groupe reprit la conversation là où elle en était restée. Les révoltes à Cuba liées à l'exportation du coton et la hausse des prix des manufactures de tissu étaient des affaires de la plus haute importance. Adell était partisan qu'on donnât une bonne leçon aux natifs ; une suggestion à laquelle les autres messieurs s'empressèrent d'adhérer.

C'est alors que du remue-ménage se fit entendre aux portes du grand salon. Adell crut que le jeune importun n'avait pas voulu quitter les lieux sans faire un peu de scandale, mais en s'approchant il s'aperçut qu'il s'était trompé : son dernier invité était enfin arrivé.

« Monsieur Amat, je ne pensais pas vous revoir si tôt.

— J'en suis sûr », lui asséna Daniel.

Deux majordomes en livrée de chambellan de Louis XVI le retenaient alors qu'il essayait de forcer le passage. Le cocher d'Adell était près de la rampe de l'escalier, prêt à intervenir si nécessaire.

« M. Adell, monsieur, qui ne figure pas sur la liste des invités, insiste pour entrer, expliqua l'un des valets.

— Vraiment ? Comme c'est étrange que vous n'ayez pas reçu d'invitation. »

Daniel se défit des laquais d'une secousse et fit face à Adell. Il était dans un état déplorable : il avait perdu son chapeau et son manteau, ses vêtements étaient trempés par la pluie et ses cheveux lui collaient au crâne. Le visage tordu de colère, il hurla.

« Espèce de fumier ! Comment osez-vous porter la main sur elle ? »

L'orchestre s'arrêta au beau milieu d'une mesure, et un silence gêné tomba sur le salon.

« Je ne vois pas de quoi vous parlez.

— Vraiment ? En plus de lâche, vous êtes un hypocrite.

— Vous osez venir m'insulter sous mon propre toit ? C'est inouï ! » s'exclama Adell, feignant d'être scandalisé. Il commençait à bien s'amuser.

« Tu me présentes, Bertomeu ? »

Julia s'était approchée, attirée comme d'autres invités par le vacarme. Yeux mi-clos, elle dévisagea effrontément le nouveau venu.

« Ma chère, voici Daniel Amat. Son père est décédé il y a quelques jours et il est venu à Barcelone pour ses funérailles, mais il s'en allait justement, lui expliqua Adell.

— Oh, le pauvre. »

Le sourire qu'elle adressa à Daniel ne fut pas du tout du goût de l'industriel. Il se défit de son étreinte et la repoussa.

« Allez, va danser. »

Elle faillit dire quelque chose mais croisa son regard furibond. Elle résista à l'envie de se faire toute petite et, feignant le dédain, s'éloigna en quête d'une coupe de champagne.

« Vous ramenez vos maîtresses chez vous ? » lui asséna Daniel.

Adell sourit en son for intérieur. Autour d'eux s'amassaient de plus en plus d'invités, les témoins dont il avait besoin. Tout se passait comme il l'avait prévu. Il remarqua que plusieurs journalistes qui se trouvaient là pour couvrir l'événement mondain se hâtaient de sortir leurs calepins pour prendre des notes.

« Vous êtes venu pour quoi, exactement, Amat ?

— Je veux des réponses.

— Des réponses, tiens donc !

— Pourquoi faites-vous tout pour que je ne poursuive pas l'enquête initiée par mon père ? Quel rapport avez-vous avec ces meurtres ? »

Un murmure s'éleva autour d'eux.

« Je suppose que vous voulez parler de ces pauvres filles assassinées, dont parlent les journaux. Vous ne seriez pas en train de m'accuser d'être le *Gos Negre*, n'est-ce pas ? » Son éclat de rire gagna l'assistance. « Je crois que vous avez perdu tout sens commun, monsieur.

— Vous et votre centrale électrique avez un lien avec ces morts. Tôt ou tard, vous devrez en répondre devant la justice.

— Je crois plutôt que c'est vous qui devriez nous donner quelques explications. »

Le désarroi qui se peignit sur le visage de son ancien camarade de jeunesse enchanta Adell.

« Dites-nous donc ce qu'il s'est passé il y a sept ans ? Comment votre frère et votre fiancée sont-ils morts ? Nous aimerions tous le savoir. Quelqu'un qui s'enfuit comme vous l'avez fait doit bien être coupable de quelque chose. » Il leva les deux bras, théâtral.

Daniel remarqua alors les gens qui faisaient cercle autour d'eux, les regards inquisiteurs et attentifs braqués sur lui. Sa propre voix lui sembla peu convaincante.

« C'était… c'était un accident.

— Un accident ! Comme c'est facile ! s'exclama Adell en ricanant. Vous savez, c'est tout de même un hasard extraordinaire que votre retour ait coïncidé avec ces crimes dont vous m'accusez. Moi, qui tente humblement de contribuer au progrès de cette ville grâce à mes efforts et mon argent. »

Un chœur d'assentiments suivit ses paroles.

« Racontez-nous, insista Adell. Quelle est la véritable raison de votre retour à Barcelone, après tant d'années d'absence ? Est-ce que ce ne serait pas vous, par hasard, ce démon canin ?

— Vous savez bien que non, répondit Daniel en serrant les poings. Mais quelqu'un de violent, capable de perdre tout contrôle au point de presque tuer un domestique peut facilement se transformer en assassin. »

Adell devint livide, mais son sourire resta accroché à ses lèvres. Il s'approcha de Daniel pour éviter d'être entendu.

« Je vous avais prévenu. Vous aviez interdiction de la revoir. Vous m'avez donné la preuve que ma femme a besoin d'une main de fer. Soyez sûr que cette fois elle ne l'oubliera pas.

— Fils de… »

Daniel lui balança le coup de poing que Adell attendait. Malgré cela, l'uppercut qu'il reçut au menton fut plus violent qu'il ne l'avait prévu et le jeta à terre. Une exclamation horrifiée retentit parmi les invités. Un tumulte s'ensuivit lorsque les majordomes se jetèrent sur Daniel. C'est alors que, se frayant un passage parmi le cercle des curieux, apparut l'inspecteur Sánchez, engoncé dans un costume d'Écossais. Son masque plein de brillantine lui donnait un air bien peu martial.

« Monsieur Adell, cet homme vous a-t-il agressé ?

— À votre avis, espèce de crétin ? lui lâcha l'industriel, toujours au sol. Faites votre boulot ! »

L'inspecteur, humilié par l'insulte, toussota et fit signe à deux agents qui attendaient à la porte.

« Monsieur Amat, vous êtes en état d'arrestation. »

Avant que Daniel ait pu protester, le cocher d'Adell surgit derrière lui et le frappa dans les reins avec un gourdin. De douleur, Daniel tomba à genoux. Après un deuxième coup à la nuque, toute la pièce se mit à tourner. Il ne sentait presque plus rien quand il s'affaissa, face contre terre.

Julia, attirée de nouveau par le tapage, étouffa un cri et se jeta dans les bras d'Adell qui, cette fois, ne la repoussa pas.

« Rangez ce gourdin, mon brave, s'empressa de réprimander l'inspecteur, qui cherchait à récupérer son autorité. Nous n'avons pas besoin dè votre aide. »

Le robuste cocher se contenta de hausser les épaules et de s'écarter, tandis que les agents relevaient Daniel, encore sonné, et le menottaient. Adell s'approcha de lui et lui posa une main sur l'épaule.

« Vous savez que j'ai aussi racheté votre maison de famille, cette ruine qui tombe en morceaux ? » Il fit une pause. « Souvenez-vous de cela lors de votre agréable séjour derrière les barreaux : tout ce qui était à vous m'appartient désormais, à jamais. »

52

« Monsieur Gilbert, asseyez-vous, je vous prie. »

La voix du doyen résonna aussi grave et impérieuse que dans les salles de l'hôpital. Pau prit place sur l'une des deux chaises de libres. En face, les visages circonspects des autres membres du comité de direction de l'université la regardaient.

Le bureau était une pièce circulaire, avec, comme dans tout le bâtiment, de grandes fenêtres ogivales séparées par des colonnes. Pau admira la collection d'instruments chirurgicaux anciens exposée et le squelette complet du temps où les cimetières fournissaient en matériel les cours d'anatomie. Elle sursauta en reconnaissant la reproduction d'une des gravures du *De Humani Corporis Fabrica* de Vésale accrochée à un mur. Elle cessa de regarder autour d'elle et serra contre elle le sac qui contenait le manuscrit.

Pau ignorait la raison pour laquelle elle avait été convoquée. Après avoir quitté Amat, elle s'apprêtait à rentrer dans le Raval pour se réfugier chez Dolors. Mais avant, elle avait voulu passer à l'hôpital pour prendre des nouvelles de sa petite malade. Elle tenait à s'assurer en personne de la régression complète de la tuberculose. Dans le hall d'entrée, le concierge lui annonça qu'on l'avait demandée.

En trouvant réuni le comité de direction au grand complet et en découvrant la présence du professeur Gavet, elle craignit que ses excuses pour justifier ses absences des derniers jours n'aient pas été bien reçues.

« Monsieur Suñé, je peux vous expliquer… »

Le doyen leva la main, réclamant le silence.

« Monsieur Gilbert, merci d'être venu. » Il fit une pause pour prendre son inspiration. Quel qu'en fût le motif, cette convocation le plongeait dans un malaise évident. « Vous êtes un étudiant modèle. Toutes les personnes ici présentes ont une grande considération pour vous, même si vous êtes trop impulsif par moments et que vous prenez des décisions controversées à vos risques et périls. Votre attitude vis-à-vis de cette fillette souffrant de tuberculose fut une initiative excessivement imprudente. Vous avez eu la chance que votre traitement fonctionne, mais vous avez mis en danger tout l'hôpital en ne consultant personne. »

Pau hocha la tête. Est-ce qu'ils regrettaient leur première décision et voulaient lui donner une sanction plus grave ?

« Bien. Mais ce n'est pas la raison pour laquelle nous vous avons fait venir, poursuivit Suñé. Dans les dernières heures, nous avons été informés d'un complot à votre encontre, visant à nuire à votre réputation et par là même à celle de l'université. Vous savez de quoi je veux parler ? »

Elle n'eut pas besoin de simuler la surprise.

« Non, monsieur. Je n'en ai aucune idée.

— Oui, oui. C'est compréhensible. Moi-même, je ne sais pas très bien par où commencer. Il s'agit d'une affaire pour le moins embarrassante.

— C'est invraisemblable, intervint le professeur Segura, en rajustant son gilet. Nous ne pouvons tolérer ce genre de médisances, et encore moins que le prestige de cette université puisse être mis en cause de la sorte.

— C'est un immense scandale, ajouta avec inquiétude son collègue, Llompart.

— Extrêmement grave.

— Me-messieurs, les interrompit Gavet. Pour la tran-tranquillité de tous et de M. Gilbert lui-même, ici présent, nous de-devrions aborder la qu-question une bonne fois pour toutes.

— Vous avez raison, confirma le doyen. Faites-le entrer, je vous prie. »

Llompart se leva et ouvrit la porte. Fenollosa pénétra dans le bureau d'un pas assuré. Il avait les lèvres si serrées qu'elles en étaient blêmes. Sans un regard pour Pau, il salua d'un signe de tête les professeurs et s'assit sur la seule chaise restée libre.

Pau voulut paraître calme, même si au fond elle tremblait de tout son être. Elle s'aperçut que tous cherchaient à cacher leur embarras, sauf Gavet. Le professeur, nonchalamment adossé à sa chaise, avait l'air de bien s'amuser. Son regard pétillant allait et venait entre elle et Fenollosa.

« Ce matin, commença Suñé, M. Fenollosa, ici présent, est venu dans mon bureau passablement agité. Ce jeune homme a démontré être un excellent camarade. Agissant pour votre défense et inquiet pour notre institution, il m'a informé que dans l'enceinte de l'université et de l'hôpital se propagent des rumeurs malintentionnées à votre propos. »

Le doyen prit une profonde inspiration avant de poursuivre.

« Ces calomnies affirment que vous seriez en réalité une… une femme », finit-il par dire en toussotant, gêné.

Les professeurs s'agitèrent sur leurs chaises. Pau sentit son pouls s'accélérer et ses joues s'enflammer. Suñé continua, sans remarquer sa réaction.

« Voilà qui est totalement absurde, bien entendu, mais dans les circonstances actuelles nous ne pouvons ignorer les répercussions que des commérages de ce type pourraient avoir sur votre personne et sur notre université elle-même. »

Pau observa du coin de l'œil Fenollosa sur la chaise à côté. Son expression soucieuse avait l'air presque vraie.

« Sur quoi ces… ces rumeurs sont-elles fondées ? demanda Pau en contrôlant sa voix pour qu'elle ne tremble pas.

— Monsieur Fenollosa ?

— Euh… oui. Il y a quelques jours, je rentrais chez moi et par hasard j'ai vu par la fenêtre mon camarade ici présent avoir une altercation avec un mendiant non loin des portes de l'hôpital. Je ne suis pas arrivé à temps, alors, pour lui porter secours, mais quelques jours plus tard, j'ai de nouveau aperçu le même individu qui rôdait dans les rues voisines. J'ai pensé qu'il voulait de nouveau s'en prendre à Gilbert et je l'ai abordé pour tenter de l'en dissuader. Comme j'allais lui reprocher ses actes, il m'a supplié de l'écouter. Il m'a raconté qu'il était une vieille connaissance de mon camarade, un ancien domestique de son père.

Ce n'était pas une raison, lui ai-je dit, pour importuner son ancien patron. C'est là qu'il s'est mis à rire, en me disant que monsieur Gilbert ne pourrait jamais être son patron puisque en réalité c'était une femme et qu'il allait faire en sorte que tout le monde l'apprenne. Je l'ai traité de misérable pour oser salir ainsi le nom de mon camarade. J'avais dans l'intention de le conduire au commissariat le plus proche, mais il m'a faussé compagnie et s'est enfui sans que je puisse rien faire.

— Avez-vous quelque chose à déclarer, monsieur Gilbert ?

— Je connais cet homme, en effet. Il a servi chez moi il y a des années. Il a été renvoyé lorsque nous avons découvert qu'il avait pris de force une jeune fille à notre service. Il m'a abordé pour me réclamer de l'argent.

— Il semblait tout savoir de vous, Gilbert, fit remarquer Fenollosa en la regardant pour la première fois. Ce malappris est décidé à vous porter préjudice. »

Fenollosa avait tout organisé avec beaucoup d'astuce. Si elle parvenait à maintenir qu'elle était un homme, on le féliciterait d'être intervenu pour éviter que la réputation d'un collègue soit entachée. Et si elle ne réussissait pas, Fenollosa aurait mis au jour une fraude et protégé l'université d'un discrédit, tout en causant son expulsion.

« Votre camarade a raison, concéda le doyen. Cette histoire lamentable doit être résolue au plus vite. Même si ma requête peut vous paraître ridicule, Gilbert, je dois vous demander de nous donner votre parole que vous… » Il toussa. « … que vous n'êtes pas une femme.

— Ma parole ?

— Oui, après quoi nous considérerons le sujet clos. »

Certains des professeurs confirmèrent d'un signe leur accord : tous voulaient en finir au plus vite. Pau respira, soulagée. Elle allait s'en tirer mieux qu'elle ne l'avait espéré. Elle s'apprêtait à répondre quand Fenollosa bondit de sa chaise.

« Ce n'est pas suffisant ! »

Le doyen ne cacha pas sa surprise.

« Asseyez-vous et expliquez-vous.

— La rumeur qu'une femme se fait passer pour un homme à l'université est déjà en train de courir dans les commerces et les tavernes. Même parmi nos camarades, on parle de la chose avec inquiétude. En moins d'une semaine, le bruit se propagera, avec le discrédit qui en découle. Beaucoup de malades refuseront d'être soignés ou éviteront de se rendre à l'hôpital. Il faut une action plus énergique pour tuer ces ragots dans l'œuf. »

Le doyen secoua la tête, peu convaincu ; mais le reste des professeurs sembla prendre plus au sérieux les paroles de l'étudiant.

« Il a raison, affirma Segura, pensif. Il ne doit pas rester le moindre doute.

— Ce serait le p-plus sage », renchérit Gavet, qui scrutait Pau, une petite flamme dans les yeux.

Le doyen eut un regard de reproche pour Fenollosa et soupira.

« Vous avez une suggestion, Gilbert ? »

Pau restait muette. Depuis l'intervention de Fenollosa elle cherchait une issue au piège que lui avait si habilement tendu son camarade, mais elle ne trouvait rien. Peut-être que si elle essayait de retarder les choses quelques semaines, jusque après les examens… elle gagnerait au moins du temps.

Alors Fenollosa intervint de nouveau.

« J'ai peut-être une solution, monsieur.

— Dites, dites, mais soyez bref. Je ne veux pas perdre plus de temps avec ces absurdités.

— Pour éviter de donner l'idée que l'université se soucie de ce genre de calomnies, il serait opportun d'agir avec subtilité. Organisez une leçon d'anatomie à l'amphithéâtre, ouverte au public. M. Gilbert n'aura qu'à se prêter volontairement à un simple examen médical et se présenter torse nu devant l'assistance. Les étudiants, les enseignants et toutes les personnes présentes témoigneront alors du fait que monsieur Gilbert est bien ce qu'il dit être et personne ne pourra plus le mettre en doute.

— L'idée me plaît peu mais je n'en vois pas d'autre, reconnut Suñé.

— Nous pourrions attendre que les examens trimestriels soient passés, émit Pau dans un filet de voix.

— Il serait trop tard, fit remarquer Fenollosa avec un sourire. Le mal causé à la réputation de l'université serait irréparable.

— Vous avez raison, trancha le doyen. Agissons au plus vite afin de pouvoir retourner à nos occupations. Messieurs, dans trois jours nous procéderons à cette séance et nous mettrons fin à ce tissu de sottises. »

Pau sentit le sol se dérober sous ses pieds. Elle avait toujours eu peur d'être découverte, et même si elle s'était répété des dizaines de fois que cela pouvait arriver à tout moment, en fait, elle n'y était pas préparée. Elle se leva de sa chaise, le menton haut, fixant de ses yeux humides les cinq hommes qui la regardaient, surpris. Elle se mit à parler, sans chercher à contrefaire sa voix, cette fois.

« Ce sera inutile.

— Que voulez-vous dire ?

— Messieurs, ces rumeurs sont vraies.

— Gilbert, s'il s'agit d'une blague, sachez qu'elle est de très mauvais goût.

— Je ne plaisante pas, monsieur, je suis bien une femme. »

Le doyen et les professeurs la regardèrent, hébétés. Dans la pièce planait un silence embarrassé, que le professeur Martorell rompit lorsqu'il s'emporta.

« Mais… mais c'est inouï !

— Je ne peux pas le croire ! » s'exclama Segura, en scrutant Pau des pieds à la tête, comme s'il cherchait un indice de sa féminité.

Suñé ouvrait et fermait la bouche telle une carpe, sans se décider à prendre la parole, tandis que le professeur Llompart s'accrochait à son siège, au bord du malaise.

« Les femmes ne peuvent… ne peuvent pas être médecins, et encore moins chirurgiens, s'écria-t-il, la voix vibrante d'indignation. C'est… c'est proprement inconcevable. Dieu du ciel ! Votre caractère n'est pas préparé, votre entendement clairement limité. Votre place est à la maison, à prendre soin de votre famille. Mais à quoi songiez-vous donc ?

— Comment avez-vous pu… ? Quel toupet !

— Quelle insolence !

— A-Allons, allons, messieurs, dit Gavet. Un peu de modération.

— Le professeur a raison, essayons de nous calmer », intervint enfin Suñé.

Dans le regard du doyen, Pau crut voir une lueur d'admiration, qui s'effaça immédiatement. « Il s'agit d'une nouvelle pour le moins inattendue. Voilà qui change tout. Vous avez falsifié des documents officiels, vous avez mystifié notre institution et vos enseignants, et en général vous avez abusé notre confiance. Vous avez commis une faute d'une gravité extrême.

— Oui, monsieur, répondit Pau d'une voix ferme.

— Avez-vous quelque chose à dire pour votre défense ?

— Je regrette que vous vous soyez sentis dupés. Jamais je n'ai eu l'intention de porter préjudice d'aucune manière au prestige de l'université ou à mes camarades. Mais n'espérez pas des regrets de ma part. Vous ne m'avez pas laissé le choix. Quoi que vous pensiez, une femme peut être tout aussi bon médecin qu'un homme. »

Nul ne répondit à ses mots mais les regards parlaient à eux seuls. Le doyen semblait avoir soudain vieilli de dix ans.

« Pour le moment, monsieur… je veux dire… mademoiselle, vous êtes suspendue de toute activité académique, avec effet immédiat. Vous avez l'interdiction de sortir de votre chambre jusqu'à nouvel ordre. D'ici là, nous essaierons de trouver une issue, la plus satisfaisante possible, à cette affaire. M. Gavet vous raccompagnera. »

Pau se dirigea vers la porte. Fenollosa l'observait avec un air radieux, visiblement enchanté de la façon dont s'étaient déroulés les événements. Elle n'avait pas l'intention de lui donner satisfaction et ne daigna pas lui lancer un regard.

« Excusez-moi, Gilbert. » La voix du doyen l'arrêta. « J'ai une dernière question. J'ai toujours voulu vous la poser mais l'occasion ne s'était pas présentée. J'ai connu il y a des années le docteur Francesc Gilbert. Vous lui ressemblez étrangement. Est-ce que par hasard… ? »

Pau réussit à garder une voix impassible.

« Oui, monsieur, c'était mon père.

— Ah, fit-il, pensif. Un excellent médecin, Gilbert, excellent. Comme vous-même auriez pu l'être. Dommage que vous soyez une femme.

— Dommage que vous, vous soyez des hommes. »

M. Gavet lui tint la porte lorsque Pau sortit du bureau.

Ils avançaient dans le couloir accompagnés des petits coups rythmiques de la canne de Gavet, qui rappelaient le tambour annonçant la proximité de l'échafaud. Pau ne sentait rien, comme si elle avait inhalé de l'éther et flottait entre les murs, qui se tordaient et se pliaient sur son passage.

Elle fut surprise de découvrir que son esprit revenait encore au manuscrit de Vésale, malgré ce qu'il s'était passé, et elle se mit à réfléchir aux révélations de la veille. Quelque part à Barcelone, un assassin attendait patiemment une nouvelle victime. S'ils ne découvraient pas un moyen de l'arrêter, une autre jeune fille mourrait. Elle avait envisagé la possibilité de tout expliquer au comité, mais après la découverte de ses mensonges, elle n'avait plus aucun espoir d'être crue.

La voix du professeur Gavet la tira de ses réflexions.

« Je v-veux vous exprimer toute l'ad-admiration que j'éprouve pour vous.

— C'est très aimable, monsieur le professeur.

— Ass-assurément, ma chère, vous avez fait preuve d'un cou-courage extraordinaire. Nous pou-pouvons vous considérer comme notre Agnodice p-personnelle. »

Pau hocha la tête, elle connaissait l'histoire : en l'an 300 avant Jésus-Christ, une Athénienne s'était déguisée en homme pour étudier la médecine et l'exercer. Elle avait sauvé la vie de centaines de personnes avant d'être démasquée. Condamnée à mort, elle avait été épargnée parce que des patients avaient menacé de s'immoler avec celle qui les avait guéris. Mais Pau, elle, n'avait personne pour la soutenir. Personne n'allait venir à sa rescousse. Elle était seule. Totalement seule.

53

L'endroit, au plafond bas et aux murs gris, permettait à peine de respirer. Le mobilier était restreint : une table et trois chaises vétustes, un ou deux dossiers, et un portemanteau où pendaient une veste et un parapluie. La seule source de lumière provenait d'une lampe qui projetait un halo faiblard sur le bureau, car il n'y avait aucune fenêtre.

Daniel était assis au centre de la pièce. Il avait toujours son manteau sur lui et il suffoquait de chaleur. En plus, ses poignets lui faisaient mal à l'endroit où les menottes pénétraient dans sa chair. De l'autre côté du bureau était assis l'inspecteur Sánchez. Le policier prenait son temps pour relire quelques documents tout en mâchant un lupin. Deux agents étaient en faction derrière Daniel.

L'accès de colère qui l'avait poussé à se présenter au bal donné par Adell s'était évanoui pour laisser place à un sentiment d'impuissance. Quel idiot il avait été de foncer tête baissée dans le piège des provocations de son ancien camarade !

« Inspecteur, je reconnais avoir commis une faute en faisant irruption chez M. Adell sans avoir été invité, pourtant ça ne mérite pas, je crois, d'être retenu et traité comme un criminel. »

L'inspecteur posa ses papiers et planta ses petits yeux dans ceux de Daniel.

« Monsieur Amat, je ne m'attendais pas à ça de votre part. »

Il cracha une peau de lupin qui heurta le bord du crachoir et retomba au sol. Agacé, il se leva de sa chaise et trimbala son corps lourd de l'autre côté du bureau pour se planter devant Daniel.

« Je dois bien admettre que je ne m'y attendais pas. Assassiner toutes ces femmes n'a pas dû être facile. Mais dites-moi, pourquoi avez-vous fait ça ? C'est une forme de folie particulière ?

— Pardon ?… »

Un garde bougea derrière lui. Le coup qui l'atteignit dans les côtes faillit le faire tomber de son siège. Stupéfait, Daniel rectifia son assise, tandis que la douleur laissait place à un désagréable fourmillement.

« C'est moi qui pose les questions. Vous, contentez-vous d'y répondre, reprit Sánchez comme s'il ne s'était rien passé.

— Vous ne pouvez pas… » balbutia Daniel.

L'inspecteur claqua de la langue plusieurs fois avant de répondre sur un ton glacial.

« Je peux faire exactement ce qu'il me plaira.

— Non… »

Le deuxième coup fut aussi impromptu que le premier, et cette fois Daniel se retrouva à genoux sur le carrelage. Les sons de la pièce se déformèrent comme ceux sortant d'un vieux gramophone. Entre ses jambes, il aperçut une tache écarlate qu'il n'avait pas remarquée en entrant ; il comprit alors la fonction de l'endroit et la raison pour laquelle il n'y avait aucune fenêtre. Les deux gardes le saisirent et le firent asseoir. Malgré la chaleur, il frissonna. La voix de l'inspecteur résonna à ses oreilles encore bourdonnantes.

« Ne vous fatiguez pas, Amat, je sais qui vous êtes.

— De… de quoi parlez-vous ? fit-il, désorienté.

— Nous vous avons démasqué. Nous savons tout. Mais vous pourrez vous épargner quelques moments désagréables si vous avouez.

— Avouer ?

— Merde, Amat ! Vous vous êtes même débrouillé pour en tuer une autre avant de faire votre apparition au bal de M. Adell ! »

L'inspecteur savoura son expression déconcertée.

« Inutile de nier. Comme les autres : dépecée comme un lapin et cramée. Vous la connaissiez, celle-là. Vous n'avez pas pu résister quand vous avez su qu'elle couchait avec votre ami le journaliste, c'est ça ? Cet homme vous hait si bien maintenant que si je vous laissais dix minutes avec lui, il serait capable de vous tuer de ses propres mains. »

Daniel le regarda, éberlué. Dolors ? Morte ? Mais, mon Dieu, comme cela était-il possible ? S'agissait-il d'une terrible coïncidence ou au contraire l'assassin savait-il qu'elle logeait Pau ? Soudain, il eut peur pour la jeune fille. Même en sachant que sa question le rendrait encore plus suspect, il demanda :

« Vous n'avez trouvé aucun autre corps ? »

L'inspecteur plissa les yeux, suspicieux.

« À vous de me le dire. Devons-nous nous attendre à un nouveau cadavre ?

— Non !… Je n'en sais rien !

— Bien sûr que si, vous le savez. Puisque vous êtes responsable de ces meurtres ! »

Daniel se tut. D'une certaine façon, il avait raison. C'était lui, le coupable de tout ça. S'il avait abandonné l'enquête entamée par son père, Dolors ne serait pas morte, ni Pau pourchassée par un assassin toujours anonyme. Et s'il n'était pas revenu à Barcelone, il n'aurait pas mis Irene dans une posture si délicate. Il s'affaissa sur sa chaise et plongea sa tête dans ses mains.

« Pendant que vous perdez votre temps avec moi, le véritable meurtrier court toujours et s'apprête à tuer à nouveau, murmura-t-il.

— Amat, votre comédie est terminée. Les preuves sont irréfutables. »

L'inspecteur s'appuya contre la table avec une expression satisfaite. Sa main tenait en l'air une épingle à cravate.

« Vous la reconnaissez ? Ce sont vos initiales. »

Daniel acquiesça.

« Où l'avez-vous trouvée ?

— La dernière victime la tenait dans ses mains. Apparemment, elle a résisté suffisamment pour vous l'arracher avant que vous lui fassiez la peau.

— C'est faux ! On m'a volé cette épingle avec mes bagages à mon arrivée à Barcelone.

— Mais bien entendu ! Puisque vous en parlez, voyez-vous, tout le monde ici a été surpris de vous voir revenir alors que vous aviez disparu depuis tant d'années. C'était vraiment… vraiment inespéré. Dites-moi, comment avez-vous appris la mort de votre père ?

— Je vous l'ai déjà raconté quand je suis venu vous voir, j'ai reçu un télégramme…

— Oh, oui, vous m'avez raconté que Mme Adell vous avait envoyé un télégramme. Mais voyez-vous, nous avons vérifié et c'est faux. Elle ne savait pas où vous étiez et jamais elle ne vous a contacté.

— Je vous assure que ce télégramme existe !

— Vous ne verrez aucun inconvénient à me le montrer, alors ? »

Daniel secoua la tête, penaud.

« Il a disparu quand ma chambre a été fouillée à la résidence.

— Comme c'est commode ! Écoutez, je reconnais que vous avez été très adroit, mais tôt ou tard il fallait bien que vous fassiez un faux pas. »

L'inspecteur se mit à tourner autour de Daniel en lui exposant la version des faits qu'il avait mise au point avec Adell.

« Pour commencer, vous vous trouvez à Barcelone depuis des mois, et non pas depuis quelques jours comme vous voudriez nous le faire croire. Je suis sûr que si nous passons en revue les pensions de la Lonja ou de la Barceloneta, nous trouverons enregistré quelque part, sous un faux nom bien sûr, un homme qui correspondra en tout point à votre description. » Il croisa les mains derrière le dos et continua. « C'est ainsi que vous avez réussi à vous trouver incognito en ville tout en perpétrant vos actes criminels, jusqu'à ce que votre père découvre que vous étiez rentré et que vous étiez impliqué dans ces meurtres. Alors vous avez été obligé de le tuer avant d'être découvert. Ça vous a compliqué les choses, pas vrai ? Parce que, contrairement aux filles, votre père était un homme connu et sa mort n'allait pas passer inaperçue. Mais la chance vous a souri puisqu'on a conclu à un accident.

Pendant un temps vous avez respiré, soulagé, jusqu'à ce que vous découvriez l'existence d'un journaliste au courant des investigations de votre père et dont vous pensez que tôt ou tard il vous mettra en danger. Vous décidez alors de faire votre réapparition comme le fils prodigue qui, après des années passées à l'étranger, vient assister éploré aux funérailles de son père. Une façon de réaffirmer votre splendide alibi. Tout le monde croit que vous venez d'arriver à Barcelone, une ruse très habile, mais pour que tout se tienne et expliquer comment vous avez appris la mort de votre père, vous êtes obligé d'inventer ce fameux télégramme.

— Au Magdalen College, on peut témoigner que je me trouvais en Angleterre à ces dates.

— Bien entendu, confirma l'inspecteur, balayant négligemment l'air de la main. Nous les avons déjà sollicités, et je suis sûr que leur réponse finira de vous confondre. Permettez-moi maintenant de continuer mon exposé. »

Il se pencha sur Daniel.

« Les problèmes arrivent après l'enterrement : vous n'avez pas d'excuse valable pour rester à Barcelone, comme vous voulez le faire. À ce moment, la chance vous sourit de nouveau. Après votre rencontre avec Bernat Fleixa, à qui vous demandez son aide pour résoudre les crimes, vous élaborez un autre plan ingénieux. En vous alliant au journaliste, vous avancez que votre père avait trouvé qui était l'auteur des meurtres, un certain docteur Homs, un homme à l'esprit perturbé qui s'était échappé de la clinique de Nueva Belén et qui aurait tué votre père en se sentant découvert. Vous n'auriez pas pu inventer meilleur mensonge. Vous vous déclarez prêt à le poursuivre pour venger la mort de votre père et même, vous venez me voir et insistez ardemment pour que nous suivions cette piste. De cette façon, vous vous construisez le parfait alibi qui vous permet de rester en ville et de continuer dans une froideur absolue à perpétrer vos crimes.

— Vous êtes fou ? Quelles raisons me pousseraient à vouloir tuer ces jeunes filles ? Tout cela n'a aucun sens.

— Les mêmes qui vous ont fait fuir en Angleterre il y a sept ans. Vous aviez alors assassiné votre fiancée et votre propre frère, et mis le feu à la maison familiale pour cacher ces meurtres. Grâce à l'influence de votre père vous avez réussi à en sortir indemne, mais vous avez dû quitter le pays. J'ai entendu dire qu'à Londres ont eu lieu d'effroyables crimes très similaires à ceux d'ici. Je ne serais pas surpris du tout qu'on découvre que vous êtes l'auteur de ceux-là aussi et que, vous sentant acculé par les autorités anglaises, vous ayez été obligé de revenir. J'ai envoyé à Scotland Yard une requête à ce sujet. »

Daniel pâlit.

« Vos affirmations n'ont ni queue ni tête. Ça ne tient pas debout.

— Tout est écrit ici, noir sur blanc, continua l'inspecteur en montrant un papier sur la table. Ce sont vos aveux. Il vous suffit de prendre cette plume et de signer en bas, et nous en aurons fini.

— Je ne compte signer aucun aveu. Il n'y a rien de vrai dans ce que vous avez raconté ! »

Les deux gardes, sur un geste de leur supérieur, tirèrent leurs matraques et se jetèrent sur Daniel. Les premiers coups lui coupèrent le souffle. Il tomba au sol et ils s'acharnèrent sur lui. Il sentit craquer une côte et quelque chose se cassa dans son coude gauche. Alors qu'il était près de s'évanouir, ils le relevèrent et l'assirent de force sur la chaise.

« Amat, cela est vraiment désagréable. » La voix de l'inspecteur se fit compréhensive. « Si vous acceptez de signer ces aveux, je me chargerai personnellement de vous faire éviter le garrot en plaidant l'aliénation mentale, et j'arriverai peut-être à vous faire interner à la clinique de Nueva Belén avec les autres cinglés. Vous connaissez déjà la maison.

— Je… je ne les ai pas tuées. C'est… c'est une erreur.

— C'est admirable, Amat ! Vous avez déjà tout perdu et vous essayez encore de nous faire gober vos délires. »

Sur un geste de Sánchez, les gardes soulevèrent Daniel et le traînèrent jusqu'au bureau. L'inspecteur posa la plume sur le document et fouilla dans la poche de son pantalon. Impatiemment, il en sortit le coupe-cigare et fit signe aux gardes de tenir en l'air les mains menottées du prisonnier. L'un des hommes hocha la tête, désabusé.

« Il est dans les vapes. »

54

Après qu'elle eut quitté le bureau du doyen en compagnie du professeur Gavet, la réalité s'imposa dans toute sa crudité. Pau avait réussi à rester digne face aux enseignants et à Fenollosa, mais là, dans la solitude de sa chambre, elle prenait conscience de la portée de ce qui lui arrivait et elle se laissa aller aux larmes qu'elle retenait depuis si longtemps.

Elle était finie. Sa carrière de médecin était terminée. L'expulsion n'était plus qu'une simple formalité qui deviendrait effective dans quelques jours. Et elle pouvait s'estimer heureuse si les choses en restaient là. Rien n'empêchait l'université de la dénoncer pour les faux certificats d'Édimbourg, ce qui pouvait lui valoir des ennuis plus graves encore.

Quelques minutes passèrent et, un peu calmée, elle tenta de réfléchir à sa situation. Rester confinée dans sa chambre était une torture, mais elle ne devait pas se laisser aller au désespoir ni continuer de s'apitoyer sur son sort. Elle avait besoin de faire quelque chose. De se changer les idées.

Elle s'approcha résolument de son bureau où était posé son sac, sortit le manuscrit de Vésale avec les notes qu'elle avait prises lors de sa rencontre avec

Amat et Fleixa, et déposa le tout avec soin sur la table.

Elle feuilleta les vieilles pages avec la sensation d'être devant un ami de longue date. Les constellations étincelantes de chiffres et de symboles avaient de nouveau disparu et les gravures avaient retrouvé leur aspect macabre habituel. Elle relut ses notes et le texte qui détaillait la grande source d'énergie nécessaire à la machine. Mais à quoi servait-elle ? Et quel était le lien avec la mort de ces femmes ? De nouveau, elle eut la sensation qu'il manquait une partie du *Liber Octavus* et que s'il avait été complet, ils auraient la réponse à ces questions.

Elle poussa un soupir avant de reprendre sa lecture.

Seul le hasard leur avait fait découvrir où se cachait le livre secret. Vésale avait été très astucieux, il avait su tenir à l'écart ses ennemis pendant trois cents ans, en dissimulant son texte codé dans ses gravures.

Dans ses gravures ? Oui, mais pas toutes…

Pau, fébrile, se mit à feuilleter les pages aussi vite que le lui permettait le fragile vélin. Dans sa nervosité, elle dut revenir plusieurs fois en arrière jusqu'à trouver ce qu'elle cherchait.

Sous ses yeux, un squelette de profil était accoudé à un piédestal en pierre dans une posture méditative, une main posée sur un crâne. Elle se souvenait très bien de cette planche, l'une des plus célèbres de la *Fabrica*. C'était la seule où ils n'avaient trouvé aucun symbole à l'encre invisible. Était-ce un hasard ou au contraire fallait-il y voir un indice ?

Elle réfléchit à ce qui la différenciait des autres gravures et, après les avoir comparées, elle réalisa que c'était la seule où figurait une inscription.

Dans un coin du piédestal, Vésale avait inscrit une phrase en latin, en tout petit. Pau fouilla dans les tiroirs de son bureau, de plus en plus frénétique. Enfin, elle trouva une loupe, qu'elle appliqua sur le dessin ; elle lut.

Vivitur ingenio, caetera mortis erunt.

Tout émue, Pau récita la traduction d'Amat à haute voix. « Ce n'est que par son génie que l'homme peut vivre éternellement. » La même phrase répétée incessamment sur les murs du laboratoire secret du docteur Homs ! La même qu'avait utilisée le docteur Amat pour indiquer à son fils où trouver le cahier de Homs ! Ça ne pouvait pas être une simple coïncidence, ça devait vouloir dire quelque chose. Mais quoi ?

L'association de la gravure et de la phrase donnait à entendre, avec ce squelette qui méditait sur la résurrection, que les chefs-d'œuvre de l'esprit sont aussi impérissables que l'esprit lui-même, mais fallait-il y voir aussi un autre sens caché en rapport avec le secret du manuscrit ?

Ses yeux se posèrent alors sur le numéro de la page, au coin : six cent quatre-vingt-seize. Elle se souvint des paroles de Fleixa à propos d'une erreur de pagination. C'était justement de cette planche qu'avait parlé le journaliste. Elle examina la page suivante et la précédente, et s'aperçut avec surprise qu'il avait raison. Ce n'était pas le bon chiffre.

Il n'y avait là rien d'étonnant : on faisait beaucoup de fautes d'impression, à l'époque. Mais dans cet exemplaire, c'était la seule planche qui présentait une telle erreur. Vésale s'était montré très habile dans l'art de cacher les pistes. Et surtout méticuleux. Ça ne pouvait pas être accidentel.

Suivant le fil de son raisonnement, elle voulut voir la véritable page six cent quatre-vingt-seize. Elle alla à la fin du manuscrit et constata, désappointée, qu'il ne comportait que six cent quatre-vingt-quinze pages. Encore un cul-de-sac.

Elle referma le volume et s'adossa à sa chaise, décidée à abandonner cette quête stupide, quand une idée se mit à germer. C'était extravagant mais elle ne perdait rien à essayer.

Elle retourna le livre et chercha une anomalie quelconque dans la reliure en cuir, sans rien découvrir. Elle l'inspecta, en la palpant précautionneusement. Soudain, sa main s'immobilisa : elle avait senti un changement subtil de texture.

Tout excitée, elle se redressa sur sa chaise et laissa courir ses doigts sur toute la surface intérieure de la couverture. Effectivement, il y avait une différence d'épaisseur, qui passait totalement inaperçue si on ne la cherchait pas expressément.

Elle sortit un coupe-papier d'un tiroir, inséra la pointe à la lisière de la reliure, entre le vélin et le cuir, et, au moment de le plonger dans le livre, s'arrêta. Mais qu'est-ce qu'elle était en train de faire ? Elle s'apprêtait à endommager ce manuscrit, d'une valeur incalculable, en se basant sur un simple pressentiment. C'était de la folie ! Et s'il s'agissait simplement d'une coquille d'imprimerie et que tout le reste n'était que de simples élucubrations ? Elle aurait inutilement détruit un trésor inestimable.

Elle se mordit la lèvre, ferma les yeux et plongea la lame jusqu'à la garde. Puis, la tirant vers elle, elle fendit de haut en bas la reliure. Avec un soupir, elle posa son coupe-papier et passa le bout des doigts dans la mince ouverture.

Il n'y avait rien.

Un frisson lui parcourut l'échine. Avait-elle commis une terrible erreur ? Elle chercha encore, faisant subir au vélin une tension maximale. Rien. Elle tâtonnait, allongeant la main le plus possible, déjà en prise au désespoir, lorsque soudain, alors qu'elle n'y croyait plus, ses doigts butèrent sur quelque chose. Elle retint son souffle et doucement, pour ne pas abîmer le livre, elle saisit sa découverte et retira sa main.

Toute tremblante d'émotion, elle contempla, incrédule, la feuille de parchemin qu'elle tenait. Le sceau, aux armes de l'université de Padoue, où Vésale exerçait comme professeur, brillait comme si au lieu d'avoir traversé les siècles, il venait tout juste d'être apposé. Pau ne pouvait pas attendre. Elle rompit la cire et, aussi délicatement que possible, elle déplia le parchemin sur la table.

Une extraordinaire gravure s'étalait sous ses yeux.

Au centre de l'image, Vésale montrait la poitrine béante d'un cadavre masculin allongé sur une table à sa gauche. De différents points du corps, tête, poitrine, aine et extrémités, marqués de cercles et de symboles, partaient des cordes qui se rejoignaient sur une grande capsule, près de l'anatomiste. D'autres cordes sortaient de l'engin et pendaient, entre volutes et angelots. Pau eut un sursaut en reconnaissant l'énigmatique machine décrite dans le *Liber Octavus*.

Autour de la scène étaient disposés différents récipients sur des socles en pierre, probablement des encensoirs, pensa-t-elle. Deux figures en suspens dans l'air se tenaient au chevet du corps : un squelette dans un long manteau, une faux à la main, et une jeune femme enveloppée dans une toge qui caressait le front du cadavre. Le détail et la beauté du dessin dépassaient largement n'importe laquelle des autres gravures du manuscrit. Pau caressa révérencieusement le parchemin. Elle réalisa à cet instant que la dernière personne à avoir vu cette planche avant elle était certainement Vésale lui-même.

Elle remarqua alors sur l'envers du parchemin un fragment de texte. C'était un passage en latin, intitulé *vitalis punctis*, qu'elle se mit à traduire sur un bout de papier. Son latin n'était pas aussi bon que celui d'Amat, mais petit à petit les phrases commencèrent à prendre forme. Une demi-heure plus tard, elle avait fini.

En lisant sa traduction, elle avait la bouche sèche. C'était impossible. Il devait y avoir une erreur. Elle relut le texte une seconde fois et observa de nouveau la gravure. Alors elle comprit tout.

Elle venait de découvrir le fragment qui complétait le *Liber Octavus*.

Elle se mit à rassembler en toute hâte ses notes, le parchemin et le manuscrit, en faisant tout son possible pour empêcher ses mains de trembler. Il fallait que Amat et Fleixa en connaissent le contenu au plus vite. Ça ne pouvait pas attendre le lendemain. Elle rangea le tout dans son sac et se leva. On lui avait interdit de quitter sa chambre mais ça n'avait plus d'importance. Au bout du compte, elle serait renvoyée de toute façon.

En passant son sac en bandoulière, elle sentit un mouvement dans son dos. Une piqûre lui fit pousser un cri. Elle se retourna à temps pour voir une ombre se jeter sur elle. Elle essaya d'attraper le coupe-papier, mais une lassitude soudaine la vidait de ses forces et ses jambes ne la soutenaient plus. Son attaquant l'empêcha de s'effondrer. Elle voulut appeler à l'aide mais de sa gorge ne sortit qu'un son étouffé. Elle ne put qu'écarquiller les yeux de stupeur en reconnaissant son agresseur, avant de sombrer dans l'inconscience.

55

Les yeux des spectateurs suivaient anxieusement le pas des chevaux qu'exhibaient les garçons d'écurie. Certains cherchaient encore à évaluer lequel serait le plus rapide ou le plus résistant pour remplir leurs grilles, d'autre souriaient avec suffisance en pressant entre leurs doigts les reçus de leurs mises.

Un garçon en costume à rayures et chapeau de paille, muni d'un porte-voix, criait devant un pupitre les noms des montures, l'écurie à laquelle elles appartenaient et le nom du jockey. Au guichet, on se dépêchait d'enregistrer les derniers paris.

Les chevaux piaffaient et frappaient la terre de leurs sabots en arrivant à leur boîte de départ ; les jockeys leur tenaient la bride courte. Un instant, il y eut un silence lourd d'attentes. Soudain, un coup de feu retentit et les portes des box s'ouvrirent dans un fracas. Les chevaux partirent en trombe, poursuivis par les clameurs du public qui occupait le quart des gradins de l'hippodrome de Can Tunis.

Le verre se renversa bruyamment sur la table, déclenchant autour quelques manifestations de désapprobation. Fleixa posa sur les protestataires un regard morne qui les fit taire immédiatement. Indifférent à cette atmosphère hostile, le journaliste se contenta de remplir à nouveau son verre à ras bord. Sans se soucier de la liqueur qui giclait sur ses doigts et par terre, il porta le verre à ses lèvres et, après l'avoir vidé d'un trait, le laissa retomber lourdement sur la table envahie de grilles déchirées. Ses vêtements étaient couverts de taches de transpiration, de nourriture et d'alcool. Sa veste à carreaux gisait en boule sur la chaise, pardessus son canotier. Le journaliste parvenait à peine à tenir assis alors qu'il levait son verre de sa main bandée, tachée de sang.

Un jeune serveur s'approcha et soupira avant de lui adresser la parole.

« Excusez-moi, monsieur, mais votre attitude commence à déranger.

— D… des clous ! » répondit le journaliste sans lui jeter un regard, en vidant de nouveau son verre cul sec.

Le garçon se tournait vers ses collègues pour chercher du renfort afin de jeter dehors l'indésirable quand une main se posa sur son avant-bras.

« Laissez, je m'en occupe. »

Visiblement soulagé, le serveur s'éloigna. Fleixa leva péniblement la tête et cligna des yeux. Décidément, la lumière était bien trop forte, ici.

« V… vous ici ! Pre… prenez donc un verre », balbutia-t-il, la voix pâteuse.

L'inspecteur Sánchez le regarda avec un déplaisir évident, puis il jeta un coup d'œil aux autres tables ; heureusement tout le monde n'avait d'yeux que pour la course.

« Vous êtes ivre.

— Rond comme une queue de pelle, oui, monsieur. V… vous voulez m'accompagner ?

— Je n'ai pas beaucoup de temps, répondit Sánchez en s'asseyant face à lui et en croisant les jambes avec une impatience évidente. J'ai reçu votre message. Qu'est-ce que vous avez pour moi ? »

Le journaliste, comme s'il ne l'avait pas entendu, lui tendit un verre de liqueur. Sánchez, pour s'en débarrasser, l'accepta. Mais lorsque ses doigts entrèrent en contact avec le verre poisseux, il le laissa de côté avec une moue dégoûtée. Fleixa se mit à parler, tenaillé par une anxiété palpable.

« Je dispose d'informations… de beaucoup d'informations. Vous ne le regretterez pas. J'espère juste… j'espère juste qu'en échange vous tiendrez parole.

— On verra ça. »

Fleixa se redressa et le regarda par-dessus ses lunettes sales.

« J… je connais l'identité de l'assassin qui se fait passer pour le *Gos Negre* et l'endroit où il se cache. »

Sánchez s'agita sur son siège et regarda discrètement autour de lui.

« L'absinthe vous a bousillé les neurones, on dirait. Nous avons déjà un coupable : Daniel Amat.

— V… vous l'avez arrêté ?

— Il est en pension complète à la Presó Vella. Il ne tardera pas à avouer ses crimes. Maintenant livrez-moi quelque chose d'utile ou je vous envoie tenir compagnie à votre ami.

— Amat n'est pas mon ami, monsieur, non, pas du tout. Pour moi, il peut aussi bien pourrir en taule. Il a certainement ses propres fautes à payer, mais ce n'est pas l'assassin de ces f… filles, et vous le savez bien. »

Fleixa essaya vainement de remplir à nouveau son verre. La bouteille lui échappa des mains et roula sur la table. Sur un geste du policier, un serveur en apporta une nouvelle.

« Videz votre sac. Et je vous conseille de ne rien oublier. »

Avalant une gorgée de temps en temps, Fleixa passa les minutes suivantes à déballer tout ce qui était arrivé depuis qu'il avait rencontré Amat au cimetière de Montjuïc : la découverte du carnet, la visite à la clinique où ils avaient commencé à soupçonner Homs d'être l'assassin, et les conclusions auxquelles ils étaient arrivés quand ils étaient tombés sur le manuscrit original de Vésale. Sánchez prenait des notes, sans être bien convaincu qu'il ne s'agissait pas des divagations d'un ivrogne. Quand Fleixa se mit à relater leur découverte du *Liber Octavus*, le flic n'y tint plus.

« Vous vous fichez de moi. » Il rangea son calepin et se leva, prêt à quitter la table.

« Mais non ! » Fleixa l'avait agrippé par le bras, les yeux exorbités. « Ce putain de manuscrit existe. Je... je l'ai eu moi-même entre les mains. Tout comme le secret qui s'y cache.

— Lâchez-moi », lui ordonna Sánchez, en se dégageant d'un geste brusque.

Le journaliste s'essuya la bouche d'un revers de manche et chercha son verre à tâtons. L'inspecteur lui en tendit un autre.

« Finissez votre histoire. De quel secret parlez-vous ?

— Le manuscrit ren... ferme des instructions pour construire une m-mystérieuse machine qui nécessite une quantité d'énergie extraordinaire... »

La voix de Fleixa s'éteignait de temps à autre. L'inspecteur dut se rapprocher de lui, malgré la puanteur, pour comprendre tout ce qu'il disait.

« Nous ne savons pas du tout à quoi peut servir cette sa… satanée machine, continua le journaliste, mais grâce à elle, nous avons dé… découvert l'endroit où se cache l'assassin. »

Sánchez lui fit signe de poursuivre. Fleixa lui expliqua alors que Homs utilisait les égouts pour se déplacer dans la ville sans être vu, ce qui lui permettait d'accéder à la centrale électrique pour s'y fournir.

« A-apparemment il est responsable de certains problèmes que connaît la cen… trale, lui révéla-t-il pour finir, et il risque de pro… voquer une explosion si violente que la moitié de l'enceinte de l'exposition pourrait voler en éclats.

— L'inauguration est imminente, réfléchit Sánchez. La centrale tournera alors à plein régime. » Il se pencha par-dessus la table et attrapa Fleixa par sa chemise. « Vous avez dit que vous saviez où il se cachait. Parlez.

— I… Il y a une galerie abandonnée, pas loin des sous-sols de l'exposition, l'assassin s'y cache. Dans la Barceloneta il y a un môme de Vidal, qui s'appelle Gui… Guillem, il connaît les égouts comme sa poche, il peut vous servir de guide. Je vous ai fait un p… plan. »

Il posa sur la table un bout de papier froissé plein de taches d'origine douteuse. L'inspecteur l'attrapa du bout des doigts et, après y avoir jeté un coup d'œil, le rangea dans la poche intérieure de son pardessus.

« C'est tout ? »

Fleixa acquiesça.

« Très bien.

— Non… attendez. Vous… vous devez m'aider, Sánchez. »

L'inspecteur le regarda sans cacher sa répugnance.

« Vous aider ?

— J'ai fait ce q... que vous m'avez demandé. »

Les yeux du journaliste s'humidifièrent.

« J'ai peur que vous n'ayez pas bien compris la situation lors de notre dernière rencontre. Pour le moment vous avez toujours une dette envers moi, tant que je n'aurai pas vérifié toute cette histoire. Si vous m'avez menti ou si vous avez oublié de mentionner le moindre détail, soyez sûr que je vous ferai regretter de m'avoir fait perdre mon temps. Vous pourriez écrire avec encore un ou deux doigts de moins. »

Il força une grimace qui se voulait un sourire et laissa tomber quelques pièces sur la table.

« Évitez de tout boire. »

56

« Bon sang, pourquoi faut-il toujours que vous me donniez rendez-vous dans les endroits les plus incongrus, Sánchez ? » protesta Llopis en époussetant son pantalon à coups de panama.

L'inspecteur, habitué aux récriminations du reporter, ne se donna même pas la peine de répondre. Leur rencontre, le lendemain de son entrevue avec Fleixa, se déroulait dans un hangar. Sur la table brûlait une grosse chandelle de suif qui permettait tout juste d'entrevoir les visages.

Avant que Llopis puisse continuer à se plaindre, une ovation assourdissante éclata au-dessus de leurs têtes. Un instant, le journaliste craignit que la toiture ne s'effondre sur eux. Mais le vacarme cessa et un coup de clairon annonça le changement de *tercio*. Une fine pluie de sable filtra entre les planches disjointes et aspergea les deux hommes, ce qui déclencha de nouvelles protestations du journaliste.

« C'est dingue, on est juste en dessous du bestiau, fit remarquer l'inspecteur, en recrachant par terre une peau de lupin. Aujourd'hui, il y avait un cartel splendide : Lagartijo, Cara-ancha et Valentín Martín pour six taureaux de la *ganadería* du comte de la Patilla.

— Pour être franc, les corridas, ce n'est pas mon truc.
— Franc, vous ? Ne me faites pas rigoler. »

Llopis prit une profonde inspiration et laissa mourir la réponse qu'il avait sur les lèvres. Depuis presque six mois, il rencontrait régulièrement ce flic et supportait sa bêtise, mais il y avait des limites à tout. Les infos qu'il lui avait fournies jusque-là lui avaient été très utiles. Vols, crimes, scandales mondains… Personne n'avait une aussi bonne plume que lui mais tout reporter avait besoin de sources de première main. Au cours des derniers mois, il était devenu l'un des journalistes les plus prometteurs de Barcelone. Ses propres collègues ne s'expliquaient pas où il dénichait des éléments d'une telle précision, auxquels personne d'autre n'avait eu accès. *Le Correo* commençait à devenir petit pour lui et il s'attendait à une offre de *La Vanguardia* ou même d'un quotidien national. Ses accords avec le policier comprenaient des pots-de-vin et un traitement élogieux de l'inspecteur dans chaque papier, mais au bout du compte l'affaire était rentable. En revanche, il détestait devoir le rencontrer.

Sánchez, se méprenant sur son expression de dégoût, tenta de le rassurer.

« C'est un endroit sûr. Qui pourrait s'imaginer que nous nous trouvons juste sous l'arène alors que tous les yeux sont braqués dessus ? C'est plutôt marrant, vous ne trouvez pas ? »

Llopis ne répondit rien. Il prit une chaise et tenta de trouver un coin à l'abri de la pluie sablonneuse qui filtrait toujours du toit. Des « Olé ! » successifs retentirent au-dessus d'eux, suivis d'une autre salve d'applaudissements. Début du deuxième *tercio*. L'après-midi battait son plein aux arènes.

« Allez, dépêchons-nous, je ne veux pas rater la *faena* du prochain taureau.

— C'est vous qui avez insisté pour qu'on se rencontre, répliqua Llopis. Alors maintenant, dites-moi ce qui était si urgent. »

Pour une fois, Sánchez parut être d'accord avec le journaliste. En quelques mots, il lui résuma sa rencontre à l'hippodrome avec Fleixa.

« Je vois que vous avez fait bon usage de ce que je vous ai raconté sur ses dettes. Fleixa est un ivrogne capable de trahir ses propres amis, mais je ne crois pas qu'il mente. En son temps, il était même un bon journaliste.

— J'ai un homme en détention pour ces crimes et j'ai reçu les félicitations du maire lui-même.

— Vous avez pensé à ce qui arriverait si un nouveau corps apparaissait ? Rius ne serait pas fou de joie, je pense.

— Effectivement, reconnut le policier, ça compliquerait un peu les choses. Mais Amat doit quand même rester sous les verrous. »

Llopis réfléchit quelques secondes. À l'évidence, l'inspecteur avait ses propres raisons pour garder cet homme en prison. Peut-être que quelqu'un l'avait payé pour se débarrasser de lui. Qu'importe. Son instinct lui disait que cette histoire était une chance extraordinaire et il était déjà en train d'échafauder un plan qui servirait admirablement ses intérêts. Mais avant, il devait convaincre Sánchez d'agir dans le sens qui l'arrangeait.

« Inspecteur, il n'y a aucun inconvénient à ce que cet homme reste incarcéré. Que ce soit pour un crime ou pour une douzaine, ça ne change pas grand-chose, je suppose. Vous pouvez très bien lui attribuer le dernier meurtre, celui de la prostituée, en prenant pour mobile la jalousie qui l'aurait opposé à son ami journaliste, et l'accuser au passage d'avoir imité le style de l'assassin pour camoufler son crime.

— Ce n'est pas une mauvaise idée.

— Maintenant que ce point est résolu, il y a un moyen d'utiliser les infos de Fleixa de façon on ne peut plus satisfaisante pour nous.

— Satisfaisante, comment ? » s'enquit Sánchez.

Il avait beau chercher à le masquer, son intérêt n'échappa pas au journaliste.

« Vous l'avez vous-même évoqué, cher ami. Et je dois ajouter que c'est une brillante idée.

— Pardon ?

— C'est vous en personne qui procéderez à l'arrestation.

— Vous êtes malade ?

— Accompagné d'une petite équipe triée sur le volet, vous arrêterez l'assassin le jour même de l'inauguration de l'Exposition. Avec les indications de Fleixa, vous n'aurez aucun mal à aller le pêcher dans sa cachette.

— Mais il faudrait aller jusque dans les égouts. Ce serait plus simple d'envoyer mes hommes et basta. Moi, descendre là en bas ? C'est l'encre qui vous monte à la tête, ou quoi ? »

Llopis se retint d'insulter le policier, tandis que celui-ci ricanait bêtement de son trait d'humour.

« Inspecteur, vous ne croyez pas que vos talents sont gâchés, dans ce commissariat ? Vous ne voudriez pas voir reconnus vos mérites à leur juste valeur ? Cette capture, vous devez l'effectuer en personne. Votre intervention avisée permettra d'éviter un désastre de grande magnitude. La régente elle-même ainsi que le roi vous devront la vie. Vous rendez-vous compte de ce que cela signifie ? »

Le visage de Sánchez s'éclaira.

« Si vous me le permettez, acheva Llopis, lui donnant l'estocade, j'organiserai en même temps une manifestation publique, afin de garantir que l'arrestation de l'assassin, et l'on sait le rôle que vous y jouerez, soit l'événement majeur à Barcelone. Je peux déjà vous voir, acclamé par toute la ville en héros. Vous y gagnerez certainement une promotion, ou peut-être même une récompense encore plus grande, qui sait ?

— C'est très tentant, mais vous, qu'est-ce que vous y gagnerez, vous ?

— Moi, tout ce que je demande, c'est l'exclusivité, comme d'habitude. Je veux être le seul reporter à pouvoir interviewer l'assassin quand vous l'aurez bouclé. C'est d'accord ? »

L'inspecteur farfouilla du bout de sa langue entre ses dents pendant qu'il méditait sa réponse. Il dégota la peau de lupin, entrouvrit les lèvres et la recracha entre les pieds du journaliste sous ses yeux horrifiés. Sánchez, satisfait, lança alors :

« Marché conclu, monsieur Llopis. »

DESCENTE AUX ENFERS

Quatre jours avant l'inauguration de l'Exposition universelle

57

Francisco Casavella traversa la cour à pas réguliers, comme s'il prenait les mesures du sol qu'il foulait. S'il était connu pour son caractère rude mais juste, aucun de ses hommes n'avait de mauvaises paroles à son égard et plus d'un lui devait son emploi. Il ne buvait pas, était peu porté sur la conversation, et on le voyait rarement nerveux. Pourtant, ce matin-là, il ne cessait de maugréer entre ses dents tandis qu'il vérifiait que tout était prêt. De temps en temps, il jetait un œil à la grande horloge installée au fond de l'atelier, puis du côté de la porte, où un apprenti devait le prévenir de l'arrivée du patron.

Adell était radieux. Après les tensions des dernières semaines, tout semblait enfin vouloir se passer comme il le fallait. Dans sa voiture, en route pour le lieu de l'exposition, l'industriel relut plusieurs fois la note que l'inspecteur Sánchez lui avait fait porter à la première heure. Ils avaient clos l'enquête, définitivement. Amat, après son arrestation chez lui, avait été déclaré principal suspect de ces meurtres, comme il l'espérait.

Impliquer son ancien camarade avait été une riche idée, un vrai coup de génie. Avec un peu de chance il serait condamné, mais même si ce n'était pas le cas, il passerait au moins quelques semaines à l'ombre. La prison était un endroit dangereux et il était fort possible qu'un malheureux accident lui arrive pendant son séjour.

Il se complut à imaginer la réaction d'Irene en apprenant la nouvelle. Son ancien amant, un assassin ! Il savait qu'elle lui avait volé le compte rendu de l'autopsie mais cela n'avait plus d'importance désormais. Personne, absolument personne, ne s'immisçait dans les affaires de Bertomeu Adell sans le payer très cher. Il faudrait bien que la tête de mule qu'il avait pour femme finisse par le comprendre.

Le véhicule s'arrêta devant le bâtiment de la centrale électrique. À la porte attendait Elies Rogent accompagné d'un groupe de messieurs en jaquette et chapeau haut de forme : la commission de contrôle de la municipalité. Bénéfice supplémentaire, l'arrestation d'Amat avait apaisé la colère du maire, qui avait soutenu cette visite.

Adell descendit de voiture et regarda le bâtiment achevé avec une sensation de triomphe. Il avait terminé les travaux à temps, le système de vapeur et les générateurs étaient installés et ils fonctionnaient parfaitement. Ces derniers jours, les incidents ne s'étaient pas reproduits et donc les coupures non plus. La fourniture en électricité de l'Exposition universelle et des rues adjacentes était assurée.

Il surprit une mimique impatiente de l'architecte et fronça les sourcils. Il se dirigea vers le groupe en pensant à la façon dont il était arrivé jusque-là. Il avait été d'une habileté magistrale, pourquoi ne pas le dire ? La modestie, c'était bon pour les faibles. Personne, et encore moins ce blanc-bec, ne pouvait imaginer les montants qu'il avait subtilisés en employant pour les travaux des matériaux de second choix. Ce bâtiment n'était pas destiné à durer très longtemps. Après tout, même l'Hotel Internacional du célèbre Domènech serait détruit à la fin de l'Exposition. Il avait coûté trois fois plus cher et tout le monde trouvait ça très bien.

Certes, le capital détourné était parti en fumée après quelques investissements malencontreux, simple question de malchance. Qui ne risque rien n'a rien. C'était vrai qu'il commençait à sentir la pression de ses créanciers mais il était tranquille. Il avait juste besoin d'un peu plus de temps. Après le succès que lui apporterait cette centrale, il proposerait à la municipalité la construction de trois nouvelles usines. Elle ne refuserait pas. Les investisseurs se presseraient à sa porte et ses problèmes financiers ne seraient plus que des mauvais souvenirs. Et de toute façon, tout cela n'était qu'une broutille comparé à son autre projet, si tout se passait comme il l'avait prévu. Le jour de l'inauguration de l'Exposition, le monde entier saluerait son génie. Rien ne serait plus pareil quand il l'aurait rendu public. Il commençait à se dire que tout compte fait le siège de député était peut-être un peu juste.

Oui, cela promettait d'être un grand jour.

« Messieurs. »

Un chœur de bonjours et de signes de tête lui répondit. Elies Rogent s'approcha, sans lui tendre la main. Adell prit bonne note de l'insulte.

« Bonjour, monsieur Rogent.

— Nous vous attendons depuis dix minutes.

— Je suis sûr que notre visite vous fera vite oublier ce petit désagrément. Veuillez me suivre. »

Ils se dirigèrent vers l'entrée du bâtiment.

« Une chance que cette arrestation, fit remarquer Rogent, l'air de rien.

— Incontestablement, nous le devons à la diligence des forces de l'ordre.

— Monsieur le maire était prêt à résilier les contrats, mais heureusement pour vous, le scandale n'est pas allé aussi loin que nous le craignions.

— Cette affaire est plus que réglée.

— Espérons-le. Les festivités de l'inauguration commencent dimanche prochain et les plus grandes sommités ont confirmé leur présence. Vous êtes toujours sur la sellette. »

Adell ravala la rage que suscitait en lui le ton employé par l'architecte.

« Je pense que vous serez totalement satisfaits. »

À la porte, Casavella les reçut casquette à la main, les yeux au sol, ce qui plut à Adell, chacun devait savoir quelle était sa place en ce monde.

« J'espère que tout est en ordre. »

En guise de réponse, le contremaître fit un bref signe de la tête.

« Tout est en ordre, oui ou non ?

— Oui, monsieur Adell », s'empressa de répondre son employé.

Adell le bouscula presque et passa le grand arc de l'entrée suivi du groupe de la commission. Dans le hall éclairé d'une énorme lampe, des ouvriers, en rang, les attendaient.

Ils circulèrent dans le bâtiment tandis que l'industriel, secondé par Casavella pour les questions plus techniques, jouait les guides. Il leur montra le balcon panoramique, qui éveilla des murmures admiratifs, puis ils parcoururent les immenses salles où étaient installés les machines à vapeur et les générateurs. Adell leur donnait des précisions sur les installations, ponctuées de chiffres grandiloquents sur les capacités et la puissance de la centrale.

Lorsqu'il aborda les spécificités de la construction du bâtiment, quelqu'un fit l'éloge de la structure en fer forgé de la centrale. Adell réprima un sourire. Elies Rogent lui-même avait conseillé le rivetage pour absorber la pression produite par les vibrations des machines à vapeur, mais Adell l'avait vu comme une dépense superflue et, même si c'était moins solide, il s'était contenté de fer forgé. Ça n'avait pas été la seule économie. Lors des travaux initiaux, ils avaient découvert de vieux souterrains de l'ancienne citadelle. Ils n'avaient pas eu le temps de les explorer complètement, mais Adell avait vite compris la chance qui se présentait à lui. En y opérant des transformations minimes, il avait utilisé ces vieilles installations pour y aménager les galeries de service de l'enceinte et les fondations de la centrale, ce qui lui avait fait économiser encore une bonne quantité de réals.

Les hommes qui visitaient la centrale ne savaient rien de tout cela. Peu à peu, la réserve qui régnait chez les membres de la commission laissa place à des commentaires élogieux. À en juger par sa mine, même Rogent semblait impressionné. Un toussotement du contremaître rappela Adell à la réalité.

« Parle, inutile de tourner autour du pot. »

Casavella regarda ses bottes, puis les messieurs qui à ce moment-là admiraient le groupe de générateurs.

Le doute apparut sur son visage. Adell crut que c'était l'un de ses silences habituels et souffla ostensiblement, exaspéré.

« Le problème de surcharge n'est pas résolu, se décida enfin Casavella.

— Pardon ?

— Pour le moment, ça marche normalement mais…

— Alors il n'y a pas de problème.

— Je suis désolé de vous contredire, monsieur Adell, mais si, il y en a un, insista-t-il. Les générateurs marchent bien mais ce n'est pas grâce à nous. Avant que nous ayons pu en trouver la cause, la charge des transformateurs a baissé et les manomètres des chaudières sont revenus à des chiffres normaux, d'eux-mêmes. Nous ne savons toujours pas ce qui cause ces hausses de tension dans le système. Cela peut se reproduire n'importe quand, avec des conséquences imprévisibles, monsieur. »

Du coin de l'œil, Adell vit Rogent qui arrivait. Il se força à sourire tandis qu'il attrapait son contremaître par le coude.

« Je ne veux plus entendre un mot à ce sujet. Tu m'as bien compris ? Tout doit marcher comme une horloge. Arrange-toi pour que ce soit le cas. Sinon, je te tiendrai pour responsable.

— Mais, monsieur…

— Casavella, je suis certain que tu as une famille quelque part. Si tu ne veux pas les voir mendier dans la rue, tu obéis, point barre. Et maintenant, du balai. »

Adell se tourna vers ses invités qui continuaient à commenter les merveilles du bâtiment. Il rajusta sa jaquette, prit un air cordial et s'approcha d'eux.

« J'espère que la visite est à votre goût, messieurs. »

Un chœur d'assentiments enthousiastes lui répondit.

« Vous devez être un peu las. J'ai pris sur moi de vous faire préparer quelques rafraîchissements. Par ici, je vous prie. »

Une heure plus tard, Adell s'était débarrassé de la commission et respirait, soulagé. On l'avait chaleureusement félicité et même cet enquiquineur de Rogent lui avait promis de transmettre au maire ses conclusions favorables. Il sourit, encore tendu, et se dirigea à pas vifs vers son bureau. Pendant toute la visite il n'avait pas pensé à autre chose qu'au moment où il se retrouverait enfin seul. Alors qu'il ouvrait la porte, Casavella apparut soudain à côté de lui.

« Bon sang, tu m'as flanqué une de ces frousses. Qu'est-ce que tu veux, encore ?

— Excusez-moi, monsieur Adell. Je ne voulais pas vous importuner. Je venais vous dire que tout est prêt. J'ai vérifié en personne le système de vapeur et les générateurs. Apparemment, tout est en parfait état de marche. Comme vous me l'avez demandé, j'ai renvoyé les hommes chez eux jusqu'à demain, mais si vous pensez que quelqu'un doit rester cette nuit, je peux…

— Non, non. Je t'ai dit de faire partir tout le monde, répliqua-t-il avec impatience.

— Oui monsieur. Et vous, vous allez rester ?

— Ce ne sont pas tes affaires, Casavella. Va-t'en… Ah ! Et donne-moi tes clés. Je fermerai moi-même. »

Le contremaître obéit, intrigué, mais il n'osa pas poser de question. Adell attendit son départ et ce n'est que lorsqu'il eut entendu le bruit de la porte qui se refermait qu'il entra dans son bureau. Il se précipita à sa table, ouvrit un tiroir avec une clé qu'il portait à son cou et y glissa la main pour presser un petit interrupteur. Un déclic retentit et, derrière lui, un pan de mur glissa. Une lampe en cuivre éclairait un monte-charge en panneaux de contreplaqué. Il s'installa dedans et poussa un levier. Avec un sifflement, le pan de mur revint à sa place. Dans la centrale, le silence se fit, à l'exception du ronron des générateurs.

58

Les huit personnes assises autour de la table se regardaient en silence. On avait éteint les lampes et les rideaux en velours faisaient barrage à la lumière de l'après-midi. Sur la table, recouverte d'un tissu noir, étaient posés une carafe d'eau, un verre et une bougie allumée. Le reste de la petite salle était plongé dans les ténèbres et la fumée de cigarette. Cinq hommes et trois femmes se tenaient là, unis par leurs mains jointes, leurs visages empreints d'une émotion contenue.

Llopis entreprit d'observer les autres participants. À sa droite était assise la comtesse Berenguer, leur amphitryonne. Son maquillage excessif cachait à peine son exaltation, manifestement, il n'y avait rien de plus excitant pour elle. Un peu plus loin, il reconnut Don Francisco Aguirre, secrétaire de la chambre de commerce de Barcelone. Son costume sombre, son allure guindée et son visage blême avaient quelque chose qui lui faisait froid dans le dos. À sa gauche s'agitait nerveusement Don Alfredo Comins, homme d'affaires dans le textile, assidu participant de ces réunions et enthousiaste défenseur des théories volapükistes. Llopis ne connaissait pas les autres.

« Marina, es-tu là ? »

Llopis sursauta. L'invocation venait de l'autre côté de la table.

Mme Palatino était considérée comme un médium de grand prestige. Après être passée l'année précédente par les meilleurs théâtres de Vienne, de Londres et de Paris, elle était arrivée à la capitale catalane quelques semaines plus tôt, invitée pour le premier Congrès international de spiritisme qui allait s'y dérouler. Profitant de sa présence, quelques adeptes de la doctrine spirite avaient réussi à la convaincre de donner ces séances privées.

Bien qu'ils fussent assis en cercle, tous les participants fixaient leur attention sur elle. Sur son visage de marbre dansait la lumière de la bougie. Sans bouger les lèvres, elle parla, d'une voix forte et claire.

« Marina, répéta-t-elle, je sens ta présence. Viens à nous sans crainte. »

L'atmosphère se fit plus pesante et la flamme de la bougie vacilla, comme si quelqu'un avait légèrement soufflé dessus. Une exclamation étouffée flotta autour de la table. Llopis ne put s'empêcher de lever les yeux au ciel, subrepticement.

Soudain, la table se mit à trembler. L'une des femmes poussa un petit cri. Certains des participants écarquillaient les yeux avec effroi ; d'autres, plus expérimentés, souriaient avec suffisance, même si leur regard n'était pas dénué de crainte.

La spirite continua son invocation.

« Marina, viens à nous ! »

Llopis fixa alors son attention sur un homme âgé, aux longs favoris blancs et au teint cireux, assis à côté de l'occultiste. Avant de commencer la séance, il l'avait déjà remarqué qui attendait, taciturne, dans un coin de la salle, accompagné du jeune homme imberbe qui à présent était assis près de lui. À cet instant, son expression avait changé et il braquait un regard plein d'espoir sur la spirite qui, les yeux fermés, entonnait une sorte de prière en italien.

Subitement, la table cessa de vibrer et la porte de la pièce s'ouvrit puis se referma en claquant. La température semblait avoir baissé de plusieurs degrés. Chaque main se crispa sur celle du voisin. La spirite se remit à parler mais ce n'était plus sa voix qui sortait de sa gorge. Tous tressaillirent en entendant l'intonation enfantine.

« Grand-père ? Grand-père, c'est toi ?

— Oui ! Oui ! Je suis là ! » s'écria le vieil homme, pris par l'émotion. Un domestique surgit de l'ombre pour l'empêcher de se lever et de briser le cercle des mains. « Ça… ça va, ma chérie ?

— Oui, grand-père, je vais bien. »

Toutes les personnes présentes, y compris Llopis, étaient totalement subjuguées par la scène. La spiritiste gardait les yeux fermés, droite comme un *i*. Les mots se précipitaient dans la bouche du vieil homme.

« Où, où… ? C'est comment là-bas ? Oh, ma petite chérie…

— C'est très joli. Il y a plein, plein de lumière, il y a toujours plein de lumière. »

La voix avait des hauts et des bas, comme si elle manquait de s'éteindre à chaque instant. L'homme voulut parler, mais seul un sanglot sortit de sa bouche.

« Ne pleure pas, grand-père. Tu sais, je suis heureuse ici. »

Le visage du vieillard avait perdu toute couleur. Il essuya les larmes qui affleuraient à ses yeux et balbutia quelques mots que Llopis ne comprit pas.

Tout à coup, le corps du médium s'arc-bouta et fut pris de violents spasmes. Tout le monde retint son souffle autour de la table. Les convulsions cessèrent aussi soudainement qu'elles avaient commencé et la femme ouvrit tout grands les yeux. Elle regarda autour d'elle comme si elle se réveillait d'un long sommeil et avait oublié où elle se trouvait. Un assistant lui tendit un verre d'eau qu'elle but avidement. Puis elle ferma les yeux et dit d'une voix aussi pâteuse que si elle avait eu la bouche pleine de terre.

« Je suis désolée. Elle est partie. »

Les valets ouvrirent les rideaux. Comme la lumière moribonde du soir éclairait à peine la salle, ils allumèrent aussi quelques lampes. Des soupirs longtemps retenus sortirent des bouches des participants, qui détachèrent leurs mains et se mirent à parler à mi-voix, encore tout émus de ce qu'ils avaient vécu.

Le vieillard, le visage dans les mains, sanglotait. Le jeune homme à côté de lui tenta de le consoler ; il semblait un peu honteux. L'un des valets lui apporta un remontant, que le vieil homme avala d'un trait, après quoi il saisit son manteau et son chapeau haut de forme pour s'en aller.

Llopis se leva aussi, impressionné. Il n'avait pas réussi à découvrir le truc pour faire bouger la table ni comment étaient faits les bruitages d'outre-tombe, mais il imaginait bien que ce n'était pas difficile à mettre en œuvre. Quant au changement de voix de la spirite, il avait été si réel… absolument terrifiant ! L'espace d'un instant, il avait failli croire lui aussi qu'ils dialoguaient bien avec la petite fille. Cela allait marcher du tonnerre.

La petite assemblée fut invitée à passer dans un ravissant salon adjacent où les attendait une légère collation avec thé, café et petits-fours. Il y avait aussi un assortiment de liqueurs, destiné à aider les participants à se remettre de leurs émotions. Un bon feu brûlait dans la cheminée, créant une ambiance bien différente de celle des minutes précédentes.

Le niveau sonore des discussions, passionnées, augmenta à mesure que les gens s'égaillaient dans le salon. Llopis en profita pour s'approcher de la spirite qui conversait avec quelques-uns des invités.

« Madame Palatino ? »

La femme se retourna vers le journaliste avec la mine de qui vient de trouver une mouche dans son potage. Après l'avoir contemplé de la tête aux pieds, elle délaissa son expression hautaine pour un rictus courtois.

« Oui ?

— Bonjour, madame, je me présente : Felipe Llopis.

— Je ne crois pas avoir le plaisir de vous connaître. »

Le léger accent piémontais trahissait ses origines. Pour la première fois, Llopis eut tout le loisir de l'observer. Eusapia Palatino avait trente-cinq ans, mais en paraissait plus de cinquante. Maigre comme un clou, toute de noir vêtue, elle semblait consumée par son activité d'occultiste. Dans son visage anguleux se détachaient de surprenants yeux verts, séparés par un nez de claire ascendance méridionale, qui contrastaient avec le reste des traits, émaciés et mal proportionnés. Une de ses mains maniait négligemment un jonc de malacca à pommeau d'argent.

« Nous nous sommes déjà parlé. Je suis journaliste au *Correo de Barcelona*.

— Ah oui. Je me souviens de vous. C'était votre première expérience, non ? Qu'en avez-vous pensé ?

— Très éloquent.

— Vous m'en voyez ravie. »

Mettant un terme à la conversation, la femme se tourna de nouveau vers ses autres interlocuteurs. Mais Llopis ne se laissa pas intimider.

« Excusez-moi, madame, je souhaiterais vous parler une minute. » Il baissa la voix. « Seul à seule, si possible.

— Tous les gens que vous voyez ici… » La spirite balaya la pièce des mains. « … sont des personnes de confiance, monsieur Llopis. Vous pouvez parler sans crainte. »

Cela n'arrangeait pas vraiment le journaliste.

« C'est au sujet de ces crimes.

— Des crimes, vous dites ? »

Llopis sentit qu'ils étaient devenus le centre de toute l'attention. Il n'y avait pas de retour en arrière possible.

« J'ignore si vous le savez mais ces dernières semaines les corps de plusieurs jeunes femmes, cruellement assassinées, ont été découverts en ville. Tous les journaux s'en sont fait l'écho, et moi-même j'ai écrit à ce sujet. J'ai même été le premier, pour tout dire et sans fausse modestie.

— Je crois que j'en ai entendu parler, s'immisça un monsieur à la moustache fournie. Ce n'est pas cette histoire de prostituées ?

— Les rues ne sont plus sûres, par les temps qui courent, intervint un autre.

— C'est la faute des autorités : s'ils passaient moins de temps à organiser des expositions, ils en auraient plus pour s'occuper de la ville.

— Oui… oui, certainement, fit Llopis, cherchant à reprendre les rênes de la conversation. Ce que je voulais dire, c'est que…

— Monsieur le journaliste, êtes-vous matérialiste ou croyez-vous au contraire à l'existence de l'âme ? » l'interrompit Mme Palatino.

La salle devint silencieuse.

Surpris par la question, Llopis hésita. La discussion ne prenait pas le tour prévu, mais il ne pouvait faire autrement que d'aller dans le sens de cette bande de cinglés.

« J'ai entendu dire que Dieu nous a concédé une âme.

— Vous êtes donc convaincu de sa survie sur le corps, de son individualité après la mort ?

— Euh… oui, je suppose que oui.

— Là est le point de départ. Le spiritisme se propage par la force des choses et rend heureux ceux qui le professent. »

Un chœur d'assentiments suivit cette déclaration. Llopis parvint à sourire poliment.

« Vous-même en avez été témoin, continua la spirite. Le monsieur qui vient de partir souffrait atrocement du décès prématuré de sa chère petite-fille. Il a sollicité notre aide et nous l'avons mis en contact avec son esprit. Connaître le bien-être qui est celui de cette enfant dans l'au-delà aura été un indéniable apaisement pour lui. »

Llopis doutait que cet homme ait pu se sentir soulagé.

« Monsieur, vous avez tout l'air d'un incrédule », releva Comins. L'homme d'affaires, légèrement éméché, avait des sourcils mobiles qui bougeaient au rythme de ses paroles.

« Excusez-le, intervint Mme Palatino. Notre cher Alfredo est un spirite exalté.

— C'est assurément un éloge que vous me faites, madame. Vous connaissez mon opinion : notre doctrine devrait être enseignée dans toutes les écoles, et ce ne serait que le début… »

Mme Palatino lui effleura le bras avec délicatesse.

« Comins, voulez-vous être assez aimable pour aller me chercher un xérès, je vous prie ? »

L'homme, flatté de cette marque de déférence, s'éloigna immédiatement pour remplir sa mission. Mme Palatino se tourna alors vers Llopis.

« Je vous écoute, que souhaitiez-vous de moi ?

— Comme je vous le disais, quelqu'un commet des assassinats en série dans cette ville et personne n'a été capable de l'arrêter ni même de l'identifier. »

Llopis résuma brièvement les faits, en forçant suffisamment le trait pour susciter les réactions attendues de surprise, d'horreur et d'indignation.

« Certaines personnes, poursuivit-il, attribuent ces crimes au *Gos Negre*, une ancienne malédiction. Je voulais connaître votre opinion. »

La spirite prit son temps pour répondre.

« Eh bien, l'auteur de ces terribles assassinats n'est certainement pas un homme. Ce dont vous nous avez parlé ne peut qu'être dû à un esprit. Ces actes sont un cri d'angoisse, un appel à l'aide d'une âme incapable de trouver la paix. »

Un murmure s'éleva dans l'assemblée.

« C'est justement pour cette raison que je suis là, madame. Je suis d'accord avec vous et je me demandais s'il était possible de faire quelque chose.

— Que voulez-vous dire ?

— Croyez-vous envisageable de contacter cet esprit ?

— C'est possible, sans aucun doute. Les êtres désincarnés sont en permanence autour de nous, monsieur le journaliste. »

Llopis frissonna presque. Cette femme parlait avec une conviction qui frisait le fanatisme. Son regard languide et ses manières affectées l'agaçaient souverainement. Il prit une grande inspiration et se concentra sur son objectif. C'était le moment d'aller droit au but.

« Je me demandais s'il serait possible d'organiser une réunion comme celle à laquelle nous avons eu le privilège de participer, afin de convoquer cet esprit et de le remettre… sur le chemin du bien. »

La femme hocha la tête.

« Je ne vois rien qui l'empêche. Nous pourrions le faire ici même.

— Ce serait merveilleux ! Mais… hésita-t-il.

— Allez-y, parlez, l'encouragea la comtesse.

— Oui, continuez », l'exhorta un autre invité.

Llopis les regarda comme pour leur signifier que c'était eux qui l'obligeaient à poursuivre.

« Veuillez excuser ma sincérité mais il me semble que l'invocation de cet esprit exigerait un peu plus qu'une réunion confidentielle. Un événement d'une telle transcendance devrait être présenté à tout Barcelone.

— Une telle séance implique certaines difficultés… commença la spirite.

— Toute la ville vit dans la terreur à cause de ces crimes. Les gens ont besoin d'avoir la certitude que leurs mères et leurs filles sont à l'abri de cet esprit malin.

— C'est possible, mais…

— J'ai d'excellentes relations avec le propriétaire du Teatro Lírico et je pense qu'il ne verrait aucun inconvénient à ce que la séance ait lieu là-bas. Je m'engage à m'occuper de tout. »

Le silence qui suivit fut brisé par le secrétaire de la chambre de commerce.

« Voilà une occasion fantastique de faire connaître notre école ! Peut-être que ce sera la seule que nous aurons d'exposer devant le monde entier les bienfaits de la doctrine spirite. »

Un chœur de voix l'appuya. Llopis leur adressait des gestes encourageants en cachant à peine sa satisfaction. Mme Palatino leva légèrement la paume de sa main et toute l'assistance se tut. Quelques secondes passèrent avant qu'elle prenne la parole.

« Le spiritisme est une discipline très sérieuse. Il ne s'agit pas d'un spectacle de variétés.

— Bien entendu, madame. Je vous garantis que tout sera mené avec la plus grande délicatesse. »

Les yeux émeraude de la spirite se posèrent sur le journaliste.

« Ce théâtre en tirera certains revenus.

— Qui couvriront vos frais et toute autre rétribution que vous jugerez pertinente, bien évidemment.

— Laissez-moi y réfléchir. » Elle se leva de sa chaise, aidée d'un de ses assistants. « Si vous voulez bien m'excuser, mesdames et messieurs, je suis épuisée, la séance d'aujourd'hui a été particulièrement éprouvante. »

Tout le monde se leva tandis que la spirite, accompagnée de son valet, se retirait.

Quelques minutes plus tard, Llopis sortait lui aussi. En tournant le coin de la rue il souffla enfin, soulagé.

Un instant, il avait pensé ne pas y arriver, mais par chance il s'était trompé. L'énigmatique Mme Palatino appréciait autant la célébrité et l'argent que n'importe quel autre mortel. Il l'avait percée à jour. Quelle importance s'il ne croyait pas un mot de toutes ces salades ? Les gens voulaient entendre que ces crimes étaient dus à des forces occultes et il avait bien l'intention de les satisfaire. L'histoire d'un esprit assassin était déjà en train de faire les délices de ses lecteurs et la séance au théâtre en serait le point d'orgue. Penser à la faire coïncider avec l'expédition de l'inspecteur Sánchez dans les égouts, si tant est que ce stupide flic ne gâche pas tout, avait été une idée splendide.

59

L'inspecteur Sánchez hocha la tête, songeur. Ses deux mains étaient posées sur le plan détaillé du réseau des égouts de la ville, qu'il comparait au croquis grossier de Fleixa. Une croix au milieu de la Barceloneta marquait la bouche d'égout par où ils devaient accéder cette même nuit aux souterrains. Il avait aussi relevé les différents tunnels qui traversaient le parc de la Citadelle jusqu'à l'ancien réservoir d'eau abandonné que lui avait signalé le journaliste.

Il souffla avec agacement. Ce plan ne répertoriait que les principaux canaux. Il ne prenait pas en compte les galeries les plus anciennes, qui pouvaient remonter à l'époque romaine. Malgré cela, le cloaque s'étendait comme une toile d'araignée souterraine sur plusieurs centaines de kilomètres, se déployant, qui plus est, sur quatre niveaux différents, qui pénétraient au plus profond de la terre. Le tout formait une trame si inextricable que le policier était bien en peine de déterminer le meilleur chemin pour arriver jusqu'à la tanière de cet Homs. Il devait bien se rendre à l'évidence : il lui fallait un guide.

Il avait mené les préparatifs dans la plus grande discrétion et n'avait pas jugé nécessaire de prévenir la municipalité ou le gouvernement civil. S'ils avaient su la menace qui planait sur l'inauguration de l'Exposition, ils auraient été fichus de l'annuler, lui ôtant du même coup la possibilité de s'ériger en héros salvateur. Et adieu promotion.

La porte s'ouvrit et le lieutenant Azcona entra.

« Monsieur, je voudrais vous parler. »

Et voilà ! Il n'avait même pas daigné frapper. Sánchez se demandait comment il avait bien pu permettre qu'on lui colle ce type dans les pattes. Dès que possible, il s'en débarrasserait.

« Que voulez-vous, lieutenant ? dit-il, impatient. Je suis très occupé.

— J'ai entendu parler de l'opération que vous préparez pour l'arrestation d'un assassin. »

Sánchez afficha une moue désapprobatrice. Ce commissariat avait tout d'un café du commerce. Après sa promotion, il faudrait que les choses changent.

« Je ne crois pas avoir à vous informer de mes projets, lieutenant, je me trompe ?

— Non monsieur. Mais je connais bien le secteur pour y avoir travaillé et je pense que je pourrais vous être utile.

— Très bien, lieutenant. Alors, selon votre vaste expérience, quel est votre avis ?

— Les égouts de la ville de Barcelone ont des siècles. Ils constituent un labyrinthe immense et dangereux, monsieur. Quand j'étais en poste là-bas, j'en ai fait un peu l'expérience car les délinquants les utilisaient fréquemment.

— Voilà qui est passionnant. »

Azcona poursuivit, croyant réel l'intérêt de son supérieur.

« Il est très facile de s'y perdre. Il y a des dizaines de galeries différentes avec des puits et des siphons capables d'avaler une grappe d'hommes en quelques secondes. Le courant à certains endroits est vertigineux. Certaines chambres, où s'amassent les gaz, deviennent irrespirables. Une fois, nous avons dû aller à la rescousse de deux hommes qui ne revenaient pas et on a bien failli ne jamais les retrouver.

— Mhh », fit Sánchez.

Le lieutenant transféra le poids de son corps d'un pied sur l'autre, visiblement effrayé.

« Continuez, maintenant que vous avez commencé. Il y a autre chose que je dois savoir ?

— Vous devez éviter à tout prix de tomber sur la communauté qui habite dans les tréfonds de ces égouts. »

Sánchez haussa un sourcil, incrédule.

« Vous voulez parler de ceux qu'on appelle les "collecteurs" ? Je vous en prie, Azcona ! Je vous croyais moins naïf.

— Monsieur, ce ne sont pas des racontars. Cette communauté existe. Ils sont nombreux, bien organisés, avec leurs propres règles et leurs chefs. Ils ont le même fonctionnement qu'une foutue cité.

— Lieutenant, surveillez votre langage.

— Oui, monsieur, excusez-moi. Mais je vous dis la vérité. Moi-même je suis tombé accidentellement sur une bande de ces "collecteurs", une fois. Nous poursuivions un voleur à la tire depuis l'Estación de Francia. L'homme a voulu nous semer en entrant dans les égouts et nous l'avons suivi. J'ai devancé mon groupe et après avoir descendu plusieurs étages je ne savais plus où j'étais. Alors que je croyais l'avoir localisé, j'ai entendu un cri épouvantable. Instinctivement, j'ai éteint ma lampe. Un instant plus tard, dans une galerie parallèle à la mienne, j'ai vu passer des silhouettes, en file indienne, qui portaient le corps sans vie du voleur. Elles avançaient dans un parfait silence, comme des ombres issues du cloaque lui-même. Je veux bien le reconnaître, jamais de ma vie je n'ai eu aussi peur. J'ai eu de la chance et j'ai réussi à m'échapper par une autre ramification, mais j'ai retenu la leçon : là en bas, ce sont eux les maîtres.

— Foutaises ! Ce ne sont pas quelques va-nu-pieds qui vont me dicter ce que je dois faire. Si nous rencontrons quelqu'un, ce dont je doute fort, nous l'arrêterons, point barre.

— Excusez-moi d'insister. Vous devriez prendre mes paroles très au sérieux. À l'époque où j'étais en fonction, il y a eu plusieurs disparitions…

— Oui, oui, je connais la suite, l'interrompit l'autre, excédé par cette conversation que lui imposait cet abruti. Ces “collecteurs” capturent les imprudents et les distraits, et les assassinent pour vendre la graisse qu'ils extraient des cadavres. Des histoires à dormir debout pour impressionner les gosses ! Et, lieutenant, voilà un bon moment que vous n'en êtes plus un, de gosse.

— Mais, monsieur…

— Venons-en à des choses vraiment sérieuses. Vous avez dû vous demander quelle serait votre mission, n'est-ce pas ? Je vous ai réservé un rôle fondamental. » Il prit un certain plaisir à voir le jeune homme se redresser dans l'attente de responsabilités importantes. « Vous allez rester ici.

— Pardon ? Je n'ai pas bien compris, monsieur. Vous avez dit, ici ? »

L'inspecteur sourit presque en voyant la mine déconfite du lieutenant.

« Oui, Azcona. Quelqu'un doit rester ici pendant que nous allons arrêter cet assassin. Et ce sera vous.

— Mais…

— Il n'y a rien d'autre à en dire, vous pouvez disposer. J'ai encore beaucoup à faire. »

Le lieutenant, déboussolé, salua en portant la main à sa tempe. À la porte, il se retourna.

« Monsieur…

— Quoi encore ? Vous comptez rester planté ici toute la journée ?

— Non, monsieur. Je voulais juste vous conseiller de prendre des chiens avec vous.

— Des chiens ? Et que voulez-vous que nous fassions de clebs ?

— Ils vous aideront à suivre une piste. Et en plus ils peuvent vous prévenir de la proximité de "collecteurs". Ils les sentent de loin.

— Lieutenant, fermez cette porte, une fois pour toutes. »

De nouveau seul, Sánchez se rassit et fouilla dans les tiroirs de son bureau d'où il sortit un sachet en papier. Avec délice, il attrapa un lupin du bout des doigts, le lança en l'air et le goba. C'était du tout cuit.

60

« Madame, votre… votre place n'est pas ici. »

Oriol Pascual, sous-directeur de la prison municipale, se frottait les yeux pour la troisième fois, en essayant de remettre de l'ordre dans ses idées. Il était allé se coucher comme toujours en espérant jouir de la compagnie d'une bonne bouteille d'eau-de-vie qu'il tenait sous clé et, peut-être, de celle d'une de ses recluses qui lui accordait ses faveurs contre un quignon de pain supplémentaire. Au lieu de ça, il était là, assis sur sa chaise inconfortable, mort de sommeil, à rajuster sa cravate et à se demander ce que faisait cette femme dans son bureau à cette heure indue.

Aucune dame de la bonne société n'avait jamais mis les pieds dans cette prison. Et il n'y avait aucune raison qu'elle le fasse. Mais cette nuit, cela avait changé. Il devait bien reconnaître qu'il n'avait encore jamais eu affaire à une femme telle que celle-ci. Il n'était pas habitué à côtoyer la haute bourgeoisie de la ville, mais même s'il l'avait fait, il n'aurait certainement pas trouvé quelqu'un de semblable parmi toutes ces bourgeoises pomponnées.

« Colonel…

— Non, madame, non. Sous-directeur, seulement. Je ne suis qu'un simple fonctionnaire. Vous pouvez m'appeler Pascual. »

Il se redressa dans son fauteuil, flatté qu'elle ait pu le prendre pour un haut gradé militaire.

« Veuillez excuser ma maladresse, monsieur Pascual, mais je suis si bouleversée. »

Irene eut un sanglot qu'elle étouffa rapidement sous le mouchoir que lui avait tendu sa bonne. La fille lança un regard timoré au sous-directeur et détourna les yeux. Pascual soupira. Il valait mieux régler cette histoire avant qu'il se réveille complètement et ne puisse plus trouver le sommeil de toute la nuit.

« Bien, madame, vous dites qu'une terrible injustice a été commise. Pouvez-vous m'expliquer de quoi il s'agit ?

— Vous avez dans vos murs un homme innocent. »

Devant l'incompréhension manifeste du sous-directeur, Irene expliqua.

« Voyez-vous, reprit-elle, un sanglot dans la voix, il y a des années, M. Amat a combattu à Cuba ; il y fut gravement blessé et, après s'être remis, il fut évacué à Barcelone. Malheureusement, ses souffrances physiques l'ont prédisposé à la consommation de substances qui troublent son esprit et ébranlent sa raison. Il fréquente les fumeries d'opium assez régulièrement. Des endroits, pour ce que j'ai entendu dire, effroyables. Malheureusement, de temps à autre, il est mêlé à quelque rixe, mais toujours sans gravité. Hier, nous avons appris qu'il avait été arrêté pour avoir causé une altercation publique. Quand j'ai eu connaissance de la chose, j'ai été atterrée et, malgré l'heure tardive, j'ai cru bon de venir personnellement pour éclaircir cette histoire, car il s'agit très certainement d'une erreur. Il faut absolument que M. Amat soit libéré au plus vite. »

Pascual se carra dans sa chaise, méfiant. Il ne savait pas grand-chose de l'arrestation de cet Amat. C'était l'affaire de l'inspecteur Sánchez. Ce n'était pas non plus la première fois qu'une femme cherchait à sauver son amant d'une algarade avec son mari. Pour cela, elles étaient capables d'inventer les histoires les plus incroyables. Ce qui sortait de l'ordinaire, ici, c'est que jamais elles ne se présentaient en personne, elles se contentaient généralement d'envoyer un domestique avec une bourse bien garnie. Cette fois, il y avait autre chose.

« Savez-vous qu'il est accusé d'assassinat ? »

Irene porta la main à sa bouche en ouvrant grands les yeux, mais elle se reprit aussitôt et sa stupeur laissa place à un visage de marbre.

« C'est inimaginable. Jamais M. Amat ne commettrait de crime aussi atroce. C'est un homme malade, mais pas dangereux. Ce doit être une erreur, encore une fois. Amat est un vieil ami de ma famille, très cher, et je réponds de lui, expliqua-t-elle.

— Un ami de la famille ? Vraiment ?

— Je comprends votre confusion. Il s'agit d'une affaire très embarrassante et je suis désolée de vous causer tous ces tracas qui valent bien, j'en suis consciente, quelque dédommagement. Peut-être qu'en acquittant une certaine somme en guise d'amende… »

Le petit porte-monnaie glissa sur la table en tintant. Pascual ne fit pas un geste vers lui et prit son temps pour détailler la femme qui se tenait devant lui. Il parcourut des yeux sa silhouette jusqu'à son buste qui se soulevait à grand-peine, sous le corset. Sa peau ambrée brillait sous l'éclat de la lampe et une subtile rougeur teinta ses joues. Le sous-directeur s'appuya contre son bureau et écarta la bourse avec désinvolture.

« Cette histoire me paraît bien étrange ! fit-il dans un bâillement. Il serait peut-être nécessaire de contacter l'inspecteur Sánchez pour y voir plus clair. Qu'en pensez-vous ? »

Le visage d'Irene se décomposa.

« Je vois. » Les lèvres de Pascual se retroussèrent légèrement. « Il y a peut-être un moyen d'éviter de déranger l'inspecteur et d'épargner à ce "pauvre monsieur" une nuit supplémentaire ici. »

Irene ne put éviter un regard plein d'espoir.

« Les conditions de vie dans les cellules sont extrêmement dures, poursuivit le fonctionnaire. Il est très facile d'attraper la tuberculose, la dysenterie ou n'importe quelle autre maladie. Sans parler de la cruauté avec laquelle les prisonniers règlent leurs problèmes internes. Je manque d'hommes et il est impossible d'assurer la sécurité des détenus. Votre "ami" est certainement en train de passer un mauvais moment. Je voudrais vraiment être en mesure de vous aider, oui, vraiment. Peut-être pouvons-nous trouver un accord… ? »

Sa main se posa sur celle d'Irene qui se força à ne pas la retirer. Elle ferma les yeux et, lorsqu'elle les rouvrit, ordonna à sa bonne.

« Encarnita, retourne à la voiture. »

Même Pascual fut surpris. La voix douce et les sanglots avaient disparu. Cette femme n'était plus la mijaurée qu'il avait encore devant lui quelques minutes plus tôt.

« Mais, madame… protesta la fille.

— Je t'ai dit de retourner à la voiture. Obéis. »

Encarnita traversa la pièce, tête basse. Avant de sortir, elle regarda une dernière fois sa maîtresse dans l'espoir qu'elle change d'avis. Irene l'ignora et la jeune fille referma doucement la porte derrière elle.

« Bien, bien. Maintenant que nous sommes enfin seuls… » Pascual se leva de sa chaise et contourna son bureau pour se retrouver debout derrière Irene. « Nous allons pouvoir parler plus librement. »

Un soubresaut parcourut le corps d'Irene quand elle sentit la paume moite de Pascual sur son cou nu. L'homme se pencha, l'éraflant de sa barbe dure. Son odeur lui retourna l'estomac. Elle ferma les yeux et tenta de se dominer.

« Vous devez me garantir que… que vous ferez libérer M. Amat, dit-elle, d'une voix étranglée.

— Vous avez ma parole, fit Pascual, la voix rauque d'excitation. Je n'ai encore jamais été avec une femme comme vous, vous savez ? »

Il lâcha un ricanement pendant que sa main rampait vers la poitrine d'Irene et se mettait à lui malaxer un sein par-dessus sa robe, comme si elle pétrissait du pain. Sa respiration se fit plus saccadée et sa langue chercha son oreille.

Irene, incapable d'en supporter davantage, voulut se lever, mais le sous-directeur n'avait plus aucune intention de reculer. Passant son bras autour de sa taille, il la souleva aisément et la porta jusqu'à la table. Ce n'est que lorsqu'elle se cogna contre le rebord en bois qu'Irene poussa un cri. Elle tenta de se retourner mais l'homme l'immobilisa en lui tordant un bras dans le dos. Alors qu'elle avait le visage plaqué contre le meuble, il lui bredouillait des grossièretés en l'aspergeant de salive. De sa main libre, il se mit à défaire son ceinturon. Irene se rendit compte qu'elle ne pouvait pas lui échapper et souhaita perdre conscience. Pascual, qui s'énervait sur sa boucle de ceinture, lâcha un juron entre ses dents, puis, enfin, son pantalon tomba au sol. Il s'apprêtait à lui remonter ses jupes quand un coup violent fit trembler la porte du bureau.

« Qu'est-ce que… ? »

Une nouvelle secousse fit céder la porte qui s'ouvrit à la volée et sur le seuil apparut la silhouette malingre de Fleixa qui se débattait entre deux gardiens. Encarnita, terrorisée, suivait derrière.

« Lâchez-moi ! Lâchez-moi, je vous dis ! » s'écria le journaliste d'une voix si autoritaire que les deux hommes obéirent. Fleixa lissa les pans de sa veste à carreaux et tira sur son nœud papillon pour le remettre en place. Sur son visage se lisait la plus grande indignation.

« On peut savoir ce qu'il se passe ici ? »

Le sous-directeur s'écarta d'Irene en tentant maladroitement de remonter son pantalon.

« Qui… qui êtes-vous ?

— Vous ne savez pas qui je suis ? Voyez-vous ça ! cria le journaliste en entrant dans la pièce. Sachez, cher monsieur, que je suis ni plus ni moins que Bernat Fleixa García, célèbre journaliste et responsable de la rubrique des faits divers du *Correo de Barcelona*.

— Que faites-vous dans mon bureau ?

— Je viens de passer une exquise soirée avec monsieur le gouverneur et son épouse. Je rentrais chez moi quand cette jeune fille affolée m'a abordé en pleine rue. Elle criait que sa maîtresse était en train d'être violentée par un dépravé. Apparemment, nous sommes arrivés juste à temps.

— Ce n'est pas ce que vous croyez », protesta Pascual. Fleixa haussa exagérément les sourcils, en parcourant des yeux la chemise déboutonnée et le pantalon aux chevilles du sous-directeur, puis il lança un regard ironique aux gardiens.

« Comment avez-vous pu le laisser entrer ? Fichez-le dehors, cria Pascual à ses hommes qui se dandinèrent, indécis, à la porte.

— Je serais vous, je ne commettrais pas cette erreur, monsieur. Vraiment, vous ne savez pas à qui vous avez affaire. » Fleixa avança d'un pas décidé vers Irene, qui commençait à reprendre des couleurs. « Madame Adell, tout va bien ? »

Le sous-directeur sursauta en entendant le patronyme prononcé par le journaliste.

« Soyez tranquille, madame, poursuivit Fleixa, ignorant l'embarras croissant du fonctionnaire. Je vais me charger personnellement de ce que tout Barcelone sache qui est cet individu.

— P… Pardon ? balbutia Pascual, en jetant un coup d'œil à ses hommes, qui assistaient avec intérêt à la scène, sur le seuil.

— Dans la première édition de demain, sans plus tarder, j'expliquerai à mes nombreux lecteurs les pratiques en usage ici et tous les abus dont vous êtes responsable, sans oublier de m'étendre sur la façon dont vous traitez les personnes respectables qui viennent vous solliciter. J'aurai droit à deux colonnes en une, au moins. Je suis bien convaincu que cela déclenchera un cataclysme dans les plus hautes sphères.

— Vous… vous ne pouvez pas faire ça.

— Oh si, je peux », lui assura Fleixa en souriant.

Irene lança un regard de gratitude au journaliste, repoussa délicatement Encarnita, qui avait accouru près d'elle, et fit face au fonctionnaire.

« À moins que vous ne respectiez ce à quoi vous vous êtes engagé. »

Pascual regarda alternativement Irene et Fleixa, puis s'adressa à ses hommes d'une voix blanche.

« Tout va bien. Sortez et fermez la porte. »

Les gardiens hésitèrent, mais, devant l'expression de leur supérieur, obéirent. Une fois seuls, Pascual se tourna vers Irene avec une moue irritée.

« Qu'attendez-vous de moi ?

— Que vous libériez immédiatement M. Amat, exigea Irene, et elle ajouta, en regardant le journaliste : en échange, nous garderons la plus grande discrétion sur ce qui est arrivé cette nuit.

— Très bien, accepta Fleixa, en inclinant brièvement la tête. Si tel est votre désir, madame, ma plume restera muette.

— Quelle garantie ai-je que… que cet incident ne sera pas divulgué ?

— La parole de madame ne vous paraît pas suffisante ? intervint le journaliste, acerbe.

— Si, si, sans aucun doute », s'empressa de répondre le sous-directeur, qui se demandait pourquoi diable il n'était pas resté dans son lit.

61

Llopis posa les pieds sur son bureau. Puis, nonchalamment, il se renversa contre le dossier de sa chaise. Il était très satisfait. Après avoir reçu deux jours plus tôt une note de Mme Palatino qui acceptait la séance publique, il avait inondé Barcelone de prospectus et d'affichettes annonçant le spectacle qui allait se donner au Teatro Lírico ce même soir.

Le *Correo de Barcelona* avait sorti une édition spéciale avec les détails de la soirée spirite et la réponse avait été époustouflante. Lui-même avait publié un long reportage sur le médium, dans lequel il n'avait pas lésiné sur sa mystérieuse personnalité et la façon spectaculaire dont elle prenait contact avec les esprits. Comme si ç'avait été la solution que la ville entière appelait de ses prières, en quelques heures toutes les places s'étaient vendues. Et les demandes d'invitation continuaient à affluer au journal. Il regrettait presque de ne pas être arrivé à persuader les responsables du Liceo, car il était sûr qu'ils l'auraient rempli. On attendait l'événement dans la plus grande effervescence.

Ses chroniques des derniers jours sur les crimes avaient attisé le climat de tension et de curiosité macabre qui planait sur la ville. Comme il le prévoyait, ses reportages remportaient un franc succès. Il avait suffi de se faire l'écho des peurs des gens, puis d'exiger instamment la résolution spirituelle des assassinats et de dénoncer l'incapacité des autorités. Comme une étincelle sur un tas de feuilles mortes, ses diatribes avaient incendié Barcelone. Beaucoup d'autres journaux finirent par publier des articles dans la même ligne. Quelques voix contraires s'étaient élevées, comme celle de Son Excellence Mgr Català, mais elles ne servaient qu'à jeter de l'huile sur le feu et à faire parler un peu plus de l'affaire.

Du club le plus sélect aux tavernes les moins recommandables, on ne parlait de rien d'autre que des crimes commis par un esprit diabolique incarné dans le *Gos Negre*. Les détails sordides fournis par l'inspecteur Sánchez et enjolivés par sa propre imagination avaient marqué le public encore plus que ce qu'il espérait. Les lecteurs se montraient fascinés par ces horreurs.

Les annonces d'apparitions se multipliaient. On rapportait les attaques d'un énorme molosse aux yeux de braise, qui crachait du feu par les naseaux. Dans les quartiers Barceloneta, Atarazanas, Born et Raval, des battues nocturnes avaient été organisées, avec des hommes armés qui avaient massacré tous les chiens errants qu'ils avaient croisés. La folie s'était emparée de la ville.

Il était ravi de la façon dont les choses se déroulaient et attendait cette nuit comme une apothéose. La soirée spirite entrerait dans l'histoire de la ville et elle lui rapporterait la renommée et beaucoup d'argent.

Il espérait que Sánchez n'échouerait pas dans son entreprise et capturerait le dingue juste à temps, comme prévu. L'annonce de sa détention devait coïncider avec le moment culminant de la représentation de ce soir. Ensuite, il se chargerait de relier les deux événements par l'intermédiaire du journal. Comme le lui avait expliqué l'inspecteur, Homs était un pauvre bougre, sans famille ni amis, qui s'était enfui de la clinique de Nueva Belén. Cela simplifiait les choses. Une fois qu'il serait confiné dans sa cellule, Sánchez le laisserait l'interviewer. Il imaginait déjà la chronique qu'il allait écrire sur le docteur Frederic Homs et sur la façon dont l'esprit maléfique avait corrompu son âme en en faisant un impitoyable assassin. Le meilleur papier de sa vie.

62

Une dizaine de policiers étaient rassemblés, à attendre. Ils murmuraient et masquaient leur anxiété en tirant sur leurs cigarettes et en tapant des pieds. Dans l'ombre, l'inspecteur Sánchez les observait en silence. Tous portaient de grosses vestes en laine, des gants et des bottes en caoutchouc. Ils étaient armés de pistolets et de fusils à pierre. Chacun d'eux avait sur lui le triple des munitions habituelles. Dans leurs musettes, ils transportaient sept quinquets et quatre lanternes, une dizaine de mètres de corde de chanvre, ainsi que de l'eau et des vivres pour deux jours. On ne pouvait pas dire qu'ils n'étaient pas préparés.

Un peu à l'écart du groupe d'hommes, trois lévriers s'agitaient, impatients de partir en chasse. Ils n'arrêtaient pas de grogner et personne ne s'en approchait, hormis leur maître, un vieux taciturne qui ne parlait qu'à ses bêtes. Les pattes musclées et les canines acérées que ces chiens dévoilaient à la moindre occasion étaient impressionnantes. Leur excellent odorat serait d'une grande aide pour capturer l'assassin : ces mastodontes étaient dressés pour chasser l'être humain.

Un léger bruit de pas leur fit tous lever les yeux. Enfin, pensa Sánchez.

Au bout de la rue apparut un enfant déguenillé conduit par deux hommes. L'inspecteur fronça les sourcils en les voyant. Arrivé devant lui, le plus vieux se découvrit, laissant voir une tonsure sale.

« Le voici, inspecteur. Il nous a donné du fil à retordre. »

Guillem le regardait, une petite flamme dans les yeux.

« Mais on en est sûrs, continua l'homme en crachant par terre : le gosse connaît les tunnels comme sa poche.

— J'espère bien, fit l'inspecteur, et il ajouta à l'intention de Guillem : Conduis-nous là en bas et tu auras une pièce en échange.

— Pour deux douros, moi, je vous emmène où vous voudrez, répondit l'enfant. Mais Dieu m'est témoin que c'est pas recommandé de descendre à cette heure.

— Tu les auras si tu fais bien ce qu'on te dit, c'est clair ? »

Guillem haussa les épaules pour toute réponse. Sánchez fit un signe à l'autre flic, plus jeune.

« Ne le quitte pas des yeux. S'il fait quelque chose de bizarre ou s'il essaie de nous fausser compagnie, tu lui casses un bras. » Puis il haussa le ton en s'adressant au reste de son équipe. « Bon, assez perdu de temps, en route. »

Deux hommes soulevèrent la plaque d'égout avec une barre de fer et la poussèrent dans un coin. Un par un, ils descendirent les barreaux scellés dans la paroi. Les lampes à gaz diffusaient une lueur jaune que l'obscurité dévorait. Le plus compliqué fut de faire passer les molosses ; il fallut improviser avec les cordes et s'y mettre à plusieurs pour les descendre comme des paquets, pendant que leur dresseur tentait de les calmer.

Enfin, tout le monde fut en bas. L'endroit ressemblait à une grande citerne. L'eau filtrait des murs et un ruisseau nauséabond leur mouillait les pieds. Il faisait froid et l'humidité leur collait à la peau, mais le plus impressionnant était encore le silence, si épais qu'il semblait qu'on pouvait le toucher.

« Apportez la lumière. »

Ils poussèrent Guillem vers l'inspecteur tandis qu'un policier dépliait le plan sur un des sacs.

« Tu as déjà vu un plan comme celui-ci ? »

L'enfant acquiesça.

« Bien, montre-moi le chemin pour y arriver. »

Sánchez lui indiqua le vieux réservoir d'eau marqué d'une croix. Guillem observa attentivement le labyrinthe de lignes qui figurait le réseau de souterrains avant de parler.

« Il y a rien, là, à part encore des tunnels.

— Je ne t'ai pas demandé ton avis, morveux, juste que tu me dises comment arriver là.

— Comme vous voudrez. C'est vous le patron. » Il s'approcha encore du plan et suivit une ligne du doigt. « Il faut prendre cette galerie qui va à la Rambla. Après un moment, on arrive à un endroit où se jettent cinq canaux. Pour passer, c'est dangereux. Quand on a traversé, il faut descendre jusqu'aux galeries du deuxième niveau. Là, il peut y avoir pas mal d'eau. Dans cette partie, il y a plus de fourches que sur la langue d'un serpent. Les tunnels sont plus bas et étroits et presque tous passent sous la citadelle. Celui qui vous intéresse, c'est celui-ci.

— Bien, ça a l'air simple.

— Ça, faut voir. »

Les hommes les plus proches se mirent à chuchoter entre eux. Sánchez se redressa et s'adressa à tous d'une voix forte.

« Vous attendez quoi ? Prenez les musettes et c'est parti. » Le groupe s'organisa rapidement : le vieux et ses chiens devant, Guillem accompagné d'un policier au milieu et, fermant la marche, l'inspecteur avec le reste de ses hommes. Au fond s'ouvraient trois tunnels. À la suite de l'enfant, ils s'engouffrèrent dans celui du milieu.

Ils avançaient en silence, accompagnés des glapissements des chiens. La pente se fit plus prononcée au fur et à mesure qu'ils progressaient. Sur leur passage, l'écho de petits clapotis leur parvenait. Guillem expliqua que c'étaient les rats qui fuyaient en les entendant arriver. Quelqu'un suggéra d'en dégoter un de bonne taille pour le préparer en civet avec un peu de riz. Cela n'amusa personne.

Petit à petit, le filet d'eau se changea en un torrent impétueux qui les força à marcher sur une étroite saillie. Sánchez comprit que si l'un des membres de l'expédition tombait dans ces eaux pestilentielles, il serait très difficile de le secourir. Discrètement, il s'arrangea pour rester toujours entre la paroi du tunnel et l'un de ses hommes.

Ainsi, guidés par Guillem, ils entrèrent dans les profondeurs des égouts. Chacun des tunnels qu'ils empruntaient était un trou plus immonde que le précédent. La puanteur imprégnait leurs vêtements et un courant d'air, dont personne ne devinait d'où il pouvait bien provenir, les glaçait jusqu'aux os. Après ce qui leur parut une éternité, ils entendirent le grondement d'une énorme chute d'eau.

Ils débouchèrent dans une salle si grande que les lampes ne parvenaient pas à en éclairer le plafond. À leurs pieds, occupant presque tout l'espace, s'ouvrait un entonnoir aussi large qu'une place, où s'engouffraient les eaux de quatre canaux différents. Dans l'air, un nuage de gouttelettes flottait. Ils étaient arrivés au siphon.

Guillem leur indiqua par gestes le chemin qu'ils devaient prendre. Sur leur droite, ils virent les premières traverses en bois d'une étroite passerelle qui surplombait le siphon sur une vingtaine de mètres pour arriver de l'autre côté. Les planches étaient trempées ; certaines, cassées. Pour toute prise, une corde moisie pendait, fixée par quelques anneaux au mur.

Le vieux aux chiens fut le premier à passer. Ses animaux résistèrent un peu au début, mais leur dresseur finit par les convaincre et ils avancèrent prudemment jusqu'à franchir le siphon. Ensuite, les autres commencèrent à traverser aussi en file indienne.

Cette passerelle à moitié vermoulue ne disait rien qui vaille à Sánchez, mais il ne pouvait pas montrer ses réticences à ses hommes. Il avança sans regarder les eaux bouillonnantes qui, quelques mètres plus bas, semblaient tout engloutir. À mi-parcours, il était déjà trempé. « Quelle saloperie », maugréa-t-il. Il passa son avant-bras sur son visage, cherchant vainement à essuyer l'eau qui lui dégoulinait dans les yeux.

Soudain, il trébucha et son pied droit retomba de tout son poids sur une traverse affaiblie par les années. Un craquement retentit. Sánchez essaya de retrouver son équilibre, mais sa corpulence l'en empêcha.

Il s'agrippa à la corde et fut pris de panique en voyant l'anneau se décrocher du mur quand le ciment qui le retenait cassa. La passerelle pencha violemment et son corps bascula dans le vide. Il entendit des cris. Il agita désespérément les deux bras dans l'air en cherchant une prise, n'importe laquelle. Le grondement du siphon sembla croître ; la panique s'empara de lui quand il plongea dans le tourbillon. Ses doigts cherchèrent anxieusement à se raccrocher à quelque chose mais il n'y avait rien d'autre que de l'eau.

Tout sembla ralentir autour de lui. Une pression terrible monta dans sa poitrine ; il n'avait plus d'air. Ses poumons se mirent à le brûler puis la douleur finit par céder, laissant place à une étrange sensation de paix, tandis que le courant l'attirait au fond et que l'obscurité se refermait sur lui.

63

La silhouette s'arrêta près de la colonne. La lumière des filaments de carbone la caressait et tirait du métal des reflets cuivrés. En s'approchant, il apprécia de nouveau sa forme cylindrique et la finition parfaite de la coupole. Il vérifia les quatre tirants en fer qui la soutenaient à la verticale et les câbles de différentes grosseurs qui pendaient de la voûte comme des pattes d'araignée. Il percevait la vibration qui émanait de l'intérieur du cylindre ; il pouvait la sentir de n'importe quel endroit du laboratoire. Ses doigts frôlèrent le métal et un frémissement parcourut son bras. Il approcha son visage et le métal poli lui renvoya son image déformée. Un gémissement s'échappa de ses lèvres. Bientôt, très bientôt… mais pas encore, non. Il lui restait beaucoup à faire.

À contrecœur, il s'éloigna de la machine et se dirigea vers le mur de pierre. Non loin de la capsule, un secrétaire de grande taille était encastré dans la paroi. À l'intérieur, des dizaines de petites lumières clignotaient. Des câbles en sortaient qui tombaient au sol et, longeant le mur, disparaissaient derrière la colonne. D'une main experte, il manipula quelques manettes, afin que la température, le niveau d'oxygène et l'énergie augmentent de quelques dixièmes. En réponse, de l'intérieur du cylindre en métal monta un bouillonnement apaisant.

Satisfait, il reporta son attention sur la table, où reposait le nouveau spécimen. Dans ce cas, pourtant, il hésitait à l'appeler ainsi. La poitrine de la jeune femme se soulevait en cadence, calmement. Contrairement au traitement appliqué aux autres, il avait couvert sa nudité d'un drap. Cette femme était différente. Sous ses paupières fermées, un léger tressaillement révélait le mouvement interne de ses pupilles. Il prit son pouls à son poignet attaché et hocha la tête, satisfait. La morphine était très efficace.

Pau Gilbert avait fait preuve d'une audace hors du commun. Qui aurait pu imaginer que cet étudiant si brillant était une femme déguisée en homme ? Sa propension à faire n'importe quoi pour atteindre ses objectifs l'avait impressionné. D'une certaine façon, il se retrouvait en elle. Tous deux avaient dû cacher leur véritable identité : incompris et rejetés de tous, et pourtant prêts à tout pour atteindre leurs rêves.

Il était vraiment surpris de l'ingéniosité de la jeune fille. Elle avait fait montre d'une intelligence qui rivalisait avec celle de n'importe quel homme. Peut-être que si elle en avait eu le temps, Gilbert aurait réussi, avec ses camarades, à le démasquer et à l'arrêter.

Lui-même avait presque failli l'avoir, elle, dans la bibliothèque, ce qui eût été vraiment dommage, car à ce moment-là il était décidé à se débarrasser d'elle comme il l'avait fait du vieux. Et il n'aurait donc pas eu maintenant en son pouvoir la clé qui complétait le Procédé. Quelle ironie !

Il caressa du bout des doigts la couverture du manuscrit. Il réfréna la tentation de l'ouvrir et de se perdre dans ses pages. À côté du livre étaient étalées les notes de la jeune femme et la planche restée cachée pendant trois cents ans. La dernière gravure de Vésale.

Tout était prêt. Au cours des dernières heures, il avait travaillé aux modifications qu'indiquait le *Liber Octavus* et, en conséquence, un ensemble de câbles légèrement différents de ceux qui sortaient de la machine pendait d'un rail au-dessus de la table de dissection. Il était admiratif. Le Procédé était d'une simplicité extraordinaire et c'était précisément ce qui le rendait si génial.

Il vérifia que la sciure recouvrait le sol autour de la table en quantité suffisante et que plusieurs bouteilles de verre remplies de solution saline étaient bien disposées sur leurs perches métalliques, ainsi que deux unités de sang et un transfuseur.

Il sortit une boîte en satin noir d'un tiroir et l'ouvrit de ses doigts gantés. Révérencieusement, il en tira un flacon qu'il leva pour l'examiner à contre-jour. Le liquide verdâtre remua à l'intérieur.

Il sourit. Le sérum, sur les premiers spécimens, avait été un échec. Ils mouraient avant qu'il ait pu opérer. Du gaspillage, puisque les cadavres ne lui étaient plus d'aucune utilité. Finalement, après des dizaines d'ajustements dans son laboratoire, il avait réussi. Il avait atteint un tel degré de perfection dans la formule qu'il pouvait maintenant l'adapter à la constitution de l'individu et à la durée de l'opération. Son travail avait d'ailleurs produit un résultat inattendu. La singulière combinaison de la cocaïne avec d'autres opiacés qui faisaient partie de la formule causait une hyperalgésie chez les sujets. Au lieu d'endormir le corps, elle amplifiait les sens, les rendant particulièrement sensibles à la douleur. C'était vraiment fascinant d'observer leurs réactions pendant qu'il travaillait.

Il rangea de nouveau le flacon dans sa boîte, qu'il posa sur une console en métal. Il ferma les yeux et isola la douleur dans son corps maltraité. Il adorait les sensations qui précédaient chaque intervention. Lorsque tout serait terminé, cela lui manquerait. C'était un instant exquis, unique. Le spécimen était intact. Rien ne l'avait encore transformé. Quand il posait son bistouri sur sa peau, une brèche s'ouvrait dans ce fragile équilibre. Si on n'agissait pas avec rapidité et une parfaite synchronie, l'harmonie anatomique se perdait de façon irréparable. Sa dextérité était la seule chose qui séparait une œuvre d'art d'une chirurgie désastreuse. Et lui, il était un artiste.

64

Daniel bougea le bras prudemment, en essayant d'amortir les secousses de la voiture qui réveillaient la douleur. Du sang séché collait ses cheveux et il sentait ses lèvres fendues et gonflées. Il inspecta ses vêtements et fit la moue : on aurait dit qu'il sortait des égouts. Il repoussa le verre qu'on lui tendait et but directement à la bouteille une grande rasade.

« Merci, dit-il d'une voix faible.

— Ton ami Fleixa est très persuasif, expliqua Irene. Il s'est présenté à la maison et a insisté jusqu'à ce que j'accepte de le recevoir. Il m'a raconté dans quelles conditions tu avais été arrêté et que tu avais besoin d'aide. Je t'avais prévenu, Bertomeu est capable de tout. Tu dois quitter Barcelone avant qu'on ne découvre que tu t'es enfui. » Elle lui tendit une élégante valise en cuir. « Tu as un billet pour l'express de Montpellier qui part cette nuit, ton passeport et un peu d'argent que j'ai pu réunir. Tu devras laisser tes affaires à la résidence. Je verrai comment te les faire parvenir plus tard.

— Tu es d'une grande générosité, que je ne mérite pas, d'ailleurs, et tu as pris de gros risques pour m'aider, mais je ne peux pas partir.

— Mais tu n'as toujours pas compris que ta vie est en danger ? » s'exclama-t-elle, atterrée.

À cet instant, la voiture s'arrêta devant l'Arc de triomphe qui marquait l'entrée de l'exposition. Une grande quiétude planait sur l'enceinte, avant la journée inaugurale du lendemain. La portière s'ouvrit, et le visage de Fleixa apparut.

« Entrez, dit Irene. Et dites à Encarnita de venir aussi, il fait si froid.

— Votre bonne a pris une capote et s'est enveloppée dedans. Elle dit qu'elle préfère rester dehors pour faire le guet. »

Le journaliste s'assit près de Daniel.

« Fleixa, je ne sais comment vous remercier.

— Ce n'est pas à moi que vous devez votre liberté, moi, je ne joue que les cochers. »

Le visage de Daniel s'assombrit.

« J'ai appris… Je suis vraiment désolé. »

L'expression enjouée de Fleixa disparut et il hocha la tête avec gravité.

« Comment vous sentez-vous ? »

Le journaliste, avant de répondre, écarta le rideau et jeta un œil dans la rue.

« Beaucoup mieux maintenant.

— Quand on découvrira mon évasion, vous allez vous retrouver en fâcheuse posture vis-à-vis des autorités, mon ami.

— Ne vous faites pas de bile. À mon avis, l'inspecteur Sánchez a bien d'autres chats à fouetter pour le moment. »

Bien qu'il distinguât mal ses traits dans la pénombre de la voiture, Daniel aurait juré que Fleixa avait souri.

« Je vous expliquerai. » Il avait devancé sa question. « Là, nous n'avons pas le temps : Mlle Gilbert a disparu.

— Que s'est-il passé ?

— D'après ce que j'ai pu savoir, un des étudiants a découvert sa véritable identité et l'a dénoncée. Elle avait ordre de rester chez elle, mais quand on est venu lui apporter son dîner, elle n'était plus là. Et la pièce était sens dessus dessous. Personne ne comprend ce qu'il s'est passé mais nous, si, n'est-ce pas ? Homs a dû l'enlever.

— Ce n'est pas Homs.

— Pardon ? »

Daniel se tourna vers Irene.

« Dis-moi, où se trouve ton mari en ce moment ?

— Bertomeu ? Pourquoi cette question ? »

Il prit ses mains dans les siennes et les serra en cherchant ses yeux du regard.

« C'est important, c'est vraiment important. Où crois-tu qu'il puisse être ?

— Je ne saurais pas te dire. Je ne l'ai pas vu depuis des jours.

— Et c'est courant qu'il disparaisse comme ça ?

— Ces derniers mois, avec les travaux à la centrale, il a pris l'habitude de s'absenter pendant deux ou trois jours sans me prévenir. J'imagine qu'il travaille tard le soir et qu'il passe la nuit à son bureau. »

Daniel hocha la tête, songeur, sous les regards interrogateurs des deux autres.

« Tu te rappelles les papiers que tu m'as donnés ? Ils contenaient les conclusions de l'autopsie effectuée sur l'ami de Homs supposément assassiné par lui avant son évasion de la clinique. Comme il n'y avait aucune famille pour le réclamer, le corps a été envoyé à l'hôpital de la Santa Creu pour les travaux pratiques des étudiants. Ton mari s'est arrangé pour subtiliser le compte rendu afin que personne ne découvre la vérité.

— Quelle vérité ? »

Daniel fit une pause pour avaler une nouvelle gorgée de liqueur. Puis, après un regard à l'une et à l'autre, il annonça :

« Le mort avait un cancer du foie.

— Bonté divine ! s'exclama Fleixa.

— Et alors ? demanda Irene, déconcertée par la réaction du journaliste.

— Et alors, l'homme assassiné à la clinique n'était autre que le docteur Homs. »

Ils se turent, le temps d'assimiler cette révélation et ses conséquences.

« Mais qui est l'autre homme, dans ce cas ?

— Un employé de ton mari.

— Non ! fit Irene, étouffant un cri, les deux mains sur la bouche.

— Lors de son séjour à la clinique, Adell a noué des liens avec Homs. Il était au courant des travaux du médecin et le soupçonnait d'avoir fait de grandes découvertes. Il a voulu les acheter mais s'est heurté à un refus catégorique. Comme il quittait la clinique, Adell avait besoin de quelqu'un pour surveiller Homs. Il a gagné la sympathie de l'ami du médecin, peut-être en le soudoyant. Au bout de quelques jours, celui-ci l'a prévenu que Homs allait sortir aussi. Je suppose que c'est Adell en personne qui est revenu à la clinique et a essayé une dernière fois de le convaincre de partager son secret, mais devant sa résistance il a perdu son calme, comme cela lui est arrivé en d'autres occasions, et l'a tué.

— Donc, l'état du corps…

— Adell a de très bonnes connaissances en chirurgie. Même s'il a été renvoyé de la fac de médecine, c'était un élève brillant. Il a défiguré Homs et l'a revêtu des vêtements de son ami dans le but de faire croire que le docteur était l'assassin. »

L'incrédulité planait dans la voiture.

« Je ne suis pas sûr… commença Fleixa.

— Irene, cette voiture est celle de Bertomeu, n'est-ce pas ? s'enquit Daniel.

— Oui, en effet. Mais je ne vois pas le rapport avec…

— Malgré le manque de lumière, l'interrompit Daniel, j'ai remarqué qu'un phare a été changé ; les éraflures sont encore visibles, même si elles ont été camouflées avec de la résine, et le cheval en argent de la portière est abîmé. Ça ne se voit pas à première vue, mais quand on sait ce qu'on cherche… C'est cette voiture que nous avons prise en chasse sur les Ramblas !

— Nom de Dieu, vous avez raison ! s'exclama Fleixa.

— Mais pourquoi aurait-il fait ça ? s'interrogea Irene, nerveuse, dont les mains ne tenaient pas en place.

— Adell veut découvrir par lui-même le secret de Vésale que Homs a refusé de lui révéler, expliqua Daniel. Pour cela, il réalise d'abominables expériences sur les jeunes filles, jusqu'à les tuer. C'est pour cette même raison qu'il cherchait le manuscrit à la bibliothèque et qu'il s'est trompé en prenant à Gilbert le mauvais. Nous étions sur les traces d'un mort. C'est Adell, le véritable assassin. »

D'impuissance, il frappa son siège. La jeune étudiante et le codex étaient maintenant à sa merci. Qui sait si elle était encore en vie !

« Il faut aller à la rescousse de Gilbert et arrêter Adell.

— Je veux bien, renchérit Fleixa, mais comment ? Nous savons qu'il se cache dans les souterrains près de la centrale électrique mais nous ignorons où exactement, et nous savons encore moins comment y arriver.

— L'entrée n'est sûrement pas dans la centrale même, ce serait compliqué pour lui de faire passer ses victimes par un lieu aussi fréquenté que l'Exposition. »

Daniel se tut. Depuis des heures, il avait en tête la conversation qu'il avait eue avec Adell avant son arrestation. Il avait la sensation que quelque chose de décisif lui échappait. Mais quoi ? Que lui avait-il dit de si important. Soudain, il comprit.

« Fleixa, vite, il faut aller chez moi.

— Vous voulez dire à la résidence ?

— Non, non, à la propriété. Mon Dieu, dépêchez-vous. »

Le journaliste ne se le fit pas dire deux fois et sortit pour prendre place sur le siège du cocher. La voiture démarra et redoubla de vitesse sur le Paseo de la Industria, vide à cette heure. Ils dépassèrent le parc de la Citadelle et prirent la rue La Ribera. Ils enfilèrent ainsi plusieurs ruelles et arrivèrent quelques minutes plus tard devant l'ancien hôtel particulier.

Daniel ouvrit la portière et allait descendre de voiture quand il s'arrêta et se tourna vers Irene.

« Comment vas-tu rentrer ?

— Ne t'inquiète pas, Encarnita est fille de charretier et elle sait aussi bien conduire cette voiture que le meilleur conducteur de tramway.

— Je... »

Irene effleura ses lèvres de ses doigts gantés et murmura :

« Fais attention à toi. »

Ils se regardèrent un instant. Daniel voulut ajouter quelque chose, mais la voix de Fleixa l'interrompit.

« Je suis désolé de vous presser, Amat, mais à cette heure nous risquons d'attirer l'attention du veilleur de nuit. Sans compter que je commence à être gelé. »

Irene hocha la tête. Ce fut un geste bref, presque imperceptible dans l'obscurité de l'habitacle. Sans mot dire, Daniel sauta de voiture et suivit Fleixa. Tous deux plongèrent dans les ténèbres de la rue en direction de la maison dont la silhouette se découpait sur le ciel couvert.

65

Llopis écarta à peine le rideau pour observer la salle. De là où il se trouvait, il vit Evaristo Arnús accueillir devant le foyer les huiles de la ville. Le propriétaire du Teatro Lírico jouait les amphitryons et, un grand sourire sur les lèvres, saluait de droite et de gauche. Déposés par leur voiture devant l'entrée de la rue Mallorca, les messieurs vêtus de leur meilleure jaquette et les dames arborant leurs robes et bijoux les plus magnifiques se succédaient à l'intérieur du théâtre.

Les loges présentaient la splendeur des grandes occasions. Un somptueux lustre en cristal jetait ses lumières sur l'orchestre. Le parterre et les trois étages grouillaient de monde. Le théâtre affichait complet. Personne ne voulait rater ça.

Cette soirée était devenue l'événement de l'année. Les prix avaient doublé, l'entrée de base, à une peseta, était passée à deux à la revente, et pour les loges les mieux placées, on avait payé jusqu'à quinze pesetas. Les places, un peu plus de deux mille, étaient parties comme des petits pains en une heure et demie, et ils auraient certainement pu en vendre mille de plus. Les autorités avaient dû envoyer la brigade équestre pour prévenir tout débordement. On disait que la municipalité au grand complet était attendue, et même le gouverneur et son épouse.

Llopis pouvait sentir l'excitation vibrante de la salle. Il se plut à observer la conversation enflammée de deux messieurs, dont l'un tenait un exemplaire du *Correo de Barcelona*. À coup sûr, ils commentaient sa dernière chronique.

Sánchez devait être dans les égouts, sur le point de mettre la main sur Homs. Il n'y avait plus qu'à espérer qu'il ne flanque pas tout par terre à la dernière minute.

Llopis sentait ses paumes commencer à devenir moites. Quand il était nerveux, elles étaient baignées de sueur, il n'y avait pas moyen de l'éviter. Alors qu'il cherchait un mouchoir, il sentit une main le frôler.

Mme Palatino était debout à côté de lui. Comment diable faisait-elle pour être si silencieuse ? S'il n'avait pas été convaincu que cette femme et tout son tralala spirite n'étaient que pure supercherie, il aurait dit qu'elle avait tout d'un de ces esprits avec lesquels elle prétendait communiquer.

« Madame ! »

La spirite cligna des yeux paresseusement et inclina la tête en guise de salut.

« Je vous ai fait sursauter, monsieur Llopis ? »

Le journaliste crut percevoir une ombre d'amusement qui disparut immédiatement sous le voile grisâtre de son visage.

« Non, bien sûr que non, madame. Je suis juste un peu tendu, j'imagine, pas vous ? »

Elle ne parut pas l'entendre. Llopis, mal à l'aise, changea de sujet.

« Est-ce que tout est à votre convenance ? »

Pour toute réponse, la femme se retourna. Des techniciens finissaient d'installer des fauteuils derrière une table recouverte d'un tissu de satin noir. Ils les avaient placés en arc de cercle, d'un bout à l'autre de la scène. L'un d'eux était en train de disposer des bougies à intervalles réguliers, tandis qu'un autre posait deux vases et une carafe d'eau au milieu. À la demande expresse du médium, la scène n'était occupée que par cette table et les fauteuils.

« Seuls les esprits savent ce que le destin nous réserve, monsieur Llopis.

— Oui, bien sûr », fit-il sans comprendre.

La femme scruta la salle entre les rideaux.

« Tout Barcelone est ici », se félicita avec enthousiasme le journaliste.

Le visage de la spirite ne laissa transparaître aucune émotion, mais quand elle se tourna vers lui, elle avait un air grave.

« Je dois vous mettre en garde.

— Pardon ?

— Je pressens une aura négative. Une énergie que jamais encore je n'avais ressentie. »

Llopis en eut froid dans le dos. Que voulait-elle dire ? Avait-elle changé d'avis ? Il n'avait pas prévu de clause en cas de désistement de dernière minute. Si cela arrivait, il serait obligé d'annuler la représentation et ce serait un désastre, sans compter qu'il serait la risée de toute la ville. Peut-être voulait-elle plus d'argent ?

« Notre accord ne vous satisfait plus ?

— Non, il ne s'agit pas de ça. »

Llopis lut dans ses yeux quelque chose qu'il savait reconnaître : la peur. Il soupira, soulagé. Finalement, cette femme était bien en chair et en os. Il chercha à la rassurer.

« C'est le trac, madame. Dès que nous aurons commencé, cela ira mieux. Tout le monde est venu pour vous voir. Cette soirée va rester dans les annales de la ville et vous en serez la protagoniste. »

La femme tourna les yeux vers le brouhaha de la salle.

« C'est ce que je crains, monsieur Llopis, oui, c'est ce que je crains. »

Au bout de plusieurs minutes et non sans difficulté, les spectateurs avaient tous rejoint leurs places. Les conversations commencèrent à s'espacer et à se transformer en chuchotements. Une multitude de visages était tournée vers la scène. Alors, les lumières baissèrent et le silence se fit.

Le rideau s'ouvrit et Mme Palatino, toute de noir vêtue, apparut debout sur la scène, éclairée juste par quelques lumières à ses pieds. Les ombres profilaient son corps maigre qui par contraste semblait encore plus cadavérique que d'habitude. Une dame poussa un léger cri vite étouffé par quelques protestations. Certains spectateurs ne purent s'empêcher de frissonner. Llopis avait réussi à convaincre le gérant du théâtre de faire éteindre le chauffage dès que tout le public serait entré de sorte que l'atmosphère devienne glaciale, mais il se rendit compte que ce n'était pas nécessaire. La seule présence de cette femme avait gelé la salle.

Un homme entra en scène, que Llopis avait vu lors des séances privées.

« Mesdames et messieurs, bonsoir et bienvenue. Nous sommes réunis ce soir dans ce magnifique théâtre pour prendre part à une expérience extraordinaire, à un événement mémorable. Personne, et je dis bien personne, ne restera indifférent à ce qui va se dérouler ici ce soir. Vous avez la chance d'avoir l'occasion d'assister à quelque chose de formidable, pour la première et dernière fois dans cette ville. »

Llopis sentit son sourire s'élargir. On allait parler de cette soirée pendant très, très longtemps.

66

Le jeune policier avait disparu sous leurs yeux comme s'il n'avait jamais existé. Les regards de tout le groupe restaient fixés sur le torrent qui continuait à se déverser comme s'il ne s'était rien passé.

Sánchez était trempé et avait du mal à respirer, mais il était toujours vivant. Il s'en était fallu d'un cheveu pour que ce soit lui qui y passe. En perdant l'équilibre, il avait entraîné un de ses hommes. Ils s'étaient retrouvés accrochés à une protubérance du mur, giflés par le flot. C'était trop étroit pour deux et il avait eu toutes les peines du monde à déloger l'autre pour s'y faire une place. À l'aide d'une corde qu'on lui avait lancée, il avait réussi à sortir de ce bourbier. Malheureusement, son jeune subalterne n'avait pas eu la même chance et avait fini emporté dans le siphon.

Il commençait à entendre des commentaires nerveux. Les hommes regardaient avec frayeur autour d'eux et chuchotaient comme des commères. Il comprit qu'il devait rappeler qui commandait ici ou tout finirait par lui échapper.

« C'est un malheur, un vrai malheur auquel nous venons d'assister, déclara-t-il en se plaçant au milieu du groupe. Votre camarade m'a sauvé la vie en donnant la sienne. Nous le garderons toujours présent dans nos prières. Maintenant, nous devons continuer.

— Inspecteur, c'est Josep qui avait les lampes de réserve et le plan.

— On devrait rebrousser chemin », murmura l'un des hommes, qui ne quittait pas l'eau des yeux.

L'inspecteur franchit la distance qui les séparait en deux enjambées, le saisit par le col et le poussa contre le mur.

« Qu'est-ce que tu racontes ? hurla-t-il, pour être entendu de tous. Tu veux quoi ? Que le sacrifice de ton collègue, Dieu ait son âme, ait été inutile ? Allez, ramassez les affaires et on continue, c'est compris ? »

Un murmure approbateur s'ensuivit.

Sánchez chercha des yeux le gamin. Il était recroquevillé dans un coin près de l'entrée du tunnel, à l'écart du groupe.

« Toi ! Viens là ! »

Guillem obtempéra en reniflant.

« Tu as vécu un certain temps ici, pas vrai ? Tu te sens capable de nous guider ?

— Possible… hésita l'enfant.

— Il n'y a pas de "possible" qui tienne, petit, lui murmura Sánchez en lui balançant une taloche. Tu vas le faire, pigé ? »

Avec satisfaction, il vit l'expression apeurée de l'enfant changer et son visage se durcir. Un instant, il crut lire une once de rancune dans son regard, mais très vite l'enfant baissa les yeux au sol, prêt à collaborer.

« Oui, monsieur. Je vais le faire. Je peux le faire, oui.

— Bien. On y va, alors. Et que ça saute. »

Guillem ramassa sa gibecière et se mit à avancer cahin-caha. Tous se levèrent et se remirent en route. Sánchez palpa sa poche et se rendit compte qu'il avait perdu son sachet de lupin. Bon sang, on pouvait dire qu'il avait du mérite !

La lueur des lampes les éclairait telle une procession. Ils avançaient en silence ; personne n'avait le cœur à discuter. Au bout de quelques minutes, le débit augmenta et le passage où ils évoluaient rétrécit encore, les obligeant à marcher en file indienne. Ces canaux drainaient les eaux des quartiers de la Concepció, la Audiencia et du Born. Au passage, elles embarquaient les rejets de dizaines d'usines du coin. La puanteur se fit si insupportable qu'ils durent se nouer des mouchoirs sur le nez et la bouche.

« C'est encore loin ? » demanda Sánchez à Guillem, en lui serrant l'épaule.

L'enfant, qui ne semblait pas incommodé par l'odeur, fit un signe devant lui.

« Encore une galerie, monsieur. »

Il avait déjà dit ça une demi-heure plus tôt. Sánchez commençait à penser que ce stupide môme n'avait pas la moindre idée d'où ils se trouvaient. Ils n'auraient peut-être pas dû se fier à lui. Pourtant, quelques minutes plus tard, la voie s'élargit et ils se retrouvèrent dans un petit espace semi-circulaire d'où partaient deux tunnels.

Ils étaient arrivés à la bifurcation.

Près du mur se trouvaient une brouette renversée, quelques outils abandonnés et une montagne de sacs de sable durci empilés devant une porte sur presque toute sa hauteur.

« On dirait qu'ils ont été mis là exprès pour empêcher d'entrer, remarqua un policier.

— C'est pour pas qu'ils sortent, fit Guillem.

— Qu'ils sortent ? Qui ça, ils ? voulut savoir un homme.

— Fini de discuter, coupa Sánchez. Déblayez-moi ça. »

Les hommes firent une chaîne et se relayèrent pour ôter les sacs. L'humidité s'était chargée de dessiner des formes oxydées sur le métal de la porte, mais cette dernière semblait toujours solide. Une grosse barre de fer, placée en travers, la bloquait. Deux hommes furent nécessaires pour parvenir à la bouger. Puis ils s'apprêtèrent à ouvrir la porte. Mais l'humidité l'avait soudée au chambranle. Ce n'est qu'en faisant levier avec les fusils qu'ils réussirent finalement à ouvrir un espace suffisant pour passer. Les flammes des lampes vacillèrent quand un courant d'air, aussi rance que l'haleine d'un vieillard, s'en échappa. Derrière la porte apparurent les premières marches d'un escalier en colimaçon qui descendait vers les galeries inférieures.

« Soyez aux aguets, arme à la main ! ordonna Sánchez. Il n'y a pas de mal à être sur ses gardes. À partir de maintenant, on ne laisse que trois lampes allumées. »

Ils entamèrent la descente. Le vieux et ses chiens devant, Guillem, Sánchez et le reste de l'équipe derrière. L'inspecteur sentit le garçon trembler près de lui et mit cela sur le compte du froid. Au bout de quelques minutes, ils arrivèrent à un tunnel d'où partaient cinq galeries. Ils se trouvaient dans une des parties les plus anciennes du réseau. Les tunnels étaient creusés directement dans la pierre, avec un sol en terre battue. Guillem, sans hésitation, choisit le troisième à gauche. Le plafond était beaucoup plus bas et les obligeait à marcher pliés en deux. Tous les trois mètres s'ouvraient sur les côtés des trous de la taille d'un homme, qui communiquaient avec les autres tunnels parallèles et permettaient de passer d'une galerie à l'autre.

Alors qu'ils avançaient depuis déjà un moment, les chiens se mirent à grogner et à tourner sur eux-mêmes. Le dresseur tira sur leurs laisses en les injuriant, mais les animaux ne cessaient de gémir et de gratter le sol de leurs pattes.

« Fais-les taire ! cria un des policiers. Ils vont nous rendre dingues. »

Soudain, on entendit un cri, suivi d'un juron. Les chiens, libérés, cavalèrent dans la nuit en aboyant rageusement. Le vieux s'était retrouvé assis par terre, replié sur lui-même. Deux hommes l'aidèrent à se relever.

« Tu ne sais pas maîtriser tes chiens ?

— Allez au diable. Un de ces salopards m'a mordu. Depuis qu'on est descendus dans cet enfer, ils sont comme fous. »

Soudain, les aboiements se turent, laissant place à un silence impressionnant. Les hommes se regardèrent, déconcertés.

« Qu'est-ce que c'est que ce cirque ?

— On y va », ordonna Sánchez, en saisissant son revolver.

Ils avancèrent dans le souterrain, arme au poing. Sous leurs pieds, l'eau se teintait de rouge. Le groupe ralentit le pas et les hommes, se rapprochant les uns des autres, serrèrent leur arme plus fort. La galerie, légèrement en pente, bifurquait vers la droite. Le premier chien était étendu en travers du tunnel. Malgré la plaie béante qui barrait son abdomen, il respirait encore. L'inspecteur avança encore de quelques mètres avec deux hommes. Sur une pierre de grande taille gisait un autre des molosses, la nuque brisée. Un peu plus loin, ils trouvèrent le troisième, la tête presque séparée du tronc. Les parois du tunnel étaient éclaboussées du sang des animaux.

« Qui a pu faire ça ?

— Peu importe. Qui que ce soit, je jure que je le tuerai », lâcha le vieux.

L'un des policiers les plus aguerris s'approcha de Sánchez. Il ne cherchait même pas à masquer la tension dans sa voix.

« Monsieur, ce sont eux, ils sont ici. Ils doivent être en train de nous surveiller à l'heure qu'il est.

— Mais qu'est-ce que tu racontes ? Qui donc ?

— Les "collecteurs". »

Sánchez soupira. Il ne lui manquait plus que ça : entendre de nouveau ces histoires à dormir debout.

« Nous avons de la lumière et nous avons des armes. Je ne vais pas reculer devant une bande de mendiants déguenillés.

— Mais, monsieur, c'est leur territoire. Nous devrions nous en aller tant qu'il est encore temps. »

Sánchez appuya son revolver sur la tempe de l'homme et l'arma. Le policier recula en titubant et trébucha contre la paroi.

« Personne ne va nulle part. C'est bien compris ? »

L'homme hocha la tête, plusieurs fois.

« Répète, bien fort.

— Personne… ne va… nulle part, monsieur.

— Très bien, continua l'inspecteur en baissant son arme. Où est le morveux ? »

Tous regardèrent autour d'eux. Mais Guillem avait disparu. L'inspecteur réprima un juron. Saloperie de môme. Heureusement, il avait le plan en tête et savait qu'ils se trouvaient très près du réservoir abandonné. Il n'avait pas l'intention de reculer maintenant. Pas après tout ce qu'il avait dû supporter pour arriver jusque-là.

« Laissons tomber le gamin. On continue. Et ouvrez l'œil. Ceux qui ont fait ça ne doivent pas être loin. »

Le groupe se remit en route, prudemment, en guettant avec appréhension les ombres qui les encerclaient. Sánchez observa du coin de l'œil le policier qui marchait à côté de lui. À son expression, il comprit que lui aussi avait entendu les bruits venant des autres galeries. Il allait ordonner d'allumer toutes les lampes quand au fond du tunnel se dessinèrent des silhouettes, qui déguerpirent en les voyant. Avant qu'il ait pu les retenir, le vieux et trois hommes s'élancèrent à leur poursuite. Sánchez les maudit. Ils avaient emporté deux des lampes ; il ne leur en restait plus qu'une. Avant qu'il ait eu le temps de regretter leur départ, trois coups de feu retentirent suivis d'un cri. Puis plus rien.

« Sortez les lampes de réserve, vite ! »

Mais l'ordre avait été donné trop tard. Tels des spectres surgissant des murs, ils apparurent de chaque côté du tunnel et les encerclèrent. Ils portaient des haillons et exhalaient une odeur pestilentielle. Sánchez se rendit compte avec un certain soulagement que ce n'étaient pas des fantômes mais bien des hommes, avec même quelques femmes. Un groupe de trente individus, ou même plus. À la plupart il manquait des dents et leurs mains étaient crochues comme des serres à cause d'une infirmité ou du manque de nourriture. Ils tenaient de grossiers couteaux et des quinquets rudimentaires qui n'éclairaient que faiblement. La plupart portaient des capuches, d'autres montraient des visages couverts de pustules et de cicatrices. Mais le plus terrifiant était encore leur regard : leurs yeux clignaient à peine et leurs pupilles étaient sans couleur.

« Je représente la loi, cessez immédiatement toute hostilité ou… ou je vous fais arrêter », leur lança Sánchez avec toute l'assurance dont il fut capable.

Personne ne répondit.

« Vous m'avez entendu ? » cria-t-il.

Un instant, l'inspecteur crut qu'ils allaient obéir. Puis l'un d'eux s'avança. Son bras bougea si rapidement qu'il le vit à peine. Le policier à côté de lui poussa un cri et tomba à genoux en agrippant sa main qui pendait, presque sectionnée. La lampe qu'il tenait roula à terre et s'éteignit.

Alors ils attaquèrent.

Les ténèbres furent envahies de bruits de lutte, de plaintes et d'exclamations sourdes. Quelqu'un réussit à tirer. Il y eut plusieurs cris. Sánchez chercha à tâtons la paroi du tunnel. Tout à coup, il sentit une terrible douleur à la jambe. Un de ces pouilleux l'avait poignardé. Il vida son chargeur à l'aveuglette et réussit à s'éloigner du centre de la mêlée. Ça sentait le roussi. Mieux valait fuir. S'il restait là, il ne donnait pas cher de sa peau. Alors qu'il battait en retraite, il tomba sur un de ses hommes, qui le reconnut.

« Inspecteur, quels sont vos ordres ? »

Sánchez repoussa le policier, qui, surpris, trébucha et tomba en arrière. Immédiatement, trois ombres s'abattirent sur lui. Il n'y eut plus dans l'air que le fer tailladant la chair et les cris de l'homme. Sánchez en profita pour fuir.

Il laissa derrière lui la galerie où gisaient les chiens dépecés et s'engouffra dans le tunnel dont il pensait qu'il menait à l'escalier en colimaçon. Quand il s'estima suffisamment loin, il sortit une des lanternes de réserve qu'il avait dans son sac. Sa jambe lui faisait très mal mais il ne pouvait pas s'arrêter pour examiner la blessure. Derrière, les bruits de lutte continuaient. Quelques coups de feu lui parvinrent, qui se firent de plus en plus espacés jusqu'à cesser complètement. Il espérait que dans la confusion personne ne s'était rendu compte de sa disparition.

Après quelques minutes qui lui parurent une éternité, il trouva l'escalier. Il arriva en haut en boitant, hors d'haleine. Il pensa à faire une pause pour reprendre son souffle, mais il crut alors entendre un bruit de pas derrière lui. Il se faufila par l'ouverture de la porte et se retrouva dans la galerie par laquelle ils étaient arrivés.

Il fallait qu'il ferme cette porte à tout prix. Il pesa de tout son poids sur la surface métallique et poussa de toutes ses forces. Les gonds rongés par l'humidité protestèrent mais finirent par céder et, pouce par pouce, la porte commença à se refermer.

Il avait presque réussi quand dans l'escalier apparut un homme. C'était une jeune recrue. Il avait perdu son équipement et son manteau, deux lambeaux brillants pendaient de sa chemise au niveau de la poitrine et il se tenait la tête pour tenter de contrôler l'hémorragie de la blessure qu'il avait au front.

« Monsieur, ouvrez ! Ouvrez la porte ! »

Sánchez continua à pousser sous le regard incrédule du jeune flic. C'est alors que surgirent derrière celui-ci les premiers poursuivants. S'apercevant de leur présence, il hurla comme une bête prise au piège. Les « collecteurs » se mirent à l'encercler en prenant leur temps. Le jeune homme suppliait Sánchez du regard, tandis que ses doigts essayaient de retenir la porte.

« Ouvrez ! Pour l'amour du ciel, ou… ! »

Dans un bruit sourd, la porte se referma sur son chambranle, étouffant les derniers mots. Sánchez saisit une des pelles abandonnées et la passa à travers les anneaux qui avaient retenu la barre de fer, trop lourde pour qu'il puisse la soulever seul. Depuis l'autre côté, des cris lui parvenaient encore, amortis.

Il s'éloigna de là avec une sensation de soulagement. Il ne savait pas combien de temps la porte les retiendrait ; assez, espérait-il, pour qu'il puisse s'échapper. Sa jambe le lançait. En approchant la lanterne, il vit que son pantalon était imbibé de sang. Il détacha le mouchoir à son cou et le noua bien serré au-dessus de la blessure.

Il avait besoin de se calmer. Devant lui s'ouvraient trois galeries. Laquelle était la bonne ? Avant qu'il puisse prendre une décision, le tunnel lui apporta l'écho d'un craquement suivi d'un tintement métallique. Ils étaient là. Sans réfléchir, il choisit le tunnel du milieu et s'y engouffra, la petite flamme de sa lampe pour seul guide.

67

« Je suis content de vous voir réveillée. »

Pau entendit les mots de son ravisseur dans un lointain brouillard. Elle tenta de bouger, en vain : ses poignets étaient retenus par des courroies en cuir. Un frisson parcourut son corps nu, à peine couvert d'un drap. Elle ne sentait même pas son dos, endormi par le froid et le contact de cette surface dure sur laquelle elle était étendue.

« Veuillez excuser ces liens, simple mesure préventive pour éviter que vous ne vous blessiez avant que le sérum fasse effet. Je vous promets de vous détacher ensuite. »

Son ravisseur portait une chemise blanche et une cravate, et par-dessus un tablier de médecin en cuir. Ses yeux qui la contemplaient étaient d'une fixité inquiétante, derrière ses lunettes.

« Vous ? Comment est-ce possible ? » fit Pau, en essayant de garder son calme. Elle avait cru que sa dernière vision avant de perdre connaissance avait été une hallucination. Mais non.

« Vous semblez étonnée.

— Jamais je n'aurais imaginé… Pourquoi ?

— Ne vous inquiétez pas. Vous comprendrez tout en temps et en heure. Quelques surprises nous attendent encore cette nuit. Mais d'ici là, nous avons beaucoup à faire. »

L'homme sortit de son champ de vision. Un instant plus tard, il réapparut portant une bassine d'eau et des objets enveloppés dans un linge. Il approcha le banc et s'assit près d'elle. Il ajusta ses gants, puis il humidifia le coin du tissu et délicatement lui mouilla la racine des cheveux.

« Qu'est-ce que vous faites ? balbutia Pau.

— Le Procédé exige quelques préparatifs, comme vous le savez sans doute déjà. Je n'en ai pas pour longtemps. »

Il continua son travail jusqu'à ce qu'il soit satisfait, puis il posa le linge sur la bassine et maintint la tempe de la jeune femme entre ses doigts. Dans son autre main, il avait un rasoir de barbier. En voyant la lame approcher de son visage, Pau tourna la tête brusquement et sentit une vive douleur. Elle cria. Un filet de sang coula le long de sa joue.

« Je vous conseille de ne pas bouger. Rappelez-vous que je n'ai pas besoin de garder intact votre visage. Si vous résistez, ça ne m'empêchera pas de finir d'une manière ou d'une autre mon travail. »

Malgré sa terreur, Pau obéit. Dans un sanglot, elle sentit tomber autour d'elle les mèches de ses cheveux. L'homme travaillait efficacement et en quelques minutes ce fut fini.

« J'ai eu un mal fou à vous trouver. C'était très malin de vous cacher chez cette prostituée. C'était une idée à vous ou celle de votre ami Amat ?

— Qu'est-ce que vous avez fait à Dolors ? balbutia Pau d'une voix hachée.

— Une femme courageuse. Jusqu'au bout, elle a refusé de vous dénoncer. »

Pau ferma les yeux en luttant contre les larmes.

« Tôt ou tard, on vous arrêtera, parvint-elle à articuler.

— Laissez-moi en douter. Vous et vos amis n'étiez pas loin, et pourtant… »

Après avoir rangé ses ustensiles de barbier, il revint s'asseoir près d'elle.

« Vous savez, ma chère ? Je suis très satisfait de vous avoir ici. Je crois que vous seule serez en mesure d'apprécier réellement mon labeur. Avec les sujets précédents, je n'ai pas pu, pour des raisons évidentes, jouir d'une conversation un tant soit peu intelligente. Oh, mais avec vous, Gilbert, les choses sont différentes. »

Pau ne répondit rien.

« Je suis persuadé que vous saurez mieux que personne apprécier la subtilité du Procédé. Comme vous le savez, Vésale est allé bien au-delà de ce qu'aucun autre médecin n'a pu ne serait-ce que rêver. Vous avez élucidé la dernière partie du *Liber Octavus* de brillante façon, et je dois vous en remercier puisque vous m'avez facilité la tâche. À présent, vous allez avoir une chance unique, vous vous rendez compte ? Celle d'en faire l'expérience dans votre propre chair. Je vous envie presque. »

Pau pouvait à peine contrôler la terreur qui menaçait de lui faire perdre la raison. Amat et Fleixa ignoraient qu'elle avait été séquestrée, et même s'ils le savaient, jamais ils ne pourraient la retrouver ; d'ailleurs, elle-même ne savait pas où elle était.

« Arrêtez ! Je vous en supplie ! C'est de la folie pure ! »

L'homme tourna lentement la tête vers elle. Ses yeux, derrière ses lunettes, la contemplèrent en silence. Puis il dit, d'une voix qui semblait chagrinée :

« Je regrette de vous entendre dire ça. Je pensais que vous, vous comprendriez. »

Lui tournant le dos, il prit la boîte noire sur la console et en tira le flacon qui contenait le sérum.

« Une petite quantité est suffisante pour immobiliser complètement le patient sans que cela affecte en rien sa conscience et en garantissant la stabilité de sa fréquence cardiaque et de la pression artérielle. Au contraire de la morphine que je vous ai injectée dans votre chambre, cette formule annule les effets analgésiques ; de ce fait, le corps sécrète de grandes quantités d'adrénaline qui améliorent les résultats. Ce n'est pas un processus rapide, il faut attendre quelques heures pour que le produit gagne tout l'organisme, mais par essence, c'est très efficace. »

Il entreprit d'accrocher le flacon à un pied métallique et engagea un régulateur de débit sur un long tube en caoutchouc.

« Je suis désolé, vous allez sentir une petite piqûre. »

Il lui tint le bras, enfonça l'aiguille dans sa veine d'un geste sûr et la fixa avec un bout de sparadrap, puis il régula d'une main experte le débit de la bouteille.

« Bien, il n'y a plus qu'à attendre, maintenant », reprit-il en regardant sa montre.

Les lampes de bronze clignotèrent plusieurs fois et la lumière baissa, plongeant la salle dans la pénombre. L'homme lâcha un juron et, quittant Pau, se dirigea vers le tableau de bord encastré dans le mur. L'air concentré, il se mit à manipuler des commandes en murmurant des paroles inintelligibles.

Pau profita de cette distraction pour réfléchir. Il fallait qu'elle trouve un moyen de s'échapper. Si le sérum pénétrait dans son corps, elle serait paralysée et elle mourrait à coup sûr. Sa seule chance était de stopper l'entrée du liquide d'une manière ou d'une autre et d'essayer de fuir dès que l'occasion se présenterait.

En surveillant du coin de l'œil les mouvements de son ravisseur, elle tendit le bras vers le tube en caoutchouc qui pendait à côté d'elle. Elle pliait le poignet, forçant au maximum la courroie. Mais malgré ses efforts, elle réussit à peine à effleurer le tube du bout des doigts. Elle fit une pause. L'homme était toujours devant les manettes. C'était sa dernière chance. Elle ferma les yeux, serra les dents et tendit de nouveau la main, cette fois vers le pied métallique où pendait le flacon de sérum. Elle réussit à l'attraper et à l'attirer vers elle. La courroie en cuir s'enfonça dans la chair de son avant-bras mais elle tendit la main autant que possible sans prendre garde à la douleur. Elle était sur le point de renoncer quand elle sentit le contact rêche du caoutchouc entre ses doigts. Elle se mordit les lèvres pour ne pas crier de joie. Elle le saisit et commença à tirer. Elle y était presque. Soudain, le tube rencontra le pied de la console. Dans la secousse imprévue, il lui échappa, se mit à se balancer et se retrouva hors de portée. La lumière revint à ce moment-là.

« J'espère que vous voudrez bien m'excuser, dit l'homme en s'approchant de nouveau, souriant. J'ai un engagement qui m'oblige à me rendre au théâtre. Ne vous inquiétez pas, je ferai vite et nous pourrons reprendre cette intéressante conversation. Si vous le souhaitez, criez tout votre soûl, personne ne pourra jamais vous entendre ici. »

Puis il se dirigea vers le fond du souterrain. Il appuya sur un bouton qui déclencha un bruit de poulies. Encastré dans la roche, apparut un monte-charge. Il prit place dedans et l'actionna.

Pau, incapable de se retenir plus longtemps, éclata en sanglots.

68

Daniel et Fleixa longèrent le mur jusqu'à l'entrée de la demeure des Amat. Du fait de l'absence de lumière, l'endroit était encore plus sinistre que lors de la visite de Daniel quelques jours auparavant. Il sentit sa gorge se nouer en y repensant. Tout avait commencé ici et finirait ici, d'une façon ou d'une autre.

« Comment va votre bras ? s'enquit Fleixa.

— Ce n'est rien, je peux continuer. »

Fleixa remarqua que son comparse s'appliquait à le bouger le moins possible mais n'insista pas.

« Qu'est-ce qu'on est venu faire ici ?

— J'ai été un imbécile.

— Que voulez-vous dire ?

— Adell a voulu me faire croire qu'il avait acheté cette maison par vengeance, mais ce n'était pas le cas, vous saisissez ? »

Le journaliste acquiesça, sans être sûr d'avoir vraiment compris.

« Je me suis trompé. Adell a acquis cette maison pour une autre raison.

— Pour quelle raison il… ? »

Fleixa s'arrêta net au milieu de sa question en commençant à y voir clair.

« Vous vous êtes rendu compte à quel point elle est bien située ? poursuivit Daniel. Juste entre la Barceloneta et le parc de la Citadelle. Les rumeurs sur une malédiction viennent à point nommé : personne ne s'approche de la maison. Je n'y aurais jamais pensé si les mots d'Adell ne m'avaient mis sur la piste. C'est l'endroit idéal.

— Mais elle est loin de la centrale électrique.

— Pas tant que ça. C'est l'affaire de quelques rues. »

Le journaliste hocha la tête. Il fouilla dans sa veste, en tira deux revolvers et en tendit un à Daniel. Devant le regard interrogateur du jeune homme, il haussa les épaules.

« J'ai cru que nous aurions besoin d'employer la manière forte pour vous faire sortir de cette prison. »

Daniel, indécis, prit l'arme. Jamais il n'avait tiré auparavant. Mais en sentant le poids du revolver dans sa main il se sentit plus sûr. Il respira un grand coup et s'approcha de l'entrée de la propriété.

Devant la grille, ils découvrirent par terre la chaîne qui la fermait. Ils échangèrent un regard.

« Prenez garde de ne faire aucun bruit », lui recommanda Daniel.

Une fois dans le jardin, ils allumèrent le quinquet qu'ils avaient pris dans la voiture. Daniel fit signe au journaliste de le suivre. Ils parcoururent l'allée à pas de loup dans l'ombre protectrice du vieux tilleul et de la pergola à moitié éboulée. Au pied du porche, ils eurent la sensation que la vieille bâtisse les attendait.

Ils entrèrent dans la maison et traversèrent les pièces vides suivis du son creux de leurs pas. Daniel pouvait entendre la respiration précipitée du journaliste derrière lui. Ils arrivèrent à la cuisine beaucoup plus vite que Daniel ne l'avait fait la dernière fois. Il leva la lampe et éclaira les restes calcinés de la porte qui menait au sous-sol.

« Voici l'entrée du laboratoire de mon père. Ce doit être là. »

Ils descendirent les marches avec précaution, arme au poing. Daniel se rappela avec appréhension les bruits étranges qu'il avait entendus avant de se retrouver dans le noir, lors de sa visite précédente, et tout ce qui était arrivé ensuite.

Cette fois, pourtant, ils arrivèrent en bas sans incident. Le quinquet éclaira une pièce aux dimensions généreuses. Comme c'était là que le feu avait pris, il y avait été plus dévastateur que dans n'importe quel autre endroit de la maison. Les produits chimiques qui y étaient stockés en avaient fait un véritable brasier. Il ne restait que des décombres. On devinait le squelette d'une longue table que le feu n'avait pas réussi à consumer et l'armature d'un canapé. En avançant, les pieds de Daniel firent craquer des dizaines de débris de verre noircis qui jonchaient le sol. Les murs étaient tapissés de morceaux d'étagères écroulées et partiellement brûlées, vestiges de la précieuse bibliothèque.

« Personne n'est venu ici depuis longtemps, dit Fleixa, que l'écho de sa propre voix fit tressaillir.

— Cherchons, on trouvera peut-être quelque chose. »

Pendant quelques minutes ils errèrent dans la demi-obscurité de la pièce. Le découragement commençait à s'emparer de Daniel, quand il entendit la voix du journaliste dans son dos.

« Amat, regardez ça. »

La lumière du quinquet tombait sur un grabat, à moitié caché dans un coin, qui ne semblait pas avoir subi les ravages du feu. Des cercles ocre se distinguaient sur certaines parties du bois. Ils frissonnèrent en devinant leur origine. Daniel se pencha et souleva du sol des menottes, fixées à un anneau à la tête de lit.

« Voilà la preuve que je ne me suis pas totalement trompé », lança-t-il, tout excité.

Fleixa acquiesça, loin d'être aussi enthousiaste que son camarade.

« On dirait, même si cet endroit ne ressemble pas à ce que j'imaginais. »

Daniel ne répondit pas. Il était arrivé à la même conclusion. Adell avait besoin de certaines conditions pour ses macabres expériences. Il lui fallait un laboratoire, des instruments, de la lumière et de l'eau courante. Là, il n'y avait rien de tout ça. Ils examinèrent consciencieusement le reste de la pièce, mais à l'exception de quelques cordes et d'une lampe en bon état de marche, ils ne trouvèrent rien de plus.

Désespéré, Daniel frappa la carcasse du canapé.

« C'est pas vrai, bon sang ! Le temps presse... » Les mots moururent dans sa gorge.

Fleixa dit à haute voix ce que tous deux pensaient.

« Nous nous sommes trompés. Gilbert est condamnée. »

69

Les lumières étaient éteintes et la pénombre occultait à peine la fiévreuse impatience qui planait dans le théâtre. Ici et là, on entendait une toux nerveuse ou un raclement de gorge que faisaient taire immédiatement des « chut » courroucés. Tous les regards convergeaient vers le centre de la scène.

Ses mains dégoulinaient de sueur. Llopis avait beau les essuyer encore et encore avec son mouchoir sous la table, rien n'y faisait. Heureusement, les flammes des bougies qui brûlaient devant lui l'empêchaient de voir les visages des spectateurs. Jusque-là il avait pensé qu'occuper une place à cette table était une idée magnifique. Ainsi, quand tout serait terminé, il pourrait se vanter d'avoir été aux premières loges et écrire un papier spectaculaire. À ce stade, Sánchez avait dû arrêter Homs et attendait au commissariat central la fin du spectacle. Il regarda avec envie la carafe d'eau préparée à l'intention de la spirite. Il se sécha à nouveau les mains en se demandant s'il n'aurait pas mieux valu rester dans les coulisses plutôt que d'être assis là.

À côté de lui, Mme Palatino regardait devant elle, droite comme un cierge. Un léger tremblement de sa mâchoire révéla à Llopis qu'elle n'était pas aussi calme qu'elle en avait l'air. Sentant les yeux du journaliste sur elle, elle se tourna vers lui en le fusillant du regard puis reprit sa position initiale. Llopis ne se risqua plus à la regarder.

Les flammes des bougies projetaient des ombres ondulantes sur le velours noir de la table et jaunissaient les visages. Près d'eux, de chaque côté, avait pris place une douzaine d'hommes et de femmes, l'air circonspect.

Le présentateur poursuivit son discours.

« Mesdames et messieurs, les terribles faits qui ont eu lieu ces dernières semaines nous ont profondément affligés. Des jeunes filles innocentes ont été sauvagement assassinées. Il va sans dire que des actes si vils ne peuvent qu'être le fruit d'un esprit tourmenté. Un spectre qui, ne parvenant pas à franchir les portes de l'au-delà, est devenu l'incarnation du mal. Ce soir, avec votre aide, nous nous apprêtons à libérer cette âme tourmentée et à en finir une fois pour toutes avec ses atroces méfaits. »

Un murmure monta des fauteuils. Mme Palatino trempa ses lèvres dans le verre d'eau, les yeux mi-clos. Elle ne semblait même pas entendre les mots du présentateur qui continuait à parler.

« … absolument exceptionnel. Nous avons le privilège de compter parmi nous un des esprits les plus éclairés du monde. Son prestige a été reconnu dans les plus grandes capitales européennes. Londres, Vienne, Paris ! Et, preuve de sa grande générosité, elle s'est offerte à nous aider dans cette pénible épreuve que nous traversons. »

D'une légère inclinaison de la tête, la spirite remercia la salve d'applaudissements qui s'éleva dans la salle. Le présentateur se racla la gorge avant de poursuivre.

« Mme Palatino vous demande maintenant, mesdames et messieurs, de bien vouloir unir vos mains, dans le silence et le plus grand sérieux. »

Une rumeur parcourut la salle, tandis que chaque spectateur donnait la main à son voisin. On entendit quelques rires et murmures, que le reste du public fit taire vertement.

Llopis prit dans la sienne la main osseuse et rugueuse de la spirite en même temps qu'il donnait l'autre à son voisin, un gros monsieur qui fit la moue au contact de sa paume humide. Il haussa les épaules en guise d'excuses.

Mme Palatino baissa la tête, puis la releva, yeux fermés. Elle inspira à fond puis expira, et répéta l'opération une seconde fois. Les spectateurs ne quittaient pas des yeux chacun de ses gestes. Elle attendit quelques secondes, puis se mit à parler avec cette intonation profonde et tranquille. Bien qu'elle ne semblât faire aucun effort, sa voix emplissait tous les recoins du théâtre.

« Esprit, je t'invoque. »

Le silence qui suivit secoua l'auditoire. Instinctivement, Llopis retint sa respiration, comme la majorité des personnes présentes. La voix de la spirite s'éleva alors, tel le prélude d'une tempête.

« Nous t'écoutons. Viens à nous sans crainte. »

Les flammes des bougies vacillèrent et la température du théâtre chuta de quelques degrés. Certaines personnes dans le public s'agitèrent nerveusement sur leur fauteuil. Alors la table commença à s'élever de plusieurs centimètres au-dessus du sol, devant les yeux interdits de tout le théâtre.

« Il… approche. Je sens qu'il approche. »

Llopis eut du mal à avaler sa salive… Tout semblait si réel. Soudain, Mme Palatino s'arc-bouta en arrière en se dressant sur sa chaise. Le journaliste et son autre voisin eurent du mal à ne pas la lâcher. La spirite émit un son guttural et se pencha en avant. Malgré ses yeux fermés, on aurait dit qu'elle regardait le public d'un air rusé. Sa voix traversa le parterre et parvint, claire, jusqu'au dernier balcon du théâtre. C'était une voix d'homme.

« Vous m'avez invoqué et me voici.

— Qui es-tu ? l'apostropha quelqu'un dans le public.

— On me connaît sous beaucoup de noms, mais vous pouvez m'appeler Bélial. Le prince de la fourberie, le démon de la sodomie. L'Antéchrist ! »

Plusieurs cris d'effroi s'élevèrent et deux femmes s'évanouirent, ce qui occasionna un remue-ménage momentané. Avec l'aide du personnel du théâtre, elles furent évacuées. Llopis était livide : ce n'était pas ce qui était prévu.

« Renonce à tes forfaits, assassin ! » s'exclama un jeune homme en se dressant sur son siège.

D'autres hommes l'imitèrent et le chœur de protestations redoubla, malgré les exhortations au calme. Alors la spirite eut un éclat de rire bref et le théâtre se tut. Ceux qui s'étaient levés restèrent plantés là.

« Imbéciles. Vous n'êtes rien. Vous ne pouvez rien contre moi. Moi, Bélial, je vous annonce que de grandes souffrances et calamités s'abattront sur vous. Le *Gos Negre* s'est levé pour se repaître de sang et rien ne l'arrêtera tant qu'il n'aura pas eu ce qu'il veut. Des temps terribles approchent et… et… »

Mme Palatino s'interrompit et ouvrit les yeux. La surprise se peignit sur son visage. Elle voulut se lever, trébucha et renversa sa chaise. Elle tenait à peine debout. Elle posa ses mains tremblantes sur la table, qui se balança au bout des câbles qui la tenaient en l'air. Tout l'auditoire la regardait, fasciné. Alors la femme se plia de côté, entraînant la nappe avec elle. De ses lèvres se mirent à jaillir des sons inintelligibles et une écume rosâtre coula sur son menton. Soutenue par Llopis, elle retrouva un instant son équilibre, mais après l'avoir regardé, les yeux exorbités, elle poussa un hurlement et s'effondra.

Un silence indécis s'empara de l'assistance. Deux messieurs du public, se déclarant médecins, montèrent sur scène et lui prirent le pouls. Leurs visages reflétaient la stupeur.

« Elle est morte. »

70

Sánchez tournait depuis des heures dans ces égouts répugnants. Il s'était perdu au moins à trois reprises. Cette fois, pourtant, il était convaincu d'être dans la bonne galerie. Encore quelques mètres et il trouverait l'échelle par laquelle ils étaient descendus quelques heures plus tôt.

La flamme de la lampe se mit à flancher. Il cogna contre le réservoir qui émit un son creux. Tant pis. Il n'entendait plus de bruit derrière lui depuis un bout de temps. Il avait réussi à semer ces salopards. Il eut un éclat de rire que le tunnel lui rendit, amplifié.

Il en avait plein le dos de l'obscurité, de ses vêtements trempés et de cette puanteur qui lui collait à la peau comme une tique. En plus, sa blessure à la jambe lui faisait un mal de chien et l'obligeait à boiter comme un éclopé. Pourvu qu'elle ne s'infecte pas, au moins… Dès qu'il serait dehors, il avait bien l'intention de passer une journée entière aux bains de chez Emilia. Plus tard, il organiserait une nouvelle battue, avec plus d'hommes, armés jusqu'aux dents. Ils mettraient les souterrains à feu et à sang et extermineraient ces « collecteurs » comme des rats.

Il reconnut avec soulagement un écoulement d'eau qui jaillissait d'une canalisation encastrée dans le mur. La sortie n'était plus loin. Il avait une envie folle de revoir le ciel de Barcelone. Mais, bon Dieu, il avait survécu, et c'était tout ce qui importait. Un foutu survivant, voilà ce qu'il était : un héros !

Soudain, l'air vrombit au-dessus de sa tête. Il s'arrêta et examina le plafond en s'éclairant de la lampe mais ne vit rien d'anormal. Au bout de quelques secondes, le même fracas retentit, plus fort et plus longtemps. Cette fois, il reconnut le bruit. Un coup de tonnerre.

En réponse, un glouglou semblable à celui que font les canalisations quand elles se vident traversa la galerie. Sánchez éclaira ses pieds. Le filet d'eau où il marchait était devenu un ruisseau qui mouillait déjà le bas de son pantalon.

Il se souvint alors que les tunnels étaient inondés quand il pleuvait. Il frissonna et la joie de se savoir sain et sauf s'évapora. Il fallait qu'il sorte de là, et vite. Il voulut repartir mais sa jambe resta clouée sur place. Il s'aperçut que le mouchoir qu'il avait noué pour contenir l'hémorragie avait disparu. Une large tache de sang grandissait sur son pantalon.

Une main sur l'arrière de sa cuisse pour s'aider, il se remit à claudiquer, péniblement, dans un clapotis irrégulier. Au bout de quelques mètres il était hors d'haleine, mais au moins il avançait. L'eau lui arrivait déjà au-dessus du genou et continuait à monter. Il avait de plus en plus de mal à marcher. Il serra les dents et continua. Ce n'était pas le moment de flancher, alors qu'il était si près de s'en sortir.

Soudain, il posa le pied sur quelque chose de mou et glissa. La lampe plongea dans l'eau. Il tenta de se relever mais sa jambe blessée le lâcha et il retomba. Alors il se laissa porter en se maintenant à la surface par des mouvements de brasse. De nouveau, la chance lui souriait : le courant l'entraînait droit vers l'échelle dont il distinguait les premiers barreaux, quelques mètres devant lui, baignés par la lumière du dehors.

En un clin d'œil, il se retrouva sous le premier échelon, auquel il dut s'accrocher de toutes ses forces pour lutter contre la puissance du flot. Jurant entre ses dents, il se hissa jusqu'au deuxième échelon en passant le bras par-dessous. Il avait une bonne prise, mais l'eau lui arrivait déjà à la poitrine. Il lâcha une main et se hissa à l'échelon suivant ; il avait réussi à sortir la moitié de son corps, même si ses jambes étaient toujours prises dans le courant. Sa blessure le lançait et son poids n'aidait pas beaucoup. Il s'ébroua, puisant ses forces dans des réserves insoupçonnées, et continua à monter jusqu'à avoir les pieds hors de l'eau. Épuisé, il vit que seuls quelques échelons le séparaient de la liberté. Il retint une exclamation de jubilation en reprenant son ascension. Mais l'allégresse se changea en inquiétude quand tout le tunnel trembla dans une secousse qui faillit le faire lâcher prise.

Sánchez craignit qu'une partie des égouts ne soit en train de s'écrouler. Il agrippa l'échelle des deux mains et scruta l'obscurité. Un courant d'air chaud lui ébouriffa les cheveux et la sensation d'humidité s'accrut jusqu'à devenir asphyxiante.

Il leva les yeux. Au-dessus de sa tête, dans un cercle parfait, il distinguait la lumière de la ville. Il crut même entendre un attelage qui passait et des voix. Les sons disparurent, avalés par un mugissement assourdissant.

La vague l'arracha à l'échelle. Son corps fut éjecté et la masse d'eau, devenue un gigantesque torrent déchaîné, l'emporta comme une poupée de chiffon.

Sánchez reprit conscience dans un sursaut. Une seconde, il se sentit désorienté, puis il comprit qu'il était étendu sur le dos dans un espace très étroit. Un mince filet de lumière venu d'il ne savait où empêchait que l'obscurité fût totale. Il reconnut l'un des nombreux paliers d'aération qui jalonnaient les égouts du premier niveau. Il se rappela alors ce qui était arrivé. La crue l'avait entraîné dans le tunnel et, après l'avoir malmené au point qu'il en avait perdu connaissance, elle l'avait jeté là, tandis qu'elle poursuivait sa route jusqu'à la mer. Il avait eu une sacrée chance.

Avec angoisse, il entendit plus bas le vacarme de l'eau qui continuait sa descente vertigineuse dans le tunnel. Il était aussi endolori que s'il avait été renversé par un troupeau de chevaux au galop. Il bougea le bras gauche et une douleur fulgurante lui vrilla le coude, mais il ne semblait pas cassé. Il découvrit aussi qu'il avait un œuf de pigeon, brûlant et palpitant, sur le front. C'était peut-être pour ça qu'il avait la tête qui tournait.

Au moins, il était en sécurité. La sortie ne devait pas être loin. Une fois que le niveau de l'eau aurait baissé, il quitterait son refuge, remonterait la galerie et sortirait de cet enfer. Il pouvait bien attendre.

En tâtant les poches de sa veste, il fut surpris d'y trouver plusieurs bougies et un briquet qui avaient échappé à l'eau. Il crut entendre un bruit de pattes et se dépêcha : quoi que ce fût, la lumière le ferait fuir.

La pierre du briquet était mouillée mais, en s'y reprenant à plusieurs fois, il finit par obtenir une faible flamme. Son impression de ne pas être seul s'accrut. Il leva la bougie et eut le souffle coupé.

Deux rats énormes, à cheval sur sa jambe blessée, l'observaient. Avant qu'il ait eu le temps de réagir, ils firent volte-face et plongèrent dans le noir. La toile de son pantalon était déchirée à coups de dent. La partie de sa cuisse qui n'avait pas disparu pissait le sang. Ils l'avaient rongée jusqu'à l'os qui brillait, immaculé, à la lueur de la bougie.

À cette vue, il fut pris de haut-le-cœur et il dut s'appuyer sur les coudes pour ne pas s'évanouir. La flamme de la bougie tremblait dans sa main. Comment était-ce possible que la douleur ne l'ait pas réveillé ?

Il palpa ses deux jambes et découvrit avec terreur qu'il ne sentait rien. Il essaya de les bouger : impossible. Une sueur froide couvrit son front. Quelque chose ne tournait pas rond. Vraiment pas rond.

Un bruit de cavalcade le surprit à droite. Il avait oublié ces satanés rats. Il leva sa bougie et, éclairant un des coins, faillit la laisser tomber. À quelques mètres à peine de lui, un nombre incalculable de rongeurs se pressaient dans une masse épaisse de poils gris. La lumière les excitait et ils se tortillaient nerveusement, collés contre la paroi du puits d'aération, sans quitter l'intrus des yeux. Certains avaient le museau en l'air, d'autres raclaient le sol de leurs pattes et montraient les dents. Ils protégeaient leur terrier. La lumière les tenait à distance. Pour l'instant.

Sánchez déglutit. Il avait perdu beaucoup de sang et sentait ses forces l'abandonner. Il ne tarderait pas à s'évanouir. Il frissonna en pensant à ce qu'ils feraient une fois qu'il ne pourrait plus se défendre.

Il évita de regarder sa jambe dévorée et promena la flamme autour de lui pour chercher une issue, déclenchant des cris stridents et des débandades nerveuses. Après un moment qui lui sembla une éternité, il trouva ce qu'il cherchait.

À cinquante centimètres au-dessus de sa tête s'ouvrait la cheminée du puits d'aération. Il y avait juste la place pour qu'un homme adulte puisse s'y glisser. Ces conduits débouchaient généralement à l'extérieur. La lumière de la bougie éclaira un premier échelon en fer et il sentit renaître l'espoir.

Il se traîna en prenant garde de laisser toujours la flamme entre lui et les rats, de plus en plus excités. Le sol en pierre lui griffa douloureusement le dos, mais il n'y fit pas attention. Il continua à ramper jusqu'à se trouver sous la bouche de la cheminée. Les rongeurs commencèrent à s'approcher et Sánchez brandit la bougie tout autour de lui.

« Foutez le camp ! Allez ! »

Comme s'ils comprenaient qu'il allait leur échapper, ils essayaient de l'encercler, ne reculant que lorsque le cercle de lumière les touchait. Ils émettaient un sifflement identique au frottement d'une pierre à aiguiser sur la lame.

Sánchez se sentait défaillir ; il n'y avait pas de temps à perdre. Tout en tenant sa bougie en l'air, il passa le corps à travers l'orifice, plus étroit que prévu.

Il se mit à grimper en prenant appui sur les échelons branlants et en faisant pression des bras et du dos contre les parois en brique, glissantes. Tout en haut se détachait un carré de lumière, la lumière du dehors. Par chance, le conduit d'aération ne montait pas complètement à la verticale ; blessé comme il l'était, il lui aurait été impossible de se hisser.

Il se remit à se propulser. Ses tempes battaient à cause de l'effort, et sa respiration se fit plus lourde. Il avait du mal à traîner le poids mort de ses jambes. Ses yeux, irrités par la fumée de la bougie, étaient brouillés de larmes. Il s'arrêta quelques secondes pour se reposer. Il en était à un peu plus de la moitié du parcours ; la pente devenait plus rude à mesure qu'il montait, mais il pouvait y arriver. Il entendit les rats, en bas, qui piaillaient de frustration.

Il inspira et se hissa un peu plus. Ses bras tremblaient dans l'effort, mais il y était presque. Il pouvait quasiment toucher le loquet rudimentaire qui fermait la grille. L'air nocturne de la ville lui parut merveilleux.

Savourant déjà la liberté, il se propulsait de nouveau, quand un hurlement de douleur et de surprise s'échappa de ses lèvres : il s'était entaillé la paume de la main sur ce qui restait du dernier échelon, qui dépassait du mur tel un pieu en fer. La bougie lui échappa et, rebondissant contre les parois du conduit, disparut dans le noir. Il perdit ses appuis et se mit à glisser vers le bas, entraîné par son propre poids. Étourdi, il ne réussissait pas à freiner sa chute. Il déboucha en trombe du puits et roula violemment sur le sol. Sans la lueur de la bougie, les ténèbres l'accueillirent comme un linceul.

Le silence qui suivit sa chute fut de courte durée. Un chœur de couinements excités s'éleva autour de lui. Son propre cri fut étouffé par le martèlement de centaines de petites pattes se précipitant vers lui. L'année n'avait pas été bonne et ils avaient faim.

71

Pau, en expulsant l'air, lâcha toute la tension accumulée. Le cuir avait entaillé la chair de son poignet jusqu'au sang, mais après plusieurs tentatives, elle avait réussi à attraper de nouveau le tube.

Elle referma les doigts dessus et le plia, stoppant le passage du sérum. Puis elle se mit à le frotter contre le bord de la table, par petits mouvements répétés, jusqu'à sentir la solution mouiller sa main. Son plan était simple : lorsque son ravisseur la délivrerait de ses liens, elle essaierait de s'emparer d'un des bistouris sur la table. Elle s'en servirait contre lui puis, profitant de l'effet de surprise, elle s'enfuirait par le monte-charge qu'elle l'avait vu emprunter. Elle pria pour que le sérum n'ait pas eu le temps de trop envahir son organisme et que ses jambes lui répondent. Maintenant, il ne restait plus qu'à attendre.

Après ce qui lui parut une éternité, Pau crut entendre des pas. L'angoisse lui tordit l'estomac. Et s'il vérifiait l'effet du sérum avant de la détacher ? Ou s'il découvrait que le tuyau était percé ? Alors tout serait perdu.

« J'espère que mon absence ne vous a pas gênée. La représentation a valu la peine. Je dois reconnaître que j'ai particulièrement apprécié le spectacle. Quel dommage que vous n'ayez pas pu y assister. »

Un rire haché suivit son commentaire. Pau allait secouer la tête mais se rappela à temps qu'elle était censée ne pas pouvoir bouger. L'homme revêtit de nouveau son tablier en cuir et, sans plus parler, commença ses préparatifs sur la table voisine.

Pau jeta un coup d'œil au flacon sur le pied métallique et vit qu'il était presque vide. Elle lâcha le tube qui se mit à osciller et s'arrêta hors de sa vue. Elle sentait une certaine rigidité dans les bras, qu'elle mit sur le compte de la tension. Elle n'aurait pas d'autre chance. Elle pouvait le faire. Elle devait le faire si elle voulait vivre. Elle tenta de se concentrer sur cette pensée.

Son ravisseur tira sur une corde qui pendait au plafond ; une série de câbles coulissa sur un rail dans un grincement et s'arrêta au-dessus d'elle. Au bout de chaque câble pendaient un bracelet et une aiguille plus fine que toutes celles que Pau avait jamais vues. On aurait dit une araignée gigantesque avec toutes ses pattes. Un instant, elle oublia son intention de s'échapper, absolument tétanisée par la terreur.

« Comme vous le savez, ma chère, la clé du Procédé réside dans la bonne connexion des points vitaux du corps. C'est une opération extrêmement délicate, la ponction doit être effectuée très précisément au bon endroit, au millimètre près. »

L'homme s'approcha du bord de la table et défit les courroies qui retenaient ses pieds.

« Ce sérum est d'une grande efficacité, n'est-ce pas ? Grâce à lui je peux travailler en toute tranquillité. »

Il attrapa l'un des câbles, attacha le bracelet à sa cheville et enfonça adroitement l'aiguille dans le dessus de son pied. Lorsqu'elle sentit le métal lui traverser la chair, Pau tressaillit. Elle dut recourir à toute sa force de volonté pour ne pas bouger la jambe et se trahir.

Après avoir posé une deuxième aiguille à son autre pied, son ravisseur se déplaça sur sa droite et s'apprêta à libérer son bras. Soudain, il s'arrêta, attrapa la main de Pau et s'exclama.

« Allons, allons. On a été désobéissante, hein ? »

Pau sentit ses espoirs s'évanouir. Elle se raidit, décidée à tenter le tout pour le tout même si elle était encore partiellement attachée. Alors l'homme brandit son poignet en l'air et lui montra les lacérations que le cuir avait faites dans sa chair. Il y avait du reproche dans sa voix.

« Vous n'auriez pas dû vous débattre, Gilbert. Vous vous êtes blessée pour rien. »

Pau retint un soupir de soulagement.

L'homme finit de la délivrer et plaça les aiguilles restantes sur le dos de ses mains, ses seins, près de la clavicule et à l'aine. Puis il ajusta une courroie pourvue d'une bande métallique autour de sa tête. Il sourit, satisfait, et lui tourna le dos pour se diriger vers une armoire d'où il sortit une trousse en cuir. Il déposa cérémonieusement et dans un ordre strict un jeu de bistouris, une scie et des forceps sur un plateau métallique. Puis il saisit une bassine et entreprit de se laver vigoureusement les mains et les avant-bras.

Le moment était venu. Il était de dos et ne pouvait pas la voir. Pau prit une grande inspiration et se prépara à se redresser. Elle voulut se lever d'un bond, mais rien ne se passa. Elle tenta de prendre appui sur ses bras mais ceux-ci restèrent étendus sur la table comme s'ils avaient appartenu à quelqu'un d'autre. Elle essaya alors avec les jambes et ne réussit pas non plus à les déplacer d'un centimètre. Elle entendit les battements de son propre cœur s'affoler et une vague de panique l'envahit : elle ne pouvait plus bouger.

Son ravisseur revint avec une bande de gaze dans la main et un sourire aux lèvres.

« Vous voudrez bien m'excuser pour ce procédé si grossier, mais c'est le seul moyen de vous empêcher de crier. Comme je vous l'ai dit, personne ne peut vous entendre, mais il se trouve que j'ai les tympans très sensibles. J'aurais pu vous retirer la langue comme je l'ai fait en d'autres occasions mais malheureusement nous n'avons plus guère de temps. »

Sans que Pau opère de résistance, il la bâillonna. Puis il approcha le plateau métallique où il avait disposé ses instruments. Il écarta une lancette et garda à portée de main un costotome. Après avoir hésité un instant, il poussa un soupir de satisfaction et choisit un scalpel de petite taille. Il écarta le drap posé sur Pau, laissant à découvert sa poitrine, luisante de sueur.

« Vous êtes prête, ma chère ? Je vous donnerai des explications au fur et à mesure des étapes. Je suis sûre que vous trouverez ça absolument passionnant. Prenez-le comme un tout dernier cours d'anatomie. »

Il posa sa main experte sur son sternum et ferma les yeux à demi.

« Plus tard, j'aurai besoin de quelques-uns de vos organes. » Il fit un signe de tête en direction des flacons qui peuplaient les étagères. « Il me faut renouveler en permanence ma collection. »

À peine eut-elle frôlé sa peau que la lame acérée y dessina une fine ligne de sang. Pau sentit mille aiguilles minuscules se planter dans ses côtes. Elle voulut crier mais son bâillon s'enfonça plus profondément dans sa bouche, ne laissant passer qu'un faible gémissement. Les larmes jaillirent de ses yeux et coulèrent jusqu'au marbre. La douleur s'atténua dès que la lame quitta sa chair. Son ravisseur lui adressa un regard complice.

« Maintenant, ne bougez plus, s'il vous plaît. »

72

Daniel regardait avec appréhension les auréoles sur les montants du grabat. Il avait commis une terrible erreur. À chaque minute qu'ils perdaient, la probabilité augmentait que Gilbert soit morte. Si elle ne l'était pas déjà.

Il secoua la tête, tenta de se calmer et de réfléchir.

« Adell effectuait ici ses macabres expériences, raisonna-t-il à voix haute. Mais la maison n'est sans doute pour lui qu'un refuge provisoire. Il y cache peut-être ses victimes au début, après les avoir enlevées, puis, quand le tapage autour de leur disparition diminue, il les transfère ailleurs.

— Où, ailleurs ? s'interrogea Fleixa. Et comment les transfère-t-il ?

— Je l'ignore. Mais il doit y avoir ici un indice, un détail qui puisse nous mettre sur la piste. »

Il parcourut de nouveau des yeux la pièce éclairée à la lueur du quinquet. Rien n'avait bougé depuis leur arrivée. Les ombres se tapissaient entre les vestiges racornis du mobilier. Exaspéré, il flanqua un coup de poing dans le mur, mais la douleur ne lui fut d'aucun réconfort. Alors son regard s'arrêta sur une armoire. Ses portes noircies se distinguaient à peine des murs.

Jusque-là, il ne s'était pas rendu compte que quelque chose dans son apparence clochait.

« Approchez la lampe, Fleixa. »

Un cercle de lumière baigna le meuble.

« Pourquoi n'est-elle pas calcinée, comme le reste ? fit Daniel.

— Comment ça ?

— Regardez : les portes tiennent toujours debout et elle est pratiquement intacte. » Il essaya de l'ouvrir, sans succès. « Fermée à clé. C'est étrange, non ?

— À mon avis, nous perdons notre temps. »

Passant outre le journaliste, Daniel leva son revolver et tira. La détonation résonna dans la pièce, y laissant une forte odeur de poudre.

« Vous êtes cinglé ou quoi ? ! »

À la place de la serrure, il y avait maintenant un trou. Daniel ouvrit en grand les deux battants.

L'armoire était vide.

Daniel s'agenouilla et se mit à fouiller l'intérieur, noir de suie. Fleixa poussa un profond soupir : des efforts parfaitement inutiles, d'après lui. Ils auraient mieux fait de ficher le camp et d'aller directement à la centrale électrique.

« Donnez-moi de la lumière.

— Mais vous cherchez quoi ? Vous ne voyez pas qu'il n'y a rien ? »

Daniel se tourna vers lui, les yeux pleins d'espoir. Sa main tendue montrait des marques sur le plancher en bois, comme si on y avait traîné un objet lourd.

« Regardez ici, ces… »

Il s'interrompit et observa plus attentivement le quinquet.

« Vous avez vu ça ? Non, ne bougez pas. »

Ils fixèrent leur attention sur la lampe que tenait le journaliste. Au début, il ne se passa rien, mais alors que Fleixa allait perdre patience la flamme pencha par deux fois, comme poussée par un doigt invisible.

« Un courant d'air ! »

Daniel arracha le quinquet des mains du journaliste et le déplaça lentement, en zigzag. La flamme plia plusieurs fois. Il posa la lanterne au sol et palpa le fond de l'armoire jusqu'à ce qu'il sente sous ses doigts une fente qui divisait le panneau de bois en deux. Quand il frappa quelques coups, un son creux en sortit.

« Il nous faut un levier. »

Ils dégotèrent un tisonnier entre les gravats de ce qui avait été une cheminée, le glissèrent dans la fente et, unissant leurs forces, tirèrent. Le bois gémit puis céda dans un grand craquement. Une luminescence jaunâtre éclaira l'entrée d'un passage.

Sans hésiter, Daniel s'engagea dans le trou et Fleixa le suivit, étouffant une ribambelle de jurons qui luttaient pour sortir de sa bouche. Le tunnel était creusé dans la roche et les obligeait à marcher pliés en deux. Tous les quinze pas, ils tombaient sur une lampe de bronze accrochée au mur.

« De la lumière électrique ! » s'exclama Fleixa, abasourdi.

La voie se fit plus étroite et les mena jusqu'à un escalier à vis qui s'enfonçait dans le sol. La sensation d'humidité augmentait au fur et à mesure qu'ils descendaient les marches. En bas, ils se retrouvèrent devant une porte qu'ils n'eurent aucun mal à ouvrir. De l'autre côté, ils découvrirent un ponton fait de quelques planches en bois et une barque qui flottait sur les eaux sombres de la galerie souterraine.

« Nous devons être dans les égouts de la ville.

— Ça m'en a tout l'air, à en juger par l'odeur. Bon, et maintenant ? fit Fleixa.

— Vous avez vu les lampes ? Elles continuent dans le tunnel à perte de vue. Voyons où elles peuvent nous mener.

— Vous plaisantez ? Le chemin s'arrête là.

— Pas exactement, insista Daniel, en montrant l'embarcation.

— Je déteste la flotte ! » rouspéta Fleixa, tout en grimpant derrière son comparse.

La barque était équipée de deux rames. Ils quittèrent le ponton et très vite le courant les poussa. Ils ramèrent sur le canal en suivant les lampes qui jalonnaient le mur telle une rangée de vers luisants.

Le clapotis de l'eau ricochait sur le plafond voûté de la galerie et s'y propageait dans un écho. Daniel remarqua au fond de la barque des taches semblables à celles qu'il avait trouvées sur les montants du grabat. Il pensa à toutes ces filles, ligotées et bâillonnées, blessées peut-être, respirant cette même puanteur et entendant les mêmes bruits alors qu'elles étaient emmenées par leur ravisseur ; se demandant, terrifiées, ce qui les attendait. Un frisson lui parcourut l'échine et il rama avec plus de vigueur.

Quelques minutes plus tard, le tunnel bifurqua vers la gauche et le murmure du courant s'amplifia jusqu'à devenir un grondement assourdissant. Ils débouchèrent dans une nouvelle galerie, plus large. Fleixa lui signala sur leur droite des marches taillées dans la roche qui conduisaient à une porte métallique à peine visible. Sans la lumière électrique, ils auraient pu passer devant sans la voir.

Ils approchèrent la barque jusqu'à ce qu'elle vienne cogner contre la paroi rocheuse. Ils l'amarrèrent à une bitte en bois qui sortait de l'eau et grimpèrent les quelques marches. Devant la porte, ils échangèrent un regard, surpris : elle était entrouverte.

« Je n'aime pas ça. C'est un peu trop facile, murmura Fleixa.

— Avons-nous vraiment le choix ? Gilbert est à la merci de ce dément. Il faut y aller. Vous pouvez attendre ici si vous préférez.

— Jamais de la vie. »

Le doigt sur la gâchette de leur revolver, ils passèrent le seuil. Le bruit de l'eau et son odeur pénétrante s'éloignèrent. Devant eux s'ouvrait une salle dans la pénombre de plafonds voûtés. Des rayonnages emplis de flacons envahissaient l'espace. Un bourdonnement continu faisait vibrer l'air.

« C'est quoi, ce bruit ? s'étonna le journaliste.

— Les générateurs de la centrale électrique. Nous nous trouvons juste en dessous. Nous y sommes, Fleixa ! Le voilà, le laboratoire secret d'Adell ! »

Toujours sur le qui-vive, ils entrèrent l'un après l'autre dans le labyrinthe des rayonnages. Fleixa observa, intrigué, les récipients de taille diverses alignés sur les étagères. Il y en avait des centaines, peut-être des milliers. À quoi pouvaient-ils bien servir ? Ses pas le menèrent à une sorte d'alcôve. Au centre se dressait un réservoir vitré dont le bord était renforcé par des bandes de fer et des rivets en bronze. Il avait la taille d'un homme adulte et quatre personnes se tenant par la main auraient eu du mal à en faire le tour. La lumière du quinquet, s'y projetant, en tira des reflets dorés. Il dégageait une odeur pénétrante.

« À quoi peut bien servir une cuve aussi grande ?

— Vous ne sentez pas cette odeur ? C'est certainement une solution antiseptique. Du formol, du phénol ou quelque chose de ce genre. »

Fleixa donna quelques coups contre la paroi, de son index replié, et un son sourd lui répondit.

« Faites attention, si j'ai raison, ce genre de produit s'enflamme très facilement. Avec la quantité stockée là on aurait vite fait d'être pulvérisés.

— Vous avez vu ça ?

— Quoi ?

— J'ai cru voir quelque chose à l'intérieur. »

Ils approchèrent leurs visages des parois vitrées et en perdirent la voix. Comme une apparition, au sein de la gigantesque cuve, une silhouette commença à se profiler : un homme totalement nu flottait vers eux, malgré les ténèbres des profondeurs qui semblaient vouloir l'engloutir. Ses yeux bleus, sans vie, les observaient avec une expression incrédule. Ses mains griffaient les parois transparentes dans un ultime geste désespéré. Il avait dû crier, quand il avait encore une langue. De ses lèvres entrouvertes sortaient des filaments rouges qui remontaient à la surface en petites bulles. Bertomeu Adell ne donnerait plus jamais d'ordres à personne.

Alors la lumière s'éteignit.

Daniel laissa la main sur son revolver et de l'autre tâtonna autour de lui. Il essayait de garder son calme. La coupure d'électricité pouvait avoir différentes explications. Même les générateurs de la centrale s'étaient tus, et le silence rendait plus inquiétante encore l'obscurité qui les enveloppait. Il regretta la lampe qu'ils avaient laissée dans la barque. Il prit une bouffée d'air et avança d'un pas. Des flacons tintèrent quelque part, et il en conclut qu'il s'agissait du journaliste.

« Fleixa, où êtes-vous ? murmura-t-il.

— Ici. J'ai trébuché sur une des bibliothèques. »

Sa réponse venait de sa droite, plus loin que ce qu'il pensait. Il se demanda si sa voix transpirait autant la peur que celle de Fleixa.

« Restez où vous êtes, j'arrive », lui chuchota-t-il.

Il se dirigea à tâtons vers l'endroit d'où lui avait semblé provenir la voix du journaliste. C'est alors qu'une violente poussée dans le dos lui fit perdre l'équilibre. Puis il entendit un coup, suivi d'un gémissement. Un objet lourd tomba au sol dans un bruit métallique et le silence revint.

« Fleixa ? »

Pas de réponse. Avant qu'il ait pu réfléchir, une haleine chaude lui effleura l'oreille et un objet effilé se posa contre sa gorge ; il se contracta quand il le sentit s'enfoncer dans sa chair.

« Pas un geste. »

Dans un claquement, le ronron des générateurs redémarra au-dessus de leurs têtes. Les filaments de carbone des ampoules rougirent puis illuminèrent de nouveau le souterrain. Aveuglé quelques secondes, Daniel entrevit Fleixa au sol, adossé à l'un des rayonnages. Il grimaçait en se palpant l'arrière du crâne.

« Levez-vous », ordonna la même voix.

Daniel risqua un regard du coin de l'œil. Son agresseur, une capuche sur la tête, tenait un scalpel contre sa gorge.

« Vous ? !

— Monsieur Fleixa, donnez-moi votre arme et celle de votre ami, je vous prie », exigea le docteur Gavet. Sa voix était dénuée de toute trace de bégaiement. « Prenez-les par le canon et déposez-les lentement sur cette table. Votre ami paiera le moindre geste brusque que vous ferez. »

Fleixa échangea un regard avec Daniel et obéit, déposant les deux armes là où on le lui avait ordonné. Le médecin en attrapa une, la braqua sur la poitrine du journaliste et l'arma.

« Qu'est-ce que… ? »

Daniel cligna des yeux à la première détonation, qui fut suivie d'une seconde, à l'écho assourdissant. Près de lui, Fleixa se replia sur lui-même ; il poussa un seul gémissement et s'affaissa. Une tache de sang rouge sombre commença à se répandre sous son corps. Impassible, le docteur Gavet posa calmement le pistolet encore fumant sur la table.

« Espèce de malade ! » hurla Daniel.

Il se jeta sur lui, mais le médecin l'évita facilement et lui asséna un coup sec à la base de la nuque avec le canon de l'arme. Daniel ne vit plus que des lumières floues avant que les ténèbres n'envahissent tout.

RÉSURRECTION

20 mai 1888
Inauguration de l'Exposition universelle

73

Son mal de tête lui confirma qu'il était toujours vivant. Il était ligoté à une chaise et il ne sentait presque plus ses bras et ses jambes. On lui avait retiré sa veste et ses manches de chemise étaient relevées. Près de lui, sur un pied métallique, pendait un flacon en verre contenant un liquide verdâtre.

Il eut un coup au cœur en se rappelant ce qui était arrivé. Il ne pouvait pas croire que Fleixa soit mort. Il avait fini par apprécier cet homme et maintenant son corps sans vie gisait quelque part dans ce souterrain.

En regardant autour de lui, il comprit que Gavet l'avait transporté dans une autre salle pendant qu'il était inconscient. À sa droite, il reconnut avec stupeur la machine que le *Liber Octavus* décrivait. La colonne de métal doré s'élevait, touchant presque le plafond. Elle était hérissée d'une multitude de câbles qui retombaient en se perdant sur les côtés. Un autre, plus gros, émergeait de la partie supérieure et serpentait dans un rail métallique jusqu'au-dessus de la table en marbre où gisait Pau.

La jeune femme ne bougeait pas. Comme si elle avait été la proie d'un insecte, de différents points de son corps surgissaient des filaments métalliques.

Même sa tête rasée était ceinte d'une bande de cuir d'où émergeaient d'autres câbles, plus petits. Tous étaient reliés par des baguettes argentées au câble principal qui pendait au-dessus d'elle. Daniel se demandait si elle était toujours vivante, quand une toux affectée le tira de ses pensées.

Installé sur un divan dans la pénombre, Gavet l'observait en jouant avec sa canne. Il souriait, affable, comme s'ils étaient en train de prendre un café ensemble et que Daniel avait eu une remarque spirituelle.

« Enfin ! Il est plus de midi. Je finissais par me demander si j'allais devoir vous réveiller moi-même.

— Détachez-moi.

— Hum, je ne crois pas. Pour le moment, c'est bien ainsi.

— Assassin ! Soyez maudit !

— Vous dites ça pour votre ami ? Bernat Fleixa était devenu vraiment empoisonnant. Soyez sûr que je suis heureux de m'être débarrassé de lui. » Il regarda du côté de Pau. « Par ailleurs, votre admirable amie est en pleine forme, ne vous inquiétez pas. Votre arrivée, quoique prévue, nous a interrompus. Heureusement, maintenant que tout est réglé, nous allons pouvoir reprendre le Procédé là où nous l'avons laissé.

— Vous êtes fou ? Que cherchez-vous à faire ? »

Le médecin hocha la tête, plus pour lui que pour répondre à la question.

« Ah, Daniel, tu n'as jamais rien compris. »

L'homme qu'il connaissait sous le nom de Gavet se leva du divan sans l'aide de sa canne. Il n'était plus ni voûté ni boiteux. Il s'approcha de la console où brûlait une lampe et, sans le quitter du regard, ôta ses lunettes. Sous les yeux stupéfaits de Daniel, il tendit le menton et tira sur sa barbe, qui se détacha et lui resta dans la main, pendouillant comme une peau de bête. Petit à petit il enleva le reste, d'abord la moustache, puis les sourcils et pour finir les cheveux. Il prit une serviette humide et se frotta le visage pour éliminer les résidus de colle et de maquillage. Quand il eut fini, un homme beaucoup plus jeune souriait à Daniel.

Ce dernier ouvrit la bouche, incapable d'émettre le moindre son. Il n'arrivait plus à penser et doutait de sa propre santé mentale. Il avait été témoin de sa mort ! Il avait pleuré sa disparition et en avait porté le poids pendant des années ! Comme dans un de ses cauchemars récurrents, il s'entendit murmurer son nom.

« Alec.

— Mon cher frère, tu n'imagines pas combien il est difficile de garder cette apparence. »

Les cicatrices qui défiguraient son visage se tordirent lorsqu'il rit.

« Tu es… vivant ?

— On dirait bien », répondit-il, en écartant les bras théâtralement.

Daniel dut attendre d'avoir retrouvé un peu de souffle pour continuer.

« Mais je t'ai vu brûler dans les flammes ! Je t'ai vu mourir ! Comment est-ce possible… ? Qu'est-ce que… ? » Il ne trouvait pas ses mots.

Son frère cadet leva la main pour l'inciter au calme. Il se rassit et croisa les jambes.

« Tu as sans doute beaucoup de questions. J'essaierai d'y répondre dans le temps qui nous est imparti. » Il soupira. « Le temps, cher Daniel, le temps est un juge capricieux… Bien. C'est une longue histoire. Une histoire qui a commencé une nuit, il y a sept ans. »

Sa main se crispa sur le bras du fauteuil.

« Tu te souviens d'Ángela ?

— Évidemment. Jamais je ne l'ai oubliée. »

Daniel goûta la saveur amère de ses mots quand il répondit.

« Toutes ces années tu as dû te demander pourquoi elle était à la maison ce soir-là. » Il attendit que Daniel acquiesce avant de poursuivre. « La réponse est simple : après la confirmation de vos fiançailles, je lui ai envoyé un message ce même après-midi, en ton nom, en lui demandant de venir.

— Toi ? Mais pourquoi… ?

— J'ai demandé qu'on la conduise au laboratoire de père, poursuivit-il. Elle est arrivée, tout heureuse de ce qu'elle croyait être un rendez-vous avec toi. Sa joie était irritante mais j'ai pris sur moi parce que j'étais sûr qu'à la fin elle comprendrait.

— Qu'est-ce qu'elle devait comprendre ?

— Je lui ai révélé que tu ne l'aimais pas et ne l'aimerais jamais parce que tu préférais sa demi-sœur… Quoi, tu pensais que c'était un secret ? s'exclama-t-il, devant le désarroi de Daniel. Tu es toujours aussi naïf ! Tu crois que je ne me rendais pas compte de vos regards ? Des gestes de tendresse que vous vous prodiguiez en cachette comme des gosses ? Que je n'étais pas au courant de vos petits rendez-vous furtifs ? Bien sûr que je le savais, petit frère, comme je savais que tu ne voulais pas épouser Ángela. Moi, en revanche, je l'aimais. Et j'étais prêt à tout pour elle. » Un rictus déforma son expression. « Je lui ai donné tous les détails de votre relation et lui ai parlé de vos plans pour vous enfuir ensemble. Quand j'ai eu fini, je lui ai avoué mes sentiments et je lui ai demandé d'être ma femme. » Il se pencha en avant. « Tu sais quelle a été sa réponse ? »

Daniel hocha la tête en signe de dénégation.

« Aucune ! Elle a juste éclaté de rire. Je l'ai suppliée d'arrêter mais elle n'en a rien fait. Elle a continué à rire, à se moquer de moi. La colère m'a envahi et j'ai perdu tout contrôle ; un voile sanglant est tombé devant mes yeux. Quand je suis revenu à moi, j'étais sur elle, sans que je sache comment, les deux mains plaquées sur sa bouche. »

Alec, indifférent à ses propres larmes dont il ne semblait pas avoir conscience et à l'horreur dans les yeux de Daniel, continuait à parler. Sa voix devint un murmure rauque.

« Ángela gisait inconsciente dans mes bras ; elle respirait encore mais à ce moment-là je n'ai pas pu m'occuper d'elle. Dans ma fureur, j'avais dévasté le laboratoire de père et la lampe renversée avait mis le feu au tapis. Les flammes se sont propagées avant que j'aie pu faire quoi que ce soit, gagnant les meubles et les rideaux. Très vite, nous avons été cernés par le brasier et l'épais nuage de fumée avait rendu l'air irrespirable. Il n'y avait pas moyen de fuir. Alors je t'ai vu, indemne, en haut de l'escalier. J'ai hurlé pour que tu viennes à notre secours. Je t'ai supplié de m'aider à sauver Ángela, mais tu as disparu. Tu t'es enfui et tu nous as laissés mourir.

— C'est faux ! » se rebella Daniel.

Il avait du mal à avoir des souvenirs précis de ce qui était arrivé cette nuit-là. Il avait bu presque jusqu'à l'inconscience à cause de sa rupture avec Irene. Il se souvenait pourtant d'avoir tenté d'arriver jusqu'à eux juste avant que s'effondre sur lui la rambarde de l'escalier encerclé par les flammes.

C'était tout. Il s'était réveillé des heures plus tard dans le lit d'un hôpital et son père lui avait annoncé la mort de son frère et de sa fiancée.

« Je me suis évanoui, poursuivit Alec. Comme je l'ai appris par la suite, ce sont des domestiques qui nous ont sortis de cet enfer. Malheureusement, c'était trop tard pour Ángela. J'ai supplié Dieu qu'il m'emporte avec elle, mais j'ai survécu malgré mes prières. »

Il prit une grande inspiration pour continuer.

« Dès que j'ai eu repris quelques forces, après plusieurs semaines, père a décidé que nous déménagerions à Vienne. Un éminent médecin du nom d'Eduard Zeis obtenait de grands résultats en chirurgie réparatrice. Tu imagines ? Aujourd'hui, il n'y a presque plus rien qui puisse me surprendre. »

Daniel ne répondit pas. Il se demandait pourquoi son père ne lui avait pas parlé de tout cela, pourquoi il l'avait laissé partir en Angleterre sans lui dire un mot. Puis il comprit : c'était parce qu'il le pensait responsable de l'incendie.

« J'ai subi tant d'opérations que j'en ai perdu le compte. Tout doucement, j'ai récupéré la mobilité des bras, et plus tard j'ai pu recommencer à marcher. Si tu es choqué par l'aspect de mon visage… » Il désigna les profondes cicatrices qui déformaient ses traits. « … sache que mon corps est dans un état pire encore. Le médecin a eu recours à des greffes de peau prélevée sur des cadavres pour recomposer l'impossible. Il a fait de moi un monstre acceptable au prix de terribles souffrances pour le reste de mon existence. Un juste marché au regard de mon péché, tu ne crois pas ? »

Son rire glaça le sang de Daniel.

« La convalescence a été très lente. Malgré les calmants, la douleur était si forte que j'avais parfois l'impression qu'elle allait me couper en deux. Plusieurs fois, on a dû recommencer les greffes parce que je les arrachais de mes propres mains. Finalement, ils ont été forcés de m'attacher avec des courroies. Chaque nuit, Ángela me rendait visite. Elle s'asseyait à mon chevet et, en caressant mes cicatrices, elle me disait qu'elle m'aimait et me demandait pourquoi je l'avais laissée mourir. »

Il fit une pause, en ravalant ses larmes.

« On m'a changé cinq fois d'hôpital. Nous avons quitté Vienne et nous sommes allés à Munich, puis à Prague. Partout, une armée de spécialistes venait me voir. Le laudanum est devenu mon principal soutien. C'est ainsi que sont passées deux années de cauchemar. Un matin, j'ai eu la bêtise d'avouer à père ce qui était réellement arrivé et je l'ai supplié de rentrer à Barcelone. Il a accepté immédiatement. Je n'avais pas idée des plans qu'il avait pour moi. »

Il renifla bruyamment et poursuivit.

« À peine arrivés, il m'a fait enfermer à la clinique de Nueva Belén. Notre père bien aimé ne voulait pas voir son nom sali par un fils taré, alors il m'a présenté comme l'un de ses patients et m'a interné sous un faux nom. Il a expliqué que j'avais eu un grave accident, que c'était la raison pour laquelle j'avais le visage entièrement bandé, et que j'avais besoin d'être traité. Même le directeur lui-même, son ami intime, n'a jamais su ma véritable identité. Plus tard, ça m'a été particulièrement utile, mais à ce moment-là j'ai haï père de m'avoir abandonné là. Je ne savais pas encore ce que me réservait le destin. Comme tu as pu le constater par toi-même – oui, j'ai su que tu t'y étais rendu –, il n'y a pas beaucoup de loisirs là-bas. Je l'ai supporté du mieux que j'ai pu jusqu'à ce qu'arrive, au début de ma troisième année d'internement, un nouveau patient : le docteur Homs. Grâce à mes études de médecine, nous nous sommes immédiatement liés d'amitié. Un soir, il m'a parlé de ses efforts pour sauver sa femme. Je n'y ai pas prêté grande attention jusqu'à ce qu'il me révèle qu'il avait découvert le *Liber Octavus*. C'était fantastique, une découverte extraordinaire. »

Il se redressa, tout excité.

« Mais Homs ne partageait pas mon enthousiasme. Daniel, cet homme avait à sa disposition des connaissances qui défiaient Dieu lui-même et cet idiot était incapable de s'en rendre compte. Il affirmait que ses recherches avaient été une terrible erreur et refusa de révéler les clés fondamentales de sa découverte. Il voulait éviter qu'elle ne tombe entre de mauvaises mains. Il disait que nous ne devions pas transgresser les lois de la nature. Tu parles d'un imbécile. »

Alec se laissa retomber sur le divan, appuya la tête sur le dossier et poussa un grognement.

« Plusieurs mois sont passés durant lesquels nous avons même monté un petit laboratoire pour nous occuper et nous n'avons pas reparlé de cette histoire. Jusqu'à ce que ce stupide présomptueux fasse son apparition.

— Adell !

— Tout juste. Ce qui me fait penser… »

Il quitta le divan et traversa la salle, laissant Daniel seul. Très vite, il revint, traînant derrière lui le cadavre de l'industriel, qui laissait une trace jaunâtre sur le sol dallé. Alec était à peine essoufflé.

« Je l'ai reconnu tout de suite quand il est arrivé à la clinique. Lui, non, j'avais beaucoup changé et en plus je portais encore des bandages qui me cachaient en partie le visage. Je n'étais pas étonné de le voir là. Il était fêlé. Tu savais qu'il avait été renvoyé de l'université ? Apparemment il avait frappé une infirmière de Santa Creu parce qu'elle s'était adressée à lui trop familièrement à son goût. La jeune fille, une clarisse, en avait perdu un œil. C'est Adell qui me l'a raconté à la clinique. Tu me crois si je te dis qu'il en était encore ulcéré ? Fou, mais pas bête : il a compris tout de suite la valeur de la découverte de Homs. J'ai été obligé de lui faire croire que je voulais m'associer avec lui. Ce fut facile, il pensait que tout le monde était à son service. Après deux mois passés avec nous, il a quitté Nueva Belén grâce à l'influence de sa famille.

— C'est lui qui t'a aidé à t'échapper, pas vrai ?

— Bravo, Daniel, oui, en effet. Avant son départ, nous nous étions mis d'accord : j'essaierais de faire parler Homs et lui ferait jouer ses relations pour me faire sortir. Mais nos plans ont été chamboulés quand on nous a annoncé soudain que Homs allait quitter la clinique. Nous ne pouvions plus attendre. La nuit avant son départ, j'ai essayé pour la dernière fois de le faire parler. J'avais fabriqué en cachette un rudimentaire scalpel pour nos expériences. » Une moue plissa les plaques disparates de sa peau. « Je l'ai employé toute la nuit sur lui. Malheureusement, c'était un homme terriblement têtu et il est mort sans dire un mot. J'ai compris qu'ils m'attribueraient sa mort lorsqu'ils découvriraient son corps et que ma véritable identité serait dévoilée. C'est là que j'ai eu cette riche idée. Bien que plus âgé que moi, Homs avait à peu près mon gabarit ; seuls nos cheveux nous différenciaient, mais j'avais la tête rasée à cette époque. Je les lui ai coupés, je l'ai habillé avec mes vêtements puis j'ai mutilé son visage de façon à le rendre méconnaissable. J'ai défait mes bandages, que j'ai plongés dans son sang avant de les laisser près du cadavre. Puis, aidé par le chauffeur d'Adell, je me suis échappé. »

Alec traîna le corps inanimé de l'industriel jusqu'au milieu de la salle et le laissa tomber près de la trappe métallique encastrée dans le sol.

« Adell a été fou furieux quand il a su que Homs était mort, continua-t-il, mais je l'ai convaincu que s'il m'en donnait les moyens, je pourrais résoudre le secret de Vésale par moi-même. Je l'ai persuadé aussi d'acheter notre ancienne maison. Il fut enthousiasmé par l'idée. C'est là que nous avons eu un coup de chance : ses ouvriers ont découvert les vieux sous-sols de l'hôpital militaire sous la centrale électrique, un endroit idéal pour installer ce laboratoire. Nous savions par Homs que nous avions besoin d'une grande source d'énergie, et de cette façon nous disposions du plus grand générateur d'électricité du pays ! Mais la maison était toujours utile pour cacher les filles, et nous avons résolu de relier les deux lieux en réhabilitant une ancienne galerie des égouts. »

Alec leva la trappe. Le bruit de l'eau en furie, auparavant amorti, remonta du puits et rendit presque inintelligibles les paroles qui suivirent.

« Adell m'a fourni les matériaux pour construire la machine et les instruments pour mes expériences. Il m'a même prêté sa voiture. Il m'a aussi mis au courant de ton enquête. Je dois dire que tes pathétiques progrès m'ont ému. Tu m'as juste déconcerté quand tu as débarqué par surprise dans notre ancienne maison l'autre jour. J'étais là, au sous-sol, avec une des filles. En t'entendant, elle a réussi à bredouiller quelques mots avant que je puisse la bâillonner. Heureusement que tu n'es pas descendu plus bas parce qu'alors j'aurais été obligé de te tuer. »

Il approcha le cadavre du bord du puits.

« Il m'a été utile mais je me suis lassé de ses exigences et de ses grands airs. »

Il posa le pied sur la poitrine du mort et poussa. Le corps d'Adell glissa dans l'ouverture et disparut, avalé par la bouche d'égout. Alec remit la trappe en place et le vacarme du canal souterrain redevint un sourd murmure.

74

La foule se pressait aux abords de l'enceinte de l'Exposition. Tout le monde voulait voir le cortège des personnalités passer sous l'Arc de triomphe et une clameur s'élevait chaque fois qu'on croyait reconnaître un des notables de la ville ou un chef de gouvernement étranger. Barcelone était à la fête.

« Vous profitez du spectacle ?

— Mellado, mon ami ! Quel plaisir de vous voir ici. Vous avez fait bon voyage ? »

Ferrán Gadea, directeur de *L'Esquella de la Torratxa*, échangea une poignée de main avec le nouveau venu, Francisco Mellado, son homologue au quotidien madrilène *El Imparcial.*

« Vous savez ce que c'est, Gadea, répondit celui-ci, jovial. L'express de Madrid est plutôt commode, et comme cette fois la fine fleur des politiques nous accompagnait nous avons échappé aux multiples arrêts habituels.

— Avec toutes ces personnalités, le voyage a dû être des plus plaisant. Vous avez sûrement eu droit à de savoureuses déclarations.

— Ma foi, oui, le pays au grand complet n'a d'yeux que pour cette exposition. C'est un grand moment pour Barcelone.

— Assurément, mon ami, assurément.

— J'ai entendu parler de menaces de sabotage.

— Il y a des rumeurs de toutes sortes. Sur les anarchistes, les syndicalistes... Des on-dit absurdes. De toute façon, les mesures de sécurité sont maximales et rien n'a été laissé au hasard. Le peuple catalan s'est démené pour cet événement exceptionnel. Rien ne peut mal se passer.

— Dieu vous entende. Regardez, voilà le maire en tête du cortège. Pressons-nous si nous voulons être bien placés.

— Je vous suis. »

Le maire Rius i Taulet, portant jaquette et haut-de-forme, marchait avec Don Eduardo Romero, premier adjoint au maire de Madrid. Tous deux étaient plongés dans une conversation animée avec le président du conseil municipal de Paris, qui, aux côtés de Rius, portait un costume d'apparat noir ceint d'une écharpe aux couleurs de la République française. Dans un peu plus d'un an, Paris organiserait sa propre exposition.

Ensuite venaient les membres du comité organisateur accompagnés des ambassadeurs des pays participants, ainsi que les nombreux entrepreneurs et représentants des colonies d'outre-mer, Cuba et les Philippines.

À l'entrée du palais des Beaux-Arts, un bataillon complet de chasseurs dans leur plus belle tenue formait les rangs. Tandis que l'orchestre jouait avec brio, provoquant l'envol des oiseaux du jardin, des gardes municipaux tenaient à distance le public des curieux.

Gadea et Mellado entrèrent dans le vestibule du palais derrière l'assemblée des personnalités qui attendaient l'arrivée de Sa Majesté. À l'intérieur, plusieurs petits groupes débattaient avec animation.

Don Práxedes Sagasta, président du Conseil des ministres, parlait avec véhémence à un groupe de dignitaires, tandis que le marquis de Miravalles et le marquis de Castro Serna hochaient la tête avec un ennui poli. Un peu plus loin, près des fenêtres, l'évêque de Barcelone, le vice-amiral de la Pezuela et le marquis de Sierra Bullones partageaient l'espoir que le beau temps se maintînt pour ne pas gâcher la visite postérieure de Sa Majesté aux pavillons. Le marquis pria l'évêque de bien vouloir intercéder auprès de Dieu à ce sujet, ce qui suscita les rires.

Les deux journalistes s'étaient mis à l'écart. Ils avaient ouvert leurs blocs et leurs crayons couraient sur le papier.

« Le beau monde ne manque pas, fit remarquer Gadea à son collègue. Après tout, c'est l'événement de l'année.

— On attend un grand nombre de visiteurs, n'est-ce pas ?

— Près de cinq ou six millions.

— Vraiment ? Tant que ça ?

— Comme je vous le dis… Regardez, reprit-il, voilà les représentants des maisons royales européennes. »

La *Marcha Real*, l'hymne national, annonça l'arrivée des princes étrangers. Le duc de Gênes, qui avait été candidat à la couronne espagnole en son temps, entra. Le prince George et le duc et la duchesse d'Édimbourg l'accompagnaient, tous dans leurs plus beaux atours.

Les clairons de la cavalerie se mirent alors à retentir. À eux se joignirent la fanfare de la garde royale, ainsi que les flûtes et tambours des hallebardiers. Avec un peu de retard apparut enfin le cortège royal, dans des calèches attelées à la d'Aumont, escorté par un escadron de la cavalerie.

Une haie formée de deux rangées de hallebardiers les mena à l'intérieur du salon, suivis de la cohorte des dames que l'impatience de voir la reine avait fait s'attrouper debout derrière la garde, au lieu de réserver leurs places à l'intérieur.

Derrière les fenêtres de la centrale électrique, Casavella entendait le brouhaha de la foule. Mais lui n'avait pas la tête à ces festivités.

À ses côtés, un manœuvre ne cessait de prendre des notes sur une tablette, tandis que lui surveillait, sourcils froncés, les indicateurs, comparant les mesures avec celles relevées précédemment. Il avait revu une dizaine de fois chacun des manomètres et l'état des valves qui régulaient les flux de température et de pression de ces cyclopéennes machines à vapeur. Tout semblait aller mais malgré cela il avait décidé de vérifier de fond en comble l'ensemble du système toutes les deux heures. La puissance totale des machines était capable de s'élever à quatre mille chevaux, mais en ce moment elle n'atteignait pas les deux mille trois cents. Les ouvriers chargés d'alimenter les chaudières prenaient une pause en attendant la relève, près des wagonnets remplis à ras bord de charbon. La lumière de l'après-midi décroissait mais on n'avait pas encore allumé l'enceinte de l'exposition, donc la demande d'électricité était encore modérée.

Casavella se dirigea vers le centre de la salle où se trouvaient les générateurs. Le ronron des six dynamos de courant continu obligeait à forcer la voix pour se faire entendre. Au total, elles produisaient trois mille kilowatts, plus qu'il n'en fallait pour éclairer la moitié de la ville. Il observa avec satisfaction le travail efficace de ses hommes. Puis son expression changea.

Malgré ses années d'expérience, il n'avait pas encore réussi à se faire à ce bourdonnement d'abeilles continu. C'était une vibration menaçante, comme si au lieu de l'énergie électrique les générateurs retenaient une bête sauvage pressée d'échapper à son piège d'acier et de céramique pour leur sauter dessus. Il se retint de frissonner à grand-peine. Consterné, il espéra que le jeune garçon qui prenait des notes près de lui n'ait pas senti sa peur. Les inexplicables hausses et chutes de tension de ces derniers mois avaient mis à rude épreuve les machines mais aussi ses nerfs. Ils ignoraient toujours à quoi étaient dues ces fluctuations et par conséquent, si elles se reproduisaient, ils pourraient difficilement y remédier. M. Adell avait refusé d'améliorer le système de refroidissement, considérant que c'était une dépense inutile, et il n'avait même pas voulu entendre sa recommandation de renforcer l'installation avec deux nouvelles machines. Ces problèmes pouvaient se reproduire n'importe quand et les générateurs ne supporteraient pas la tension, ou la pression serait trop forte pour les machines à vapeur elles-mêmes. L'électricité nécessaire d'ici quelques minutes exigerait de la centrale toute sa puissance. À aucun autre moment ils seraient plus exposés à un accident. Même s'il n'était pas tout à fait sûr des conséquences, il savait que si une réaction en chaîne se produisait, la force de l'explosion serait suffisante pour faire sauter une bonne partie de l'enceinte de l'exposition et tous ceux qui s'y trouvaient.

Depuis quelques jours tout marchait comme il fallait. Pourtant il n'en menait pas large. Il n'avait jamais été superstitieux mais il ne réussissait pas à se débarrasser du mauvais pressentiment qui continuait de lui nouer l'estomac.

Le manœuvre l'appela et Casavella sursauta. Pas de doute, il avait les nerfs à vif. Il essaya de se calmer et fixa de nouveau son attention sur la tablette que lui tendait le garçon. Peut-être que le patron ne voulait pas l'entendre mais, lui, il avait bien l'intention de faire son boulot.

75

Alec s'essuya les mains avec un linge et se mit à préparer ses instruments.

« Une fois sorti de clinique, j'ai eu pour seul objectif de trouver le livre original de Vésale. Lors d'une de nos conversations, Homs avait mentionné incidemment que le *Liber Octavus* était caché dans le manuscrit même et que celui-ci était bien à l'abri à la bibliothèque de l'université. Comme il est mort sans m'avoir indiqué sa place exacte, j'ai dû user d'un stratagème pour le chercher sans éveiller les soupçons. » Il eut une ébauche de sourire, qui se perdit dans les cicatrices de son visage. « Tu dois te rappeler mon goût pour le théâtre, combien j'aimais me déguiser et jouer devant la famille. Donc tu comprendras qu'il ne me fut pas difficile de me faire passer pour le pauvre docteur Gavet, un petit bonhomme bègue que personne ne prenait au sérieux. Grâce aux relations d'Adell, une fois encore, je n'ai pas eu grand mal à me faire embaucher comme professeur et médecin de l'hôpital.

— Pourquoi as-tu tué père ?

— Il a aidé Homs quand sa femme est tombée malade ; de ce fait, il connaissait l'existence du manuscrit et son secret, même s'il ignorait où il se trouvait.

Quand il a examiné le cadavre de la fille, il a remarqué les similitudes qu'il présentait avec les méthodes de son ancien collègue, mais aussi les différences. Il a commencé à avoir des doutes sur ma mort supposée, puis avec le temps ses soupçons ont grandi. Un jour, il s'est approché un peu trop de la vérité. » Il fit claquer sa langue. « J'ai été obligé de me débarrasser de lui, mais grâce à cela j'ai réussi à te faire revenir à Barcelone.

— Le télégramme, c'était toi !

— Naturellement. Père ne venait me voir à Nueva Belén que très rarement. Lors d'une de ces visites, Homs, qui n'avait déjà plus confiance en moi, lui avait confié son carnet avec la table de déchiffrage. J'ai pensé qu'il te l'avait envoyée ; il a bien fallu que je te fasse rentrer.

— À moi ? Pourquoi… ? » Daniel s'interrompit. « C'est toi qui as volé mes bagages à mon arrivée et c'est toi aussi, plus tard, parce que tu n'avais pas trouvé le carnet, qui as fouillé ma chambre !

— Oui, Daniel. Tu as toujours été son préféré. Père admirait secrètement ton refus obstiné de devenir médecin. Même moi je t'admirais. Toutes ces années, il a suivi de loin tes progrès dans ce *college* à Oxford et il était très fier de toi. »

Daniel hochait la tête de gauche à droite.

« Mais pourquoi, Alec ? Pourquoi as-tu fait tout ça ?

— À ce stade, je pensais que tu l'avais compris. »

Il s'approcha du tableau de bord et écarta un tissu qui cachait un levier chromé. Sa main trembla légèrement en se posant dessus. Le bruit de succion fut suivi d'un chœur de poulies et de chaînes. Un sifflement monta de la base de la colonne dorée et, dans un déclic, une fente auparavant invisible s'ouvrit dans la paroi. Les deux morceaux glissèrent de part et d'autre, dévoilant une capsule en verre. À l'intérieur, immergé dans un liquide jaunâtre, flottait le cadavre nu d'une femme.

Daniel crut voir une des planches de Vésale. De grandes balafres boursouflaient sa chair à la jonction des membres que son frère avait greffés comme on assemble les pièces d'un puzzle. Les bras, les jambes et une partie du torse provenaient manifestement d'autres personnes. De son visage pendaient des lambeaux de peau décomposée qui se mêlaient à ses cheveux et flottaient autour d'elle. Les câbles fixés au bout de chacun de ses membres lui donnaient l'apparence d'une vieille marionnette. Daniel eut un haut-le-cœur en la reconnaissant.

« Dès que je l'ai pu, je suis allé récupérer moi-même sa dépouille au cimetière de Montjuïc, expliqua Alec. Malheureusement, le temps avait abîmé son corps sublime.

— Tu as utilisé les jeunes filles pour la reconstruire ? balbutia Daniel, horrifié.

— Je ne suis pas le monstre que tu crois, petit frère. Je n'ai pas eu le choix. Je les ai choisies pour leur ressemblance avec Ángela. Je me souvenais parfaitement de ses cheveux, de la douceur de ses bras, de ses doigts fins, de ses yeux, ses si beaux yeux… » Il soupira. « Ce fut une tâche ardue que de trouver toutes ces femmes, mais le résultat n'aurait pas pu être plus réussi, comme tu peux le constater.

— Et ces blessures terribles sur leurs corps ? Est-ce que tu avais besoin de les torturer ainsi ?

— J'ai construit la machine de Vésale selon les informations que j'ai soutirées de Homs, mais malheureusement ce n'était pas suffisant. J'ai passé beaucoup de temps à essayer de découvrir les paramètres qui me manquaient. J'avais besoin de faire des essais, voilà tout. "C'est ainsi que se construit le progrès de la science", s'exclama-t-il soudain. N'est-ce pas ce que disait père ? Ces blessures, c'est l'électricité qui les a causées en traversant leurs corps. D'ailleurs, ajouta-t-il avec un rire sarcastique, le fait qu'on les prenne pour les morsures d'un animal diabolique est tombé à pic. »

Daniel ferma les yeux, retenant l'horreur qui, sous forme de bile, montait à ses lèvres.

« Ángela est morte, rien de ce que tu feras ne pourra y changer quoi que ce soit.

— Tu ne comprends toujours pas, hein ? Vésale, avec ses expériences, a anticipé l'évolution humaine de milliers d'années. Voilà pourquoi il a été poursuivi par l'Inquisition. Ce nouveau Prométhée a réussi à voler aux dieux le don de la vie !

— Tu veux… tu veux ressusciter Ángela ? ! »

Alec se délectait de l'expression abasourdie de son frère ; il s'approcha de Pau et caressa son torse immobile.

« Ta jeune amie a trouvé la dernière partie du *Liber Octavus*. Vésale y dévoile l'ultime étape du Procédé, celle que je n'arrivais pas à déduire de mes essais… Tant de temps passé à chercher… » Il poussa un profond soupir. « Vois-tu, notre organisme possède une série de points de connexion qui servent à capter l'énergie de l'extérieur et qui sont reliés au système nerveux, aux glandes endocriniennes et aux différents organes du corps. La gravure du *Liber Octavus* les détaille fidèlement. Vésale avait découvert la façon de les connecter et, en utilisant l'électricité comme catalyseur, d'activer la séquence de transfert de l'essence vitale d'un corps à un autre. » Ses yeux brillèrent d'excitation. « Tu te rends compte ? Ángela va revivre.

— Je t'en supplie, tu dois arrêter cette folie. Tout cela est inutile et tu vas déclencher un désastre. Ta machine provoque de graves problèmes de surcharge à la centrale. La réaction en chaîne va provoquer une explosion. Une immense explosion. Et en plus de nous, des centaines de personnes trouveront la mort. »

Les yeux d'Alec se levèrent, déçus.

« J'espérais mieux de toi. Je pensais que toi, toi justement, tu comprendrais. C'est pour ça que je voulais que tu sois présent. » Il regarda sa montre. « Mais nous n'avons plus le temps. Toutes les lumières de l'enceinte de l'exposition sont allumées depuis trois minutes. La centrale est à son plein rendement. C'est le moment.

— Ne fais pas ça, je t'en conjure. »

Alec lui tourna le dos. Comme s'il n'existait déjà plus, il reporta toute son attention sur le tableau de bord. Après avoir vérifié les indicateurs, il activa toute une rangée de commutateurs dont les lumières se mirent à clignoter. Puis il déplaça un jeu de manettes et appuya sur plusieurs boutons dans un ordre précis. Le bourdonnement des générateurs au-dessus de leurs têtes se modifia. Un gémissement lancinant couvrit tous les autres bruits. Les lumières du souterrain devinrent plus violentes et une légère vibration fit trembler le sol. Les câbles qui pendaient de la machine commencèrent à serpenter comme s'ils étaient dotés d'une vie propre lorsque l'énergie se mit à les traverser. À l'intérieur de la capsule, des colonnes de bulles remontaient autour du cadavre d'Ángela.

« Nous sommes le 20 mai aujourd'hui ! cria Alec pour se faire entendre. Quelle incroyable coïncidence, n'est-ce pas ? Certains diraient que c'est le destin. »

Sans attendre de réponse, il modifia la position de différentes manettes et le tremblement s'accentua. Deux flacons d'échantillons glissèrent d'une étagère et tombèrent au sol dans un fracas de verre brisé. Des jets de vapeur jaillirent de la machine et une brume épaisse commença à recouvrir le sol.

Daniel tira sur les cordes qui le retenaient prisonnier alors que le gémissement des générateurs se faisait plus aigu, menaçant de lui rompre les tympans. Pendant sa conversation avec Alec, il avait bataillé avec les nœuds de ses liens, s'écorchant les doigts. Malgré les élancements de son bras blessé, il avait réussi à dégager une de ses mains et il était près de libérer l'autre.

Un changement subtil se produisit dans la réverbération du vacarme qui les environnait. Les câbles qui pendaient au-dessus de Pau se tortillèrent et une fulgurance bleutée les enveloppa. Le corps de la jeune femme fut agité de plusieurs soubresauts, puis les câbles se tendirent et Pau se retrouva en suspens au-dessus de la table en marbre. Ses yeux étaient révulsés. Son bâillon s'enfonça dans sa bouche, étouffant son cri.

Un éclair de lumière illumina l'intérieur de la capsule. Le corps d'Ángela se mit à convulsionner, brouillant le liquide dans lequel il flottait. Une forte odeur d'ozone rendait l'air presque irrespirable. Tout à coup, les sons devinrent plus graves et les lumières baissèrent. Le mouvement du cadavre ralentit puis s'arrêta complètement.

C'est alors qu'Ángela ouvrit les yeux.

Elle regarda autour d'elle d'un air décontenancé, comme si elle s'éveillait d'un profond sommeil. Elle tourna la tête, tel un automate de foire, jusqu'à ce que ses yeux croisent ceux d'Alec. Alors, d'un geste gauche, elle tendit le bras et posa sa main écorchée contre la vitre.

Alec s'élança contre la capsule et embrassa sa paroi transparente. Ses yeux étaient embués de larmes alors qu'il murmurait des mots teintés d'amour et de folie.

76

Le salon du palais des Beaux-Arts était superbe. Au-dessus des hauts murs parés de couleurs vives, des banderoles blanc et or pendaient des plafonds. Le trône qui présiderait la cérémonie était simple, à fond blanc émaillé de fleurs de lys et bordé de velours rouge. Au centre du dais étaient brodées les armes royales. De chaque côté, des chaises cannées attendaient le reste des autorités.

La salle baignait dans une ambiance solennelle ; chacun était conscient du moment historique qu'il était en train de vivre. Les invités emplissaient la salle et les balcons. Les journalistes de tout le pays et des plus illustres capitales européennes se disputaient le meilleur point de vue au fond du salon. Gadea et Mellado prirent place, non sans avoir salué quelques collègues.

« Vous vous êtes rendu compte que les lampes marchent mal, Gadea ?

— Pardon ?

— Regardez bien. »

Le journaliste fit un geste vers un lustre dont les ampoules, justement, se mettaient à clignoter. Le lustre s'éteignit en partie puis recommença à briller de tous ses feux une seconde plus tard.

« Il s'est passé la même chose pour ces deux autres il y a moins d'une minute. »

Gadea s'aperçut que son collègue avait raison. Il y avait un problème avec la lumière. Mais personne dans l'assemblée ne semblait l'avoir remarqué, car tous guettaient l'arrivée de la famille royale.

« Ce n'est sûrement rien.

— S'il se produisait une coupure de courant, ce serait très malencontreux avec toutes ces personnalités ici, sans parler de Sa Majesté, s'inquiéta Gadea.

— Allons, allons, cher ami, ne nous emballons pas. Il s'agit certainement d'une chute de tension momentanée.

— Sûrement, oui. »

À cet instant l'orchestre, sur une tribune qui faisait face au trône, se mit à jouer les premières mesures d'une marche et le roi et la reine firent leur entrée.

« Vive le roi ! Vive la reine ! » L'acclamation s'éleva parmi les invités, reprise en chœur par les journalistes.

Escorté par quatre hallebardiers, l'enfant roi, dans les bras de sa nourrice, était vêtu comme un plébéien de famille aisée. Après lui venaient la princesse des Asturies et la petite infante Marie-Thérèse, tout en blanc, puis la reine apparut, dans une robe sombre bordée de soie et d'or. Elle portait peu de bijoux et saluait avec un regard affable l'assistance.

On fit asseoir le roi sur le trône et à ses pieds, sur des coussins, la princesse et l'infante, qui se mirent immédiatement à s'occuper de l'enfant. La reine, qui avait laissé à son fils la place d'honneur, s'installa à sa gauche. Près d'elle prirent place la duchesse d'Édimbourg et le duc de Gênes, tandis qu'à la droite du roi se placèrent le duc d'Édimbourg, le prince George et le prince de Bavière. Les hauts conseillers du palais s'assirent derrière ; les ministres, les autorités et le commissariat de l'Exposition, à droite ; les ambassadeurs, les officiers et les délégations de la marine espagnole, à gauche. La Députation catalane, les représentants de toutes les provinces de Catalogne et les émissaires des municipalités invitées occupaient également des places privilégiées.

Pendant que cessaient les bruits de chaises et les murmures, M. Rius i Taulet se leva pour commencer son discours.

« Madame, mille fois bénie soit la paix ! » Le maire exultait et prononçait son discours d'une voix assurée. « Grâce à l'influence bénéfique de ce précieux don du ciel qui emplit de quiétude et de repos l'esprit et inonde d'une joie indicible le cœur, fleurissent les sciences, prospèrent les arts, croît l'agriculture, se développe l'industrie, s'étend le commerce, avancent les nations d'un pas sûr et ferme sur le sentier du progrès et se célèbrent ces grandes solennités du travail universel, prestige du siècle que nous vivons, qui contribuent tant à établir et resserrer les liens de fraternité entre les peuples. Barcelone aspire à occuper un rang honorable, fût-il modeste, dans les manifestations universelles de l'activité et du progrès humains. »

Une fois éteints les vivats et les applaudissements, le commissaire général de l'Exposition, Don Manuel Girona, se leva pesamment et rejoignit le pupitre pour lire son propre discours. Mellado se pencha à l'oreille de son collègue.

« Le maire n'a pas été mal. Bref et efficace. Une oraison pour la paix.

— Oui, un discours absolument positif. Si seulement les personnalités ici présentes pouvaient y croire vraiment. »

Casavella épongea son front ruisselant de sueur. Il ne sentait pas la chaleur qui embrasait sa peau, il n'entendait pas les cris effrayés de ses hommes ni les alarmes des machines qui s'étaient mises à sonner, assourdissantes. Son attention était focalisée sur les manomètres.

C'était arrivé de nouveau. La tension des générateurs avait encore grimpé en flèche trois fois de suite et, bien qu'il eût stoppé l'alimentation des chaudières, la pression continuait à augmenter. Il avait ordonné l'ouverture manuelle des soupapes de sécurité pour libérer de la vapeur et régulé le transformateur pour réduire le débit d'électricité délivrée.

Malgré tous ses efforts, les sonneries stridentes retentissaient toujours. Si ça continuait ainsi, il devrait couper l'électricité, et non seulement l'enceinte de l'exposition mais toutes les rues de la ville se retrouveraient plongées dans le noir.

Il craignait la colère de son patron mais il ne voyait pas d'autres solutions. Il aurait aimé qu'il soit là. Il avait envoyé un magasinier avec un message il y avait plus d'une demi-heure mais il était sans nouvelles.

Soudain, d'autres sirènes se mirent à sonner.

« C'est pas vrai, encore… ! rugit Casavella, arrêtez-moi ça. »

Un jeune garçon, torse nu, la poitrine et les bras luisants de sueur, arriva vers lui en courant. La panique lui serrait la gorge et l'empêchait de respirer librement.

« Mon… sieur Casa… vella, mon… sieur…

— Calme-toi, petit. » Il posa la main sur son épaule. « Respire bien à fond deux fois et parle. »

Le garçon s'exécuta, mais il roulait des yeux affolés.

« C'est la pression des chaudières, monsieur Casavella. Il y en a deux qui sont au bord de l'explosion et une autre qui commence à aller mal.

— J'ai dit de ne pas continuer à alimenter les fours.

— On a fait comme vous avez dit, monsieur.

— Et malgré ça… Vous avez ouvert les soupapes ?

— Ils ont essayé, mais ils n'y arrivent pas, monsieur. Elles sont bloquées !

— Comment ça, bloquées ? Suis-moi. »

Casavella traversa la salle des accumulateurs. Il renonça à utiliser l'ascenseur à poulies à cause de sa lenteur et grimpa quatre à quatre les marches métalliques suivi à grand-peine par le garçon.

Dans la salle des chaudières, plusieurs hommes, le visage crispé par l'effort, essayaient d'ouvrir les valves avec une longue clé en fer. En voyant le contremaître, ils s'arrêtèrent un instant.

« Elles sont bloquées. Sur toutes les machines, dit le plus petit.

— Rien à faire. La pression est trop forte, chef, dit l'autre.

— C'est absurde. Ces valves sont justement là pour ça. »

Casavella s'approcha de l'énorme chaudière. Ses yeux pleuraient dans cette fournaise, mais il ne recula pas pour autant et plongea suffisamment dans le bain de vapeur pour pouvoir distinguer la valve de sécurité. La pièce était abîmée. La couche de peinture passée pour cacher l'oxydation s'était écaillée sous l'effet de la chaleur et la rouille recouvrait tout le métal. La pression et les hautes températures l'avaient pratiquement soudée, comme un piège qui se referme. La vapeur accumulée exerçait une pression de plus en plus forte sur la chaudière. M. Adell avait acheté des pièces d'occasion pour économiser quelques réals, signant ainsi leur condamnation à tous.

Il jura tout bas et revint sur ses pas, en s'éloignant des chaudières et du nuage de vapeur. Il s'arrêta pour reprendre son souffle quelques secondes. Couper l'électricité ne servirait pas non plus à grand-chose maintenant, réalisa-t-il en grimaçant : ils étaient dans une sacrée panade. Ses hommes le regardaient, tendus, attendant ses instructions. Il se félicita en silence de leur fidélité. Ils avaient confiance en lui, et pourtant… si seulement il savait quoi faire, bon Dieu ! C'était vraiment un cauchemar diabolique.

« Fichez le camp, tous. Et dites à ceux d'en bas de partir aussi. »

Les ouvriers ne se le firent pas dire deux fois et dévalèrent l'escalier. Le jeune garçon était resté près de Casavella.

« Tu n'as pas entendu. Ça va péter, alors file !

— Mais vous, vous allez faire quoi ?

— J'en sais rien, mon gars, j'en sais fichtre rien. »

77

Alec sanglotait et riait tout à la fois. Ses lèvres ne cessaient de répéter le nom d'Ángela tandis que, collé à la vitre, il paraissait vouloir la serrer dans ses bras. Daniel, paralysé, regardait la scène en essayant de garder toute sa raison.

La machine de Vésale avait pris un éclat argenté. La luminosité était si forte qu'il était impossible de la regarder en face. Les câbles semblaient près de rompre à force de tension tandis que l'énergie les traversait. Le corps de Pau resplendissait dans un halo bleuté. Daniel remarqua avec inquiétude que la lumière émise par la jeune fille perdait en puissance, de seconde en seconde, comme si elle s'éteignait progressivement. Quoi qu'il se passât, c'était en train de la tuer. Et il ne se serait pas libéré de ses liens à temps.

Soudain, les lumières des commutateurs se mirent à scintiller frénétiquement. Une série de claquements précéda une plainte prolongée, comme le grincement d'une immense porte tournant sur ses gonds rouillés. Les câbles fixés à Pau tremblèrent et l'éclat qui les enveloppait s'évanouit. D'un coup, la tension disparut et la jeune femme retomba sur la table.

Alec, jusque-là étranger à tout, se retourna brusquement. Avant qu'il ait pu réagir, le vacarme des générateurs cessa dans un ultime hululement qui donna la chair de poule à Daniel. La plupart des lampes éclatèrent dans une pétarade prolongée, puis le tremblement du sol s'arrêta. La pénombre et un silence insolite s'emparèrent du souterrain.

Le bras tendu d'Ángela flotta un peu, indécis, avant de retomber. La main glissa sur la surface transparente comme si elle voulait se raccrocher à la vitre. L'expression de ses yeux caves s'éteignit. Elle se recroquevilla sur elle-même et se remit à flotter, inerte, dans la capsule.

« Non ! »

Alec se jeta sur le tableau de bord. Frénétiquement, il vérifia et manipula diverses commandes, sans résultat. Les indicateurs signalaient une panne de tout le système.

« C'est impossible. Comment c'est arrivé ? Pourquoi ? Mais pourquoi ? ! »

En réponse, un gémissement s'éleva à l'autre bout du laboratoire. Fleixa, se soutenant péniblement sur les coudes, levait une main comme pour saluer. Les traces de sang sur le sol indiquaient qu'il s'était traîné jusque-là. Dans son autre main, il tenait une poignée de câbles arrachés.

« Imbécile, vous ne savez pas ce que vous avez fait ! glapit Alec, en s'emparant d'un scalpel sur la console. Vous devriez être mort. Cette fois, je vais m'assurer que ce soit bien le cas, une fois pour toutes.

— Je ne crois pas. »

Pau, délivrée de ses câbles, tenait Alec en joue avec l'un des revolvers.

Daniel remarqua que son bras tremblait et qu'elle clignait des yeux comme si elle avait du mal à y voir clair. Vaguement couverte de son drap, elle tenait à peine debout mais elle cachait vaillamment sa faiblesse en s'appuyant contre la table en marbre qu'elle venait de quitter.

« Ma chère, quelle surprise de vous voir sur vos deux jambes, dit Alec calmement. Néanmoins, je serais bien étonné si vous étiez capable de tirer avant que j'aie pu vous mettre hors d'état de nuire. »

Pau tendit le bras et arma ; un clic métallique presque imperceptible résonna lorsque le chien se releva.

« Essayez, pour voir. »

Alec l'examina attentivement, sourit et fit un pas en avant.

Le coup de feu retentit dans le souterrain. Alec était toujours debout, immobile. La balle lui avait égratigné une épaule et s'était fichée dans le mur, derrière lui. Il observa Pau avec plus d'intérêt encore, le sourire toujours aux lèvres.

« Je vous l'accorde : vous êtes capable de tirer, mais ce n'est pas suffisant. » Son expression devint grave. « Je sais reconnaître un meurtrier en puissance et vous n'en êtes pas un. »

Il fit un pas supplémentaire ; il se trouvait maintenant à trois mètres à peine de Pau. La jeune femme flancha.

« Vous avez raison », reconnut-elle enfin, avant de baisser son arme.

Les yeux d'Alec brillèrent triomphalement.

« Par contre, continua-t-elle, je n'aurai aucun scrupule à tirer sur un cadavre. »

Pau brandit de nouveau le revolver et, déviant brusquement sur la gauche, visa la capsule où flottait Ángela. Le cri d'Alec se perdit dans le fracas de la détonation.

Le verre explosa en mille morceaux. La solution alcoolique de conservation se déversa en cascade et inonda le sol du laboratoire. Les câbles qui retenaient les membres d'Ángela ne supportèrent pas son poids, et son cadavre s'écroula par terre dans un craquement d'os et de chair déchirée. Daniel vit les filaments métalliques qui pendaient de ce qui restait de la machine se tordre comme un nid de lombrics. L'électricité les agitait encore et quelques étincelles se mirent bientôt à en jaillir. Lorsque Daniel comprit ce qui allait se passer, il était déjà trop tard.

L'explosion de lumière illumina le souterrain comme en plein jour. Gilbert et Alec disparurent de sa vue. Momentanément aveuglé, il sentit la force de la déflagration le soulever et le projeter plusieurs mètres en arrière avec la chaise où il était toujours ligoté. Puis des flammes montèrent et le feu commença à dévorer tout ce qu'il trouvait sur son passage.

Pau se releva en titubant. La table en marbre avait absorbé la plus grande partie du choc de l'explosion et malgré une douleur sourde à l'épaule et cette faiblesse qu'elle ressentait toujours, elle allait bien. Par contre, elle avait perdu le revolver. Elle tenta de localiser Daniel mais le chaos était tel dans le laboratoire qu'elle dut renoncer. De l'autre côté, là où elle avait vu Fleixa pour la dernière fois, la voie était plus dégagée. Il valait mieux aller par là.

Elle ne tarda pas à trouver le journaliste. Il gisait sur le sol, à moitié affalé contre le mur. Ses yeux étaient fermés et il ne bougeait pas. Miraculeusement, l'explosion ne semblait pas l'avoir affecté, même si sa chemise était si imbibée de sang qu'on aurait eu du mal à déterminer sa couleur originale. Elle craignit d'être arrivée trop tard, chercha son pouls à la carotide et poussa un soupir de soulagement en le sentant battre faiblement. Fleixa gémit alors, confirmant qu'il était bien vivant.

Elle passa son bras sous ses épaules, heureuse qu'il fût si fluet. Par bonheur, la quantité de sérum entré dans son organisme n'avait pas été trop grande, et ses effets avaient commencé à se dissiper à la fin du dialogue entre les deux frères. Bien que lentement, elle avait presque récupéré complètement sa mobilité.

Fleixa revint à lui et, ouvrant péniblement les yeux, la reconnut.

« Gilbert ? Qu'est-ce qu'il s'est passé ?

— Allez, aidez-moi. Seule, je ne vais pas y arriver. Il faut aller jusque-là. »

Pau désignait le monte-charge au fond de la salle. Le feu n'avait pas encore atteint cette partie du laboratoire, mais les premières flammes léchaient déjà les étagères, non loin.

« Et Daniel ?

— Je ne l'ai plus vu après l'explosion. L'incendie progresse rapidement et ce serait un suicide de rester dans ce souterrain. Il faut fuir et aller chercher de l'aide.

— Il vaut mieux que vous me laissiez ici, petite.

— Qu'est-ce que vous dites ?

— Je suis un poids. Vous ne pourrez jamais sortir si vous m'avez sur le dos. Filez tant qu'il est encore temps.

— C'est ça. Comme ça, vous pourrez m'accuser de vous avoir abandonné à votre sort. Pas question. »

Fleixa esquissa un sourire, noyé dans le sang qui coulait de sa bouche.

« Je vais finir par croire que je vous suis sympathique, au fond.

— Ne vous faites pas d'illusions. Si je m'occupe de vous, c'est parce que je n'ai pas le choix. Alors bougez-vous les fesses, espèce de crétin. »

Ignorant l'expression de surprise du journaliste, Pau agrippa rageusement sa veste sous ses aisselles et de toutes ses forces tira.

Quand Daniel revint à lui, le feu l'encerclait. Un instant, il se crut dans le cauchemar qui le poursuivait nuit après nuit depuis sept ans. La chaleur était si forte qu'il pensa que sa peau allait se décoller s'il bougeait. Près de lui gisait, brisée, la chaise à laquelle il avait été attaché. Ses muscles étaient ankylosés après tout ce temps où il était resté ligoté, il arrivait à peine à bouger son bras blessé et les cicatrices de son cou le lançaient. Pour couronner le tout, la panique le paralysait alors qu'une voix intérieure ne cessait de lui hurler de décamper au plus vite.

Il ferma les yeux, prit une grande inspiration et se leva pour entrer dans l'incendie et chercher son frère. Il n'avait pas l'intention d'abandonner Alec. Pas cette fois.

Il ne distinguait que de vagues formes, à cause de la fumée. Très vite, ses poumons se mirent à le brûler et respirer devint une torture. Alors qu'il commençait à désespérer, il le trouva. Près des débris déformés de la machine de Vésale, Alec étreignait dans ses bras le corps d'Ángela. Le cadavre de la jeune femme, couvert de plaies et de pustules, dégageait une odeur de putréfaction, mais Alec ne semblait pas s'en rendre compte. Il souriait et caressait la tête de sa bien-aimée, sans s'apercevoir que des mèches entières de ses cheveux lui restaient dans les mains.

Daniel le saisit par le bras.

« Alec, il faut sortir d'ici. »

Son frère leva les yeux vers lui et dans sa voix perça une authentique joie.

« Daniel, quelle surprise ! Ángela et moi parlions justement de toi. Tu as toujours été d'excellent conseil pour ce genre de chose. Qu'est-ce qui conviendrait le mieux, à ton avis : blanches ou rouges ?

— De quoi parles-tu ? »

Alec lâcha un petit rire et murmura quelques mots à l'oreille décomposée du cadavre, avant de se retourner vers lui, l'air à la fois patient et facétieux.

« Les fleurs, Daniel, les fleurs pour le mariage : des marguerites ou des roses ?

— Il ne va pas y avoir de mariage, Alec. Ángela est morte. Tu dois la laisser partir et venir avec moi. »

Son frère le regarda quelques secondes, désarçonné, puis eut un rire sec. Avant que Daniel ait pu insister, une succession de détonations s'enchaînèrent au fond du souterrain. La collection de flacons remplis d'échantillons humains était la proie des flammes. L'odeur de chair brûlée se fit plus intense.

« Alec ! Je t'en supplie ! »

Avec les forces qui lui restaient, il réussit à lui faire lâcher le cadavre. Sans les bras d'Alec, le corps d'Ángela glissa dans un clapotis sur le sol dallé.

Daniel chercha autour de lui une issue tout en soutenant son frère, qui soudain semblait exténué. La voie vers le monte-charge était impraticable : le plafond avait cédé et une grande quantité de gravats barrait le passage.

« Dis-moi, est-ce qu'il y a une autre sortie ? »

Alec parut ne pas comprendre, puis il fit non de la tête. Soudain, comme s'il se souvenait de quelque chose, il eut un geste vers la droite. Daniel tourna la tête dans cette direction mais ne distingua qu'un grand mur de flammes.

« Cette fois, tu ne me l'enlèveras pas. »

Le coup qu'il reçut entre les épaules fit tomber Daniel à genoux. Derrière lui, Alec brandissait au-dessus de sa tête un petit banc. La rage déformait ses traits et dans ses yeux palpitaient les reflets du feu qui dévorait le laboratoire tout autour. Daniel esquiva l'assaut suivant en roulant sur le côté. Il sentit les éclats de verre au sol s'enfoncer dans son dos et il réprima un cri à grand-peine alors qu'il tentait de se relever. Alec fonça de nouveau sur lui et instinctivement il se protégea de son bras blessé. Il stoppa le coup mais une onde de douleur le parcourut, qui lui brouilla la vue. Dans son état, il était un piètre rival pour son frère. Il fallait qu'il prenne l'initiative s'il voulait avoir une chance. Sans attendre une nouvelle attaque, Daniel le chargea en l'empoignant par le torse et en forçant Alec à lâcher son arme improvisée. Ils s'effondrèrent sur une bibliothèque et roulèrent par terre, entraînant avec eux des flacons d'échantillon, des instruments de laboratoire, des livres et une mallette dont le contenu se répandit au sol. Le choc leur coupa le souffle.

Alec fut le premier à reprendre ses esprits. En se relevant, il ébaucha un sourire torve. Il avait empoigné un scalpel. Daniel esquiva la lame de peu. Il essaya de reculer mais eut une hésitation en se retrouvant devant un rideau en flammes, ce qui le fit trébucher sur le divan. Avant de pouvoir retrouver son équilibre, il sentit une douleur aiguë au niveau de la poitrine ; sur sa chemise apparut une tache de sang.

À cet instant, un vacarme couvrit les bruits de l'incendie et leur fit lever les yeux. Au-dessus de leurs têtes, le plafond où était accroché le rail de câbles sembla trembler puis se changea en une pluie de terre, de métal et de blocs de pierre.

Daniel se jeta de côté et put trouver refuge sous la table de dissection. Il tenta de reprendre haleine. Le moindre geste était un supplice. La plupart de ses blessures étaient superficielles mais il perdait beaucoup de sang. Il prit une inspiration pour contrer la sensation de vertige et regarda autour de lui, en se demandant si son frère avait survécu à l'éboulement.

Il ne vit rien venir. Le direct le cueillit à la mâchoire et dans la poussée sa tête cogna contre le pied en marbre de la table. Alec, couvert de poussière et de sang, lui tomba dessus et lui asséna un nouveau coup de poing. Il tenta de se protéger mais son frère déjouait ses défenses facilement. Les coups pleuvaient, les uns à la suite des autres, et le souterrain, illuminé par les flammes orangées, se troubla devant ses yeux.

Alec, à califourchon sur lui, appliqua ses deux mains autour de sa gorge et commença à serrer. Daniel tenta de se débattre mais il parvenait à peine à lui griffer les bras. Un début d'inconscience brouillait ses sens. Il ne sentait presque plus rien. Petit à petit, son champ de vision rétrécit comme s'il pénétrait dans un tunnel.

Soudain, la pression sur son cou disparut. Ses poumons cherchèrent désespérément de l'air et une vague de chaleur brûla sa gorge, déclenchant une toux violente. Éberlué de se trouver toujours vivant, il chercha à se redresser, sans y parvenir.

Son frère lui tournait le dos. Il contemplait l'incendie, estomaqué, comme s'il venait de sortir d'un rêve.

« A… lec, il faut… sortir d'ici, parvint à prononcer Daniel.

— Trop tard. »

Le ton de son frère lui fit tourner les yeux dans la direction où il regardait. Le feu s'était propagé à tout le souterrain, les flammes atteignaient le plafond et prenaient d'assaut l'énorme cuve remplie de produits inflammables où ils avaient trouvé Adell.

Daniel appuya la tête au sol, heureux d'avoir l'esprit embrumé. C'était peut-être ce que le destin lui réservait. L'incendie qui avait pris la raison de son frère, qui avait engendré d'innombrables morts et tant de douleur pendant si longtemps, le feu qui ne l'avait pas tué sept ans plus tôt le ferait maintenant. Il éprouva un certain soulagement, car enfin tout allait finir. Il ferma les yeux et eut une dernière pensée pour Irene.

Il sentit à peine son frère se pencher sur lui et le secouer. Devant son absence de réaction, Alec lui passa les bras sous les aisselles et le tira, l'éloignant des flammes, pour le laisser tomber quelques mètres plus loin. C'était inutile, il ne savait pas pourquoi il prenait cette peine. Si ce n'était le feu, ce serait l'explosion qui les tuerait.

Il entendit un grincement métallique et un courant d'air insolite lui effleura les cheveux. Les bras robustes de son frère le mirent debout. Il fut obligé d'ouvrir les yeux. Plusieurs mètres plus bas, le torrent malmenait furieusement les parois du puits. Dans les yeux de son frère, les flammes qui les encerclaient dansaient encore, mais il n'y avait plus trace de folie. Il voulut dire quelque chose, mais Alec hocha la tête et lui sourit.

Juste avant de le pousser dans le vide.

Daniel brassa l'air désespérément en tombant. Au-dessus de sa tête, l'explosion absorba tous les autres sons. Une langue de feu couvrit l'entrée du puits et courut à sa rencontre. Ce fut la dernière chose qu'il vit, avant de plonger dans l'eau et de se sentir attiré vers les ténèbres.

78

Les lumières clignotèrent et le sol lui-même sembla trembler, provoquant un grand cri d'effroi dans l'assistance. Puis tout revint à la normale.

« Bon Dieu, Gadea, c'était quoi ? Un attentat ? »

Son collègue regardait tout autour de lui, livide, sans répondre. Il n'en savait pas plus que le Madrilène.

Quelques invités se regardaient aussi, l'air perplexe. Petit à petit, un brouhaha s'éleva jusqu'à ce que Rius, le maire, se lève et se dirige d'un pas décidé vers l'estrade. Il laissa son regard errer sur l'assistance avant de parler.

« Mesdames et messieurs, je vous prie de garder votre calme. » Sa voix apaisée fit taire les murmures. « Il semble que les feux d'artifice de ce soir aient commencé un peu plus tôt que prévu. »

Il y eut des soupirs de soulagement et quelques rires nerveux secouèrent le public.

« Après ce petit incident, je propose que nous poursuivions le programme attendu. »

Le maire regagna son siège et un silence respectueux revint. Devant un public tout ouïe, M. Práxedes Mateo Sagasta, président du Conseil des ministres, se leva à son tour pour prononcer la phrase d'ouverture protocolaire devant Barcelone et le monde entier.

« Comme Sa Majesté la reine régente, au nom de son auguste fils le roi Don Alfonse XIII, me l'a commandé... » Il sourit. « ... je déclare officiellement ouverte l'Exposition universelle de Barcelone en cette année 1888. »

Un tonnerre d'applaudissements et de vivats à la Catalogne, au roi, à la reine et à la comtesse de la ville fit chorus aux paroles du président du gouvernement. L'orchestre, sous la direction du maître Blasco, entama les premières mesures de *L'Hymne à l'Exposition,* emplissant de musique le grand salon. À l'entrée de l'enceinte, cent colombes à ruban rose furent lâchées.

La reine régente, suivie des princes, des autorités et des invités, refit le chemin inverse sur le tapis et sortit du palais des Beaux-Arts en compagnie d'un public ravi de la cérémonie. Dehors, ils furent accueillis par les cris de joie de la foule qui les attendait. Comme il était prévu, tout le cortège, la reine en tête, commença la visite des pavillons.

Le directeur de *El Imparcial* se tourna vers son collègue.

« Eh bien, voilà une bonne chose de faite. »

Le journaliste finit de noter quelques mots dans son carnet et leva les yeux vers son collègue, une certaine euphorie dans le regard.

« Oui, cher ami. Nous avons eu la chance d'avoir été témoins de ce moment historique. Cette journée restera gravée dans les mémoires pour les générations futures. Il n'y a plus de retour en arrière possible.

À partir d'aujourd'hui, Barcelone ne sera plus jamais la même.

— Cette exposition éveille tant d'espoirs chez vous ? demanda le journaliste de Madrid, un peu surpris.

— Non, cher collègue. C'est en les Barcelonais que j'ai espoir. »

Casavella, assis par terre près d'un pilier, regardait autour de lui, incrédule. Il tâtait ses vêtements couverts de poussière pour chercher son pouls. Il n'arrivait pas à croire qu'il était toujours vivant. Il regarda les colonnes de fumée blanche qui montaient en se rejoignant dans l'air, cherchant une issue par les fenêtres brisées. La centrale électrique, miraculeusement, était toujours debout.

Il se leva en prenant appui contre le mur car ses jambes étaient en coton. Une couche de cendre glissa de ses épaules. Il chercha dans la poche de sa chemise un peu de tabac et se mit à se rouler une cigarette, mais ses mains tremblantes en laissaient échapper plus qu'elles n'en mettaient dans la feuille. Il lécha le papier, ferma la cigarette et la glissa entre ses lèvres puis, après un instant de flottement, se mit à rire : il n'avait pas de feu.

La cigarette toujours éteinte aux lèvres, il décida d'aller se rendre compte de l'étendue des dégâts. Les sirènes stridentes s'étaient arrêtées. Dans le bâtiment régnait un étrange silence, que seul brisait un bourdonnement familier.

Il suivit le couloir et entra dans la salle des générateurs. Il devait bien y avoir quelque part des murs éboulés, des chaudières explosées, des générateurs grillés. Quelque chose qui puisse justifier ce qui était arrivé.

Stupéfait, il découvrit que les générateurs, bien que couverts de cendre, marchaient toujours, comme si rien ne s'était passé. Leur ronronnement continuel lui sembla cette fois doux à l'oreille.

Il entendit alors un bruit dans le couloir d'à côté. C'était là que se trouvait le bureau de M. Adell. Malgré sa crainte que le bâtiment finisse par s'écrouler, il s'y dirigea.

Les nuages de vapeur ne s'étaient pas encore dissipés dans ce coin mais une odeur nauséabonde empoisonnait l'air et devenait de plus en plus forte à mesure qu'il approchait. Il déglutit en se rappelant la dernière fois qu'il avait senti quelque chose de semblable : bien des années auparavant, en passant en voiture au pied du cimetière de Poble Nou. C'était l'odeur des corps en décomposition quand on les brûlait, lui avait dit son père. L'odeur de la mort.

Depuis le début des travaux, les rumeurs n'avaient pas cessé parmi les ouvriers. La centrale avait été construite sur les fondations de l'ancien hôpital de la Citadelle, où beaucoup d'hommes étaient morts. Certains disaient entendre parfois des gémissements et des voix pendant qu'ils travaillaient.

Un frisson lui parcourut l'échine malgré la chaleur. Il essaya de se convaincre que tout n'était que le fruit de son imagination. Il prit une profonde inspiration et pénétra dans ce brouillard pestilentiel. En avançant, il distingua ce qui restait du bureau. Apparemment, c'était l'endroit qui avait le plus souffert. Le plafond s'était effondré et les vitres avaient disparu. Tout était recouvert de cendre et une épaisse fumée montait du sol, même s'il ne voyait toujours pas de feu. Il sursauta en entendant tousser. Casavella s'arrêta net en voyant des planches tomber par terre. Deux ombres émergèrent de ce brouillard épais. Le contremaître se signa, et, instinctivement, fit deux pas en arrière. Petit à petit, les silhouettes se firent plus nettes. C'est alors que sous ses yeux interdits apparut, entre les derniers lambeaux de fumée, une jeune femme à demi nue soutenant un homme couvert de sang.

Casavella ouvrit la bouche, laissant échapper sa cigarette éteinte.

79

La lumière du soir tombait sur les bateaux au mouillage dans le port, annonçant une nuit paisible. L'inauguration de l'Exposition, que toute la ville célébrait, avait attiré à Barcelone des dizaines de bateaux et le port était bondé.

Au milieu des voiliers de charge, des vapeurs et des paquebots, se déplaçaient trois barques de pêcheurs, minuscules à côté des grandes coques. Les hommes à bord maniaient de longues perches qu'ils plongeaient dans l'eau, encore et encore.

Sur le môle, un gamin allait et venait, s'arrêtait brièvement pour scruter la mer puis se remettait à arpenter le quai. Soudain il se figea et, après un instant d'hésitation, son excitation se décupla.

« Là ! Là ! »

Le cri de Guillem alerta les autres. Quelques hommes se bousculèrent près de l'enfant et regardèrent dans la direction qu'indiquait le gosse. À cette heure, il était difficile de voir quoi que ce soit tant la lumière avait baissé.

Une barque s'approcha de l'endroit désigné et ses occupants, s'éclairant avec des fanaux, fouillèrent l'eau des yeux. Enfin, l'un des hommes vit un paquet inerte flotter à quelques mètres, près d'un vieux remorqueur. À l'aide des perches, ils attirèrent le corps à eux et le hissèrent à bord.

Guillem, qui ne cessait de s'agiter nerveusement, hérita d'un coup de canne dans les reins.

« Arrête de remuer comme ça, petit. C'est pas en te tortillant comme une anguille qu'ils vont arriver plus vite. »

Les yeux vides de Vidal fixaient l'eau ; il se tenait le menton un peu levé, comme s'il comptait sur son flair pour sonder la brise saumâtre du port. Trônant sur une chaise, entouré de plusieurs de ses hommes, le patriarche aveugle faisait tourner sa canne entre ses doigts.

« Beau travail, dit-il à l'enfant, tu t'es bien débrouillé. »

Guillem, qui ne s'attendait pas au compliment, se redressa de toute sa petite taille en essayant de rester aussi immobile que les lampadaires plantés sur le paseo.

Vidal, en attendant la barque, se remémora son accord avec le journaliste. Au début, il avait été surpris de la requête. Fleixa avait sollicité son aide pour égarer la police dans le cloaque. Le journaliste se chargerait d'y envoyer Sánchez et le reste serait entre ses mains. Dans ses mots, il avait perçu une grande amertume. Il ne lui avait posé aucune question sur ses motifs et n'eut pas besoin de plus d'explications. Il accéda à sa demande avec plaisir. En conséquence, l'inspecteur et ses hommes étaient portés disparus depuis des jours. Personne en ville ne s'expliquait leur disparition.

Enfin, la barque accosta et, après l'avoir amarrée, ils sortirent le corps. Les vêtements du rescapé étaient en lambeaux et sa chemise était tachée de sang sur la poitrine. Il avait perdu une de ses chaussures et son bras droit pendait, faisant un angle étrange avec le reste du corps. Il puait autant qu'une des bouches d'égout de la ville.

Guillem fit mine de s'approcher mais la canne du vieil aveugle s'interposa.

« Bouge pas. S'il doit vivre, il vivra. »

Le gamin lui jeta un regard noir mais obéit.

On étendit l'homme au sol. Sur un geste de Vidal, on l'attrapa par les cheveux pour lui relever la tête. Une vieille approcha de son nez un bocal empli de cristaux bleutés et une forte odeur de sels se répandit. Il n'y eut aucune réaction. Certains hochèrent la tête, n'y croyant plus. La vieille recula mais Vidal lui fit signe de réessayer.

Cette fois, les paupières de l'homme frémirent. Tous guettaient, dans un silence tendu. Soudain, son corps se mit à trembler si fort qu'il échappa aux mains qui le soutenaient. Il se cambra et ouvrit la bouche dans une tentative désespérée de trouver de l'air, puis une quinte de toux le plia en deux. Il poussa un gémissement et se mit à vomir péniblement.

« Poussez-vous tous. Laissez-le respirer. »

Ils s'écartèrent. La vieille femme lui porta aux lèvres une timbale de vin coupé d'eau, qu'il but avidement. Quand il eut fini, l'homme leva la tête et regarda autour de lui, hagard.

Vidal se leva de sa chaise et s'approcha, suivi d'un Guillem radieux. Le nain dissimula un sourire.

« Enfin, vous voilà, monsieur Amat. Nous vous attendions. »

PARDON

Deux semaines plus tard

80

Dans ce quartier, les immeubles prenaient appui les uns sur les autres pour ne pas tous finir par terre, rendant les rues les plus étroites à peine plus larges qu'une languette de terre praticable. Fleixa regarda les poutres qui se pliaient sous le poids de la crasse accumulée. Ces murs n'avaient pas eu droit à un coup de peinture depuis celui d'origine et ils exhibaient des écailles qui rappelaient les verrues d'une vieille femme. Le seul lampadaire de la rue était à peine suffisant pour éclairer l'enseigne déglinguée de la pension.

Le journaliste mit un pied dans l'entrée entrouverte. L'intérieur n'avait pas meilleure mine. Le palier était couvert d'ordures qui devaient dater de la première République. Après trois marches disjointes, au pied de l'escalier de l'immeuble, un comptoir tenait debout miraculeusement. La sonnette ne marchait plus depuis des lustres. On n'attendait pas de visites.

Le journaliste pensait avoir eu à supporter toutes les odeurs, mais celle-ci était insoutenable. Il jeta un coup d'œil vers la rue pour s'assurer qu'il n'était pas suivi, avant d'entrer en clopinant car il souffrait encore de sa blessure à l'épaule, et se mit à grimper les quatre étages, son mouchoir sur le nez. Il évita de se tenir à la rampe, manifestement prête à s'écrouler comme le reste de l'escalier. Malgré les craquements des marches qui trahissaient sa présence, personne ne sortit à sa rencontre.

Arrivé au dernier étage, il prit le couloir jusqu'à une porte aussi crasseuse que le reste de la pension. Il frappa et attendit. Aucun bruit ne venait de l'intérieur. Il frappa de nouveau, plus fort.

La porte s'entrouvrit de quelques centimètres, puis s'arrêta, entravée par une chaîne. Des yeux injectés de sang le dévisageaient par l'interstice.

« Monsieur Malavell ? Vous êtes Albert Malavell, ancien serviteur chez les Gilbert ? »

La voix en face hésita avant de répondre, suspicieuse.

« Possible.

— L'objet de ma visite concerne une connaissance commune pour laquelle je me fais du souci.

— Je m'en fous pas mal, de vos soucis. »

Il fit mine de refermer la porte mais le pied de Fleixa, plus rapide, l'en empêcha.

« Je pense pourtant que ce que j'ai à vous dire devrait vous intéresser… disons économiquement.

— Ça peut rapporter ? » demanda son interlocuteur avec une convoitise mal dissimulée, en rouvrant la porte.

Fleixa s'effaça. Des ténèbres du palier surgit la Negra. Elle fit un geste et sans un mot l'ancien hercule de cirque s'avança et balança un coup de pied dans la porte. Le bois du cadre vola en morceaux et la chaîne sauta. Malavell fut projeté en arrière et la bouteille qu'il tenait roula au sol en se vidant à gros bouillons.

La Negra entra dans la pièce, suivie de son gorille. Malavell les regardait fixement.

« Vous… vous ne pouvez pas… » bégaya-t-il.

La Negra sourit avant de répondre d'une voix féline.

« Oh si, mon chou. Si, on peut. »

Fleixa s'éloigna sur le palier en se roulant une cigarette, tandis que la porte se refermait derrière lui.

Pau se mordit les lèvres jusqu'à se faire mal.

Elle était plantée depuis presque une heure devant la porte de l'amphithéâtre. Elle ne cessait de rectifier sa jupe et de tirer sur son corset, terriblement inconfortable. Comment faisaient-elles pour respirer avec ce truc ? Après avoir porté si longtemps des pantalons, elle se sentait maintenant engoncée et regrettait le confort de ses vêtements d'avant.

Elle porta la main à son cœur. Les minuscules blessures causées par les aiguilles étaient guéries, mais la fine cicatrice qui balafrait sa poitrine lui rappellerait toujours le cauchemar vécu dans ce souterrain. Ses cheveux avaient un peu repoussé, même si elle avait encore besoin de les cacher sous un chapeau. Heureusement, le transfert de son essence vitale ne s'était pas fait jusqu'au bout. En arrachant les câbles, Fleixa lui avait sauvé la vie. De temps à autre une soudaine faiblesse la prenait, mais d'une manière générale, elle allait bien.

Elle soupira. Ses mains étaient moites sous les jolis gants en velours marron. Ses vêtements lui avaient été prêtés très aimablement par Mme Adell, mais elle aurait amplement préféré une chemise et un pantalon.

Ce matin-là, l'université était en pleine effervescence car les examens de fin d'année avaient lieu. En d'autres circonstances, elle se serait trouvée dans une de ces salles, à passer les épreuves pour obtenir son diplôme de chirurgien. Au lieu de cela elle était là, attirant les regards curieux de ses anciens camarades de classe. Elle essaya de les ignorer pour se concentrer sur ce qui l'inquiétait véritablement : la raison pour laquelle elle avait été convoquée. Avec tout ce qu'il s'était passé, on n'avait pas eu l'occasion de lui notifier officiellement son exclusion. Elle prit une grande inspiration : avec un peu de chance, ce serait une simple formalité qui ne durerait que quelques minutes.

Le bruit de la porte qui s'ouvrait la tira de ses pensées. Derrière apparut Fenollosa. Il était d'une pâleur extrême, comme s'il venait de recevoir une terrible nouvelle. En la voyant, il sembla sur le point de dire quelque chose mais renonça. Pau le regarda droit dans les yeux, jusqu'à ce qu'il baisse la tête et s'éloigne sans se retourner. Elle découvrit avec surprise qu'elle ne le haïssait plus. En réalité, après les événements des derniers jours, elle se sentait libérée ; il n'y avait plus de place en elle pour la rancune. En entendant son nom, elle eut presque un sursaut. Elle soupira, lissa sa jupe et entra dans l'amphithéâtre anatomique.

Cette fois, les gradins étaient vides. Seuls les fauteuils du tribunal des professeurs étaient occupés. Cinq hommes, l'air sévère, la regardaient avancer au centre de la salle. La plupart semblaient mal à l'aise, mais pas le docteur Segura, qui lui adressa un geste de sympathie.

« Mademoiselle Gilbert. » La voix du doyen résonna dans la salle vide. « Asseyez-vous, je vous prie. »

Pau s'assit et chercha une position confortable, ce qui n'était pas évident, avec cette jupe. Elle se tortilla sur sa chaise jusqu'à ce qu'un toussotement coupe court à ses vaines tentatives et lui fasse lever les yeux.

« En premier lieu, je tiens à solliciter votre discrétion sur ce que nous allons vous exposer ici. Rien de ce qui sera dit dans cette pièce ne devra en sortir. C'est bien compris ? »

Pau acquiesça, un peu méfiante.

« Bien. Voici trois jours, nous avons reçu une missive qui portait les armes royales. Le secrétaire de la reine nous y mentionnait le rôle essentiel que vous avez joué, semble-t-il, dans des faits sur lesquels il ne pouvait s'étendre pour des raisons confidentielles. » Il fit une pause. « Apparemment, vous et vos amis avez empêché un véritable désastre et sauvé ainsi de nombreuses vies, y compris celles de Sa Majesté la reine et de l'héritier de la Couronne. »

Pau hocha vaguement la tête, sans savoir quoi dire. Le doyen leva les yeux de sa feuille, ôta ses lunettes et les posa à côté de lui.

« Je suppose que vous n'êtes pas à même de nous en dire plus.

— Non, monsieur. Cela m'est impossible.

— Je vois. » Il chaussa de nouveau ses lunettes. « C'est la reine régente elle-même, par l'intermédiaire de son secrétaire, qui nous prie, comme une faveur personnelle, de faire une exception pour vous. Selon ses propres termes, elle souhaiterait ardemment que nous vous octroyions la possibilité de passer votre examen pour obtenir le diplôme de chirurgien. Si vous en êtes d'accord, bien sûr. »

Pau faillit faire un bond sur sa chaise.

« En outre, poursuivit Suñé, Sa Majesté précise que la Couronne gratifiera l'université d'une importante contribution, car elle souhaite soutenir la connaissance, le courage et l'audace dont vous… êtes un exemple. »

Le reste du corps professoral garda un silence embarrassé.

« Nous nous sommes réunis et, malgré le caractère peu ordinaire de cette requête… » Il toussota. « … nous avons décidé d'y accéder. »

Les mains de Pau se mirent à trembler légèrement et elle dut les joindre.

« Souhaitez-vous par conséquent vous présenter aux épreuves ? Vous pouvez refuser, nous le comprendrions parfaitement.

— Oh non, monsieur. Je suis prête. Quand désirez-vous que je passe les examens ?

— Tout de suite.

— Tout de suite ?

— Vos notes, tout le temps où vous vous êtes fait passer pour un élève de cette université, ont été excellentes. Nous avons résolu de procéder directement à une épreuve pratique. »

Le doyen fit un signe derrière lui. Deux hommes entrèrent dans la salle en portant une civière. Ils retirèrent le drap qui recouvrait le cadavre et placèrent le corps sur la table de dissection. Pendant ce temps, un assistant répandait de la sciure autour de la table.

L'odeur familière de décomposition s'imposa sur celle de l'encens qu'on venait d'allumer.

« Vous n'avez pas à avoir honte si vous ne vous en sentez pas capable, intervint l'un des professeurs.

— Ce serait compréhensible, ajouta un autre.

— Nous devrions laisser cette jeune femme prendre ses propres décisions, messieurs, les coupa le professeur Segura, qui ajouta avec un clin d'œil à son intention : Comme toujours.

— Bien sûr, répliqua le premier de ses collègues. Pourtant nous ne vous en tiendrions aucune rigueur si vous renonciez. Après tout, vous êtes une femme. Rien ne vous oblige à en passer par là. »

Pau serra les dents. À l'exception du docteur Segura et peut-être aussi du doyen, tous les autres étaient sceptiques. Ils n'avaient pas confiance en elle. Elle réfléchit quelques secondes avant de répondre. Maintenant elle était bien certaine que ça n'en finirait jamais : même si elle réussissait l'examen, on la jugerait toujours avant tout en tant que femme plutôt que comme médecin.

Elle soupira, se leva de sa chaise et les regarda l'un après l'autre. Puis, sans mot dire, elle se dirigea vers la porte. Elle entendit dans son dos un murmure de satisfaction courir dans ce groupe d'hommes. Près de la sortie, elle ôta ses gants et les déposa, avec son chapeau, sur un banc des gradins. Alors elle prit la blouse des mains de l'assistant et sourit pour la première fois depuis des jours.

« Quand vous voudrez. Je suis prête. »

Pau et Fleixa marchaient en silence sur le port, accompagnés du piaillement des mouettes qui volaient en cercle au-dessus de leurs têtes. Dans le ressac, les bateaux tiraient sur leurs amarres, impatients de reprendre le large. C'était l'heure où les barques rentraient à quai pour décharger la pêche du jour.

Le journaliste, gêné par le bandage qui lui couvrait presque tout le torse, avait la démarche un peu raide, mais il ne se plaignait pas comme il l'eût fait d'habitude. Pau portait une petite valise. Fleixa avait proposé de s'en charger, mais la jeune femme avait refusé.

« Je ne vous ai pas encore félicitée. »

Pau acquiesça, l'œil brillant.

L'examen avait duré trois longues heures. On lui avait posé des questions dont la difficulté excédait de beaucoup les connaissances habituellement exigées, et même on lui avait soumis des cas de figure que seuls dominaient des médecins expérimentés. Malgré cela, elle avait réussi l'épreuve. Et elle avait obtenu son diplôme de chirurgien.

« Alors vous partez ? »

Le ton contrit du journaliste lui fit chaud au cœur. Elle se rendit compte qu'elle aussi avait du mal à quitter ce petit homme ronchon.

« C'est une occasion unique pour moi.

— Le Maroc n'est pas une destination de tout repos.

— J'ai été détachée là-bas comme médecin. Dans ces contrées, la situation est telle qu'il importe peu que celui qui recoud les plaies soit un homme ou une femme. »

Fleixa hocha la tête, l'air sombre.

« C'est aussi Alec qui est à l'origine de ce qui est arrivé au Teatro Lírico ? s'enquit Pau.

— Apparemment. Il a dû voir dans cette séance publique une occasion unique de faire croire qu'un esprit diabolique était responsable de ces crimes et d'écarter ainsi tout soupçon qui aurait pu peser sur lui. Il avait passé un accord avec la spirite pour qu'elle annonce la venue d'un démon et alimenter ainsi la peur. Mais la pauvre femme ne se doutait pas que Alec avait ses propres plans. Il s'est présenté au théâtre déguisé en professeur Gavet, a trouvé un prétexte pour accéder à la scène et a versé une dose de cyanure dans l'eau que la femme avait à sa disposition comme à chaque séance. L'agonie de la spirite en pleine représentation a fait grand effet, tout le monde a cru que l'esprit démoniaque était bien présent.

— Mon Dieu, quelle folie.

— À qui le dites-vous.

— Au fait, qu'est devenu le journaliste qui était en rivalité avec vous au journal ?

— Llopis ? Toute cette affaire ne l'a pas vraiment servi, mais il s'en remettra. Je pense que nous ne tarderons pas à le voir avec une nouvelle chronique. »

Pau le regarda, l'air préoccupé.

« J'espère que vous avez récupéré votre emploi, monsieur Fleixa.

— Plus ou moins. Le *Correo* m'a en effet offert de reprendre mon ancien poste.

— C'est une excellente nouvelle.

— J'ai refusé. » Ses yeux s'éclairèrent lorsqu'il se remémora la tête de Sanchís. « On m'a proposé mieux. Vous avez devant vous le nouveau responsable des pages faits divers de *La Vanguardia*. Il y a eu une refonte du journal cette année, avec une nouvelle ligne éditoriale qui me paraît intéressante. Et puis, ajouta-t-il avec un clin d'œil, le salaire est excellent.

— Je suis heureuse pour vous. »

Le journaliste se lissa la moustache. Il eut une pensée pour Dolors et ses yeux se mouillèrent. Si seulement il avait pu partager sa bonne fortune avec elle. Elle lui manquait, son souvenir lui faisait toujours mal et, telle une blessure mal cicatrisée, il lui serait sans doute toujours douloureux.

Leurs pas les menèrent au bout de l'embarcadère. Deux jeunes marins les croisèrent et regardèrent la jeune femme avec admiration. La voix de Pau devint grave.

« Vous avez revu Daniel ?

— Non. Quand je suis sorti de l'hôpital, lui était déjà guéri.

— Son propre frère, qui l'eût cru ?

— Oui, renchérit le journaliste. Tant d'années à se sentir coupable d'un accident dont en réalité il n'était pas responsable. »

Pau se remémora la lettre qui était dans ses bagages. Daniel lui avait écrit quelques mots aimables pour lui souhaiter bonne chance. Sa dédicace l'avait touchée : « Où que vous alliez, continuez de vous battre pour vos rêves. » Elle pensa alors au fabuleux manuscrit de Vésale. Apparemment, il avait brûlé dans le souterrain, d'après ce que leur avait raconté Daniel. C'était une œuvre d'une immense valeur. Le Procédé découvert par l'illustre anatomiste constituait une avancée incommensurable pour la médecine. Ces connaissances pouvaient changer radicalement le monde tel qu'il était, mais entre de mauvaises mains elles constituaient un vrai danger. La disparition du manuscrit était sans doute préférable.

Le soupir de Fleixa la ramena à la réalité.

« Je dois vous remercier de m'avoir sauvé la vie.

— Votre montre n'y est pas totalement étrangère.

— C'est vrai. » Il la sortit de sa poche. Le métal était cabossé là où la seconde balle l'avait percuté. « Mais c'est vous qui m'avez tiré de cet enfer. »

Pour toute réponse, Pau l'attrapa par son bras valide, qu'elle pressa contre elle. Fleixa redressa sa courte stature et ils continuèrent à marcher jusqu'à la passerelle du vapeur qui emmènerait la jeune femme loin de Barcelone.

Un détachement de soldats attendait pour monter à bord tandis que des marins finissaient de charger la marchandise. Les ordres des officiers se mêlaient aux voix et à l'agitation de l'équipage affairé. Une odeur de cuir et d'acier et des relents animaux imprégnaient l'air. Une cloche sonna et les cheminées du bateau se mirent à cracher une colonne de fumée.

« Ah, j'oubliais. » Le journaliste fouilla dans son manteau. « Ceci vous appartient. »

Il lui tendit une enveloppe marron. Pau posa la valise par terre pour la prendre et l'ouvrit. À l'intérieur se trouvait une liasse de billets.

« Je ne comprends pas.

— Je suis allé voir une de vos connaissances, avec des amis. Nous avons eu une charmante conversation au terme de laquelle il a décidé de vous rendre l'argent que vous aviez été obligée de lui remettre, accompagné de ses plus sincères excuses. Quelque chose me dit qu'il ne vous ennuiera plus jamais. »

Pau eut alors une réaction à laquelle ni l'un ni l'autre ne s'attendait. Elle serra Fleixa dans ses bras et lui planta un baiser sur la joue. Le journaliste sentit une chaleur soudaine envahir son visage. Pour la première fois de sa vie, il ne savait plus quoi dire.

« Merci beaucoup, Bernat. Vous allez me manquer.

— Vous aussi, ma chère. Vous aussi. »

Daniel remit en place son écharpe. Les points qu'il avait au bras le tiraient et il avait encore mal aux côtes en respirant. Le médecin lui avait recommandé de se ménager mais il avait eu besoin de se rendre au cimetière avant de quitter Barcelone.

Quelques semaines seulement s'étaient écoulées depuis l'enterrement de son père et pourtant il lui semblait que bien plus de temps était passé. Sa tombe se dressait à ses pieds. La pierre était déjà posée. L'épitaphe qu'il avait fait graver disait : « Don Alfred Amat i Roures, illustre médecin et père méritant ». Dessous, il avait fait ajouter la devise familiale : *Vivitur ingenio, caetera mortis erunt.*

À droite, un monticule de terre indiquait l'endroit où reposaient les restes d'Alec. Il se pencha, malgré la douleur, et plongea les doigts dans la terre graveleuse, encore humide de la pluie de la veille. Il ne pourrait jamais être plus près de son frère.

Le manuscrit de Vésale, l'original, était là aussi, enterré près de lui. Jamais ils ne sauraient si la machine dessinée par le savant anatomiste fonctionnait réellement ou pas. Certains médecins, à l'hôpital, lui avaient assuré qu'une forte décharge électrique était capable de provoquer les effets les plus incroyables sur un cadavre, lui faire lever les jambes, bouger les bras et même ouvrir les yeux, mais qu'il était absolument impossible de lui rendre la vie. Et pourtant…

Il poussa un grand soupir : plus rien de tout ça n'avait d'importance, désormais. Il caressa de nouveau la terre. Pendant son séjour à l'hôpital, il n'avait pas cessé de penser à ce qui était arrivé avant l'explosion qui avait détruit le laboratoire. En le tirant jusqu'au puits et en l'y poussant, Alec lui avait sauvé la vie. Il voulait croire qu'en ces ultimes instants la folie avait abandonné son frère et qu'il était mort en paix.

Il se releva. D'une poche de son manteau, il tira des billets de train. Dans deux heures, il partait pour Paris où il prendrait l'express de Calais. Il avait réservé un compartiment entier parce qu'il préférait être seul pendant le voyage. Il avait besoin de réfléchir.

Après un dernier regard aux tombes, il se pencha pour prendre sa valise et s'en aller. C'est alors que les branches des arbres du cimetière se balancèrent dans le vent, ramenant de doux effluves de jasmin.

Irene était habillée de noir, comme il convenait après la mort de son mari. Cette fois, elle s'approcha lentement, faisant crisser le gravillon sous ses pieds. Elle se plaça à côté de lui et contempla les deux monticules de terre.

« Tu pars ?

— Aujourd'hui même. »

Dans la quiétude du cimetière, ils pouvaient percevoir le frémissement des feuilles des arbres.

« Et maintenant, que vas-tu faire ? lui demanda Daniel.

— Je ne sais pas encore. Bertomeu était ruiné. Il y a deux jours, ton ami journaliste a révélé dans *La Vanguardia* le détournement d'argent dont il s'est rendu coupable. Le prestige de sa famille est à jamais souillé. Seule sa mort lui a fait éviter la prison. Quant à moi, je ne sais pas encore si je vais rester à Barcelone ou rentrer à Cuba. Il y a si longtemps que j'en suis partie. »

Daniel hocha la tête, rendu muet par une soudaine sensation de perte.

« Tu seras heureux de savoir que j'ai revu mon père, poursuivit Irene. Nous aurons besoin d'un peu de temps, voilà tout. »

Elle s'approcha de lui et la chaleur de son corps le réconforta.

« Il va falloir que tu te pardonnes », lui murmura-t-elle.

Il eut un grand soupir. Ce n'était pas facile, après toutes ces années passées à se sentir coupable.

« Tiens. »

Irene lui tendit un document tamponné.

« J'ai pu m'arranger avec mes avocats avant l'intervention des créanciers. C'est l'acte de propriété de la maison. Elle est de nouveau à toi. »

Elle s'approcha et sa main lui caressa la joue. Puis elle parcourut sans appréhension les cicatrices de son cou. À présent, ils étaient si près l'un de l'autre que leurs cheveux se touchaient. Daniel effleura la commissure de ses lèvres du bout des doigts, pencha la tête et plongea dans les délices de sa bouche charnue. Quand il ferma les yeux, sa douleur s'était envolée comme si elle n'avait jamais existé. Lorsqu'ils se détachèrent l'un de l'autre, elle le regardait avec un sourire. Puis elle baissa les yeux, se retourna et se mit à remonter le sentier de gravillons, laissant derrière elle sa fragrance qui flottait encore dans l'air.

Irene arriva à sa voiture le souffle court. Elle prit quelques secondes avant d'ouvrir la portière pour monter. Une silhouette, à contre-jour, bougea à l'intérieur. La petite fille à la peau mate et aux cheveux sombres ne tenait plus en place. Ses grands yeux gris la fixaient, interrogateurs.

« Maman, pourquoi on est venu ici ? Qui c'est, ce monsieur ? »

Irene ne répondit pas. Elle lui caressa la tête et écarta une mèche de son front. À seulement sept ans, la petite faisait preuve d'une immense curiosité pour tout ce qui l'entourait, comme elle-même à son âge. Sa moue impatiente alors qu'elle attendait une réponse lui arracha un sourire.

« C'est un ami, dit-elle enfin.

— Ah.

— Allez, fais-moi un peu de place. »

Irene s'installa sur le siège en cuir et la voiture se mit en marche dans une secousse.

« Est-ce qu'on va le revoir ? » demanda l'enfant en se penchant par la fenêtre.

Le bruit des roues sur le chemin caillouteux l'empêcha d'entendre la réponse de sa mère.

La petite fille observa l'homme, debout devant les monticules de terre, sa valise à la main. Derrière lui se devinaient à peine les formes de Barcelone. Au premier virage, le vent se leva à l'improviste et entraîna avec lui la brume et la fumée des usines. Après bien des jours, le ciel resplendit, tout bleu, et le soleil, juché sur Collserola, couvrit d'or les toits. Avant que l'attelage eût passé la porte du cimetière, la petite fille eut encore le temps de voir l'homme lever les yeux sur la ville. Puis laisser tomber sa valise, fouiller dans son manteau et en tirer quelques papiers. Après un instant d'hésitation, il les jeta brusquement en l'air. Malgré la distance, la petite fille crut entrevoir son sourire, dans la lumière du soir, tandis qu'il les suivait des yeux et regardait le vent les emporter vers la mer.

Remerciements

Nombreux sont ceux qui, avec une générosité que je ne mérite pas, m'ont aidé et insufflé du courage. Personne ne m'avait dit que le meilleur de l'écriture, c'est précisément de recevoir l'affection de tant de gens.

Ainsi, je veux dire ma gratitude à Antonio Penadés, dont l'amitié et l'exemple humain est inestimable ; à Santiago Álvarez, mon frère de rêves, formidable créateur d'histoires et meilleur ami ; à Marina López, dont le talent est à la mesure de son cœur immense. Tous deux se sont usé les yeux sur le manuscrit original ; sans leur aide, ce roman ne serait pas ce qu'il est.

À Bernardo Carrión, seigneur des virgules, compagnon de chimères devenues réalité. Avec lui, combien de fois les divagations ont remplacé le travail ! À Raúl Borrás, Sebastián Roa et Enrique Huertas, qui se sont vus impliqués de façons les plus diverses ; à Josep Asensi, qui m'a évité quelques bourdes (celles qu'on peut encore trouver sont de mon fait et uniquement de mon fait) et, en général, tous les membres de El Cuaderno Rojo, une fabrique d'utopies littéraires.

À Santiago Posteguillo et à Jorge Eduardo Benavides, pour leurs paroles et leurs convictions.

À Maria Zúñiga, qui a le mérite d'avoir supporté chacune des versions du même chapitre, pour son intarissable optimisme et ses idées fantastiques et inabordables.

À Gustavo Ten, immense photographe. Merci d'être toujours là.

À Ella Sher, mon agente, mon amie, mon *whatsApp* matinal. Une femme exceptionnelle avec laquelle conquérir le monde. À Amaiur, aussi, collègue de l'ombre, qui ne sait toujours pas si elle doit me maudire ou me remercier d'avoir écrit ce roman.

À Silvia Sesé, mon éditrice. Je manque de mots pour la remercier de sa confiance. Avec toi, tout semble possible ; à Emili Rosales, mon éditeur, je n'oublierai jamais l'enthousiasme que j'ai lu dans ses yeux quand je lui ai parlé de ce roman. Tous deux aiment tant ce monde littéraire que c'est un vrai plaisir de travailler avec eux. À Anna Soldevila, ensemble nous avons commencé une grande aventure, je suis sûr qu'elle nous emmènera sur des chemins merveilleux. À Alba, à Rosa Maria, à Alba encore… En définitive, à toute l'équipe de Destino, pour son immense travail et sa patience.

À mes vrais amis et à ma famille, origine de mon être et sens de mon existence.

À Barcelone, la ville de ma mère, où elle se trouve encore.

À Belén, ma compagne d'aventures. Sans toi, aucun rêve n'est possible.

Et à ma petite Joana, coupable des bonds que fait mon cœur chaque fois qu'elle me sourit. Pardon pour toutes les histoires que je ne t'ai pas lues, j'en inventerai des centaines d'autres pour toi.

Paula DALY

Ouvrage composé par
PCA 44400 Rezé

Imprimé en France par CPI
en octobre 2017

POCKET – 12, avenue d'Italie – 75627 Paris Cedex 13

N° d'impression : 2032349
Dépôt légal : juillet 2017
Suite du premier tirage : octobre 2017
S26976/02